谜梦生死书

光目·著

作家出版社

目录

第一章　谜生 ………………………………… 001
第二章　互换的灵魂 ………………………… 033
第三章　颠倒人生 …………………………… 056
第四章　无常 ………………………………… 105
第五章　不知道终点的旅程 ………………… 157
第六章　唤醒 ………………………………… 222
第七章　死亡之城 …………………………… 308
第八章　醒来 ………………………………… 366

这个世界上每个人生下来都在走向死亡，可是又有多少人探寻过死亡的秘密？

人生是一个充满着谜底的幻梦，如何打开人与生命、死亡、宇宙之间的那扇秘密之门？《谜梦生死书》也许能让你从这场幻梦中醒来，找到谜底，找到打开那扇秘密之门的钥匙……

在前所未有的灾难瘟疫面前，人类如何觉醒？如何找到人与宇宙的终极秘密？人类面临着前所未有的转折时点，在这个时空，人类如何能够不再堕落？

人总是不相信自己没有看见过的事物，却总是愿意相信第一个告诉他所谓“道理”的那个人。

——题记

第一章　谜生

一

白小江抬头看向屋檐下的鸟笼子，阳光从天空照射到她的眼睛，刺得她眯着眼睛对着手机苦苦哀求：“妈，我实在是没辙了，求您借我二十万吧。长这么大我这是第一次找你要钱，钱我一定还！……什么？……你连两万都没有？”

泪水顺着眼角滚滚落下，白小江挂掉电话擦去眼泪，转身刚要进屋忽然手机响起，来电显示是白宝娜，接通电话白小江轻声：“姐……”

还没等她说话，电话那头传来尖叫的怒吼声：“白小江你什么意思啊你？我刚结婚你就找妈要钱，你是怕妈的钱都进了我的口袋不给你是吗？是你自己要留在北京的，又没人逼你……”

不等白宝娜说完白小江立刻挂掉电话，闭上眼睛她开始深呼吸，她要把所有的绝望都深深地吞咽下去，然而那坠入深渊的疼痛还是压在心底让她无法承受，……仿佛将心底那团郁结的气用力吐了出来，整个身体竟也真的开始轻松起来。她睁开眼睛死死地盯着头顶上的鸟笼子，那只鸟儿在笼子里面欢快地雀跃着，这个世界对于它仿佛是那么的美好……

面无表情的白小江打开“谜生”画廊的玻璃门走了进去，屋里黑子和艾米正在一起围攻文飞飞。黑子瞪着眼睛冲着飞飞挥舞着手臂：“你男朋友跑了是你自己的事情，是你没有能耐留住他，凭什么让我们成为你的心理垃圾桶，天天听你叨唠这些？”

黑子瘦削的脑袋上大眼睛怒视着飞飞，他用力将高价做出的怪异发型死命向脑后拢去，以显示他的愤慨，然后又习惯性地伸出手腕晃了晃腕上的名表。

飞飞浑圆的身躯一动不动，她的头发剪成童花式的齐刘海儿，身体宽大肥胖可是五官搭配还算协调，大大的眼睛直勾勾地看向黑子喃喃说道："可是……你不觉得我太惨了吗？我对男朋友那么好，竟然他……还是跑了！"

气得黑子一口气差点上不来，他跺脚求救般地看向吧台后面的老板于旭之，正凝神想着什么的于旭之忽然看见黑子的眼睛射向自己，他赶紧低头装作摆弄画框不看黑子。

"啪！"斜躺在沙发上的艾米一拍沙发扶手猛然坐立起来，她那黑色紧身短裙下的双腿瞬间岔开，正在擦着桌子的白小江一眼看到艾米粉红颜色的底裤露了出来，不禁吓了一跳，赶紧把视线移开。

艾米身材丰满五官狐媚，一件白色品牌衬衣配黑色紧身短裙却让她反而更显妖艳性感，她只是坐直了身子却并不起身，指着文飞飞的脑袋尖声叫道："谁能保证男朋友不会跑掉？实话告诉你文飞飞，就凭你这副德性哪个男人都会跑掉，有房有车的北京大妞照样没用！"

飞飞瞪着哀怨的眼睛看向艾米："那你说我该怎么办？那么差的男人竟然也跑了，我……这可怎么办啊？"

所有人一起绝望地相互对视着，黑子一拍脑门大叫："妈呀！"白小江迅速递上一瓶汽水塞在他手里："你也闭嘴！你们都这么唠叨没完，还让人活不？"

白小江又指着飞飞的鼻子一字一句说道："失恋不可怕，可怕的是失恋还舍不得放下！"

说完她摸着飞飞的脑袋摇头叹气："唉，可怜的孩子，我说了也没用，说了你也不懂。"

"醒着在你我的梦里"，"梦着你我真实活着"

这两行字被刻在这个叫"谜生"画廊的大门两边，古旧的木板上面用隶书篆刻，像是一副木制对联，"谜生"两字则被刻在门楣上面的木质牌匾上。

夏南生一动不动瞪大了眼睛久久凝视着木制对联上的这些文字，他的眼前白茫茫一片什么都看不到了……这些文字生出一股巨大的力量将他旋转了起来，仿佛将他瞬间吸入了时空隧道，整个宇宙世界在他面前飞速旋转，他被旋入了其中，那些文字在他几米之外围成一圈飞速转动着，每个字仿佛都是一只只眼睛在旋转中无声地凝视着他，它们对着夏南生发射出强大的神秘信息，夏南生心里明白，那是它们在和他的灵魂对话，这种交流只有他自己才能知道。

他看到自己像是一只陀螺被那个旋转起来的世界挟裹着飞速运转——整个世界在旋转、整个宇宙在旋转……夏南生清晰地看到了在自己两米之外那旋转的是一只只眼睛！那来自宇宙灵魂的眼睛在旋转中死死地、死死地盯着夏南生，此刻夏南生的魂魄已经被那个秘密世界摄去，沦陷其中……

“唧唧！唧唧！啾啾！啾啾……”

一阵娇嫩、清亮的画眉鸟鸣叫声将夏南生惊醒，瞬间那个旋转的秘密世界支离破碎，飞速化为一个个碎片消逝在一片阳光之中……

夏南生的灵魂被鸟叫声带回了这个世界，他的瞳仁渐渐清晰起来，聚焦在木制门檐下的一个鸟笼里面：一只棕色的画眉鸟正在看着他的眼睛，它继续着欢快的叫声，夏南生惊奇地发现这只鸟笼子的门竟然是敞开的！

张着大大的嘴巴，夏南生将讶异的眼睛从鸟笼移开投向玻璃门内，这个画廊坐落在66大道一条僻静巷子的最里端，一棵大槐树守在画廊门口，如果不是这棵槐树人们更不会注意到这个画廊。

午后的阳光照射在玻璃门上，太阳的反光有些刺眼，他看到屋内墙壁上挂满了油画，几个年轻的男女围坐在沙发上正在讨论着什么。没有想到充满着东方禅意的门面里面竟然是个油画画廊，夏南生有些意外。

66大道这一带是北京的青年艺术家聚集地，也是画家们的谋生地，已经成为北京著名的人文旅游景点，来自各地的游客给画家们解决了生计难题。再有几天北京奥运会就要闭幕了，66大道也比往常更加热闹。

夏南生因为在附近约朋友谈事情所以才闲逛到这里，他要进去告诉屋内的人忘记关上鸟笼子了，于是他推开门踏进了谜生。

白小江抬眼看到门打开，一个男人进来，他瘦高的个子文文静静，见白小江看他，两人的眼睛对个正着儿。

于旭之努嘴冲白小江使了个眼色："有客人来了，赶紧的！"

迎上前去白小江躬身道："先生您好！欢迎光临'谜生'画廊，请问您有什么需要吗？"

夏南生指着门外的鸟笼："那个鸟笼子门开了！你们赶快给它关上吧。"

传来黑子和艾米偷笑的声音，白小江面无表情说道："谢谢先生，我们家鸟笼子从来都是不关门的。"

瞪着吃惊的眼睛夏南生问道："不关？那……鸟儿……不飞吗？"

白小江面无表情点头："嗯，是的，不飞！"

这时她身后一位年轻人快步来到夏南生面前，这人中等个头斯文安静，一副书生的白净面相，只见他嘴角挂着莫测的笑容淡淡说道："先生幸会！无缘不来，无缘不遇，有缘的鸟儿怎会飞走？无缘的鸟儿怎会留下？"

夏南生听得愣住，他仔细端详面前这个年轻人，看来他就是老板了。想起门外木板上面刻的那两句话，再看这老板身上的清净玄妙架势，夏南生觉得他像极了寺庙里面的方丈，就差身上披件袈裟了。

接过书生递来的名片，果然他就是"谜生"画廊的创办人于旭之，年轻的于老板赶紧邀请夏南生参观墙上油画。整个店堂不大，里面陈设也非常简单，除了墙壁上挂满的油画外，在靠窗的一角摆放着两三个布艺沙发和木头茶几，旁边便是半人高的吧台。

宽大的落地窗外阳光照射进来，映照在颜色明艳的窗帘和深蓝色布艺沙发上面，整个店堂充满了温馨。

一个胖胖的长相憨厚的姑娘坐在角落里，她低头呆望着自己的脚尖，仿佛当所有人都不存在。另一个沙发上是一位长相妖媚的长发女孩，浑身没有骨头一样窝在沙发上，血红的指甲很抢眼，慵懒的眼尾横扫着夏南生；另外一个个头不高浑身上下都是名牌堆砌的男孩则无聊地站在吧台前，一副傲慢不爱搭理人的神情，摆明了是想证明着他的身份很重要。这几人的样子都像在自己家里一样随意，让夏南生看不明白他们到底是店员还是店主的朋友。

仔细察看墙壁上的油画，夏南生发现这些画和老板身上的气息一样都是中规中矩，然而画中却并没有老板所表达的那种禅意，也没有特别的意境和激情，这让他心中生出些许失望。

看出夏南生眼中的失望，于旭之的心随之也凉了下来，笑容冻结在他的脸上。夏南生问他："这些画都是您一人画的吧？"

于旭之惊讶点头："这个……您都能看出来？"

夏南生指向门外问道："请问老板一个问题，门口对联上那个醒着……梦着……两句话来源于哪里？"

于旭之笑着指向白小江："是她，我们白小江的创意。她见我这店名叫'谜生'，就说她有两句话特别适合这个名字。小江，你来和这位先生说说你这副对联的意思吧。"

夏南生赶紧摆手："不不！不需要解释，这句话懂的人不需要解释，不懂的人解释也没用。"

白小江眼睛迅速射向夏南生，两人对视着也不说话，相互用眼睛研究着对方，白小江心想：这个男人的眼睛闪烁着异光，他的内心惶恐不安，并不是表面看上去的这么安静……

打量着这个特殊的姑娘，夏南生不禁点头：她瘦高的身材乍看上去并不特别出众，有点泛黄的细密头发随意扎成马尾垂在脑后。细嫩的黄白皮肤，典型的南方人面孔，一双单眼皮大眼睛透出从容和宁静。蓝白相间的格子衬衫和发白的牛仔裤让她匀称的身材更加轻盈，浑身上下没有一件饰物，就这样最简单的衣着却令她清新得发光。见惯了穷极手段将自己打扮精美的美女们，夏南生心中暗自赞叹：这个画廊最特别的就是她和那副对联、那个鸟笼子了。

但是当夏南生看到白小江巫女一样的目光研究着自己时，他顿时想到了 X 光和 CT，猛然他心中生出恐惧不敢看向白小江，于是迅速转身看向墙上的油画陷入了沉默。

身后于旭之期待的眼睛紧随着夏南生的目光，夏南生不忍去看他的眼睛，赶紧提出会见客人去了，便告辞走出店门。

失望浮现在于旭之的面庞，勉强着笑容他和白小江送客出门。

走出几步远以后，夏南生无意中一回头，突然心中一咯噔：白小江正指着头上的鸟笼子冲着老板做着嘲笑的鬼脸，于旭之神情复杂地看着白小江又抬眼看向鸟笼子，他落寞地低下头转身进门，那一刻他的愁绪隔着几米之外的小路传达到了夏南生心里。

看到于旭之背影，白小江呆呆地愣在那里，猛然她搬过大树后面的梯子爬上去将鸟笼从屋檐下摘了下来，还没等她从梯子上下来，于旭之就从门里冲了出来，狠狠地将鸟笼抢了过去，又迅速爬上梯子将鸟笼挂在屋檐下面，然后扛起梯子进门。

依靠在树干上的白小江望着鸟笼眼中蕴含着恼怒，乌云布满在她清秀的面孔。可是一会儿她却沮丧地拿过笤帚木然地扫着门前的落叶……

南生站在树丛后面将这一切全都看在眼里，他明白了，这姑娘每天要面对无数的客人解释这个鸟笼子，看得出来她在忍耐着，看来这不是一个好脾气的孩子。

白小江提着笤帚进门就看到黑子指着文飞飞："'复读机'你给我打住，我们再无聊也不能听你唠叨这些了，一会儿我请大家去吃海鲜火锅，你可不许跟着啊！"

顿时飞飞抬起头又伤心起来，哀怨的大眼睛瞪着黑子："'复读机'是我前、前男友给我起的名字，黑子不许你这么叫我啊，你这么一说我又……想起他来了！"

白小江死命忍住笑，艾米趴在沙发上早已笑成一团。

"于哥！你看她……"黑子哀求地看着于旭之，坐在吧台后面的于旭之半闭着眼睛裱画并不出声，仿佛入定了一般。

好不容易止住大笑的艾米摆手："不听你们废话了，昨夜唱歌到半夜困死我了，我要打个盹啦！"

说完她就倒在沙发上，胳膊和两条刺眼的白嫩大腿随便蜷缩着，没有顾忌的样子令人不敢直视。

白小江一把推开她："瞧你这副德行，到里屋睡去！不知道的还以为这是夜总会呢，这还怎么卖画啊？"

艾米不情愿地起身去了里面工作室。

白小江走到于旭之身边轻声说道："老板……那个鸟笼子……"

于旭之却不看她一眼低头继续裱画，白小江一跺脚："嗨！老于，不是我说你，你就差合十念阿弥陀佛拉客进门了！你看弄那不关门的鸟笼子放门口有啥鸟用？你以为……"

于旭之抬起头用眼神制止了白小江，他冷着面孔一字一句说道："没了这个鸟笼子，那就更没人进我这个店……"

忽然他打住，瞪着吃惊的眼睛越过白小江的肩头看向门口，白小江赶紧回头：夏南生进来了！

二

看到几幅油画都被夏南生打包买下，于旭之激动得亲自捧上茶水。白小江将黑子跟前的水果拼盘拿过来端给南生，气得黑子瞪眼只得转身到飞飞身边坐下。

接过白小江递过来的果盘，夏南生眼睛定格在她的脸上，白小江耷拉着眼皮转身当作没有看见。

大伙刚要聊天，这时候门打开进来一个胖胖的年轻人，他进门将几箱矿泉水和两个金属货架搬进了店里，白小江和黑子一起过去帮忙把货架摆在展厅，又把矿泉水密密麻麻摆在货架上面，都摆放好了以后男人默默离开。

看到矿泉水是西部生产的，夏南生奇怪地问于旭之："你们也卖矿泉水？"

于旭之摇头，原来那个年轻人也是66大道的画家，他发现西部水源被污染以后就买来当地产的矿泉水展览，目的是让大家关注水源被污染这个事情。他已经穷得叮当响，可是每年还要花很多钱买水展览，妻子正为这事和他闹离婚。

南生明白了，于旭之赶紧邀请他坐下。

忽然坐在角落的文飞飞幽灵般的声音传来：“我男朋友就这么跑了，我怎么就这么惨呢……”

黑子从沙发上一跃而起刚要发飙，白小江顺手从果盘里面拿出几瓣橘子塞到他的口中，身影一晃动作结束，迅速得堪比武林高手，黑子被堵住嘴巴只得捂嘴将橘子吞咽下肚。

睡眼惺忪的艾米推门从里面出来，揉着眼睛她指向夏南生：“咦，你这人不是走了吗怎么又回来了？”

于旭之赶紧起身向夏南生介绍：“在我这个店里，所有的员工和朋友都像自家人一样随意自在，我这人赚钱没有本事，就图个大家在一起热闹、舒心，哈哈赚个人气吧。”

咧着嘴的夏南生笑着：“我也是喜欢你这里，这不朋友见面都取消了。”

几人欣喜地对视着，于旭之拍手开心叫道：“那你以后常过来和大伙一起聊天啊！”

说着他拉过黑子向夏南生介绍：“这位是我的朋友李默！”

黑子和南生握手：“我是这里的常客，大伙都叫我黑子，您也叫我黑子吧！”

飞飞幽幽的声音飘来：“默字拆开就是黑犬，大家叫他黑子其实就是为了叫他黑犬，先生，您也可以叫他黑犬！”

众人皆惊，黑子愤怒继而绝望捂脸，艾米击掌惊叫：“哎呀我的妈呀！你们发现没有，飞飞脑袋是两条线上的，一条搭上了傻子频道，一条搭上了天才……”

于旭之赶紧摆手打断艾米，他的脸上瞬间又浮现佛系笑容：“无缘不聚，今天您第一次进门我就感觉咱们会有大缘分，这不果然大家都成兄弟了！”

听到这里白小江想笑，立刻她给忍住了没露出来，于是赶紧俯身给大家倒茶，可是她的嘴角还是出卖了她，顿时于旭之咳嗽一声转身指向她：“白小江，画家，同时也是我的合伙人，呵呵小白同学啥都好，就是不爱说话。”

白小江赶紧摆手：“No! No! 我就是一和他学画的徒弟兼打杂的，有钱的时候能分点钱，没钱的时候还要倒贴钱，所以才叫合伙人。OK！”

为了不引起夏南生对这个解释的关注，于旭之又迅速转向艾米：“艾米，我们的广告画创意总监，主打画廊的广告画业务……”

不知道什么时候文飞飞已经站到了夏南生的身边，她指着于旭之鼻子愤怒控诉：“小江算什么合伙人啊？我才是你的股东呢！没我给你投钱你这破店早就关门了，哼！——”

惊得夏南生瞪大眼睛，所有人都愣住一时反应不过来，于旭之顿时满脸通红，他实在搁不住了，只得冲着夏南生摊开双手一脸的苦笑：“您看……这……”

黑子迅速起身拉着夏南生冲着大伙喊道：“走走！南生大哥，我们去吃海鲜火锅，说好了今天我请客！”

夏南生立刻应承着：“好啊，大家一起乐呵乐呵。”

大伙赶紧关门一起离开，飞飞一步不离白小江紧贴在她身后，生怕大伙不带她去吃火锅。

六人在火锅店里吃得热火朝天，黑子喝多了，大声骂着这条街上的艺术家们全都瞧不起他，只有于哥当他是真朋友。

他指着文飞飞：“飞飞你别整天拿股东说事，想欺负我哥没门！你不就是投了点钱嘛，凭什么像个黄世仁那副德性？”

说着一拍桌子转向于旭之：“哥！我看不得你天天受她这酸不拉唧的气，告诉你咱爷们可千万不能向女人借钱！明天把钱都退给她，这么着，我来翻倍借钱给你，不要你一分钱利息，尽管用！你们几位都给作证啊，不要说我酒后说话不作数，啊！”

黑子把胸脯拍得啪啪响，大家眼睛都看向于旭之，只见他半闭着眼睛不发一语，可是谁都能看到他内心燃烧的痛苦，猛地他仰头闭着眼睛将一杯啤酒“咕咚咕咚”灌进口中。

“啪！”被喝空的杯子被他重重一声砸在桌面，惊得众人心中都是一哆嗦，可是他的眼睛却并不睁开。整个房间鸦雀无声，所有的眼睛都盯着他那醉得通红的面庞，于旭之仍然闭着眼睛却慢慢地咧开了大嘴，你无法分清他那张脸到底是笑还是在哭……就这样好久，忽地他睁开眼睛，那里面血红的眼珠子燃烧着汹涌的仇恨，渐渐他的面孔开始扭曲起来看向黑子：“女人的钱我他妈也照用！不然怎样？难道让你收高息的老爸拿刀剁我不成？黑子兄弟，你的心意哥心领了，哥我在这里谢你了！”

说完他又拿起酒瓶大口向嘴里灌着啤酒。

夏南生明白了：原来黑子的老爸是放高利贷的！

艾米和白小江同时起身一起夺下于旭之手中的酒瓶，啤酒在争夺中晃荡着溅了出来，泪水混合着啤酒流淌在于旭之的脸上，他的嘴唇在剧烈地颤抖……

他将脑袋埋在双肩里面趴在桌子上浑身颤抖着，终于，呜咽的哭声从他喉咙里面喷发了出来，小小的房间回荡着撕碎人心的哭声……黑子和飞飞瞪着眼睛愣在那里，瞬间白小江和艾米同时泪水汹涌而出，纵横的泪水无声地弥漫在两个女孩的脸上。

夏南生脸色苍白浑身冰冷地看着这一幕，他只觉得自己全身是那么、那么的冰冷，以至于慢慢开始颤抖起来……

黑子扶着于旭之踉跄着去往卫生间，艾米还在捂脸止不住地抽泣，她的面前已经堆了一堆的纸巾，飞飞惊吓着面孔看向艾米，嘴里不由自主地嘀咕：“那也不能怪我啊，那我不是……失恋了吗？那我男朋友不是跑……”

“够了！——”猛然艾米一拍桌子抬头一声怒吼，吓得飞飞浑身的胖肉一哆嗦，缩着头再也不敢吱声。

艾米狠狠地一把擦去眼泪，然后叼起一支烟走向门外。

夏南生将眼睛投向白小江，只见她漠然地看向虚空，脸上早已是沧桑一片，渐渐地冷笑在她的嘴角堆积起来，看向夏南生她的眼神冷得像刀锋上的寒光：“于旭之爸妈是四川小县城里面的穷工人，一心想让他学习理工科然后能找个工作养家。可他偏偏喜欢油画，于是就走向了这条不归路……

“他身上长了个瘤子已经半年了，医生让他赶紧开刀，他却说看到飞飞开刀麻药用多变傻了，所以坚决不做手术。我们都明白他那是没钱，我和艾米凑钱给他他也坚决不要，终于，处了五年的女朋友也跑了……你没有见过这么倒霉催的人吧？”

说完这些白小江眼中已经完全放空，夏南生在那双似深潭一般的眼睛里看到幽光在闪烁，令人迷惑令人不禁想跃入其中，而他明白，那一跃却是再也不能回到这个世界了……

他的眼睛移向窗外，白小江低头看到夏南生细长的手指在微微颤抖着，两人各自陷入沉默……

众人起身出门各自散去，林荫道上夏南生扶着踉跄的于旭之缓慢前行，雨后的空气中充满着湿润的潮气，令于旭之清醒许多，他挣脱了夏南生的搀扶，歉意说道：“真对不起啊南生，让你见笑了！”

夏南生轻声说道：“都是自己兄弟了，何必见外……”便也不再说什么。

忽然于旭之停住脚步看向夏南生，他的眼眶渐渐湿润起来，他竭力让自己的声音能够平静：“我知道你并没有看上我的画，从你看画的眼睛我就知道，可你……竟然买了那么多！”

深吸一口气，于旭之鼓足了勇气终于咬牙说道：“那是因为你可怜我！你并不认可我的画作，可是为了钱……我必须接受你的……这种施舍，这，让我内心双重挫败！”

说完他依靠着背后的大树闭上眼睛，仿佛闭眼不看这个世界就可以逃避一切一样。

回想白小江说的于旭之经历，夏南生的心抽痛起来，他不敢看向于旭之的眼睛只能低头轻声说道：“你想多了，我公司很多地方都需要装饰，正好可以挂你的画。现在我俩都是朋友了，不说这些吧……”

“呵呵！”苦笑声从于旭之口中传出：“看上去我是这个画廊的老板，可是我口袋里的每一分钱都是借来的！我赚的钱永远不够房租、贷款、还债……。无论我多惨小江和艾米都不离开，她们俩这么做并没有让我开心，有时候我恨自己、恨这个画廊，可是我又没有任何其他的路可走……

“我不怪飞飞说的那些话，毕竟没有她我今天还不知道活成什么样子。艾米家里有钱，不用急着赚钱，每天吃了睡、睡了吃，什么都不想干。可是从她身上我也参破了：人不就是除了吃和睡，然后再繁衍下一代的动物吗？人和动物没什么区别，痛苦都是来自有思想的人，都是自找的！”

说完这些于旭之扭曲的面孔泛出邪恶的冷笑，夏南生不禁恐惧到心底打颤。回想起刚才艾米的一声怒吼擦干眼泪出门抽烟的情形，他不禁摇头对于旭之说道：“或许你并没有看透艾米吧，她的内心也许是你并不知道的世界，所以也就说明你并没有参透人和动物的区别。”

于旭之愣住陷入思索，片刻他回过神来：“小江是个怪人，到现在我都看不透她，她……就是个谜，很多地方和我们这些人不一样。虽然她外表冰冷可是我们都知道她心肠却是最软，看不得我们任何人受苦……”

当他口中吐出白小江的时候，夏南生不由得停住脚步愣在那里，片刻他快步跟上前来拍着于旭之肩膀：“老弟，我们再去找个地方喝茶吧，我想和你好好聊聊。”

昏黄的路灯下人行道上有几个卖花的小贩，白小江这才想起今天是七夕。一个瘦小的卖花女孩长相精明，跟随在白小江身后露出讨好的笑容：“姐，买几朵玫瑰吧，带回家也可以招桃花呢！”

说着姑娘便硬往白小江手中塞去几枝玫瑰，白小江掏出一张二十元钞票递给女孩，却只拿起一朵玫瑰掉头就走。女孩赶紧追了上来又塞给她几枝，白小江将这些玫瑰放在篮子里面然后冲着女孩挤眼坏笑：“哈哈，你好眼力，一看就知道姐没男人！”

女孩瞬间愣住惊得连连摆手：“不！不是的……”

白小江摇晃着手中的一枝玫瑰冲着女孩做着鬼脸跑开。

雨后的马路有些脏乱，榆树底下白小江跳过一摊污水，看着宽阔马路上混乱的行人，她开始怀念起杭州雨后天晴的纯净。

电话响起，是奶奶打来的，老人深深的忧虑从手机里面传递出来：“江儿，我夜里梦到你哭着说想家了，你最近还好吗？工作怎么样，公司……”

瞬间眼泪涌上白小江眼眶，她死命咽下泪水平静好情绪，等到脸上酝酿出笑容这才开始讲话：“奶奶，我可好着呢！刚刚老板还请我们吃大餐来着……什么？公司啊？……挺大的，老板还……给我们发奖金……”

电话里面梅月怡更加沉重的声音传来：“孩子，别忘了你是在谁的怀里长大的？你只要紧张、不说真话嗓门就特别高。江儿……要是撑不下去，千万别和自己过不去，赶快回来！现在奶奶还能给你做饭，就是我租的地方你住着会憋屈点。你二叔已经把你借给他的钱抽出来了，回来你肯定能住得好些……”

白小江赶紧笑着：“这不是大街上吵得厉害我声音大了些嘛，奶奶你放心，我真的过得很好，不然你来北京视察一圈不就得了。”

“哎哟哟，我这老婆子哪里还能到北京去啊，也是，我家小江这么能干，心肠又好，怎能没有好工作呢？都是我瞎担心。”奶奶所有的惦记都被白小江破除以后，终于电话那头传来老人开心的声音。

挂掉电话白小江一头冲进路边漆黑的树丛中，依靠在树干上，她看向杭州方向的天空放声大哭起来，积压在胸口的刺痛并没有随着哭声释放出来，反而泪水更加滂沱……树林前方的楼房里面闪亮着万家灯火，仅仅相隔十几米远的那盏盏灯火，却没有一盏能温暖白小江的心。偌大的北京城，茫茫的人世间，直到整个地球……却只有一个老人在这片天空下挂念着她，曾经还有爷爷也是这么把她放在心头，可是那么爱她的爷爷也突然离开了这个世界。

仰望天空白小江呜咽痛哭：“爷爷！你能看到我吗？你可千万别怪我骗奶奶呀……”

一轮弯月挂在天空，想到这轮月亮同样也是照在奶奶头顶的上空……白小江忽然觉得她和奶奶原来并没有分离过。

三

文飞飞死命敲打着“谜生”画廊的卷帘门，无奈里面没有丝毫动静，已经上午十一点了，门不开，也不见小江和艾米，这是从来都没有过的事情！

周围游客越来越多，再打于旭之电话还是关机，忽然飞飞想起那些卷钱跑路的老板，莫非于旭之也跑路了？那么借给他的钱就再也回不来了！

想到这里飞飞一屁股坐在地上拍打着卷帘门号啕大哭："于旭之啊——你不能跑了啊！你跑了我可怎么办啊？……啊呜……于旭之你这个骗子啊——"

周围几个店铺的老板和服务员飞速跑来，大家瞪着震惊的眼睛围着飞飞七嘴八舌问道："于老板女朋友不是刚刚跟人跑了吗？他是什么时候和你好上的？……"

……

飞飞继续撕心裂肺地大哭，根本不听大伙和她说什么，邻居们不由得愤怒起来，全都大声怒骂着于旭之。

睡得迷糊中，于旭之听到楼下门口哭声和嘈杂声混杂在一起，酒醉的后果就是挣扎着爬不起床，好不容易才起身，他揉着眼睛趴在窗台往下看：文飞飞正像哭丧一样趴在门口号啕大哭，她的四周里三层外三层围满了各个店铺的老板、员工还有游客！

一个激灵吓得他瞬间清醒，昨夜和夏南生聊得投机，两人又跑到酒吧喝到下半夜，天亮前他才回到画廊，就发了信息告诉白小江和艾米今天上午不开门，反正开门也没生意就当放假了，他怎么也没有想到隔三差五过来一趟的文飞飞竟然又跑来。

于旭之发疯地冲着楼下大吼："文飞飞你家死人啦！你跑我这里哭啥？你疯啦！——"

听到头顶声音飞飞愣住，擦去眼泪她抬头："嗯？你没跑路？"

可是她身边这帮子人都不让了，大伙儿一起抬头指着于旭之破口大骂："妈的你这人什么玩意儿！你要不是抛弃人家姑娘，人能跑你门口哭啊……"

绝望的于旭之瘫倒在地上……

坐在沙发上文飞飞死命把头垂到胸口闭上眼睛不敢睁，双手紧搓着浑身发颤。于旭之坐在她对面看着她唉声叹气，白小江、艾米和黑子围在他俩边上成了一圈。

于旭之看着飞飞缓缓开口："我这一世清名都被你毁了！你说我还怎么在这 66 大道混下去？你像黄世仁一样天天来催债，你也看到了这么多天就卖了夏南生一笔大单，我陪人家喝个酒吃个宵夜总是应该的吧？你倒好，就来这么一出！

"我看这画廊真没办法撑下去了，小江，你去把昨天夏南生付的钱全都还给飞飞，我再把店给盘出去，能折多少钱算多少钱，全部还债，不够的我去卖肾！"

飞飞惊得瞪着大眼睛，眼泪扑扑直往下掉，猛地她冲到于旭之身边抱住他的胳膊死命摇晃着："我可没说要你还钱啊！老板啊你可千万不能去卖身，你是艺术家你不能去做鸭子！……"

原来她把卖肾听成了卖身，瞬间爆笑声点燃了整个房间，所有人都哈哈大笑得滚成一团，不停地抹去大笑出来的眼泪，于旭之笑得脸部肌肉都在抽搐抖动着不停。飞飞疑惑地看着大伙："怎么了？我说错了什么？"

终于控制住大笑的于旭之向前拥抱她："亲爱的飞飞老姐，你还惦记着老弟我能有个清白的身子，我死而无憾了！"

然后他转身让白小江去把钱转给飞飞，白小江好不容易才止住笑声，终于她沉脸说道："老板，昨天钱刚到账我就还贷款了，你忘了我们贷款都已经逾期了吗？"

于旭之愣在那里，文飞飞赶紧冲过来摆手："不用还！不用还的，我刚收了房子租金，我有钱呢！"

终于艾米也不笑了，她从沙发上爬起来扭着屁股来到飞飞面前，她今天穿着新款的米色长裤，同色短袖上衣勒在裤子腰带里面，纤细的腰肢令她丰满的胸部和美臀更加性感。艾米一边摸着刚修过的美甲一边斜眼看向飞飞："你们家可真抠门，把自家的好房子租出去，自己再租破房子住，赚的这点钱还把自己当成有钱人，也真是绝了！"

于旭之刚要阻止她说话，有客人进门，他狠狠白了艾米一眼赶紧和白小江招呼客人去了。

艾米迅速闭嘴进屋去做她的广告设计图，飞飞紧跟着进来，讨好的笑容堆了满脸：“艾米姐，他们都说你家房子特棒，你能带我去看看吗？我都没看过那么漂亮的房子诶。”

气得艾米瞪眼指着飞飞的鼻尖尖声叫唤：“什么意思呀你？喊我姐？什么时候你比我小了？”

伸出手指飞飞指向大厅：“黑子说的，他说你肯定比我大，至少你有三十岁！”

艾米勃然大怒，“噌”地起身把黑子从大厅拎了进来，重重地把门关上，她冲黑子屁股狠狠踹了一脚愤怒叫道：“你吃狗屎长大的呀，瞎白话！谁比飞飞还大？谁三十岁了？”

疼得捂住屁股黑子咧着嘴直叫唤：“哎哟喂，疼死我了！那……你敢拿身份证出来给大伙看吗？不信你掏出来验明正身试试？”

艾米气结瞪着眼睛说不出话来，又冲着黑子的脑袋挥手打了过去，黑子抱着脑袋冲着艾米做着鬼脸：“艾米阿姨，您老别生气哦，生气可是要长皱纹喽！”

艾米瞪圆了眼睛，打开门嘴巴却不出声做出“滚！”的口型，黑子开心大笑着一溜烟地跑出画廊大门。

进门的几个客人相继都买了画，于旭之心情大好兴奋地拉过白小江：“别说也奇怪啊，自从夏南生进门买画咱店里生意就真的好起来了。这个夏南生人真的不错，当我们是真朋友，我看啊请他再来店里玩玩，让他再带点旺运过来！”

白小江伸出手指在于旭之眼前来回晃悠：“来，数数这是几根指头？老板啊，我看你这脑袋受到飞飞刺激不会是也坏掉了吧？”

于旭之笑着打开白小江手掌：“说真的，我真被那哥们感动了，他是我见过的有钱人里面心肠最好的！”

白小江面无表情：“别忘了当一个人足够完美的时候，就会让你忽略他最重要的弱点，注意我说的是弱点，不是缺点。”

笑着于旭之打她脑袋：“你才脑袋有病呢！”

白小江沉默着转身走开，于旭之看着她的背影陷入沉思。

玻璃门被于旭之拉开，夏南生踏进门两人开心地拥抱，艾米和黑子起身致意，白小江胳膊支在吧台上咧嘴笑着看向大伙。夏南生脸上洋溢着满足的笑容，他的眼睛在白小江脸上停留片刻。

黑子讨好地对南生说道：“于哥天天念叨您怎么还不来，都要得相思病了！”

大伙哈哈大笑，夏南生带来了一套日本产的七彩陶瓷茶具，七种颜色的杯子配一个白色茶壶，精致的造型和几乎要通透的胎釉让人爱不释手。他让每人各自挑一种颜色，给飞飞也留了一个。

艾米迅速伸手拿起一只紫色杯子，抚摸着杯子得意笑道：“紫色是高贵的王后颜色，只有我才配这种颜色！”

三个男人都说女士优先让白小江先挑，这时白小江却端正地坐着闭上了眼睛，大伙都纳闷不知道她什么门道，只见她像一个盲女一样微笑：“我要摸一个，我摸到的那只杯子才是属于我的缘分。”

夏南生将几只杯子打乱顺序重新排放，白小江纤细得几乎要透明的手指缓慢伸了出来，所有人的眼睛都在跟随她的指头移动，轻轻地她摸向了那只青色杯子，睁开眼睛她双手恭敬地将杯子缓缓举起在眼前端详着，脸上渐渐绽放出柔软的笑容：“我很喜欢这种青色，青莲一般。”

顿时她温暖的笑容融化了所有人……夏南生看着她这些动作的细节，想起于旭之说过她是个怪人，他心想：这个女孩要经历过什么样的过去，才能有这种不同于同龄女孩的沉静呢？

大家都学着白小江闭上眼睛摸向杯子，黑子竟然摸到了红色的，他跳起来激动地大叫：“鸿运当头！”

绿色被于旭之摸到，黑子拍着沙发指着于旭之狂笑：“哈哈，果然被绿的人摸到了！”

“啪！”艾米一巴掌打在黑子脑袋上：“傻蛋闭嘴！”

于旭之苦笑着摇头：“没啥没啥，本来就是被绿的。”

南生摸到蓝色，艾米开心说道：“别说，蓝色还真像南生冷静的性格呢。”

夏南生默默摇头苦笑起来，黑子指着桌上剩下橙色、黄色的两个杯子：“一个留给飞飞，那一个给谁？”

伸出指头白小江神秘笑道：“这个兆头说明我们这个圈子还要进来一个人！”

“玄乎，玄乎！白小江啊，什么事情给你一搞都玄乎了。”于旭之点着白小江的鼻子起身招呼进门的客人去了。

黑子一拍大腿：“对了！老板娘！画廊怎能光有老板没有老板娘呢？”

几人都不屑他这么说，黑子却意犹未尽叹息着看向两个女孩：“唉，本来啊我还以为老板会在你们俩女的中间挑一个做老板娘的，小江这么一说看来老板不会选你俩了，这个老板娘一定会是外面进来的女……”

没等他说完艾米和小江的拳头加脚已经上去把他一顿乱揍，艾米一边打一边指着黑子鼻子大骂：“去你奶奶的个垃圾东西！还挑一个来做老板娘，把我们女人都当什么了？都是排队供你们男人挑选的吗？”

小江装出扇着黑子耳光的姿势狠狠骂道：“揍扁了你这个孙子！你丫真特么欠揍……”

两人气愤骂着，艾米又踢了黑子几脚还不解气：“你们男人心里都有一个帝王情结，都梦想着自己是皇帝，可以挑选天下所有的女人！”

黑子气馁，抱头缩着脑袋小声说道：“拉倒吧！都是你们女人愿意做妃子梦讨好男人……”

这时候夏南生早已笑倒在沙发里面，看着几人斗嘴他由衷地庆幸自己能够融入到这个“谜生”里面。

屋内的光线开始暗了下来，艾米和黑子各自散去，白小江还在盘账，于旭之请夏南生吃饭，两人走出门外。

“北京欢迎你，有梦想谁都了不起……北京欢迎你……”奥运主题的歌声盘旋在66大道的上空，绚烂的橙红色夕阳透过槐树的缝隙荡漾在两人的脸上。夏南生回首深深地看了一眼鸟笼对于旭之说道：“你们画廊在门外看上去充满了东方的神秘禅意，特别是这个不关门的鸟笼子，可是门里的画却和这个意境毫无关联，为什么不能尝试着创作有禅意的油画呢？中国油画最大的失败就是模仿西方，艺术创作中最没有生命力的就是模仿，我们和西方其实都需要有东方意境的油画。”

于旭之羞惭说道：“门外的这些创意都是小江想出来的，这个不关门的鸟笼子也是她带来的，是我觉得特别有意思，就死活逼着她给挂在门上。”

南生震惊地瞪着眼睛：“鸟笼子也是白小江的？”

于旭之苦笑着点头，猛然他愣住在那里像是突然想起什么，摸着脑袋他对夏南生说道：“抱歉啊南生今天我不能陪你吃饭了，让小江代我请你吧，我有重要事情要做，过后我再找你谈！”

立刻他拉开门喊出白小江，仔细嘱咐她好好招待南生，转身他打开画廊门留了下来。

和白小江并肩走在林荫道上，夏南生感激地冲她笑道：“谢谢你能陪我聊会儿。”

也不看他，白小江嘴里嘀咕：“你这人一直都这么客气？累不？”

夏南生咧嘴开心笑了起来：“好吧，以后不会再累了。”

白小江想了想乐得拍起手来：“南生你也是南方人，今天我带你去个好地方！”

两人来到66大道一个叫“南风”的餐馆，不大的店面一派江南风情，精致的雕梁画栋布满厅堂每个角落，屏风和窗帘的帷幔都是丝绸做成，上面手绣的花鸟呼之欲出……夏南生不由得身心陶醉。老板是个优雅的中年女人，她用浓重的南方口音问候着白小江。

两人落座点餐，不一会儿精致的各式小碟子摆放两人面前，一只盘子里面是两只熟透了的鲜亮红柿子，另一个盘子里面是方形的小块豆腐被金灿灿的蟹黄包裹，蟹黄和豆腐的香气混杂着溢出。夏南生被盘中精美绝伦的食物惊到，不由得惊呼：“哇！这么鲜亮的柿子，像是刚从树上摘下来一样！”

老板赶紧介绍：“两位慢用！这‘柿子’是由南瓜泥做成的，柿子上面放了片薄黄油，再在上面撒了些许海苔粉，看上去像是柿子的根部和叶子，由于黄油很快就被南瓜泥烫化了，‘柿子’上流满了黄油所以颜色鲜亮。”

两人齐声赞叹着，看到夏南生舍不得落筷还在欣赏，白小江一勺子下去，边吃边闭眼睛叹息：“美味啊！有此美味人生夫复何求？”

给他倒上绍兴黄酒，看到夏南生吃得露出满足的笑容，白小江开心笑道：“这里厨师的拿手菜多着呢……”

猛然一阵撕心裂肺的女孩嚎哭声爆发出来，惊得所有人从美味中抬头寻找哭声，原来是一位二十来岁的浓妆女孩，她一边接听电话一边涕泪俱下，鼻涕眼泪混合着落入面前的碗中，可能电话里面男朋友提出和她分手，女孩边哭边冲手机破口大骂：“呜呜——你丫敢……跟我分手！你他妈不得好死！呜呜……”

女孩旁若无人又哭又骂一通，所有食客都震惊看着她，老板迅速冲出厨房，她又着急又愧疚在餐厅中间打转，就像她做错了什么似的难过地看向大家，不知道怎么办才好。终于女孩哭骂着起身向她付钱，老板赶紧摆手：“下次吧！下次再付钱吧，抱歉没让您吃好……”

老板将女孩送至门外，白小江低头再吃却怎么也没有刚才的美味感觉，南生也放下筷子，两人相视着，白小江苦笑：“一切情绪皆苦，恨是因爱生。”

缓缓点头夏南生不语，两人吃完起身出门，老板在门口挥手告别。

走在66大道的林荫道上，灯影阑珊中一片落叶飘落，夏南生低头看向脚下喃喃自语：“这落叶一荣一枯，落入尘土从此就再也没有觉知，没有了记忆。而人却有灵魂，哪怕葬身于大地，可是灵魂依然存在……”

笑着白小江指向他：“南生啊，你外表温暖柔和，内心却是极度的冰冷、孤独。”

夏南生看向白小江眼神逐渐迷离：“当初我走进你们画廊，其实就是因为看到你的那句话：‘醒着在你我的梦里，梦着你我真实活着’。我……一直想从自己的梦里醒来，不知道醒来那将会是一个什么样的世界，我也找不到怎么醒来的答案。我以为只有我是这么想的，看到你这副对联才知道这个世上不是我一个人困在梦境。小江，你找到了答案吗？”

摇着头白小江苦笑：“庄周梦蝶，你认为庄子找到了答案吗？南生，你能发现自己在梦中就已经非常了不起了，你想想看有谁能在梦中知道自己正在做着梦呢？我也是一样的困惑，可是又有谁不是在享受着梦幻的麻醉呢？”

“那你写这句话又是为了什么？”夏南生紧接着问道。

白小江灰暗的眼中闪烁着微光：“如果醒来发现自己根本没穿衣服，可能很多人会有勇气愿意醒来穿上衣服。可是如果醒来必须面对自己丑陋的一切，面对自己的人生就是个悲剧，也许我也会逃避醒来，更愿意沉浸在梦中……，所以人最大的敌人是自己，最难的是不敢看到自己最卑劣的一面。可是醒来终究是人类最终的目的，即使是粉身碎骨、一无所有，还是……要醒来啊！”

透过白小江这双幽深的黑亮眼睛，夏南生明白了，原来那个年轻的躯体里面住着一个苍老的灵魂……

昏黄的路灯透过浓密的枝丫照射下来，灯影下夏南生沉默着往前走着，白小江看向他的身影恍惚得有些不真实，仿佛那是另一个维度里面的世界，那个躯体里面的灵魂早已漂泊在另一个神秘的空间。

风吹起，又一片树叶飘然坠落……

白小江跑步回家，河岸边上的这座京都公寓名字听着很响亮，实则是一座老旧不堪的老式酒店改造，但是因为门前沿着河岸却也别有一番景致。公寓门口紧邻一个小小的咖啡厅，河岸的垂柳下露天的咖啡桌边坐满了客人。平时白小江都会坐在这里喝完一杯咖啡再上楼，今天她迅速冲进公寓后打开家门，电脑开机后 QQ 的星座群里一堆的留言堆满了屏幕：

“老公，我想你了！”

“小哥哥，这两天怎么不见你给我们讲星座啦？你不在我不开心哦……”

……

白小江迅速打字：亲爱的朋友们，在此我向大家坦白我不是男孩而是一个女孩。没有故意欺骗大家的本意，只是想以去掉我执的方式和大家交流，所以就借用了一个可以忘掉自我的男孩的像。今天想到我这种错误的行为会伤害大家，所以我真诚向你们忏悔，请求你们的原谅！

屏幕上一片寂静，白小江双手捂住眼睛，不知道下面将会发生什么。

终于女孩们反应过来了，屏幕上一片的哭叫和大骂：有大叫骗子的、有诅咒的……

一群男人头像顿时雀跃出来：

“做我老婆！”

“哈哈，你这样的女孩才够我的味道！”

……

这时冒出了一个女孩头像，她写道：“没关系，我是女孩，我是喜欢女孩的那种……，你明白吗？”

退出群来白小江迅速关掉电脑，关机以后她看到黑暗的屏幕上映照着自己木然的面庞，恍惚中她觉得那个电脑里面的世界仿佛一切都不存在了。

国贸这座顶级的咖啡厅里面夏南生独自坐在这里，他口中呷着咖啡，透过落地玻璃木然地俯瞰着脚下的这片灯火世界：城市的万千灯火竭力映照着昏暗的夜空，交错的主干道似条条火龙交织，穿梭的车灯如火龙体内流动不停的欲火……

四

早晨的66大道冷冷清清，白小江打开“谜生”大门：地上一堆的裱画工具和材料没有收拾，进门的墙上摆满了一溜儿新挂上去的油画，放眼望去白小江浑身一震，那些竟然都是她平时练习画作的画稿！

这些油画被于旭之一夜之间装裱在画框之内，并且放在大厅最显眼位置，而他自己的那些画作却都被挂到了偏僻位置，沙发上于旭之躺在上面呼呼大睡。

惊得白小江张大嘴巴一把将于旭之拎了起来，问他墙上的画是怎么回事。

揉着眼睛于旭之嘟囔着："昨天我听了南生的话受到启发，那些禅意的话其实都是你教我的，既然你懂得东方的古老文化，那么你的画一定也具备这些意境，可是我却把你这些画都当作练笔的习作。昨晚我再细看你的画的确不同一般，所以我一夜没睡，把你扔在箱子里的画稿全都裱好……"

话没说完他又倒头睡下去了，白小江摇晃着他大叫："这些的确都是我练笔的画稿啊！你这人想钱想疯了，啥疯招都敢用！"

看着于旭之迅速响起了呼噜声，白小江只得狠狠踢了他几脚。一切都收拾好，艾米打着哈欠进门，白小江立刻出门要账去了。

看来老天照应，跑了几家饭店和宾馆竟然有两家给了欠款。为了犒赏自己，白小江留在买画的这家法式餐厅吃起了法餐。于旭之电话打来，手机里面他情绪复杂的声音传来："小江，……你的画……卖出好几幅了，你赶快回来吧，买主要见你……"

"咣当！"白小江手一哆嗦叉子掉在盘子上，挂出来的画作竟然不到一天就有人买走？

进了谜生大门她看到于旭之和一个年轻男人坐在沙发上聊天，这人就是画的买主颜宽先生。看到白小江一身深蓝色运动衣，马尾随意扎在脑后，简单、干净的气息像个大学生，颜宽愣住了，他不敢相信那些充满着禅意的油画竟是眼前这个年轻姑娘的画作。

白小江瞪着眼睛一副还在震惊中的表情，看来她是被自己的画作突然卖掉给吓着了，颜宽不禁露出白牙笑了起来。他一边和白小江握手一边研究着她的面孔："幸会幸会！没想到画家竟然这么年轻，不过啊看您的眼睛我就知道那里面住着个老灵魂，所以能画出这些奇妙的画儿也不奇怪、不奇怪，那都是上辈子带来的智慧啊！"

听他的口音是地道的北京人，可是他这么奇怪地夸人，白小江和于旭之不由得对视一眼，她这才打量着买家：颜宽中等个头偏高，细软的头发耷拉到脖颈，宽大的脑门下一对铜铃般的大眼睛，犀利的眼神却似利剑直击人心。他高挺的鼻梁下似笑非笑的丰润嘴唇散发着男性的魔力诱惑，宽阔的微翘下巴看得出他豪爽的性格。一件绿色帆布面料的上衣裹在身上，肥大的米色麻料长裤令他随意洒脱，浑身洋溢着随性和不羁，他这副模样倒有几分像是66大道的画家。最后白小江的眼睛落在他的脚上，一双半旧的咖色高档软羊皮皮鞋，这双鞋子暴露了他对品质的讲究，

白小江瞪大眼睛抱着她的那些画一幅一幅地仔细察看着，仿佛平生第一次见到它们一样，她从来没有想到这些天马行空的习作有一天会被卖掉，那种孩子一样单纯的震惊表情令颜宽感觉特别搞笑，不禁对这个不爱讲话、穿着随意的女孩产生了极大的兴趣。

他像是看着孩子一样怜爱问道："怎么了，舍不得我把你的画带走？"

抬起头白小江瞪着大眼睛："我从来没有想到会卖这些画，这些都是我和老板学画的练笔之作……"

于旭之绝望地捂住额头，早已吓出一身冷汗，他迅速起身站到白小江身后狠狠捣向她的后背，猛然白小江从梦中惊醒一般，慌乱着连忙向颜宽解释："呃……我不是这个意思……"

于旭之赶紧拉着白小江迅速将画打包，生怕颜宽改变主意不买了。

"哈哈！"颜宽开心笑了起来，看向白小江他眼中的温情更加浓厚起来："那你能回答我的一个问题吗？你的画不同于任何一种风格，你是怎么形成这种绘画特色的呢？"

一脸的勉强白小江硬着头皮说道："我从小就和家人学画，高考时父母不许我报考美术专业，可是工作以后我还是舍不得放下学画，就跑到这里边打工边和画家学习。我对自己说反正我就是来学画的，又不需要把画卖出去，就没有任何压力，所以想画什么就画什么。"

停下手中的活儿，于旭之一动不动，思索着他苦笑起来："我……终于明白了，艺术只有在脱离世俗欲望的前提下才能诞生。"

颜宽点头："是的，艺术也只有在自由的状态之下才能产生！"

他制止于旭之包装，拿出其中的一幅《凡所有相》看着白小江的眼睛："这幅画上蓝色的古瓷花瓶却只画出了它的一半，另一半隐入了神秘的虚空之中。半壁花瓶外形是中国瓷器的造型，上面的图案细看

却是各种行星的星体，花瓶上的细节足见你多年的绘画功底。绝妙之处是你并没有把花瓶全部画出来，否则这幅画就没有这种神秘主义的意境，花瓶隐入的虚空竟然是宇宙星空……这画了一半的花瓶其实是不拘一格却又足显东方特色。”

白小江不说话，于旭之听得入神，颜宽继续说道：“你所画的这幅不同于任何一种流派任何一种风格，任何有价值的艺术作品都是作者创作出了独特的风格，而不是模仿，所以天马行空恰恰最能表达你的独特意境……”

忽然传来艾米的声音：“哎呀……小江的草稿也能卖钱啦？”

颜宽的话音被艾米的大嗓门打断，她指着颜宽手里的画惊奇叫着，众人抬头，艾米身后还紧跟着一个穿着时尚的二十几岁高大男孩。

“艾米……你！”于旭之气得瞪眼说不出话来，只得向前恼怒地推开她：“赶紧忙你的去吧，看不出来客人在讲话啊？”

“噌”地艾米身后的年轻人向前挡住于旭之，他沉脸说道：“好好说话！老板怎么着，老板也要给我好好说话！”

众人愣住，艾米惊得脸变色，她迅速贴到男孩怀里摩挲着他的脸撒娇：“哎呀宝贝儿，大家都是自己人，你干吗呀！”

于旭之赶紧将画打包，白小江刚要过去帮忙，艾米一把拉她过来：“小江过来，我给你介绍，这是我男朋友……”

话没说完门外一个中年男人闪身冲了进来，“啪！”男人一巴掌狠狠拍在吧台上，阴狠的面孔怒视着艾米：“艾春花！妈的，你敢拿我的钱去养小白脸！老子这几年在你身上花了多少钱？我今天倒要来看看什么样的男人敢把你带走……”

所有人愣住一起看向艾米，愤怒的于旭之冲向男人怒吼：“你什么人啊？凭什么在这里横？给我出去！”

艾米指着男人冲他哭喊：“冯大可——你不是又有女人了吗，你又不和我结婚，还不能让我和你分手啊？……”

她呜呜哭了起来，冯大可冷笑着坐在椅子上跷起二郎腿：“你想分手就分手了？那好，你算算这么多年你花了我多少钱？花你身上的钱就算了，花你一家老小身上的钱现在算算吧！”

说着他又指向艾米带来的男孩："你小子他妈的要是有本事带她走，先还给老子二十万再说！她老娘一条命就是我给的，没有我掏的十几万老家伙早就死了！"

男孩震惊地看向大哭的艾米："你……，怎么会是这样？！"

痛哭着艾米扑向他的怀里："我可是——爱你的呀！"

垂着双手男孩僵硬着身体扭头不看艾米，半闭着眼睛他的眉头越来越紧锁，众人屏住呼吸全都看着他的面孔，冯大可一脸冷笑睥睨地看向男孩。终于男孩缓缓伸出双手将艾米从他怀里推开，他的声音低得几乎听不见："我……没几十万，我走了！"

说完他苦着面孔转身抬脚就走，惊得白小江心中一抽，转脸不敢看向艾米，艾米号啕大哭着紧紧抱住男孩："不！——我不让你走……"

一咬牙男孩决绝地推开了艾米双手："你这个……烂摊子，我收拾不了！"

顿时艾米捂住面孔扑到白小江怀里呜咽痛哭，冯大可阴冷的面孔露出得意冷笑。男孩就要踏出门槛之时猛然颜宽伸出一只手臂将他拦住，他一拍男孩肩头，沉着面孔狠狠说道："好好说话！想走怎么着，想走也要给我好好说话！"

男孩浑身一震，愣住，艾米和众人也都愣在那里，男孩盯着颜宽黑着的一张面孔足足有半分钟，终于转过身来冲着艾米低头："艾米，对……不起，我走了！"

说完他立刻转身便没了身影，看到男孩消失的背影，艾米扑倒在沙发上死死捂住面孔呜咽痛哭……

这时黑子进门，看到冯大可，再看痛哭的艾米，立刻他知道发生什么了。

冯大可起身晃荡着来到艾米身边，他的双手插在名牌西裤的裤兜里面颠着腿狞笑着："花我的钱他妈的还敢背叛我！好啊，把你妈治病的钱还我……"

浑身颤抖着艾米捂住面孔说不出话来，于旭之愤怒指向冯大可："给我出去，不然我马上报警！"

黑子撸起袖子瞪着眼睛逼近冯大可："王八蛋！你还是个爷们吗？"

冯大可本能地往后退缩：“你……什么人啊？不关你的事……”

“啪！”黑子一拍吧台：“敢说不关我的事？男人的脸都给你丢尽了，老子我今天非管你的闲事不可！”

颜宽也撸起袖子瞪着眼睛逼了过来，吓得冯大可撒腿就往外跑，一边跑一边回头指着艾米：“艾春花！你等着……”

看着这一切白小江浑身冰冷，可她只能抱住大哭的艾米，身体不禁也颤抖起来。

五

于旭之和夏南生坐在谜生的沙发上聊得正热乎，白小江拎着早点进门，看到夏南生她很惊讶：“南生，你怎么比我来得还早啊？”

夏南生起身微笑着致意，于旭之拉着白小江一起坐下，他还沉浸在昨天卖画的兴奋中：“我让南生过来的，是南生让我发现你的画是为艺术而作，而我的道路走反了。你的画昨天被卖掉，证明了我现在的绘画其实只能算是技艺而非艺术，而我却急着想用工匠的技艺去赚艺术家的钱。”

白小江瞪着眼睛惊呼：“老于……没想到你竟然能这么反省自己！”

夏南生激动得起身紧紧握住于旭之的双手连连点头：“没错、没错，一个老师竟敢于向自己的学生学习，真的了不起啊！了不起！旭之，你能有这种胸怀就一定会有非同寻常的成就！这世上哪个大师不是彻悟的呢？只有击破灵魂才能生出灵魂之作，你俩一定都会成为伟大的画家。”

于旭之说他要远走天涯去采风，夏南生兴奋地张开双臂拥抱他：“我介绍你去西藏的寺庙禅修，你不要急着赚钱，相信我，你一定能够爆发出让你自己都不敢相信的才华，不信你看！”

有位老顾客进门，于旭之赶紧起身招呼。白小江将茶水注入南生蓝色的杯子，夏南生端起杯子刚要说什么，文飞飞气喘吁吁进来，她壮硕的屁股用力往沙发上坐下，单薄的沙发晃了起来。

飞飞冲两人嚷嚷着："我要喝茶，渴死我了！还好今天你俩都在，要不然他又让我看门了。"

白小江奇怪："看啥门啊？谁让你看门了？"

飞飞的大眼睛在齐刘海儿下面往上翻着："还不是老于啊，他不在展厅我可不是就要看门啦。"

说完她忽然想起了什么赶紧捂住了嘴巴："对了！他是不让我说的，坏了，我又说出来了……"

紧紧捂住嘴巴，文飞飞大眼睛滴溜溜地来回转了几圈，紧张和羞愧让她像个犯错的孩子一样。

白小江这才发现于旭之突然不见了，展厅里面只有一两个游客晃荡着进来，却四处不见他的身影，见他手机还留在茶几上面，看来人也不会走远，白小江不解："咦，这一转眼老于人去哪儿了？"

水壶里面开始沸腾起来，白小江给南生倒茶，文飞飞胖拙的身躯钻在茶几下面寻找她那只杯子，茶几底下传来她的声音："南生哥哥我问你啊，昨天你是让我用橙色的杯子还是黄色的来着？怎么一天时间我就给忘了。"

忽地一个激灵，白小江眼睛射向夏南生："你……昨天也来过？"

她放下手中茶壶狠狠看向夏南生，顿时夏南生慌乱的眼睛不敢看向白小江，掩藏不住的局促浮现在他面孔，他赶紧低下头。

文飞飞还在撅着屁股寻找杯子，一边口中嘟囔着："黑子都告诉我了，艾米原来是傍了一大款，她还真是能装！天天装大款笑话我穷酸，不过我啊早就看出她不对头了……"

终于摸出两个杯子，她把杯子放到茶几上激动得满脸冒着油光："小江你发现没，艾米不会泡功夫茶不说，连喝茶的杯子都拿得不像样，……有钱人能有她那样的吗？"

现在她终于可以发泄对艾米的怨气了，白小江在飞飞硕大的屁股上狠狠拍了一巴掌："够了！少说废话会死人啊？你还冲人脸上咳嗽，打喷嚏从来都不捂嘴巴呢，吃西餐反拿刀叉……那你这样谁能知道你爸妈还都是科学家呢？就只知道笑话别人！"

尴尬的笑容浮现在飞飞脸上："那……我爸妈不是一直都在基地么，

我又没和他们一起生活过。是我奶奶从农村来北京把我带大的，所以我哪能有什么城里人习惯？可是……我也没有装蒜啊，来，给我两个杯子都倒上！”

见小江不动，她自己拿过茶壶：“不倒拉倒，大小姐我自己来！”

白小江一把按住她的手瞪眼：“慢着！给我老实交代，昨天上午怎么回事？除了南生来了还有什么事情发生？”

猛然飞飞想起昨天夏南生也是让她保密的事情，立刻她惊得瞪大眼睛看向夏南生，看到南生慌乱得避开她的视线，飞飞顿时一把又捂住了嘴巴连连摇头，慌得她那大眼睛来回在白小江和夏南生脸上游走。

看到俩人的表情，白小江冷笑一声：“哼！文飞飞你别忘了，店里的账和钱全都在我手里，看来你是不想要回你投资的钱了！”

文飞飞顿时愣住，惊得她赶紧起身大叫着：“我说！我全都坦白交待！”

夏南生立刻绝望地捂住面孔，飞飞一把拉起白小江就往门外跑去，夏南生也跟在两人身后跑了出来，在槐树底下飞飞指向鸟笼——笼子里面空空如也，画眉鸟没了踪影！

文飞飞全盘交待：“昨天上午我一来就发现鸟笼子里面空了，鸟儿不见了！我赶紧告诉老于，他立刻就要爬上屋顶去找鸟儿，让我在画廊里面帮他照应着，而且让我保密，说在鸟儿找回来之前不许我把这件事情告诉你们任何人。”

说完她的眼睛投向夏南生：“老板上了屋顶以后南生哥哥就来了，他进门就夸刚挂上去的这些画儿画得太好了，又问我是谁画的，我说是小江姐画的，然后他撒腿就跑了。可是他刚跑出几步远又掉头跑回来，也让我给他保密不许告诉大家说他来过！”

说完这些她羞愧地向南生道歉：“不好意思啊南生哥哥……我都说了，您可别怪我啊，小江姐要是不给我钱，那我可就惨了！”

夏南生绝望地闭上眼睛，他赶紧转身装作寻找于旭之：“旭之、旭之！你在哪儿……”

顿时白小江愤怒的眼睛瞪得像个铃铛，脖子上的青筋毕露，她怒视着夏南生指着他一声大吼：“夏南生！你——”

夏南生红着脸低头不吭声，飞飞拉着白小江袖子：“小江姐，我搞不明白他们俩为什么都让我保密啊？”

白小江推开飞飞冲着房顶大喊：“于旭之——下来！”

一会儿房檐上露出于旭之沮丧的脑袋，他跳上墙头从槐树上溜了下来，摊开双手于旭之满脸的歉疚：“小江，真对不起，鸟儿……没了！”

白小江平静说道：“它不是没了，是飞了。无缘的鸟儿怎会留下？这可是你说的，该走的都会走的！”

夏南生听了心惊，他瞪眼看向空空的鸟笼不语。这时黑子也来了，他抓住于旭之的胳膊疑惑问道：“老于，你不是说那鸟儿有缘是飞不走的吗？”

于旭之赶紧抖落黑子手臂转身进屋，只听他嘟囔着说道：“这缘分……不是没了嘛！”

黑子又拉住小江：“鸟是你带来的，那小江姐你说是怎么回事？”

看着空空的鸟笼，白小江叹息：“其实我们和这只鸟儿没有区别，生活在笼子里面却自以为那就是天空、就是天下，就是宇宙世界的全部真相！也许就这样过完了一生也未曾发现那个门其实就在自己的身边，只有飞出去的鸟儿才能知道天空到底是什么……”

飞飞点头：“说得是啊，可是我这人本来就笨，怎么才能找到那个门呢？”

白小江冷着面孔拉着夏南生：“南生过来，我有话和你说！”

挣脱白小江的手臂，夏南生赶紧告别她：“小江咱们改天聊，我去朋友那里有事……”

说完他转身撒腿就跑，迅速来到车前刚要打开车门，忽然一个身影闪出按住车门把手：“慢着夏先生！”

满脸怒火的白小江依靠在车门上，夏南生顿时泄气沉默着，白小江冷笑着：“你这是要去颜宽那里吧，好吧，带我和你一起过去！你们必须把我的画全部还我，昨天他付的钱一分不少我全都还给他！我说哪来这么奇怪的事情，挂出来的画不到一天就被人买走。你夏南生心肠好，你想救济于旭之犯不着买我的画，我可不稀罕你的施舍！还有——这事不许告诉于旭之，你可给我听清楚了！”

夏南生在白小江眼中又看到了那剑锋一般的寒光，他心中不由得一颤立刻解释道：“小江你这是干吗呢？我和颜宽是真心喜欢你的画，颜宽说你的画让他发现了一个非凡的画家，我们是真诚的！”

愤怒的白小江眼睛开始冒火：“那你鬼鬼祟祟搞这名堂干吗？”

忽然夏南生也着急起来，跺脚大声说道：“我是可怜于旭之，我承认买他的画是为了接济他，可是我做梦也没有想到你竟然会画得这么好！如果我再买你的画谁都会认为我又是为了施舍，如果我说你的画是真的好又怕伤了于旭之……唉，所以我只能让朋友出面代我把画买走。可是现在颜宽买下来以后，根本不把那幅《凡所有相》还给我，他自己留下来了。走，我带你去他公司看你的画去，你就会知道这些画到底是不是我们真的喜欢了！”

说着他拉着白小江就要上车，挣脱他的手，白小江心软了下来：“算了吧，即使你当时知道颜宽会赖账，你还是不会忍心伤害于旭之的。唉，南生，你真是太善良了！”

听了这话夏南生低头陷入沉默，猛然他转身拉开车门头也不回上车：“我走了，小江你请回吧！”

车子驶向德胜门附近，车窗外古老的青砖瓦房和现代火柴盒子似的建筑交织在一起，夏南生心中生出被过去和现代撞击得无所适从的感觉。

走进一个安静的院落，院子里面整洁的草坪上散落着欧式的遮阳伞和藤椅，穿越草坪进入一幢三层楼房。颜宽的文化传媒公司占据这座楼的一层，夏南生打开两扇白色橡木门，第一眼就看到正门对面墙壁上正挂着那幅《凡所有相》，画中神秘的花瓶隐入蓝黑色的虚空……，在精致的米白色墙布映衬下，这幅画犹如一颗巨大的蓝宝石一样惊心动魄的闪亮，令人莫名震撼。

办公桌后面颜宽起身，看到夏南生定定地凝视着这幅画，他冲着南生后背捶了一拳：“怎么着，还贼心不死啊？告诉你别做梦了，这画要是给你才白瞎了。你说你一个只知道研究无人机、研究公司怎么能上市的理工男，你要这画干吗？你研究过‘凡所有相’到底是讲什么的吗？我看你呀，只能看到这幅画的绘画水平罢了。”

依然盯着画没有回头，夏南生背向着颜宽缓缓摆手说道：“不！我不要这幅画了，就让它留在你这里，凡所有相……我还要它干吗？”

顿时，颜宽愣在那里瞪眼定定地看着夏南生的后脑勺，转瞬他咧嘴哈哈大笑：“行啊老夏，没看出来你的水平还挺高的嘛！”

把夏南生按倒在沙发上，颜宽递给他一杯咖啡：“我去会议室开个短会一会儿就过来，这帮孙子不上紧箍咒就拿我当吃素的糊弄，得给他们上上眼药去，你自个儿先待会儿啊。”

抬起眼皮夏南生看向颜宽：“不是有林芙蕖给你坐镇嘛，她那么狠的角色谁还敢糊弄你？”

气得颜宽一巴掌拍向夏南生脑袋：“合着你当我这个老板是花瓶啊，林芙蕖才是掌舵的不是？你别忘了林总是专门负责宽宏电子的，我不能让她分心再管这摊子，火力要集中在电子行业，不然怎么能对付你这个最强大的对手啊？”

他大笑着一边向门外走去，夏南生坐在沙发上低头默默喝着咖啡。

散会后颜宽回到办公室，夏南生已经没了人影，打他电话关机。

几天以后所有人发现全都联系不上夏南生了！疯狂的颜宽和于旭之几天几夜没有合眼，能找的地方都找了，夏南生突然从这个世界上消失了！

七天以后警察在天一湖冰冷的湖水里发现了他……

第二章　互换的灵魂

六

硕大的豪华客厅被装饰成灵堂，夏南生家里前来悼念的人挤满了大厅，心痛的人们哭成一片。灵堂的供桌上夏南生的照片依旧温暖地微笑着看向众人，夏妈妈枯槁得如同一株风干的蒿草，深陷的眼窝里面泪水早已干涸，她坐在灵桌边的椅子上像尊化石呆呆地看着儿子照片。于旭之、黑子和艾米哭成一团，顿足捶胸的于旭之坐在地上，哭声像雷声一样轰响在灵堂："南生你为什么这么狠心啊？！为什么不给我一个报答你的机会就走了？你不是说我能成功的吗，你让我……我怎么能报答你啊……"

黑子拉他也拉不起来，只能紧紧抱住他的后背一边呜咽痛哭着抹去眼泪。

楼上夏南生的书房里颜宽坐在书桌前，他一遍一遍地抚摸着手里的相框，照片上是大学时代的三个年轻面孔：颜宽、夏南生和吴言三个男生在篮球场上刚刚战胜了对方球队，三人抱着篮球冲着镜头咧嘴大笑着……少年轻狂又恣肆的欢笑定格在玻璃下的相纸上面。

泪水流淌在镜框的玻璃上面，颜宽逐渐浑身颤抖起来，"啪！"猛地他将镜框倒扣在桌上，疯狂地捶打着橡木桌面号啕大哭："你一句话没有就从我那里走了，这到底是为什么啊？——兄弟我到底做错了什么你这么惩罚我啊！那个时候我们三人那么……开心，可是我做梦也想不到你们两个都离开了我！留下我一个人……老天啊这是为什么啊？——”

嚎哭声响彻书房回荡在整座复式楼房，楼下人们听到这个撕心裂肺的哭声默默流着流泪。

跌跌撞撞白小江冲进灵堂，看到花圈和白色挽幛布满了整个厅堂，此刻她才确信那个夏南生真的不在这个世上了！白小江恍惚了，厅堂里面所有的哭声都已经飘到了天外，她脚下发软仿佛踏入了层层云层的包裹里面，云层糊住了她的眼睛，她死命地睁着眼睛，可是眼前还是迷糊一片，她——什么都看不见了……

“刷”地夏南生的眼睛像是一道闪电穿透云层闪现在白小江眼前，那双饱含着万千思绪的眼睛正在凝视着她！惊得白小江浑身一凛，瞬间她看到了那是供桌上夏南生照片中的眼睛……

浑身冰冷的白小江颤抖着，她的耳边全是夏南生幽幽的声音：

“我……一直想从自己的梦里醒来，不知道醒来那将会是一个什么样的世界，我也找不到怎么醒来的答案……”

从心底冲刺出来的一口气如利剑一般瞬间穿透了白小江的心脏，这把无形的剑抵住她的心轮、喉轮直至白小江的脑干！她就要窒息，捶打着胸口大口喘着粗气，涕泪终于淹没了她……白小江只想让这个世界的运转方向倒转过来，她乞求上天能够让太阳绕着地球转、地球绕着月亮转，只为了时光能够倒流回到夏南生和她谈心的那个时刻，如果那一刻自己能够让夏南生解开灵魂所有的苦痛，融化他心中所有的坚冰，也许这个世界就不会是现在这个样子！可是明明知道他心里有心结，明明那么多次和他谈话，竟然自己从来就没有想到过要去抚慰一个伤痛的灵魂！……这个充满遗憾的世界里充满了猜忌、顾忌和冷漠，然而只要心中那一念的慈悲心升起，去拉住那个苦海中的苦痛灵魂，也许夏南生就能够永远地活着，而此刻他却只能永久地停留在冰冷的湖水中和照片上面！

浑身颤抖着白小江不敢看向照片，捂住面孔泪水狂涌着却无法发出一丝的声息，那燃烧在躯体内的痛苦就要将她炸裂……，艾米拥抱着白小江痛哭：“小江，我不相信南生他不在了，怎么都不相信——”

忽然，夏妈妈如泥塑一般的眼睛转动起来，她“噌”地起身瞪眼看向白小江：“你——就是白小江？”

白小江抹去泪水向夏妈妈鞠躬：“阿姨，我是白小江。”

忽然老人摇晃着一把抓住白小江手腕：“孩子我正要找你，随我来！”

老人瞪着眼睛不发一语，枯瘦的手指紧紧拉住白小江向楼上书房走去，不知道老人找自己干吗白小江只得跟在老人身后。打开书房门一个男人的哭声传来，墙角里这个男人像个孩子一样蜷缩在地上正在抱头呜咽着，老人径直过去拉他起身：“宽子起来，南生留话给你们俩了！”

抬起头颜宽惊奇看向老人，然后又和白小江惊讶对视着，白小江差点认不出他就是颜宽，眼前这个胡子拉碴眼睛和面庞都浮肿的男人，早已没了初见他时的潇洒倜傥，绝望和悲伤已经将他彻底击垮。

老人坐在书桌面前拉开抽屉，颤抖着双手拿出一本黑色皮面日记簿轻轻推到了两人面前，她的眼泪开始哗哗流淌：“我发现了这本日记那天……警察同时也在天一湖找到了南生，你们两人打开看看吧……”

并排坐在老人对面，颜宽和白小江打开日记，发黄的纸张上面泪迹斑驳，记录的日期是十年前：

今天是开学第一天，时间真快，已经是研究生最后一年了。坐了一天一夜火车来到北京我很疲劳，回到寝室睡在上铺的吴言被我吵醒，他溜下床来央求我这个游泳老手陪他去天一湖游泳。他在老家刚学会游泳还在兴头上，正是有瘾的时候。可是这几天我奔波着挤火车实在是太累了，感觉体力不支，让颜宽陪他去。他说颜宽去火车站接报到的新生去了，拗不过他，我只好陪着他出门。

来到天一湖我们两人下水开始游泳……

吴言奋力向湖中游去，他骄傲地问我游得怎么样？开始时我不放心紧紧跟在他身后，当我看出他游得不错时就放心了。这时我感觉自己太累没有力气就慢了下来，眼看着吴言离我越来越远……猛然我的一条腿剧烈抽筋！巨大的刺痛让我瞬间身体蜷缩成一团，我大叫着可是湖水瞬间呛入了我的口中……

不知道过了多久我开始往水中沉了下去，我无法张开嘴巴呼救，恐惧和抽筋的疼痛淹没了我，我在心里呐喊：我就要死了！救救我啊——救命啊……

忽然我的身体被吴言托住，他死命地托着我往岸边游去，一边他大喊着："救……命啊——"

……

终于我剧烈抽痛的身体突然触碰到岸边石头，那一刻我心中轰然响起：我得救了！

可是回过头来我却发现身后的吴言竟然不见了！……

"啪！"瞬间颜宽一拍桌子起身大叫："天啊！是吴言救了南生！……不是南生救了吴言啊？——"

他双手捂住脑袋，恐惧的大眼睛龇裂着望向头顶的虚空，仿佛他在那里看到了什么……继而他缓缓捂住面孔伏在桌上捶打着桌面号啕大哭……

白小江惊恐地看向他，她已经明白发生什么了，可她不敢相信也不敢那么去想！夏妈妈拉住颜宽双手痛哭："孩子，我和你一样也不敢相信是吴言救了南生！这么多年所有人都认为吴言不会游泳，是他出了事南生救他没有成功，可是谁能想到竟然是吴言救了我儿子！……

"我也是看到这篇日记才知道这个真相啊！"

一个激灵白小江捂住了嘴巴差点喊出声来，她终于明白过来夏南生为什么死了！回想起66大道那个夏夜的树影下，夏南生来自地狱一般的眼睛，原来那个躯壳早已失去了魂魄……

猛然老人拍打着桌子嚎哭起来："南生——你为什么要做那个假的救人英雄呀？你要那个浮名干吗呀？吴言救了你，你就说真话好啦！可是你走到这一步……这到底图的是什么啊？"

拿起桌上的照片，颜宽眼神涣散盯着南生的面孔喃喃自语："天啊！怎么会是这样？怎么……会！南生你可是游泳老手啊，所有人都以为是你抢救了吴言……那天我赶到湖边的时候……”

已经哭得就要虚脱的夏妈妈猛然惊醒过来，瞪着眼珠子一把拉住颜宽：“孩子你后来去了现场，你来告诉我当时你看到什么？”

泪水不停地从颜宽大眼睛中滚落，他回忆着：“我赶到的时候已经有很多人围着吴言，南生正在死命地给他做人工呼吸，各种抢救手段都用了可是他还是没气了。南生抱着吴言大哭，我哭着问道：‘南生，你游泳那么好怎么没有救活吴言呢？’他却只是抱着吴言大哭说着对不起，我以为他是歉疚没能救得了吴言……

救护车把吴言拉走后南生又抱着我痛哭，他已经崩溃只是痛哭什么都不说，所有人都以为是他救吴言没有成功陷入痛苦，没人忍心去问他吴言溺亡的经过。那几天学校正好刚开学，需要树立树新风的模范榜样，虽然南生救人没有成功，但也是参与救人的英雄，所以学校就授予他学雷锋的救人英雄称号。从此入党、学生会主席、留校任教等等各种荣誉和利益都给予他……”

颜宽浑身颤抖着看向三人的照片痛哭流涕：“吴言走了，南生你不能也走了啊？你把那个不属于你的英雄放下不就什么都没了吗？我们都能理解你，没有人会怪你，可是你干吗不和我说啊？你干吗也要死啊?！——”

他捂住面孔涕泪俱下，白小江将日记递给颜宽，他这才渐渐止住哭声，看了几页后此刻他的头脑才渐渐清晰起来，仿佛天崩地裂过后的漫天尘沙终于消散，颜宽这才彻底明白自己这两个兄弟之死是相互联结在一起的，南生的自杀是源于他承受不了盗取的救人英雄这个名誉。

停止哭泣夏妈妈替儿子辩解：“你们看，这个救人英雄不是他自己想要的，是学校硬给他的。”

看到夏妈妈布满皱纹的干瘪面容，白小江和颜宽没有出声。闭着眼睛颜宽冲着白小江挥手：“我……不能再看了，你读给我听吧。”

翻开日记，白小江读着读着声音逐渐充满惊惧：

当我在台上被表彰成为英雄的时候，我的眼睛却看到是吴言在台上被表彰、吴言在入党宣誓、吴言在主席台上演讲……而我夏南生却像个地狱幽灵一样站在他的身后看着这一切！

我活着只是代吴言活着，他死了，只是代我死了！所以他的灵魂留在世间，而我从此就是一个幽魂，因为我的灵魂早已堕入地狱！……

夏妈妈呆呆看着相框中儿子的面孔，颜宽低头仔细倾听，只能看到泪珠从他眼中不停地坠落在地板上，白小江继续读着：

毕业以后学校要我留校任教，我不敢为人师表，更不敢去政府工作，我怕“英雄”这个紧箍咒会随我继续前行，我要逃离一切能够给我带来英雄称号的地方。我回到了家乡，可是天一湖每天都出现在我的梦里，我知道我必须回到北京去面对我的原罪，我无法逃避那个抹不掉的记忆！

回到北京因为英雄的荣誉又让我顺利创立公司，可是没有想到公司的生意非常好，我们生产的无人机在全国得了大奖，订单像雪片一样飞来。我终于明白了这并不是上天给我夏南生的福报，而是给予英雄吴言的奖赏，因为是他活着而我死了！所以我的公司是吴言的公司、我的成功是吴言的成功。

我给吴言父母买了房子，给二老比我父母还好的生活，可是这么一做所有人更加把我奉为圣人，夏南生已经不只是英雄，还是慈善家！那一刻我终于明白了：一条道路只要开始偏离正道一点点的方向，最终必然走向无法想象的邪恶终点！这条道路上地狱正在前方等待着我的到来，我再也无法回到当初那个干净的起点，我只想立刻死去！因为那顶紧箍咒已经勒入我的骨头、我的灵魂，令我血肉淋漓、面目全非，谎言令我成为沦落的游魂，失去了人形。

终于我开始了恋爱，和一个非常温柔、善良的女孩约会，可是每当我和她牵着手，我的眼睛就看到是吴言在和她牵手，和她吃饭也是看到吴言坐在她的对面吃饭，甚至我们接吻也是吴言在和她接吻……

我陷入这种幻境和现实缠绕的双重世界里面，那真实的噩梦令我无处逃离、无法自拔！我不知道到底是我生活在吴言的梦中，还是吴言生活在我的现实里面，于是我迅速逃离了那位姑娘。

人生这出戏没有写好的剧本供我们来表演，谁也不知道拉开帷幕里头会有什么出现，唯有做实了自己才能不砸场子。可是我的场子早已经被我亲手砸掉，虽然这个时候台上的戏看上去演得正红火……

这时的白小江已经窒息得喘不过气来，放下手中日记她深深呼吸着，屋里一片寂静，这时夏妈妈和颜宽两人已经混沌如石人一般。翻开下篇日记白小江心头一凛，上面写着两行大字：

醒着在你我的梦里，梦着你我真实活着。

白小江写给“谜生”画廊的这副对联被夏南生写在这里，此刻白小江终于明白他看到这副对联以后的失魂落魄：

当我在 66 大道看到这副对联的时候，它像一双眼睛在看着我，它仿佛在告诉我它知道我所有的秘密！只有它知道我只是一个飘零在这个世上的梦中游魂，只有在那个梦里我才能真实地活着。

没有想到写出这副对联的竟然是个年轻的姑娘，她女巫一样的眼睛告诉我，她能知道我赤裸裸灵魂后面的所有秘密！我害怕看到她的眼睛，可是我知道她的心是慈悲的，她可怜我也可怜这个世上每一个流浪在梦中的灵魂。我想要灵魂脱离这个罪恶的肉体，然而我知道那只是我的幻想，因为真正有罪的是我的灵魂！我想让我的灵魂消散在这个宇宙，忘记曾经的罪恶，再也没有觉知，到底我该怎么活着才能安放我的灵魂？

……

我欺骗了这个世上所有的人，可是我欺骗不了我自己！

亲爱的妈妈、我的兄弟颜宽，请原谅我离开了你们，我的灵魂需要上岸，我渴望那湖水能够洗涤我的罪恶，能让我这颗心得到救赎。希望我的忏悔能够带我上岸！

……

我死后所有的资产和股份转移到我妈妈名下，颜宽请你在我死后帮我公司渡过难关，代我行使我的管理权，直到有人买去公司或者我的股份为止。颜宽，我希望最好由你来买去我的公司！

白小江你是一个敢于探索自己内心世界的勇士，而我没有这个勇气。如果你能够看到这本日记，恳请你的慈悲能够帮助救赎我的灵魂，请你帮我建立一个慈善基金会，我生前的积蓄以及今后公司产生的利润分红都赋予你支配，除了用于赡养吴言父母和我的父母之外，请你把这些款项用于那些最需要帮助的人们，我相信你一定能够做出最好的布施。

妈妈、颜宽、白小江，请你们帮我完成对这个世界的补偿，此生我无以为报，只求来生报答！

放下日记白小江捂住面孔：“对不起啊南生……作为朋友我对不起你……”

她在心中哀嚎着：南生你是那么善良的一个人，默默地帮助我们，可我却从来没有想到回报你、没有和你多沟通一句。我怎么也没有想到会是今天这样的结局！我活着太冷漠了，我无法原谅自己！……南生，请你原谅我！

痛哭着她不敢抬头看向那张照片，闭上眼睛又不敢看到脑海中夏南生的那张面孔……

忽然夏妈妈一把抹去眼泪起身来到两人面前，瘦削的面孔透着坚毅：“孩子们，求求你们帮帮南生，帮他的公司渡过难关，帮他完成慈善的遗愿！如果不是看了这本日记，我也是不活了一定是要随他去的。可是现在我决定要活下去，要看着我儿子的心愿完成。阿姨给你们两人磕头了！”

说着老人冲着颜宽和白小江就要下跪，惊得两人同时跳了起来拉起老人，向夏妈妈承诺一定会帮助南生实现遗愿。

天黑了，灵堂里人们都已散去，夏南生的大学同学刘明超和于旭之、黑子正在守灵。颜宽送白小江出门，两人一起默默走到院子，入秋的凉风加剧了这个夜晚的凄凉。黑色的风衣被白小江紧紧裹在胸前，她停了下来依靠在庭院的廊柱上看向颜宽：“其实我不配南生的信任，我知道他有心结，可是我从来没有想到要去帮他打开，我终于明白了：所有的事不关己都是我们在为自己的冷漠寻找的借口！现在我才知道我是一个多么冷漠的人！我根本就没有慈悲之心，如果我们连身边的人都救不了，那自我的灵魂又怎么可能出离苦海？哪怕我们自己上了岸又能怎样，能在岸上得到解脱吗？”

苦笑着颜宽说道：“谁敢手握真实这把刀，谁才是真英雄！小江，更多的时候我们连南生都不如，回过头来寻找自己黑暗的灵魂是需要勇气的，因为我们都不敢面对自己的原罪，不敢承认自己的错误，更不敢打开自己真实的灵魂去查看，因为那里面太黑暗了，如同地狱深渊，打开那里我们都会被自己吓到！所以只有圣人才敢每日三省吾身，我们都是凡人，都会关上自己的灵魂，欺骗着别人也欺骗自己，就像那些原罪都消失了不再存在一样。有多少人能像南生那样不能原谅自己？更多的人窃取别人的名誉习以为常，盗取金钱和利益那就更是沾沾自喜。”

苍白着面孔白小江看向漆黑的夜空：“忏悔是风，可以吹去恶念、恶业的云，夏南生的忏悔已经让他的灵魂醒来，没有忏悔没有醒来的灵魂，那才是最苦！”

颜宽握拳狠狠捶向树干：“我终于明白南生为什么没有对我敞开心扉了，其实是因为他发现我根本就没有……慈悲心！因为我总觉得自己什么都懂，总是高高在上施舍那些道理给他和所有人。我没能把别人的苦难当作自己的苦，我不能和他真正地融为一体，所以他才对我封闭了心扉……苏格拉底说过：未经审视的人生不值得一过。所以南生像一面镜子，突然让我……看清了自己的真面目！”

默默转身白小江低头离开。

七

躺在床上，白小江脑海里面全是夏南生的身影和他的苦痛眼睛……

终于进入了梦境……混沌的黑暗夜空中透着些许亮光，漫山遍野都是密密麻麻飘飞的黝黑身影，他们飘浮在空中和陆地，四处游荡着，模糊的身形上那些面孔没有任何五官只有一只眼睛，那一只只眼睛眼神空洞地呆视着前方。

白小江也在黑色夜空里面飘浮、游荡着，忽然那些身影簇拥在一起排成了长队，黑压压一片的身影从白小江两边穿行而过，他们的那一只眼睛在经过白小江身边时和她的眼睛对视着，无数的这些眼睛眼神空空如黑洞一般，将白小江所有的意识和觉知瞬间吸纳进去！没有比这种空洞更令她恐怖的景象了，慢慢地这些一只眼睛的躯体开始包围白小江，拥挤着她，将她挤得透不过气来，她身陷其中无法出离，疯狂大叫着可是白小江却发不出一点声音，恐惧、绝望淹没了她……

猛然她心底一颤：那些一只眼睛的人他们眼里看到的白小江到底又是一副什么样的面孔呢？难道也是和这些人一样长着一只眼睛吗？也是这样没有灵魂般的恐怖？

想到这里她顿时两腿发软，急急地开始寻找镜子……

忽地这一切都不见了，前方出现一面巨大的镜子，黑暗中镜子无边无际，上下看不到尽头，里面映照出白小江躯体的模糊身影。可是走近镜子，她模糊的身影在镜子里面怎么看也看不清楚，她死命地睁着眼睛，还是看不清楚镜子里面的那个白小江……

恐怖和绝望再次淹没了她……

猛然醒来已是大汗淋漓，梦中的景象和日记中的画面交替出现在她眼前，梦境和现实世界的双重撞击令她的意识飘忽纷乱，只能看着夜幕深沉直到天亮。

葬礼结束后于旭之关闭谜生画廊，踏上了去往西藏的列车，颜宽和几位股东在夏南公司的办公大楼迎来了白小江。他指着大厦顶层宽阔的办公大厅说道：“这一层全部为夏南基金会，为了南生的愿望我希望未来公司无论卖或不卖，这个基金会都能越办越大，永远存在！”

看着周围的一切白小江点头不语，几位股东相视着，大家递了个眼色给夏南生的堂哥夏东生，这个四十几岁的男人和夏南生长得很像，都是瘦瘦高高，只是夏东生思虑过度的面孔上布满了纵横的皱纹，紧皱的眉头让看到他的人都会心生压抑。

夏东生看着颜宽缓缓说道：“南生撒手一走了之，公司这下面还不知道怎么赚钱呢，他却让我们先想着把钱怎么花出去！……虽说基金会花的是南生他自己的钱，可是说实话我们几个股东都搞不懂南生是怎么想的。”

再看其他几个股东的脸色，颜宽明白了，夏东生代表股东们表达了他们对夏南生死前布局的不满，对颜宽主导公司的决定也不满意。想到这里他对大家说道：“我的公司本来就是你们同行，这种情况我来负责你们公司的经营确实也不合适，而且我自己有两个公司也忙不过来。这样吧，你们找来一个职业经理人，我来配合他管理直到你们公司被卖了为止，这样行不？”

夏东生赶紧摆手：“不不！南生定下的决定我们不能改，再说了我们几个股东都是外行只能听从你内行的管理，要是颜总你能买下南生股份那不就是两全其美啦！而且南生留下遗愿也是希望你能买的，说实话我们这些股东可都是等着你来做老板呢，有你这个内行来掌舵我们还有啥担心呢……”

几个股东一起附和着：“夏总说得是，这是最好的办法啊。”

立刻夏东生转成满脸讨好的笑容，看着他的皱纹像一朵菊花在脸上绽放起来，轰然一道冲天的火花在颜宽心中乍现炸裂出来：

——只有颜宽买下夏南公司才能保全基金会永远存在！

瞬间颜宽脑袋震得嗡嗡作响，眼前一片的火花闪现，他明白了夏南生遗愿让他买下公司的真正用意！

一阵恍惚颜宽的心脏剧烈跳动起来，浑身的血液瞬间涌到脑门。他立刻回头寻找白小江的身影，发现她正站在窗前凝神眺望整个夏南公司。颜宽转身扫视几个股东，冷笑起来："夏总的意思是我必须掏了钱才能进你们这个大门是不？你们这么好的公司我当然想买啊，可是我这个小老板和夏南生是没法比的，我要是有那么多的钱还等着你们来告诉我？"

顿时几个股东紧张地对望起来，夏东生满脸通红："瞧你……这话说的。"

颜宽冲他摆手嘴角泛出不屑："我颜宽有自知之明，我的公司比你们夏南公司规模小很多，何德何能来管理你们呢？可是你们别忘了，夏南生是让我临时替他接管一下，最终你们公司还是要卖掉的。所以你们当务之急赶快物色个职业经理人帮我一起打理，然后再找个买家把公司卖掉吧。"

"可是南生刚死，哪里有人敢买呢……"几个股东苦着脸一起嘟囔着。颜宽不理他们，转身招呼白小江，进入一间单独的办公室。阳光透过宽大的落地窗照射进来，宽敞的办公室内所有用品一应俱全，颜宽柔声说道："小江，你就在这里帮着南生完成心愿吧，来，里面这间是给你的画室。"

打开套间门，一间巨大的画室呈现在眼前，里面绘画材料用具竟然一应俱全，白小江迅速看向颜宽："这……你准备的？"

游走在画室里面颜宽沉着面孔："我想如果南生活着，他也一定会这么做，你在帮他，我不能耽误你的天赋，我和南生都坚信你会成为一位非凡的画家！"

站在门边白小江沉默不语。

颜宽驱车赶往自己位于东四环的工厂，这一带聚集着很多轻工业制造商，望着车窗外绚烂的云霞在天空绽放着，他不知道夏南生的灵魂是否在那里看着自己。

董事长办公室的门敞开着，林芙蕖亲自备好茶水，看到匆匆进门的颜宽，她迅速从沙发上起身，这个如古希腊雕像一般的美人和往常一样依然没有笑容，她冷冷说道：“老颜你有多久没来公司了？你再不来我就把你公司席卷一空卷款跑路，看你还想着这个公司不！”

林芙蕖拥有极其欧化的五官，柔和细密的黑亮短发利落地垂在脑后，一双仿佛是天人雕琢出来的美丽眼睛镶嵌在饱满的额头下面，鼻梁高挺鼻翼俊秀小巧，优美的唇部曲线如花瓣绽放，和微翘的下巴组合在完美的面孔上。咖啡色的连衣裙映衬着她的肤色更加白皙，松紧适度的针织面料显露出她无可挑剔的姣好身材，及膝的裙下足蹬一双皮面黑色长靴，简洁利落没有任何多余的装饰，令她杀伐果断的一面也显露出来。

一个这等的丽人不在北京高档写字楼里享受众人艳羡的目光，却偏安一隅于这个电子工厂度过她的美丽青春，她为颜宽付出的本心不用说谁都明白，每每想到这里颜宽就心生不安，总是质问自己当初同意她来公司的决定是否正确。

颜宽端详着她，拍向她的肩膀：“啧啧！这么美的女人能逃到哪里？出门还不就给逮住啦……芙蕖呀，你打扮这么漂亮让那些员工怎么能安心干活啊？”

颜宽真心地赞美着，早就对赞誉免疫的林芙蕖此刻还是触动了心潭，心底不禁荡漾起一阵涟漪，她的脸上泛起了难得的娇羞笑容，于是娇嗔道：“哼，连老板都不爱来公司，谁还爱看我呀。”

笑容迅速从颜宽面孔褪去，颓然坐在沙发上他双眉紧锁捂住额头：“夏南生在天一湖……自杀了！刚刚下葬……”

“什么？夏南生自杀了！天啊——”惊得林芙蕖扑在颜宽身边，抱住他的胳膊死命摇晃着：“为什么呀？他为什么要自杀啊？夏南生……拥有那么大的公司！他……他为什么……”

到底是不同于普通女人，林芙蕖迅速起身，打住疑问恢复了男人一般的理性面容，她将茶几上的茶水送到颜宽手里：“喝点热茶吧，你应该让我帮你打理丧事的，瞧你……累得瘦成这样。”

喝着茶水颜宽低声说道:“这种事情场面太惨烈,女孩子就别去了,幸好有刘明超在,他的心最细处理事情也最全面,整个丧事都是他一手操办的。”

轻抚着颜宽肩头林芙蕖心疼的声音传来:“你和夏南生感情最好,所以我能想象这些天你都经历了什么……”

万千疼惜的柔情从她眼里流淌出来,这个冰山美人只对颜宽这般柔情万种,这一刻颜宽感觉自己就要被她传递出来的温暖爱意融化了,心中不禁热流涌动,他又一次发现自己对林芙蕖产生了男人的温情,于是声音也倍加温柔:“哪里能休息啊,他刚去世,夏南公司乱成一团,唉,没想到他留下遗言竟然让我替他暂时管理公司,直到公司卖掉为止……”

“什么?!他让你管理公司?那你能得到他们无人机的技术吗?”林芙蕖一拍扶手,差点从沙发中一跃而起,但她忽然反应过来自己的失态,立刻保持了身体的威仪,坐在沙发上没有动弹。

看着她激动得发光的面孔,颜宽猛然心中一凛:人在受到刺激后第一时刻的反应永远都是最真实的,而后面的表现都是面具!

轰然他耳边响起夏南生此生留下的最后一句话:“不是有林芙蕖给你坐镇嘛,她那么狠的角色谁还敢糊弄你?”

此刻这句话轰鸣在他头顶、炸响在他心头!原来夏南生早就看穿了一切……

顿时颜宽的手一哆嗦,盯着杯子中沉浮的茶叶,他陷入了沉默。林芙蕖掩饰不住笑容说道:“依我看啊你干脆把传媒公司给卖了,搞文化你是外行,而且那个公司也赚不了几个钱,要是你能买下夏南生的部分股份,这样我们就可以名正言顺地融入他们公司,我们在技术研发上说不定就可以省下很多钱!你想过没有,也许你以后还可以把整个夏南公司买……”

忽然她打住,心中不由得一咯噔:颜宽正面容冰冷地凝视着茶几上那个只有半杯水的茶杯,刚才满眼的柔情消失殆尽,他的思绪早已不知飞到了哪里。猛然林芙蕖发现自己这一番话早已超越雇佣经理人的范畴,而是老板娘的当家策略。想到颜宽一直在回避她的感情出击,顿时林芙蕖面孔通红，于是迅速坐正了身躯说道："这些都是你老板的事情，我是操了废心！"

颜宽缓缓起身来到窗前，凝望着渐渐落下的夕阳不语。望着他的背影，林芙蕖内心绝望地哀嚎：你永远无法知道面前这个男人的内心世界，可是他莫测的心却正是吸引我的魅力之处……

八

会议室里激烈的讨论声终于平息下来，所有股东都瞪着眼睛等待颜宽做出最后裁决，看着眼前这些如秃鹫一般的凌厉眼神，颜宽忍不住想笑，他看向手里几份职业经理人竞聘的资料：其中一个是颜宽推荐的刘明超，另外三个人是股东们推荐的人选，颜宽抬起头缓缓说道："我决定录用你们报送的这个辛阿琪。"

一语落地惊得所有股东对视着不敢相信自己的耳朵，几人不由得松了一口气。颜宽面孔沉了下来扫视着众人："四个人选为什么我没选另外三位男士呢？是因为这位辛女士参与过上海两家电子公司的上市运作，对公司拟上市过程的运作有着丰富的经验。南生在世时和我几次说起夏南公司的上市规划，为了他的这个心愿，所以无论下一步公司怎么走，选择辛阿琪都是有利的。"

夏东生频频点头："我也是知道的，南生的目标是公司上市。那让这个辛阿琪赶紧来北京，颜总和她见个面再做最后决定吧，面试这个流程毕竟还是要走的。"

会议结束颜宽起身离开，股东们一起往外走，人群中夏东生快步走到高瑜德身边，两人会意一眼并肩来到门外无人处。夏东生沉吟着："真没想到姓颜的用了你推荐的人，看来他是认为女孩子听话，容易被他控制吧。"

诡秘的笑容浮现在高瑜德嘴角，这个中年男人长着一副肥胖的和善面孔，稀疏的头发整齐地梳理在脑后，镜片后面一双大圆眼睛掩饰不住透露出来的精明，只见他身上的胖肉随着得意的大笑在颤动着：

“女孩子！怎么？你不放心她是女的？”

夏东生看着面前这张充满城府的面孔陷入沉思，随即他的嘴角微笑着抽动起来：“你办事我能不放心？不过看你会上一直不说话，是不是……要是选个男的就好了？”

高瑜德咧着嘴大笑了起来：“老夏啊，实话告诉你，那俩男的绑在一起都搞不定这个女孩子，哈哈不信你看！”

顿时夏东生脸上的皱纹舒展开来，重重地握住高瑜德肥胖的肉手，笑了起来：“你这家伙，弄了半天是偷着乐啊，那我们就托您的福啦！”

敲门声响起，颜宽推门进来，白小江起身请他入座，颜宽顺手从办公桌上一堆的资料里面抽取几份仔细翻阅着，都是各家私人基金会的公益救助资料，白小江摊开双手：“我没有这方面的经验，必须先向他们学习，不能把钱花错地方了。”

自第一次相见以后，今天颜宽才有心情好好端详白小江，清瘦面庞上她的面色更加苍白了，头发高高挽起一个光滑的髻子盘在脑后，一件宽大的米色粗线毛衣晃荡在身上，深蓝的呢绒长裤让她看上去更加瘦高，可是这张年轻清新的面孔上气息却是愈发的老成、沉重，令颜宽的眼睛停留在她的身上再也无法离开，他在内心不断地问着自己：从来没有见过这么清冷、淡漠的女孩，为什么这个年轻的女孩会有这种凝重、沉静的气息？

笑容浮现在颜宽嘴角，他问道：“你看你的工作就是花钱，我好羡慕啊，花钱的感觉如何？挺有意思吧？”

沉着面孔白小江连连摇头：“你错了，这反而是我压力最大的工作，我现在连觉都没有办法睡好。不能花错一分钱、不能把钱花错任何地方！你想想看这是多大的压力啊？要是花自己的钱恐怕就没这么大的压力了，……唉！”

颜宽频频点头：“你看南生的眼光多么厉害，除了你有谁能这么用心管理这些慈善资金呢？不着急你慢慢来。”

笑容终于浮现白小江脸上，她指着颜宽鼻子：“你这么说是夸你自个吧，他不也是选中了你管理公司么？”

顿时颜宽沮丧起来，一屁股坐在沙发上抱起了脑袋："我和你不一样，在那帮老家伙眼里我就是一个一事无成的假文青。其实我不怪他们，我的公司规模比夏南公司差很多，凭什么他们能信任我？不过是南生当我是兄弟信任我，让我这个内行帮他照看一阵子罢了。这么大的公司我怕搞砸锅，真是像你说的我也是睡不着觉，这不赶紧让他们找了个职业经理人来撑场子。"

颓唐地窝在沙发里颜宽低头落寞地叹息着，回想起夏南生，书房里他蜷缩在墙角哭得像个孩子一样，白小江不由得对他心生疼惜，于是轻声说道："你错了！我认为其实是夏南生真的认为你有能力管理这么大公司，之前因为你不专注主业跑去做文化产业，所以你也不知道自己专注以后到底能做成什么样子。他是给了你一个发现自己能力的机会，他是逼着你必须去成功！"

一个激灵瞬间颜宽从沙发上弹起，他挺直了身躯瞪着滚圆的眼珠子喃喃自语："南生……会这么想？"

猛然他一把抓住白小江胳膊："走！和我一起去机场接那个经理人去！我觉得你这人有着非常理性的管理思维，你和她熟悉以后可以帮着我和她一起商量公司的事情。"

可是白小江却推开他的手臂面无表情："不，我不去！颜总，您的管理和我的工作范围没有直接关系，我不会参与你们的任何管理，而且八小时之外我也不会听从你的命令。"

说着她在电脑面前坐下来开始打字，根本不看颜宽一眼，顿时颜宽被呛得一脸发蒙愣在那里，他心想：今天可算是领教南方人的矜持和疏离感了！

看着她忽然颜宽明白了，眼前这个女孩和他见过的那些女人都不一样，她根本不需要获得别人的认可和男人欣赏的目光！

傻笑了起来颜宽自嘲道："呀，我又不是你老板，哪敢命令你啊。你看我这不是把你当朋友了嘛，你是夏南生最信任的朋友，所以我也把你当作最信任……"

突然键盘打字声停住，白小江听到"夏南生""朋友"这几个字猛然心中一抽，凝神望着电脑屏幕发呆……

见她沉默着颜宽自觉无趣，只得讪讪说道："我……走了。"

他落寞的背影就要消失在门口，猛然白小江起身叫道："等等，我和你……一起去机场！"

惊喜的颜宽回过头来满脸放光，他立刻进屋涎着笑脸："多谢白大小姐赏光！"

正在匆忙往汽车走去的郁峰手机响起，电话里颜宽说他去机场接辛阿琪，郁峰顿时惊得一个趔趄："什么？您去接机？颜总……这恐怕不妥吧，您代表老板，老板怎么能亲自去接机呢？我是办公室主任，我这个级别去接辛阿琪就足够给她面子了，而且回来您还要面试她，万一不行这……"

颜宽打断他："什么级别不级别的，我又不是你们真的老板，说到底大家都是一起帮你们公司渡过难关的。我接机代表我的诚意，正好一路聊聊就当面试了，不行的话多一个朋友有啥不好的，哪有你这么多的路数。"

愣在那里郁峰看着挂掉的手机一时反应不过来，他立刻开始拨打电话……

高瑜德沉着面孔打通夏东生电话，他阴郁的声音传来："颜宽竟然亲自去机场接辛阿琪了！这个姓颜的怎么……不按套路出牌啊，老夏你说说他这是啥路数？"

夏东生的眉头又皱了起来："我到现在都搞不懂他的思路，一个学电子的去搞什么文化产业……瞧他那两个公司都被搞成那德性，这人恐怕还是不靠谱吧。"

望着玻璃窗外阴霾的天空，高瑜德的胖脸上堆满了乌云，眼镜后面他那双大圆眼睛陷入了思索："老夏你想想看啊，为什么我们几个股东都不敢买夏南生的股份？还不是因为大家都不是电子行业的内行……所以啊敢跨界的只有两种人：一种是超人，这种人很难不成功，另一种就是不靠谱！可是现在还不能下结论这个颜宽到底是哪一种人，因为……不到时候。他明知道辛阿琪是我们的人，现在能确定的就是他要把我们的人迅速拉入他的旗下！"

夏东生愣住："那可怎么办？好不容易找到个人才，怎么能让这小子给拉拢过去呢?！也不知道南生怎么想的，找一个同行来帮我们，能让我们放心吗？"

冷笑一声高瑜德眼镜后面的眼睛放着寒光："这小子我们必须……防着他！"

颜宽驾驶着奥迪车穿行在车流中，打通了辛阿琪电话，里面传来清脆、爽朗的京腔女声："颜总您亲自来接我啊？可我就是北京人呀，这回家哪还用接啊！好吧，接就接吧。我在虹桥机场了，两个多小时到达首都机场，说不定我下了飞机您还堵在首都马路上呢！哈哈……"

颜宽也大笑着放下手机看向白小江："听她这声音啊我就确定是个大飒蜜，哈哈，今天我可是接对人了。"

忽然白小江也起了兴头，她看向颜宽两眼发光："咦，老颜，别说也真奇怪，我怎么一听她这声音，脑袋里面就出来她大概的样子呢?真是太有意思了，一会儿我一定要看看她和我想象的样子是不是一样，呀，这事好玩、有意思！"

看到白小江突然兴致勃勃像个孩子，乐得颜宽嘴巴咧得老大："白小江，原来你还有这么童趣的一面啊，哈哈今天把你拉出来真是太对了。"

一路聊着夏南生的往事不觉到了机场，两人站在车身边上等候着辛阿琪到来。远远走来一群刚下飞机的人中有不少年轻女人，白小江的目光立刻被一个二十八九岁的高个女孩吸引住了，那张瘦长的面庞虽然不是美人的五官，但是她身上洋溢出来的特殊气场却耀人眼目：一袭微卷长发露出她尖尖的高挺额头，闪亮的深邃眼睛流淌出柔和目光，颧骨有点略高，挺直的鼻翼下嘴巴偏大，嘴角不经意地笑意泛出，下巴也略尖。米色的半长风衣敞开着露出黑色紧身T恤衫，一条泛白的牛仔裤显露出她修长的双腿，足蹬一双黑色短靴。那从骨子里面溢出的不羁个性挥洒在她的行走之间，令她款款而来的身影在人群中卓尔不群。

立刻白小江瞪着眼睛指向那个身影对颜宽说道："我脑海里面辛阿

琪的模样，就是那个女孩的样子！”

颜宽竭力回忆着材料里面辛阿琪的照片，确实吻合了白小江的猜测，还没等他发出惊讶叫声，辛阿琪的目光穿越人群忽地和白小江目光相遇，那道目光刹那间停驻，白小江看到了那双眼睛里发出的惊喜亮光！辛阿琪迅速看向车子牌照，顿时她咧开大嘴露出整齐的白牙冲着两人挥起了手臂……

看着辛阿琪灿烂如太阳般的笑容，忽然白小江觉得阴霾的天空一下子亮了。

站在颜宽身边的那个女孩令辛阿琪不禁生出好奇：她一袭黑色薄绒大衣包裹着静静地立在那里，如一尊静默的黑天鹅般遗世而孤立。略圆的面孔上大大的眼睛流淌出与她年龄极不相称的淡漠和笃定，这种罕见的气息令她如寒星一般醒目……女孩平静的目光笼罩着辛阿琪，但是在她眼神背后被她掩藏起来的亲切和温暖还是被辛阿琪捕捉到了……

这个京城著名的京味饭馆隐藏在安逸的胡同里面，王府一样的大门幽闭着，打开门不大的庭院布满了假山和翠竹，曲径通幽处一间间青砖厢房的门窗透出光亮，其实里面都是堂皇富丽的餐厅包间，一片灯影恍惚中有些门窗内传出阵阵嬉闹的欢笑声。一个身穿满族锦缎旗服的男孩手中端着龙凤描金砂锅走来，包间门口清宫宫女装扮的女孩立刻打开门，她接过男孩手中的砂锅进屋，对着桌前的客人躬身道：“御膳九味汤，诸位请慢用！”

景泰蓝灯罩下的柔和黄光笼罩着红木雕花圆桌，桌上红酒没减多少，颜宽正在颤声诉说着夏南生的故事，辛阿琪半闭着眼睛仔细倾听，白小江捂住了面孔……，“宫女”见状立刻躬身退去。

正说着颜宽突然哽咽说不下去，紧紧咬住双唇极力控制着自己，猛然他拿起酒杯“咕咚”大口灌下酒去，抬起头看向辛阿琪时他已是满眼的沧桑：“他的死带走了我一半的心脏，我必须把这个公司做成他想要的样子，帮小江把基金会做成最好的慈善机构，为了他让我做任何事情我都愿意！他的突然自杀，各界对夏南公司充满了各种猜测，公司内外部必然也都失去了信心。这时候我们必须做出异乎寻常的举措，就像凛冬必须燃起的大火一样，否则难以扭转局面。”

沉思着辛阿琪猛然起身端起酒杯：“我有一个公司与基金会联动的庞大计划，我想这个计划能够成为凛冬的那一把大火！”

惊得颜宽和白小江迅速对视着，三人碰杯以后辛阿琪平静说道：“我有两点建议，一是大力投入研发力度，迅速推出无人机的升级新产品，借新产品发布会时机将公司高调推向市场和大众面前，重新树立公司重磅声望。第二夏南慈善基金会给我很大启发，我在上海有几个搞科技的朋友，他们正在研发透明捐赠系统，捐款人的每一分钱从捐出去的那一刻开始在网上对外公开，中间流入到哪个环节以及最后到了哪个受赠人手里，甚至于受赠人买了书还是笔都在网上公示得清清楚楚！白小江如果你把部分慈善资金用于和他们合作研发这个系统，然后由夏南基金会将这个系统推广出去，那么这个系统产生的巨大社会效应，将会推动社会上的慈善资金源源不断流入夏南基金会，基金会将会得到持续发展，而且从侧面也提高了夏南公司的声誉。我想不仅透明捐赠的巨大影响力可以告慰夏南生的在天之灵，而且还可以把公司的经营推向巅峰。”

“噌”地白小江一跃而起激动地连连击掌：“太好了！我同意研发这个系统，不仅利于慈善公益事业，还可以提升夏南公司的声誉和市场影响力，公司利润增大，注入基金会的资金也就越大，良性循环太棒了！”

惊得颜宽的大眼珠子瞪着就要掉下来，立刻他紧紧握住辛阿琪双手：“这么短的时间内竟然这么大的信息量！你太了不起了！我和夏南生何其有幸、何其有幸啊……我决定将你原定的副总裁职务提升为总裁，薪酬我和股东们商量一下必须再增加。无人机研发的事情你全权负责，因为我的公司也是电子同业，所以研发这方面的工作我回避，这也是我把你请来的重要原因。我在背后全力支持你！”

辛阿琪瞪眼：“把我推到前面，你倒是隐藏起来啦？”

沉吟着颜宽点头：“必须把你推出来！”

白小江直接张开怀抱紧紧拥抱着辛阿琪，三人开怀大笑起来。

从洗手间出来白小江瞥见昏暗竹林下是辛阿琪的身影，她坐在假山上手中夹着香烟正在看着黑黝黝的夜空出神。走向她身边在看到她眼睛的一刹那白小江心中一动：她的眼眶微红，里面仿佛有着星光闪烁……

烟雾从辛阿琪的口中徐徐吐出缭绕着散去，她的眼睛看向夜空：“夏南生犯了凡人都会犯的错误，可是只有有良心的人才会痛苦，当我们心中只有罪恶没有忏悔也没有痛苦的时候就和……野兽一样了！”

白小江也看向夜空，可是那里雾霾昏沉什么也看不见……

在二环边的一个胡同里，辛阿琪下车走进家门，看着她离去的背影颜宽转头看向白小江：“瞧她这来势汹汹的势头，看来我这个同行要小心啊，保不准饭碗也被她抢走吃不上饭啦。”

研究着颜宽的眼睛白小江幽幽说道：“奇怪，你们生意人怎么都会这么想呢？只要别人生意好了自己碗里的饭就会没了，只有抢了别人碗里的饭自己才能有饭吃、才能吃得好。要知道宇宙的能量是无穷大的，只有大家都有饭吃整个经济才能好啊，也只有这样大家碗里的饭才能都会源源不断吃个没完。别人的公司都砸了、都破产了，只有我自己一个企业好，这事可能吗？其实上天是看我们心肠的，祈祷所有人都有饭吃，整个经济大环境才能都好，这样才能保住自己的饭碗啊。”

颜宽心中被重重一击，白小江一番话令他突然看到了自己那个不易被觉察的隐秘一面，有些正确的道理其实和大家的认知正好是相反的，原来从众的潜意识是最不容易令人做出正确的分析判断。作为生意人被白小江抨击颜宽很难堪，可是明显她说的有道理，挫败感顿时令颜宽沉默起来。一丝诡谲的笑容浮现在白小江面孔：“怎么了，宽宏电子的老板不敢接受批评吗？”

看她一本正经地调侃自己，颜宽绝望捂脸：“天啊，现在女孩子怎么都这么……魔性！”

一贯被女人关注、追捧的颜宽第一次没了自信，一时他找不出一个合适的词来形容白小江，只能用“魔性”了。这个女孩不以外相取悦于人，她懒得讨好任何人，一切都是她真实地呈现，只是有一点可以确定：她压根就没有在乎过什么男人。

望着挡风玻璃外白小江眼神迷离："南生的死让我从此对朋友说真话，活着再也不能留下任何遗憾了！他的死让我去寻找人活在这个世上的真正意义和答案：人到底应该怎样活着？宇宙中人类活在这个世上，背后到底有着什么样的秘密和真相？到底我们应该追寻到什么才能在离开这个世界的时候不留下遗憾？我不知道你做传媒公司的本意是什么，但是以文载道、以文度化人，这个愿望是非常大的。我觉得两个公司你应该确定到底以哪个公司为发展重点，发展壮大后可以买下夏南公司。我认为夏南生的心愿其实是让你买下他的公司以后可以保障基金会的永续发展，既然他这么说，他认为你一定能够做到。"

看着她的侧影颜宽明白，她年轻的面孔为何有着如同走过一生的沧桑气息，原来她的内心早已抵达人生的终点！她早已在探索宇宙中、生命中生与死背后的秘密和真相，那是这个世上有多少人、无论多大年龄都不会去研究和探索的事情！

忽然颜宽发现自己深深地爱上了白小江，可是他不知道该怎么向这个奇特的女孩表达心中的爱意。

第三章　颠倒人生

九

北京飘起了第一场雪。

这是一座老旧的二手电子商城，密集的摊铺上摆放着二手手机和电脑，顾客们游走其中，商铺后面众多的老板争抢着拉客。

商场的拐角处两扇玻璃门上写着："文飞文印社"几个大字。飞飞推开玻璃门四处张望，一边对着手机嚷道："黑子你在哪儿呢？我怎么没瞧见你呀？"

文印社对面几步远的楼梯口站着一个头发染成金黄的男孩，他嗫嚅着："飞飞……我在这……"

金色的蓬松头发盖住黑子大半个面孔，枯瘦的面孔上他的脸色菜青，耳朵上并排的几个劣质耳钉晃着人的眼睛。粗劣的牛仔棉袄袖子挽起，曾经那块晃眼的名表不见了，手腕上那个位置是一只展翅老鹰的刺青。

"天啊！黑子？——是你吗？你怎么变成这模样啦？"文飞飞大叫着扑到黑子面前，拉住他的胳膊死命地摇晃："我一出门就看到……可我怎么也没有想到就是你呀，你怎么变成这个样子？和以前完全两个人啦！"

挣脱飞飞的肉手黑子倚靠在墙壁上低头不语，金色的头发下他的面孔面无表情。

"你找我有事吗？走，到我店里说吧。"飞飞拉着他进门。

黑子摆手闷声说道：“就在这里说吧，飞飞，能……借我点……钱吗？”

“天啊！……”飞飞惊得倒抽一口凉气，她瞪大双眼像是看着怪物一样看着黑子：“你……你爸不是放高利……哦，不不！你们家就是做民间放贷的，你怎么……还会借钱呢？”

文飞飞胖胖的身躯紧张得缩在一起，黑子也不回答她的问题，一扭头转身坐在楼梯台阶上闷头抽起烟来。忽然飞飞平静下来，她也蹲在黑子身旁：“那你……现在做什么工作呢？”

知道她问这话什么意思了，黑子的面孔更加阴郁，低沉着嗓音说道：“我在……发廊打工。”

文飞飞迅速捂住嘴巴瞪直了眼睛，这回她可是忍住了没有惊叫出声，只能把口中的惊呼声活生生地给吞咽下去。她立刻起身捂住脑袋急急地思索着……

望着黑子瘦削、凄凉的背影，一咬牙飞飞蹲下身子轻声说道：“黑子……我刚投资这店，手头……紧，实在……不好意思啊！”

香烟在黑子指缝中猛地一哆嗦，可他整个人却像尊雕塑般一动不动，他缓缓地将烟头摁灭在台阶上，起身头也不回说道：“是我不好意思打扰你，我回去了。”

说完他抬腿就走，飞飞着急扑上来死命拉住黑子的胳膊：“别！你别走，我请你吃饭，人都来了，吃完饭你再回去。”

黑子用力挣脱她的手：“不！我还有事……”

这时他的手机响起，传来一个女孩的声音，黑子对着手机柔声说道：“不要去我们店里！你先到隔壁‘月亮海’等我，我这就回去找你。”

说完他转身就没了人影。

手机响起，白小江看到是飞飞的来电，接通以后立马传出她哇哇大叫的激动声音，嚷了半天也不知道她在说什么，白小江气急：“飞飞你能安静说话吗？这么嚷着我什么都听不明白。”

终于听明白了，原来是黑子找飞飞借钱，而且他现在是个发廊里面的打工仔！

惊得白小江顿时也发蒙，脑海里面立刻出现黑子一身名牌的阔少模样，她实在无法想象黑子成为发廊男孩会是什么样子。这时飞飞声音怯弱了下来：“小江姐，你不知道他现在那个惨样，我……哪敢借钱给他啊！”

白小江拨打着黑子号码一直没人接听，她回忆着大家在一起的所有场景，想起最后一次见到黑子还是在南生的墓地，他帮着刘明超操持着葬礼，还要照顾着伤心欲绝的于旭之，那个男孩无论什么时候都在照顾着别人……

猛然，白小江穿上大衣奔向门外，她要找到当初在谜生的每一个人！

纷飞的雪花继续飘落着，白小江和飞飞站在艾米工作的出版社院子里头等候着，她的肩头突然被人“啪！”地拍了一巴掌：“白小江——你终于冒出来啦！”

艾米站在两人面前开心大叫，可是眼前的艾米却令白小江和飞飞吓了一跳：她的脸色菜青面容粗糙没有丝毫妆容，干枯的头发随意挽在脑后，一件廉价的土黄羽绒服裹在身上，这相较于从前永远都是精致浓妆的艾米是不可想象的，她再也不是从前的时髦女郎艾米了。

白小江拥抱着她：“啊……艾米，终于见到你！”

捂着嘴飞飞惊叫：“天啊！艾米，你不化妆的样子可是一点都不像你呀，你那些名牌衣服怎么不穿……”

看到艾米脸上的笑容瞬间消失，白小江迅速给了飞飞一脚：“飞飞你再说一句今天吃饭你买单！”

吓得飞飞立刻捂嘴不敢吭声，艾米僵硬着笑容：“那……我们吃饭去吧。”

三人一起往外走，这时两个女孩子迎面走了过来，看到艾米女孩们齐声问道：“艾米你中午不在食堂吃饭啦？”

看到艾米点头，立刻两个女孩对视着挤眼笑了起来：“今天中午我们终于可以吃到肉啦！”

女孩们笑着跑开，艾米回头狠狠地白了两人一眼。小江和飞飞不明白她俩说的是什么意思，飞飞刚要问话，一下子想起白小江刚才的警告立刻捂上嘴巴。

坐在日月轩餐馆，白小江难过起来：“谜生散伙后我们这是第一次相聚，本来想把黑子也找来的，可他电话怎么都不接，我已经试过所有的办法了，还是联系不上他。”

日月轩是清代特色的京味餐厅，内饰雍容华丽，镂空雕刻的屏风将厅堂隔断成一个个精致的包间。艾米赞叹着：“哇，这么好的饭馆，这一顿饭要花多少钱啊？”

几人坐下，屏风隔断了空间却隔不断食客们的喧嚣，起伏不停的喧哗和无所顾忌的大笑声穿透屏风撞击着各人的耳朵。室内的暖气加上人声嘈杂像是掉进了一个大蒸锅，白小江皱眉头苦笑：“唉，头都晕了，没想到订了这么好的餐厅还是这么吵。”

大家赶紧脱去外套，艾米起身放好羽绒服，身上蓝灰色的粗线毛衣上粘满了羽绒绒毛，这些白色羽绒在深色毛衣上面特别显眼。艾米坐下，忽然一根大大的白色羽绒飘飞起来，在白小江头顶飞舞盘旋着，眼看着就要落在她的身上，白小江装作没有看到低头点菜，艾米赶紧起身拍打着这根羽绒：“哈，我的羽毛飞到你身上来了。”

飞飞坐下一本正经说道：“艾米你又不是鸟，哪来的羽毛？是你羽绒服里面冒出来的，瞧你毛衣上面都是的……”

抑制住各种复杂的心情，白小江将菜谱推到艾米面前：“你来点菜吧！”

艾米耷拉着眼皮点着菜一边说道：“这件羽绒服才一百块钱，胡同口商店里面买的，能不出绒吗？”

白小江心惊，知道艾米的日子过得不是一般的艰难。看着她专心点菜，白小江拍着飞飞的脑袋：“亲爱的飞飞，你的梦想实现了没有？”

飞飞愣住：“什么梦想啊？我怎么不知道我还有梦想呢？”

咧着嘴白小江笑：“找到老公结婚啊，谁不知道这是你的梦想呀。”

原来飞飞一直还在寻找男朋友的路上，她皱着眉头抱怨着：“我的人生陷入了一个死循环：相亲、谈恋爱然后失恋，再相亲……周而复始已经让我恐惧绝望，可是命运仿佛给我下了魔咒，生活最可怕的就是行进在一个模具里面，而我自己也认定走不出来。”

看着飞飞像个苍老的怨妇一样絮叨着，艾米打断她：“飞飞知道你为什么找不着对象吗，你身上气息下沉充满沉重怨气，像个老太太，如果我是一个老大爷都不会喜欢你！年轻人是要娶一个女孩回家享受年轻人的乐趣，共同分担生活重担，不是要娶回家一个老太婆伺候着！你不找自己的原因，不问为什么没有男孩子喜欢你这个问题，再找十年也嫁不出去！你听我的，先把自己从老太婆变成小姑娘就嫁出去了，不信你回去试试！”

飞飞捂脸，白小江哈哈大笑对飞飞说道：“艾米说的这都是大实话，其实就是让你把自己修炼好了，你若不好，上天不会平白无故让好男人爱上你的。你都不爱自己你还能爱谁？你都不爱自己谁还会爱你？”

飞飞指着艾米冷笑：“那你呢？找到了配你的男人吗？”

听了这话艾米顿时面色死灰：“我哪有资格和你相比呀？我妈的病一直不好，我把能卖的所有东西都卖了，花光了我所有的钱她就死了，看来我真是上辈子欠她的。哥哥腿有残疾，在农村自己都赚不上吃喝，他说父母为我上大学花了钱，所以必须由我掏钱给父母治病养老，必须给他盖房子送彩礼，我还要供养我弟大学学费，你们说就我这样的无底洞谁敢娶我？又有什么资格去恋爱呢？……哎呀，上菜了！”

毛血旺和干锅茶树菇上桌后艾米灰暗的面色立马闪光，她赶紧低头大口吃了起来。店堂里面客人很多上菜很慢，眼看着盘中各种牛肚、鸭血都被吃完，飞飞伸出筷子准备将最后一片牛肚夹住，猛然艾米的筷子飞速落了下去，碗里的那片牛肚被她牢牢夹住瞬间飞到她的口中！

她旁若无人美美吃了起来，白小江和飞飞看着这一幕瞪直了眼睛惊呆在那里，猛然白小江惊醒过来立刻低下头来装作没有看见，艾米一边津津有味吃着一边嘴里还嘟囔着：“飞飞你……那么胖，要少吃肉啊！”

抬起头她见飞飞还在瞪眼看着自己，于是赶紧指向飞飞身后：“上菜了！菜又来了……”

想起艾米公司门口的那两位姑娘，白小江顿时明白了：原来她们在食堂就是这么被艾米抢去碗里肉的！

陆续上菜以后，各式精致的菜肴堆了满满一桌子，终于艾米吃饱了，她放下筷子满足地摸着肚皮瘫坐在椅子上："我弟弟已经上大学了，我必须死命地供他上学，因为我想明白了，如果他能顺利大学毕业找到工作，就能帮我分担我爸和我哥的重担。如果我不供他上学，最后一家人生老病死都是我的事情不说，我弟也将变成我的另外一个无底洞。"

说着她用拳头支着下巴看着剩菜陷入沉思："就我那点工资……所以我舍不得在食堂买饭，每天早上从家里带点咸菜、米饭到食堂……唉！这日子过得真他妈是……"

猛然她起身冲着服务员招呼："服务员打包！"

艾米打包完了开始讲起她为了节省房租迅速找了一个男朋友同居，男人是推销员，初次见他穿着名牌西装很有派头，去了他的出租屋这才发现里面四壁空空！他所有的家当全都在一个衣橱里面，原来为了上门推销不被人赶出去，他发现只有名牌服装最有力度。

听到这里白小江瞪着眼睛倒吸一口凉气，飞飞惊得直摇头："那你还要他干吗？就为省那点房租啊？"

苦笑着艾米摇头："你这收租子的大小姐哪里知道穷人的苦处，再说了我又能找啥样的？怎么过不都是喘着一口气活着？临了还不都是一个结果：死！所以我想开了，只要能省钱、能有钱……怎么着都行！"

看着艾米一脸的哀怨和绝望白小江不忍直视，她将眼睛转向窗外陷入了沉思。忽然艾米面如冷铁决绝说道："你们不要瞧不起我，就我家里这种情况，哪个男人愿意娶我这个无底洞？其实连冯大可都不要我……"

泪水从艾米的眼中汹涌流出，她抹去眼泪吸着鼻子："这辈子我只能……这样了！"

看到艾米将自己沉入万劫不复的地狱，白小江的心脏被撕裂，铁青着面孔沉默不语。

飞飞红着眼睛说道："这样吧艾米，我有套房子租客到期，你去住吧，我给你全北京最低价。可就是里面是几个人合租，连阳台上都住着一个姑娘呢，你别嫌弃啊。”

“阳台上也住人？”白小江震惊着喃喃自语：“这……？”

艾米苦笑着摇头：“这有什么奇怪的，阳台放张床，人在床上，行李在床下。不过谢谢你飞飞，我不去你那儿。”

白小江看向窗外，天空竟是异样的澄净、湛蓝，阳光透过巨大的落地玻璃照射在几人身上，白小江感受到了阳光的刺痛。转过脑袋她看向艾米：“这样吧，我以前在建筑公司工作，和一个房地产公司关系不错，那家公司正好需要广告策划，我把你推荐过去，收入能高出不少，租上房子不说还能补贴你弟弟学费。”

“真的吗？房地产公司可有钱啦！——”艾米大叫一声话音没落就已经拥抱住白小江，她狠狠地亲着白小江的脸颊，用尽了所有赞美的词藻还是没能表达出她的感激和激动，白小江赶紧制止她：“你可要给我好好干，马上回去收拾东西，立刻离开那个男人！”

艾米俯身趴在小江肩上媚笑起来：“不过……我好像也算是喜欢那个男人吧，嘿嘿……。小江你不知道，每天早高峰上班的时候，当我在地铁里被人群挤得气都喘不过来，身体的每个部位都被迫和别人的身体连在一起，那个时候我有一万个想逃离北京的念头，如果不是想到在出租屋里面还有那个男人在等我，我真的一分钟都不想在北京活下去……”

听到这里白小江和飞飞陷入沉默，挥挥手白小江转向飞飞，她满脸愁容哀求道：“飞飞，你再好好想想黑子那天说的每一句话，想想还有哪些线索能够找到他？”

捧着脑袋飞飞死命地回忆着，可是最终她什么也想不出来，三人只得出门离开。

十

夏南公司新产品发布会现场盛大、隆重，几大通讯公司全都到场，还有一些媒体竟然也来了。不仅因为夏南公司生产的无人机有很大的影响力，也是因为夏南生自杀以后各方都关注这个公司的动向和未来，更多的人则是更关心夏南生指定的当家人颜宽到底是何方神圣。

主席台上研发人员用 PPT 发布了无人机新产品的介绍和数据，技术和创新的等级让众人无不震惊。执行总裁辛阿琪讲述着夏南生去世后公司的发展和进程，短短的时间内夏南公司竟然再次崛起爆发，台下观众听得入神一片寂静。这时辛阿琪脸上绽放出她那特有的灿烂笑容，顿时台下所有人都被感染得笑容荡漾在脸上，她娓娓道来："下面我再来宣布一个重大消息：夏南基金会与宏爱科技公司共同研发的透明捐赠系统成功上线！我们基金会将率先运行这个透明捐赠系统，捐赠者的捐款从捐赠的第一时刻开始直到最后到达哪一位受助人手里，最终受助人钱款用于购买何种物品，全部过程的每一步流程、每一个环节都会清晰地在系统中展现给所有人！一会儿科技公司将给大家讲解这个系统，现在先请夏南慈善基金会的负责人白小江女士上台讲话！"

竟然已经研发出这样的透明捐赠系统！惊得台下人们瞪着眼睛不敢相信自己的耳朵，忽然大家回过神来，轰然的掌声响起。

白小江立马抓住前排颜宽的肩头着急问道："不是说好让科技公司负责人上去讲话的吗？没说让我发言啊？怎么突然……"

颜宽满眼温柔安慰她："你是基金会负责人，怎么能不讲话呢？没事的，想说什么就说什么吧。"

只得起身白小江走上主席台，当她站定在主席台上鞠躬过后却并不开口讲话，而是缓缓扫视了一遍台下整个会场。她注视着每一个人的眼睛不漏过每一个角落。台下的人们凝视着一身深蓝丝绒西装的白小江，所有人都看到了她与自己的眼神交流，每个人都感受到了她对自己的关注，那一刻她的眼睛沧桑而又笃定，那种与生俱来的沉重、沉稳的气息令整个会场鸦雀无声，无人相信这个年轻的女孩身上怎么会有这种凝重的气场。

台下颜宽的心脏咚咚跳了起来，很少有人能静静地注视着陌生人的眼睛，何况是台下这么多的人！他在心底惊呼：这个白小江到底经历了什么？……

白小江开口讲话，她平静的声音传来："夏南基金会秉承夏南生先生生前的遗愿：将慈善资金用于最需要的人身上！他在生前给我们所有人留下的印象都是：平等、慈悲、与弱势群体融为一体、没有分别心地利他！他不仅对人们进行金钱的资助，更关注人们心灵的苦痛，用心地去抚慰、温暖着每一个受伤的灵魂……正是他的这些行为和精神引导着我们将他留下的金钱做出布施。我希望基金会不仅能帮助一些人们改变物质生活，更希望我们在传达爱的同时，也能缩短人和人心灵之间的距离。在心灵层面我们每一个人都可以成为慈善家，将我们的爱和温暖给予那些灵魂正在流泪和哭泣的人们，因为人类的每一个灵魂都需要被温暖、被关爱，也许我们的心只有在温暖别人的时候才能够得救！希望我们的爱能够像太阳一样没有分别地照耀着每一个人，让这个世界充满着温暖……"

寂静的台下传来隐约的啜泣声，很多人都在抹去眼角的泪水，此刻辛阿琪和颜宽早已是泪水汹涌……白小江话题一转，她开始向大家详细介绍夏南生在世期间秘密捐助了哪些失学儿童、孤儿院、病人以及见义勇为等种种慈善事项，并向大家宣布夏南公司的慈善资金将用于见义勇为、孤儿、残疾儿童、病童、失学儿童和孤老……

话音没落就被激烈的掌声淹没了，台下人们纷纷起身鼓掌致敬，忽然各大通讯公司的领导人跑上台去争相和白小江握手，宣称他们将会捐款进入夏南基金会，然后全部当场和辛阿琪签订无人机和各项产品的订货合同。台下其他的客户也纷纷走上主席台去签订合同……

一场新产品发布会竟然变成了慈善发布会和产品订货会！夏南公司所有人惊呆了，颜宽的脑袋嗡嗡发胀，他直直地瞪着眼睛看着白小江静静走下主席台，她仿佛什么都没有发生似的回到自己座位上。白小江发现手机有未接电话，是飞飞打来的，再看短信飞飞发来："小江姐，我想起寻找黑子的线索了！"

白小江迅速冲出会场。电话里飞飞说道："刚才我听到有顾客聊天说到月亮海，忽然我想起来黑子那天接到一个电话时说到月亮海，好像是让他女朋友到理发店隔壁的月亮海等他，那是不是他工作的理发店就在月亮海隔壁呀？"

奔到停车场白小江迅速驾车驶往月亮海商城。

看着辛阿琪在台上签约忙得不亦乐乎，不可思议的天量订单就这样来了，夏东生瞪着眼睛对高瑜德喃喃说道：“这些订单……够公司吃几年的了！”

频频点头高瑜德凝视着台上的辛阿琪，脸上堆积的厚厚脂肪抽动起来绽开了笑容：“这丫头片子比我想的还厉害！”

转身夏东生又对颜宽说道：“你是南生指定的当家人，今天这些人都指望着看到你呢，怎么着你也要上台讲几句话呀。”

指着台上颜宽咧嘴大笑：“还有比这更圆满的结局吗？其他都不重要，都是多余的。”

庆功宴上辛阿琪发现没了白小江的身影，坚持要把她找来，颜宽制止道：“听我的你找她她也不会来，她要是出现在这里那就不是白小江了。”

辛阿琪意味深长看着颜宽缓缓点头：“原来你这么了解她啊，你让我一定不要事先通知她上台讲话，结果被你说中了，她即兴演讲得这么好，我哭得稀里哗啦的……今天这些订单其实都是她的功劳啊！”

夏东生率领股东们呼啦围住两人，一起向颜宽和辛阿琪敬酒，恭维着两人对夏南公司做出的巨大贡献。

看着几人的面孔颜宽心里明白，表面上夏东生是股东中的领头羊，实际上沉在水底的高瑜德才是他们真正的头儿，所有的局都是他布下的，辛阿琪必定也是他的一个棋子。想到这里他立刻揽住高瑜德和辛阿琪两人肩头：“天降大将于夏南公司，告诉你们我已经预见了夏南公司未来的高光时刻，有阿琪在，夏南生上市的心愿必定实现！”

辛阿琪挑起眉毛和颜宽碰杯：“你知道是谁介绍我来夏南公司的吗？”

颜宽也学她一挑眉毛：“知道呀，是伯乐呗！”

辛阿琪转向高瑜德举杯：“是高叔！没想到高叔您这次介绍我来夏南公司，竟然让我……活明白了，谢谢高叔叔！”

顿时高瑜德镜片后面的眼睛滴溜溜直转：“活明白了？是……哪一

种活明白？”

紧闭着嘴唇辛阿琪没有回答，她一拍颜宽肩膀：“走，咱们敬酒去。”

两人端着酒杯走向人群，高瑜德看向两人背影陷入沉思。夏东生凑了过来对高瑜德举杯：“老高啊还是你厉害，你找来的这个丫头太能干了，果然是个人才！你再看看那个颜宽，哼，啥都没干……”

说着他一脸的鄙夷看着远处颜宽的背影，阴云布满了高瑜德的面孔，他皱着眉头一把拉过夏东生：“老夏你错了！当家人哪需要干活呀？你忘了辛阿琪是谁挑选出来的？能发现人才、点将就位让手下一展身手的当家人那才是真正的高手！我观察到现在才明白，真正的人才其实是那个姓颜的！他才是调兵遣将的统帅之才，辛阿琪充其量只是员大将，这场战役打得这么漂亮其实是那小子幕后指挥得好。事实证明最厉害的还是你弟弟夏南生，他早就看透了今天的这一切！可是让我最担心的也正是那个颜宽，你发现没有，他现在是沉在水底隐藏起来自己不露面，我看呐总有一天……”

忽然两人身后辛阿琪出现，惊得两人立刻打住，高瑜德迅速恢复了慈祥的笑容，挽着辛阿琪的胳膊向夏东生炫耀：“夏总，我干女儿怎么样？巾帼不让须眉！这要什么样的男孩子才能配得上呀，哈哈……”

黑子正在给一个和他年龄差不多的男孩理发，他心不在焉，眼睛老是往大大的橱窗外瞄去，男孩有些奇怪便也伸头看向窗外：“大哥啊，这窗户外面什么都没有，您往外面瞧啥呀？当心别把我头发给剃秃了，我可是明天要去面试的，您可别砸我饭碗啊！”

立刻黑子站直了身子恭敬说道：“放心，准保您以最帅的发型去面试。”

小伙见黑子认真剪起头发便放下心来，这时他眼睛无意中瞥见窗外角落里一个白色衣服的姑娘身影，瘦小的女孩躲在窗外一角偷偷看向黑子这里，看到小伙子目光与她相遇立刻人影一闪不见了。男孩大笑指着窗外对黑子说道：“我说你怎么魂不守舍呢，原来屋外藏娇啊，是你女朋友吧，干吗不让她进来呢？”

黑子眼睛迅速往窗外瞄了一眼，见橱窗外没人，于是对男孩说道：

“先生您看这发型还满意吗？”

抬眼看向镜子男孩皱起眉头：“不……咋地，说实话你的手艺真不行！”

顿时黑子满脸羞愧，他低着头就差鞠躬了：“抱歉啊！您……下次来我给你免费修理！”

男孩摸着脑袋：“算了就这样吧，看你是个生手，谁开始时都不容易……”

这时两人身后晃荡着走来一个三十几岁的大个子男人，黑色的丝质衬衣和高档品牌西裤掩藏不住他浑身健硕的肌肉，微黑的面庞上粗糙的五官泛着轻薄之气。男人拍着黑子肩头一边眼睛也向窗外瞟去：“黑子，忙完了我请你和铃铛一起去唱歌啊。”

头也不抬黑子嗡声回道：“老板，铃铛没来，我也……不去唱歌！”

邪恶的嘲笑泛起在男人的面孔，他一屁股坐在摇椅上顺手拿起镜前的一把剪刀在手里玩转起来，跷起二郎腿睥睨地看向黑子：“王八蛋你故意的吧，别他妈给脸不要！又不花你的钱干吗不去？刚才有人看见铃铛……她不是天天来接你下班么？别再废话了，说好了一会儿一起去啊！”

说完男人扔下剪刀起身打着响指晃荡着回到吧台，几个打扮妖艳的姑娘立刻围到他的身边……

黑子沉着面孔，手中电吹风死命地吹着男孩的头发，“嗡嗡”的声音肆虐地回响着……小伙子看到镜子里面黑子低垂着脑袋长长的头发遮住半个面孔，看不到他的眼睛。男孩低声忿忿骂道：“妈的，你这老板什么鸟玩意儿！哥们你别在这干了，到哪还不能吃碗饭啊！”

骤然电吹风声音熄灭，黑子颤抖着双手紧紧扶住男孩的头颅，镜子里面他金色头发下面血红的眼睛盯向那把剪刀，嘶哑的声音从他口中飘来：“你……信不信我会用那把剪刀……”

看着剪刀，男孩浑身一凛……

黑子拿掉男孩身上的围布，男孩立刻起身。

发廊门口白小江进门，迎宾的店员呼啦一起向前问候：“女士请问您……”

白小江问道："请问你们这里有没有一位店员叫李默的，外号叫做黑子……"

异口同声传来："有！"

几个店员同时转身看向发廊里面："黑子！有人找……咦，黑子人哪儿去了？刚刚还在这里呢？怎么一转眼没……"

几人里里外外找了几遍都不见黑子踪影，那个刚被黑子剪完头发的男孩愣愣看向白小江，想说什么却又闭上了嘴巴，他转身离开。

白小江沮丧地出门，她明白绝望的黑子在飞飞那里伤透了心，他不想再次难堪。白小江只得准备回家，在她上车的刹那忽然一巴掌拍向车门："对了，杀个回马枪！"

将一条黑色围巾裹在头上的白小江迅速回到理发店，打开店门后立刻发现角落里面正在忙碌的一个熟悉身影，是黑子！不等围上来的服务生说话，白小江冲了过去，一把抓住他的胳膊："黑子，跟我走！"

眼前的黑子再也不是从前那个一身阔少派头的张扬少年了，他的身形消瘦畏缩，杂乱的金黄头发下一双惊惧的忧伤眼睛，耳朵上布满几个耳钉，手腕上刺人眼目的刺青……

不说话的黑子拿起外套来到门外，倚靠在玻璃橱窗上他从口袋里面掏出一根香烟，将香烟递给白小江他这才抬起眼睛："你……抽不？"

看到白小江摇头，他闷声冷笑："你以前是不抽的，可是过了这么久，谁知道呢……"

点燃了香烟他猛吸了一口，吐出的烟雾缭绕着他的面孔，霓虹灯闪烁的各色异光将两人淹没……白小江心中阵阵刺痛，她告诉黑子："我一直在找你，南生死了我们几个人不能再失散了。你有什么事情和我说，我能做到的一定会帮你，我凑了点钱，你先用着。"

她将装着钱的信封揣进黑子口袋，抬头看向夜空黑子吐出烟圈，他凄凉的声音飘来："都是命中注定的……该发生的早晚要发生。我爸在赌博时突然脑溢血，他的手下把人交给我时他已经成为植物人。我爸从来不让我碰他钱的事情，他是没想到那么早自己就会有意外，所以他的手下把所有的钱都给黑了，竟然连治病的钱都不给我留下！

"那个时候我才知道……踏入地狱的大门只需要一步！"

他陷入沉默，缓缓蹲下身子耷拉着脑袋蜷缩在墙根，夹着香烟的胳膊被他伸了出来，黑暗中烟头忧伤地闪亮着，白小江蹲在他的身边拍着他的肩膀却是什么话也说不出来。

“走，姐带你吃饭去！”白小江拉他起身，黑子站直了身子径直向白小江身后走了过去，原来墙角里早已站着一个年轻女孩等候在那里。黑子向前拉着她的手，女孩身材瘦小，披肩的长发染成紫色，圆圆的脸蛋上大大的眼睛空洞无神。白色的毛绒大衣裹住她的臀部，脚上一双过膝绒面黑靴，露出两条赤裸的大腿。洋娃娃一样夸张的五官配上娇小的身材，令她像个动漫里走出的女孩。

白小江冲女孩挥手打着招呼：“哈喽，我叫白小江。”

可是女孩像个木头人一样眼皮都不抬，只是紧紧地跟在黑子身后。

月亮海的韩国烧烤店里，三人坐在精致的电烤盘四周，黑子搂着女孩把菜谱给她：“铃铛，你点菜。”

白小江问两人：“你们喝点什么？”

铃铛依偎在黑子怀里撒娇：“我要加冰威士忌！”

吃烧烤喝威士忌？白小江一愣，眼睛竭力不去看向铃铛。服务员将一杯威士忌和几瓶韩国烧酒放到桌上，铃铛拿起酒瓶给两人倒酒，这才眼睛瞟向白小江，她抬起手臂压低手腕，酒水流淌出来形成一个漂亮的弧度迅速注入酒杯，酒水注满她的手腕立刻抬起酒瓶落下，整个倒酒过程动作娴熟、利落，杯里的酒水一点不多一点不少正好满在杯口，没有一滴洒在外面！看到铃铛这一系列极其老练的动作，白小江心中一凛……

白小江说她开车便将酒杯端给黑子，她自己斟满可乐以后和黑子碰杯，铃铛则一人独自喝着威士忌，偶尔黑子也和小江说两句话，大多时间他除了夹菜给铃铛便是沉默着。那只展翅飞翔的老鹰在黑子手腕上晃着白小江的眼睛，刺痛着她的心脏……她竭力不去看向那里，抬起眼睛她也读不懂黑子眼里的内容，看着眼前全然陌生的黑子，她不禁回忆曾经的那个黑子：那个和飞飞、艾米整天吵闹个没完，替于旭之、艾米打抱不平……

放下筷子白小江再也吃不下任何东西。

出了烧烤店，三人回到理发店门口，黑子让铃铛回家，女孩也不说话，转身又躲到橱窗边上低头看着脚尖不走。白小江拍着黑子肩膀："千万别太委屈自己，有什么事情和我们说，黑子你要记住：大家在一起商量总比你一个人的办法多！"

黑子眼睛凝视月亮海门前变幻着光影的音乐喷泉，他极力让自己的声音平静："人们都说我爸是……吸血鬼，那个时候我不能理解吸血鬼的含义，直到他倒下了我才知道……吸血鬼到底是什么！姐，我没想到竟然……竟然有那么、那么多……吸血鬼！我没别的手艺赚钱，学理发不满学徒期是赚不到钱的，所以为了给我爸治病我只能去找飞飞借钱。现在……现在这里的老板同意我提前出师给客人理发，我也就能赚点钱了，所以我……只能……留在这里……干下去！"

像是拼尽了浑身所有的力气终于他将最后几个字吐了出来，死命咬住嘴唇他浑身颤抖着，LED的炫目霓虹闪耀着他绝望的面孔，变幻的光影中他眼中盈满的泪水闪烁着五彩的晶光，猛然黑子冲着白小江深深一鞠躬，然后飞速转身拉开门冲进发廊……

铃铛仍然躲在橱窗边上的暗影里，定定地望着玻璃里面的灯火通明处。

呆呆地看着这一切，白小江的胸口窒息起来，她转身上了车，小小的福克斯车内开着暖气仿佛也如冰窖一样寒冷，暗夜里白小江的车子消失在一片冰凉的繁华光芒中。

十一

透明捐赠系统迅速蔓延全国，引发空前的慈善捐赠高潮，不可思议的捐赠款项涌进夏南基金会，白小江和整个后台管理人员竭力运营，终于几个月后一切都进入轨道。大量的订单让夏南公司生产超负荷运转，好在辛阿琪都应付过来了。颜宽明白白小江说对了，是夏南生逼着他挖掘出自己的潜力。

办公室里林芙蕖向颜宽抱怨着下属的种种过错，提出了公司的一堆问题让颜宽解决……猛然颜宽皱眉挥手打断她："林芙蕖我问你一个问题，我给你年薪难道不是为了让你帮我解决问题的吗？你倒好，提出一堆的问题来让我解决！你不能让下属为公司尽力工作，说明你的领导能力和沟通能力都出了问题！你所有的问题都是别人的，不反省自己，太过自我的性格决定公司管理个人化，导致经营没有突破打不开局面、员工没有激情和创造力，当然也是我的企业文化出了问题。我给你三个月时间，如果还是这种不死不活的业绩我换帅！你是公司创始人，我也不能亏待你，会安排你做后台管理工作。"

"你……"林芙蕖又羞又气，涨红着面孔眼泪就要下来，看着颜宽掉头转身离开，她放声哭了起来，这么多年自己的付出不仅没有得到颜宽的感情，竟然连尊严都没能留下。

颜宽开车小心地行驶在昏暗的胡同中，在古旧的门庭前车子停下，辛阿琪下车，颜宽下车送她："谢谢你今天晚上给我公司的建议，以后我就多关注我那里了，夏南公司的经营全都交给你啦，辛苦你了！"

指着身后紧闭的木门，辛阿琪冲他挥手："今天太晚，改天请你来喝茶，再见。"

两人告别后颜宽车子离开，辛阿琪登上台阶刚掏出钥匙，忽然身后一个男人暗哑的声音传来："阿琪，你离开我、离开上海，就是为了那个男人吗？"

回过头来辛阿琪面无表情看向黑暗中的男人，两人转身向巷口走去。

后海的一个安静酒吧里幽暗的灯影闪烁着，吧台上一个长发男孩弹着吉他口中含混不清地唱着歌曲，客人不多，角落里辛阿琪和男人默默对坐。

灯影下男人看上去不到四十岁，略显憔悴的黄白面孔透着忧伤，卡其色休闲西装和米色长裤看上去很随意，却依然透露出高档品质的气息。他颓然陷入椅中双手捂住脑门，手腕上的手表发出名贵的幽光。

辛阿琪一口喝尽杯中的鸡尾酒，放下杯子她半闭着眼睛挥手："不要再问我为什么分手这个问题，我问你：我们在一起时难道有什么理由吗？”

男人顿时愣住，瞪着眼睛久久不语，终于他眼中浓烈的忧伤流淌出来：“我那么爱你，如果我什么地方做错了，你告诉我我可以改啊……阿琪，我离不开你，回来吧！”

苦笑着辛阿琪摇头，男人绝望地哀嚎：“我想不明白你到底想要什么呢？”

“哈，我想要什么？我自己都不知道我想要什么，曾经我以为你就是我生命的另一半、我灵魂的伴侣，可事实的真相是：我越走……内心越孤独！你根本不懂我……我无法欺骗自己，其实我也很痛苦找不到答案，所以我只能离开你。也许能说明白的那就不是生活了……唉，我他妈的自己都搞不清楚！”猛然一拍桌子辛阿琪懊恼地捂住脑袋，惊得男人浑身一震，瞬间吉他声也停了下来，吧台上男孩呆呆地望着手中的吉他发呆。

“倏”地男人起身，直着眼睛踉跄着走向门外……

睡梦中白小江忽然被一阵手机铃声惊醒，传来辛阿琪含糊不清的酒醉声音：“白……小白……兔，哈哈，小……白兔，你来、来带我……回家！”

到达三里屯这个著名的酒吧门口已是后半夜，三三两两酒醉的女孩瘫倒在门口的人行道上，散乱的头发、早已花掉的妆容以及妖艳的华服混乱地堆积在年轻的肉体上，她们的脚下满是那些呕吐物……

白小江曾经被艾米带来这家酒吧玩过一次，飞速冲进酒吧长长的过道里面，立刻几个高大彪悍的黑衣人拦住她，他们身后一排的沙发上横三竖四躺着酒醉的男人和女人们，白小江一眼认出头发披散在脸上的辛阿琪，她蜷缩在沙发的角落里，一袭酒红色的裹裙包裹着她扭曲的身体，推开保安白小江冲过去扶她起身。

搀扶着辛阿琪往门外走去，一对半醉的男女相拥着从她俩身边走过，打扮妖艳的紫色长发女孩躺在高大的男人怀里撒娇：“亲爱的我醉了，走不动啦……”

男人踉跄着停下来搂抱着女孩，两人亲吻起来……路过他们身边时，猛然白小江感觉女孩的侧影和声音有些熟悉，回头看了她一眼，浓妆之下娇小女孩的艳丽五官让白小江确定见过她，但是想不起来她是谁了。

把辛阿琪扶在车后座以后白小江上车，刚要发动车子忽然看到女孩被那个男人抱在怀里出了酒吧，夜风中女孩长长的紫色头发垂了下来随风飘荡着，这个画面莫名地撞击着白小江的心脏……轰然，发廊橱窗前那个卡通娃娃的面孔闪现：

她——就是黑子女朋友铃铛!

浑身冰冷的白小江缓缓发动车子驶向暗夜……

趴在木门上，辛阿琪闭着眼睛手指指向包内，白小江从那里摸出一串钥匙，锁刚被打开，猛然辛阿琪推开门跌跌撞撞冲进院子，黑暗中幽深狭长的庭院吓了白小江一跳，显然这是一个古老的四合院被隔开的其中一个部分，黝黑的高墙下各种古旧花盆和繁茂的花草令人仿佛进入一个阴森的洞穴，院子西面一侧是几间厢房，高大的北屋门廊下古老的青砖墙壁和格子雕花木门发着幽光，黑暗中白小江顿时有些恍惚，恍然进入了另一个时空。

辛阿琪推开了北屋房门，灯被打开，屋内都是现代的家居，柔和的黄光令白小江立刻感觉温暖起来，仿佛回到了人间。蹒跚着辛阿琪冲向卫生间，顿时里面传来她哇哇大吐的声音，紧接着一声刺耳的哭声传出，哇哇的呕吐和呜呜的大哭声交替着传了出来，白小江迅速冲了进去，眼前这一幕令她心中不禁阵阵酸痛：辛阿琪趴在马桶上吐完了哭、哭完了再吐……白小江转身去客厅倒了一杯白开水，默默地将纸巾和水杯递给她，擦去泪水辛阿琪将杯中的水一饮而尽，白小江把她从地上拉了起来扶着她走向卧室，一头扑倒在床上辛阿琪停止了哭声，帮她脱下鞋子拉上被子后白小江转身，猛然身后一个如鬼魅一般的老太婆正立在那里龇着眼睛瞪向白小江，吓得白小江一声惊叫“啊！——”

面前这张苍老的没有一丝活人气息的面孔上，一双冒着绿光的眼睛正在瞪向白小江，强大的敌意和恼怒从那双眼睛里面喷发出来，她干瘪的嘴唇嚅动着，露出没有牙齿遮挡的黑洞洞嘴巴：“你——是谁？”

老人拄着拐杖，瘦小的身躯挺直，贴身的黑色绒面薄袄外套一件墨绿蚕丝对襟马甲，银白的头发所剩无几却整齐地盘成髻子悬挂在脑后，布满褶皱的苍白面皮耷着，显露出皮下清晰的骨相。从她身上散发出来的阴森气息令白小江即刻就想撒腿逃掉，但是她只得硬着头皮嗫嚅着回答：“我是阿琪朋友——白小江。”

这时床上的辛阿琪发出梦呓的呻吟：“猫……那只……猫，又叫了，我怕……”

闭着眼睛她痛苦地挣扎着，扭曲的身体蠕动仿佛深陷噩梦之中……老人不理白小江，拄着拐杖走到床头，瞪着床上辛阿琪的面孔久久不发一语，蓦然她转身，“咚咚”拐杖被她敲打在地面，颤颤巍巍着，她进了对门的房间。

高尔夫球场上身材高大的辛泰停止了打球，拄着手中的球杆专心听着高瑜德“汇报”。虽然年近六十，辛泰眉目依然帅气英武，一身白色球服、球帽令他气宇更加轩昂华丽。高瑜德咧着大嘴得意地露齿大笑：“哈哈，老辛啊你女儿是员虎将呀，这一仗一仗都打下来了，没想到这么多的订单她还能按期出货，我真是服了她了！”

可是辛泰却皱起了眉头：“夏南公司这块肥肉你怎么还不买下？有阿琪给你坐镇打理还愁几天不上市？”

大笑着高瑜德指向辛泰鼻子：“你啊，和你女儿相比那可是差得太远喽！夏南公司被阿琪搞得这么红火，这个时候谁买都是最高价位，哪个生意人都不会这个时候出手。颜宽买不起他就会守着这块肥肉不能随便给别人吞了，夏南生派他蹲守就是这个目的！可是办法我早就想好了，等个半年一年的只要夏南公司风头没有这么盛了，就让阿琪做好颜宽工作，等我们把姓颜的那个家伙搞定，就可以以最低价位买下这个公司，那个时候再下手也不迟，这样可以省下很大一笔钱。你啊还是赶紧把你手里那些项目给我搞定吧，这事您就甭操心了。”

辛泰摇头：“那可不行，这一年半载的太久了！夏南生死了，外面不知道有多少人盯着这块肥肉呢，夜长梦多，你不是说姓颜的那小子不简单吗？万一真如夏南生所愿给他买了，那我们岂不是白白……有阿琪在，我们何不现在就开始行动？”

指着脚下的球高瑜德笑了起来：“你的心太急了，就这球你能用力过猛吗？”

说着他一杆打了下去……

加班回来，辛阿琪疲惫地打开家门，看到西厢房亮着灯光，她推开门，八仙桌边辛泰母子两人各坐一边，桌子后面墙壁上是大幅的孔子画像，两边对联上分别写着：“观古知今思进退，读书养志识春秋”。

她奇怪地看向辛泰：“爸，这么晚了你怎么还没有回去？”

放下手中茶杯，辛泰起身：“这不是等你回来嘛，我们爷俩好久没见了，有点事情我和你聊聊。”

这时他的老娘起身狠狠地白了一眼儿子和孙女，手中的拐杖“咚咚”捶向地面：“女孩子三更半夜回家，男人不嫁，老子也不管……”

辛阿琪面无表情地将奶奶扶到卧室，然后爷俩回到北屋客厅。老式的棉布沙发上铺着雪白的绣花镂空方巾，大大的落地台灯下，乳白色的灯光笼罩着父女两人。辛泰环顾四周一切都没变，还是离婚时夫妇两人离家前的样子，他知道女儿用心地将时光停驻在了那个时刻。

舒服地坐在沙发上喝着热茶，辛泰抬眼看向女儿：“闺女你在夏南公司立大功了，给你老爸争脸啦！”

辛阿琪不屑地冷笑着：“哟，什么时候开始关心起你闺女来了，说吧，是高叔叔让你过来的吧。”

立刻辛泰低头喝起茶水，放下杯子他瞪眼：“瞧你这话说的，我什么时候不关心你了？你看你到现在也不嫁人，想到这事你爹我都睡不着觉。”

冷笑一声辛阿琪正视着父亲：“那好，现在我正式向您宣布：我辛阿琪这辈子都不会结婚！”

“什么？你……不结婚？为、为什么永远都不结婚？你……”惊得辛泰脸涨得通红瞪大了眼睛，他忍住没有拍桌子跳起来。

“为什么？因为我选择的是一条与你完全不同的道路！尊敬的辛大

局长，女儿我对不住您那份尊贵的面子了。”说完，辛阿琪慵懒地躺在沙发上舒服地闭上眼睛。

定定看着女儿的面孔，辛泰极力抑制住烦躁和怒火，猛然他像是醒来一般一挥手：“好啦先不说这些了，和你说正事，以后公司的事情你别什么都和那个姓颜的商量，要多向你高叔请教，多和他商量。你说我们家和你高叔那是啥关系？那才是真正关起门来的一家人！而且他是股东，那个姓颜的再怎么当家也只是个临时帮忙的。你高叔说了由你来掌舵这个公司他才能放心买下，我们两家一起联手，夏南公司立刻就能上市！那时候你就不只是管理人员了，而是实际控制人之一啦！闺女你明白了吗？现在你的任务就是：要想尽办法让颜宽以最低的价格把公司卖给高瑜德！”

瞬间辛阿琪瞪大眼睛看着她爸，她的大脑一片空白……见女儿发愣，辛泰解释：“我们一步一步来，所有的细节高瑜德都已经谋划好了，你具体怎么做颜宽的工作，他会告诉你细节和步骤……”

苍白着面孔终于辛阿琪缓缓开口：“你……你竟然让你的女儿做卧底输送利益给……可是有个问题我不明白，你们为什么会认为我可以成为你们的帮凶呢？为什么你们这些人做见不得人的事情都理所当然呢？！”

顿时辛泰惊呆了，他像是看着一个怪物一样看着自己的女儿：“为什么？难道这不是……人之常情嘛！如果不是他的推荐，你能做大权在握的总裁吗？你来告诉我如果别人换了你在这个位子上，有谁能不这么做？说什么帮凶、见不得人……，有你这么说你爸、说长辈的吗？”

继而辛泰愤怒起来，恨恨地捶着沙发的扶手。辛阿琪绝望闭眼长叹一声：“我明白了！你让你的女儿出卖灵魂去换取金钱和罪恶，却丝毫不以为耻，原来……你、你们早已没有了底线！要我做这种事情……那我这辈子还怎么做人？怎么再去管理企业？你以为每个人都没有人性吗？”

顿时辛泰从沙发一跃而起，愤怒让他满脸通红青筋凸起，这时他才突然发现自己原来和女儿早已不是隔着鸿沟，而是两座互不相连、无法逾越的大山。好不容易平复了自己的情绪，扶着女儿肩头他俯下身子死死盯住辛阿琪眼睛："人性？闺女啊，你爸我用一生的经验来告诉你：人性是经不起考验的，千万不要去考验人性！"

浑身冰冷的辛阿琪冷笑着："那当然了，你在没有人性的人身上去考验人性，那不是笑话嘛！"

急得辛泰跺脚指着女儿鼻尖："瞧瞧，这不是书呆子是什么？你这么傻以后可怎么办啊？孩子你要学会聪明呀，要看透这个世界才能不跌大跟头！阿琪，你中你妈的毒太深了，你看看她的下场：一无所有孤苦无依！她死前能给你留下什么？难道你也想像她那样活着？你要信我的话，我是你爸，我所做的、所说的一切都是为了你好！虽然你继母给我生了儿子，可是我的钱在这个世上只能留给你和你弟弟，这话我只能对你说。你想想，不为了你姐弟俩我能为了谁？"

苦笑着辛阿琪摇头："学会聪明？我终于明白了，那些让我匪夷所思、百思不得其解的所有问题，原来答案就是你们自以为是的'聪明人'！你们自以为自己都是聪明人，做官的不好好做好自己辖内的事情，做股东的不满足自己已得的利益，你这个局长暗箱操作给了高瑜德多少工程上的项目？可是你们还不知足，不放过任何榨取金钱的机会。你们眼里只看到这些机会能带来的白花花的银子，而从不在乎钱拿到手之后带来的灭顶之灾！为什么那么多的人好日子没过几天都进了牢房？答案就是：你们这些自以为聪明的人却做着天下最愚蠢的事情！"

"啪！"一个耳光重重落在辛阿琪的面孔，辛泰瞪着血红的眼睛喘息着，他的目光仿佛要将眼前的女儿撕裂，从来没有人敢如此挑衅自己尊严的底线，竟然是自己的女儿将他所有的虚伪撕碎，将他的尊严击溃得片甲不留。指着女儿他浑身发抖："你……我辛辛苦苦供你留学，你就这么来反抗你爸？当初你不是要留在国外不回来的吗？干吗你又回来？滚！你给我滚回去——"

辛泰咆哮着，辛阿琪捂住面孔，泪水盈满了眼眶，她沙哑着嗓音："当年你送我出国以后，你知道我妈在电话里是怎么对我说的吗？她让我再也别回来了！她在电话那边哭，我在电话这边哭……爸，你一边用尽了手段破坏这个国家、破坏你们自己的人生，一边用偷盗来的钱再把我们送往国外。我们即使在国外衣食富足，可是脚下却不是自己种族的土地，那种内心的孤独又有谁能体会？为什么你们这些父辈不能创造出一个好的环境？让所有的孩子都愿意留在这片土地？到底是谁让我们骨肉离别？生而为人不能守卫自己的家园、不能守护亲人……”

她颤抖着指向西厢房：“‘观古知今思进退’，我可以确定的是，你的进退和古人所谓的进退正好相悖、正好相反！齐家治国平天下，你到底做了哪一样？你给下一代、给这片土地留下的到底是什么？你问过自己吗？——”

一把擦去眼泪，辛阿琪冲着辛泰一鞠躬：“对不住您的养育之恩了，我将离开夏南公司，离开……这里！”

说完她拿起提包转身冲向门口，辛泰疯狂起身拉住女儿胳膊，哆嗦着嘴唇他呼喊：“不！阿琪……你不能走！”

辛阿琪挣脱父亲的手臂冲出门来，走廊下奶奶的身影早已伫立在那里，月光下那双幽暗的眼睛如幽魂一般笼罩着辛阿琪，辛阿琪没有看她一眼冲出门外……

睡梦中手机铃声响起，又是辛阿琪，白小江冲着电话发着牢骚：“怎么着又在酒吧啦？这次我可坚决不去……什么？你在我家楼下了？”

冲出电梯白小江环顾四周没有见到人影，再一看墙角里辛阿琪正蹲在那里冻得瑟瑟发抖，赶紧拉她起来，扑入白小江怀中辛阿琪放声号啕大哭。

洗完热水澡辛阿琪瘫倒在床上，台灯下，她的面庞终于有了血色，白小江将一杯热水放在她手中：“喝点热水吧，很快就会睡着了。”

辛阿琪仍然闭着眼睛泪水滚滚流出：“终于……听不到……那只猫……叫了。”

十二

夏南公司大乱，主帅辛阿琪的突然离职击溃了所有人。颜宽紧急召开股东会议，可是高瑜德也不见了踪影。失去这个主心骨，夏东生满脸的仓皇失措，他百思不得其解：在这关键时刻高瑜德怎么也隐没不见了呢？

夏南生办公室里大家排着队来让颜宽处理问题，捂住脑袋颜宽陷入绝望，猛然他起身将所有人轰出门外，关上门他拨打白小江电话：“姑奶奶求求你了，快帮我问问阿琪到底什么原因辞职的行不？”

白小江反问他：“你问我？我正要问你公司到底发生了什么呢，她离家出走住在我那里，伤心得不得了，问她什么也不说，我也不知道该怎么办。”

“她在你那里？能让我过去劝劝她吗？我想见她好好谈谈。”颜宽急急说道。

白小江摇头：“她的事情我不能做主，你自己联系她吧。”

汽车里面颜宽开始拨打电话：“老刘，现在辛阿琪已经离家出走，在白小江家里，说明她和高老头不是一伙的，所以你不能再调查，你做这事要是让他们发现了，我就没法和阿琪再做朋友。现在只求有人能买下夏南公司我就解脱啦！”

手机传来刘明超忿忿的声音：“是我自己要调查的，和你没关系！你说辛阿琪和姓高的两家关系不一般，又说他们俩一个辞职一个消失不露面，你说我能放心吗？夏南生是我俩同学，生前我们没能帮他、保护他，死了再不保护好他的公司，百年之后我们还能见他吗？老颜，你知道我有什么重大发现吗？辛泰和高瑜德之间果真有事！哈哈……瞧我的侦破水平厉害吧？”

惊得颜宽大惊失色：“刘明超你给我住手！你知道这样做有多危险吗？你这个不知深浅的家伙，千万不能再做任何调查，过两天到我妈饭馆见面，我有话对你说。”

电话那边刘明超愣在那里：“那……好吧。”

办公室里高瑜德面色苍白，抑制住绝望他指向辛泰：“你……干吗那么着急吞下夏南公司呢？让你听我的等等再下手你偏不听！这下倒好，阿琪莫名辞职搞得天都塌了个窟窿！所有人眼睛都盯着夏南公司，不知道这里面出了什么猫腻，那个姓颜的鬼精得跟猴似的什么看不明白？阿琪这一走就是向你我两人宣战！只要我们收购夏南公司她非盯着不可，绝不能让我占一分钱的便宜！你说我们还怎么能低价收购、怎么再下手？”

沙发上辛泰抹去脑门上汗水嗫嚅着：“不然……等风口过去，价格低些了咱们就按市场价买下来好了，以后公司上市再想招把多花的钱……补回来。”

气得高瑜德差点想拍桌子：“我的大爷啊，你不懂市场能不能不操这个心啊？市场价？我们的资金都在你的工程上，你就是给我倒腾资金来，现在我也不敢买，你女儿人都走了，谁给我保证公司能够顺利上市啊？我会让夏东生控制着公司不给卖出去，这样我照样控制公司。大局长，你就管好你那摊子，给我们多找点赚钱的机会就得了，这摊子你省省心吧！”

猛然辛泰起身悻悻摔门而去，冲着他的背影高瑜德一拍桌子：“蠢货，成事不足败事有余！”

白小江刚进家门辛阿琪就拉着她出来，打开走廊尽头的一个房间门，她指着井井有条的房间：“这里就是——我的新家！”

惊得白小江瞪眼惊呼：“天啊，这么快！……你是怎么搞定的？”

这套公寓客厅和餐厅分开，比白小江的一室一厅大出许多，白小江转着圈大叫着：“哇，这么大的餐厅，太奢华了！”

卧室床上辛阿琪打着滚儿得意说道：“我可是要找男人来慰藉我空虚的身心哦，所以我啊必须从你那里搬出来。你上班以后我就去物业打听，正好这个房间租户还没有搬进来，我就给了他双倍的退款，反正他在哪儿都是住，白白得了一笔钱当然乐意换地儿了。可是对于我就不一样了，我必须住在你这里，花多大的代价我都愿意，所以就——搞定啦！”

瞬间白小江眼眶盈满了泪水，拥抱住辛阿琪：“这里又旧又破的，如果不是为了我，以你的收入怎么会住在这里？阿琪，你知道吗，从此我在北京有家、有亲人了！天啊我太幸福了……”

辛阿琪平静的声音传来：“乌泱泱的人类中却总是感到自己最孤独，这是对活着的最大讽刺。这么多年我一路走来却是越来越孤单，直到遇见了你，我俩什么都不用说就知道彼此是同类。所以我是幸运的，我知道那是上天眷顾我，给了我一个亲人。本来我是打算出国的，可是哪里有亲人哪里就是家，因为你我留在了北京，我不能把你再……丢了！”

一番话顿时让白小江泪如雨下。

整个公司都知道颜宽因为辛阿琪的离职要崩溃了，白小江小心地躲着他避免两人碰到。下班后她回到公寓把车子泊好，远远地就看到公寓门口穿着白色羽绒大衣的辛阿琪，她手里夹着香烟正在打着电话，一副时尚模特派头。

“妖精，打扮这么漂亮又要出来祸害人啦？”白小江话音没落就被辛阿琪拥抱入怀，浓烈的香水和烟草混合的味道席卷着她，自从白小江救了醉酒的辛阿琪以后就被迫享受这种见面礼。

白小江拍打她的肩膀：“你这是要出门啊，有什么话不能晚上回来再说？”

阿琪熄灭烟头：“这不我在酒吧认识一帅哥嘛，他马上来接我。颜宽打电话也说要过来劝我回公司，你帮我接待他一下。他这人待我不错，我拿他当朋友，所以不能伤朋友的心，你替我找个理由让他死心就好了。”

盯着她的眼睛白小江问道：“那你告诉我，到底为了什么原因辞职呢？”

顿时辛阿琪眼睛灰暗无光整个人沮丧起来，她又迅速点燃一支香烟，深吸一口缓缓吐出烟雾，望着渐落的夕阳她嘶哑的嗓音传来：“辞了就辞了，还……说什么呢？”

知道这个答案是她心里的死结，于是白小江笑了起来：“好吧，我先死心了，放心我会让颜宽也死心的。”

一辆黑色的改装越野车行驶到两人面前，一位身材强壮穿着时尚的男人下车，从他下车的那一刻开始，辛阿琪的目光就和他缠绕着分不开了，浓烈的女性欲望从她眼中涌出……

辛阿琪介绍两人认识，男人矜持地和白小江握手，然后便打开副驾驶车门等候辛阿琪上车，辛阿琪挤眼低声问白小江："帅不？"

伏在她耳边白小江低语："你的男朋友能不帅吗？嘻嘻，瞧你那副女色狼德性！"

停下脚步辛阿琪压低嗓门："傻孩子，告诉你多少遍了：要准备结婚的男人才能叫做男朋友！"

说着她冲白小江狡黠地眨眼，看着她钻进汽车绝尘而去，白小江瞪眼："嘿，她这还分得真够清楚哩。"

紧挨着公寓门口的咖啡厅内白小江迎来了颜宽，见他穿戴得如同参加国宴一般隆重，白小江顿觉好笑。得知辛阿琪坚决不会回到夏南公司时，顿时颜宽心里慌乱起来，低声喃喃自语着："一定是发生了非同寻常的事情，以辛阿琪个性可以确定她这么做……是在保护夏南公司！"

颜宽的眉眼被乌云笼罩着，想起辛阿琪刚才的那句话白小江不禁点头。这时她的手机响起，接通电话她愣在那里："什么？你在我公寓门口了！"

见白小江沉脸挂掉电话，颜宽起身："你有客人？那我先回去吧。"

两人出了咖啡厅，公寓门口一个雍容的女人沉着面孔向白小江走来，第一次在自己的家门口有了亲人的出现，这对于正常家庭最平常的一幕白小江却从来没敢奢望过，她知道庄丽今天到来的目的，只得迎上前去说："妈……你来啦。"

听到是白小江的妈妈，颜宽赶紧向前躬身问候："阿姨您好，我是小江朋友颜宽。"

庄丽矜持地颔首致意算是打过招呼，她冷着面孔转向女儿："家里有些事情找你谈谈，就到咖啡厅去吧。"

颜宽赶紧说道："阿姨，你们谈完我给您接风，请您品尝北京的特色菜。"

庄丽这才抬眼正眼看向颜宽，她依然面无表情："谢谢你了，我一会儿谈完马上就回杭州。小江，我先过去，你马上过来！”

说完她转身径直进入咖啡厅，看着她僵冷的背影消失，顿时白小江眼底浓郁的痛苦流淌出来，无法掩盖的忧伤淹没了她，和颜宽告别后她低头蹙眉向咖啡厅走去。颜宽惊诧不已，一个母亲不去女儿近在咫尺的家里，连谈话都在咖啡厅，他已经觉察到这对母女之间异乎常人的隔阂。看来如果不是发生了非同寻常的事情，这个冷漠傲慢的妈妈也不会出现，除了长相有点相像之外，这对母女身上找不到一家人的任何气息，看到白小江伤心欲绝的面容，颜宽决定在这里守候着她回来。

咖啡厅的一角庄丽俨然一副冰霜面容，面对着女儿她缓缓说道：“你，马上给我回杭州，担任长白集团总裁！全面取代宝娜管理集团，我会教会你怎么管理公司。”

猛然白小江倒吸一口凉气，她怀疑自己的耳朵是否听错了，当她看到庄丽如冷铁一样的眼睛坚定地看向自己时，白小江这才明白过来：自己成了庄丽的一颗棋子，将被扔到那个溃不成军的败局之上！

缓缓摇头白小江狠狠咬牙：“不！绝不，谁也没有权力命令我再踏进白家大门！”

庄丽露出了罕有的笑容：“虽然你是在方家长大的，可你别忘了我在你身上没有少花一分钱，养你从小到大，凭什么你不为家族奉献？凭什么你能给夏南公司做公益就不能给自己家族出力？”

白小江冷笑着沉默看向窗外，庄丽竭力抑制自己的恼怒扭曲着面孔：“我一个人撑着把长白集团养成这么大的规模，可是我做梦也没有想到集团交给宝娜以后会落到今天的下场。实话告诉你我终于看透了，如果白宝娜再干下去，这么多年我积攒下来所有的家业就要毁在她的手里！白家就要完了，你姐也完了！外界都巴不得我们白家完蛋，都在等着看白家的笑话，他们联合媒体宣传你姐的负面形象，明摆着我们倒了那些集团就可以起来了。你是唯一可以挽救白家的人，所以你必须回去，你不回杭州白家就是死路一条！”

白小江一片死灰的眼中仿佛燃出了火焰，面孔却是煞白，她冰冷的声音颤抖起来：“白家为什么会完了？你想过这个问题没有？我白小江不是神，我有多大的能耐我自己知道。但是实话我也告诉你，我早就预料、早就看到了你们今天灭亡的结果！如果不是白宝娜克扣工人工资，能导致两个工人死亡的惨剧吗？她进入牢房难道不是她亲手把自己送进去的吗？如果你们能真心安抚死者家属、真心忏悔，全民能会一致抵制你们集团吗？你当家的时候还能和员工假装成一家人，哄骗着他们为你赚钱卖命，可是白宝娜呢？她以为自己有钱就可以不把员工当人，自以为是老板就可以高高在上奴役着所有人，凭什么员工就应该死心塌地为她女魔头卖命？你们忘了最根本的一点：人生而平等，没有人生来就比谁高贵！你们忘了现在都是什么时代了？她不拿人当人，不知道自己怎么做人、做老板的道理，不等于那些工人不想把自己当人，不懂得道理。而且懂道理、尊重人的老板多的是，那些工人凭什么就要给你们打工？客户凭什么就要和你们合作？顾客又凭什么在你们那里消费？你们把自己当作了上帝，其实谁都看出你们吸血鬼的真正面目！这样的长白集团能不亡吗？能是我回去就能挽救的吗？”

“啪！”猛然白小江起身一拍桌子一声低吼：“白宝娜今天的下场是她自己灭了自己！是你们自己灭了长白集团！——”

吓得庄丽一哆嗦，周围的客人也都看向两人，白小江脸涨得通红，她竭力调整着气息让自己平静下来：“你们永远不在自己的身上找问题，出了事情从来都是推到别人的头上，都是别人的错！你们不敬畏天地，不敬畏人，不敬畏一切！你们骗天骗地骗着所有人，难道别人都是傻子吗？难道都是你能骗得了的吗？把别人看作傻子的人其实才是天下最大的傻子！这种企业怎么可能不完蛋？若是顺应了天道，哪能死得这么难看？看不到自己的死穴在哪，却非要往坟场上走，那又有谁能拦得了你们？”

说完她喘息着，终于平息下来白小江掉头就走：“告辞！”

踉跄着她就要离开，庄丽猛然起身一把抓住女儿胳膊：“给我回来，坐下！”

被庄丽推倒在沙发上，白小江痛苦闭眼不理妈妈。

今天的白小江震慑着庄丽，她发现了小女儿身上继承了她庄丽的理性基因，这种沉在海底的智慧和果敢才是征战商海的法宝，而非白宝娜的飞扬跋扈和凶狠。

第一次在女儿面前庄丽流下了眼泪，哆嗦着嘴唇她抹去泪水：“我刚刚从方睿那里过来，他告诉我方家凑了几百万让你带到杭州去救你姐，可你没有答应他。妈知道你记恨着我们，这么多年我和宝娜是对不住你，女儿啊这是白家大难临头的时刻，你身上流淌着白家的血，妈只有求你了，你必须——跟我回家！”

母女对峙着，白小江冰冷着面孔缓缓起身，她的目光越来越凶狠，龇着牙一字一句说道：“你们认为人都是没有血肉的棋子，可以任由利益的驱赶，为了利益亲人可以成为仇人，仇人也可以成为亲人，所以你才会让我进入你们这样的企业，哈，怎么可能?！没有人可以决定我的人生，你，也没有这个权力！”

看着这个如此陌生的面孔上龇着血红的眼珠子，庄丽心头渐渐胆战起来，猛然白小江掉头快步离开，凝视着女儿的背影消失在咖啡厅门口，庄丽捂住面孔跌坐在沙发里面。

跌跌撞撞走出咖啡厅，白小江忍住胸腔的悲愤，她想痛快淋漓地大哭一场，想忘记那些冰冷的面孔和所有的记忆，可是迷幻的霓虹灯影下各色的面孔在匆忙地穿行游走，这些恍惚的人影混合在诡异的光芒中，恍然白小江发现自己仿佛是在地狱中穿行，这里哪是人影憧憧，分明是无数的鬼魅繁忙而又真实地游走在这个世界……白小江死命抓住脑袋恐惧得就要窒息，猛然她一个激灵醒来，自己走反了方向，竟然来到了马路上，于是她转身回头向公寓门口走去。

颜宽远远地看到白小江脸色苍白双臂紧紧抱住胸前，瞪着恐惧的眼睛像是梦游一样踉跄着走来，他大惊，赶紧迎上前去：“小江，你怎么了？脸色这么不好！”

白小江仍然低头呆呆看向地面一点反应也没有，颜宽抓住她的手却发现那双手冰冷地颤抖着，吓得他惊叫：“小江你这到底是怎么了？你说话呀！”

白小江猛然跌坐在花坛边上双手抱头号啕大哭，撕心裂肺的哭声从她胸腔排江倒海般地爆发出来，撕裂着暗夜的天空，也撕碎了颜宽的心脏……哭声让颜宽手足无措，他只能轻轻地拍着白小江的后背：“哭吧，小江，尽情地哭吧，把你所有的委屈全都倒出来吧……”

他知道这个孤独、充满着伤痛的白小江才是她的真面目，而那个冷傲、淡漠拒他于千里之外的白小江则是一个盔甲，一个灵魂用于防御的盾牌。

云层缓缓飘过，天空只剩下皎洁的圆月无声地照耀着两人。平静下来的白小江和颜宽走进咖啡厅，瘫倒在沙发里面她的身体终于放松下来，灵魂仿佛也终于回到了体内，她开始讲述着家族的故事……

十三

1969 年，我的爷爷——反革命分子白忠良被关押批斗，我奶奶在生产时大出血死去，留下新生的儿子和我父亲——八岁的白明翰，奶奶生前最好的朋友梅月怡埋葬了她。可是造反派并没有因为白忠良遭遇的灾难放过他，在一次批斗中他被打得浑身是血没了气息，台下梅月怡的丈夫方子凯不顾红卫兵的阻拦冲了上去，死命地扛起他跑到医院，将他从死神手里救了回来。

被抢救过来的白忠良跪求方子凯：“我丈母娘也要病死了，两个孩子都在她那里，我的兄弟姐妹都不认我了，没人愿意领养他们，孩子……活不下去的！求求你再救救我的两个孩子！”

造反派见白忠良没死，将他又带走了，被重新关进牛棚的白忠良失去了消息。

方子凯把白忠良的求救告诉梅月怡，两人迅速安排好儿子方睿睡觉，趁着夜色来到白忠良岳母家中。

在破旧的砖房前两人打开门，空荡荡屋中的地面上用几块砖头垒起支撑着一个铁壶，下面烧着柴火，八岁大的白明翰正跪在地上煮着水壶里面的米粥，床上并排躺着婴儿和奄奄一息的老人。

老人痛苦地咳嗽着，待她张开手时里面都是血块。她挣扎着下床要给夫妇二人磕头，方子凯和梅月怡含泪拉住老人，然后抱起襁褓里面的孩子领着白明翰出门。门刚被打开，一行刚刚结束批斗会的红卫兵路过门口，突然手电筒的灯光射来，夫妇两人赶紧进屋关门。

门被强行砸开，几个红卫兵冲了进来，他们一边砸着屋里的所有东西一边大喊："打倒反革命家属！打倒臭地主分子！"

一通打砸以后砖头垒成的灶台被捣碎，砖头零落满地，铁壶滚落在地上，里面的米汤流淌出来。白明翰吓得号啕大哭，方子凯夫妇紧紧抱住两个孩子，老人木然地看着这一切。几个红卫兵看到屋里实在没有可砸的便走出门外，最后一个出门的红卫兵一眼瞥到门口的一堆蜂窝煤球，突然他停住脚步拿起一只煤球转身进屋，狰狞着面孔打开水壶盖子把煤球扔进米汤里面，然后冲着屋里的几人狞笑着扬长而去。

夫妇两人赶紧放下孩子把砖头重新垒起，老人拉住不让："两位大善人你们赶紧走吧，能把我两个外孙救了我已经无以为报了！"

两人离开，天亮以后传来老人上吊自杀的消息。

一夜之间方家多出两个孩子，所有人立刻知道是怎么回事。方子凯和梅月怡多次被领导谈话，命令两人必须立刻和反革命后代断绝关系，夫妇二人沉默着拒不送走孩子。

两人同时被开除出党、被撤掉原有的工作。方子凯是大学美术老师，梅月怡是老三届毕业生，两人家庭成分都是又红又专，都是被组织重点培养的对象，就这样，两人的无量光明前途被收养的两个孩子给毁了。方子凯被勒令打扫卫生，夏月怡失去了会计工作，成为灯具厂的一名普通操作工人。

八年后白忠良被平反从江西农场回到杭州，他带来了在江西娶的女人和一个女儿，两个儿子终于和他团圆。

16 岁的白明翰和八岁的弟弟无法融入新的家庭，两个孩子和继母的矛盾让白忠良头痛不已。终于青春期的白明翰和继母爆发了家庭大战，他跑回方家抱着梅月怡号啕大哭，宣布如果让他再回到白家他就离家出走，再也不回杭州。

两家达成协议白明翰继续留在方家，白忠良支付孩子学费，回到方家的明翰更加留恋与养父母的感情。三年后白明翰考入杭州师范大学，方睿考入浙大。

大学毕业方睿去了北京工作，白明翰则成为一名中学老师，他重新回到了方家陪伴养父母。

恢复了党员身份的梅月怡成为灯具厂书记，她物色了全工厂最出色的女孩子庄丽作为白明翰的女朋友。漂亮能干的庄丽迅速让白明翰坠入爱河，两人结婚后庄丽成为方家老少的主心骨。

庄丽生下女儿白宝娜五年后再次怀孕，好强的她一心想要个儿子，无奈计划生育让她不能生下这个孩子，她只好偷偷跑去山区老家将孩子生了下来。看到又是女儿后庄丽极度失望，便将孩子扔在老家回到杭州。

违反计划生育白明翰和庄丽都要丢掉工作，庄丽以这个理由拒绝将孩子带回杭州。梅月怡陪着庄丽回山区看望孩子，当她把小小的婴儿抱到怀里的那一刻，只一秒钟小家伙就像见到亲人一般将小脸紧紧贴住梅月怡的面庞舍不得离开，两只小手紧紧抱住她的脖颈不肯撒手，小小的额头摩挲着梅月怡的面颊，一副迷恋陶醉的样子惊呆了所有人，瞬间梅月怡眼泪流了下来，庄丽瞪眼惊呼："呀！这孩子怎么从来不对我这样啊？"

梅月怡再也无法放下怀抱里这个小小的生命，她抱着孩子回到了杭州。

为了掩人耳目，梅月怡、方子凯夫妇借退休之名搬到钱塘江边，两人给孩子起名小江，这样方家领养的孩子方小江和白明翰夫妇没有任何关系，白明翰和庄丽的工作得以保住了。

灯具厂国企改革，聪明的庄丽嗅到商机，她立刻卖掉房子，怂恿梅月怡为她谋得大股东席位，从而一跃成为私营灯具厂的老板。

生意成功的庄丽更加忘记了方家还有个二女儿，方家难得再见到她的身影……每当白明翰想起去看望养父母和孩子时，庄丽总是说方家非要领养他们的孩子，不能老是过去，会破坏方家和孩子的感情。白明翰发怒："那是方家爸妈担心我们两人丢掉工作，是替我们着想才养育孩子！"

可是时间长了，他也难得一见了。

庄丽以工厂抵押给银行套取资金收购宾馆和饭店，后期又介入建筑业、房地产，旅游城市的优势让庄丽的企业迅速成长，几年后成立长白集团，集团在杭州已经是人尽皆知的知名企业。白明翰辞去学校职务回到集团，夫妇两人都是集团公司老板了，这时候梅月怡身体又不好，没了失去工作这个理由做借口，再不把小江领回白家就说不过去了。

可是梅月怡舍不得小江离开，小江也死活不离开方家，娘俩早已哭得肝肠寸断。方子凯告诉妻子："如果孩子失去父爱、母爱，对她的一生都将是缺憾，为了小江的未来必须让她回到白家。"

八岁的白小江来到白家后这才发现是噩梦的开始：

骄奢无度的白宝娜凭空多出一个妹妹来，破坏了她在白家唯一公主的待遇，愤怒和仇恨让她恨不得将白小江立刻逐出家门。庄丽自己也无法适应这个孩子的突然到来，总是后悔当年生了她，心里暗暗希望小江能像当年的白明翰一样重新回到方家。所以她不仅任由大女儿对小江欺凌不说，自己也将怨怒时刻发泄在小江身上。

白宝娜禁止小江动用她的所有东西，因为禁止的东西太多了，小江几乎没有可以动用的东西和地方。放学回家的白宝娜发现小江坐在她专用的椅子上喝水，白家人都知道那是宝娜专属的座椅，她将妹妹拖进房间，锁上门后死命地踢打小江腹部，听到哭声的庄丽在门外敲门大喊，宝娜迅速淋了自己一身的墨水，打开门她冲着妈妈指着身上大哭："妈……她打我还淋我墨水……啊呜——"

庄丽一把抓住小江头发将她狠狠地摔向门外，"咚"的一声小江脑袋重重撞在走廊的墙壁上昏了过去……

方子凯、梅月怡来到白家看望小江，发现孩子只是抱着他们大哭却什么都不说，两人心下便感觉不对。离开的时候小江冲出门外，死死抱住梅月怡哭喊着不放手，任凭保姆拉也拉不开，孩子撕心裂肺地哭喊着："奶奶爷爷不要走！不要留下我……爷爷奶奶你们不要我啦?！"

孩子绝望的哭喊让梅月怡不能自持，紧紧抱着白小江不撒手，两个保姆流着眼泪合力才将小江拉回家里，可是别墅里面仍然传出孩子的嚎哭声，两人愣在院子心沉到谷底，直觉感到有事。隔壁邻居出来一位老太太，她悄悄拉住梅月怡："白家这个二女儿到底是不是亲生的呀？天天被打得……”

梅月怡惊得差点瘫倒在地，两人疯狂地冲进白家，祖孙三人抱成一团哭成一团。

从此以后一旦小江大哭每次门外就会响起敲门声，方子凯就会出现在门口，老人进门总是说：“奶奶做了好吃的，我要带小江回去吃饭啦！”

坐在方子凯的自行车前面，小江大哭着问他：“爷爷，难道我不是方家的孩子吗？为什么我必须回到妈妈家里？”

老人一边抹去眼泪一边回答：“因为你是妈妈生的小天使，飞到了爷爷奶奶这里，所以过后还要再飞回去。”

小江哭得喘不过气来：“可是妈妈那么坏怎么会生出小天使呢？还有，怎么我一哭爷爷你就来了呢？”

含着眼泪方子凯哈哈大笑：“小天使飞过来告诉我：快去带小江来吃奶奶做的好饭吧，所以爷爷就……来啦！”

吃完了奶奶做的饭，方子凯就开始教小江作画，离开的时候梅月怡总是给小江的书包里塞满了各种书籍，她叮咛着孙女：“孩子，我们的灵魂其实是个可怜的囚徒，被关在我们的身体里面。身体就像关着灵魂的那座牢房，眼睛是两扇窗户，灵魂只有爬到眼睛这个窗口才能看到外面的景象，靠耳朵听到的声音才能知道外面的世界。所以不读书你就不会知道别人的内心思想和外面世界的真相，书还可以培育出你心里的大爱和慈悲的智慧。拥有了爱和智慧，你的灵魂就可以从躯体的牢笼里面飞出来，可以畅游整个宇宙世界，那个时候灵魂才能成为真正的灵魂！”

仰着小脸白小江思索着：“我明白了……如果人只会吃饭没有爱和智慧，就和猴子一样了。”

白小江背着书包出门上学，邻居奶奶过来拉着她的小手：“小江啊，你知道吗？只要你放学回家，你爷爷就趴在你家门缝上听着门里的动静，只要一听见你哭你爷爷就敲门把你带走。我问过他了，他说你奶奶不放心你，让他天天过来听着……”

那天的马路上很多人看到一个孩子背着书包一路走一路放声痛哭，幼小的白小江撕心裂肺地呐喊：“为什么我不能和爱我的人在一起……”

……

十五年后白小江大学毕业，白宝娜已是长白集团的总裁，董事长庄丽和丈夫退居幕后。为了不让白小江进入长白集团，母女商量了一计，让白小江以报答方家的名义去方睿在北京的方瑞建筑公司工作。

可是噩梦总是在人始料不及的时候出现，白小江忽然发现二叔不见了！公司围满了要债的人，所有人都联系不上他，白小江正慌乱得不知如何是好时，秘书偷偷告诉她：“方总被人怂恿将公司自有资金进行风险投资，结果投资失败，资金链断裂后他已经逃到外地想办法筹钱去了，他让你把公司撑住等他回来！”

心沉到谷底，白小江知道方家出大事了！

更坏的消息传来：一些债主以为方睿逃到杭州老家躲债，就跑去方家堵门，方子凯这才知道儿子出事了，受此打击他突患脑溢血正在抢救……

白小江连夜赶到杭州，病房里白明翰正守护在床边，爷爷躺在病床上鼻子插着管子，奶奶无声地流泪，一夜之间她的头发全白，苍老的面容令小江不敢睁开眼睛。

小江抱着爷爷痛哭，方子凯睁开眼睛一滴眼泪顺着他的眼角流下，哆嗦着嘴唇他口齿已经含混不清：“孩子，你是白家也是方……家的孩子，记住方家……家训：清白做人、仁爱待人！方家不能欠……债、不能亏欠客户！你要……帮你二叔……做到！”

老人说完又昏迷过去……

看着医生在抢救老人，疯狂的白小江拖着白明翰来到院子，浑身颤抖着她问父亲：“爸！你还记得方家是怎么救我爷爷、怎么救你们兄弟俩的吧？还有怎么养大我白小江的？”

“怎么了？这些我都明白啊？”白明翰不明白女儿说这些什么意思。

眼泪扑簌扑簌往下掉，痛苦已经让白小江喘不过气来：“方家是白家三代的恩人，这个时候你和妈妈拿出钱来救救方家啊！求求你们了！我给您磕头了！——”

“噗通！”跪下的白小江惊得白明翰赶紧扶起女儿，随即他眼睛发直疯狂跑出医院大门……

长白集团董事长办公室内一家三口的会议变成了疯狂的吵架，白明翰冲上前去给了庄丽一个耳光，白宝娜惊叫着抱着妈妈大喊：“爸！你疯啦？”

“庄丽——你还是人吗？方家是白家三代的恩人！没有梅妈妈能有你灯具厂吗？能有今天的长白集团吗？！我和你女儿都是方家养大，你竟然见死不救！你让我这辈子怎么做人？你是不是非要逼我去死啊——”白明翰怒吼，宝娜吓得不敢说话。

庄丽瞪着母狼一样凶狠的眼睛：“方家喜欢收养孩子那是方家要名声，我要的是利！方睿公司开业之时我们已经资助过他很多启动资金，虽然他连本带息都归还了，但是作为白家该报答的我们都还给了方家。方睿将资金投入风险投资，他有今天那是他自己造成的，凭什么我们要为他的错误埋单？钱回不来怎么办？谁规定就应该掏钱给兄弟还债的？亲兄弟这种情况也不应该！”

白明翰绝望哀嚎：“好，你要利，你要吧，我现在就离开这个家，我马上和你离婚！”

转身他愤怒冲向门口，白宝娜死命堵住门不让他出去，一边大喊：“爸你别忘了，二叔公司再也不可能回到以前了！借多少钱才能让他起死回生啊？我们被拖垮了怎么办……”

指着女儿鼻子白明翰咬牙颤抖：“你欺负你爸做了大半辈子老师，所以你拿生意人这一套来糊弄我！我们家资金的体量那么大，能救方睿的钱根本就不会对我们集团伤筋动骨！”

猛然他又龇着眼睛回头冲妻子呜咽着：“都说娶一贤妻幸福三代人，我白明翰娶了你庄丽毁我白家三代啊！看看……看看你的女儿被你教成了什么样子？一个只认钱财没有人味的野兽！——”

他踉跄着推开女儿拉开门掩面离去，望着白明翰决绝的背影，庄丽眼中的凶光燃烧得更加炽烈。

病房里白小江看到爸爸绝望的面孔像个游魂一样进门，立刻她知道什么结果了。爷爷睁开眼睛看着她，嘴唇嚅动着，白小江耳朵趴在他的唇边终于听明白了，他让小江回北京帮叔叔的公司撑住！

紧贴着爷爷的面颊，白小江的泪水流淌在爷爷深深的褶痕里面："爷爷，你一定要好起来，等着公司好起来，等我回来！爷爷你听到了吗？一定要答应我……"

告别奶奶后白小江飞奔冲到医院的院子里面，一屁股坐在地上抱住脑袋号啕大哭，她的周围迅速围满了人，人群中人们的声音传来："真可怜，看来她是得了绝症……"

"唉，……这么年轻就得了大病！"

……

回到北京她和律师像陀螺一样应对着所有的重创，艰难地死守着公司，突然传来方子凯去世的噩耗！

方睿、白小江全都崩溃了，方父因为儿子欠债去世的消息一传出，立刻，人品极好的方睿获得了一众朋友的资金相助，终于将窟窿堵上、打发掉要债的了，可是由于没有流动资金的周转，公司仍然面临瘫痪。

方子凯灵堂前，方家和白家子孙分别跪在两侧，梅月怡坐在椅子上低头垂泪，苍老的白忠良坐在轮椅上被庄丽推着进来。

看到方子凯的遗像，白忠良挣扎着跪地大哭："子凯啊！你怎么能说走就走了啊？这辈子我欠你太多了，下辈子我可怎么还你啊……"

两家人好不容易将他扶到轮椅上，老人还在低头呜咽，庄丽跪地哭泣着给方子凯磕头。白小江缓缓起身来到白忠良面前，"扑通"她跪倒在亲爷爷的脚下，握住爷爷双手，她的面孔异常平静，只听得她轻声说道："爷爷，我问您几个问题，您一定要回答我！"

见她异常严肃的面孔，白忠良点头，房间里面一片寂静，所有人都屏住呼吸不知道她要干吗。白小江一字一句问道："如果当年换了方爷爷被红卫兵打死，你会不会抢出他的尸体去把他救活？你会不会被开除党籍失去所有的前途仍然抚养方家两个儿子？换了你会不会继续抚养方家第三代孙女？"

所有人都惊得呆在那里，房间里面静得一根针掉下都可以听见，白忠良张着嘴巴瞪大眼睛惊恐地看向自己的孙女，白小江冰冷的声音再次传来："也许您从来都没有考虑过这几个问题吧……"

忽然传来梅月怡一声怒吼："白小江住口！——"

白忠良和白小江同时浑身颤抖，两人控制不住哆嗦着双唇泪水奔涌而出，忽然一声刺耳的号哭从白忠良喉咙发出："兄弟——换了我……我真的做不到你对我付出的这些啊！我白忠良对不住你啊！……"

他从轮椅上扑倒在地，跪在地上顿足捶胸号啕痛哭，屋里号哭声一片，白小江却人影一闪冲出门外瞬间没了踪影。

葬礼完毕所有人都离开了墓地，白小江从树林里面走了出来，默默来到爷爷墓前跪倒在地，她抚摸着墓碑上爷爷的照片缓缓说道："爷爷……你一个人在这里寂寞吗？小江陪你聊天来了。爷爷，我问你啊，为什么你教了我那么多做好人的道理，却从来没有告诉我人的心肠会那么狠、那么坏？爷爷你走了，我却发现还有那么多的道理我都不明白……"

……

丧事过后方睿公司正式破产，梅月怡卖掉房子给儿子在北京重新创业，自己租住在出租屋，白明翰也将自己所有的积蓄给了方睿以后去寺庙挂单。白小江不想回杭州便在谜生画廊落脚，她将自己的积蓄拿出来准备在杭州买个一居室给奶奶住，可是首付缺二十万实在没辙找妈妈借，没想到遭到庄丽拒绝，于是白小江干脆也将手头的钱全部投给方睿二次创业。

庄丽邀请梅月怡离开出租屋到她家里养老，遭到老人的拒绝。

可是没想到灾难一夜之间降临到白家：白宝娜的建筑公司恶意拖欠工人工资，工人停工后在施工的大楼贴上标语："黑心老板还我血汗钱！"公司派人揭掉标语，工人在阻止标语被揭掉过程中双方打斗起来，两个工人失足掉下大厦摔死！

瞬间长白公司的恶劣行径和工人死亡事件激发舆论巨浪，白宝娜作为事件责任人被捕入狱。公司工程被勒令停工，集团其他业务迅速都被波及，宾馆、饭店、房地产被全民抵制几乎停业，制造业的产品也失去销路。银行收回贷款额度，长白集团资金链断裂，集团全面瘫痪。宝娜的老公吓得逃离杭州，庄丽只得暗中变卖固定资产渡过难关，她一人无法面对所有的危难，这时方睿母子却筹钱让白小江去救白家母女……

……

故事讲到这里颜宽双眼通红泪水涟涟，他叹息着："没有想到竟然是这样的故事，极度的大爱和极度的兽性都会让我流泪。小江，你奶奶、叔叔是对的，你一定要去救你姐。如果以牙还牙，那你也就变成了你所憎恨的人那个样子。"

白小江摇头："不，白家对方家欠下的债无法用金钱偿还，现在老天已经让白家遭到报应了，我无力报答方家，但我也不能去救白家，我必须还给方家一个公道！"

思忖良久颜宽幽幽说道："你错了！你不知道老天的本意，为什么你被妈妈抛弃却被方家收养？你想到过上天这么安排的本意吗？"

看着颜宽扑闪的大眼睛，白小江震惊在那里："我从来没有思考过这个问题，我只是无数次问上天：为什么妈妈生了我却不爱我？为什么我不能像别人一样拥有亲生妈妈的爱？你的意思是……"

像是看着一个迷途的孩子，颜宽充满了怜爱说道："将一个初生的孩子扔到狼群，你能指望他成为一个圣人吗？"

轰然一道火花从白小江眼前炸裂，瞬间白小江仿佛通体被电流击过，这一刻满腔的热流涌动让她不禁热泪涟涟："天啊！我失去了母爱却得到爷爷奶奶的大爱，让我得以逃脱了白宝娜今天这样的下场，否则在牢笼里面又将多了一个恶魔白小江！"

噙着热泪她双手合十："我终于明白了，上天赐予我在爷爷奶奶怀抱里长大，是超越了所有孩子的福气！"

颜宽默默点头："你口口声声说拒绝救你姐姐是为了替方家找回公道，看上去你这么做是源于你爱别人超过你自己，可是你想过没有：爷爷奶奶根本就没有仇恨！你得到爷爷奶奶这么伟大的爱，难道还治愈不了这世上所有的苦难和仇恨吗？小江如果你连身边最近的亲人都不能用爱去挽救他们，未来你又怎么可能在基金会去救那么多远方的陌生人呢？是不是所有人都必须像爷爷奶奶那么伟大你才能去救助他们？如果他们并不善良难道你就会放弃救助那些人吗？”

如被一声声惊雷震醒，白小江瞪着眼睛呆在那里说不出话来。颜宽说道：“夏南生死时你曾经说过：‘如果我们连身边的人都救不了，那自我的灵魂又怎么可能出离苦海？哪怕我们自己上了岸又能怎样，能在岸上得到解脱吗？’你知道吗，就是你这句话让我死命地帮助南生的公司！可是你呢，你只愿意去救身边的朋友和远方的陌生人，却放弃了生你养你的亲人。

“其实你的这种经历很多家庭的孩子都有，我认为几千年的皇权统治，让多少男人拥有着帝王情结、让多少女人拥有着帝后梦。有多少人的潜意识里面总是幻想着自己能够如何地统治别人，如何君临天下统治着这个世界！可是当他们自己就是一个普通人时，他们无法满足自己内心这个虚妄如地狱炽火一般的魔鬼念头，所以他们只能利用身边可以控制的没有反抗能力的孩子或者弱势的家人，或者对自己的属下进行疯狂折磨，以满足变态的统治他人的欲望。他们甚至连自己的亲人都不放过疯狂地折磨，这是人性中非常残酷的一面！可想而知，这种人一旦拥有了真正的权力的时候，将会多么的可怕！

“一个人只要无限跪拜权力和上层，就一定会无底线地欺压、剥削下层和弱者！这种人一定会非常崇拜权力的拥有者，跪拜所有拥有权力的人，无条件地服从权力和权力的拥有者；而另一方面，他们无论在官场、企业、家庭还是社会的任何一个角落，又会竭尽权力之所能来折磨和迫害那些被他们所‘统治’的人们。他们认为只要能实现自己的统治欲望，得到掌握权力和话语权就可以对他人、企业、国家为所欲为，殊不知这正是让他们自己和他们所‘统治’的企业、国家全部走向灭亡的必然道路！这其实是非常值得深思和挖掘的一种人性现象，这些现象背后到底是什么样的文化基因才能导致这种罪恶频繁发生？

“每个人都要面对原生家庭带来的创伤，这个包袱不解下，谁都注定无法行走好未来的人生。幸运的是你在方家的大爱中长大，所以你才会没有这个创伤和心结。到杭州救你的妈妈、姐姐去吧！你知道吗，在听你故事的时候，我对爷爷奶奶是羡慕的，因为他们是这个世上最富有的人！”

冬雨击打着挡风玻璃，白小江驾车来到恩义建筑公司门口，荒僻的道路上空无一人，这里几幢低矮的办公楼房散发着荒凉的气息，让人怀疑这不是在北京。

推开董事长办公室的门，粗陋的办公桌上堆满了各种资料，方睿正在伏案写着材料，见白小江进门他开心起身：“江儿你终于来啦！”

个头不高的方睿长相威严，清瘦的面庞慈爱地端详着白小江：“你能决定去杭州太好了！这才是我们方家教育出来的孩子，不然我和你奶奶都是不能安心的，这是我凑到的钱，你赶紧带过去吧。”

接过方睿手里的银行卡，白小江看着叔叔瘦弱的身躯和满头的白发，立刻眼圈红了起来：“二叔，你公司的日子……那么难，怎么凑的这些钱啊？”

方睿沏好一杯茶送到白小江手里：“喝点茶暖和暖和，你能坐在二叔的办公室喝上这杯茶我就万分感谢老天爷了！我的日子还能撑下去，你爸和你为了我的公司把所有钱都凑给我，所以这些钱也有你们父女自己的份儿，我们方家不能这个时候见死不救。我经历过企业的破产和家破人亡，上天让我终于明白：那些金钱不是可以堆积起来的金山，而是河流里面的大水，可以一夜之间河水泛滥，当只有贪心没有德行的时候，再多的金钱也会像河里面的大水一样可以一夜枯竭！就像长白集团现在发生的这些事情，哪怕是世上最大的金山也会瞬间消失。所以她们不明白，要想积累财富其实只要积累德行就可以了。”

瞪着眼睛白小江问他：“我去救妈妈和姐姐，可是她们那样罪恶的人怎么可能明白这些道理呢，又怎么可能改变呢？”

无法形容的悲痛浮现在方睿的面庞：“你不要以为只有那些吃不上饭的人才苦，其实作恶的人最苦，你看到笼子里面的那些野兽你不觉得它们可怜吗？它们无论在笼子里面还是外面都不会改掉兽性，那些人其实和这样的野兽没有区别，因为只有野兽才会不知己恶、不反省、不忏悔。很多人自以为是人，其实只不过是借着一张人的皮囊而已，和野兽的灵魂活在这个世间没有任何的区别，再繁衍着同样的下一代，最后死亡离开这个世界时都不知道自己根本就没有做过人！你说他们苦不苦，可怜不可怜？而我最心疼的是你姐姐这样的人，其实他们才最可怜！他们正在无明的黑暗道路上蒙着眼睛走向地狱，自以为得到金钱就得到了全世界，其实是因为没人能揭掉蒙在他们眼睛上的罪恶，没有人给他们点上一盏灯，如果他们能够看到光明，看到这个世界的真相，就会看到他们其实正在走向地狱的大门！”

竟然自己原本最痛恨的那些人其实才是最可怜的，白小江恍然发现撕开真实的丑陋面纱，真相竟然不是人们看到的那个样子。方睿的声音传来：“一个筐里如果有一个苹果坏了，那么整个筐里的苹果很快都会烂掉。其实我们每个人都有改变的力量，从改变自己、改变身边的人开始，你就可以改变这个世界！你看，爷爷奶奶的爱就能传导给没有任何血缘的你，所以爱的力量最不可思议，你为什么就不能再传导给别人呢？更何况她们是你最亲的亲人！”

看着方睿清亮的眼睛，白小江抹去泪水叹息着：“人活着是有多么的不同啊……”

十四

杭州梅月怡狭小的出租屋里，饭桌上上好的大米粥里米油散发着浓香，上面撒上掰成碎末的咸蛋黄；一盘芦蒿清炒香干冒着水底植物的清香，一碗冬笋烩腊肉，几笼小笼豆腐汤包静静躺在荷叶上面，透过晶莹剔透的薄皮隐约看到里面的豆腐丁馅儿……。看着小江吃得专注，梅月怡的脸上露出满足的笑容：“还是小时候的口味没变啊。”

吃完饭白小江躺在沙发上依偎在奶奶怀里，闭上眼睛她喃喃道：“奶奶，这才是家的味道……”

忽然她的手心被奶奶用笔在上面写着什么，赶紧睁开眼睛，原来奶奶在她手心写了一个繁体的“爱”字，白小江叫道：“哎！奶奶你会写繁体字呀？”

指着这个字梅月怡柔声问她：“孩子，你看看这个字里头都有什么呢？”

白小江不由得惊讶：“这是……在家的屋檐底下有个‘心’字，心下面竟然还有个‘友’字啊！奶奶，我第一次发现这几个字都在里面哎，看来爱的本意是：对待天下的友人都要像在一个屋檐下的家人一样用心去爱！可不是嘛，奶奶你看我俩没有任何血缘关系，却在一个家里和亲人一样地相爱。”

握住孙女的手梅月怡说道：“通过老祖宗造的这个字就可以得知我们的文明源头没有仇恨、没有分别！只有慈悲和大爱！要把天下每一个人都当成自己的家人一样用心来爱护，就可以知道我们的祖先有多么伟大，我们民族的仁爱精神是人类最高贵的博爱，是没有分别地爱着这个世上的所有人！所有的人都是我们的朋友，没有贫富和高低贵贱、没有种族之分，都是和家人一样没有任何的分别！我们的祖宗是人类精神中的高贵种族，孩子，千万不要忘记我们世代的血液里流淌的是这种博爱精神。去吧，只要你能改变你自己，你就能改变所有人，你能做到的！”

咬着牙白小江轻轻点头。

看守所里白宝娜隔着玻璃瞪着邪恶的眼睛：“白小江，你来什么意思？终于可以看我笑话了是吗？告诉你，别以为我出事了你就能成为白家的当家人，想进白家的门你想都别想，白家永远都是我白宝娜的！”

闭上眼睛白小江不敢看向白宝娜扭曲的面孔，想起二叔说的笼子里面的野兽，此刻栏杆里面的宝娜正在露出獠牙。

一阵恶心令白小江强忍住胃里的不舒服，她平息着胸腔的怒火终于平静说道：“白宝娜，我以你的名义给两位死者家属分别追加了赔偿款，安排他们的家人在二叔朋友的公司工作。现在我补发工人们工资，留住了辞职离开的工人。死者家属和工人们受到触动，终于工人拿出了事故现场他们录下的视频，证明两位工人是自己失足摔下大厦，而不是你们公司的人推下去的。检方根据这个视频证据将重新审理你的案件，你很快就会出来。”

震惊让白宝娜一时反应不过来，她瞪着直直的眼睛看着妹妹，白小江做足心理准备等着宝娜式问话出现，因为她太明白自己的姐姐脑袋里此刻装的都是什么。

果然白宝娜大吼一声：“他们知道那两人是自己摔死的凭什么还要诬陷我？我要告他们诬陷罪！这种骗子你为什么还要追加赔款给他们！你给了他们多少钱？”

忍住怒火白小江告诉她：“每家又多给了 70 万。”

瞬间白宝娜疯狂冲到小江面前，隔着玻璃她嘶吼的声音响彻整个房间：“什么?！这种农民工哪值这么多钱？凭什么你拿白家的钱去充当菩萨？你跟我有仇用不着拿白家的钱去撒气！还有，是妈妈同意你动用公司的钱吗？本来就不应该我被关在这里，妈是董事长就应该由她来坐牢！把我抓进来倒好，她不拿钱救我却把钱给你去便宜那些穷鬼！”

忽然白小江像一头怒狮“噌”地冲到宝娜面前，她眦着就要掉下的眼珠子拍着玻璃怒吼：“是我和二叔拿出自己的钱给你赎罪的！农民工的命难道就值你给的那点钱吗？他们和你白宝娜的命一样值钱你知道吗?！……你白宝娜什么时候才能够成为两条腿的人啊？你说你和畜生有什么区别？说你是畜生都侮辱了那些动物！你……你只配关在笼子里面，省得出去害人！”

白宝娜呆住，她的思维瞬间停滞，以她的惯性思维她无法理解白小江怎么可能拿出自己的钱去救别人？又怎么可能把那些农民工的生命看得那么值钱？

浑身颤抖的白小江转身向门外走去，身后传来宝娜大喊：“小江！等等——”

坐在车里白小江浑身冰冷颤抖着，闭上眼睛久久不能平息胸腔的火焰，耳边响起二叔和颜宽的话语，终于在她心中升起对白宝娜的怜悯，宝娜真的太可怜了！活在这个世上却只是一个野兽的灵魂，永远无法体验人心的爱和美好。

来到庄丽办公室，白小江看到妈妈坐在高高的真皮座椅里面半闭着眼睛，脸上颓唐的冰冷气息隔着桌子扑面而来。想到面前的这个面目阴冷、苍老的女人就是自己的母亲，这种奇异的恐惧令白小江充满了哀伤，她无法从自己的体内和灵魂找到与这个陌生的肉体有任何关联的地方，她艰难地张开嘴巴："……妈，宝娜很快就会出来。"

面无表情的庄丽睁开眼睛嚅动着嘴唇，幽魂一样的声音传来："你……终于来了！好，白家的老二出山了！宝娜认为坐牢的应该是我，她出来以后不会饶了我的！所以现在我们必须赶快行动，要赶在宝娜出狱之前迅速将你推到公众面前，正好你在夏南基金会工作的经历对洗白白家非常有利，会有人配合媒体专门为你打造正面形象。"

庄丽眼睛发光，面色不禁也激动起来，仿佛她已经看到了长白集团得救的那一刻出现。白小江没有说话伸手拿过桌上的一张纸和一支笔低头写了起来，屋里一片寂静，只听得写字传来"刷刷"的声音……白小江将写好的纸张递给庄丽，阅读着女儿写的内容，顿时传来庄丽一声惊叫："你！——"

"啪！"庄丽将那张纸拍在桌上，她龇着眼珠子瞪向女儿："为什么你要写这个……"

当她看到白小江眼中坚定的目光时，顿时慌乱袭击着她的整个身心，立刻她又低头仔细看向这份声明：

"本人白小江自愿放弃继承长白集团所有的财产以及家族名下的所有遗产，坚决不参与长白集团的任何业务和事务，但是愿意尽子女赡养父母的义务，此声明建议公证……"

震惊让庄丽的眼珠子就要掉下，她将目光从纸上转移到小女儿的面孔，久久地凝视着这张面孔，仿佛眼前是她从未见过的来自外星球的怪胎，她庄丽怎么可能生出这个孩子？

终于摇着头她喃喃自语："我……不明白，那你为什么还要……救宝娜？"

忽然白小江一阵哽咽，扑簌簌的泪珠疯狂滚落下来，颤抖着她问妈妈："那我先问你一个问题，为什么方子凯要冒死救白忠良？为什么方家夫妇要养白家几代人？”

仿佛一个惊雷在庄丽的心中炸起，白小江能够清晰看到妈妈眼里的闪电掠过，阵阵慌乱让庄丽不敢看向女儿，她陷入了沉默。

忍住胸口的剧痛白小江叹息：“有人付出爱会成为习惯，有的人索取利益也会成为理所当然。我从小到大一直哭着问自己：为什么我得不到其他孩子那样的母爱？为什么不是亲生的爷爷奶奶却是那么爱我？所以我不想得到白家给我的任何财产，我怕那些钱财会让我陷入痛苦回忆，让我无法删除白家给我的所有记忆！我有方家爷爷奶奶给我那么多的爱，这辈子……足够了！”

颤抖着白小江说不下去，庄丽冰冷的眼睛开始柔和很多，她依旧盯着桌上那张放弃财产声明：“你要知道天下没有不偏心的娘，我兄弟姐妹三个，你外婆对我最不好，从小也是在打骂中长大，你舅舅、姨妈都比我招她待见，可是你看……还不是我最有出息？我承认对你不如宝娜好，也是你生下来就没在我身边的缘故……再说了你自从来到我们家以后，吃的喝的哪样不比方家好呀，可你呢，一直都在说我们家的坏话，败坏我们家的名声，别以为我不知道。”

一阵恐惧袭来白小江打了一个寒战，原来庄丽是从自己的下一代身上发泄着童年期遭遇的不公平，如果不是在方家爷爷奶奶的爱里长大，白小江不敢想象自己的未来是否会重蹈庄丽覆辙。

终于找到妈妈对待两个女儿不同的原因，白小江竭力平静下来，猛然她仰起头哈哈大笑起来，屋里回荡着说不出来是哭还是笑的声音，止不住的这种笑声顿时让庄丽脊背飕飕发凉。

终于白小江打住笑声，她的大眼睛死死盯着庄丽的眼睛：“你刚才一直说什么来着？——‘我们家’！哈哈，你算算您说了多少个‘我们家’？这句话背后的逻辑是什么？说明在你的潜意识里面我白小江根本就不是你的那个‘我们家’里面的人！除了我白小江、只有我白小江不是你们白家的人！你说你的话是不是这么个意思呢？其实只有潜意识才能让一个人内心最真实的想法暴露出来，现在你终于明白我为什么放弃白家家产了吧？

“我从小一直在想：一定是我不可爱、不是个好孩子，所以爸妈才不爱我！我就是这么一直和自己战斗了很多年，直到我长大才懂得爷爷奶奶爱我有多深。现在我终于明白上天真的是太爱我了，如果我被留在你的身边长大，也许现在坐在牢里的除了白宝娜还有我白小江！”

仿佛被雷电再次击中，庄丽浑身一哆嗦，她颤抖着嘴唇利剑一样的目光射向女儿！

来到窗前白小江眺望着窗外鳞次栉比的大厦：“如果窗外所有人都是在拼命地抢钱，除了钱早已不知道作为一个人应该是什么样子，那么这个世界和动物世界还有什么区别？”

猛然白小江转身瞪着眼珠子逼近庄丽，她面色苍白一字一句问道：“你作为一个妈妈把自己的孩子变成了野兽，你想过没有那么你的结果又能如何?！你能确保你自己不被野兽吃掉吗？你能把自己永远都关在笼子里面不出来吗？那到底是你被关在笼子里面看着外面的野兽，还是野兽在看着被关在笼子里面的你?！

“如果你的孩子都和野兽一样没有区别，只会掠夺、吃饭和繁衍着同样的动物孩子，却从来不会思考，不会知道付出爱和感恩才会让人没有白活一世！妈，那你的后代到底是进化了还是退化了？你到底是成为了白家的功臣还是成为毁灭白家血脉的永久罪人？难道白宝娜生来就是这个样子吗？她是怎么变成野兽的？是谁让她变成现在这个样子？……我们不能抛弃白宝娜，只要是野兽无论在笼子里面还是外面，一样都不会改变吃人的兽性，你不能为了自己的安全就把野兽关进笼子，而是要在野兽被关进笼子之前帮她找回人性啊！”

庄丽眼睛瞪得像个铜铃继续听着女儿诉说：“你别忘了我也是白家人，外界不会因为我的出面就会放过白宝娜，不会认我这个账的！这个世上没有人能够不为自己的罪行买单，谁都不能例外，没有人能骗得了因果、骗得了天下人的眼睛，天不让、地不让、人心不让！因为这是天地之道啊，可是你别忘了拯救罪恶的最好办法就是忏悔、是反省和改过，忏悔是风，可以吹去罪恶的云。让宝娜亲自去向大众忏悔，亲自去树立她的正面形象，去那些被她伤害的穷人家里，去亲眼看看他们过的到底是什么样的苦日子！只有她亲手去给那些受苦的人们布施，才能真正培育出宝娜的慈悲之心。这个天下只有真正的慈悲之爱才能感化苍生，也只有她才能救她自己和长白集团……”

猛然庄丽伏在桌上放声大哭，她浑身颤抖地号啕着……

看着面前这个哀恸的身躯，忽然这一刻一种无法言说的原始力量令白小江心中热流涌动，如洪水般袭遍全身，泪水涌出忽然她张开双臂将妈妈紧紧拥进怀里，突然身体被女儿温热的怀抱拥住，庄丽惊得触电一般瞬间停止了哭泣。拥抱着妈妈冰冷的身躯，白小江仿佛回到了这个母体之中，立刻找到了曾经她在这个身体里面母女同心率的那种血脉振动，她明白这种身心同频的振动是来源于自己对母爱的极度渴望……一片寂静之中想到平生第一次拥抱着自己的妈妈，白小江渐渐放松了自己的双臂。

起身她对着仍然埋头在桌上的妈妈说道：“生我之前……我们曾经在同一个身体里面，曾经是同一个人，后来……我们的身体分离了，心，也分开了。但是妈妈，此生对于你我再也没有了眼泪，我永远不会再为自己哭泣了，我会……爱你！”

转身白小江离开，关上身后门的那一刻，她忽然发现自己再也不是进门之前的那个白小江了。

庄丽仍然伏在桌上一动不动，她的脑海一片轰鸣，她不知道白小江怎么会突然带来这种言行，是她从来没有见过也没有想到过的，打破了她惯有的思维模式、思维定势，她发现一些她原有信奉的价值观瞬间支离破碎，这种从未有过的感受令她猝不及防，却又被深深震动，她不知道该怎么组合自己的这种情感和思考……

第四章　无常

十五

回到北京已是晚上，白小江发了一条信息给颜宽：我从杭州回来了，生活的面纱之下真相原来是另外一个样子，谢谢你帮我找到了慈悲的智慧，帮我重新活了一回。

颜宽立刻回复：我太开心了！从此以后我就能看到一个开心、快活的白小江啦。记住：我永远都在你身边，你再也不会孤单！

这些文字像炙热的火炭燃烧着白小江，炙烤着那颗曾经冰冷的心，她感觉自己正在一点一点地融化……

一阵门铃声响起惊醒了白小江，睁开眼睛阳光已经从窗帘的缝隙透露进来，打开门一脸倦容的辛阿琪出现在门口，白小江问她："你昨天半夜没回家，怎么还能起床这么早？"

转身她又扑倒在床上，阿琪脱去外套盘腿坐在她身边，一脸媚笑捏着小江脸颊："我刚从乔治那里回来，小江，告诉你呀，乔治他向我求婚了！"

立刻白小江从床上弹跳起来鼓掌大叫着："太好啦，妖精终于要嫁人啦！妖精要祸害人喽……哈哈！"

忽然白小江愣在那里疑惑问道："话说这个乔治……是谁呀？我怎么头一回听到这个名字。"

气得辛阿琪摇头："就是那天在公寓门口你见到的那位啊，我不是给你们介绍过嘛。"

“谁记得啊，接你的帅哥那么多……不过你要是结婚了我可怎么办？你还会来这里吗？”白小江伤感起来，拥抱着辛阿琪仿佛两人就要分离。

“哈哈……”辛阿琪大笑：“你也不等我把话说完就浪费这么多感情，我认为我和他两人都是不靠谱的家伙，所以我决定还是不嫁。告诉你这事的原因是因为……好像我为这家伙也动了真情，突破了我的情人和爱人界限。”

一本正经白小江严肃着面孔：“那你这界限的标准到底是在哪里呢？是在你的心里呢还是在你的床上呀？哈哈……”

两人一起捶打着床铺疯狂大笑起来……

忽然辛阿琪不闹了静下来好奇着面孔：“咦小江，我们认识这么久了，怎么不见你有男人呢？那个颜宽对你挺上心的，说实话他对你研究得深入骨髓，把我都吓到了，我从来没见过一个男人能这么了解一个女人，我就奇怪你俩怎么到现在还没撞出火花呢？所以那天我让你们两人见面是为了给你们一个机会，怎么样，见面以后有进展吗？”

躺在床上白小江瞪眼看向天花板：“我这种爹不疼娘不爱、苍蝇不叮蚊子不咬的三无女人，谁爱搭理我呀？再说了我正在研究比生死都大的问题，怎么可能去想男人呢？不，一分钟的时间都没有！”

说完她又闭上眼睛装作打呼噜，辛阿琪瞪大眼睛趴在小江耳朵上：“矫情！这比生死都大的事情到底是啥事啊？哟，难不成我这隔壁住着是一外星人？那我来问你，你是来拯救地球的呢还是来毁灭地球的呀？啊？我倒是要看看这外星人到底是什么材料做成的？”

说着她伸手一把向白小江的乳房摸去，吓得白小江抱住胸部跳起来“哇哇”大叫，她拿起枕头砸向阿琪，两人在床上笑成一团打成一团……

白小江手机铃声响起，传来颜宽的声音，辛阿琪立刻瞪圆了眼睛跳了起来：“嘿，你还装！大清早的这男人电话就打来了，还说你俩没事！”

说着她冲着白小江吐舌做着鬼脸，原来颜宽是提醒白小江参加今天上午夏南基金会的慈善捐赠大会，他希望辛阿琪也能去参加这个会议，所以决定亲自过来接两人一起去参会。辛阿琪接过电话迟疑着说道：“老颜，我……还是不去为好。”

对面传来颜宽难过的声音：“我希望你不是因为我的原因离开夏南公司，如果是我做得不好，我是不会原谅自己的！”

“不！真的不是……，那好，我去参加会议，见面谈吧。”听到辛阿琪这么说颜宽开心起来。

点着白小江鼻子辛阿琪笑了起来：“这个颜宽醉翁之意不在酒，让我开会是为了来接你……他真的是看上你了，我这个情场老妖精不会看错的。小江你也别矫情了，找个男人先恋着再说，不行就拉倒，不然你怎么能知道到底谁适合你呀？”

白小江起身问她：“为什么一出现个男人就非要把他看作是可以产生爱情的男人？这还没分清是人是鬼呢就往男人身上扑，为什么一想到爱情，无论什么男人立马就成了拯救你们女人、拯救全世界的白马王子了？”

气得辛阿琪翻着白眼：“切！我们女人，好像你是男人似的，听你这口气我就料定你恋爱受过打击，不然你不会这么心理阴暗地看男人，你这病吧，得治！”

正在刷牙的白小江嘿嘿笑了起来：“你错了，我根本不痛恨男人。那么我问你：你每次爱上一个男人都是为了什么原因呢？我再来问你，你这么喜欢男人，难道你是从来没有受到过感情的伤害吗？”

顿时辛阿琪愣住，摸着下巴陷入思索：“我还真没问过自己这些问题，我爱上男人的原因……当然是因为他帅、有魅力、能……吸引我喽！”

盯着她的眼睛白小江问道：“如果爱情的理由就是这么简单，那么当你遇到另外一个比前面的男人更帅、更有魅力、更吸引你的男人，按道理你就应该扔掉前面的男人爱上新的男人了对吧？那么人类爱情的本质到底是什么？那么爱情的归宿就应该是不断地爱下去和不断地抛弃曾经的爱人，对不？”

像是被一记闷棍击中，顿时辛阿琪愣在那里瞪着白小江半天说不出话来，缓缓她说道：“话说得也是，你这么一说啊我反过头来看自己还真的被自己吓了一跳！其实我哪有那么超脱呀，有多少洒脱不是为了证明给自己和别人看的？可是我也是真不明白了，我受过那么大的感情伤害，怎么见到男人还会控制不住地立刻又爱上了呢？这到底是爱情的力量呢还是动物本能？”

“嘿嘿，发现你情欲的真正面目了吧？”白小江得意地笑了起来，看着辛阿琪闭上眼睛躺在床上陷入苦苦的思索之中，白小江拍向辛阿琪脑袋：“哈哈，你呀是想不明白的，因为对男人的性欲早已战胜了你的理智，那你又怎么能战胜得了你的欲望呢？”

睁开眼睛辛阿琪好奇地问白小江：“那我问你，你是怎么战胜你的欲望呢？”

白小江不假思索：“女人在什么水平就只会认可那个水平的男人，打个比方如果人类的智慧最高是三十层楼那么高，那么我现在的智慧顶多就是五层楼的水平，所以我现在能找到的男人必然和我一样也就是五层楼的水平。但是如果我能达到三十层楼的人类顶级智慧，那样的话能和我进行灵魂交流的必然也是最顶级智慧的男人，你想想看，如果能和顶级智慧的男人进行灵魂交流、成为灵魂伴侣将会多么有意思？阿琪你说是不？所以我要修炼啊……”

“去你的吧！我要是能达到顶级的智慧了，他妈的还要什么男人啊？……还需要什么灵魂交流呀，那不就是女妖怪和男妖怪之间的伴侣么！哈哈，你这个傻瓜，连这个道理都搞不明白，我还当你真的是看破红尘了呢！”辛阿琪指着白小江的鼻子哈哈大笑起来，忽然她想起了什么，止住笑声又陷入思索喃喃自语着，猛然辛阿琪一拍大腿瞪眼大叫：“哎呀白小江，我忽然想起来了，人类和所有动物的生殖器外形都是正好可以相互契入的……天啊，这一切简直就是被设计的啊！上天在我们人类的体内植入性欲，是不是就像人类在电脑中置入了芯片一样？那造物主的本意会不会只是为了人类得到繁衍而设置了性欲这个本能？而人类误读了这个密码，将荷尔蒙、多巴胺的生理性分泌看作是灵魂层面的所谓爱情。人们将一见钟情的生理性吸引美其名曰爱情到来，将两性关系中的厌恶、厌烦又推到爱情的头上，说是因为爱情没了所以才要分手、离婚，人类真是将自圆其说的本能应用到极致！那些爱情和婚姻中的纷乱、是非为什么会产生？如何解决？为什么浓烈的爱情会像水蒸气一样消失？我想想……我再想想啊……哇——我知道了！其实人的生成就是父精母血和性爱组成，而父精母血本来就是液体呀，所以男女之爱就像液体变成空气蒸发一样消失了，当然是理所当然啦！其实是人类将肉体的生理行为和灵魂层面需求没有做出理性分析，却将这两者纠缠为一体，所以怎么可能搞明白呢？怎么能不混乱至今都找不到解决的答案呢？如果人类对这些需求能从肉体和灵魂分层去分析，会不会自然就没了饥渴和欲望呢？啊——我终于明白了，那些高僧是不是就是因为这个原因自然就会破了各种欲关呢？……天啊，这个世界细思极恐！”

辛阿琪激动得来回踱步两眼发着异光，一边叹息着连连击掌，这一番奇异的联想和理论令白小江想笑却又笑不出来，琢磨着这番话白小江手里的电动牙刷悬在半空嗡嗡作响，她不禁脊柱阵阵发麻，像是过电一般：“你刚刚说人的生成就是父精母血和性爱组成，而父精母血本来就是液体，所以……所以那些西藏高僧在灵魂离开之时肉体像彩虹一样变成光消失了，这不也就有了科学依据了嘛！”

听到这里辛阿琪顿时又愣在那里瞪眼看向白小江，她的眼睛变幻着各种异光，张大着嘴巴喃喃自语着：“世界……宇宙突然打开了一扇我前所未见的大门，我明白了！原来那些……那些……都是真的！”

缓过神来白小江推向辛阿琪后背：“你这人脑袋还真的能想象，说不定你就是外星人派来地球的那个卧底呢。别再想了，赶快去收拾一下吧，颜宽马上就到了。”

隔着车窗玻璃颜宽看到白小江和辛阿琪并肩走出公寓：一件黑色羊绒竖领大衣将白小江紧紧包裹，大衣长及脚踝只露出个脑袋和靴子鞋面。头发被扎成整齐的马尾束在脑后，今天难得看到她的脸上有了淡淡的妆容，橘红的口红却显得她的面容更加庄重，极简的衣着令她有着一股从骨子里面流淌出来的清冷气息，看得出来她只求端庄即可，根本不屑以外相取悦于人。她身边的辛阿琪则是一袭浅咖色大衣，露出低领的深咖色连衣裙和同色围巾，足蹬一双黑色绒面长靴，栗色的微卷头发垂到胸前，不羁的豪放之气令她面容光芒逼人，举手投足之间不经意流露出的华贵气派不禁让颜宽暗暗称奇。

车上颜宽透过反光镜看向辛阿琪："阿琪，你不能撂下一句话就这么走人，我们都是好朋友，不带这么不仗义的，要是怪我哪里做错的话，我可以改啊！"

竭力抑制住心痛，辛阿琪淡淡说道："你是聪明人，我觉得你应该对我回去这事早就死心了。今天我陪你参加这个活动，就是为了告诉所有人我的辞职和你颜宽没有关系，我仍然支持你。"

颜宽深深点头："你这么说那我死心了。"

红灯前他停下车子回头看向白小江，顿时万千柔情涌在他的面孔："小江抱歉啊，你家里有事还催你赶来参加会议，不过所有的会议细节我都替你安排好了……"

"谢谢你！"说完白小江低头不敢吭声，她发现车厢窄小的空间内最令人恐怖的就是颜宽的这种温柔了。

一巴掌辛阿琪拍向颜宽肩头："好体贴的男人哦！你巴不得把小江所有的活儿都包了，干吗却像黄世仁一样逼我回去干活啊？哈哈……"

大笑着她一边冲白小江挤眼做着鬼脸，顿时颜宽的脸通红，白小江狠狠地拧向辛阿琪的大腿……

北京饭店宽大的会场里宾客们都到齐，慈善捐赠发布会马上就要开始，前排的几位股东看到颜宽带着辛阿琪和白小江进门，顿时全都惊得瞪大眼睛。辛阿琪过来和众人一一握手，她的目光和高瑜德相遇，握住高瑜德冰冷的手辛阿琪轻声："高总……好久不见！"

长这么大第一次没有喊他"高叔叔"，辛阿琪看到高瑜德脸上的肌肉在抽搐、颤动……

散会后三人走出会场，忽然迎面走来两位警察拦住了白小江，他们亮出证件后问道："请问你就是白小江吧？你是否认识一位叫李默的人？"

刚要说"不"，忽然白小江想起来："黑子，他就是李默！不错，他是我的朋友，他怎么了？"

领头的警察问道："两个小时前他给你发过一个短信，你没有看到吗？我们就是根据这个信息找到你的。"

白小江顿时惊慌起来，她知道黑子出事了！慌忙打开手机，原来开会时手机静音没有看到短信，颤抖着手指白小江点开黑子发来的短信：

“姐，我太累了，我走了。谢谢你在这个世上给我留下的温暖，我忘不了，下一世也不会忘记！欠你的钱我也没有办法还了，拜托您再帮我处理一下我的后事，给您添麻烦了！我无以为报，希望下辈子能够报答，今生只能在这里给您磕头了！李默绝笔。”

浑身颤抖着白小江一把抓住警察的胳膊：“李默他怎么了？快说啊！”

呼啦，颜宽和辛阿琪惊得一起向前，三人都瞪着眼睛等着警察说话，看着几人的眼睛警察欲言又止对白小江说道：“他在医院，你跟我们车过去吧，路上说。”

酒店门口白小江“噌”地跳上警车，颜宽和辛阿琪同时也要冲上去，警察立刻制止：“只能上来一个人陪她，这事还是让男的陪着吧。”

颜宽上车后辛阿琪拍着车窗玻璃大喊：“小江，——坚持住！”

原来黑子爸爸几天前死了，丧事办完以后还欠下医院和亲友们很多钱。黑子找到侵占他爸资金的手下要钱，对方让人痛打了黑子一顿。今天上午黑子就趁着那人在车库上车时拔刀刺了过去，两人在打斗中刀被那人夺了过去，黑子身中数刀，现在两人都在医院抢救。

顿时白小江眼前发黑脑袋一片轰鸣……猛然她一个鲤鱼打挺起身，抓住正在驾车的警察肩头大吼：“快啊！警察你快点开车呀！黑子你不能死——”

吓得颜宽和她身边的警察冲上去死死地摁住她，绝望淹没了白小江，她抱着脑袋死命摇头：“不！黑子你不能死！你不会死的……”

她的脑海里不禁浮现最后一次告别黑子的那副场景：霓虹灯下黑子绝望的眼睛泪花闪烁……闭上眼睛白小江脑海里浮现出他的一幕又一幕……夜店里面男人怀抱里的铃铛！

这一幕像闪电一样击中了白小江的心脏，她呆坐那里直了眼睛……

手术室门口围着一群警察，他们都在等待医生抢救的结果，座椅上白小江两眼发直，颜宽紧紧握住她冰冷颤抖的双手。手术室的门终于打开，一位穿着绿色手术服的医生走了出来冲着警察摇头，白小江扑向他大喊：“医生，李默怎么样了？他醒来了吗？他……”

医生摘掉口罩是个年轻的面孔，低着头他难过说道：“很抱歉，李默没有抢救过来，他……已经去世了！”

顿时一阵耳鸣白小江摇晃着什么也听不到了，颜宽紧紧扶住她，猛然她清醒过来冲向医生大吼：“不可能！他还那么年轻，你们怎么能让他死了呢？……”

这时护工推着推车出来，白小江冲了过去掀开白布，黑子清瘦的面庞像是睡着了一样静静躺在那里，摇晃着他的面庞白小江痛哭流涕：“黑子你醒醒啊！——你怎么能干这种傻事呢？……你还这么年轻，你不能死啊！”

白布被她扯得露出了黑子的胳膊，那只黑色的展翅老鹰猛然落入眼帘，瞬间仿佛一把黑色冰刀直刺白小江心脏！一把捂住眼睛白小江不敢看向那里，浑身瘫软着倒下……，颜宽赶紧将她紧紧扶住，等她睁开眼时推车已被护工推走。警察正拿着笔记录着医生的讲话，疯狂的白小江挣脱颜宽冲向那位医生，她嘶哑着嗓音指着医生鼻子大吼：“医院怎么能派你这么年轻的大夫抢救黑子呢？为什么不派有经验的医生抢救他啊？就因为他犯罪你们就可以随便处置他的生命吗？……”

顿时这位医生愣在那里，一通咆哮过后崩溃的白小江转身伏在墙上抱头痛哭，另外的几位医生和护士都围了过来，颜宽赶紧转身向这位医生道歉：“实在对不起，请您原谅她吧！”

面容清秀的医生看上去的确特别年轻，他中等的个头，略圆的面庞上一双弯月一样的眼睛，眉宇之间竟是极致的清澈干净，特别是浓密的睫毛给人印象深刻。走到白小江身后他极力抑制住痛苦轻声说道：“女士您误会了，我都快四十岁了，而且不是我一个人抢救他，还有……”

他身后一位年长的女医生也走了过来：“叶主任是主任医师、医学博士，我们两人同时负责抢救李默，给他打开胸腔进行手术。由于李默心脏和其他脏器都中刀，失血太多，我们给他输了非常多的血，尽了最大的力了，他这种情况无论哪个医生也都无法抢救过来！”

说完女医生转身走开，警察也来劝慰白小江：“我们送李默到医院时他已经没有气息，是这位叶医生不愿意放弃，他坚持一定要抢救李默的。”

颜宽看向这位医生胸前佩戴的胸牌，上面写着：叶光明，主任医师。他赶紧替白小江连连道歉：“叶主任实在对不起！我们的另一位朋友刚刚去世，这不李默又出了这事，对她打击实在是太大，请您一定多多原谅、多多包涵！”

叶光明点头：“你放心，我们医生都能理解。”

说完他转身默默离开。

警察拉着白小江到一边录口供，这时一位年长的护士走到颜宽身边，一脸愤怒指着白小江对他说道：“这个姑娘太过分了！怎么能那么说叶主任呢？我在医院干了一辈子，叶主任是我见过最善良的好人，对最穷的病人都像自己家人一样，他爱人去世以后他救病人像是疯了一样，有时一天都做十几台手术……”

忽然她眼圈红了起来说不下去，哽咽着转身离开，颜宽赶紧追向护士鞠躬：“实在对不起，请您原谅她吧，她实在是受到打击太大了！”

护士摆手：“我明白，我们天天见这种事情太多了，叶医生都不怪罪她我又能说什么呢，只是她冤枉叶主任真的太不应该了！”

望着她的背影颜宽喃喃自语：“叶光明……叶医生……”

于旭之从拉萨赶来，墓地里只有他、颜宽、白小江、飞飞和艾米前来送行，于旭之跪地捶打着自己的大腿嚎哭着：“黑子啊，你为什么不对我说说你的苦呢？为什么不和我见一面啊？……为什么啊兄弟？！为什么帮我的人你们都走了啊——”

白小江和他抱头痛哭……

黑子妈妈接过白小江和于旭之共同给的一笔钱，心如死灰的女人只身回了老家，于旭之也回了拉萨。

十六

门铃声响起颜宽拎着一堆的菜进来，辛阿琪一把拉住他的胳膊悄声说道："她除了发呆，要么就是谜一样地微笑看着我，妈呀吓死我了！这可不就是我奶奶说的……掉魂了？会不会她是冲撞到什么，你说这可怎么办呀？"

思忖片刻颜宽说道："她是连续受到刺激的缘故，南生去世本来她心里就没能放下，突然李默又死了，是精神压力太大，也许过段时间就可以恢复了。"

厨房里白小江正在低头择菜，她更加沉默了。颜宽心疼地伏在她耳边像是哄着孩子："小江，你出去和阿琪聊天吧，我给你做杭州菜，保准你喜欢吃。"

没多久各色菜肴被他摆满了一桌，竟然还有几笼豆腐汤包躺在荷叶上面，颜宽夹着包子放在白小江盘中柔声说道："听你说过豆腐汤包，这是我专门去浙江菜馆请师傅亲手做的……"

头也不抬白小江低声感谢他，辛阿琪吃得顾不上抬头，一边不忘赞叹着："天啊，你这个男人怎么这么会做菜？收了，我们把你收了！你看我们两个女人你愿意嫁谁，选一个，不能便宜了别的女人！"

轰然两人哈哈大笑起来，白小江也咧嘴笑了，见她终于有了笑容两人放下心来。辛阿琪接到一个电话立刻跳起来大叫："哇，朋友把她家刚出生的小狗抱来送我了，哈哈下楼接我小宝贝去喽……"

白小江抱着脑袋直摇头："天啊，为什么要养狗啊？"

阿琪跑没了人影，饭桌上剩下两人沉默着吃饭，颜宽不停地给白小江夹菜，忽然他充满浓情的声音飘来："小江，我俩这么坐着吃饭，你不知道这一刻我有多么幸福……，多想我们俩就这么……一辈子！"

突然听他表白，白小江猝不及防顿时手中筷子停了下来，放下碗筷她立刻起身："我……盛碗汤去。"

她将自己关进厨房愣在那里发呆。

客厅传来辛阿琪的欢叫声："颜宽——快来看看我的小黑子，……黑子，我们到家喽……"

猛然厨房门打开白小江瞪眼冲了出来，看向辛阿琪怀中的小黑狗，她直了眼睛口中喃喃自语："黑子……阿琪，你喊它什么来着？黑子？！"

听到"黑子"颜宽也是一愣，忽然白小江冲到辛阿琪怀里一把抢去那只小狗，阿琪大叫着：“干吗呀，凭什么抢我的黑子！你不是怕狗的吗？”

白小江不理她冲着颜宽叫道：“颜宽你快过来，这是黑子！”

颜宽愣住，辛阿琪瞪眼奇怪看着白小江：“瞧你这一惊一乍的，我喊它黑子怎么了？这是我给小宝贝起的名字，把黑子给我！”

说着她又要去抱小江怀里的小黑狗，颜宽知道白小江想起了刚刚去世的黑子，于是拉过辛阿琪：“阿琪我再给你找只另外的狗……”

忽然他浑身一震，瞪着滚圆的眼睛打住口中的话语，却张口说不出话来：眼前这只小黑狗竟然充满着无限的温暖柔情看向白小江，谁都看得出它的那双眼睛里面流淌着浓浓的无法描述的神秘情感，它向白小江发出“呜呜——”的轻微呼喊声，刹那间白小江脸色苍白，她只觉得自己灵魂出窍，脑袋一片轰鸣——

她看到那双眼睛后面是……

将它举在自己的眼前，白小江死死地盯着小黑狗的眼睛，泪水轰然滚落……小黑狗又陶醉地紧紧贴着小江脸颊，闭着眼睛发出满足的“哼哼”声音。

白小江紧紧拥抱黑子抚摸着它柔软黑亮的皮毛，辛阿琪瞪着眼睛：“你不是怕狗的吗？怎么……”

眼泪不停地滚落下来，白小江喃喃自语：“黑子治愈了我，也……度了我！阿琪求你了，把黑子给我，你要什么都行，我都给你！”

话刚说完她就抱着黑子撒腿跑向自己家，打开门迅速逃了进去。

立刻颜宽拉住阿琪：“她那个死去的朋友就叫黑子，你明白了吗？”

辛阿琪挥手一瞪眼：“难道这个小狗还是那个黑子转世不成？那小江这不是真疯了吗？”

“嘘……”颜宽小声：“阿琪你不就是要一只狗嘛，等我送你一只法国贵宾犬，你会喜欢的。对于你来说只要是条狗就行，她可不是！”

辛阿琪摆手：“算了，我也不要什么狗了，她受了刺激都成这样了我能不给她啊。”

两人跟着进了白小江房门，颜宽在阳台的拐角处收拾好一个狗窝，吃的喝的都收拾好了，黑子满意地躺在温暖的小窝里，白小江坐在它的对面直着眼睛看着小黑狗，和它说着谁也听不懂的话语：“上天是公平的，上天赋予人类语言的同时却收走了我们看透前世今生真相的功能，而被人们认为是低级动物的你们，虽不能用我们的语言表达你们的心声，可是你们的灵魂却能够清楚地知道自己来源于哪里和来世的归宿！你的灵魂虽然被一张毛皮包裹着，可是灵魂却能拥有人类所没有的通透，只有我们人类还活在一堆的问题中找不到答案：我是谁？来自哪里？往何处去？……”

颜宽打断她：“等等，我只问你一个问题，你的这些想法是怎么来的？”

仍然瞪眼看着黑子，白小江喃喃自语着：“人类和动物的这种区别，是上天造物的一种因果平衡，不要问我为什么会这么想，看着黑子我就这么想出来了，如人饮水，冷暖自知。”

指着她辛阿琪苦着脸叹息：“唉，她这个样子我看着挺瘆人的！这可怎么办啊？”

看着白小江又和黑子对话去了，颜宽嘿嘿笑了起来：“没事，她这已经好很多了，过两天就会彻底好了。你还没看到出事那天，她指着那位抢救黑子的医生痛骂，说医院派个年轻的医生做手术，不拿人命当回事，就差没说那位医生是实习生了。结果骂完了才知道那位医生已经三十多岁，人家都有孩子了，而且他还是个医学博士、主任医师……”

“哈哈哈哈……这事是真的吗？”辛阿琪趴在桌子上大笑得直不起身来，白小江愣住，她起身不敢相信问道：“你说的是真的吗？我只记得当时冲他们咆哮了一通，说什么都记不得了。我真是那么说的？”

辛阿琪笑得指着白小江鼻子：“你可真是女土匪啊，那医生肯定吓死了，抢救一个杀人犯，完了又被女匪一顿大骂，估计他被骂死都不敢说话。”

颜宽也咧嘴笑：“那还有假，估计你说的那些警察都记在笔录里面呢。”

小江双手捂脸：“妈呀！我怎么这么丢人现眼……”

笑容褪去颜宽严肃着面孔：“不过那位医生真的让我很感动，他是按医生的天职去做的，有件事情我没有告诉你，一位护士气不过，向我控诉你太过分了，她说那个医生有时候一天做十几台手术，对穷苦病人就像自己家人一样……”

辛阿琪瞪大眼睛：“这么好的医生啊！”

颜宽叹息着：“我们的心都被蒙住了，很多的好人我们看不到罢了。”

捂住面孔白小江羞愧难当，猛然她拉住颜宽：“老颜，好哥们，求你带我去向那位医生道歉好吗？不光是为了我自己，也是为了黑子，不然他会认为黑子朋友素质怎么这么差，我不能让他后悔抢救了黑子！”

“哎呀，素质差就差了呗，道歉也没用的。”辛阿琪坏笑着故意捣乱。

颜宽点头：“我们应该去见他一次，不能让好人都凉了心。”

送走颜宽后辛阿琪坏笑起来：“咦，今天你俩给我的感觉不一样啊！老实交代关系进展得不一般了吧？哈哈，今天我就觉得自己是个灯泡……”

白小江低头叹息：“阿琪啊，你的确是个情场老妖精，我发现自己也……爱上了他。可是你理解不了我现在的心情，和你这个成功的女强人不一样，长这么大我的人生一直处于各种挫败之中，两个朋友又突然这样死去，所以我活在自己一堆的问题里面走不出来……人活着难道就只有接受无望的眼泪和死亡的降临吗？说实话我很恐惧这种梦一样的人生，说不定人还没醒来生命就结束了。阿琪，我想知道人生的真相到底是什么？所以现在……我无法去享受爱情。”

白小江绝望地摇头，满眼无法形容的郁结堆积在眼中。辛阿琪缓缓叹息：“唉，可怜的颜宽！其实小江你还是没有爱上他，爱情是世上最好的麻醉药，会让你疯狂，忘记死亡和所有的痛苦。活着的本质就是接受死亡、爱和离别，而不是你这样的去研究真相，因为无论你怎么研究，生活都是一样不会如你所期待。都说人生如梦，既然本来就是一场梦，那你干吗非要那么较真呢？所以我只想趁着年轻享受人生。”

更深的迷雾弥漫着白小江的双眼：“如果这一世我们都像做梦一样就结束了，什么都搞不明白就死去，那有多遗憾？即使有来世，但是这短短的一生什么都没弄明白，什么都寄托到下一世，那么这一世活着又是为了什么？又有什么意义？我想有一个不留遗憾的一生，可我不知道该怎么做才能不留遗憾。”

摸着白小江的脑袋辛阿琪茫然道：“孩子，我确定你已经丢魂了！你的这些哲学问题已经把我也搞得错乱啦，放过我吧，你赶紧睡觉去。”

医院的抢救室门口护士说叶主任正在里面抢救病人，颜宽和白小江只好在门口等候。一群人围了过来，人群中有人在大哭，原来正在抢救的是一名跳楼的大学生。

哭声让白小江胸口发闷喘不过气来，她让颜宽留在那里等候，自己出去透透气。不想去人多的地方，拐角处有一个僻静的小门，打开门里面是一个弯曲的长长玻璃通道，墙上的指示牌写明是手术室医疗器材运输通道，白小江想去那个安静的玻璃走廊下面晒晒太阳。

刚踏上玻璃通道，忽然弯曲的走廊前方传来一阵男人悲恸的呜咽哭声，白小江吓了一跳赶紧拐进长廊：前方一个男人的背影半跪在栏杆前，他正在掩面痛哭。男人身穿蓝色圆领T恤和同色裤子，双肩和背影都在随着哭声颤抖，在这个没人经过的地方，他正释放着自己所有的悲伤……

看到这个被竭力压抑的哭声和悲伤的背影，白小江心口一阵窒息，不敢看向这幅画面转身就要离开……可是那哭声如滔滔的江水呜咽着奔腾，如万千狂奔的马蹄踏在白小江心头，她无法弃这个伤痛的灵魂而去。

一股无法形容的力量驱使白小江缓缓来到男人身后，她听到一个陌生的声音从自己口中传出：“……如果能够找到生命的真相，找到这个世界的真相，是否就能够永久地离苦得乐？”

忽然明亮的玻璃天空下一片寂静，哭声消失了，男人的背影定格在那里一动不动，一切都静止了，时间也消失了，这个世界仿佛只是一个虚幻的幻影存在。

男人缓缓起身转过身来，阳光刺得他微眯着眼睛：一片绚丽的灿烂光芒中一个年轻的女孩出现在他的眼前，像是一位来自时空隧道的秘密使者落入了人间的凡尘，她站在那里说着打开这个世界秘密的密语……

白小江看到面前这个男人一副清新的干净面孔，他渐渐地睁开了双眼，那双眼睛竟然和玻璃外面的天空一样的澄蓝，看得白小江恍然觉得那里面还有朵朵白云。

阳光下白小江转身缓缓离去，她听到身后男人喃喃自语的声音传来：“觉悟、醒来，离苦得乐……”

忽然白小江热泪涌出，她加快速度大步离开。

抢救室门口颜宽迎了过来：“护士让我们去医师办公室找叶医生，赶快过去吧。”

白小江问他：“刚才围在这里的那些人呢？”

传来颜宽心痛的叹息：“幸好你没在，那个大学生没有被抢救过来，已经……唉！他姐姐刚才听到消息昏过去了，原来那个孩子是因为姐姐供养不了学费才……”

想到供养弟弟学费的艾米每天抢同事碗里的肉，白小江不禁浑身冰冷，看到她眼睛发直颜宽赶紧拉着她离开。

医生办公室里穿着白大褂的叶光明正在埋头飞速写着病历，颜宽向前客气说道：“叶医生你好，您还记得我吗？我们是李默的朋友，今天是专门来感谢您的！”

放下手中的笔叶光明起身和颜宽握手：“你好啊！李默……是谁？抱歉我记不得……”

这时他的目光和白小江相遇，刹那间两人心中同时一震，顿时白小江脑袋嗡嗡直响，这双眼睛就是玻璃长廊里面那双流泪的星辰。

回过神来叶光明拒绝了两人带来的礼品，当他听到被刺身亡的李默时终于回忆起来：“哦，我每天手术和病号太多，你不提醒我就记不得了。”

白小江恭敬向前对叶光明深深鞠了一躬，饱含歉意说道：“对于那天我的胡言乱语，我正式向您道歉！对不起，我当时脑袋太混乱了……”

颜宽帮着她向叶光明解释：“当时她是因为受到刺激太大，对您说了些不礼貌的话，一直心里很过意不去，所以今天特意过来道歉一并感谢您的。”

叶光明眼里浮现无法言说的复杂神情，他赶紧摆手：“千万别这么说！不存在对不起和感谢的，那样我心里会更加难过，毕竟我没有救活李默。刚才……那个自杀的孩子，他也是那么年轻，可是我却眼睁睁看着他的心脏停止跳动……”

凝视着病历上自己的字迹他的声音极度平静，只有白小江知道他的内心是何等的浪涛翻滚。她问道：“叶医生我有个问题想请教，作为医生您认为人的生命结束以后灵魂还会存在吗？”

叶光明浓密的睫毛猛然一抖，可是他一动不动陷入沉默，视线依旧没有离开病历，颜宽扭头扯着白小江衣袖急得直瞪眼：“小江这个话题……以后再讨论，叶医生手术太辛苦需要休息，我们回去吧。”

叶光明送两人出门，颜宽指着白小江背影低声说道：“她的两个朋友相继去世，这不直到现在她这里还有些迷糊呢。”说着他指指自己的脑袋。叶光明点头：“我能理解她的感受，您爱人是个思维活跃、内心敏感的人，所以你要和她多沟通才能排解她的忧虑。”

停住脚步颜宽重重叹息：“爱人？她要是我爱人就好了，我一定不会让她整天这么胡思乱想！”

两个男人握手告别，颜宽问他：“叶医生可以留您电话吗？下次请您吃饭，我们一起好好聊聊好吗？”

面无表情叶光明摆手：“抱歉，我从不和病人以及病人家属私下交往，谢谢你们，再见！”

说完他掉头向办公室走去，颜宽点着白小江的鼻子：“自找难堪，下次别再问那种问题啦。”

白小江冷笑：“也许他根本就回答不了我的问题。”

咧着嘴颜宽大笑：“当然了，他又不是精神科医生，所以他回答不了您的问题。”

媒体报道长白集团总裁白宝娜向大众忏悔、谢罪的新闻，屏幕上白宝娜向受难者家属鞠躬谢罪，又去死者家中一一慰问，另外她又捐赠善款送到一户户失去劳动力的家庭……瞬间人们轰动了，从来没有见过公开道歉、忏悔的企业领导人，一时间全国各行业、各阶层各种反思铺天盖地而来，这些新闻中的画面和大众的热烈反响，竟然引发一场超出杭州之外大范围的人性讨论……数万条的评论区中人们留言写道：

“除了国外的名人，我长这么大从没有见过咱们的企业家和名人忏悔的，毒奶粉、苏丹红……哪个忏悔了？”

“自古以来我们都是不会忏悔犯下的罪恶，宁可被杀头也不会认错，大不了二十年后老子又是一条好汉！”

“没有钱搞不定的事情，她为啥要忏悔？”

“忏悔是很多国家文化和宗教的重要组成部分，只有忏悔才能让人反思灵魂的罪恶，只有忏悔才能开始终止罪恶。”

“只有当忏悔文化成为文明的重要组成部分，才能不断地推动社会进步！”

“她是作秀吧，恐怕不忏悔就没有任何后路了。有后路谁还忏悔？”

“只有忏悔才可以让我们警醒自己的罪恶，才能培育出慈悲之心，慈悲心是做人的根本，没有慈悲之心那还算人吗？没有慈悲，什么主义、精神和宗教等等……都是TM扯淡的空谈口号！”

“悲哀啊，忏悔和谢罪是人类最基本的人性、最应该具备的认知，在咱们这里竟然成了千古以来的巨大避讳，所以伤疤之下必是溃烂之处！”

“如果我们的文明都能倡导忏悔反省，都具备了慈悲之心，我们就不用害怕食品不安全，就不会有假货、不会有毒奶粉，就不会被遍地的诈骗骗得倾家荡产……这个世上如果人人都失去了忏悔和慈悲，那和人间地狱有什么区别？”

“我们这个民族正因为没有忏悔文化，所以我们更需要反省自己、真诚忏悔！”

……

颤抖着双手，白小江接着写下：

“罪恶是愚蠢的孪生兄弟，智慧一定是在良知的大道上才能前行。”

“如果没有反省和忏悔，人类所有的灾难和死亡都将失去意义，生命终将会被再次践踏，历史的罪人也终将再次成为刽子手！”

……

白小江一遍一遍观看白宝娜的视频和她的照片，仔细研究着她的细微表情，看着那么多年一起长大的白宝娜从未有过的认真眼神和神情，白小江确定她的灵魂真的开始改变了，不是自己这个妹妹和妈妈能够让她改变的，是上天让她不得不改变，因为除了这条忏悔罪恶的道路之外，她没有第二条路可走。

“凤居”饭店是颜宽妈妈蔡凤英开的老北京特色饭馆，颜宽母子和刘明超三人分别坐在八仙桌边，刘明超个头高大，典型的北方人身材长相，棱角分明的四方面孔让人看着淳朴、厚道，却也不能掩盖他眼中透露出来的精明劲儿。

蔡凤英拿出一瓶茅台酒放到桌上：“今儿咱们喝茅台！”

颜宽和刘明超瞪直了眼睛，不知道蔡凤英这是突然怎么了。拿起茅台颜宽仔细端详着：“哎哟！老妈啊，这就是传说中你存了好多年的那瓶茅台吗？”

吓得刘明超赶紧起身连连摆手：“阿姨，您可千万别这么客气，我就是来看看您老人家，陪您喝点小酒聊聊天，老例子，二锅头就好了！”

蔡凤英起身转动肥胖的腰身冲服务员喊道：“把那几个特色菜全都给上了！”

坐下她拍着刘明超手背：“这瓶茅台啊，阿姨我存了十来年啦，本来打算颜宽结婚那天喝的。可没承想这小子至今连个媳妇的影子都没逮着，看你儿子都两岁了……唉，我可是对他死了心喽。”

说着她冲儿子翻着白眼直叹气又摇头，然后难过地指着桌子空着的一边：“以前你和南生来看我，他每次都坐在这里，倍儿棒的一小伙子，可是谁想到他就这么……走了呢！唉，想起这孩子我就心疼……来，今朝有酒今朝醉，还留它干吗呢？”

说着老人红了眼眶端起酒杯：“喝酒！”

刘明超赶紧端起酒杯起身：“您老不知道，当年我和南生两人都穷，学校贵的饭菜都舍不得买，每次借口来看您，实际上都是为了到您这里来打打牙祭。后来工作有钱了，那才是真心过来看您、感谢您老的啊！”

说完他仰头将杯中酒一干而尽，颜宽涎着脸凑到蔡凤英面前：“老妈，要是想催婚那您这瓶酒可就白浪费了，不过看在您思念南生的分上，我们就陪您把它喝完吧。”

推开儿子蔡凤英白眼道：“谁稀罕你陪，我是请明超喝酒的。”

酒过三巡老人回到后厨忙活去了，刘明超放下杯子皱眉叹息：“唉，老颜啊，其实你不知道我有多么羡慕你没结婚呢，说实话我这是从家里吵架出来的……老婆整天和我叨唠儿子都两岁了，再买不起学区房就必须回老家上学。妈的她说这话比杀我还狠！她知道我活着就一个目的：不能让我儿子回老家，怎么着也要让他在北京上学、受教育！否则我在北京混了这么多年不是白搭了么？可是就我做主管的那点工资我能怎么着？唉，活着真他妈的烦啊……”

见他气馁，颜宽和他碰杯：“最近我公司眼看着往下坡路走，我也越来越焦躁，烦心事太多了，不过我觉得这世上总有一个最好的办法吧……来，不能辜负了这么好的酒，干杯！”

刘明超闭眼叹息：“你和南生都是老板，我们仨就我最没出息……，说实话我没有野心也不想怎么样，就想收入能高些让儿子上个好学校，回家不用看老婆脸色。以前我是打死也不愿意在你们两个老同学手下打工的，可是现在我想明白了，自己没本事还要啥面子？只要工资高了，让我干什么都行！你……帮我看看能有什么机会啊？”

颜宽沉吟着：“我一直认为你的管理能力不亚于你的专业技术，我的公司因为林芙蕖管理了几年，你要是来的话屈居她之下太委屈你。有件事情你不知道，我向夏南公司股东推荐过你，但是我和你的关系会让他们有所顾忌，怕我和你联手夺取公司的管理权。其实你恰好是最好的人选，我再试试看……”

刘明超激动地拍着桌子：“我是南生同学，为了这个公司我必定是玩命干啊！”

颜宽摇着头深深叹气：“唉，难啊，要是股东同意用你我也能省心了，问题是这里的事情辛阿琪都搞不定才辞职的，这个公司的水……很深啊。”

喝着酒刘明超不禁又郁闷起来："想起我老婆那副嘴脸我就……老颜啊我可是看透了，如果我的收入再这样下去，没等你结婚我就会离婚了！我知道你是因为喜欢白小江才单着，可我还就纳闷了，追你的那个林芙蕖还有那些女孩，个个都是绝色美人儿，哪个不比白小江漂亮啊，可你怎么就喜欢上那个清汤寡水的丫头片子呢？说实话，白小江整天冷着面孔一丁点儿女人味都没有，我看着她就烦……"

"啪！"颜宽把杯子重重摔在桌上："你懂个屁！什么叫喜欢白小江？人家压根儿就没拿我当根葱！"

吓得刘明超赶紧捂嘴打住："好！好！我不说，当我没说——"

颜宽拿起酒杯碰向刘明超杯子："唉，你不知道，是我妈死活不看好林芙蕖，说我要是和她交往就不认我这个儿子！我这寡妇娘把我拉扯到今天不容易，所以我不能不听她的。其实我心里也明白，林芙蕖除了长相之外的确有很多毛病，这种女人我们老百姓家的孩子是惹不起的。说实话我很后悔当初让她加入公司创始人团队，现在又不能把她……唉！"

一仰头他闭眼将酒灌进口中。

夏东生代表股东和颜宽谈话："我们股东信任你，你选定的人必然是能胜任的。上次你不是推荐南生的一个同学嘛，让他过来吧，公司太需要人才了。"

颜宽缓缓点头心中长叹：终于股东对他百分百信任了。

刘明超迅速投入工作，他的确是个人才，公司各项指标和业绩获得快速提升，而且他为人踏实稳健，颜宽安心转入自己公司的管理。

……

自从在医院看到因为学费跳楼的大学生，白小江便和学校的官方网站建立接口，成立一个与商家联合扶持大学生勤工俭学的网络平台，优先予以贫困大学生勤工俭学机会，对成绩优异的贫困大学生进行奖学金补助。

办公室里助理敲门通报："有位医生要见基金会的负责人，他想将我们的救助平台延伸开发成医疗救助的捐赠系统，并提出一些开发需求。”

白小江惊喜起身：“这个提议好啊，我这就去见他！”

接待室里一个熟悉的身影立在窗前，他转身过来两人同时惊呼：“是你？”

面前的医生竟然是叶光明！

两人握手白小江开心大笑：“哈哈，人算不如天算，你不愿见我们，可咱们还是见面了。”

叶光明脑海里回响着玻璃走廊下面白小江的那句话：……如果能够找到生命的真相，找到这个世界的真相，是否就能够永久地离苦得乐？

他不奇怪白小江会是这个慈善平台的负责人，玻璃走廊下那个独特的女孩一定会是属于这里的。眼前的白小江一袭黑色衬衣配米色长裤，头发盘成发髻高悬在脑后，一副清新利落的晴朗面孔，看来她已经走出了朋友去世的阴影。她的那双黑洞洞眼睛看向叶光明，仿佛是在研究一个史前动物一般，叶光明心里明白，任何一个女人对于痛哭的男人肯定都会充满了好奇。

笑容荡漾在叶光明的面庞，他问道：“我想问你一个问题，在这里你是否就能够永久地离苦得乐？”

沉思着白小江缓缓摇头：“金钱只能解救身体的困境，却不能让灵魂出离苦海，现在的慈善都是财布施，救身不救心。我寻求的是灵肉共同的解脱之道，是如何同时去进行法布施和财布施。”

顿时叶光明浑身一震，他的心头一道心光乍现，仿佛那道心光冲破了他的躯壳照得他瞬间通体清澈，整个世界一片灿烂光明……原来这个世上只有一条路：灵肉解脱之道！而眼前这个年轻的女孩已经开始寻找这条道路。

叶光明叹息着：“当我无力从死神手里抢回那些鲜活生命的时候，作为医生我必须面对这种无奈，可是因为贫困导致生命无法受到公平的待遇和救治，那么我们这些活着的人还有什么尊严去享受生命的馈赠呢？”

玻璃走廊下面那个痛哭的灵魂此刻展露着他的痛苦根源，白小江缓缓点头："我明白了，你个体的解脱必须取决于大众的最终解脱！"

叶光明点头："多年来我一直设想能有一个救助病人的捐助系统，让人们通过最简易的操作就可以直接将捐款捐赠给具体的某位病人，而且可以看到这些钱款用在治疗的哪个具体环节。可是我只是学医的，没有办法实现这个愿望，但是你们的透明捐赠系统可以达到这些功能。"

白小江频频点头："宇宙的能量是无穷大的，这个世上只要有正义的需求，一定就会有人去实现。你说的这些功能完全可以实现，你也加入科技研发团队吧，你负责提出需求并参与后期的系统测试，以我们系统现有的这些基础延伸开发医疗救助系统，应该容易多了，研发费用我们基金会可以承担。"

叶光明"噌"地起身，激动得连连抱拳："太好了！可是我……怎么感谢你呢？"

看到他开心得语无伦次，白小江笑得灿烂："需要感谢的基金会那还叫基金会吗？"

她向叶光明伸出手来："现在我们是一条战线上的战友了，合作愉快！"

叶光明紧紧握住白小江的双手……门忽然打开，颜宽推门进来："小江……"

猛然他收住脚步吃惊地瞪着大眼睛，和白小江紧紧握手的竟然是医生叶光明！顿时颜宽结巴起来："叶……医生！怎么是你？"

两个男人握手问候，颜宽不放过叶光明："难道您……打破和病人朋友交往的戒律了？"

得知叶光明是为了开发医疗自助捐赠系统来到这里，顿时颜宽惭愧地竖起大拇指："叶医生了不起，了不起啊！"

十七

66 大道。白小江来到一家画廊，老板指着她的画直摇头："你的画不好卖，大家都说不知道这是什么风格，我把价格降低了，你看这么久了也就只卖了一幅，你还是画点……正常风格的送来吧。”

呆呆地望着这些画，忽然白小江动手将她的画全都卸下运走了。

新加坡安得房地产公司聘用辛阿琪出任中国区总裁，一切都走向正轨的时候，白小江却发现颜宽突然销声匿迹了。辛阿琪告诉她，为了夏南公司颜宽自己的公司疏于管理，产品滞销，现在公司岌岌可危，如果现状得不到改变就濒临破产。

惊得白小江不敢相信自己的耳朵，一把抓住辛阿琪胳膊哀求：“你能救夏南公司就能救颜宽的公司，赶快帮他也想想办法啊！”

辛阿琪摇头：“两家公司不一回事，夏南公司除了主人突然去世以外整个公司基础非常好，主打产品无人机占业内主要份额，所以只要推出新产品做好宣传就可以了。而颜宽公司由于缺乏研发资金，所以极少高科技新产品，市场是残酷的，没有资本和技术必然就被淘汰，我怎么能救得了？”

想到颜宽整天乐呵呵帮助别人，自己却遭遇困境，白小江心脏抽痛起来，此刻她才发现自己的内心竟然是如此担忧着颜宽，白小江被自己的这种牵挂吓了一跳。看到白小江忧心忡忡的面孔，辛阿琪大笑：“心疼他了吧？你啊这不是爱情，是母爱泛滥！人家当老板过得好好的时候你不搭理他，马上穷光蛋了你却开始可怜他了，哈哈……”

白小江愁着面孔：“他帮了那么多的人，夏南的那些股东这个时候都该帮帮他啊！”

辛阿琪叹了一口气，幽幽说道：“资本是嗜血的，市场是无情的，人们都是要去摘你树上的果子，没有人会陪着你去种树的。而且颜宽帮的夏南生是一个死人，活着的人是没人会感激他的。”

想起方睿死掉的公司白小江顿时充满了恐惧：“那他……就这么完了？！”

摊开双手辛阿琪耸肩：“有多少公司不就是这么完的？不过我觉得颜宽肯定不会这么悲观。”

办公桌后面颜宽苦笑着对林芙蕖说道：“趁我现在还能给你点离职

补偿的钱，你赶紧找个好东家走吧，我不能再困住你了。”

林芙蕖低着头抹去眼泪：“你辞退我是应该的，毕竟公司有今天是我管理不当造成的，那……我把这几年没说的心里话都告诉你吧：你天天人影不见一个，我能守在这里几年还不是为了你！我知道你心里没有我，可我为你尽力了，我林芙蕖认命接受这个结局！”

说完她泪珠洒落一地猛然起身就走，顿时颜宽心碎不已，赶紧拦住她：“你……这么说让我一个大男人的……，嗨！这样吧，走还是留下随你，留下就是大家继续吃苦受累，如果公司未来能够起死回生的话，我会……给你股份报答，要是公司砸了，你也别怨我，只能这样了。”

收住脚步林芙蕖转身回到沙发上抹起了眼泪。

绵延的车流中颜宽驾车去见辛阿琪，坐在副驾驶的林芙蕖皱着眉头：“你就不能向夏南公司求救吗？你帮他们那么多，那些股东怎么着也该给我们技术或者资金支持啊！”

想起辛阿琪的莫名辞职颜宽坚定地摇着头：“不能！如果南生不死这时我必定求救于他，可是他死了，我答应南生管理这个公司，所以两个公司之间就不能有任何的资金和技术交集，这会引出许多不必要的麻烦，我们就当没有夏南这回事，该干吗干就好啦。”

绝望的林芙蕖陷入了沉默。

京都公寓的咖啡厅里三人见面，辛阿琪一眼见到林芙蕖顿时击掌惊呼：“天啊，人间竟有如此美人！”

林芙蕖天然的美丽袭击着每一个见到她的人，今天她一身香奈儿黑色小香风套装，她的明艳低调且奢华地展露出来，对于别人惊艳的目光林芙蕖早已无动于衷，三人寒暄后坐下。

辛阿琪见林芙蕖黑亮的眼眸扫向自己，面孔透着标准的礼仪性微笑，虽不露锋芒却让人寒冷至极。再看她看向颜宽的眼睛却瞬间流淌出浓烈的爱恋之意，对颜宽的这种浓情已经令她无法掩藏，顿时辛阿琪心中一颤，不禁为白小江夭亡的爱情痛惜起来。

辛阿琪提出她愿意去做夏东生工作，让颜宽公司给夏南公司代加工产品，这样不仅可以提高夏南公司的产能，也能帮助颜宽公司渡过危机。颜宽思索着频频点头：“如果他们股东能够同意，这是目前最好的办法了，那我必须完全退出夏南公司的管理，实际上我焦头烂额的早就不管他们公司了。”

林芙蕖皱着眉头：“夏南公司怎会不同意呢？这样他们没有做出任何资本的投入，却白白得了扩大再生产的便宜。正常情况下他们是要花钱买我们的公司，才能得到我们的生产力啊。我觉得我们还可以提出附加条件才能达到公平，比如让他们再给我们追加一些投资……”

气得颜宽白了她一眼示意她不要说话，辛阿琪顿时知道眼前这个女人的格局和管理水平了，于是笑了起来：“话说没有好处他们这么大的公司凭什么会合作呢？至于追加投资，我觉得不必在他们身上打主意，因为任何公司都不会给自己的同行和竞争对手投资的。如果能借到他们的力，保住你们自己以后才能具有和同行竞争的机会。”

颜宽心中暗自叹息：“两个女人的水平高下立见啊。”

这时他的声音突然充满了温柔：“阿琪，最近小江怎么样？她心情好些了吗？还惦记着那什么……转世来着？”

就像白小江在他眼前一样，颜宽瞬间涌出万千柔情，担忧和挂念不可抑制地写满了他的面孔，他的这番牵挂、担忧着白小江，辛阿琪不禁眼眶一热心头一动，立刻吃下了定心丸，她哈哈笑道：“她啊，画作都被画商退了，最近正在和油画死磕呢。这不艾米的存款被她男朋友偷偷转移了，整天寻死觅活的，小江又怕她也出事，非把艾米也弄到我们公寓来住不可。我看啊自从南生、黑子死了以后，小江对画廊那几个人比家人看得还重，没工夫胡思乱想。”

听到这里颜宽放下心来：“让她多操心不是坏事，现在都是什么画卖钱一窝蜂地画什么，阿琪你看啊，人家白小江根本不为自己的画卖不出去担心，好在她能守住。”

浓浓的甜蜜爱意流淌出来荡漾在他的眼底、嘴角，颜宽沉浸在对白小江的一片赞叹、爱怜之中……林芙蕖震惊的眼睛来回在两人脸上游走，她对颜宽万般柔情关心的白小江充满了警觉和敌意，这个白小江到底是什么人？他们关系到了什么程度？无法问出口这些问题林芙蕖心急难耐，忽然她灵机一动：“颜总啊你看辛总这么费心帮我们，一定要请她吃饭好好感谢，我这就订饭店……”

立刻辛阿琪阻止她：“我和老颜都是自己哥们，不需要请客吃饭，再说了我就住这楼上，平时都是颜宽在楼上做饭给我们吃的。今天趁着礼拜天小江去艾米那里帮她搬东西过来，她那破车又坏了还在修理厂，一会儿我还要开车去接她们，所以也就不留你俩吃饭了。”

惊得林芙蕖不敢相信自己的耳朵，和自己几年都保持敬而远之的颜宽竟然混在这些女孩家中做饭给她们吃？堂堂的外企高管竟然住在这个破旧的公寓里面！一时间她脑袋空空如也呆立在那里，这时颜宽却来了劲头，击掌叫道：“阿琪，让芙蕖去接小江她们吧，你和我上楼做饭去，正好还有一些公司的事情再和你谈谈。好久我没做饭了，今天做点好吃的不光是感谢你，也算是给艾米接风。”

辛阿琪指着颜宽鼻子咧着大嘴大笑起来：“你就装吧，我这啥都没做你就开始感谢啦？想做饭给某人吃直说好了，反正我们就当蹭饭啦，哈哈。”

颜宽尴尬地笑着摆手：“嗨！我这虽然到了最坏的地步，饭还是要吃的嘛！”

华灯初上。林芙蕖驾车行驶在车流中，“白小江”这三个字像把刀子在刺痛着她的心脏，胸膛里面满腔的绝望和哀伤如被炽火引燃，就要炸裂喷发出来……为了颜宽和他的公司奋斗到今天，自己一直幻想着终有一天颜宽会被自己打动，结果竟然是亲眼看着他那么爱恋着别的女人，面对这惨烈一幕的到来林芙蕖还是崩溃了，她问自己：这样的人生到底是为了什么？

来到四环外一个破旧的小区时天色已黑，小区没有院门，大门口紧挨着一个垃圾回收站。将车子停在院里林芙蕖打开车门下车，黑黝黝的院落里面没有路灯，刚下过雨的地上污水遍地……她迅速跳上车后打通白小江电话，等待着她们收拾好东西下楼。

艾米的行李已经打包准备好，白小江催促着她和飞飞赶快下楼，忽然房门传来开锁的声音，飞飞瞪眼：“宋琨回来了。”

门打开，宋琨进来冷漠地抬眼看向三人，一脸绝望的艾米拎着行李从他身边走向门外，宋琨赶紧闪身拍打着身上的西装装作不看她。顿时怒气从白小江胸膛升起，“噌”地冲到他面前，面对白小江满眼的怒火，宋琨白净的面孔丝毫没有怯意，一双阴鸷的细长眼睛盯着白小江，薄薄的嘴唇透出不屑的冷笑。宋琨中等身材，五官在白净的面孔上透着狡黠和精明，细软的头发梳理得一丝不苟，一身深蓝的品牌西装搭配淡蓝色条纹衬衣、宝蓝色丝质领带，脚下皮鞋锃亮，手提皮质公文包，浑身上下搭配得无可挑剔，看他这一身行头不知道的还以为是金融白领。

白小江瞪眼凝视着他：“艾米家里缺钱到什么程度你是知道的，她收入高了以后交房租、供你所有的费用，如果不是爱你她会这么做？可是你呢，一个男人竟然偷偷把她的存款全都卷走，你还是人吗？小子你要记住，天底下没人能把偷来的东西变成自己的，老天不让！你要是有点良心就把钱还给她！”

艾米抹去眼泪回头拉住白小江：“别说了，和这种畜生说什么都没用！”

邪恶与不屑从宋琨眼中射向白小江，他冷笑着：“我不是人？有一点大小姐您给忘了，我和艾米这些人和您不一样，我们怎么活着你能知道吗？你能知道我们像老鼠一样苟延残喘吗？那么多的人争夺那么点的蛋糕，大家都去抢那一碗饭，骗与不骗的结果都没有区别！别人都去抢他们能抢到的东西，我就只有去抢我所能抢到的。有一点我要提醒你，你忘了我和艾米是什么关系吗？我要和她结婚是她不结，那我也不能一辈子就做推销员吧？她跟着我吃住一年多没花一分钱，所以我用她的钱投资做生意怎么了？大小姐您没过过一天这种日子，你就没有发言权说我是什么人。我们这些人活着就是为了抢到一碗米饿不死而已，难道还有资格谈爱情吗？爱情是你们这些有钱人才能拥有的奢侈品，也许艾米已经有了这个资格，但，我没有！——”

他突然爆发的愤怒嘶吼声响彻整个房间，仇恨的炽热火焰燃烧着覆盖了他喷血的眼睛，惊得白小江后退几步。宋琨竭力平息自己的情绪后一屁股坐在椅子上，飞飞忽然冲了上去指着他愤怒吼道：“你什么资格都没有？那你怎么有资格打艾米？我看见你打她了！”

顿时艾米的哭声爆发出来大吼着:“走啊! ——你们不走我走了! ”说完奔出门外痛哭。

白小江缓缓说道:“你错了，我家人的公司倒闭时，我在谜生落脚，曾经我连房租都交不起，正是因为我不敢骗人才能有今天的工作。艾米进入房地产公司有着高收入，也是因为她对朋友的真诚，没有真诚任何人的人生都不会有机会，终将你都会明白! 依我看无论是投资做生意还是任何事情，只要是欺骗型人格很难会有最终的成功，没有人会被你骗了一次再次上当，即使你碰巧赚钱发了财，只要掠夺的本性不变，未来我可以确定你最终必将以惨败收场! 人心变好运气才能变好，我希望有一天你能够明白这一切，而不是直接走进牢房和地狱! ”

宋琨吃惊的眼睛瞪着白小江，逐渐眼中变幻着各种复杂的神色，白小江叹了口气转身离开。

对面住户门打开，一位长相精明的大姐出来拉住艾米，一边大着嗓门嚷嚷:“哟，艾米你这是要搬走啦? 来来我来帮你拿东西……你这是要搬到哪里啊? 住几环呀? ”

艾米谢过推开她的手臂，可她仍然拉住艾米胳膊不放:“哎哟你这搬走了，那我可连个说话的人都没了，你看这里的人都是没文化的，我哪里能瞧得上哟……”

三人赶紧拎着行李下楼，楼道里一片漆黑，只能打开手机电筒照亮，艾米羞惭说道:“你们下楼小心啊，楼道的灯都被人偷下来了，院子里面也没有路灯……”

漆黑的院子里面三人依靠手机的亮光前行，三三两两的行人也都是用手电筒或者手机照亮，萤火虫一样的光亮着。林芙蕖正在整理后备厢准备放行李，颜宽电话打来:“你们还有多久回来? 我好准备炒菜。”

林芙蕖皱眉回他:“她们马上下楼，老颜啊我从来没见过这么又脏又破的小区，你怎么能有住在这种小区的朋友啊? 唉! 真是想不到……”

黑暗的前方年轻女人冰冷的声音传来，艾米瞬间停住脚步愣在那里，电话里颜宽回她:“嘿，你没想到的事情还多着呢! 赶快带她们回来吃饭，我都准备好了。”

白小江使劲拉着艾米往前走，来到奥迪车前，黑暗中虽然看不清楚女人的面孔，但是林芙蕖浑身传递出来的冰冷傲慢所有人都感受到了，白小江客气地对她招呼着：“林总你好，大老远的过来接我们，辛苦啦！”

听到身后的声音，林芙蕖立刻转身客气道：“大伙赶紧上车吧，颜宽饭菜都准备好了。”

她的口气已经和刚才完全不同，三人将行李放在车上后都跑到后座没人坐到副驾驶，林芙蕖眼睛看向前方也不说话。

出了院子马路的灯光照射进车厢，红灯路口林芙蕖停车回头笑着：“介绍一下啊，我是颜宽公司的同事，我叫林芙蕖。”

她的眼睛死死在后座三人脸上逡巡，她想知道哪个是白小江。女孩们看到林芙蕖的真容都是大吃一惊，那张无可挑剔的美丽面容称得上绝色美人。从小学画的白小江内心不禁惊叹造物主的神奇，不由得联想起欧洲宫廷画像里面的那些丽人模样，可是傲慢和不屑同时写在她的脸上。最后她的目光停留在白小江的面孔上，那审视的目光令白小江明白她在研判三个女孩的身份和来历。

白小江介绍着自己和两位朋友，飞飞痴痴地看着林芙蕖的侧影喃喃说道：“真美啊！第一次看见这么美的人……”

借着车窗外昏暗的灯光林芙蕖仔细打量着白小江，眼前这个年轻女孩头发简单束起在脑后，清瘦面庞上五官清雅却并不出众，蓝色棉服内白色T恤配牛仔裤，极其简朴的衣着令她像个普通的大学生。顿时林芙蕖心中一块石头落地：她的外貌只是清秀而已，并无出众的容貌，和自己没得一拼！于是她收回瞥向白小江的眼睛敷衍说道：“幸会！”

绿灯亮了，车子继续前行，后排几人明白她是从心底鄙视从这个小区出来的三个女人，林芙蕖因为颜宽把她和白小江三人视为一类朋友充满了屈辱，很想尽快脱离这些女孩以显示她身份的高贵。

艾米心情沦入谷底埋着头不吭一声，因为自己带着小江和飞飞从那个小区出来，连累她们都被林芙蕖误以为也是那里面的下里巴人，受到这个女人的怠慢，倒是白小江像是什么都看不明白似的若无其事。

不停地吃着盘中糖醋虾的辛阿琪告诉颜宽："老颜啊我告诉你个秘密，白小江可关心你呢，差点拿刀逼着我去给你公司想办法。终于这次我明白了她心里是真有你，你呢？到底什么打算，说来我听听。"

瞬间颜宽正在切土豆丝的刀停下，愣在那里他陷入沉思，"咚咚咚……"猛然刀又被他快速切了起来，他低沉着嗓音说道："我爸死得早，我妈开小饭馆把我养大，从小我就什么活都会干、什么苦都吃过。我不怕失败，可是现在公司被我搞砸了，我不能再把白小江也拉进这个坑里……等我日子好过了再说吧，只能……看我的命了！"

菜板上他死命地剁着排骨，看着他沉重、忧伤的背影，辛阿琪心中阵阵刺痛，两人陷入了沉默。

菜都已经摆满了桌上，辛阿琪问他："不怕菜冷了吗？"

颜宽端上竹笋老鸭汤一边笑着："她们到了。"

话音刚落果然敲门声响起，惊得辛阿琪一边去开门一边瞪眼指向颜宽："天啊，难道你……"

门打开看到满桌的菜肴，飞飞开心地尖叫起来，围着围裙的颜宽傻笑着招呼众人，眼睛却停留在白小江脸上再也移不开了，顿时林芙蕖脸色阴冷苍白，她明白自己是这个房间唯一的多余人。

众人坐好，忽然颜宽起身将老鸭汤往白小江面前端了过去，几人都知道这是白小江最喜欢喝的汤了，立刻白小江脸红了起来，辛阿琪冲大伙挤眼故意敲着颜宽脑袋叫了起来："哎呀，干吗端过去啊，我也喜欢喝这个汤哎……"

颜宽赶紧起身举杯："干杯！干杯！你们看看我的菜烧得怎么样，好的话我就改行开饭馆啦！"

大伙吃得连连称赞，辛阿琪和白小江不停地招呼林芙蕖吃菜，白小江起身向她敬酒表示感谢，林芙蕖心中五味杂陈勉强碰杯应付着。她第一次见到颜宽像个害羞的男孩子一样向白小江表达着浓情的爱意、和女孩子们混成一片乐着打闹，仿佛早已将公司的衰亡置之脑后……林芙蕖浑身冰冷得直打颤，无法抑制的满腔哀怨令她端起酒杯缓缓起身，冲着颜宽苦笑着："颜总，我这可是……头回吃你做的菜啊，来，干杯！"

一句话爱恨交加全在里面了，眼泪瞬间开始在她眼眶打转，顿时屋里一片寂静，大伙全都停住筷子震惊看向两人。端着酒杯的颜宽大眼睛滴溜溜乱转，心里着急却想不出怎么回她，只能和她碰杯干掉了杯中酒。屋里陷入一片尴尬的寂静之中，所有人都不知道如何是好之时，忽然飞飞起身放下手中大虾擦了擦油手，一巴掌拍向林芙蕖肩头："请问您的名字是《洛神赋》中：'灼若芙蕖出渌波'的那个芙蕖吗？"

端着空杯子的林芙蕖愣住定格在那里，所有人都看出她吃了一惊，缓缓地她转身面向飞飞："是的，你……知道？"

"'皎若太阳升朝霞，灼若芙蕖出渌波。'芙蕖就是荷花的意思，好美的名字！"飞飞说完坐下又拿起虾子开始大吃起来，颜宽冲飞飞伸出拇指："飞飞你到底是科学家的女儿，水平高啊！"

听到飞飞是科学家的女儿林芙蕖明显一愣，她心中着实吃了一惊，疑惑和意外代替了她眼里的傲慢和鄙夷。

飞飞嘬着油嘴说道："才不是呢，跟我爸妈没有任何关系，就是我自己喜欢古诗词罢了，他们俩一直都在基地工作，连我爱好什么都不知道。"

大伙又开始大吃起来，林芙蕖的眼睛再次射向飞飞，又在白小江和艾米脸上游走，她的眼睛暴露了她的内心正在迅速进行调整判断，当她重新看向角落里的白小江时，顿时心中一凛，一种无法言说的惊惧从她心底升起：灯光下白小江穿着白色T恤静静地坐在那里，清瘦的白皙面庞不着脂粉，五官虽不艳丽却皎洁如明月，整个人清新若兰芝慧叶。她的那双眼睛里面清净如虚空，在那里你找不到女人眼中需要攀比的某个聚焦点，没有任何的锋芒，那里却又如溪流一般静静地流淌。恍惚中林芙蕖想起祖父给自己起的这个名字，作为京城著名的书法家，得了心爱的孙女是他晚年最开心的事情，他从《洛神赋》中取"芙蕖"为名，以示对孙女的珍爱。可是此刻看到白小江静静坐在那里，她身上那种自信发出的特殊光芒灼人眼目，令她和身边的那些女孩仿佛来自于两个世界。林芙蕖这才恍然明白："皎若太阳升朝霞，灼若芙蕖出渌波"，那才正是眼前这个女子的写照啊！

放下酒杯林芙蕖恍惚坐下，大家说着什么全都听不见了，她仿佛看到了自己和白小江的那个未来……

公寓门口颜宽、林芙蕖挥手和大家告别就要上车，猛然白小江想起什么冲到林芙蕖身边伸出手来：“林总慢着，我俩还没握手呢！”

正要抬腿上车的林芙蕖一愣，赶紧站好恭敬地伸出手来握手，她意味深长地望着白小江的眼睛，白小江含笑挥手后转身离开。

车子在众人视野中消失，立刻艾米忿忿道：“宽哥怎么找这种女人管理公司呢？怪不得公司垮了！”

飞飞忧心忡忡地摇头：“她的心里藏把刀，眼里有……杀气！”

“还说呢，就你拍她马屁，说什么人家的名字好美哦！”艾米斜眼冲着飞飞发泄着怨气。

辛阿琪大笑起来拍着艾米肩头：“哈哈艾米你才错了，今天咱们飞飞是最争气的，你没看出来啊？林芙蕖的傲气就是被飞飞的文化给打没了。”

飞飞大笑：“我那是看宽哥为难，故意捣乱的。”

白小江瞪大眼睛叹息着：“她可是我见过最美的女人了……”

开着车子的林芙蕖看向挡风玻璃的前方，颜宽瘫在副驾驶座位上闭上眼睛开始打盹，寂静的车厢内传来林芙蕖颤抖的声音：“你爱上了……白小江！但是你要告诉我……我哪一点比不上她？”

一片寂静中终于颜宽睁开眼睛，传来他平静的声音：“她……从来就不会和任何人相比，也从来不会认为她比谁哪儿哪儿都好，更不会向男人问你问的这个问题，其实啊……她还有很多很多让我喜欢的理由……”

任由泪水疯狂奔涌着，林芙蕖明白了在白小江那里根本没有任何的敌人和对手，其实自己从见到她的那一刻就已经败下阵来，那是因为自己把她当作了可以一比高下的对手，只要这一念起，自己就永远是个败将！

绝望的沙哑嗓音从林芙蕖口中传来：“我……该走了，去叔叔那里，……美国。”

看向挡风玻璃前方的城市霓虹，颜宽陷入了沉默。

夏南公司的股东会议陷入一片激烈的争论之中，高瑜德猛然瞪眼一拍桌子："你们怎么都不明白呢？给予宽宏公司代加工产品的机会，就等于给了颜宽打入我们内部的机会！虽然是他把夏南公司扶起来的，可是正因为如此，他才是我们最大的敌人！他那么年轻能干，现在我们反过头来再去扶他，养大了他，立刻我们就会被他吃掉！你们别忘了我们这是在商业的战场上，不是在做慈善。我们失去了头领，那么多的人都想吞掉夏南这块肥肉，现在我们是群狼环伺，随时都会被吃掉，所以夏南公司最好的结局就是被大佬直接买下，那样的话我们每个股东才能没有任何损失、获得最大收益。但是如果让颜宽的公司打入我们内部，就等于让他吸干了我们的血，壮大了他以后再把我们反噬掉，所以我认为如果这么做就是引狼入室，是要后患无穷的！"

会场上一片安静所有人都陷入沉默，随后大家纷纷表态拒绝与宽宏公司代加工的合作。

夏东生抱头深深叹息："唉，注定我们要欠颜宽了！"

散会以后众人散去，高瑜德和夏东生留了下来，面对夏东生紧皱眉头的面孔，高瑜德恼火起来："老夏啊你怎么这么糊涂呢？颜宽帮助夏南公司可不是为了帮你夏东生和我们这些股东，跟你我没有一毛钱关系，他那是为了完成你弟弟夏南生的嘱托，所以你用不着对他产生愧疚。他现在是巧妇难为无米之炊，你别忘了这小子要是有了资金立刻就会投入研发，然后第一个就是把我们挤倒，要么就是将我们吃下！我们现在不少赚一分钱，你我又能在公司当家，那干吗帮着他来吃掉我们自己呢？等他自己壮大了如果他要是能来买我们公司，那时候我们举双手欢迎，因为那样我们才能不会有任何损失！"

夏东生的眉头依然紧皱："可是行情谁知道以后会怎样？还是赶快卖给一个好的当家人，我们不会比现在少赚，还省得操心。"

"到行情不好的时候再说啦，现在我们行情不是很好嘛。"高瑜德拍打着夏东生的肩头，一丝冷笑浮现在他的嘴角。

林芙蕖去了美国以后传来宽宏公司停产的消息，随后颜宽人间蒸发，和白小江、辛阿琪失去联系。

十八

几个月后。

白小江来到刘明超办公室:“告诉我怎么能够找到颜宽?”

在一个挂着“宽古科技有限公司”牌子的小型公司门口,刘明超带着白小江和辛阿琪进门。四处很安静,偶尔有几个装修工人在走动,萧条和衰败的气息笼罩着整个公司。董事长办公室门打开颜宽愣住,刘明超赶紧指向身后两人:“她俩……逼我来的!”

枯瘦的颜宽憔悴得脱了形,看上去仿佛老了十岁不止,看着他白小江心脏隐隐作痛。他赶紧邀请三人就座,刘明超找个借口迅速溜掉。颜宽倒着茶水讲述着他的商海沉浮,原来他将自己两个公司都卖掉,所幸传媒行业当下行情还算可以,否则颜宽差点无法偿还原有公司的债务。没想到两条腿走路救了他最终才没有倒下,终于剩下的钱买下这个拥有无人机新产品技术的小公司,但是公司几乎很少生产设备也没有客户资源。辛阿琪听完一拍大腿竖起大拇指:“了不起啊老颜,你以缩小生产规模为代价买下了研发成果,而且省去了自己研发的时间,这一招高啊!”

连连摆手颜宽苦着脸:“没你想的那么简单,现在我房子、车子都卖了还是买不全机器,没有机器开不了工,又没有无人机的下游客户,没有订单银行就不给贷款,所以即使有技术没钱也是寸步难行,照样完蛋!唉,小企业难啊……”

辛阿琪拍着他的肩头掏出一个存折:“我明白你是没去抢夏南公司的无人机客户,否则你所有的问题全都解决了!这几百万你先用着,我可以给你在上海找到下游客户,你马上去上海一趟,有了订单银行贷款不也就解决了?”

惊得颜宽立刻跳了起来将存折推过去:“阿琪这怎么能行,我哪能借你个人的钱呢?你给我客户资源就已经救我命啦!”

白小江告诉他:“这是阿琪把买房子的钱都抽了出来,你收下吧,房子也不急可以以后再买。”

辛阿琪大笑着挥手：“这点钱算我股份不就得了？再说了这不是我在帮你，是老天爷在帮你！因为你帮了夏南生，你有那份善心老天不会让你走绝路的，我跟着你投资我相信最后铁定会赚到钱的。你现在不是从前，你拥有了无人机技术，我就可以给你拉来股东投资你！”

忽然颜宽起身冲到窗前推开窗户，掩饰着他汹涌滚落的泪水……

走出公司大门辛阿琪拥着白小江肩头叹气：“妹妹啊，这个男人太要面子了，依我看只要他日子不能好起来，就别想你们俩能好，你就是倒追他他都不会答应的。除非他能重新站起来，等着瞧，只要到那时他立刻就会娶你！所以我啊要尽快促成这事，哈哈。”

白小江也咧着嘴大笑：“你以为就你是不婚主义吗？我可没有打算结婚哦，你是瞎做了月老。”

辛阿琪点着白小江鼻子坏笑：“咦，小蹄子敢跟我装蒜，我还看不透你呀，就你这种小白兔最经不住男人轰炸，只要颜宽开始对你好了，你立马就投降啦，哈哈……”

周末大早上辛阿琪沿着河岸跑了一圈回到公寓门口，坐在花坛边上开始抽着香烟歇息着。

“啪！”忽然她的肩头被人一拍，原来身后是一位穿着保洁制服的大姐，女人正咧嘴冲着辛阿琪乐：“阿琪，告诉你个好消息，回去按你教我的法子俺男人果真不出去鬼混了，哈哈，你可真行！”

说着她开心地坐在阿琪身边从怀里掏出两个粉嫩的大桃子：“给，这个可甜了，我没舍得吃，留给你的。”

“我吃一个，这个你吃。”辛阿琪将手中的一个桃子推给女人，两人一人一个吃了起来……

买完菜白小江和艾米回到京都公寓，远远地就看到公寓门口辛阿琪和两三个人围在一起聊着什么，她正拍着一个保安大哥的肩头一直傻笑个不停。见她快活得像个市井女人一样随意、自在，白小江心头不禁一热。艾米指向辛阿琪：“小江你看阿琪这副样子，谁能相信她是外企的高管啊，要是那些保安、保洁知道她年薪那么高，准保吓得没人敢跟她这么聊天。”

停住脚步的白小江凝视着辛阿琪幽幽说道：“她撕掉了身上所有的标签，让人感觉她就是一个什么身份都没有的普通人，可是艾米你知道吗？正是因为她什么都不是，所以她才无所不是！”

见到两人回来辛阿琪挥手招呼着：“俩厨子先上去吧，我再聊会儿，一会儿上楼给你们打下手啊。”

艾米指着她笑：“你聊吧，等你打下手黄花菜都凉啦。”

保安继续着他家乡那些村民的故事，辛阿琪和保洁听得入神，忽然一辆崭新锃亮的保时捷缓缓停到路边，辛泰从车上走下来，辛阿琪立刻起身和保安、保洁挥手告别：“姐、大哥你们聊吧我走了，回见啊！”

来到车前辛阿琪拍着汽车瞪大了眼睛：“新款车哦！局座你竟敢这么……招摇？”

辛泰温和着面孔搂着女儿：“阿琪啊，你高叔惦记着明天是你生日，他说你成为外企高管必须换车了，这不就让我给你送来这辆车。爸今天……也给你道歉来了，上次是我不对。”

环顾着四周辛泰眉头皱了起来：“瞧瞧这都啥地儿！阿琪，你不愿住家里也不能住在这种破地方啊，正好离这不远我还有套新房子空着，明天我让人把钥匙送来，你搬那里住吧。来，闺女到车上我们爷俩聊会儿。”

一丝苦笑浮现辛阿琪面庞，依靠在车身上她掏出香烟，点燃以后深吸一口徐徐吐出烟圈，她夹着香烟的手指指向车子：“您啊只看到钱可以带来这么多的好处，可别忘了钱……还可以量刑啊！爸，我看到新闻你又提拔了，可我怎么觉着这事是一个信号呢？你……该小心了！该收手时还是赶紧收手，该退的那些也赶紧退给人家，别……”

辛泰迅速变了脸色狰狞着面孔低吼：“你怎么净说这种……招人气的话呢？告诉你辛阿琪，外面没人不夸我、没人不敬重你爸的！为什么外人都对我那么尊重，反而我自己闺女要和我这么对着干呢？这么多年我为单位、为国家做了多少贡献你知道吗？我帮了那么多的员工，多少人因为我改变了命运，没有我那些老百姓能有今天这么好的设施、能享受这么好的生活条件吗？我为国家、社会为老百姓付出那么多，所有人都在感谢我、夸赞我，怎么在你眼里你爸我怎么就成了这么不堪的一个人呢？唉，你看看谁家女儿有你这样成心不让长辈开心的，你就不能让你老爸顺口气啊？”

“嘿，我咋忘了我老爸这气必须是顺着喘的呢？瞧您说话的这口气，我该怎么感谢那帮子成天围着您赞美的马屁精呢？把我老爷子都哄成这模样了，这可叫我怎么跟您说正经话啊？你想想看我怎么能不知道你那些丰功伟绩呢？谁不知道你天天标榜着自己为国家、为老百姓做的那些事？您就差把那点丰功伟绩给贴额头上了，可是爸你想过没有，正是因为你这么做才证明你不是在真心为老百姓做事，不是真心为国家奉献！因为老百姓是纳税人，你拿的工资那是他们给你的钱，所以你为他们付出、奉献那是你分内最应该做的事情，那是你的本分啊！你口里说着老百姓是主人，你是大众的仆人，你为大众服务，可是谁看不出来你心里早把自己当成了老爷、当成了主子了！您可千万别忘了您就是一个服务人员、就是一管家！那我问你：有管家天天的对着主人说：你看我怎么怎么对你好，怎么怎么为你服务的吗？

“如果你的内心真的认为应该为他们奉献、为他们服务，那你会天天把这些成绩挂在嘴上标榜吗？打个比方，我是你的女儿，我小的时候你养我长大、天天为我做饭、天天为我付出，那不是做父母应该的责任吗？你要是把我当成女儿，你会挂在嘴上天天标榜你为女儿做了什么吗？做儿女的赡养父母也是应该的，哪有儿女说自己天天的怎么孝敬父母的？所以说：一切标榜的爱和付出都是正好与事实相反的悖论！”

说完她瞥着烟头，手指用力一弹烟灰，大口吸着香烟眼睛根本不看她老爸。

气得辛泰指着女儿嘴唇直哆嗦：“你……辛阿琪是正人君子吗，你有资格教训你老子吗？别忘了我有问题你就是既得利益者，你装什么圣人、君子！”

仰望着天空中耀眼的太阳，辛阿琪凄凉地苦笑着：“君子论迹不论心，我辛阿琪不是一个好东西，做过什么坏事我自己心里清楚着呢，所以我不想一辈子只做伪君子！……而你呢？爸你想过没有？你能有今天这样的职务，是上天给了你超越十几亿人福报的机会！你本来可以给国家、给你自己、给多少人造福的，可你却偏偏把这些机会硬生生给带到黑道上去了！你说着最大的谎言和妄语，骗着自己和所有的人，生活在自己编织的梦幻里面……”

一把抓住辛泰胳膊她死命地摇晃着：“爸——醒醒吧！你别忘了这个世上只有真相是唯一不死的！

“你想想看，哄着说你好听话的那些人哪个不是有求于你呢？他们都是利用你这个掌舵的在你船上捞到好处，得到他们想要的利益罢了。你怎知你就没有为他们获得利益埋单的那一天啊？

“我和弟弟都能养活自己，我们根本不需要你额外的钱财，可你却为了那么多人非法的利益把你自己给搭了进去、给毁了！我不要你助我，我要天助我！只要我行天道、做人性大道该做的事情，上天一定会助我，所以我什么都不怕，即使天下人都抛弃我我都无所谓！可是爸你想过没有：你这么做把我们辛家清白家族的名声永远给毁掉了！无论我和弟弟这辈子有何等成就都不能摆脱罪人儿女的名声，无论我们的子孙后代从事何种行业也终将无法解除祖宗罪恶的印记！爸——你傻啊！你知道吗你这么做是天下最傻最傻、最糊涂的人了！你是被虚名和黑利蒙住了眼睛，如果不是为了所有人都能变好、如果不是为了你能变好，那些对你说真话的人又图什么呢？可我是你女儿，我必须对你说真话啊。”

辛泰苍白着面孔指着女儿的鼻尖浑身颤抖着低吼：“滚！——你辛阿琪再也不是我女儿，哪有女儿对爸爸能有你这个样子的？给我滚！——”

扔掉手中的烟头辛阿琪哭泣着说道：“你知道吗，我发现这个世上最可悲的事情就是——无论我多爱我的家人，无论我多么的为了你好，只要我说出你们不爱听的真相，你们就会把我当作敌人、当作仇人，再也不会把我当作家人！

“人生难道不是一个应该不断纠错的过程吗？为了你自己、为了你的子孙后代你要醒来，要活明白啊！——”

看着女儿绝望地哀嚎着，辛泰什么也说不出来，猛然他拉开车门冲进汽车疾驶而去，望着车子消失在马路的尽头，辛阿琪跌坐在马路牙子上抱起了脑袋……

停车场里面辛阿琪打开车门刚要上车，忽然一个男人的身影闪现，立刻男人有力的手腕将辛阿琪的身躯给扳了过来："辛阿琪你今天必须给我说清楚，到底是什么男人让你离开我?！"

乔治怒睁的双眼燃烧着火焰，愤怒的面孔涨得通红，仿佛在他体内有一座火山正在爆发，那冲天的熔浆即刻就要将辛阿琪化为灰烬……

死命推开男人，辛阿琪眼皮也不抬面无表情说道："上车！"

乔治一愣立马他回过神来飞速上车，两人坐定辛阿琪发动车子看向前方挡风玻璃，传来她一声冷笑："你说你好歹也是一个上市公司的高管，人又这么帅，怎么分手却像个娘们一样闹个没玩？和你说过多少次了我他妈的就是烦了，不想和你也不想和任何男人腻歪了！怎么着就这个答案还不能让你死心吗？

"说到底你这么闹腾还不就是因为我是一个女的，是我先提出的分手，让你这个大老爷们的脸面搁不住罢了。再说了有那么多的女人上赶着都要嫁给你，你这个钻石王老五不也是特享受那些莺莺燕燕围着你犯贱的美好时光么？所以你呀赶紧的该干吗干吗去！而且咱俩认识的时候可是说好的我不会结婚，你也别跟我谈什么这个情那个爱的，开心了两人就在一起，不开心就走人。你当初可是答应好好的，怎么真分了你就这么啰唆、这么犯贱呢？"

说着这些辛阿琪眼睛依然看着前方，乔治侧脸看着她的眼睛和面孔平静得毫无波澜，就像自说自话，仿佛这个车厢里面根本没有他存在一样。顿时乔治英俊的面孔变得煞白，手指指向辛阿琪半天却说不出话来，终于他颤抖着声音说道："弄了半天你……你辛阿琪就是一个——烂人！你说我乔凯京对哪个女人像对你这么好过？可你……就一句话分手然后啥都不说就走人，连电话也不接，我他妈的就是再次、再让你看不上眼，你也不能不给我个解释就这么走人吧？我知道你不会是因为那些女人老是缠着我就分手的，但是我还要告诉你，是她们缠着我的，不是我姓乔的招惹她们，你都不知道我是怎么推开她们的……”

“得嘞，你给我打住！谢谢你还能明白我不会是因为那些女人才和你分开的，但是我还是要劝你，既然有那么多贼漂亮的女人抢你，你干吗？犯傻不……

“唉，算了，还是说点正经的吧，那咱俩就回过头来说说这个爱情啊，对于爱情我这个情场老手还是非常有发言权的，毕竟量的积累最后达到了智慧的提升。

“乔治你想过没有：世界上有几十亿的人口，为什么在某一个时刻你和某一个女人相遇了，没有任何道理可是两人却能从此就爱上了，哪怕两个人在一起做着最无聊的事情，还觉得倍儿有意思？你说这是不是就像毒瘾发作一样不可控制？要么就是魔怔了！不然你怎么解释人类的这种爱情现象呢？

“打个比方吧，就像三星集团的大公主爱上了保安，全世界的人都明白在大公主这里那就是遇到了最美好的爱情，可是最后呢？当她在法庭上打官司闹离婚的时候，如果你再去问她爱情是什么，你说她会怎么回答？”

乔治呆住，一脸蒙地看向辛阿琪，他在内心不禁哀嚎：你永远都不会知道眼前这个女人下一刻她的大脑会想到什么，问题是：她离开自己绝不会是像其他女人那样是因为爱上了别的男人，而是她的那些奇怪念头导致男人在她这里发生了你永远都想象不到的变化。她越是这样无情，可是为什么我却无法像离开别的女人那样离开她呢？

绝望和洪水一样奔涌着的柔情同时从乔治眼里涌出，看到面前这个英俊的面孔沉浸在极度的悲伤和对自己的爱恋之中，辛阿琪心头不禁一抽，她还是被乔治眼里的不舍和留恋触动了心弦，于是辛阿琪将车子停靠在路边的车位上面。

乔治沮丧着面孔低头叹起气来，辛阿琪一巴掌狠狠拍向乔治的肩头：“哥们你别这副死德性好吗，让我看着心烦！唉，我还是和你说真话了吧，其实呢是因为我有了一个重大发现——那天早上啊我去拜访我老师，生怕堵车迟到了就早早坐了地铁过去，结果在天通苑地铁口的天桥上我就这么往下一看，天啊，你知道我发现了什么……”

乔治不屑地努嘴：“天桥上你能发现什么？天通苑地铁早高峰人多是北京著名的，估计你这个从来不坐地铁的大小姐只看见过车多，没见过人多吧，真的是大惊小怪！”

辛阿琪不理乔治的嘲讽，这时她两眼激动得开始发光：“可是从天桥上往下看，从那个角度你看的人群和在下面看的人是完全不一样的，因为人们都是没有缝隙地死命拥挤在一起拥入地铁、拥出地铁，所以从上面你根本看不到人的面孔和身体，只能看到地面上密密麻麻脑袋上一片的黑色头发在蠕动。……妈呀，乌压压一片的黑色头发涌动，简直是……你想象不出来那个画面有多么恐怖！

“那一刻我就在想：天啊，如果全世界70亿的人口都像这样同时挤在一起，那将是一幅什么样的画面？我又想：在这么多的人口里面我怎么就能突然地爱上其中的一个男人呢？又是什么原因、什么理由能让我在无数的人中就能确定这个男人是我唯一的爱人呢？

“站在天桥上想着这些，我觉得我就像禅宗的那些大师一样顿悟了！乔治你想想看，人类这么多的男人为什么我却爱上了你？而在那么多的女人中你怎么就爱上了我？如果把整个人类同时都放在这样的一个画面里面，你会爱上我、我还会爱上你吗？想想那么多密密麻麻的人，想到我会和其中的一个男人对上眼、上床做爱，那我和一只虫子、一个蚂蚁、一只猴子有什么区别？妈呀，瞬间我就失去了情爱的能力，根本谁都无法爱上！

“现在我终于找到了我会爱上一个男人的原因了，比如说你吧，是因为我的眼睛就像现在这样能看到的人是极少的，所以爱上一个人就有了理由。但事实是因为我的眼睛同时看不到那么多的人，但真相并不因为我看不到就不存在啊，你说是不是细思极恐……”

乔治脑海里面极力想象着辛阿琪描绘的那个场面，半晌他幽幽说道：“阿琪，你也知道我这个人是从来不信命的。可是自从前几天我做了一个梦以后，我……真的开始思考这个世界到底有没有操控着我们的命运存在。我觉得吧从这个梦里就可以知道我们俩真的是命中注定要相遇、相爱，所以你就会明白为什么人类那么多的人里面我俩就相遇、相爱了……”

说到这里乔治的声音开始飘忽起来，他将眼睛定定地看向辛阿琪。

指着乔治的鼻子辛阿琪瞪大眼睛：“梦？！——你乔凯京会因为一个梦和我恋爱？别跟我扯淡了！”

一个辛阿琪从来没有听过的、像是来自另外一个世界的声音从乔治的口中飘了出来：“我梦到在清朝的时候你是我的妻子，我在外面有很多女人，你为此毅然离家出走，那一世我找了你很久很久，可是至死我们再也没有相见过……

“当我从这个梦境醒来的时候你不知道我的感受是何等的震撼！你可以把这个梦当作一个莫名其妙、无厘头的梦，可是在醒来那一刻，我却轰然明白了这个世间感情的所有秘密！

“我们俩为什么第一次相见就能不由自主地相互吸引、那么疯狂爱恋上了？而且比你漂亮、比你条件好的女孩子追我多的是，我为什么非要娶你？我终于明白那是因为前世我们两人的爱情还留在我们的记忆深处，所以那种熟悉的感觉无法解释也无法消除。也许我已经找了你很多、很多世了，直到这一世终于才遇到你，所以，阿琪，我不能再丢掉你，不能再一世一世地寻找下去……”

辛阿琪瞪着大大的眼睛呆在那里，她做梦也没有想到乔治竟然是做了这样的一个梦，竟然为此他死死不放弃自己！看着他的那双眼睛仿佛是饱含着几生几世的悲怆爱恋，辛阿琪一句话也说不出来，逐渐她的大眼睛里面开始变幻着各种颜色的异光……

忽然辛阿琪那特有的灿烂笑容瞬间布满了她的眼底、嘴角和整个面孔，极富魔性的沙哑嗓音从她口中传出：“但是即使我们俩结婚了又能怎样？你觉得你就不会像前世那样再次拥有很多女人？而我就不会再次永久地离开你？

“因为不止是前世相爱的习性被引发出来，同样你我前世所有习性的种子都将被再次引发出来，所以你将会再次爱上别的女人，而我也将会再次离开！这一生不过是重复我们前世的那些结果……天啊，如果这就是轮回的秘密，那么这个轮回真的是太可怕了！我真的不希望就这么糊涂地爱着，然后再糊涂地分开、糊涂地死去！

“乔治你想想看，如果真的像佛教说的那样，因为我们在遥远的时空里面曾经爱过、恨过，因此这一世我们被业力吸引终将又必须再次相见，那么就这样一世一世地重复着……天啊，太可怕，太可怕了！我再也不要这种相遇、这种相见了！我只要拥有对这个世界的爱、用最慈悲的爱去爱着这个世界的所有人，尽到我对所有事物、所有人的责任，不留下任何的遗憾就可以了。我不想下一世再回到这个世界，再一次像做梦一样迷糊地活着……我要醒来！乔治你告诉我，到底我该怎么样活着才能醒来？才能下辈子不再回来？！”

这时辛阿琪思索着的眼睛瞪向乔治，那里面饱含着困惑和恐惧。乔治愣了片刻，然后他伸出手臂将辛阿琪紧紧拥抱在怀里：“亲爱的你知道吗，你这是因为我向你求婚造成的婚前恐惧症。看来你还没有做好结婚的准备，没关系你读读弗洛伊德的书就会明白了，因为你父母离异造成你潜意识里面对婚姻产生了恐惧。宝贝你放心，我会好好地爱你的，等你这些负担都放下了咱们再结婚，或者不结婚也行，我一辈子都会陪在你身边。”

推开乔治辛阿琪又笑了起来：“不！你没有整明白，毒瘾的根源在前世，我不能让毒瘾再继续发作下去，所以我——必须离开你！我不会再爱上你的，乔治，你不明白我真的已经不爱你了！”

泪水忽然从辛阿琪眼里涌出，看到纵横在她面孔上的泪水，乔治也不禁泪水滚落，他摇晃着辛阿琪的双肩绝望地哀嚎：“阿琪你疯了吗？你这到底是怎么了？你这是怎么了呀——”

辛阿琪轻轻拭去两人脸上的泪水，露出一口整齐的白牙笑了起来：“乔治你知道吗，你说我疯了我还真的挺高兴的呢，因为这个世界的真相也许真的和我们看到的表相是不一样的，也许事实以及真相和我们认为的正好相反，其实我们是一直生活在颠倒的梦想里面没有醒来。也许正是你眼里的疯子才能看到真正的真相，才会醒来。”

看着辛阿琪梦幻一般的笑容，乔治渐渐浑身冰冷，他的眼睛不敢看向辛阿琪扭头看向窗外，传来他低沉的声音：“阿琪，你……我已经看不明白你了，我走了，再也不会……打扰你了！”

看着他的背影下车离开，辛阿琪平静的眼睛看向挡风玻璃的前方，缓缓发动了汽车……

医疗捐赠系统成功上线，引起巨大轰动，宏爱科技发布会会场各家媒体和记者围得里三层外三层，叶光明问着身边的刘明超和夏东生：“怎么没有看到白小江啊？”

摇着头刘明超叹息：“她要是来了那就不是白小江了，除非是业务需要，这种纯粹庆功的公众场合她是不会出现的。”

沉吟着夏东生说道：“其实透明捐赠系统的研发最初是辛阿琪提出来，没有她和白小江这个基金会就不会有今天这个成果。有了这么大的贡献反而两人都消失不见了，换了我是她们俩这个时候早就膨胀了。都说女人虚荣，那你们说她两人的心到底是什么做的？”

愣在那里叶光明陷入沉默，宏爱科技发言人宣布：“系统研发的主要投资方是夏南基金会，基金会能有今天这些慈善成果，相信夏南生先生在天之灵一定会满意的！”

夏东生百味杂陈看向两人：“即使夏南生在世，夏南基金会也不见得有今天这样的成就啊。”

凤居饭店最大的包间里辛阿琪三人自当服务员端菜倒茶，蔡凤英心里明白她们是为了照顾店里的生意才过来的。刘明超进门，他身后叶光明带着女儿出现，看到小女孩可爱的小模样，顿时一片女人的尖叫声响起：“好可爱的宝宝哟……”

小人儿四五岁，比同龄孩子都要瘦小，小小的身躯支着一个大大的脑袋，稀疏的头发有些发黄，刘海儿下面一双圆圆的大眼睛，粉团的小脸上洋溢着开心的笑：“奶奶、阿姨们好，我不叫宝宝，我叫叶思思，思念妈妈的思思。”

顿时众人都被她的可爱融化了，辛阿琪一把将孩子揽进怀里亲着她的面颊大叫道：“哟嘿！这么可爱的小闺女，我心都被你融化了……思思，做我干闺女好吗？叫我干妈！好孩子，不然你叫我辛妈妈也行……”

大伙哈哈大笑起来，蔡凤英咧开大嘴笑得眼睛眯成了一条缝：“哎呀呀，这么可爱的小仙女！奶奶我这一看到你呀啥烦心事都没啦！”

思思甜甜地喊她：“奶奶不要烦心，奶奶要天天开心。”

这下可把蔡凤英给乐坏了，她一把抱住思思冲着大伙挥手：“都给我听着，今儿你们吃饭钱全免单了！管足啊，我孙女想吃啥尽管点，哈哈哈……”

老人放下孩子去后厨忙活，思思大眼睛滴溜溜转了一圈停在白小江脸上，她踮起脚尖伸出小手拉住了白小江，这下可把白小江乐得大叫起来：“哎呀呀我受宠若惊，哈哈阿姨我来给你服务！”

她把思思抱在身边，两人依偎在一起，大伙一起鼓掌起哄：“白小江今天买单！”

大家坐下开始争相碰杯庆贺起来，依偎在白小江怀里，思思仰起小脸满足地笑着，她的眼里看得见的依恋的暖流流淌到白小江心底，忽然白小江不禁恍惚起来，仿佛时光倒流眼前是奶奶梅月怡和童年的白小江偎在一起……霎那间她明白了当年梅月怡是如何爱着自己的那颗心！有生以来白小江第一次领悟了奶奶对自己的爱。

众人相互碰杯祝贺着，传来艾米大嗓门的笑声，辛阿琪在桌底踢了白小江一脚捂嘴低语：“瞧姓刘的那副吃相，我怎么看他都不像是个……老实人呢。”

白小江抬头顿时愣住，原来刘明超正和艾米两人紧贴着面颊嘀咕着什么，他面前的盘子上堆着高高的龙虾壳，将他的大半个面庞给遮住，他将剥出的虾肉殷勤地放入艾米盘中，不时也放进自己的大嘴巴里面，嘴唇啪嗒啪嗒地咀嚼着，眼睛目不暂舍地流连在艾米脸上和丰满的胸部，艾米满足地吃着，不时向刘明超抛媚眼，传来她撒娇的阵阵笑声。

服务员将虾壳取下，刘明超猛然发现对面白小江射来的凌厉目光，惊得他立刻坐直了身子，埋头装作喝汤不再讲话，艾米不明就里转头问他：“你怎么正讲着断了呢？”

叶光明起身接了一个电话出门，进来后他匆忙和大家告别，带着女儿就要离开。原来一个受了重伤的消防战士被叶光明手术后抢救过来，现在战士突然昏迷失去了脉搏，其他医生正在抢救，战士的爸妈请求叶光明最后再抢救他们儿子一次，如果再有什么不测也就不遗憾了。

几个女孩子都让他把思思给留下来，叶光明见送孩子去老师家里还要耽误去医院的时间就同意了，思思立刻乐得跳起来欢呼着。

酒席结束刘明超闪烁着眼神并不离开，他低着眉眼嗫嚅着："小江、阿琪，告诉你两件事情，我老婆和我……离婚了。后来……艾米不是给我们公司设计广告嘛，我们俩认识以后……"

艾米娇羞着忸怩起来："我俩……好了！"

惊得白小江和辛阿琪异口同声："好啊艾米，竟敢瞒着我们……"

两人冲上去拥抱着艾米："祝福你们！一定要好好的。"

艾米咧嘴大笑紧紧拥抱两人，又亲着思思的额头，她立刻冲大家挥手告别："我和明超出去玩了，你们回家吧。"

话还没说完她就拉着刘明超跑出老远，辛阿琪抚掌大笑："哈哈女大不中留啊！"

打开家门黑子欢叫着雀跃扑向思思，思思惊喜开心地"哇哇"大叫，一把将黑子抱入怀中死命地亲吻着，黑子竟然特别顺从享受着思思的拥抱和亲吻，一会儿两个小家伙又倒在地板上打闹成一团，白小江哈哈大笑，她感到这个时候这个房间才是真正的家。

吃完晚饭两人给思思洗澡，兴奋了一天的孩子眼皮开始打架，躺在沙发上就要进入梦乡时她突然起身，从书包里面拿出一个布娃娃抱在怀里呢喃着："小六一……我们睡觉了。"

抚摸着思思的脑袋辛阿琪不禁难过起来："你说她爸爸忙成那样子，这孩子每天都是怎么过来的？"

蒙眬着睡眼思思喃喃自语："每天都是……小六一陪着我，她是妈妈给我做的娃娃，我的生日是六一节，我的名字叫小六一，妈妈死了我叫思思她就叫……小六一了。"

听了两人心酸起来，白小江将思思紧紧抱进自己的怀里，想起庄丽的冰冷面孔，她不禁抚摸着这个手工布娃娃，棉布做的娃娃穿着粉色的裙子，头上戴着一顶咖啡色的花边帽子，白色的蕾丝花边布满帽子的四周，精细的做工看得出思思妈妈倾注的满腔心血和爱意。思思一只手抱住娃娃一手紧紧搂住白小江脖颈不肯放手，小脸温柔地摩挲着小江的脸颊，小小身体传递出来浓烈的爱意让白小江不禁泪水涟涟。她瞪着眼睛对辛阿琪喃喃说道："阿琪你知道吗，她在我怀里像个小太阳，现在是这孩子在对我输出爱和能量，颠覆了我之前认为只有大人才能给予孩子爱的认知，太不可思议了！"

辛阿琪抚摸着思思的脸蛋点头："其实孩子的心是人类最初的本心，具有太阳一样的能量和温暖，只是后来我们自己走进了黑暗，就把本心都给丢了。"

疲惫的叶光明低着头急急走向京都公寓门口，忽然昏黑的花坛边上一个人影起身："叶光明！"

"阿琪？你怎么在这里……"叶光明愣住，昏暗的夜色中是辛阿琪在等待着他的到来。

"我想找你聊聊，我们一起去河岸边上坐会儿吧。"昏暗的路灯下辛阿琪微笑着，透过那缕笑容叶光明看到了满眼的沧桑。

柳树下两人坐在木椅上，辛阿琪问他："那个消防战士……怎么样了？"

河面泛着两边岸上的灯光，叶光明盯着河水不语，看他这样辛阿琪已经知道了结果，昂头看向夜空她平静的声音飘来："刚刚我确诊得了乳腺癌，我妈妈就是这个病去世的，所以我不意外癌症的到来，只是意外这么早到来。医生让我立刻手术、化疗，可是我不想重复我妈的死亡之路，想听听你的建议。"

说完她仍然看向夜空，一片寂静两人久久陷入沉默，终于叶光明悲凉的声音传来："那个消防战士……走了，其实我现在的表现越来越不像个医生，在面对病人死亡的时候医生应该是理性的，而我不只是在和死神进行一场抢夺生命的战争，还和命运在争斗。那个看不见的命运之神，他永远都是以你无法想象的面目出现，你永远不会知道下一刻、下一秒会发生什么，我们总是猝不及防地被它玩弄于股掌之中……"

辛阿琪点头："生命是无常的，你们这个行业更接近生命是无常的真相。"

叶光明摇头："不！不只是生命无常，这个世上的一切都是无常的，泥石流可以让大山瞬间消失，洪水、地震可以让城市顷刻覆灭……没有人能保持不变的存在，只有一样不变：死亡终将到来！"

沉思着辛阿琪说道："既然死亡终将到来，如何迎接死亡难道不是生者最大的课题吗？"

叶光明充满血丝的眼睛看向虚空："医学院毕业以后我和爱人同时进入医院成为医生，家庭幸福衣食无忧，享受着生命和爱情带给我的所有馈赠。那些在我手术刀下的病人以及他们的痛苦和死亡，在我看来就像早晨升起的太阳晚上一定会在西面落下一样平常，我治理着病人的身体就像修理着机器一样敬业、努力，直到有一天这一切全都改变了……

"我爱人在思思一岁半的时候忽然查出白血病……，直到那一刻我才知道'晴天霹雳'这个词的涵义。你们无法想象我的感受，我觉得上天是在绝妙地讽刺我，它将天地撕裂了一个大口，将人和这个世界血淋淋的真相展露给我！我曾自以为医生就是病人的救世主，可是同是医生的妻子即使拥有全国最好的医疗技术和条件，在死神面前也照样凄惨无助，她同样也是被死神选择进入死亡名单中的一员，那个时候我才终于明白，在死神面前我和我的病人一样无能为力！我们用尽了所有的医疗手段，一年后她还是走了。"

辛阿琪低头捂住面孔不语，叶光明颓然地蜷缩在椅子上像个无助的孩子："其实至今让我无法释怀的是她去世前的那种不甘心……她疯狂地折磨我，我知道那正是因为她爱我，无法接受她即将离开这个世界、离开我和思思的这个事实，她害怕，所以她才会疯狂……而我在死亡面前狗屁都不是！只有在人生的终点、在死亡面前，人才能找到最终的平等和真相：人生而平等，无有高低贵贱！人类活着的使命就要让这个世上的每一个生命都能体验到生命的高贵，找到生命的真相，找到生命和宇宙之间的真相，从而才能最终无憾地死去！

"科技已经发展到这种程度，可是如果人类还不能理解生命的真相和价值，这才是人类最大的悲哀。”

辛阿琪频频点头：“我明白了，所以你不给我是否手术的答案，而是让我自己去寻找生命的意义。”

叶光明那双眼睛里面烈焰渐渐燃起，可是他的声音却异常平静：“我常常想既然我妻子可以生病死去，那么命运难道只会对她这么残忍就不会对我也这么无情吗？所以我不应该存有侥幸，我也将面临着随时离开人世间的这个问题。我又想如果那个生病的人是我而不是她，那现在的我将会是怎样？那么我早已经离开了这个世界、早就不存在了！如果我都是一个已经死了的人，那我怎么还会再计较名利、在乎浮名、执着那些面子和成就呢？我发现活着的每一天其实都是老天对我额外的馈赠，所以每天早上起床我都会感恩上天，然后我就拼命地去抢救每一个病人，一天做多少台手术。别人都说我疯狂了，没有人知道我的内心是怎么想的。

“经历过这些，当年轻的大学生因为交不起学费跳楼自杀，他的心脏在我手中停止了跳动，想到我爱人舍不得离开这个世界，而他却是自己选择离开这个世界，那一刻我的心脏彻底撕裂，我以为妻子去世是我此生最痛苦的时刻，可是这个时候我才明白：最大的悲伤不是你个体的痛苦，而是你对这个世界的无奈！”

“呜呜——”猛然号啕的哭声传来，辛阿琪捂住面孔痛哭失声，叶光明无声地看向河水并不劝慰她，终于哭声渐渐停息，辛阿琪抹去泪水缓缓说道：“叶医生你知道吗，直到现在我才真正解除了对癌症和死亡的恐惧，而之前我只是假装着自己无比的强大。你让我终于知道自己该做什么了……，谢谢你！”

艾米搬到了刘明超那里，思思倒是成了京都公寓的常客，从此白小江和辛阿琪便开始研究起育儿经和孩子的衣食住行，白小江的房间俨然成了思思的儿童乐园。

国贸的这些奢侈品店被艾米和刘明超转了一圈，看着手里的这些奢侈品牌的手提袋艾米有些恍惚，想起从前冯大可给她买的那些高仿货，她不敢相信自己真的开始享用这些品牌了，再看刘明超对自己满眼的宠爱，艾米像是做梦一样，于是她抓的刘明超的手臂更紧了，依在他的怀里撒娇个不停。

两人走进咖啡厅歇息起来，品着咖啡忽然艾米看到远处角落里一对熟悉的身影，她惊呼："明超你看：叶光明和辛阿琪！"

这两人正专心地谈着什么，丝毫注意不到身边的人，看到两人专心投入谈话刘明超也愣住，忽然他摆手："喝个咖啡有什么大惊小怪的，咱别惊动他们了，就当没看见。"

天气越来越热了，下班后白小江泊好车子看到夕阳下暖风让河畔的长柳倍加温柔，河岸宛若梦境一样美丽。不能辜负这么美的景色，白小江赶紧上楼，她要拉着辛阿琪一起出门去跑步。打开家门猛然见到餐桌上躺着一封信和一把钥匙，骤然白小江心脏一抽，只有辛阿琪有自己的房门钥匙，现在谁还写信？！一阵不祥的预感袭遍全身，经历过夏南生的日记，白小江一见到这些手写文字的纸张就莫名恐惧，颤抖着双手她疯狂打开信，辛阿琪的字迹出现：

亲爱的小江：

当你看到这封信时我已经离开北京，请原谅我的不辞而别，因为我实在无法面对和你的分离！感谢上天把你赐到我的身边，让我享受着人世的温暖，而我却没有福气和你继续在一起，然而任何时空都无法阻隔我们灵魂的相通，所以你不要寻找我。我唯一的愿望就是——你要永远快乐！

请你转告颜宽那些钱不用还我，以后可以捐赠给夏南基金会去帮助那些孩子们。

小江，你要永远记住：我的爱和思念永远都会伴随在你身边，从未远离！

阿琪

每一个字都像一个惊雷炸响在白小江心头，直到白小江所有的意识都被炸得一片空白，一遍又一遍地看着这些文字，泪水浸透了纸张，猛然一声长啸从白小江胸腔爆发，她捶打着桌子绝望哀嚎：“阿琪——你说过……不会把我丢了，为什么还要离开我？为什么不告诉我你去了哪里……为什么呀——”

办公室门“砰”地被打开，艾米冲了进来，吓得颜宽跳了起来：“艾米，出啥事了？……”

还没说话艾米的泪珠就大颗大颗滚落下来，她呜咽着：“宽哥怎么办啊？她自闭了，只有你能救她了！”

瞬间颜宽惊叫：“白小江怎么了？！”

夏南基金会里白小江瘦得像个纸片人，棉布的长袖裙子遮盖不住她嶙峋的骨骼，苍白的面孔上两只眼睛像是空空的纸灯笼。颜宽眼睛一热眼泪差点掉下，白小江抬眼看到是颜宽进门也不说话，她起身开始给颜宽沏茶。颜宽一把抓住白小江的手腕低吼：“不干了，跟我走！”

两人骑着自行车满城游荡，在颜宽这个老北京的带领下白小江穿行在那些繁复而又精美的古老房子中。几百年的青砖房屋上壁雕奇美瑰丽，房顶和墙檐的曲线如绵延不绝的情诗一样优美……康熙九皇子的府邸是座用青砖筑成的欧洲城堡式建筑，是京城著名的混血城堡。这座奇美的华丽宫殿如一袭中式青衣的西洋女子端坐于一片现代火柴盒子房中，华美突兀得令人心痛……

这些古老的房屋犹如一位位神秘的隐者，古朴安逸地蛰伏于这座古城之中，静静地凝视着时光的变迁和往来的人们。

在郊区乡村的树底下，两人坐在老人们中间听着那些人生的故事，在农家灶台上白小江和主妇一起做饭，终于在农家孩子们的欢笑声中笑容回到了白小江的面庞……

艾米把思思赶紧带到京都公寓，白小江一把将思思紧紧拥在怀里，她发现自己再也不能离开怀里的这个小小太阳了！

颜宽立刻打电话给叶光明，两人商量以后思思每逢周末回家，平时都在白小江这里生活。白小江这才恍然发现，房间里面早就布满了辛阿琪给思思买的各种用品，原来她早就秘密安排好了这一切！白小江拥抱着思思号啕大哭……

看到思思睡着了，颜宽挥手告别：“小江，想想有那么多希望你开心的人，你就会睡个好觉的，晚安。”

忽然白小江拉住颜宽袖子：“可是……你呢？那你回去开心吗？能睡个好觉吗？”

顿时颜宽愣住，忽然他的大眼睛笑得像两弯月牙，拉着白小江就往外跑，“走，到河岸边上我再回答你！”

两人跑到了河边，圆月静静照射在河面，拉着白小江的手颜宽说道：“你要是能开心我也就开心了，如果你还不开心，那我就没法睡个好觉……”

月光下白小江的泪水缓缓流淌，捧着她的面孔颜宽的唇开始吻去她的泪水，就在那两个唇上的点碰触的一刹那，烈焰瞬间飞起点燃整个宇宙，两人疯狂吻着，灵魂与肉体终于被引爆，此刻灵魂早已腾空飞去，如绚烂烟花般绽放于夜空……

第五章　不知道终点的旅程

十九

答谢婚宴在凤居最大的包间举行，于旭之从拉萨赶来，叶光明带着思思，艾米和刘明超，飞飞也来了。新娘子和新郎出来，众人一片惊呼："哇，新娘子太美了！"

白小江穿着淡粉色柔纱连衣裙，只是画了淡妆，及肩的头发烫成微卷，没有任何的首饰和装饰，却是鲜亮得耀人眼目。倒是颜宽一身笔挺的西装笑得嘴都合不拢，曾经的意气风发重又回到了他的脸上。小花童思思穿着雪白的纱裙和刘明超的儿子跟随在一对新人身后，看着这场面蔡凤英激动得不行，老人一边咧嘴笑着一边不停地抹着眼泪。

席间叶光明宣布一个消息，老家钟城的医科大学邀请他回去教授学生的同时在附属医院工作，为了回报家乡，他要带着思思去钟城定居。大伙全都起身祝贺他，只有白小江呆在那里一时回不过神来，又是分别！想到和思思的分离白小江不禁黯然神伤，心脏阵阵抽痛。

酒席散后叶光明说他带着思思就此告别了，父女马上启程去往钟城。院子里面思思快活地和飞飞追逐着嬉闹，白小江苍白着面孔呆立着凝望思思，阳光下孩子蓬松的头发在奔跑中飘飞起来，阳光洒落在她泛红的小脸上，她开怀地大笑着……忽然白小江眼前浮现出儿时家门口的一幕：正要离开的梅月怡被幼小的小江紧紧抱住不放，孩子号啕大哭哭喊着："奶奶，带我回家，我要和你回家……"

猛然白小江冲向思思死命地将孩子糅进自己的怀中，疯狂地亲吻着她的头发、额头、面颊……抑制住悲痛，她要把上天短暂赐给她的小天使永久地留在记忆深处……

众人散去于旭之留了下来，他对一对新人说道："我给你们带来的新婚礼物是两千万现金投资宽古公司！因为颜宽你帮助夏南生成就了他的遗愿，从而导致你自己的公司疏于管理倒闭，我无法报答夏南生当年对我的帮助，所以我帮助你就是回报夏南生。"

惊得颜宽和白小江对视着不敢相信自己的耳朵，原来于旭之去了夏南生介绍的西藏寺庙后和喇嘛们一起诵经禅修，走遍了大半个西藏以后，他以藏区特色为主题的油画大获国外游客青睐，画作大卖，很多国外的顾客慕名到拉萨高价购买他的油画，于是他在拉萨开了一家画廊。

于旭之抹去泪水："如果不是南生，我的画这辈子都不可能像现在这样卖出天价。我的人生改变了，是南生给我开启了灵性大门，让我真正地走进有生命的艺术殿堂。"

颜宽看向于旭之喃喃低语："当年南生让我第一次去见你俩，我是富商买家你是穷画家，可是谁能想到一切都可以……颠倒了、重来了！如今我一贫如洗而你却成为我的投资人……人生的变幻无常，又能有谁看透？"

于旭之呢喃着："人生是一场不知道终点的旅程，好在夏南生时刻在提醒着我，我想我……不会走错了！"

两个男人紧紧拥抱，白小江抹去流出的泪水。

五年后：

白小江领着儿子小行星走进"谜生"画廊，她已经将"谜生"在66大道原址恢复，那些木制的牌匾又被她重新挂在大门两旁："醒着在你我的梦里，梦着你我真实活着"。

杭州的一个安静小区里梅月怡搬进了新家，小小的房子里面小行星的欢叫声此起彼伏，白小江幸福地依偎在奶奶怀里，陶醉地闭上眼睛。抚摸着孙女的头发梅月怡叹息："你和你二叔终于都能过上安稳日子了，奶奶此生足矣！"

电梯前正在等候电梯的辛泰站在那里一脸的端庄威严，这时一个年轻男人走了过来站在他身边，电梯门打开两人一同进入，忽然他身边的这个陌生男人压低了帽檐低沉着嗓音：“明天早上六点半高瑜德在地坛公园西北角等你，千万不要电话联系！”

说完电梯门打开男人瞬间消失！惊得辛泰瞪大了眼睛：“你？……”

猛然他死命捂住嘴巴！

公园里面晨跑的人很多，辛泰正在僻静的角落压腿，高瑜德气喘吁吁跑了过来，他环顾四周没人便放慢脚步停下来开始擦汗，压低嗓门对辛泰说道：“他们找我了，问到你，你放心不该说的我都不会说，所以你啊……该干吗你自己要有数了！”

一边说着他的眼睛一边警觉地看向四周，急得辛泰抬头开始擦起汗来：“这么说我已经被……盯上了？什么叫我有数？那你说啊我还能干吗？……唉！”

镜片后面高瑜德的眼睛滴溜溜转着：“就按阿琪说的把该退的都退了，火苗可能就会小些，再多退说不定火苗就能熄灭了！”

一听这话辛泰立刻瞪圆了眼睛跺脚：“都这火候了你还提阿琪，这么多年我连她的影子都找不着，你……你这不是给我添堵嘛！”

顿时高瑜德被他呛得立在那里脸憋得通红，气得眼珠子瞪得滚圆：“得，我啥都不说！哄了您一辈子了，说啥都要看你大老爷的心情，说啥都要说你爱听的，他妈的我早就受够了！你还真以为你犯啥错都不需要成本呀？就活该我们这些王八蛋给你埋单不是？凭什么老天就该护着你？用你自己的话这都啥火候了您还这脾性！”

说得他两眼冒火呼哧呼哧地直喘粗气，从来没有见过高瑜德敢这么冒犯自己，而且还这么大脾气，辛泰愣住，颤抖着手指指向高瑜德：“老高，你……你竟然和阿琪一样对我……”

可是没等他话说完高瑜德早已转身跑得没了踪影……

宽古科技公司内，颜宽正在会议室开会，秘书过来伏在他耳边低语，立刻颜宽起身来到办公室。打开门他看到窗前站着一个女人美丽的背影，女人缓缓转过身来，是林芙蕖。

七年后相见林芙蕖美丽丝毫不减当年，更是增添了动人心魄的时尚魅力。短发已经被及腰的长发代替，白色的收腰西装和同色阔腿裤令她宛如一颗白珍珠般耀人眼目，雍容的华丽气息让颜宽顿觉眼前这个女人是那么的陌生，但是当他看向林芙蕖的眼睛时不禁心头一颤：那里满满的爱恋交织着各种复杂的欲望正在奔涌着向他袭来……

颜宽伸出手来："好久不见……"

没等他说完林芙蕖早已张开双臂投入颜宽怀中，紧紧拥抱着他，林芙蕖含泪在他怀里呢喃着："亲爱的终于见到你了！七年了，想你整整七年了！"

她温热的气息混合着高档香水的味道瞬间淹没了颜宽，一片温柔热浪的袭击中颜宽顿时被融化，他心脏快速跳动身心就要被燃烧起来……猛然一个激灵如同一把冰剑瞬间插入他的脑壳，一把拉开林芙蕖他惊醒般回过神来："芙蕖你……，这美国回来……还是说说你的故事吧。"

林芙蕖抹去流下的泪水叹息着："唉，还是说说你吧，你看没有我你也能把公司做得这么好。当年是我对不起你，在你最难的时候扔下烂摊子离开，这次我带着国外的客户资源回来，我一定要让你的公司成为行业老大，回报你的公司以最快速度上市！"

研究着林芙蕖的眼睛颜宽坏笑起来："芙蕖啊，你这次回来我以为你会恨我，可你现在却说回来是为了回报我。公司经历过一次死亡的滋味，那个噩梦留在我的记忆里面永远都忘不了，能活了过来也是夏南生带给我的奇迹，所以我这个小公司不会去做不切实际的梦想。说吧，你带着客户资源回来到底是什么目的？"

林芙蕖柔软细长的手指搭在颜宽肩头，沧桑的笑容浮现在她美艳的面庞："绕着地球走了一圈，这个世上没有比你更了解我的人了。没错，这次回来我的确是对你有所企图，我想重回你的公司，让你的公司上市！现在我的手里有这么多国外的优质客户资源，我可以做到让你的公司迅速扩张，我不想失去这个机会。不过你要明白，这和你没有关系，是因为到了我这个年龄我必须有所成就，而宽古科技是唯一可以实现我这个愿望的公司！”

颜宽笑了起来：“感谢你的真诚，你这么说我就能理解。我和白小江结婚了，儿子都这么高啦。你回公司这件事情我必须和小江商量，虽然她在公司没有职务，但是大事我必须和老婆打招呼。”

林芙蕖冷笑一声踱步看向窗外：“我进你这个门之前，难道能不知道这些吗？而且我还知道白画家这么多年除了你买她的画，还是所有的画都卖不出去。”

“哈哈，白小江要是知道你对她画作这么关心，她会感动的。”颜宽拍着沙发扶手大笑。

缓缓转身林芙蕖面无表情：“好吧，那我就回去等候你老婆的懿旨了！”

餐桌上一家人吃着早餐，蔡凤英唠叨着还是要去打理凤居饭馆，颜宽放下碗筷皱起眉头：“我们日子现在虽然不算红火，可也比以前好过多了，您这么大把年纪要是再出去干活，这外头不是要骂死我呀！”

说得蔡凤英翻着白眼不再说话，刚要吃饭忽然颜宽想起什么：“对了小江，林芙蕖从美国回来了，说是带来了很多国外的客户资源，她想回我们公司继续做管理，你看呢要不要她回来？”

还没等白小江说话，蔡凤英拉长了面孔气咻咻说道：“哼，我开饭店这么多年啥人我一眼看不明白？我可是看透了那个女人无利不起早，她干啥那都是为了她自己，能为咱公司好？我才不信呢！小江你甭同意她回来，颜宽要你做决定那还不是给他自己找退路，要是那个女人祸害他的话，是你同意那女人进门，你也是不能抱怨他的。虽然我男人死得早，可是老爷们这些伎俩我还是看得明白！”

看着婆婆板着脸一本正经护着自己反对她儿子，白小江哈哈大笑差点被呛到：“瞧瞧你们娘俩，不知道的还以为您老是他丈母娘，在护着女儿教训女婿呢！哈哈……”

气得颜宽捂脸叹息，气不过他又指着蔡凤英：“妈，你这纯粹是对我的打击报复，就是因为刚才我不同意你去凤居！”

乐得小行星扔下手中面包鼓起掌来:“爸爸被奶奶打败啦，爸爸是奶奶手下败将！哈哈。”

白小江送颜宽出门道:“林芙蕖的去留你自己做决定吧，我又不懂你们经营的道道。只是我觉得公司跌过跟头，元气才刚刚恢复，要老老实实做企业，不能步子跨得太大，我们再也经不起折腾了。”

颜宽点头:“你说的这个问题我也考虑过，我会和她好好谈谈，毕竟她是公司的创始人啊。”

餐桌上林芙蕖接到颜宽电话:“芙蕖，你的事情我需要再考虑考虑，等我空了我们一起再聊聊吧。”

林芙蕖放下手机沮丧着叹气，儿子阿伦拉住她的手:“妈妈快吃饭，你的早餐都冷了。”

林妈妈放下筷子冲着女儿冷着面孔:“我说你这人怎么这么没出息呢，非盯着一个小老板不放，那个颜宽要是有能耐能中途破产啊?磕磕绊绊这又挺过来了能撑到哪天都不知道，就这种小公司你还死乞白咧地要过去，好歹你也是从美国回来，你这让我们出门老脸往哪搁啊?”

气得林芙蕖瞪眼:“你懂什么?大公司我又不是没去过，就我这种学历只能给人家打下手，要么就做花瓶当摆设，我才不干呢！”

女人愣住转而起身拍着丈夫的肩头:“你也不管管你的宝贝闺女，就知道宠着她。瞧她这出国能耐倒是大着呢，搞得一拖二俩人回来，娘俩都待在家里……唉，这见到街坊邻居让我可怎么说呢?”

放下手中碗筷林爸爸来到女儿面前，男人精明的瘦削面孔堆起笑容:“芙蕖啊，梁伯伯儿子听说你回国了，今晚上要给你接风，把你们打小在一起玩的那几个小子都叫上，现在他们几个混得都还不错，有单身也有离婚的，好闺女听爸的话，你去和他们见见，都是知根知底的，要是能遇到合适的还是赶紧嫁了吧！”

林芙蕖冷笑一声耷拉着眼皮:“一群花痴和白痴！哼，我才不爱搭理他们呢。”

气得林妈妈跺脚直转圈，女人狠狠白了女儿一眼拉起外孙就走:

“阿伦，我们不在这里憋气，姥姥带你出去玩去！”

看着老婆的背影消失林爸爸坐下诡秘地笑了起来：“芙蕖啊，幸好你没遗传你妈的智商，她这种女人只能看到一步远，连三步以外都看不到，更甭说十步远了。你这次从国外离婚回来，又带着一孩子，替人打工我知道，那可不是我女儿干的事情。爸我心里明白着呢，你是要搭着颜宽这艘船到达你的港口，所以就要选定宽古这种有前景的企业杀进去！问题不就是要搞定姓颜的么？对于他这种狡猾、理性的男人吹捧是没用的，爸我是男人我告诉你一条秘诀：你要设法调动他做男人的所有野心！我相信这个男人的内心绝不可能没有血性……”

冷血的笑容浮现在林芙蕖嘴角，她冰冷着面孔：“爸，您说错了，我可不是要搭船，我是要做——船长！”

男人浑身一震暗暗吸了一口气，做了一辈子国企的领导人，他知道女儿这个决定意味着什么，看着女儿的眼睛男人狰狞着面孔一字一句说道：“那就让他闻到……血的味道，只有野性被诱发出来才会跟着诱饵走！”

二十

颜宽进门瞪着眼睛四处寻找白小江的身影，小行星扑了上来缠着他一起下围棋，他推开儿子冲进厨房一把拿掉白小江手中的锅铲急急说道：“高瑜德出事了！夏东生告诉我是辛阿琪的爸爸被捕把他给连根挖了出来，小江，你说阿琪会不会因为她爸的事情躲起来呢？”

惊得白小江抱紧双臂瞪大眼睛：“天啊，我现在浑身冰冷！阿琪那么聪明的人肯定是看到了这一天！当年她突然辞职离开夏南公司……说不定也和这件事情有关。她妈死得早，颜宽你说她现在该有多难过……”

看着白小江泪花闪烁着颜宽忧心忡忡：“你说阿琪那么诡异地就消失了，她……会不会也涉入案件？”

白小江怒吼一声一把推开颜宽：“不可能！颜宽你怎么能这么怀疑

她呢？你忘了她借你的钱全都捐给了基金会吗？她是绝对不会碰那些脏钱的，我以人格保证！”

颜宽把白小江拉出厨房急切说道：“如果辛阿琪不是他们的人，那我现在总算明白高瑜德为什么这么多年一直没有买下夏南生的股份了！原来阿琪早就发现他屁股不干净，所以高瑜德被她盯着不敢浮出水面对夏南公司下手，他赚不到便宜就控制着股东也不让别人买，这种状态下他就是夏南公司的实际控制人。好吧，那我现在就要有大动作了！我们的无人机技术已经超越夏南公司，而且又有林芙蕖带来的海外客户市场，实力早已和夏南不相上下。现在我们要利用高瑜德完蛋的时机尽快扩大影响力，抢占夏南的市场份额！”

惊得白小江倒吸一口凉气瞪大眼睛：“颜宽你忘了夏南生的嘱托了？当初你是怎么帮他公司的，怎么今天全都反了，开始抢他锅里的米呢？你怎么突然变成这样了？”

颜宽跺着脚着急地转圈：“你这人脑袋怎么不转圈啊？你忘了夏南生遗嘱中让我买下他的公司吗？当初我把他公司保留下来，是因为我没有购买的实力，所以那个时候我把夏南公司经营好就是帮助夏南生，现在我有机会进一步壮大以后就可以买下夏南公司，是在完成夏南生的遗愿啊！”

白小江摇头：“可是你这种壮大是通过吸夏南公司的血，最后再反噬掉夏南公司，不是吗？”

愣在那里颜宽定定望着白小江：“你说的也对也不对，首先我没有用任何非正常手段抢夺夏南市场，高瑜德自己出事，是老天成全我。第二我不这么做，高瑜德风波过后公司必定处于低谷，立刻就会被别人低价买走，别人买下公司，基金会就不会存在了。夏南生为什么希望我买？还不是因为我能把基金会保留下来，所以我一定不能让夏南公司落在别人手中，这才是最最重要的！我必须尽快做好布局，你不是生意人和你说不明白，算了，我不吃饭了马上去公司开会。”

看着他急切的背影匆匆离开，白小江愣在那里，她心中一阵强烈的预感袭来：一场看不见的血雨腥风即将拉开厮杀的帷幕……

太阳渐渐隐去，天空的乌云越来越浓重，于旭之驾驶着越野车，坐在副驾驶的吉姆嘟囔起来：“这鬼天气怎么说变就变了，会不会就要下雪了？老于我们还是赶紧回去吧！”

于旭之冲他摇头：“没听过还有抱怨天气的英国人，你们英国的气候能比这里好多少啊？”

瞪着碧蓝的眼睛吉姆尖叫了起来：“God！这里可是西藏的隆喀县啊，前面很快就要到达无人区了，要是下雪我们可就全完蛋啦！”

他竭尽所能地表达了恐惧，把害怕的表情展示给于旭之。

“回去？那你老板要的画怎么办？还有半天的车程就可以看到贡巴山了，我们必须赶在下雪之前见到这座山，否则就只能等到明年雪化了以后才能过来采风，起码要半年的时间啊！”

吉姆瞪眼：“老于，半年能和你一生的生命相比吗？大不了你就不卖这幅画得了，不能冒险！”

鄙夷的嘲笑声从于旭之口中传来：“你们西方人不是都讲冒险精神吗？你的冒险精神哪里去了，哼，看看咱中国的爷们儿！”

听到冒险精神吉姆被噎住，见他瞪着眼睛说不出话来，于旭之得意地笑了起来：“罗伯特这次出了最高的价钱给我，我不能随便就把藏区的山峰画给他，一定要画没有人画过的贡巴山。我有预感这次一定能画出巅峰画作，所以我必须赶在大雪之前看到这座山。”

忽然吉姆眼睛转了起来，他终于找到于旭之的软肋在哪里了，于是叫道：“老于，你冲进危险地带的目的是为了赚取金钱，真正勇士的冒险精神是为了正义和自由！你为了得到金钱已经不惜付出生命代价，这不是高贵的冒险精神，是葛朗台可怕的幽灵占据了你的灵魂！”

像被猛然打了一记闷棍，于旭之瞬间泄气蔫了下来，不禁皱起眉头：“妈的，搞不懂你这个老外中文组织能力怎么比我还好，说得跟文学家似的。”

“NO，语言的形式不重要，你要注重我讲话的内容。罗伯特那里我和他说去，明年你再赚这笔钱也不迟。劝君莫惜金缕衣，劝君惜取少年时。你们唐诗也是这么说的，对吧？”吉姆拍手叫道。

于旭之拍着吉姆的肩膀叹息：“可惜你只懂这句不懂下一句：花开

堪折直须折，莫待无花空折枝！哎，算了，说了你也不懂。兄弟我这么和你说吧，我们中国人还有句话叫做：过了这个村就没了这个店，如果我不卖这幅画，你老板不会等我到明年，他就会在其他地方买到这幅画，也许我就丢掉了此生最大的一笔收入！”

仰望阴云密布的天空，吉姆喃喃自语：“难道油画创作只能沦为生意吗？难道油画不该为艺术而生吗？”

于旭之摇着头：“我只承认你中文水平比我高，别的我还是不听你的罢。”

忽然前方迎面驶来一辆拉萨牌照卡车，吉姆赶紧拉住于旭之手臂：“停车！我要跟着这辆车回去。”

爬上那辆卡车后吉姆冲于旭之大喊：“老于，你尽快回拉萨……”

卡车带着吉姆离去，于旭之迅速驶向前方。

天黑了前方藏人的房舍露出点点灯光，于旭之敲开了一户院门，一位藏族阿妈手提马灯开门，于旭之躬身施礼，得知要借宿以后阿妈领着他进了院子。

这家上下两层的藏舍很庞大，打开楼下房门整个一层都关着牛羊，昏黄的灯光下几只肥大的黑牛正在悠闲地吃着草料。于旭之跟随在阿妈身后开始攀爬宽大的木制楼梯，透过栏杆忽然他看到一只黑牛惊奇的眼睛正在紧紧盯着自己，那双黑亮的瞳仁里面透露着说不出来的浓烈情感，令于旭之心中一颤不禁浑身发麻！他停止爬楼和这只黑牛的眼睛对视着，此刻这双黑亮的眼睛涌动着万千感情和温暖爱意，像是久别的亲人历经了万千时光终又重逢相聚……于旭之无法想象一头牛的眼睛竟然拥有如此复杂的情感，竟然超越了他在人的眼睛里面所看到的温情，这双目光将于旭之牢牢地定在那里……

阿妈回头见他立着发呆便柔声说道：“孩子，上楼来吧。”

进入宽大的房间热气扑面而来，铁炉中炉火烧得很旺，一对夫妇和两个孩子正在围炉吃饭，见客人进来夫妇赶紧起身，热情地邀请于旭之一起用餐。

阿妈和女主人又拿出一些羊肉炖了起来，男人往于旭之碗里倒满青稞酒一边说道：“如果你只要远远地看一眼贡巴山就可以了，那你不用穿过无人区就可以看到山峰，然后赶快回来就好。”

听说不用进入无人区于旭之立刻开心起来，吃完饭后喝着酥油茶他拿出了几百元放在柜子上：“这点钱给孩子们添置点过冬的衣服吧，我先睡了，明天还要早起赶路。”

老人和她儿子对视一眼，两人没说什么，于旭之躺在火炉边的被褥上很快睡去。

一觉醒来阿妈早已将温热的酥油茶和青稞饼做好，吃完早饭后阿妈又将一些干粮塞进了他的背包。天还没亮，母子送他出门上路，男人扶着车门说道：“俗话说望山跑死马，你见到山以后千万不要再往前走，看着山很近，其实是很远的。万一下雪你回不来就麻烦了，记住天黑前务必赶回来！”

告别母子二人于旭之驾车出发，天逐渐亮了，远方的天空太阳从一片红云中跃然而出。于旭之欣喜，这样的天气看来不会有雪。道路前方再也看不到车辆和行人，于旭之加大油门向前方冲去……

已经接近中午，忽然前方出现一片蓝宝石一样闪耀的湖泊，它在阳光下静静地问候着于旭之的到来。在湖边于旭之下车取出干粮，干粮里面滚落出用塑料袋裹好的红彤彤纸币，原来阿妈将钱偷偷放在包里了。

吃完干粮继续前行，过了这片湖泊顿时地平线上跃然出现山峰模糊的轮廓，于旭之心中一阵狂喜，神秘的山神正在前方等待着他的到来！抬起头于旭之看到天空竟然那么、那么的蓝，仿佛已经将他深深地揽入了怀中：

从来没有想过，
天空会让我这么靠近，
像婴儿被母亲拥着
……
隔着尘世的烟云，
行走在清冷的天涯。
耳畔飘过一阵歌声，

仿佛源自天籁
心中的坚冰一点一点地消融……
无需将心灵盛装，
忘记了曾经的跋涉，
只有梦中昏黑的夜
伴着旅者默默前行……

于旭之脑海里面莫名漂浮着这些语句，泪水忽地从他眼中涌出……他流泪不止前行着，忽然前方薄雾渐渐弥漫着袭来，笼罩着山峰和树林，转瞬间天地暗沉凄风四起，迷雾封锁了前方山野……恍惚中于旭之感觉迷雾的后面有着一股强大的力量在凝视着自己，他心中一凛：那是山神端坐在那里，他的眼睛正在雾中凝视着自己！

加大油门他想迅速穿透这片薄雾赶紧看到山峰，可是没想到前方越来越浓重的大雾弥漫开来，整个山峰再也看不到任何踪迹，终于车子也无法行进，趴在方向盘上他大哭起来：“为什么不让我看到你的面孔？为什么到了天尽头却无缘相见？为什么连你也将我抛弃……”

渐渐地心中一个声音响起：这就是宿命，一切都是注定！

愤怒的于旭之猛然调转方向盘向身后驶去，浓雾在他的身后追赶着他的车子……忽然仿佛一阵天籁的声音从空谷中响起，“刷”地一束阳光像利剑一样从天空中穿透进入浓雾，雾霭瞬间散去……

突然于旭之感觉身后一双眼睛向他直射而来！他疯狂踩下刹车猛然转身回头：

灿烂通透的金色阳光之下，前方巍峨的山峰端坐于天尽头，那是山神的眼睛正在凝视着于旭之！

苍穹之下于旭之就这样和那双灵魂的眼睛久久地对视着……

我看到了你的面孔，
等待我的山神！
你是天地间唯一的净土，
你是这个世界最后的美丽……

你告诉我这个尘世还有心灵投靠的天堂、
有快乐的彼岸、有丰富的神奇，
生命感知着生灵的缘起，
天尽诠释着存在的真谛。
我知道了蓝宝石一样的湖水
是高贵的雪域灵魂，
是陪伴着你的伴侣。
浓雾弥漫的忧伤是你的秘密，
让尘世最纯真的情感
回归到最纯洁的圣地
……

于旭之不断抹去眼泪呢喃着，山雪覆盖着青色的山峰在阳光下灿烂地闪耀着，整个山脉并不宽大也不高耸，却给人以莫名的神圣和庄严。于旭之走下车子“扑通”跪倒在地，凝望着眼前的山峰，他坚信那是山神的灵魂在凝视自己，敬畏之心让他不敢拿出相机拍照，这个他与之对话的山峰将永远定格在他的灵魂深处，永远伴随着他的生命，此刻天地之间仿佛只剩下他和这个山峰的存在，这个世界所有的过往和未来都已消失不在……

抹着眼泪于旭之行驶在回去的路上，阳光逐渐隐去，天色开始灰暗起来，黑色的乌云很快布满了天空，导航还是没有信号，说明是在无人区！一阵恐慌令于旭之疯狂加大油门，像是死神的名片终于飞来一样，雪花还是从空中飘落了下来！

疯狂行驶着终于驶出无人区，可是越来越浓密的大雪迅速将路面上变成一片白色，已经看不到道路的任何痕迹！看不到回去的道路，恐惧顿时击穿了于旭之，只能凭着感觉行驶在白茫茫雪地之中，抑制住颤抖的双手，汗水迅速湿透他的衣衫，从未想到有一天雪花竟会让他如此的恐惧绝望，仿佛看到地狱之门已经在前方为他打开，于旭之浑身颤抖着握紧方向盘奋力踩下油门……

忽然前方出现一片向下的陡坡，高速行驶的车子瞬间以最快的速度冲了下去，惊恐的于旭之下意识地猛踩刹车，车子腾空而起向山坡下面滚落而去！……

不知道过了多久于旭之的眼前出现红彤彤的一片，浑身也随之刺痛起来，终于他恢复了意识，抹去蒙住眼睛的血水，他发现夜幕马上就要降临，原来自己的车子已经坠入山下的乱石之中，驾驶室扭曲得变形，他试图挣扎起来，可是变形的车门将他身体卡在驾驶座上丝毫动弹不得。挡风玻璃早已粉碎，可以看到前方的斜坡下面是一片平地，破碎的反光镜只剩下一角，于旭之扫了一眼这角镜片，破碎的镜片里面竟然映照着深深的河谷！

瞬间他魂飞魄散：原来身后不仅是断崖，下面更是滔滔的江水，而他的车子就立在悬崖边的石头之上！他这才明白车子是从山坡上滚落下来，掉入悬崖边这几块石头之间的夹缝，这才没有滚入下面的河谷。

想到再过几个小时自己就会被活活冻死，泪水混合着血水滚落下来，生命将终止在这个雪天的断崖之上，这是于旭之从来没有想到过的。虽然他在藏区曾目睹过前方车子滚落进入万丈悬崖，可他还是没有想到自己在贡巴山途中就会失去性命。吉姆说得没错，是金钱的驱使让于旭之连生命都在所不惜！

天彻底黑了下来，他的四肢已经开始麻木，这时脑海里面突然浮现出贡巴山图像，他坚信自己的这一幕山神都能够看见。于旭之用尽全身力气呼喊祈祷着：“山神啊救我！我的山神祈求你救救我……”

猛然一个火花在于旭之脑海里面炸裂：充电的马灯在驾驶室里面！

那个马灯他记得上车前被吉姆扔在脚底，竭力移动冻僵的身体摸索着副驾驶座位下面，可是冻僵的手指实在不能再伸出一点点，绝望中于旭之用尽最后一点力气将身体从座位中用力一拔，猛然整个车身晃荡起来！瞬间于旭之全身的血液涌上脑门：天啊，原来是车子后轮早已悬空在悬崖上面！此刻于旭之心脏已经停摆……

就在这晃荡的一刻，一个东西碰触到他手指尖端：是马灯！顿时他一把抓住马灯，用僵硬的手指戳亮了开关，瞬间刺眼的光亮照射着驾驶室，艰难地将马灯挂在反光镜上面，现在可以清楚地看到前方山坡下面的雪地。

可是照亮这里又能怎样？谁会在这个时刻出现在这里？绝望中于旭之凝望着飞舞的雪花泪水滚落……

光圈之中忽然两重光晕重叠起来，一个藏话的声音在光晕中响起：“喂！——有人吗？你那里是怎么了？——”

一个激灵，于旭之心脏骤然狂跳起来：有人来了！真的是有人来了！

雪地上是一个骑在马背上的藏族男人，于旭之用尽力气呼喊：“救命！——”

男人摇晃着手里的马灯大喊：“你是一个人吗？”

猛然于旭之想起车子是悬空在悬崖上面，如果这个男人上车抢救自己，那后果就是将会把他也带入悬崖下面的山谷！但是男人在车身前方是发现不了车子后面危险的，为了百分之一活着的机会，于旭之奋力喊道：“我动不了啦！求求你救救我——”

男人骑着马在光圈里面转了几圈，看来他是在思考抢救于旭之的办法，忽然光圈一闪他驾着马匹飞奔着离开了！于旭之的心脏瞬间堕入地狱。

茫茫的雪花飞舞着，于旭之看到了死神已经降临，带着他行走在地狱的大道之上……

不知道过了多久耳畔忽然传来一阵发动机的轰鸣声，迷糊中的于旭之意识顿时回来，睁开眼睛他不敢相信眼前的一幕：前方光圈之中，一辆中型农用车车厢后头一根钢丝绳拉住于旭之的车头，正在奋力发动马力向前拉动着，柴油发动机的马达声响彻了雪地的夜空，微弱的意识中于旭之立刻想到：如果农用车重量及力度不及自己的越野车，那么这根钢丝绳定将农用车及救他的人全都拖入悬崖之下！

轰然于旭之眼前一黑……

一片温暖的热浪中于旭之睁开眼睛，一个藏族青年男人黝黑的面孔正在凝视着自己，见于旭之醒来他拿起一瓶白酒晃动着：“你的皮肤都被玻璃划破了，要等到天亮才能带你去医院，现在我要给你脸上、手上都洒上白酒，忍着点啊。”

于旭之点头，这时一个藏族瘦高女人端着碗过来对男人说道：“桑腾你等等，他身子弱，让他先喝了这碗羊奶你再清洗伤口，不然他会受不了的。”

她漆黑的发辫盘在头顶，黑红的脸庞两只大眼睛温暖闪亮。桑腾扶起于旭之喂他羊奶进入口中，浓香的热乎乎羊奶让于旭之浑身热了起来，眼泪也滚滚落下。重新躺下，桑腾将白酒洒在于旭之的脸上、手上，钻心的刺痛让他大喊了起来。

“你放心睡觉吧，明天医生会给你缝补伤口。”桑腾起身和妻子就要离开，于旭之一把拉住他，挣扎着跪在地上泪水滚落下来：“兄弟……我的车子在悬崖上后车轮是悬空的，可是我……瞒着你让你救我，差点让你一条命也没了！我……我不应该啊！”

说完他伏在地板上呜呜痛哭起来，夫妻两人对视一眼，桑腾向前扶着于旭之起身：“我从小到大住在这一带，不用你说我也知道你的后车轮已经悬空了。不是你让我救你的，是我的心让我必须去救你，如果我不去救你，那这一世活着我将无法面对自己的心，死后也是无法见到佛的！”

顿时排山倒海般的巨浪狂涌在于旭之的心底，他的疼痛不再是来自于伤口，而是心底。于旭之痛恨着自己的灵魂，这种痛恨让他前所未有地思考着：作为一个人，自己和眼前的同样也是人的桑腾到底有什么区别?!

……

一片朦胧的光影之中，一个声音在于旭之耳畔响起：“劝君莫惜金缕衣，劝君惜取少年时。花开堪折直须折，莫待无花空折枝。劝君莫惜……”

脸部被重重纱布缠裹着的于旭之慢慢睁开眼睛，一个天蓝色的眼眸在注视着自己，是吉姆：“你醒了吗老于？你说的梦话都被我听到了，你在和山神对话……”

吉姆惊喜的眼睛看着于旭之，仿佛他发现了惊天的秘密。泪珠从于旭之眼中滚落，能和半路逃跑的吉姆重新相聚，仿佛是经历了一世的轮回重又相逢。吉姆缓缓摇头：“老于，你变了！你的眼睛……我很陌生，你的灵魂再也不是我们分别前的那个于旭之了。医生已经将你的伤口缝好，你将变成卡西莫多，一个脸上有着伤疤经历过生死的男人……天啊，将会有多少女孩爱上你啊！想想都让我嫉妒。”

那个曾经穿越地狱之门的灵魂沉默着，他的眼睛看向病房窗外的澄蓝天空……

拉萨的春天到来，吉姆来到于旭之画廊，一个长发大胡子男人开门迎接他，吉姆吓了一跳：“老于，你怎么变成这个模样了？”

看到画廊墙上空空什么画都没有，所有的东西都打包好整齐堆放着，吉姆愣住瞪着眼睛：“难道你要离开拉萨？”

于旭之也不回答领着他进入里面画室，突然迎面的一张巨大油画令吉姆浑身一震，他惊得呆立在那里动弹不得：

画布上阳光和薄雾交织之下的一座山峰屹立着，不高的山峰脊梁平直，威严安静地耸立着，山顶被山雪覆盖，阳光穿透薄纱一样的雾霭笼罩着山巅，如同被蒙上一层预言般的神秘。吉姆感觉到画中的维度空间独立存在于现实这个空间之外，一种无法言说的强大超自然能量从画布中溢出，令他清晰地感受到自己的灵魂被摄入那个维度……

吉姆喃喃自语着：“山神！……不可思议的山神，我感觉他在凝视着我！天啊，我的灵魂被他带走了……，老罗伯特看到这幅画一定会昏倒的，现在我的脑袋一片轰鸣，一个声音在对我说：最后的山神！”

凝视着山峰于旭之缓缓说道：“我画了它半年，一边画一边和它对话，我一直称它：我的山神！那就叫祂……《最后的山神》。”

吉姆马上开始拍照，于旭之制止他：“吉姆，请你帮我把其他的画都卖掉，但是只有这幅画除外，请你和罗伯特原谅我吧！我马上就要离开拉萨回北京了。”

吉姆呆在那里惊叫着：“老于，你疯了？你付出那么大的代价不就是为了完成罗伯特给你的任务吗？难道你以后不做画家、不再卖画吗？”

摇着头于旭之凝视着山峰:“使命不会和生命分离，他人的未来并不是我的未来。我的生命早已留在这座山里陪伴着祂——我的山神！……吉姆，今天的我已经不是再为我自己而生，我要还给山神一个崭新的于旭之。我的山神将告诫我未来的生命，所以我不会卖掉这幅画。”

吉姆瞪着的眼睛渐渐生出光芒，他频频点头:“我明白了，用一个词形容你:重生！没有你灵魂的重生，就不可能有这幅神奇画作，老于，你是真正的勇士，我的榜样！”

两人紧紧拥抱。

夏南生的墓地前一个大胡子长头发男人到来，头发胡须遮住了他的半个面孔。男人点燃了一炷香然后打开一瓶白酒，他将酒水徐徐洒向坟墓面前，泪珠也同时滚落在他的面颊和胡须上面:“南生大哥啊，旭之看您来啦，从此我不回拉萨了，我要在你的基金会干一辈子！哥啊，之前我不明白你为什么非要离开这个世界，现在我终于知道你内心的想法了，可是你错了！你应该活下去，我现在才知道原来人的灵魂是可以活两次的，当我们知道这个宇宙世界真相、知道人生的秘密和使命的时候，我们的生命其实才真正开始，所以生命是可以重启的啊！”

抚摸着墓碑上夏南生的照片于旭之热泪纵横:“南生，你的同学因为救你死了，可是你知道吗:他在救你的那一瞬间根本来不及想到他要去成为救人英雄这些念头，他救了你，那是他本有的人的本能，我相信救你的那个同学直到被淹死，他都没有一秒钟想到自己的生死安危！兄弟，你想想看，真正的英雄怎么可能会为了成为英雄而去赴死呢?那些赴死的英雄一定是为了正义、自由和人性！那些勇士无论在什么情况下都会为了心中不死的精神去赴死，而不会是为了那个虚空的名目去赴死！所以只要舍弃虚空名目就和过往的生命再也不会重合，灵魂就得以重生了！

“南生，是你让我去西藏修行的，你知道吗，藏族人给我最大的宝贝就是让我学会发现自己内心的极细念，去发现自己的每一个念头后面其实还隐藏着一个又一个念头！让我们一定要去深挖到那些被我们隐藏起来的念头到底是恶念还是善念？他们认为这种寻找和研究自己心中的每一个念头、深挖到每一个极细的念，是每一个人生下来就必须学会的课程，只有这样才能去掉我们身上累生累世带来的习气，也只有这样才能发现自己的恶念，才能删除掉内心的罪恶，从而才能培养出自己的善念。可是这种极细的念，僧侣找到它们都不容易。所以人的一生只有培养出这样的习性才能避免将自己的一生铸成错误的人生，也只有这样才能在死去的时候不下地狱得以进入佛国！而其他民族的习惯是停留在自己粗显的念上面，发现不了极细的念，更没有习惯再把自己内心的世界挖掘出来仔细研究。因此这个世界是由我们心中的每一个念头决定的，我们的宇宙、地球、国家、社会以及我们自己的人生，这所有的境遇、所有的一切，其实都是由我们内心的那一个一个念造就出来的。所以只要我们能够改变自己的心念，能够忏悔我们犯下的过错，这个世界就可以改变，一切就都可以改变了啊！

"活着才能更好地赎罪、忏悔，才能为众生造福，所以南生你干吗死啊？……"

哀嚎的哭声中夕阳开始渐渐坠落，暮色下于旭之蹒跚着离去。

谜生门口，一个男人的背影立在门旁的木制对联前，他的手指沿着每个字的凹槽一遍一遍地抚摸着。小行星隔着玻璃门好奇地凑到男人脚下，看清了他的面孔后迅速起身大叫："妈妈，门外有一个大胡子爷爷！"

于旭之推门进来，一位长相甜美的年轻姑娘招呼他："先生请进！您……"

他冲姑娘点头后也不说话径直走向画室门口，看向正在画画的白小江："小江……"

抬起头白小江看到眼前这个男人长长的头发垂在额前，浓密的胡须掩去了大半个面孔，那双熟悉的眼睛噙满了泪水："小江，我……回来了！"

"旭之！你……怎么成了这样？我都认不出你了！"白小江惊

叫着。

拉着他坐在沙发上，白小江赶紧对姑娘说道：“田娜你快把店门锁上，赶快泡茶。”

于旭之抱着小行星在怀里：“孩子都这么大了。”

拨弄着于旭之的头发和胡子，小行星大叫：“你的脸上怎么有这么多伤疤呀？”

白小江从抽屉里面找出那盒茶具，打开盒子，七色的杯子和白色茶壶依旧颜色清亮。她将绿色的茶杯递给于旭之：“给，你的杯子，新的人员又加入，这只黄色的杯子我给田娜用了。”

端详着杯子于旭之叹息着：“物是人非啊，南生的这些杯子都还完好如新，可是……他和黑子不在这世上却已经很久了。谁都以为这些杯子是被我们所主宰、拥有，可是生命却早已灰飞烟灭，而它却丝毫没有改变，剩下的我们也早已是面目全非……”

看到沧桑的于旭之发着感慨，白小江知道他遭遇了非同寻常的事情。看到画板上白小江的画后，于旭之频频点头：“‘心如工画师，能画诸世间’。我们笔下画出来的世界都是由心里先想出来的，我们的心什么样也就把这个世界最终变成了那个样子。小江，我不回拉萨了，我要去夏南基金会工作，另外我在西部成立了孤儿和失学儿童救助中心，我的收入以后都会捐给这个中心。”

白小江研究着于旭之：“旭之，你的一切都变了，你是一个不会轻易改变的人，到底发生了什么？”

于旭之喃喃自语着：“……我在藏区差点死去，一个藏族人救了我。我欠上天一条命，所以我无法再为自己活着了。”

“明白了。”白小江频频点头，她知道这个世上从此又多了一个醒来的人。

夜晚的66大道安静下来，小江和田娜围坐在于旭之身旁听他的故事，小行星也放下手中的画笔听得出神。

……

离开拉萨于旭之并没有回北京，他来到四川的北川，跟随着放学的孩子们一起回家，他们先是乘坐着颠簸的汽车到了河岸的渡口，坐上渡船到达了河对岸以后，再徒手爬了二十公里的陡峭山路之后最终到达山顶孩子们居住的村庄。当看到这些孩子们的家中竟然全都是家徒四壁一无所有时，于旭之默默无语坐在了门槛上，捂住面孔他看到夕阳在他的指缝中缓缓地坠入了山下……

他又来到凉山……就这样他一座山又一座山地走着……

忽然他的手被小行星柔软的小手拉住，孩子大大的眼睛像星星一样闪烁："叔叔，我们的宇宙飞船不是已经飞到月球上了吗？那些孩子回家怎么还要爬那么高的山？没有飞船送他们上山吗？我在公园坐的索道也可以爬山啊？"

三个大人看着他愣住，那个黑亮的瞳仁里面映照出三张面孔上瞪圆了的眼睛……

二十一

国贸林立的一幢大厦中，文飞飞紧张地走出电梯，这一层并不是什么公司而是一个男女交友中心，飞飞心想婚介所美其名曰交友中心，或许可以让大龄的女人减少些许压力。她选择了位于国贸中心的这个交友平台，毋庸置疑来这里相亲的都是在附近工作的白领，如果能够领着一个穿着高档西装手拎公文包的金融男回家见父母，那样的人生将会是何等的开挂啊。想着这个美好的场面，飞飞不禁面露出得意的笑容。

接待处的女人不露声色观察着飞飞的外形、衣着和所有的举止细节，当她听到飞飞抱怨男孩总是逃离自己时，女人嘴角露出一丝不易察觉的冷笑，瞬间她用温暖的关切目光掩饰了这一微表情。经过一番对话了解之后女人柔声说道："文女士，通过您所提供的资料和需求，我们的数据为您匹配了一位在北京某企业工作的男士，本科毕业，但是暂无房，您可以和他见面吗？"

没等女人说完飞飞连声说道："可以！可以的，我家有几套房呢，那都不是事。"

女人微笑着点头，趁着转身的当口她狠狠白了飞飞一眼，两人来到一间粉色的小隔子间后女人倒上咖啡离开。门打开周涛进来，年轻的男人中等个头人很瘦弱，清瘦的面庞上一双大大的眼睛，一件质地普通的浅灰西装让他的面色显得更加青黄。他礼貌地问候飞飞，见他这个样子飞飞心中略显失望，想起街头那些穿着笔挺名牌西装、昂着高傲头颅的男人们，眼前这个周涛显然是和他们生存在两个世界里面。

见周涛坐下立刻飞飞问道："周先生您的公司是做什么的？你们收入和那些金融白领相比……差别大吗？"

瞬间笑容冻僵在周涛的脸上，低着头看着杯中的咖啡他轻声说道："你在这里只想找到那样高收入的男人，对不起我不是！"

说完他起身就要离开，惊得飞飞立刻飞身拉住他的胳膊："喂，你先别走！实在对不起，刚才是我说错话了。你看我俩来都来了，一起聊聊呗，有啥说啥，你……骂我也行！"

飞飞继续用乞求的目光看着周涛，重新坐下周涛问道："你觉得我们还有话可说吗？"

"那可不一定，说不定聊着聊着我们就能相互发现对方的优点呢。"说着飞飞开始得意地昂起下巴："我啊虽然不是很聪明，可我其他条件还是挺好的，再说了我还长得这么漂亮！你呢，说说你吧。"

她的大眼睛开始期待地看向周涛，摊开双手周涛说道："那我就和你实话实说了吧，我老家在农村，爸妈在外打工十几年，两人一辈子赚的钱都拿出来投资我舅舅开的工厂，结果工厂还没开业我舅舅就带着所有骗来的钱跑路了。我爸一下子就疯了，失足掉进了河里淹死，我妈哭瞎了一只眼睛也不能干活了，只能靠我姐姐养着。姐姐出嫁后妈妈寄居在她家里，我考上了北京的大学，全靠姐姐、姐夫供养才能修完学业。我和姐姐约定好由她照顾我妈，但我必须出钱养家。逢年过节姐夫家里人一堆老小的，所以我也不能回去，就这样我只能一个人在北京漂着……"

飞飞听得呆了，愣在那里好久才冒出一句："你家怎么……怎么这么惨啊？你是我见过最惨的！"

苦笑着周涛调侃自己："我不算啥，比我惨的、可怜的人多的是，不过啊你这么直爽也让我彻底明白了，在北京期待找到一个女孩陪我一起惨，这才是最白痴的事情。”

飞飞这才想起两人为什么坐在这里，她顿时难过起来：“我……我们……虽然没有婚姻的缘分……”

立刻周涛伸手制止她：“打住！你该干吗干吗去吧，我要是和你这个北京姑娘谈婚事，那我可是真傻了！”

“不是的……”飞飞难过起身，拉着周涛的胳膊嗫嚅着：“我们……还可以做朋友啊！你就当我是你哥们，过年过节我都可以陪你，我俩……随时随地可以吃饭、聊天。”

凄凉的笑容浮现周涛的面孔：“你是我见过最善良的女孩，谢谢。”

说完他转身离开，看着他的背影飞飞忽然眼泪就要下来，为周涛更为她自己。

深夜的小酒馆只有一个客人坐在那里，周涛默默地喝着二锅头抽着香烟，桌上的一碟辣椒炒肉根本就没有动过筷子。高高的吧台上面露出老板花白的头发，一个年轻的服务生垂手站在店堂看着周涛背影默不作声。

午夜，周涛起身缓缓走向门外，吧台后面苍老的眼睛终于抬了起来，目送着他走向黑夜……

门，在他身后轻轻地关上。

几个月后：

于旭之宣布和田娜订婚，周末艾米和飞飞赶来谜生庆贺。喜气洋洋的于旭之和田娜欢迎着大家到来，他整个人焕然一新，长头发大胡子都剪去，虽然脸上疤痕明显，因他面相和善也并不令人害怕。白小江将黄色的杯子拿给田娜，看着于旭之和田娜她感慨说道：“这只杯子注定是于旭之妻子的杯子，当年黑子这么说过……”

说到这里她哽咽着说不下去，于旭之给各人杯中倒上茶水，也给蓝色和红色的杯中满上，他轻声说道：“南生、黑子，今天我订婚，大伙都重聚了。”

白小江笑了起来："趁着今天好日子，我再宣布一件事：从今天开始由田娜代我管理谜生，全面负责画廊的所有业务。颜宽太忙我要回家照顾孩子、专心作画，老于又经常去西部，艾米和飞飞你俩以后要多来帮帮田娜啊。"

艾米皱着眉头看向白小江沉默不语，飞飞立刻跳了起来："我是谜生终生义工，现在就开始干活。"

大家都起身招呼客人去了，艾米沉脸拦住白小江："慢着，我有话对你说。"

见她从未有过的沉重表情，白小江知道她有事情，于是两人进入办公室。关上门艾米问道："我在谜生工作那么久，付出那么多，可你为什么却将谜生交给田娜管理？就因为她是于旭之的女朋友吗？除此之外你还能告诉我别的理由吗？"

没有想到艾米会问这个问题，白小江愣住："在于旭之还在西藏和田娜没有任何关系之前，我就决定由田娜管理谜生了。"

愤怒的艾米挥舞着双手："谜生所有的苦日子我都陪着熬过来了，现在是谜生最好的时候，可你却把它拱手交给一个刚来的黄毛丫头，而且她的专业又不是美术，你为什么不选择我？虽然你帮我在房地产领域得到了职位，可是成为画廊管理人那可是我们这些学画人的梦想啊，实话实说小江你很令我伤心！"

白小江点头："那好，我今天必须对你说些刮骨疗毒的难听话了！这事本来就不能依据在谜生工作的时间长短来决定，另外管理者是画商的性质，所以负责人没有必要是个画家。选择田娜最根本的原因就在于她具备一个管理者的基本素质，细节决定成败，一个成功的管理者必须具备冷静的理性思维，而我认为你并不具备这些特质。田娜冷静、理性，心细如发，最重要的是她具有观察、吸纳别人优点的优点，并不断优化自己的能力，这些特质不是常人所能具备的。她能从任何一个人或者任何一件事情上迅速做出分析、判断：哪些方面是她所不具备的优点，哪些是她参照以后必须去掉的缺点，并且立刻锲而不舍、坚决做到！这是一种非常可怕的个性，这种人做任何事情都会达到极致的成功。起码你现在的言行、思维都不具备做谜生的管理者。你知道我为什么退下让给她管理吗？就是因为我自认为没有她这么强的能力，所以我只是发现了她这个人才而已，并不是因为我对她有个人的感情色彩，从感情上她无法代替你在我心里的位置。”

艾米嘴角泛出冷笑：“哼！一个黄毛丫头员工而已，怎么可能有这么大的能耐？你这是在袒护她！”

气得白小江直摇头：“那是因为你的眼睛只会向外观看而从不会反向观照自己，没有反省的人生是永远不会前进的。有无自我观察、自我反省意识就是人和人之间最大的区别！”

看到白小江坚决否定自己，艾米难过起来：“得了，我承认你说的有道理，那我是来自小农意识的原生家庭，怎么能和北京孩子的情商相比呢？”

“不对！”白小江立刻制止她：“不能什么都推给原生家庭，你受过高等教育，有自我的管理意识是最基本的吧？”

艾米继续辩驳着：“那说明是教育出了问题，我又不是学哲学的，谁给你探求心灵的哲学修养了？”

白小江气恼地点着艾米鼻子：“你看看你艾米！你永远都在抱怨外在的问题，而从不对自己的内心进行反思和修正，就你这样还怨我不让你管理画廊，你回头想想就你说的这些话你能管好画廊吗？你现在知道自己和田娜到底差别在哪里了吧？……坏了，小行星马上下课了！你先想想，我们以后再聊。”

拎起提包她就往外跑，艾米翻着白眼：“谁能说过你的大道理？走你的吧！”

见房间没人艾米沮丧地坐在转椅上开始打电话：“喂，明超……”

来到车子跟前白小江才发现汽车钥匙忘在办公桌上了，她急促返身向谜生走去。

转椅上艾米冲着电话抱怨：“小江怨我没有进行灵魂反思，那她要是灵魂反思得好，颜宽怎么能趁着夏南资金链断裂的时候吞掉夏南公司呢……”

忽然艾米身后传来一声惊叫：“什么？——夏南资金链断裂了？……”

吓得艾米一骨碌从椅子上滚落下来差点跌倒在地，白小江扑到艾米身上，抢过手机怒吼着：“刘明超！夏南公司资金链断裂是怎么回事？告诉我颜宽到底又是怎么回事？！”

吓得刘明超在电话里语无伦次：“啊……就是……就是金融机构抽回了投资……”

白小江摇晃着放下手机，瞪眼看向艾米，惊得艾米赶紧抱住她胳膊大喊：“小江你别听我瞎说八道！——什么资金链之类的我根本就不懂，都是我瞎扯，不是真的……”

白小江指着艾米的鼻子脸色煞白：“说，刘明超的原话到底是怎么说的？”

艾米伏在桌上抱住脑袋不敢看向白小江，她回忆在家中的一幕：

艾米冲着刘明超抱怨：“小江不给我管理画廊的机会，这么多年的交情都不顾了，明超，这次我真的伤心……”

刘明超亲着她的额头安慰道：“亲爱的有我爱你就足够啦，说交情那都是骗人的。你要永远记住：人性是经不起考验的！要是真有交情的话……宽古公司哪能趁着夏南资金链断裂的机会收购啊？”

谁知艾米听了这话不让了，她环抱着刘明超脖子撒娇：“你说人性经不起考验，说明你对我的爱也是经不住考验喽，哼，暴露了吧？”

指着艾米鼻子刘明超大笑：“傻帽，我所有的钱都给了你难道还经不住考验吗？金钱说明了什么，金钱才能考验爱情啊！”

艾米立刻用唇堵住了他的嘴，两人吻在一起……

想想这些话怎么能回答白小江的问题呢？艾米捂住面孔死命地摇起头来。

白小江让田娜把小行星接到家里，她开车疯狂驶向夏南公司。

见小江离开艾米冲着电话急得直跺脚：“明超，这可怎么办呀？就她那驴脾气非把天捅个窟窿不可！”

电话里面刘明超怒吼：“你还问我怎么办？还不是你这张破嘴惹的祸！这是两个公司之间的事情，我什么时候说过颜宽名字啊？你这个女人……成事不足败事有余！”

艾米急得哭出声来……

站在刘明超办公室宽大的玻璃窗前，白小江扫视着整个夏南公司，看上去没有任何异常的公司竟然已经资金链断裂，直觉告诉她此刻这个公司早已被一场阴谋笼罩其中，夏南生日记里面的那些话浮现在她脑海……

缓缓转过身来白小江凝视着刘明超，她沙哑着嗓音："说吧！"

竭力保持平静刘明超看向桌面的一摞报表："公司……正如报表中看到的那样，一切经营指标都很正常，包括利润。只是因为融资方切断了流动资金的供给，所以资金链……断裂。"

紧盯着刘明超的眼睛，白小江连珠炮般发问："那你是以什么方式融资？投资机构又是哪些？融资方为什么要切断流动资金？作为一个资深经理人你为什么要回避这些重点？"

刘明超瞪着眼睛冷笑起来："小江你别忘了这是在夏南公司，不是你们家的宽古公司，我凭什么要向你汇报经营上的秘密？虽然你也是夏南公司的员工，可是你我分别负责两个区域，管好你自己的基金会吧，我这里的事情用不着你操心！"

说完他一屁股坐在转椅上看向窗外，不再搭理白小江。隔着巨大的办公桌白小江瞪眼说道："凭什么？凭着夏南生用生命告诉我们的良知！你忘了我们两人都不是夏南公司的普通员工吗？如果你不是他的同学、我不是他的朋友我俩也许谁都不会在这里工作，所以我有资格保护夏南生的财产！如果颜宽参与了这件事情，那我就更有资格调查！"

猛然她怒睁着眼睛一声怒吼："还有什么藏着掖着的？说！——"

吓得刘明超浑身一哆嗦，他万万没有想到从来都是内敛、安静的白小江竟然有着这么凶悍的一面！他迅速坐直了身子强作镇定："主要融资方式是……发债，我们还……接受了一些信托资金，还有……银行通过券商资管给的非标的资金……，可是白小江，这些全都是股东会同意的融资决策啊！"

公司竟然选择这么多的高成本融资！白小江倒抽一口凉气如同掉入冰窖里面，心中一个声音传来：夏南公司出大事了！

方睿公司出事的时候白小江天天和会计、律师研究报表和融资方案，所以她对公司的债务和融资深入了解。刘明超仍然瞪大眼睛辩解着，竭力证明这些都是股东会的决定，白小江知道高瑜德入狱以后股东会失去了主心骨，他们很难再有以往的正确决策，于是她拧着眉头的面孔更加阴沉，凌厉的眼神像一把利箭射向刘明超：“报表上根本看不出融资方式和融资价格！除了银行贷款、券商的发债是低成本之外，为什么还要接受这么多高成本的融资？以夏南这么好的经营现状，融资机构完全可以提供低息资金！股东会又为什么会同意这么做？还有，这件事情和……颜宽到底什么关系？”

颤抖着她终于说出了“颜宽”两个字，白小江已是浑身瘫软，此刻她的每一寸肌肤都被冰霜冻结，看着她闪烁着蓝色冰人一样异光的眼睛，刘明超嗫嚅着：“因为……，因为我们的无人机市场份额被……宽古公司占据很多，所以融资机构才上门来营销资金，建议我们扩大研发经费，从而以保住龙头企业地位，所以……股东会才接受高息资金。”

听到“宽古公司”几个字时，顿时白小江脑袋一片空白……

来到财务处白小江询问财务总监那些融资机构是谁介绍给公司的，总监说大多是金融机构自己上门来营销，他们怂恿公司扩大研发资金以维护市场龙头老大地位，从而才能打败宽古公司。失去了高瑜德的幕后操纵，夏东生同意了这些方案，送上门的没有低息资金，结果很快利息支出就让公司不堪重负，现金流受阻还贷付息困难，几家融资机构见付息不及时就一致切断融资源头，恶性循环以后公司几乎就要停产，没有想到就是这个原因让多年顺利经营的公司进入了崩溃的边缘。

听到金融机构同时给公司断贷，立刻白小江跳了起来：“是各家金融机构同时切断资金来源吗？”

总监思忖着：“差不多吧……但是现在我们有救了，你家宽古公司不是在收购我们嘛，颜董事长说我们的流动资金问题他会马上解决。不说了，我要赶快准备并购材料去了……”

绝望淹没了白小江：原来颜宽已经开始收购夏南公司，而他竟然对自己封锁了所有的消息！她的心脏阵阵绞痛着，不知道怎么离开的夏南公司，驾驶着车子她驶向宽古科技位于的轻工业区。

凝望着西方天空的落日，白小江心中哀嚎：夏南生你对身后事做出种种安排，那个时候你能否预料到公司今天的这些遭遇？此刻她的体内仿佛万匹烈马在奔腾嘶吼，撕裂着她的身体响彻云霄，翻滚的烟尘渐渐逝去，夕阳下只留下一条血迹斑斑的大道……

宽古科技公司门口，保安认出车中的白小江立刻恭敬打开门："夫人请进！"

进入公司大厅，前台漂亮的接待员慌忙跑来迎接："夫人您来啦？"

白小江和她颔首微笑，姑娘恭敬地陪同她进入电梯一边害羞说道："上次年会上我还和您合影来着！"

"是吗，我记起来了，你就是跳孔雀舞的那个姑娘对吗？"指着女孩白小江忽然想起来，女孩惊喜地捂住嘴巴："天啊，您竟然记得我！真没想到……"

走在通向董事长办公室的走廊，白小江发现此刻这个通道无比的漫长，看着走廊尽头的那扇门，她知道自己在进去的那一刻，她的人生将从此坠入巨浪翻滚的大海……

抬起手刚要敲门忽然门自己打开，原来是颜宽的秘书孙凯手里抱着一堆资料出来，见到白小江顿时他惊得瞪圆了眼睛："啊！白姐——，您……来了？"

白小江冲他点头："老颜在里面吗？"

孙凯没出声盯着白小江眼睛缓缓点头，白小江推门进屋，望着她的背影孙凯愣在门外。

轻轻关上门，白小江抬脚踏上了崭新的澳洲羊毛地毯上，好久没来一切都变了，这里所有的装饰全部焕然一新，连沙发也换成了硕大的真皮沙发……进门是会客室，中间通过圆形拱门才是颜宽的办公室。白小江收住脚步看到窗外的夕阳正在一点一点地坠落下去……

收回了视线，她踩着脚下羊毛地毯走到了会客室中间，转身向里面的办公桌看去——

宽大的赭红色办公桌后面林芙蕖正坐在高大的真皮转椅里面，颜宽则屁股坐在办公桌上他面向着林芙蕖，两人的头依靠在一起正在低语着什么……

越过颜宽的肩头林芙蕖忽然发现前方地毯上立着一个女人的身影，待她发现那个泥塑一般的身影是白小江时，“倏！”地她从转椅上弹跳起来，像是见到鬼魅一样瞪眼看向白小江。看到林芙蕖惊惧的面孔颜宽迅速转身，当他看到眼前是白小江时，立刻跳下桌子呆立在那里，办公桌后面两人苍白着面孔、眼中变幻着各种颜色的异光。

眼前一片白光闪现，白小江瞬间进入一片虚空……

桌子后面两人仿佛同时惊醒过来，林芙蕖立刻起身离开颜宽走向白小江，轻声问候：“您……来啦！”

凝视着林芙蕖的眼睛白小江点头然后看向颜宽，她缓缓开口：“刚刚听说贵公司开始收购夏南公司，而我竟然一无所知，所以……过来看看。”

颜宽眼中的异火逐渐熄灭，颓然坐倒在转椅上低头看着眼前的水晶茶杯，那是白小江送给他的生日礼物，此刻这个杯子的杯口上残留着一块口红的鲜红印迹，像鲜血一样刺人眼目，他迅速将杯子拿到电脑后面。

看到白小江静静投向颜宽的目光里面没有一丝内容，林芙蕖的内心忽然升起前所未有的恐惧，朱红的嘴唇显得面孔更加苍白，她轻声说道：“我……去倒杯茶水来。”

说完她迅速冲向门外，颜宽起身来到白小江面前摊开双手：“贵公司？白小江你什么意思，我不是告诉过你准备收购夏南公司吗？我必须在没有你干预的情况下，才能确定我公司的实力，你说是不是？”

有人敲门，孙凯端来茶水，杯子放在茶几上他轻声说道：“白姐，这是您喜欢的龙井新茶。”

白小江点头道谢，孙凯迅速退出门外。

看着白瓷茶杯中龙井的嫩芽在水中沉浮着，白小江问道：“如果不是今天我知道你的公司开始收购夏南，你会瞒着我多久？或者根本就没有打算让我知道？”

颜宽拧着眉头：“那我请问你白小江，我公司的业务你什么时候有过兴趣？我的一切你真实关心过多少？除了夏南基金会，你的眼里只有画廊，你知道我的压力吗？虽然现在是公司最兴旺的时候，可是整个市场都不好，各家公司都萧条，我哪天能睡个好觉呢？破产的那些日夜已经如噩梦一般刻在我的记忆里面无法去除。商场如战场，如果我稍一懈怠就会再次被吃掉，曾经的日子就会再次出现。每天我都在梦中惊醒，睁开眼睛我都是活在惊惧之中，我不能让你和小行星再过上那种日子！

“你看看我的头发还剩下多少？我不想让你承担我的压力，我知道你也分担不了，因为你对金钱没有欲望，所以你永远不可能成为一个好的生意人，也不会理解这个战场上的一切，等到正式收购夏南之时我自然会和你说，所以你只要安心做你董事长太太就好了。”

热泪涌上白小江眼眶，她痛苦地问道：“什么时候我们的心隔得这么远了？竟然这种大事情你都不愿意和我说。不是我不关心你的事业，是我不懂经营，又有林芙蕖给你把关，所以我给自己定下不干涉你公司业务的信条。如果夏南公司正常情况下你进行收购我不会过问，可是现在他们的资金链断裂，这个时候你进行收购谁都会认为你是乘人之危，那我们怎么面对夏南生的在天之灵？”

颜宽叹息着直摇头：“白小江啊白小江，你忘记你已经多大岁数了？你再也不是夏南生去世时那个女孩了，那个时候你认为人死了有灵魂我还能理解那是女孩的天真，可是你儿子都已经这么大了，你怎么还能这么幼稚呢？人死了就是死了！没有我颜宽难道能有夏南公司的今天？这么多年我没有拿他们一分钱，早已经对得起活着和死去的人！夏南公司那帮狗屁不通的股东白白享受这么多年的红利，他们还想怎么样？

“现在他们正处于高瑜德事件的余波之中，资金链又断裂，所以巴不得被收购。在这个关口必然是低价出售公司，我们有充足的现金流和成熟的无人机市场，可以轻而易举将它拿下……”

听到“低价出售”几个字，顿时白小江脑袋一片轰鸣，彻骨的冰冷从她的脚底渐渐升起，像一条冰冷的毒蛇蔓延着袭遍她的全身。看着颜宽得意的表情白小江缓缓摇头：“他们巴不得被你收购？如果不是资金同时被切断谁能愿意被低价收购？你怎么会知道得这么清楚？难道这只是巧合吗？一切都在你的掌控之中对吧？”

顿时颜宽愣住，他眼睛飞快地转动口中却缓慢说道：“夏南公司资金被截流是因为他们负担不起融资的高息，被优质的同行业收购，是那帮子既不懂业务又不想操心只想赚红利的股东们自己提出来的！白小江我告诉你资本是嗜血的，我不收购夏南公司必然有人收购，为了夏南生的遗愿，为了我们的未来，我必须做到！”

看着颜宽的眼睛散发出的凶狠绿光，白小江浑身一哆嗦，眼前的这个男人难道还是曾经的那个颜宽吗？忽然一阵奇异的感觉袭击着白小江整个身心：眼前的这个颜宽到底是谁？为什么他的灵魂竟然如此陌生？！

满眼的绝望白小江喃喃说道：“资本是嗜血的，我明白你的高明之处就是研究对手的经营软肋，找到对方的死穴，然后再把对方吃掉！这在商战上无可厚非，然而我奇怪的是为什么在同一时期几家金融机构同时盯住夏南公司？同时给公司提供高息资金？最不可思议的是，为什么他们又同时切断了夏南公司的现金流？”

颜宽的面孔逐渐阴冷，他狞笑着：“白小江你什么意思？难道这些和我有什么关系不成？好吧，让我来告诉你为什么，那是因为你的想象力足够丰富！金融机构永远都是锦上添花不会雪中送炭，所以他们只会盯住经营良好的企业，只是在于企业自己是否愿意接受他们的高息资金罢了，一个愿打一个愿挨，你连这个道理都搞不明白，还想了解我们的收购？金钱世界是冰冷的，没有感情可讲，所以你只适合做个画家。”

他拿起桌上的一堆文件夹打开：“这些都是我们这个行业各家公司的经营数据，目前只有我的公司最有能力收购夏南公司，现在你终于明白了吧？”

“好吧！”白小江嘴角泛出一丝苦笑：“如果没有你要收购夏南公司，如果没有你安排刘明超进入夏南公司，没有金融机构的高息资金输入和同时断贷……我会回家安心绘画，我也不会怀疑夏南的高息融资会是一个蓄意低价收购的阴谋！所以从今天开始我会全部精力调查这个事件，直到证明你颜宽是清白的为止，因为我不是怕死后无法面对夏南生，而是怕活着无法面对我自己的灵魂！”

“啪！”颜宽疯狂挥掌拍向桌子一声大吼：“白小江你疯啦！——”

他龇着铜铃一样巨大的眼睛，里面喷出的愤怒火焰仿佛要将白小江燃烧殆尽，血红的面孔上青筋毕露，看着他张开的大口，白小江仿佛看到了一头想要吞掉自己的狮子。

她转身就走，疯狂的颜宽一把抓住杯子摔到了大理石茶几上，“啪！”破碎的水晶杯玻璃四溅，几块水晶碎片坠落在白小江脚边，猛然白小江收住脚步凝视着脚下一地的水晶玻璃，久久地一动不动——

其中一块玻璃上面是鲜红的口红印迹！

缓缓蹲下身子，白小江细白的手指颤抖着拿起那块被口红染红的玻璃，她苍白的面孔上早已没有任何血色，颜宽一屁股坐在转椅上面捂住了脑袋……

等到他抬起头来眼前已经空无一人，只有一地的水晶碎片。

车子飞速驶向天一湖边，白小江手机一直响个不停，她将手机关机，望着车窗外面的车流和行人，恍惚的灯光在她眼前开始晃荡起来……

坐在天一湖边上，湖水在脚下荡漾泛着波澜，夜色中水天一色。看向深不可测的湖水，白小江泪水滚落：“南生，夏南公司遭遇危机，我怀疑这个融资事件背后有阴谋，我……该怎么办？”

水面上波光粼粼，她仿佛看到那里漂浮着一片的玻璃碎片，那些玻璃上面全都是清晰的血红印迹……不敢看向那里白小江仰望着星空中点点繁星，她疯狂地冲着湖面的天空呐喊：难道爱情也是如生命一样必须死亡吗？——

痛哭着她问向星空深处：“为什么快乐总是像流星一样瞬间即逝？为什么幸福总是演变成为痛苦的回忆？活着到底是为了什么？难道人生就是为了尝遍人间的苦痛吗？如何才能找到终极的答案，如何才能得到永恒的快乐……”

望着星空的穹顶，瞬间她感觉整个浩渺的世界只剩下她一个人，巨大的恐惧淹没了她，世界之大而她只是像一粒沙子、一滴水那样微小，而每粒沙子之间又根本就是完全不同的两个世界……此刻对生命微小和孤独的恐惧吞噬了白小江，虽然她有奶奶梅月怡、有儿子小行星，可是所有的痛苦在孤独面前都不值一提。

忽然她心中生出一种强烈的渴望，她想像奶奶说的那样灵魂能够飞跃出离肉体这个牢笼，去往那个星星深处的宇宙，那里到底有着什么存在？那里能否有解答这些痛苦的答案？打开命运和宇宙秘密的钥匙到底在哪里？

……

夜已经深了，颜宽再也联系不上白小江，他疯狂开车在马路上狂奔，昏黄的路灯下他不知道自己将要去向哪里，也看不到自己和白小江的那个未来。

二十二

天亮后颜宽下车进入家门，打开门他愣住：蔡凤英正坐在沙发上抹着眼泪，老人呜咽着："小江离家出走了！"

白小江迅速回到夏南公司，发现公司已经启动被宽古公司并购的谈判，股东都认为被宽古公司收购总算也是保了全尸的一个死法。

绝望的白小江找到给夏南公司融资的信托公司和券商，可是仿佛被堵死了通道一般，无论动用任何关系都找不到突破口。白小江感觉自己坠入了一个四周全是铜墙铁壁的深井里面，没有一条路可走，只能任由真相在天空嘲笑着她的绝望和无知。

听到电子门铃响起，艾米打开视频看到白小江在楼下的单元门口，她吃了一惊："小江，你怎么来了？赶快上来吧。"

正在吃饭的刘明超扔下碗筷变色说道："我马上藏到楼上，事情都坏在你这一张臭嘴上，记住什么都不许对她说，那个女人狠起来是会吃人的！你听见没有？"

吓得艾米连连点头，刘明超拧着眉毛迅速冲出门外，艾米赶紧收拾桌上的碗筷送到厨房。敲门声响起，艾米慌张招呼小江进门。环顾着四周，房内的豪华装修和精致的欧式家具还是让白小江暗暗吃了一惊，站在阳台上她看到窗外是一座幽静的街心公园。

这幢价值不菲的高档公寓位于南三环的黄金地带，白小江赞叹着：“啧啧，艾米，你这可称得上是金窝了，怪不得你都成了飞飞的偶像啦。”

艾米赶紧摆手：“别听飞飞瞎说，还不是为了上班近点才住这里嘛。”

坐在沙发上白小江温柔看向艾米：“说实话刘明超对你可是真的好，你也算是遇到一个真正对你好的男人了。好吧，我就是顺路过来看看你的，我回去了。”

说罢她起身拎包就走，惊得艾米赶紧拉住她：“怎么能刚来就走？我还没有泡茶呢，等等我这里有你喜欢喝的绿茶……”

慌乱的艾米四处在橱柜里面翻腾找着茶叶，白小江拉她的手：“我走了，你……一定要好好的！”

白小江微笑的眼中百味杂陈，艾米看到那里盈满了她对自己的无限感情，猛然艾米拥抱着白小江呜咽：“小江我……，只有你惦记着我，父母兄弟没人管我死活，我心里知道你……对我最好！”

“不，还有刘明超对你好呀。”拥抱着艾米，白小江一咬牙毅然转身拉开门离去。

躲在暗处的刘明超看到白小江离开后迅速进门，听完她进来的经过后一屁股坐在沙发上：“不可能啊！她怎么什么都不问什么都不说呢？越是这样越……不对，这事不对！”

一把抓住他的胳膊艾米疑惑问道：“那你一定有怕她知道的事情对不？不然你干吗这么怕她？以前我听你说过宽古公司把夏南吃掉的手段太黑了，我还以为你是好人呢，这么说你也有见不得人的事情对不？”

挣脱艾米的手臂刘明超瞪眼怒吼：“你懂个屁！无论我俩的任何事情你都不许和白小江说，要是我的饭碗丢了，到哪能找到这么好的工作？”

“不对呀，我不明白我们为什么要对小江保密呢？再说了即使颜宽收购了夏南公司，那她也是董事长夫人，你更不应该对她保密啊！哎呀，明超你这事我怎么觉得这么乱？”

艾米越想越觉得这事不对劲，躺在沙发上刘明超闭眼叹息：“唉，一切都是利益驱动的结果。夏南生死了这么多年，大家都指望高瑜德资金回笼后买下公司，现在高瑜德突然出事，股东们群龙无首，又没有懂行的人，这次把公司卖给颜宽虽然价格不高但还是赚了，又省得操心经营，而且宽古公司又准备上市，所以那些家伙也是乐得被他收购，两家公司各取所需最后皆大欢喜。我只是一个打工的，关我毛事！但是白小江认为我是颜宽介绍过去的，我怕她会误解我将夏南利益输送给颜宽，你明白吗？就是这么回事。”

听到这里艾米抚摸着刘明超的头发叹息：“唉，我怎么越听越糊涂，算了我一个学画的搞不懂你们这些生意人的道道，反正我就知道小江对我们这些朋友最好，她的眼里粿不下沙子，所以无论她那里有什么事情我们都要帮她。”

躺在沙发上刘明超闭眼陷入沉思。

清晨刘明超照例最早进入公司，多年来他这些敬业的品质深得股东们认可。院子里满园绽放的樱花似是恭迎他到来的美丽仙子，他不禁身心陶醉流连在花树丛中。想到这一片土地和厂房很快将属于颜宽的公司，想象着宽古上市以后自己将会成为CEO，刘明超不禁捋直了西装、领带，昂头挺直了身板踏进办公室。

正蹲在地上擦着地板的保洁大姐见他进门立刻起身：“刘总早！”

皱着眉头刘明超训斥她：“说过多少次你要早点打扫，不要等我人来了你还在这里！”

保洁员赶紧收拾好地上的毛巾退出门外，刘明超关上门转身进屋，猛然他像被电棍击中一般浑身一哆嗦：办公桌后面的转椅上白小江正用一双探照灯似的眼睛照射着他！

冰冷着面孔刘明超放下公文包：“你……怎么来了？”

缓缓起身白小江来到刘明超身边上下端详着他：“刘总来得可是真早啊！你有这么多的敬业品质，看来颜宽真是找对人了。”

刘明超转动着眼睛：“寒门子弟嘛只能……先行一步。”

“好一个先行一步！那我们今天就先聊聊你这个先行一步吧。”说着白小江坐到沙发上。

面无表情刘明超耷拉着眼皮坐下，白小江轻声说道：“你和前妻离婚以后，孩子归女方抚养，可你不仅给儿子在西城区全款买了一套学区房，给你父母在郊区全款买了一套一室一厅，又给你和艾米买了一套婚房，只有这套房子有贷款……”

“啪！”刘明超拍案而起一声怒吼：“白小江！你凭什么调查我的个人隐私？谁赋予你的这种权利？”

他怒睁双眼仿佛要将白小江撕碎，白小江并不抬眼看他，打开提包拿出一些复印的资料：“这是几家金融机构的访客名单，不用说你也知道都是给夏南公司融资的那几家。你频繁造访这几家公司，可你却告诉我你并没有参与融资事项！所以目前我认为是你主动引进了高息资金，然后在夏南公司资金运作过程中扮演了双重角色。公司因为高息陷入困境导致最终被迫低价卖出！是谁造就了宽古低价收购夏南的这个机会？这一切的背后有一只黑手在操作，而你——刘明超是知道这一切秘密的那个人！”

刘明超拿起复印资料在手中抖落着，扭曲着面孔他嘲笑道：“证据呢？你有什么证据说明这一切是我在运作？难道就是这几张门卫的访客名单吗？简直是笑话！”

愤怒从他面孔褪去，刘明超口气缓和下来：“小江我还真是看不明白了，你这到底是为了什么呀？收购夏南公司的那可是你自家的公司啊！没人逼着夏南股东卖公司，他们听说颜宽公司准备上市，都巴不得被宽古收购，是夏东生自己亲自找上门让颜宽收购的，不信你去问夏东生，真相就是如此。既然那些股东们都乐得被收购，那你干吗非要给自己家找麻烦呢？”

白小江站起身来苍白的面孔充满了哀伤：“明超啊，你问我为什么？如果没有黑幕那么一切都是正常的并购重组，可是只要是有人预谋了夏南公司的衰败以致造成被低价收购，这就是犯罪啊！”

说完白小江默默转身离开，刘明超将那些访客名单疯狂地扔向白小江的背影……

终于传来宽古科技顺利收购夏南公司的消息……站在66大道熙熙攘攘的人群中，白小江呆呆地望着谜生画廊门上的那两个大字：“谜生”。

人们陆续进出那个大门，夏南生在这里的往昔历历在目，如果人生可以重来，白小江绝不愿意来到这个谜生，她不想遇到夏南生、颜宽，不想有着今天所有的一切回忆！可是人生如何逆转？如何能够消除这个世上最无法消除的痕迹——婚姻？

现在颜宽和刘明超是一条绳上的蚂蚱，两人亲密无间的关系令夏南公司股东忽然恍惚起来。传来宽古科技马上就要上市的消息……

白小江回到家里，打开门颜宽正在和小行星趴在地板上，他们用一些球体模拟八大行星和太阳的位置，爷俩正激动地讨论着什么。见白小江进门颜宽惊喜起身，小行星扑到妈妈怀里开心大叫：“妈妈你去哪儿啦，怎么这么久才回来？”

亲吻着儿子白小江伏在他耳边说道：“妈妈去了一个神秘的星球……”

话没说完小行星哇哇大叫：“妈妈是个大骗子，你又不是宇航员怎么可能去星球上面？”

点着儿子鼻子白小江笑道：“我们地球也是星球啊，你们只想研究地球以外的星球，却忘记了自己脚下的星球。”

小行星不屑：“谁说我没研究地球了？刚刚我还和爸爸讲过：人类所有的发明创造全都是为了人类自己服务的，却没有一样东西是为了保护地球而发明，人类只是把所有的垃圾回馈给地球。宇宙飞船早就登上了月球、太空，可是人类却没有发明一样可以代替塑料的环保物品来保护地球。不是人类做不到，是因为人类根本就不爱地球，所以才不会想到、做到。妈妈，所以我长大要发明代替塑料的包装物，不让地球受到污染。”

颜宽赞叹着对白小江点头：“你儿子他是真爱地球所以才会想到这些。”

白小江抚摸着小行星的脑袋：“地球可神秘了，我们爱它，它就会给人类无穷无尽的资源和财富，若是践踏它……”

“它就会疼痛和发怒，会惩罚人类！”孩子的眼神冰冷、凶狠，此刻小行星的面孔上丝毫找不到孩童的神情，白小江不由得心惊。

蔡凤英听到白小江声音迅速从厨房冲了出来，她开心地握住儿媳妇双手叫道：“哎呀江儿回来啦……妈这就去做你最喜欢吃的菜去，你先歇会儿，菜马上就好啊！”

说完老人又赶紧冲进厨房，白小江对颜宽说道：“你和我去书房吧，有话对你说。”

颜宽心中一凛：末日审判终于到来！

书桌前白小江拿出了一份材料递给颜宽：“这是离婚协议，我净身出户，你的财产我一分钱不要，只要小行星的抚养权。”

颜宽看也不看将协议扔得飞了起来冷笑着：“什么离婚协议，我不同意你离什么婚？”

躺在转椅上白小江半闭着眼睛轻声说道：“不离婚你就别想上市！”

“倏”地颜宽瞬间从椅子上跳起，像是被一棍子打蒙了瞪着滚圆的眼睛呆在那里，猛然他惊醒过来，赶紧抱着白小江哀求：“小江，你跟着我这么多年没过过好日子，这日子马上就要好了，你干吗非要想不开呢？我这么拼命不就是为了这一天到来吗？夏南股东看到我们马上就要上市，没有一个不庆幸被我们收购的，你还想怎样？再说了由我买下夏南公司那是夏南生的遗愿，你又不是不知道。我会将资金持续注入基金会，保证夏南基金会永远存在，就是为了这个愿望我一直在奋斗的呀！”

白小江痛苦地看向颜宽：“你以低于市场价近一半的价格买下了这块肥肉，这可是省了多少钱啊？颜宽，我的良心和智商不允许我忽视这个巧合，正是因为我的丈夫是买家，所以我的灵魂已经背负十字架，在不能确定真相之前我无法和你分享上市的果实。”

瞪着血红眼睛的颜宽胸膛起伏着喘着粗气：“判我有罪你总归要有证据啊，你的证据呢？在上市之前你要离婚，你这不是让外界非议我吗？”

白小江冷着面孔说道:“我怀疑刘明超蓄意引进高息融资，致使夏南公司经营陷入瘫痪，从而给了你的公司低价吞并夏南公司的机会。目前我还没有找到证据，我不知道这一切的背后主谋是谁，但是我无法逃避的一个事实是，这件事情最大的受益人是你颜宽——我的丈夫!

“有人假装看不见罪恶，假装什么都没有发生，因为那样可以夜梦安稳……这一点夏南生做不到，我也做不到！没有夏南公司的资产装入你的公司，你的宽古公司不可能这么快就上市！也许是我错了，可是如果上市以后证明是我对了，你我再离婚，那时全国的股民都会盯着你，那种后果我想你更不会愿意看到！”

颜宽一屁股跌坐在椅子上指着白小江绝望地哀嚎着:“白小江看看你这副模样，你还是一个妻子吗？有做老婆的像法官一样审判自己的丈夫吗？你的心里什么时候把我当作你男人了？虽然你是在我最低谷的时候嫁给我，可是你知道吗？我发现你从来就没有崇拜过自己的丈夫！我想让你崇拜我，所以我拼命地奋斗，我想上市就是为了证明我是可以让女人和男人都崇敬的成功者！”

惊得白小江“噌”地起身，她不敢相信自己的耳朵:“崇拜？你……需要我崇拜？需要所有人都崇敬你？……”

瞪着眼睛颜宽问她:“你说呢？哪个男人不需要自己老婆崇拜呢？哪个男人不需要别人的崇敬呢？”

这个世上最遥远的不是星际之间的距离，而是人心！哪怕就是身边最亲近的人，原来心灵之间的认知也会隔着几个星球的距离。绝望淹没了白小江，这个世上没有比发现一个最熟悉的陌生人更为凄凉的了，白小江悲恸问自己:难道这就是揭开爱情露出的婚姻真相？

白小江默默起身，异常平静地说:“如果我不欣赏你怎会嫁给你？女人为什么要崇拜自己的丈夫？夫妻难道不应该是平等相爱吗？灵魂伴侣难道不是应该一生相互纠错、指引着走完一生吗？如果一个人有足够的自信，难道他还需要被人崇拜吗？我不会崇拜任何人也不会崇拜我自己！真正的智者永远都是在寻找高于自己智慧的人，而不是崇拜别人，他们只是信服智者所拥有的智慧和真理，而非是崇拜拥有智慧的人。因为那些智慧和真理才是这个世界不生不灭的唯一真相，是每一个人都必须去发现和拥有的‘道’，所以佛陀的一生都在与个人崇拜做斗争。如果你不去仰望山顶的真相，而是一味留恋脚下那些崇拜你、仰望你的人，那你怎么可能再往上面前进一步？即使你得到了那些愚蠢和罪恶人们的崇拜，却被智者所唾弃，那么你的人生又有何意义？

“这么多年我没有关心你的事业，是我没有尽到妻子的责任，但是我的原则是无我和忘我，如果一个人的眼睛都被自恋、自我遮住了眼目，那他还能够看到自己的真面目以及所有的真相吗？……我真的没有想到你的灵魂不仅开始嗜血更是变得虚妄和自恋！”

此刻白小江冰冷的躯体仿佛像一颗炸弹被引燃，只等着燃烧过后化为灰烬的那一时刻到来。

“不！不……我不是这样的……人！你怎么能这么说我呢？从来没有人这么说我，所有人都说我是……一个好人……”像是突然看到一个恶魔出现在自己面前的镜子里面，颜宽被白小江说的那个自己吓得魂飞魄散，他撒腿冲向门口就要逃离这个撕掉他面皮的刑场，忽然他拉开门的手停住了，脚步也停了下来，低着头久久地思索着，终于他回过头来逼着自己看向白小江。

冷笑的声音传来：“不敢听了是吧？也是，听惯了下属和女人们的奉承，怎么可能受得了真话的打击呢？如果证据被我找到的那一天，你的企业必将立刻灰飞烟灭！

“颜宽你问过自己没有？那些人为什么要给你奉上虚假的奉承和恭维，因为那是一面可以障你耳目的大旗，可以遮挡他们在你手下犯下滔天大罪的大旗！

“你作为一个企业的领导者，沉浸在一片恭维和崇拜之中，你的航船必将驶向错误的航道，你又怎么能够保证不翻船？可是你别忘了，在你背道而驰的同时，那些聪明企业的领导人却是时刻都在寻找着自己的缺点、时刻在找骂、时刻纠错寻找轮船的故障，如履薄冰地行驶着前进，因为只有这样的大船才能不会偏离航向，才能屹立于风波中不倒。所以颜宽你知道吗，你其实是在和成功、和成功者背道而驰，在和那些优秀企业的结局走在必然相反的两个终点！愚蠢必定会伴随着罪恶同行，丧钟终将会为你而鸣！”

白小江像一个手执利刃的恶魔一样，将颜宽的五脏六腑统统剖开，她残忍地将血淋淋的真相一览无余地展示给颜宽，不给他一点点可以掩盖罪恶的虚伪尊严。

转身白小江离开，她明白了，自己的世界早已和颜宽不在同一个维度，最可怕的是今天才发现他的灵魂竟然渴望被仰慕，也许他的这种渴求一直就深藏在他的灵魂深处从来就没有熄灭，恋爱时候那个理性、清醒的颜宽早已迷失在虚妄的沼泽之中……此刻无法抑制的痛惜和绝望将白小江淹没。

学校门口小行星牵着妈妈的手行走在放学的人流中……忽然他的脚步停了下来板着面孔说道：“奶奶说你和爸爸要离婚了，我们班上好多同学爸妈都离婚了。妈妈，你们大人怎么都喜欢离婚呢？”

白小江愣在那里不知道说什么，想到现在的孩子什么都明白于是她说道：“爸爸妈妈就是不在一起住了，可你还是爸妈的宝贝呀！”

小行星仍然拧着眉头：“奶奶说爸爸、妈妈我只能选择其中一个人住在一起，妈妈，我要选择和爸爸住在一起。”

浑身一哆嗦白小江如同瞬间掉进冰窟窿，惊得她差点站不稳，亲手养这么大的儿子竟然选择离开自己！她不敢相信自己的耳朵，立刻蹲下身来质问小行星：“什么？你愿意和爸爸在一起?！是奶奶、爸爸让你这么说的吗？”

摇着头小行星嘟着嘴唇：“你和爸爸没离婚我天天也看不到爸爸回家，要是你们俩离婚我选择和你在一起，那我就再也见不到爸爸、永远失去爸爸了！妈妈，我知道你永远都舍不得离开我、永远都会陪伴在我身边，但是我害怕以后再也找不到爸爸了，所以我就选择和爸爸住在一起吧，这样你们两个我全都丢不了啦！”

看着他的小脸白小江浑身一阵阵发麻，竟然这些话是出自一个六岁孩子口中，白小江这才想起不知道从多久以前颜宽就很少回家了，家中再也难得见到他的身影。可是自己总是认为他那是在忙着公司的事情，为了事业的男人哪个不是这样呢？然而孩子清澈的内心却比成人早就清楚地看透这一切，只有白小江知道这些话是小行星内心真实的想法，因为任何一个成年人谁也想象不到孩子内心是这样的世界。

小行星看着妈妈呆呆地看着自己，他抢过白小江手里的提包：“妈妈我来给你拎包吧！”

猛然白小江一把将儿子紧紧拥在怀中……路上行人的视线投向母子二人，小行星哭了起来抹去妈妈的泪水：“妈妈不哭！妈妈不哭……”

办完离婚手续颜宽拦住就要离开的白小江：“谢谢你让小行星陪我，你随时可以和他在一起。无论你有任何事情都可以找我，手头不宽裕了千万别硬撑着，一定和我说。”

白小江沉默着转身离开。

京都公寓河畔的柳树下面，白小江凝望着阳光下波光粼粼的河面，回忆当初她和颜宽在这里的一幕幕……

二十三

离开了儿子的白小江病倒了，蔡凤英立刻带着小行星前来陪伴她，大病一场的白小江在儿子陪伴下身体终于恢复。

厨房里白小江正在炒菜，忽然小行星的身影立在她身后，吓得她叫了起来：“哎呀吓我一跳，这孩子怎么站这里，快出去，宫爆鸡丁马上就好了。”

“妈，下周爸爸和林阿姨举行婚礼，奶奶让我也要参加。”小行星噘嘴嘟囔着。

忽然手中的锅铲停在半空，白小江愣在那里……

刘明超参加婚礼去了，艾米前来陪伴白小江，她问道：“小江，你后悔和宽哥结婚吗？”

白小江思索了一下摇头：“不，活着就是明知道前方万水千山，还能带着爱和信任翻山越岭，如果不敢面对这一切、不敢爱，那活着又有什么意义？”

白小江发现在回答这个问题的同时，她自己也才真正地想明白了。

方睿的公司越来越有起色，他的人品和业务能力终于为他赢取众多优质项目，投资也紧跟而来，在承建了北京几个著名的建筑工程以后，已经成为业界备受瞩目的公司。他邀请白小江去恩义公司重操旧业，白小江拒绝了。从此她和所有人失联，除了闭关作画什么事情都不做。田娜担心她没有收入让她尽快画完给出售，可是几个月过去也不见她交稿。

传来宽古科技上市的消息，美丽的董事长夫人一直以来都是宽古公司的掌舵人，是成就这个上市公司的功臣，这个消息顿时被媒体争相报道。

孙凯和女朋友正在国贸的商场逛街，忽然传来女友一声惊叫：“天啊！孙凯你快看——你老板颜宽和他老婆！竟然电视台采访他们两人了……”

孙凯迅速抬头，看到宽大的LED屏幕上面主持人正在采访宽古集团董事长夫妇，屏幕上颜宽和林芙蕖两人坐在那里像是好莱坞的金童玉女一样闪耀着明星般的光环，颜宽讲完他对夏南基金会付出的巨大心血以后，就把充满柔情的目光投向妻子林芙蕖，两人向主持人详细介绍林芙蕖作为企业创始人是如何把企业一步一步引领到今天的……

屏幕上林芙蕖的美丽面孔顿时引起众人驻足凝视，一片惊呼声响起：“哇！这个女人太漂亮了，那些女明星没法比啊！——”

“这么漂亮、气质又这么好，这哪儿来的女人啊？”

“关键人家还是上市公司女总裁！”

……

面容庄重的女总裁林芙蕖一袭珍珠色的简洁套装没有任何装饰，发髻简单挽起垂在脖颈后面，淡淡的笑容荡漾在她的嘴角，令她的美丽焕发着神秘的高贵气息。屏幕上年轻的女主持人在她强大的气场碾压下明显失却了自信，只能在听着林芙蕖介绍创业历程时频频点头……

凝视着屏幕上的这一切孙凯陷入沉默，他的女友激动得满眼发光，摇晃着孙凯的胳膊：“瞧你老板两口子多上镜呀，啧啧——真的是太棒了！人家不仅能赚钱还在做慈善，真的让我太感动了。你能为他们工作，我……我都觉得我们太有福气、……太有面儿了！”

看到女友语无伦次地嚷着一边兴奋地用手机冲着屏幕拍个不停，孙凯伸手制止了女友的拍照，他面无表情拉着女孩转头就走，女孩愣住冲他喊道：“怎么啦你呀——”

孙凯收住脚步回头看着女友的面孔一字一句说道：“人家在演戏，你当戏看没什么，要是当真，那可就是你的问题了！”

顿时女总裁林芙蕖成为企业界女强人中一个神话般的传说，她被各种媒体传播、盛赞着，此时董事长颜宽曾经有过的一段婚姻几乎被所有人都遗忘了。

从学校接到小行星，孩子吃着妈妈做的蛋糕皱眉说道：“妈，爸爸老是和奶奶吵架，烦死我了，吵得我都想离家出走了！”

白小江大笑起来：“哈哈，那你出走到我这里来呗，大不了让你爸上法庭告我抢走他儿子。”

小行星依旧没精打采：“那我走了，林阿姨的儿子不是正好把我的财产都抢走了么？”

“什么？林阿姨的儿子？你林阿姨哪来的儿子？”白小江大吃一惊，差点撞上前面车子后屁股。

原来林芙蕖前夫生了重病住院，孩子没人照顾林芙蕖这才把孩子接回到颜家。结果蔡凤英说这是林芙蕖早就计划好的，让孩子来到颜家是为了夺取小行星家产，所以孩子到来后老人一直和所有人都不讲话，一家人都很压抑。孩子哭着不愿意待在颜家，林芙蕖只得将孩子送回了娘家。

顿时白小江想起自己小时候在白家的那些遭遇，迅速停好车子她拉住儿子的手：“儿子，你忘了妈妈不能和你生活在一起我因为想你得了一场大病吗？你自己也经历了不能和妈妈生活在一起的痛苦，可你想过没有：如果你既不能和我在一起生活又不能和你爸爸住在一起，那你会怎么样？所以你应该这样想：林阿姨的儿子既不能和妈妈也不能和爸爸生活在一起，他有多么可怜？如果你在别的孩子家里也像阿伦那样看大家脸色，那么你会有多难过？你想过没有？”

“如果阿伦不能和爸爸也不能和妈妈在一起，那他……就像个孤儿一样，太可怜了！”顿时小行星清澈的大眼睛已经盈满了泪花。

拥抱着儿子白小江亲吻他的额头：“孩子你回去告诉奶奶和爸爸，就说爸爸已经把小行星和妈妈母子两人分开了，如果再让林阿姨和她的孩子也分开，那他的罪过就太大了！你们家不缺那个孩子的一碗饭，让阿伦回到你家里和林阿姨住在一起，你要对他好，让奶奶也要对他好，记住了吗？”

回到家小行星看到林阿姨不在家，愁容满面的颜宽半躺着窝在沙发里，奶奶也苦着脸坐在沙发上看电视。小行星跑到颜宽怀里撒娇：“爸，我妈说四川那里有个地方叫三星堆，那里的石头雕像很像外星人，爸爸，那他们是不是从我的星球来到地球上的呢？……”

点着儿子脑门颜宽没好气：“你还真当你是外星人啦？你妈脑袋从来就没正常过，我看你这里也差不多了！”

小行星委屈地翻着白眼，见他拿孩子撒气，蔡凤英拉过孩子到自己怀里，她指着颜宽：“小行星这名儿还不是你给起的么？这怎么又怪到小江头上了，你呀以后不高兴也不能拿孩子撒气！”

忽然小行星冲到电视机面前指着母子两人大声说道：“你们不想让林阿姨儿子来到家里所以才不高兴！爸爸你已经把我和妈妈拆散了，让我们母子两人不能团聚，你不能再拆散林阿姨和她的儿子！如果你让两个妈妈和两个儿子都不能生活在一起，那你的罪过就太大了！”

颜宽惊得一个激灵从沙发上跃起，他和蔡凤英两人瞪圆了眼睛对视着，忽地颜宽眦着大眼睛使劲摇晃着小行星双臂：“谁？！是谁教你这么说的？”

小行星昂头得意说道：“是我自己说的！哼，瞧你急成这样，老爸被我说中了吧！奶奶、爸爸求求你们了，让阿伦回来吧，他不能和爸爸也不能和妈妈住在一起，那他不就成了孤儿一样吗？”

颜宽和蔡凤英不禁倒抽一口凉气，两人对视一眼，母子同时又看向小行星，像是看着一个妖怪一样。

直直地看着儿子，颜宽喃喃问道：“这些话……不会是……你妈教你说的吧？”

蔡凤英努嘴摆手：“亏你想得出来，他妈要是这么教他，那才真是脑袋坏了呢！”

她眼睛死死盯住自己的孙子喃喃自语：“这孩子成精了！从小说话就和人家孩子不一样……”

“那当然了，因为我是从行星上来的宇宙人啊，哈哈。”得意的小行星爬到爸爸身上：“我还能打败你呢！不信我俩试试？”

蔡凤英起身在院子里面来回踱步，终于她拿起手机打给了林芙蕖：“芙蕖啊，你带着阿伦回来吧，以后不要让孩子住在你妈那里了，小行星在家里等着阿伦呢。”

电话那头久久没有声音，忽然传来林芙蕖呜咽的哭声。

领着儿子进门，林芙蕖看到祖孙三人坐在饭桌边的椅子上，桌上的碗筷都没动，颜宽和小行星身边多了两碗已经盛好的饭碗。小行星蹦跳着冲向阿伦拥着他开心说道：“阿伦，我妈刚给我买了一个玩具，以后我所有的玩具也都是你的玩具，走，我带你到房间去看看，以后我俩就住在一个房间吧！”

阿伦抬起头，眼睛闪烁着欣喜的光芒，他使劲地点头，两个孩子一起向卧室跑去……

三个大人瞪大眼睛不敢相信地看着这一幕，瞬间林芙蕖捂住面孔泪流满面，颜宽和蔡凤英不禁泪水也盈满了眼眶。

走进一间封闭的茶室，林芙蕖褪下身上的羊绒大衣，茶桌对面刘明超冰冷的眼睛在研究着她，服务员倒好茶水后掩门退出。昂着头林芙蕖斜眼看向刘明超：“说吧，找我到底什么事？”

刘明超咬着牙的面孔渐渐变形：“颜宽和我说了，是你不许我进入集团总部，告诉我为什么？”

林芙蕖：“规则必须由我制定，你只需要执行就可以！”

刘明超：“为什么规则必须由你来制定？只是因为你掌握了金钱，难道就可以掌握话语权？”

林芙蕖：“你知道就好。”

刘明超：“可是你忘了金钱掌握在颜宽手里！”

林芙蕖：“可是你也忘了我掌握颜宽！”

刘明超：“我只知道谁掌握了真相谁就拥有话语权！我提醒你一点：颜宽一直认为夏南公司真的是自己垮掉的，所以他才会安心收购。如果他知道了是你指使我用高息融资整垮了夏南，你的结果又会如何？真相只有你我知道，所以在这一点上我和你是平等的！”

林芙蕖说：“你在要挟我？真相不过是你出卖了灵魂，而我已经给了你相等值的金钱而已！我已经让你成为拥有原始股的股东，得到分公司的一把手，可你还不知足，还想无休止得到更多！”

刘明超：“你别忘了我俩是一条绳上的蚂蚱，如果宽古没有收购夏南公司怎么可能这么快、这么顺利上市？要是没有我的暗箱运作，你们谁能按照这个价格收购夏南公司？从此你成为上市公司的总裁，坐拥收购夏南以后带来的永久利益，并且登上董事长夫人宝座！而我呢，你却只给了我这么一点小钱就想打发我了事？我知道你是怕我能力比你强，怕我超越你！难道你忘了你已经不只是一个总裁了？你可是董事长夫人啊！你怎么还会害怕我和你竞争呢？姓林的你太黑了，你想把我永远锁死在夏南分公司，别忘了狗急还跳墙呢！”

林芙蕖昂着脑袋：“我的今天都是我自己奋斗应得的结果，没有我也就没有颜宽的上市公司董事长！他心里比谁都清楚这一点，你以为你整垮夏南公司那点破事能让我怎么样？除非你想这辈子再也没有公司聘用你！

“但是今天我打算做一个让步，我回去会告诉颜宽同意你做董事会秘书，这个职位你总算满意了吧？”

一丝不易察觉的微笑浮现刘明超嘴角：“嗯，这个……可以。放心，我会继续为您……效劳！”

冷冷瞥了刘明超一眼林芙蕖起身，抓起大衣拂袖而去。刘明超低头从茶桌底下拿出录音笔，冷笑着装进了西装口袋。

二十四

半年后。

颜宽走进别墅，见餐桌上林芙蕖正和蔡凤英对面坐着聊天，没人发现他的到来。林芙蕖吃着酸奶上的草莓对婆婆说道：“小行星真是太招人疼爱了，妈，你知道阿伦对我说什么吗？”

颜宽收住脚步立在门口一动不动，蔡凤英抱着手中的养生大玻璃杯咧嘴笑着：“阿伦能说啥？”

感慨的笑容浮现在林芙蕖脸上，她叹息着：“这孩子竟然对我说：‘妈，小行星对我太好了，我对小行星不是喜欢，是疼爱，我会爱他、保护他一辈子的！’唉，我真有福气，能遇到小行星这么好的孩子。”

蔡凤英哈哈大笑满意点头：“那是，我大孙子可不是嘛，芙蕖啊我看你对小行星比对阿伦还好呢。”

林芙蕖抚摸着手上的钻戒说道：“唉，那是因为小行星对阿伦太好了，说到底还是妈妈您把孩子培养得好啊。”

立刻蔡凤英努嘴摆手：“芙蕖你错了，这功劳我还真不能领下，那可是白小江的功劳。”

顿时林芙蕖愣住，尴尬地嗫嚅着：“小江她……一外地人……，您是老北京，我觉得还是咱北京人大气，培养出来的孩子就是不一样。”

蔡凤英立刻放下手中的杯子拧着眉头大起了嗓门：“嘿，外地人咋的了？你可甭这么说，要我看那清朝的皇帝才是地道的外地人呢，当了咱们几百年的主子不说，还要咱给他们磕头当孙子，也没见你们谁把他们当外地人给赶跑了！这倒好了却把自己人当作外地人……”

老人用指头敲着桌子大声说着，脸早已憋得通红，林芙蕖赶紧起身：“妈，不说这些了，我们还是去看电视吧……”

忽然颜宽人影闪出，他阴沉着面孔头也不抬：“林芙蕖随我去书房，我有话对你说。”

吓得蔡凤英一下子跳了起来，捂住胸口嚷嚷道：“哎哟妈呀！这孩子走路咋没声，鬼影子一样，吓我一跳！”

见颜宽整个人如鬼魅一样的恍惚，顿时林芙蕖心底一沉，愣愣地说不出话来，浑身冰冷硬着头皮走上楼梯。

蔡凤英来到客厅坐在沙发上打开电视，屏幕上郭德纲正在那里一本正经地说着相声，老人抱着茶杯哈哈大笑起来。

“哇呜——”忽然楼上传来林芙蕖号啕的哭声，惊得蔡凤英瞪大了眼睛。

苍白着面孔颜宽浑身颤抖：“证监会马上开始进驻调查组！你财务造假起码也和我说一声啊，我还是你老公吗？我还是董事长吗？说——你到底还有多少事情瞒着我？！”

颜宽狠狠拍向桌子就要背过气去，林芙蕖扑到他怀里紧紧抱着颜宽涕泪俱下：“亲爱的我这么做还不都是为了你嘛，就是为了让公司快点壮大啊，我错了……”

服务生领着翟新东走进店堂里面最僻静的包间，这个高档日式料理店整个店堂全是深褐色的木料打造，所见之处精致的物件都泛着幽暗的华贵光泽。推拉门打开颜宽早已等候在榻榻米上，他那苍老浮肿的面庞上眼睛泛着红血丝，两鬓竟然已经现出斑驳的白发。看到他整个人憔悴得已经变形，翟新东心中不由得叹息：颜宽还是被欲望击垮了，那个英俊潇洒的年轻精英再也不见了。

赶走了服务生，颜宽亲自倒上茶水，放下茶壶他双手合十：“老同学求你救救我啊！”

深深的忧虑笼罩着翟新东白净、清瘦的面庞，微秃的头发显示他思虑过度，他身上所有的细胞仿佛都是静止的，只有那双眼睛闪动泛着幽光。他拧着眉头缓缓低声道：“你这孙子等惹一屁股屎了才记得我这个老同学。”

颜宽将清酒斟满了两人的酒杯，看着杯中的清澈酒水他沙哑着嗓音："公司刚上市的时候我参加了一个总裁班，结果不到半年的时间，一副扑克牌的人数进去了一半，吓得我半死。总想着我老老实实的不能有事，千小心万小心没想到还是栽在了女人手里……唉，老天灭我啊！"

颜宽拉住翟新东冰冷的双手颓然哀求着："这次事情大了，证监会盯上了，新东，我俩是光屁股长大的，你一定要救救我啊！"

默默喝掉杯中的酒，翟新东眼睛看向空空的杯中："上天是公平的，得到的越多付出的代价也就越大。当初夏南公司资金链断裂得蹊跷，你抄了夏南的底收购，那么好的公司就这么被你低价吃下了，这一票干得的确漂亮啊！明眼人过后都能悟出来这里面的道道，所以要我救你你就必须和我说实话，那件事情……你的屁股擦干净了没有？"

翟新东利剑一样的眼睛射向颜宽，话没说完颜宽早已经瘫倒在榻榻米上："你……你怎么也这么想？新东，我没有暗箱操作！你要相信我！"

翟新东幽灵一样的声音传来："我怎么也这么想？那你说除了我之外还有谁也这么想？正是因为我俩光屁股长大，所以你的胆子有多大我是知道的，即使你再馋夏南这块肥肉，你的本性也不敢让夏南生的公司走到那一步，不然今天我也不会来到这里。那我问你，除了我之外还有谁会像我这么相信你？谁会相信你是清白的？"

看着翟新东嘴角泛起的一撇冷笑，颜宽心中不禁凉气直冒，虽然自己比这个律师同学有钱，可是自己的脑袋和翟新东的智慧相比那可不是在一个海平面上。

顿时颜宽捂住脑门："……白小江，她怀疑我暗箱操作导致夏南资金链断裂，所以坚决和我……离婚。"

"啪！"一巴掌翟新东拍向桌面，可他却并不抬头，闭着眼睛他深深叹息着："同是女人，却是两种完全不同的生物啊！"

抬起头他再看向颜宽时已是满眼的悲凉："你想过没有，既然林芙蕖能够财务造假，那么夏南资金链断裂怎么就不会是她干的呢？"

瞬间颜宽的冷汗湿透了衣服，他冰冷的身体颤抖，哆嗦着嘴唇："想想荣华的背后……隐藏着种种的波诡云谲，这种荣华……又有什么意义？那新东你说……我该怎么办？”

翟新东深深地叹了一口气：“两宗罪！要是这件事情也被扒了出来你能逃脱了干系？……天啊，想想我都后怕！你是董事长，可是你别忘了你不仅享受了公司带给你的所有利益，也必将承担公司所实施的所有罪恶，这就是董事长的职责和必须担当的责任！”

猛地颜宽眦着眼珠子死命摇晃着翟新东双肩：“新东，你一定能有办法让我脱身的，一定的！”

冷血的笑容重又浮现翟新东的面庞：“脱身？这个世上哪有那么便宜的人生？老弟，别和我说事情不是你干的，你什么都不知道这种屁话。我问你，为什么白小江一个不懂经营的画家，她都能想到这种罪恶的发生，竟然为此和你离婚，而你作为一个沙场老将为什么却极力地装作视而不见？因为在你的潜意识里面不可能意识不到这种可能性存在，但是你心里比谁都明白：即使别人犯罪那也是他们的罪恶，你是最终可以在最安全的情况下唯一获得最大利益的那个人！可是你别忘了：只要你对罪恶装作视而不见，你的手上同样沾满了鲜血！”

“不！不……不是这样的！你怎么能这样说我？……”颜宽惊恐得连连摇头不敢直视翟新东的面容，仿佛那张面孔是一面魔法的镜子，那里面映照出一个他根本未曾敢看到过的真实颜宽，那个颜宽如同一具鬼魅的影子一样飘荡在幽暗的镜子世界……

凝视着低垂的日式灯罩，翟新东雕塑一般的面孔只有嘴巴在嚅动：“你竟然问我怎么能这么说你？没想到你务虚不务实已经到了这种地步！别忘了你是一个掌管一家企业的舵手啊？一个掌管着公司命运的当家人怎么能逃避事实和真相呢？宽子，从小我俩可是比亲兄弟还掏心窝子啊，可是这几年我们日子都好过了心却是疏远了，我没想到你已经变得这么脆弱，你的面子如同虚空的灯笼一般不堪一击，连我这种光屁股兄弟的话都不敢听，死到临头了还是死要面子不敢面对现实，如果你当初接受白小江的谏言会有今天吗？难道你忘了我们当年的初心吗？那时的我们可都是誓死要做一个真实的勇士，给这个世界和百姓造福的，可是……走着走着我们却变成了我们所憎恨的人那个样子，我们还能找到那个初心吗？我们不光丢了初心，把自己也……弄丢了。”

捂住面孔他久久地一动不动，终于抬起眼睛他满脸悲怆看向颜宽：“兄弟，你要是再不敢醒来，那就真的只有死路一条了！我见了那么多的企业是怎么死的，我还不明白你走的什么道、你最终的终点会是什么吗？

“唉，谁让你是我兄弟呢，我会动用所有的关系让媒体减少对这件事情的报道，极力地大事化小，至于你和林芙蕖谁出面来承担责任，那是你们夫妻两人之间的事情。最重要的是，要阻止人们把关注的焦点引向夏南公司被低价收购这件事情，如果这件事被引爆，那后果……我没有任何办法！”

泪水默默流淌在颜宽面庞，他呜咽着：“小时候……太苦了，长大了就想拼命地摆脱贫穷，可是走着走着又成了……拼命地摆脱罪恶！我终于明白白小江为什么坚决和我离婚，原来我的眼睛早已被欲望遮住，什么真相都看不到了。可是新东，什么都瞒不了你的眼睛，而我早已失去了你的这种智慧……”

翟新东苦笑着摆手：“一切没有远离金钱的算计都不是智慧，我这充其量只能是算计，但我……没有放弃寻找智慧的道路。”

颜宽陷入沉思。

打开门刘明超顿时愣住，面前的艾米像是个幽魂立在客厅呆呆地看着自己，他不由得心惊一把抱住妻子：“艾米你……怎么了？”

木然的艾米伸手指向茶几，顺着她的手指刘明超看到那上面是——一支录音笔！

刘明超浑身一哆嗦，瞬间他的心脏炸裂，捂住了脸……艾米失去了魂魄的声音传来：“我整理橱柜……发现了，原来夏南资金链断裂真的是你和林芙蕖干的！你……竟然……竟然……”

跌坐在沙发上刘明超双臂抱住脑袋不发一声，艾米苍白着面孔浑身颤抖缓缓瘫倒在地上……猛然她扑向刘明超摇晃着他的肩头大哭：“那是……那可是夏南生的公司啊！南生那么的善良，他那么的可怜我们这些穷人、那么的用尽心力帮助我们这些受苦的人……白小江为了这事净身出户，你……你偷盗了夏南公司应有的未来！——”

凄厉的哭声回荡在客厅……

“偷盗?！商场如战场，我这么干不就是为了我们能早点过上好日子么，不这么干颜宽公司哪天能上市？——”绝望的刘明超哀嚎着。

别墅里客厅的壁灯发着昏黄的微光，沙发上林芙蕖不时抬头看向时钟，已是午夜时分，门终于打开，一身酒气的颜宽踉跄着进来，林芙蕖赶紧扶他：“你……醉成这样？”

颜宽一把推开老婆跌坐在沙发上，闭上眼睛他挥舞着手掌嘶吼着：“眼看他起……高楼，眼看他……楼塌了！哈哈……楼塌了，可我……我还想在一片废墟之上建……建大厦！哈哈……”

灯影下颜宽推开林芙蕖端来的茶水，他久久环视着房间所有地方，最后眼睛看向妻子：“芙蕖，我们住的这……高档别墅、豪华的装修……，这一切有多少……纯粹是靠我们自己奋斗得来的？”

忽然他捂住面孔失声痛哭，泪水狂涌而出流淌在他颤抖的嘴唇上：“我……装作一切都没有发生，装作自己真的成功上市了，我说着最大的谎言，骗着自己生活在成功者的梦境之中……夏南生说他活在吴言的梦里，难道我今天不是活在夏南生的梦里吗？我享受的一切有多少不是他的？夏南生留给我的蛋糕，明明我可以光明正大地把它吃下，可是我们的心太急了，吃相太难看了，结果……结果自己把自己给噎死了！呜呜——”

捂住面孔林芙蕖跌坐在地板上……

白小江的画终于完工，画框搬运到谜生的时候于旭之正好从西部赶来，他和慈善人士共同成立的西部儿童助学基金已经建造了十几所小学。

谜生的大厅里于旭之调侃着白小江：“我来看看乞丐画家的作品，闭关画了一年多，我也是服了。”

揭开蒙住画的毯子，随着毯子的落下于旭之浑身一震，立在那里他的大脑顿时一片空白……大厅内的游客逐渐也都涌了过来，整个大厅归于一片寂静，每个人都屏住呼吸看着眼前神奇的宇宙世界……

于旭之发现自己的身体不存在了，身边的一切都不存在了，他的灵魂在那个宇宙世界中不断地上升……上升……

终于他融进了一片深蓝色的宇宙海洋之中，他的身边漂浮着一张张没有身体的面孔，那眼睛里面的瞳仁伸出面孔之外，飞扬的巨大耳朵像翅膀一样飘飞起来……还有沉睡闭着眼睛的婴儿面孔……忽然迎面飞来一个只有一只眼睛没有鼻子、没有嘴巴、没有耳朵的面孔。

他继续飘飞着，越来越多巨大的星体从他身边飘忽而过，无法形容的蓝光、橙色的光、金光……各种瞬间变幻着色彩的异光交错着飘忽闪现，忽然一个庞大的橙色发光星体呈现，神秘的沟壑纵横遍布其中，它的光芒散发出无法形容的神秘能量，于旭之的灵魂瞬间被摄入其中……

前方的宇宙越来越深远，忽然深远的前方出现一团如火球一样橙红色光的世界，光团中间竟然是一个巨大的黑洞，更加明亮的金色火焰燃烧在黑洞下方。当于旭之凝视着黑洞之时忽然一股巨大的力量将他飞速旋转起来，瞬间这股力量将于旭之如光速一般吸向黑洞……当他的灵魂就要被这股吸力压缩到烟飞云散的最后一刻，突然一个模糊的小小面孔飘到他的眼前，于旭之凝神一看：……竟然……竟然是一个还在母体子宫内没有发育完好的胎儿！

轰然于旭之的灵魂碰撞进入这个胎儿的体内，在二者合二为一的瞬间“嗡嗡嗡啊轰——！”轰隆声伴随着一声巨响，整个宇宙开始炸裂！火花四射的宇宙被爆炸的火焰燃烧起来，一片烈焰之中……

……于旭之听到耳边传来微弱的呼喊声：“旭之！旭之——”

是田娜的声音，伴随着田娜的呼喊声于旭之的灵魂渐渐地回到一片飘渺的虚空之中，清净的虚空中逐渐开始荡漾着各种色彩进来……慢慢地他看到清晰的谜生在他眼前出现了。

仿佛是灵魂重新回到了体内，于旭之这才发现田娜正在摇晃着他的手臂：“旭之你怎么了？刚才怎么喊你你都听不见了！”

眼前这幅标题为《谜生》的油画，它如一幅 3D 画面将宇宙立体展现出来，各种飘飞的面孔和星体呈现其中，宇宙的正前方是一个等待着灵魂到来的黑洞，而在宇宙的最尽头则是一片澄净的光芒世界……

他的头皮阵阵发麻，身边聚拢越来越多的人过来，可是众多的人却都出奇地安静，偶尔有一两个声音像梦呓一样传来：“……奇怪，为什么我一看这幅画就像是被吸进去了一样？为什么越看越感觉宇宙的神秘……”

“这种进入另外一个维度的感觉……好神奇啊……”

……

于旭之在人群中寻找白小江的身影，可他没有找到，谜生门外榆树底下白小江站在角落里，她正在抬头凝望着那个空空、敞开门的鸟笼子。

来到白小江面前，于旭之直直凝视着她的眼睛缓缓说道：“谜生，从此……要变了！”

二十五

66 大道有一幅神奇的油画，能让人产生进入宇宙时空的错觉，这个消息不胫而走，无数的游客涌进谜生画廊，顿时数不清的画商涌来高价购买，可是白小江都拒绝了，她也不说什么只说先放谜生一段时间再说。

每天开门前，门口都是排队来看画的人，田娜不敢相信地告诉白小江：“小江姐，真的像旭之预料的那样，竟然那么多的人参观你的画，太不可思议了！”

可是白小江却是没有任何反应，她出奇地平静。

证监会通报宽古科技财务造假并被处以罚款的消息一出，宽古科技股价立刻大跌，上市仅仅一年公司就风雨飘摇、气数已尽。

办公桌上刘明超的一纸辞职申请呈在颜宽面前，愤怒的颜宽将它撕得粉碎扬向空中……

艾米苦苦哀求着刘明超：“你怎么能在颜宽最难的时候离开呢？他

是你兄弟，你已经做错了，现在应该帮着他渡过难关啊，你走了他可怎么……”

急得刘明超跺脚：“你怎么就不明白呢？宽古科技已经完蛋了！我能陪着颜宽进入坟墓吗？加上我前妻还有你们姓艾的一大家子，你算算我的身后有多少张嘴巴要我养活？你说我能陪着他一起去死吗？现在有大公司聘我，而且我的新东家认为财务造假和我没有关系，所以他们给我的职务是副总裁，年薪比现在高出很多，我必须赶在宽古倒下之前赶紧走掉，亲爱的这回你总该明白了吧？”

看着刘明超得意起来，艾米缓缓点头：“我知道你不怕颜宽报复你，因为你和林芙蕖是一条绳上的蚂蚱，所以你敢为所欲为。可是你想过没有？不是宽古公司完了这么简单，夏南公司是子公司也跟着死了！别忘了夏南公司是因为你和林芙蕖才被宽古吃掉的，所以你们两人是罪魁祸首！你想辞职也要等到夏南公司日子好过了以后再走，这样我会守在你身边一辈子。如果你在这个时候跳槽我会和你离婚，你已经背叛一次夏南生，我可以原谅你犯一次错误，但我无法容忍你两次背叛！”

瞪着眼睛的刘明超像是看着外星人一样看着艾米，他不敢相信自己的耳朵：“你有病吧艾春花！我这么做还不是为了我们俩的未来？你竟然要学白小江离婚，人家背后的家族是杭州大集团，而你呢？你忘了山沟里你的那些家人有多穷吗？他们多少张嘴巴在张着等你养活，你有资格玩清高、讲正义吗?！而且你怎么会认为颜宽的日子就能好了呢？他有那样一个变态掌控欲的老婆，什么样的家底也经不住她祸害啊。我不是神，我不能让宽古集团死而复生！”

说完他愤然摔门出去。

等到刘明超回家打开门时，猛然惊得浑身一震：客厅中间两只大大的行李箱，旁边的茶几上整齐地摆放着他给艾米买的各种名贵首饰和提包，还有银行卡……，沙发上艾米默默流着眼泪。

一口气差点上不来，刘明超两腿瘫软着像个游魂一样来到艾米身边：“你……?！”

艾米凝视着他的眼睛：“所有的罪恶都是必须偿还的，如果你跳槽这辈子我们怎么再见颜宽、白小江？死后又怎么见夏南生？明超，如果你愿意忏悔，能够留在宽古集团给夏南公司赎罪，我就可以不走，无论我俩过什么样的苦日子，我都陪着你走到底！”

“忏悔？笑话，你还以为咱是外国人犯了错还要忏悔啊？那种忏悔文化是他们的事情，你听过我们哪个忏悔过的？从古至今我们犯天大的错都不会忏悔的，杀人不过头点地，二十年以后老子还是一条好汉！所以干吗要忏悔？”摊开双手刘明超斜着眼睛不屑地冷笑着。

看着他这副地道的流氓模样，艾米一阵眩晕心脏绞痛起来，死命地稳住心神她拿出一张纸来，泪水滚落在这张 A4 纸上：“我艾春花不是一个好人，我一直都很自私，我也知道自私是很正常的事情。我明白要战胜这些自私的基因是非常困难和了不起的，我也没有想到有一天我要去做到。曾经我认为为了钱我可以做任何事情，但是我还是不能忘记夏南生、白小江是怎么帮助我们这些穷人的，我还是不能面对良心的审判。你是这个世上对我最好的男人，我也知道离开你再也不可能有男人对我这么好了，可是……我也不能忘了做人是怎么一回事，我不能为了钱像……牲口一样活着没了人性。这是离婚协议，我什么都不要净身出户，我想明白了，如果背离了良知，最终只能与罪恶走向终点。明超，正是因为我太爱你了，所以我所做的这一切都是为了让你能够醒来啊！”

艾米痛哭着放下了离婚协议。看着艾米拖着行李箱的背影，刘明超愣在那里……

猛然艾米身后传来一声咆哮：“艾春花你……你这个只配住在贫民窟的贱人！滚！给我滚——”

小行星放学进门看到林芙蕖和林伦正在往车上搬着一堆的行李，他大叫起来：“阿姨、阿伦你们去哪儿旅游？为什么不带我去？我也要去——”

说着他抓住林伦的胳膊：“告诉我你要去哪儿？”

林伦小声说道：“上海，妈妈说……我们再也不会回来了！”

林芙蕖装作听不到，迅速拎着行李冲向门外的车子，小行星拥抱着阿伦大哭了起来："为什么要走？阿伦，我不许你走！我不要你去上海！——"

阿伦也死死抱住小行星大哭："小行星我不想离开你，我要和你在一起……呜呜——"

猛然小行星冲向林芙蕖，紧紧抓住她的手臂："林阿姨求求你了，求你不要让阿伦走，求你不要带他离开！求你了！阿姨——阿姨——"

孩子们撕心裂肺的号啕哭声响彻整个别墅，二楼书房里面颜宽捂住面孔泪水狂奔。

林芙蕖死死咬住嘴唇不敢看向小行星，可是终于她还是崩溃了，蹲下身来紧紧拥抱着小行星失声痛哭："孩子……"

她颤抖的嘴唇抵在小行星的耳边低声呢喃："……小行星，阿姨……忘不了你！"

忽然于旭之接到吉姆的电话，手机里吉姆激动的声音传来："老于赶快帮我个忙，你去66大道帮我找一幅叫做《谜生》的画，老罗伯特马上就到北京，我也从拉萨立刻飞过去，你一定要想办法帮我找到这位画家，罗伯特这次来北京必须要见到他！"

于旭之大笑："你小子这么久也不来看我，这会儿想到来北京啦，告诉你这幅画就在我的画廊，画家是我最好的朋友。"

吉姆尖叫的声音传来："My god！——老于我太爱你啦，去北京我要给你一个大大的拥抱！"

白小江来到巷口远远地看到谜生门口围着一堆人，人群中传来一声："画家来了！"

忽然一阵"咔嚓！咔嚓！"声，白小江眼前一片刺眼的镁光灯闪耀，无数的记者冲着她按响了快门。白小江大吃一惊立刻挡住面孔，于旭之迅速向前将她领进了大厅沙发跟前。罗伯特和吉姆早已等候在那里，两人热情地和白小江握手。

老罗伯特是一个矮胖的老头，肥硕臃肿的身材掩盖不了他的精明与睿智，那双熠熠发光的绿色眼睛闪烁着和善的光芒研究着白小江。

他说当他看到这幅画的照片时顿时拍案而起，这就是他寻找多年的梦幻之作，没有想到在遥远的东方竟然出现一幅神秘的宇宙画像，将他的灵魂瞬间摄入了另一个维度空间。

他问白小江：“你创作这幅画的本意是什么？”

不假思索白小江回答：“我认为人类灵魂与宇宙之间存在着很多的秘密，这些秘密人类必须去开启，所以人类应该去仰望宇宙，应该探索灵魂和敬畏自然，而不是只关注肉体的生存，否则人类就退化成为只会说话的虫子而已。”

罗伯特陷入沉思，他一动不动地凝视着眼前这宇宙世界，忽然他转身紧紧握住白小江双手：“我明白了，只有灵魂融入宇宙才能画出这种神奇！黑格尔说过：‘一个民族要有一群仰望星空的人，他们才有希望；如果一个民族只关心脚下的事情，这个民族是没有未来的。’所以你们的民族一定会有很好的未来！

“我有一个办法可以实现你的心愿，我和全球知名画廊都有合作关系，我将为这幅画举办一个全球巡展。我认为这个巡展不仅能引起美术界的震动，更能引起人们更多关注人类的灵魂和探索宇宙未知的秘密，你的愿望会实现的！画展的收入你我还有画廊三方分成，可以吗？”

不敢相信自己的耳朵白小江问他：“怎么可能只为这一幅画举办巡展？”

罗伯特凝视着《谜生》又看向白小江，他缓缓点头：“是的，只为它举办，因为它——值得！”

惊喜的白小江和于旭之激动地拥抱在一起，这是《谜生》最好的结局了！

罗伯特回国，很快他传来消息，所有的画廊都同意合作，巡展第一站是法国。

所有的签证和手续都已办好，再过几天就出发了，白小江去学校门口接到小行星，这才知道林芙蕖带着儿子已经出走。她大惊，可是这次小行星却说不出个所以然。

第二天一早白小江和于旭之早早来到画廊，今天要将《谜生》打包托运到法国，于旭之不放心让工人打包，他趁早上没有客人，亲自过来操作。两人将画从墙上搬到画室，放到铺在地面的毯子上，这时候谜生门口一个女人的身影进来，白小江伸头一看顿时愣住：是林芙蕖。

踏进谜生的门槛林芙蕖止住脚步，依旧美艳逼人的面庞高昂着，蓬松的卷发垂在肩头，白色麻纱面料长裙笼在她身上，早晨太阳的光线穿过谜生大门从她背后射来，令这个头颅高昂的曼妙身影笼罩在太阳的光晕里面，被光芒映衬得如同神女落入了凡间，两个画家都被这个美得令人不敢直视的画面惊住。

于旭之向前问道："女士请进，请问您是……"

她冷傲的面孔也不看向于旭之，眼睛横扫整个画廊最后落在白小江身上。知道来者不善，白小江从画室出来指着沙发："你……坐吧！"

林芙蕖却踱步进入画室低头凝视着躺在地上的《谜生》："今天有幸得见大作，这幅《谜生》的确不同凡响，不过我还是想请画家给我解释一下《谜生》的奥秘到底在哪里。"

说着她昂首挺胸来到白小江面前，白小江平静看着她："别卖关子了，有什么事情你说吧。"

于旭之见两人认识就低头开始打包，林芙蕖摇头冷笑："你不仅画开始画得好了，别的能耐也大了，我们公司被举报财务造假，颜宽不相信是你干的好事。现在刘明超跳槽到了大公司，艾米跟你学着也和刘明超离婚了，如果不是你买通了那个妖艳贱货举报我们，就她穷成那样敢和刘明超离婚？你敢说不是你干的吗？"

不用说于旭之也知道面前这个女人是谁了，他愤怒起身冲着林芙蕖怒吼："你这人怎么说话的？艾米是我们朋友，不许你这么污蔑她！"

立刻林芙蕖蔫了下来，斜着眼睛冷笑着看向地上的《谜生》，于旭之平息着怒气对白小江说道："我去买包烟吧……"

他出门回避，白小江迅速抓起手机开始拨打艾米电话，可是电话却传来关机的提示，惊得白小江浑身直冒冷气，牙齿打颤慌乱地看向林芙蕖："你们公司出事了？艾米离婚？发生……这么多事情，我怎么不知道？"

鄙夷的冷笑让林芙蕖美丽的五官扭曲起来："装！你再装呀！继续说你不知道啊——姓白的你整天装圣母恶不恶心？说吧，你到底给了艾米多少钱？"

咬着牙的林芙蕖像个白色鬼魅一样瞪着血红的眼珠子，白小江气得一口气差点憋过去，好不容易才喘息着说出话来："你……你想迁怒于人就可以血口喷人吗？"

狰狞着面孔林芙蕖猛地头一昂，锦缎一样的黑发用力一甩，扭曲的红唇露出白牙："我这才明白你为什么会放弃上市公司的董事长夫人不做，原来你是为了报复我卧薪尝胆呀，白小江……还是你狠！"

猛然白小江一个激灵：艾米不会是因为刘明超离开宽古公司就离婚，一定是她知道了刘明超的秘密！

这时女魔头的灵魂仿佛已经从林芙蕖的体内消散，此刻她又恢复了美丽的面容，轻启着朱唇微笑着："白小江，你说我哪方面不比你强？凭什么却要为你和你的男人打工？我就是要证明宽古公司被我控制才能有上市的未来，尽管公司今天被你破坏到这种程度，可是事实证明我还是做到了！"

跌坐在椅子上白小江捂住面孔说不出话来，这时林芙蕖紧紧咬住嘴唇盯着地上的《谜生》不发一语，猛然她从皮包中拿出一个瓶子，打开瓶盖迅速将瓶中的黑色液体倒出流淌在《谜生》上面，瞬间那个神秘的宇宙空间被一片黑色液体覆盖！白小江震惊地看着这一切，她的大脑一片空白……

轰然她明白过来发生了什么，尖叫一声扑向林芙蕖身上："啊！——"

白小江死命抓住林芙蕖的手臂，可是林芙蕖却将整个瓶子奋力扔在画上，顿时瓶中黑色液体迅速流淌出来蔓延到整幅画面，《谜生》全部变为一片黑色！

白小江"扑通！"一声跪倒在地，浑身颤抖双手紧紧捂住嘴巴，瞪着眼前这个黑暗一片的《谜生》，摇着头她喃喃自语："不……不！……"

她不敢相信眼前的这一切！

身后传来冰冷的声音："白小江——你毁了我的所有，我要找回我的公平！"

擦着双手林芙蕖扬长而去。

买了一包烟回来于旭之看到林芙蕖走出谜生，她昂着美丽的头颅面无表情从于旭之身边走过。于旭之不禁回首注视着她的侧影，心中叹道：“真是个尤物！美则美矣……”

猛然一声凄厉的嚎哭声从谜生画廊传出：“啊呜——”

惊得于旭之浑身一震，扔下香烟疯狂冲进谜生……

床上已经枯瘦成人干的白小江眼睛一动不动，田娜端来米粥喂她她也不吃，于旭之摇着头叹息：“这幅画对于作者来说已经超越了生命的意义，她是心被摧毁，早已没有了灵魂。”

正在国外考察的方睿接到于旭之电话，当他听到白小江已经不会说话后害怕她会崩溃出事，于是迅速安排回国行程。不敢惊动梅月怡、庄丽，他只得通知白宝娜连夜赶去北京把白小江送到医院。

得知白小江净身出户离婚后，白宝娜立刻说道：“二叔你怎么不明白呢？她净身出户又不要孩子这不是抛夫弃子吗？还不知道她那里惹出什么事呢，我才不去北京陪她丢人现眼！”

方睿一口气差点上不来，他跺脚冲着电话怒吼：“白宝娜你还是人吗？——她可是你的亲妹妹啊！你在牢里是谁救你出来的？你怎么都忘了啊？——”

梅月怡正在午睡，一阵手机铃声将她惊醒，接通以后宝娜愤怒的声音传来：“奶奶，二叔骂我不是人！他什么都偏着白小江，你要给我评评理……”

当梅月怡听到白小江净身出户离婚又得了大病时，顿觉天旋地转，保姆迅速冲上去扶住就要倒下的老人。

门打开方睿搀扶着苍老的梅月怡出现在白小江床前，紧紧将白小江拥抱入怀，梅月怡老泪纵横：“我的江儿啊——你这是怎么了？你这个样子可让奶奶我怎么活啊……”

含着眼泪方睿对白小江说道：“你奶奶听你病了差点一条命都没了，她一定要来北京，我只好派人连夜……”

忽然他打住，两人看到白小江直直的眼中空洞如幽深的隧道，看不到那里的尽头是什么……

母子俩惊得对视一眼，梅月怡浑身冰冷心中直打颤，她抚摸着白小江的脸庞：“江儿你……你认不得奶奶了？！”

凝视着奶奶的眼睛，白小江呆呆的眼中如宇宙黑洞……

梅月怡悲从中来一声呼喊：“江儿！我的江儿啊——”

老人昏厥过去！

被抢救过来的梅月怡在医院度过了几天，白明翰也从杭州的寺庙迅速赶来，这一天老人忽然陷入昏迷没有了脉搏，医生极力抢救，告知方睿情况非常危险，随时老人都会离开，慌得方睿和白明翰眼泪直流。

漆黑的夜里白小江独自行走着，茫茫黑夜中她不知道走了多久，也不知道正在走向哪里……忽然她眼前出现一座灯火辉煌的四合院，院子大门洞开，踏进院门正中北屋里面散发出浓烈的火球一样红色光芒，这片红色光芒照亮了整个夜空。门槛里面的地面上平躺着盛装的梅月怡，她头朝外脚朝里身上覆盖着艳丽的锦缎，老人瞪着眼睛费力地反转着脑袋看向门外，她正在焦急地等待着白小江的到来……

看到这幅景象轰然白小江心中一个声音响起：奶奶就要死了！

奶奶！——奶奶——

大声呼喊着白小江扑向门内梅月怡身上……

白小江大叫着从床上一跃而起，一片黑暗中她大汗淋漓地喘息着——

猛地门被打开田娜冲了进来，她瞪眼惊叫：“天啊！小江你能说话啦？我听到你喊奶奶了！……”

一个激灵令白小江顿时从懵懂之中醒来：奶奶就要死了，她正在等着自己最后的到来！顿时白小江号啕大哭跳下床冲向门外：“奶奶——等等我！……”

医生正在给梅月怡抢救，方睿夫妇和白明翰在老人床边商量着要不要把白小江接过来，听到“白小江”三个字时忽然梅月怡睁大了眼睛，她用力反转着脑袋眼睛使劲地看向病房门外，方睿大惊握住妈妈的手：“妈，您这是要小江赶紧过来是吗？”

梅月怡仍然眦着眼珠子看向门外，仿佛在那里她看到了什么……她用力地点头又点头！

慌得方睿和白明翰同时颤抖着双手拨打手机，还没等方睿按键忽然屏幕显示白小江电话打来，接通电话传来她凄厉的哭声：“二叔……奶奶在哪里？——奶奶就要走了！你让奶奶等等我，我马上就赶来！……”

告诉她医院的地址后，惊得方睿和白明翰相视着说不出话来，再看妈妈仍然死死地瞪着眼睛反转着脑袋看向门外……

这时白明翰手机突然响起，他迅速接听电话：“大和尚，什么……您来看我母亲了？！”

医生见老人的头一直歪向门口就将她的头扶正，可是怎么也掰不过来，忽然方睿明白过来，他赶紧伏在母亲耳边问道：“妈，你是在等小江过来是吗？你是不放心她一个人是吗？……”

听到儿子的话梅月怡用尽了最后的一口气点头，……缓缓地缓缓地她闭上了眼睛，面孔依然歪向门口！

白小江奋力穿越寂静的长廊冲向病房门口，打开门的一刹那忽然里面传出一片刺耳的哭声：“妈——”

凄厉的哭声打破了黑夜的寂静，回荡在整个大楼……

“扑通！”白小江眼前一黑，膝盖一软她什么都不知道了。

……

第六章 唤醒

二十六

打开门田娜见是颜宽顿时眼泪流了下来："她不说话也不吃东西……"

默默进门颜宽看到一个瘦弱的身影坐在窗前凝望着窗外，惊得他不禁浑身一哆嗦，天啊！这还是那个曾经的白小江吗？眼前的这个瘦成骷髅一样的纸片人，她苍白得没有一丝血色的面孔上眼窝深陷，瘦得脱了形的皮肤松弛得布满褶皱，稀疏的头发耷拉在锁骨凸起的颈前……她仿佛是一个来自地狱的游魂，只是鼻孔里面还有一丝气息而已。吓得颜宽赶紧掉过头去不敢直视，泪水弥漫了他的双眼……

田娜出门买菜房间陷入寂静，颜宽缓缓说道："我知道我所有的忏悔都不能挽回我的过错，我不奢望你能原谅我，我只祈求你能够回到从前那个心无旁骛的白小江，你需要我……做任何事情都可以！"

忽然他跪倒在地握住白小江双手呜咽痛哭："原来上天早就安排好了一切，所有的罪恶终将都有终结者！我不敢去面对曾经的那个颜宽，那个颜宽背负着原罪，无论我如何去逃避他，如何装作视他而不见，可是我知道上天不会让我逃脱……终有一天我将注定和他狭路相逢，终将面对！就像夏南生说的那样：'我欺骗了这个世上所有的人，可是我欺骗不了我自己！'小江，我将流放我迷失的灵魂，从此去寻找那个黑暗的'自我'……"

房间除了他的呜咽之外没有一丝生息，白小江的身影仍然像个木乃伊一样瞪向窗外……

门打开田娜身后白明翰出现，瘦弱的白明翰头发已经全白，无法抑制的伤痛让他佝偻着脊背、蹒跚着奔向女儿，全然不看曾经的女婿一眼。养母突然去世、女儿昏迷了几天这才苏醒，接二连三的打击已经将白明翰彻底摧垮，看着眼前的女儿成为这般模样，顿时白明翰拥着白小江老泪纵横呼喊着："江儿！江儿……你不能这个样子啊！你不能……"

颜宽看着前岳父再无从前的高大、清雅，那个儒雅、倜傥的男人再也不见了，灾难让他瞬间成为一个苍老的老人一般，愣愣地看着眼前被磨难摧垮的父女，颜宽默默地转身走向门外。

紧紧抓住白小江的双臂白明翰死命地摇晃着："江儿，你奶奶不会希望你是这个样子！你知道吗，她离开这个世界最放心不下的就是你，你怎么能这个样子让她不放心呢？孩子你不要伤心，你听我说，你奶奶她离开我们是去了天堂，去了最好的地方！我来告诉你一件不可思议的事情你就会明白了。"

忽然白小江眼珠子开始转动，她的眼睛看向爸爸，拉着女儿的手白明翰的脸上泛出了神秘的笑容，无法形容的灿烂光芒此刻笼罩在他的面庞："我在寺庙里修行的时候曾经和大住持聊天，对他说过你爷爷奶奶是怎么救了我们白家三代并养育白家两代人的故事，大住持听了非常震惊，他说这样有德行的人一定会获得大福报的！可是我就一直纳闷，爷爷奶奶那么好的人为什么一生却经历那么多坎坷？

"你奶奶病危，我对大住持请假说来北京的医院照顾我养母，没想到在你奶奶咽气之前大住持突然打电话给我说他在北京佛协开会刚结束，一定要来医院看望你奶奶。

"就在你奶奶刚咽气、你昏迷过去的时候，非常神奇他正好就在那一刻来到病房，然后他一直在给奶奶念经超度，而且还是他亲手将你奶奶从病房推到殡仪馆的，这是他这一生唯一一次这么做！他说是因为你奶奶一生积累的德行上天才能够让僧人恰巧在这个时候到来，才能为奶奶这么超度！

"孩子你知道吗，在佛教看来，人的一生在世时候得到的善恶报应只是因果的其中一个部分，而最重要的因果，其实是在人死亡到来的那一刻灵魂去往了天堂这样的善道还是那些恶道，这才是最最重要的因果报应呀！即使在世的时候是世界上最大的国王、拥有世界上最大的财富，可是如果在死亡到来的时候去往地狱、饿鬼、畜牲等那样的恶道，那活着时候的风光又有何意义？所以在死亡到来这个时候能够去往最好的极乐世界才是人得到的最好、最大的善报！而且人在刚咽气的时候如果能够得到僧人的超度，对于亡人的灵魂去往天堂是极其重要的！小江你想想看，为什么在你奶奶刚刚去世的时候大法师就到了病房？这么神奇的事情我这辈子都想不到会发生！然而大法师怎么那么巧就在这个时候来到北京开会？而且就在那个时刻散会到了你奶奶的病房？这一切现在看来难道不都是上天已经安排好的吗？大住持说你奶奶一定是去了最好的极乐世界！所以我们都应该为她高兴，而不是……”

忽然打住话语，白明翰看到女儿那双幽深如黑洞般的眼睛慢慢看向窗外的天空，他确定白小江是听到了这些话，但是那双眼睛仍然还是如天空一般的虚空、空洞，在那里你什么都看不到，顿时白明翰一个寒噤他全身彻底冰冷，这一刻他才终于明白妈妈为何看到白小江这个样子后痛心地死去，原来这孩子的心早已死亡！

颜宽倚靠在楼道的墙壁上猛吸着香烟，于旭之和田娜两人低头默不作声，门打开一位学者模样的中年女人走了出来，三人赶紧迎上前去，女人说道：“她严重自闭，自始至终不说一句话，作为心理咨询师我可以治疗，但是过程可能会很漫长。我最近要出国开会恐怕会耽误她的病情，这样吧我给你们推荐一个非常特别的地方，在一个岛上有位教孩子上课的老师，她不是治病，只要去那里做义工她都欢迎，很多抑郁症患者在她那里都疗愈了。其实这位老师就是利用情境来改变人的心境，再进行心灵沟通，我觉得她的方式比较适合白小江，去试试吧！”

一张纸铺在白小江面前的桌子上，田娜指着上面的几个字问她：“你愿意做义工老师去教孩子们美术吗？去这个岛上每天只有一班船，这个人会在码头上举着她的名字迎接志愿者。”

白小江低头看到纸上写着几个大字：“空心岛——删除妹”，沉默半晌她默默地点头。

飞机到达昆明机场，白小江辗转乘车来到空心湖畔。瓢泼大雨倾注下来，码头被冲刷得洁净无比，雨雾笼罩着湖面，雨水将天空和湖水相连，放眼望去茫茫天地间水天一色，一片雨和水的世界。

穿着雨衣立在湖边，白小江被雨水疯狂地冲刷着，闭眼呼吸着雨中甘甜的空气，她感觉捆绑自己的绳索开始逐渐松散、坠落……

去往空心岛的轮船因为下雨船上只有几个客人，轮船行驶到湖中，白小江走出船舱来到甲板的栏杆边上，置身于天地间一片的雨水之中，雨水冲刷着她的眼睛，放眼望去忽然恐惧淹没了她：天上浩渺苍穹之无涯无尽，脚下漫漫湖水更是无际无边，雨水又将上天和脚下的湖水相连，什么都看不见了，无尽的水天和整个宇宙世界相连，除了雨和水仿佛全世界什么都不存在了，只有这一片雨和水的世界，只剩下她一个人被无尽的水天淹没于其中……她不过就是天底之下一滴小小的水滴而已，而宇宙之大更不敢让她想象……

前所未有对天地的敬畏袭来，这种恐惧让她身心战栗，宇宙上天仿佛在这个时刻对她揭开了神秘面纱，露出了神奇的面目和那无法形容的神秘力量！她既眷恋融于神秘自然带来的奇异感受，想探索其中，又惊惧天地之浩渺带来的震慑，呆立在那里她的灵魂腾空而去，早已不知所踪。

此刻她轰然发现自己最大的可悲之处就是对这个神秘的宇宙世界竟然一无所知……

恐惧的白小江冲进船舱，抱头捂住脑袋不敢看向窗外。终于大雨停歇换之浓雾席卷着细密的雨，轮船的前方依稀可以看到岛屿的绵延轮廓开始出现。

船身渐渐向岸边驶去，浓雾弥漫在清冷的码头，一个模糊的清秀人影立在那里，瘦高的身形看不清面孔，只可以模糊看到头发是男人一样的寸头，土黄色的衣服在混沌的雨雾中衣袂飘飘，如云中仙子般的俊雅剪影飘然而立，仿佛是天人降临了凡间。望着这幅仙境般虚幻的画面白小江心中叹息：此景、此人只应天上有。

船身靠岸，这时那人举起了一个大牌子，上面清晰地写着：删除妹。白小江心中一动，果然这种仙风道骨的女人才配得上这个名字。

穿着黄色棉布长衫的删除妹在凝视着轮船的到来，船身终于靠岸，她的五官清晰地映入了白小江的眼帘……在看清删除妹面容的一刹那，白小江头顶如天庭洞开般一片轰鸣，震得她七魂六魄全都随风飘逝，散落在茫茫的云水之间……

白小江一动不动如一尊化石般地凝望着岸上那个面孔，轮船撞击着码头她的身体也随之晃动着……船身停稳船上的人陆续下船上岸，只有白小江一人灵魂出窍一般呆立在那里。她清晰地看到那个面孔和自己对视之后的震惊，然后迅速绽开惊喜的笑容，如一朵莲花在雨雾中绽放，只见她扔下手中的牌子疯狂向船上飞奔而来，那轻盈的身影似一只掠过水面的黄色飞鸟飞向白小江，恍然整个世界都是飘荡着这个黄色的身影和漫天的飞舞莲花。

缓缓地白小江瘫倒跪在甲板上，她的泪珠轰然坠落在甲板，破碎……

猛然她被揽入温暖的怀抱中：

“小江，随我上岸！……”柔润的女声在她耳畔响起。

白小江在删除妹的怀里摇晃着，她想呼喊可是却发不出任何的声音，终于在这个温热的怀抱里面白小江冲天一声长啸：“阿琪！——阿琪……”

删除妹就是辛阿琪！辛阿琪就是删除妹！

这个声音在白小江心中炸响，那个弃自己而去的辛阿琪竟然是行走了天涯。

两人跪在甲板上紧紧拥抱着，辛阿琪见白小江浑身冰冷颤抖，她疯狂大喊：“小江、小江！你这是怎么了？你生病了吗？怎么瘦成这个样子了？我好久才认出你……”

呆滞着眼睛白小江看向空中喃喃自语：“我看到了水……淹没了这个世界，那是……另外的一个世界，什么都不存在了……”

辛阿琪泪水奔涌痛哭失声，两人紧紧拥抱着，雨又大了起来，轮船在湖水中荡漾着……

坐在洁净的木头床上，白小江蒙着毯子喝着滚热的红糖姜茶，看着杯中袅袅的热气，她这才感觉自己的灵魂回到体内。

“再次相聚真好，小江，你要在这里多住些日子。”辛阿琪说着满眼的喜悦和平静，眼前这个既熟悉又陌生的辛阿琪，白小江看在眼里满心羡慕：五官还是从前的五官，可是曾经那个不羁的京城大妞不见了，她的身上充满着极致的宁静和祥和，她只是静静地坐在那里，身上就仿佛散发着无法形容的光芒。

握住辛阿琪的手白小江问道：“为什么……离开我？！”

哽咽着她已经说不下去，辛阿琪心疼地抚摸白小江的手背缓缓说道：“看来你也是经历了非同寻常的事情，我得了乳腺癌，所以离开了你和北京。”

惊得白小江跳了起来：“什么？！乳腺癌！你怎么可能得了癌症？——”

她不敢相信自己的耳朵，可是辛阿琪却大笑了起来：“哈哈，为什么我就不可以得癌症？谁规定我必须是上天的宠儿永远不会得病的？我妈就是死于这个病，所以我并不意外。我几乎被医生判了死刑，瞒着所有人我只和叶光明商量这事。我不想重复我妈在医院里面等死的道路，既然死神一直在前方等着我，从来就没有远离过，那我就只有考虑用什么方式迎接他的到来……”

含着泪水白小江质问辛阿琪：“为什么瞒着我？……你不是说我是你的亲人吗？为什么不让我分担你的痛苦？”

摇着头辛阿琪沉吟着：“不！病痛在我身上你没法分担，我不能让你为我陷入痛苦，其实那个时候我并不爱自己，我憎恨那个时候的辛阿琪，我甚至想……那么就让辛阿琪死去吧！但是我不能让爱我的人为我伤心，因此我只有离开你。宗萨蒋扬钦哲说过：活着即是迈向死亡。所以我还要去寻找这个世界和生命的所有答案：为什么人从生下来那一刻开始，得到的一切终将都会离去？为什么只有死亡离我们越来越近？死后我的灵魂是否存在？如果灵魂存在我又会去往哪里？是否真像你说的黑子死后灵魂成为小黑狗的灵魂？

“那个时候我嘲笑你，可是直到死神面对我的时候，我才知道白小江你已经早于我和死神对话了。我多么希望我死了以后这个世界随着我的消失也不存在了，我多么希望这个世界只是我活着的时候出现的一个幻影而已。可是这个时候我才知道这个世界并不是我想象和看到的那个样子，我们的肉体和灵魂与这个宇宙世界之间的关系才是这个宇宙最大的秘密！我还有太多太多的未知，所以我必须把这些答案都找到才能安心死去。

“所有身体上的病症其实都是心出了问题，当我们想得到太多的时候，就会发现我们却总是在失去，身体必然也就会出现问题。而当我删除了虚妄的欲望，心归零以后那就不存在任何事物是失去的，反而所有的一切都是在不断地得到。等到我明白死神的意义并与之和解的时候，我的生命其实才重新开始。”

白小江叹息：“所以你叫删除妹。”

“离开北京来到这里，我删除了自己曾经的一切，包括我是病人这个念头，删除了那些仇恨、面子和痛苦记忆。我每天除了给孩子上课外就打坐、禅修，每天我都会问自己：我心底所有的黑暗和罪恶都删除干净了吗？我的心洗净了吗？慢慢地我发现原本对于我很重要的男人、孤独、面子、被他人认可……这些真的就都不再重要、不复存在了。没有了‘我’的存在，疾病又能何在？癌细胞就像一个神秘的造访者一样在我身上溜达一圈然后消失了！不可思议的事情在我身上发生，很多人来找我分享删除这个体验，后来这里的人干脆叫我删除妹。”辛阿琪淡淡地说着，就像讲着别人的故事一样。

听到辛阿琪已经痊愈，白小江拥抱着她放下心来：“天啊，这么神奇？那我也叫你删除妹！”

辛阿琪苦笑着：“可是我仍然还在删除的道路上，我并没有最终战胜自己。本来在我身体痊愈之后就打算去看你的，但是那时我爸入狱了，连同高瑜德，最后我还是不敢面对外界，又把自己封闭起来。除了定期去钟城叶光明那里体检之外我都在这里教学，接待志愿者和各种病人。你看面子我至今仍然还没有删除不说，逃避在这里其实也是一种自闭。我终极的目的是没有任何需要删除的，说明我的灵魂那个时候才是获得了最终极的自由和圆满。”

见白小江气色恢复，辛阿琪拉着她走出门外。这座上下两层的学校用石头建成，像座城堡建在半山上。删除妹在石屋的一侧居住，她的房门打开正好可以看见码头，门前大大的木制平台上开满了各色艳丽的鲜花，石屋上面覆盖着浓密的爬墙虎……绿水、山林、鲜花将这座依山临水的石头房子美成了仙境中的城堡。

雨早已停下，浓雾也已散去，两人立在平台上，看到农家渔船三三两两从码头前驶向湖泊深处。辛阿琪指着远处那些渔船说道：“在人生这场浩浩荡荡的旅程中，我们相遇了又终将散去。这些船只从我们眼前驶过，然后又消失，生命中我们遇到的所有人和事也都和这些船只一样，他们出现过却又注定终将会离去，没有永远停留在你面前不会离开的船只，其实就像我们这个肉身一样，不会留在那里永远不变。但是只有一样永远不变，我们的所思所想和行为在这个宇宙中会留下印记，永不消逝，但是我能改变我的心，只有赎回我的罪恶，才能改变我在宇宙中留下的印迹。小江，只有把你的痛苦和情绪去掉，才能把你的本心找到，你就会找到终极的智慧和快乐。”

想到这些年的经历，白小江仰天长叹：“我想象不到罪恶会令人如此地丧失了人性，他们像吸血鬼一样掠夺一切、像野兽一样摧毁一切已经成为本性……颜宽本来那么善良的一个男人，最后也疯狂嗜血，成了人不人鬼不鬼……”

听完白小江的故事，辛阿琪叹息着：“夏南公司被低价操纵卖给颜宽，你面临的是良心被凌迟的酷刑，所以灵魂怎能安放？但是……颜宽不该是这种人啊，他不是一直都很正直、瞧不起那些小人吗？”

白小江痛苦闭上眼睛：“他是被林芙蕖洗脑了，那个时候他一边做着最龌龊的勾当，一边还自认为自己是个好人，灵魂一旦出卖给金钱，就连魔鬼都认为自己是天使！”

可是辛阿琪却连连摆手：“但是如果我们只是二元对立地痛恨他们也是错了，其实这些失去人性的野兽也是受害者，这个世上最可悲的就是愚昧者永远看不到自己的愚昧，没有人生下来就是愚昧的野兽，到底是谁将他们培养成为野兽？所以我们要痛恨的是将人培养成野兽的那些制度和教育！我们不能只是把野兽关进笼子，而是要帮助他们在走进牢笼之前找到人性。其实天下这种人最苦，因为他们一定是要下地狱的！我现在最后悔的就是那个时候痛恨、仇视我爸，和他整天斗争、对立争吵。我是他的女儿啊，那个时候我为什么不能用爱来感化他呢？这个世上只有爱才能感化苍生，如果我们都能用爱来改变这一切，也许我爸和高瑜德就不会走进牢房。”

辛阿琪狠狠地捶打着栏杆，痛苦的面孔扭曲起来，白小江从没见过她这么伤心过。

指向湖面辛阿琪问她：“小江，你会留恋那些美丽的航船吗？它来了又走了，你能看到水面留下过船舶的痕迹吗？它和从来没有来过又有什么区别？我觉得你那幅被毁的《谜生》油画就如同一只船一样，它曾经美丽了人们的眼睛，美丽了这个世界。但是你想过没有：如果一年前你从来没有画过那幅画，那么白小江你今天会因为它而这么痛苦吗？你为什么不可以删除对它的所有记忆呢？如果这幅画是源于你的智慧，那么你的智慧就像眼前的湖水一样，船可以消失湖水怎么可以消失？既然你的智慧能画出《谜生》，就应该能画出比《谜生》更美好的作品。我从来不把坏事看作是坏事，无论坏事、好事都是上天在考验我们。所以每发生一件事情我都会问自己三个问题：为什么会发生这件事情？告诉我什么道理？需要我去做什么？”

白小江立刻惊醒：“原来上天是在考验我啊，让我失去《谜生》，是让我画出更好的……”

辛阿琪点头：“你要相信这个宇宙世界一定是公平的，得到并不是你所看到的那种得到，失去的也不一定就是真的失去，因为比《谜生》更有价值的一定是《觉悟》。小狗黑子即使是李默的灵魂又能怎样？只不过是从人的梦境进入了狗的梦境罢了，即使他的灵魂能够重新成为人的灵魂，如果没有醒来还在人的梦境中又有什么意义？所以我们一定要拥有从梦境中醒来的智慧，是觉醒和觉悟。”

白小江看向湖面喃喃自语着：“我终于明白了，我必须画出《觉醒》，那才是我的使命！从小到大这么多年我一直都是在失败和打击中度过，和你们这些成功人士不一样，我从来没有任何事情成功过，突然巨大的成功到来瞬间又失去，其实欲望和面子才是击垮我的源头。奶奶和婚姻都是来了又走了，也是我没有能够放下他们。”

摘下身边桃树上的一颗桃子辛阿琪递给白小江：“在桃花盛开的时候，我每天被那些美丽的花儿陶醉着，可是同时又在担心花儿的即将凋谢，就像一个美丽的女人陶醉于自己美貌的同时，却又担心红颜很快就会老去一样。终于一场大雨过后我打开门，忽然我留恋的那些桃花全都不见了，花朵全部凋零落入泥土没了踪迹，桃树上只有碧绿的枝叶，仿佛那些花儿从来就没有开过一样！小江，你不知道当时我的心里有多么的恐怖！因为我想到了我们的一生就如同那繁花一样瞬间凋零，仓促得让你都回不过神来！可是如果迷恋盛开桃花的美丽，恐惧花朵的凋谢，其实就是恐惧果实的到来。所有的繁华、美貌、浮名、虚荣、面子统统都是昙花一现，如果我们什么都舍不得删除，那么就只能得到那一朵朵瞬即消亡的灿烂桃花而已。”

辛阿琪跑到山上摘山果子去了，白小江坐在宽大的木头椅子上呆呆看向湖面那些渔船……

山路上忽然出现了辛阿琪的身影，她犹如一只徜徉密林深处的仙鹿一般飞奔而来，立在白小江面前时又如云中的闲鹤一样娴静，汗水让她面庞如孩童般的红润……白小江看得呆了，谁能想象这是曾经职场上叱咤风云的女统帅？是夜店里面酒醉的孤独游魂？……洗尽铅华之后，竟然在她身上再也找不到当年那个时尚总裁的奢华气息。

从褡裢包倒出一堆的野果子放在桌上竹筐里，辛阿琪脱了鞋蜷缩在木头椅上，依靠着白小江的肩膀满足地呢喃着：“和老友相逢在这里，老天是多么的厚爱我啊！”

白小江从来没有见过一个人能这么自在、满足，仿佛她已经拥有了全世界一般。

下课铃声响起，辛阿琪拉着白小江走进教室，她向学生们宣布：“同学们，这是你们新来的美术老师白小江老师，她可以教你们绘画，而你们呢可以教她唱歌哈哈……”

顿时白小江大笑：“啊，暴露了，我唱歌不好……”

孩子们开心地跳了起来，一起围着她大叫："白老师你想学什么歌？"

"我们可以教你唱各种歌曲……"

"白老师，我还会作曲……"

白小江立刻伸出手臂："我都要学！"

……

门外几个志愿者老师也拥了进来，大家开心地拥抱着白小江欢迎她的到来，老师和孩子们立刻决定在湖边举办篝火晚会欢迎白老师。没有想到竟然是这样的学校和学生，白小江体内早已是热血奔腾，看着一张张绽放的笑脸围绕着自己，孩子和老师们的笑声像一片欢乐的海洋淹没了她……被这股爱和热情的洪流融化，此刻白小江发现自己早已经不是上岸前的那个白小江了。

清晨，门前的平台上辛阿琪和白小江正在做着瑜伽，太阳的光晕笼罩着两人。白小江躺在毯子上正在冥想，忽然耳边传来辛阿琪的低声呢喃："小江，闭上眼睛深呼吸，按我说的在脑海里面想象，然后试试看你能看到什么……"

按照辛阿琪描绘的景象，白小江脑海里面出现一个明亮的山林，山顶的溪水汇聚成瀑布流淌下来，冲天而下的溪水如银链般流入她头顶的脑壳，冲刷着她的整个身体，渐渐地白小江看到自己的身体越来越通体透明……

忽然她身体如羽毛一般轻盈地飘飞起来，渐渐地飞入了广袤湛蓝的天空中，太阳耀眼的光芒照耀着她，脚底白色的云层在翻卷滚动，就这样她在无垠的蓝天下、在白云上面自在地飘飞着……飞着飞着天色渐渐暗了下来，黑暗的夜空中她看到下面是一个灯火璀璨的城市。白小江飞身扑入城市上空，在无数座闪亮着灯火的大厦之间飘浮着，看着那些灯火通明的窗户里面人们正在发生各种各样的故事……，可是孤独袭来，让她向往着脚下万丈深渊里面的闪烁霓虹。

于是她缓缓向下飞落，终于降落在一条昏暗的街道上，刺眼的路灯下面是一个电车车站，那里并排站着一队人：方子凯、庄丽、夏南生、黑子、颜宽、艾米、小思思……每个人都是面无表情木然地呆立在那里，白小江从他们面前经过可是没有人认出她来，她这才发现自己的身体竟然是虚空的！

“奶奶，为什么奶奶不在这里？我要找到奶奶！——”白小江大喊着，可是喉咙却发不出一点声音，没有任何人听到她在呐喊。经过这些人身边白小江迅速往前跑去，忽然她看到空荡荡的街道上出现一个熟悉的女人背影，一阵难耐的激动涌上心头，于是赶紧跑到那个身影面前，可是当她看到女人的面孔时顿时吓了一跳：女人整个面孔像日本的艺伎一样覆盖着厚厚的雪白脂粉，根本看不出脂粉下面的那个真面目是谁！赶紧再看向雪白面孔上的那双眼睛，可是那两只眼睛深陷在厚厚的脂粉坑里面，像两只深井里面的幽魂模糊不清，令白小江怎么看也看不清楚……

白小江只得跟在女人身后继续前行，两人一前一后进入一幢大厦的门厅，电梯门口一群人正在排着队等候电梯，女人站在人群的最后面，白小江赶紧站在她的身后。这时女人默默地将脸上的脂粉壳像一个白色面具一样拿了下来，她手里的这个脂粉壳足足有一寸厚！白小江心急难耐想要看到她的面孔到底是谁，于是伸出手臂刚要拍向她肩头的时候，忽然电梯门打开，女人立刻跟随着大家拥进电梯，白小江也紧随在她身后进入电梯。电梯里面女人缓缓转过身来，终于白小江清晰地看清面前女人面孔的一刹那，瞬间眼前一片冲天的火花炸裂，炸得白小江失去了所有的思维，大脑一片空白：原来那个面孔就是——白小江！

站在这个和自己一模一样的面孔面前，白小江仔细地凝视着她自己的面孔，面前的这个白小江面无表情，她根本看不到对面的自己，白小江眼泪开始哗哗流淌……

电梯门打开是奶奶病房的那个楼层，那个白小江疯狂跑出电梯，白小江紧紧跟在她身后，两个人一起飞奔到一个病房门口，是奶奶的病房！打开门的那一刻，眼前这个白小江突然跪倒昏倒在地上！……急得白小江疯狂跨越她的身体冲了进去：奶奶正在病床上用力歪头看向病房门口，死命地瞪大眼睛看向门外，等待着白小江的到来……白小江冲向病床，终于将奶奶拥抱进入自己的怀里，躺在白小江怀里的一刹那，奶奶露出满足的笑容："江儿，你终于来了！……"

瞬间奶奶闭上眼睛，一声嘶吼冲出白小江的胸腔、喉咙，响彻整个病房大楼，撕破了黑暗的夜空："奶奶！——"

瑜伽毯上的白小江发出凄厉的一声哀嚎："奶奶！——"

猛然她起身看向虚空，那里一片的霞光映照着她的眼睛，她什么都看不见了……

等到她终于看清楚眼前是辛阿琪时，忽然匍匐在地号啕大哭，辛阿琪紧紧地拥抱着她："哭吧！小江，全都哭出来吧，奶奶去世后你一直哭不出来，催眠就是让你和你自己的灵魂对话，灵魂和宇宙接通以后可以脱离肉体的束缚，在各个维度游走，你可以看到真相，可以和你自己和解，和这个世界和解……"

痛哭着白小江浑身颤抖："天啊，那个戴着面具的白小江太可怕了！竟然我能看到了真实的自己……这个宇宙世界到底还能让我再看到什么？我还能发现什么？删除妹你告诉我为什么会这么神奇？除了催眠之外人体还有什么密码？"

白小江瞪着滚圆的眼睛看向删除妹，灿烂的阳光荡漾在删除妹明媚的面孔上，一片霞光中她看着白小江的眼睛："你现在开始打坐，闭上眼睛我说你感受一下。"

白小江立刻盘腿开始闭眼打坐，删除妹也盘腿闭眼深呼吸，她口中缓缓吐出仿佛是天外传来的密语："我们这个肉体活着和死亡的区别在哪里？是呼吸！有呼吸这个身体就是活着，呼吸没有了、一口气没了人就死了。所以打坐以及瑜伽都是通过呼吸来让人得到与宇宙相连的通道，进入这个通道后你可以发现你已经和宇宙融为一体，因为你本来就是和宇宙万物是一体的，所以你不用融入也是一体！但是这个真相因为我们的这个肉身让我们产生错误的认知，让我们误以为我自己的身体是和别人的身体和所有的宇宙万物都是分离的、都不是一体的。其实这个肉身就像墙和笼子一样将我们的灵魂与别的灵魂分开，与宇宙万物隔开。然而物理学家也告诉我们，所有宇宙万物的最小组成成分和我们这个身体的组成成分都是一样的，万物的最小组成成分都是那看不见的波！因此所有人的身体和这个宇宙世界都是一个统一体，我们每个人和所有人和宇宙万物都是一体没有分别，都是空的。色即是空，空即是色，所有的物质世界都是种假象，都是本体更本质的东西的变现。所以说身体、墙、笼子根本就不存在，存在的只是我们错误的妄念，缘起性空，性空缘起，因此我们要学会忘掉这个身体，融入宇宙之中……

“因为我们的身体本身就是一个宇宙，所以当你打坐或者用任何一种方式进入禅定以后，我们的灵魂就和宇宙所有维度相通。而且灵魂和肉体也是一体的，所以当我们的灵魂发生变化，我们的身体必然也将产生变化，只要你我与宇宙相通了，你体内所有的脉轮终将都会打开。当你执着于你自己的肉体和灵魂的时候，你就只能是你；而当你是空无一物的同时你也就是宇宙万物……

“如果不打坐、不进入禅定，你能感受到你的生命吗？你能进入到你内心的觉醒空间吗？因为宇宙万物本来就是空，空就是我，我就是空，所以你要连空都空掉，是自然融入宇宙……”

……此时的白小江闭着眼睛，却看到自己早已融入一片光芒之中，渐渐地她的身体不存在了，她的意识仿佛瞬间腾空成为一个更加广袤的意识，弥散在茫茫的宇宙之中，没有了时间、没有空间……

终于，白小江缓缓睁开眼睛，删除妹的声音在她耳边萦绕：“从这里你能发现宇宙的奥秘，并得到发现这个奥秘的智慧。我们生命的使命和目的就是为了得到宇宙的终极智慧，只有当你无我与宇宙万物融为一体的时候，你就是宇宙万物，所以你就自然得到宇宙的终极智慧。即使不打坐你做其他任何事情，只要你专注地投入，与你要做的事情融为一体，你就会发现你已经不存在了。”

说着删除妹从石桌底下的箱子里面拿出一个被磨得发光的老式弓箭，她指着几十步远处山体夹缝里面长出的一棵缀满红彤彤苹果的苹果树问道：“小江，你想吃哪颗苹果？”

惊得白小江瞪大眼睛张大嘴巴：“天啊，你……会射箭？！”

“最上面的那颗！”白小江指向果树最顶部一颗鲜红的大苹果。

删除妹稳稳地站好，仔细端详着那颗苹果，然后她缓缓地闭上了眼睛。白小江瞪大眼睛看着她，却见删除妹闭眼将脖子上面的丝质围巾取下严实地蒙住了自己的眼睛！

没有想到竟然是这样！顿时白小江双手紧紧捂住嘴巴死死吞下了就要发出的惊呼声，眼看着删除妹缓缓拉起了弓，将箭头稳稳地对准了那颗苹果……可是她并不发箭，却是久久地、久久地将拉满的弓停在那里……

此刻白小江看着眼前删除妹的身影融入一片的霞光之中，忽然在这一瞬间白小江所有的念头也都消融在这无尽的光芒中，而她自己也像一片光芒的碎片逐渐消失在虚空……

一个无法形容的、仿佛来自于外太空的神秘“嗡嗡”声音轰然响起，并回荡在虚空之中，“倏”地白小江的心脏仿佛顿时被击穿，瞬间她的灵魂回到体内，睁开眼睛她看到前方树上的那颗苹果正在穿越浓密的枝叶轰然坠落！

再看删除妹正在缓缓放下手中的弓，而那支箭早已不知所踪。扯下蒙住眼睛的丝巾删除妹看向早已呆成木头人的白小江：“还呆着干吗？这只苹果是给你的礼物，去拿来啊！”

猛然白小江浑身一震被惊醒一般跳了起来，她冲向树下捡起了地上的那颗苹果，当她看向完好无瑕的苹果时，顿时恍惚了：这只苹果全身没有丝毫被射击的痕迹，只是苹果的茎上是被齐刷刷地切断！难道那支箭是射在苹果这么细的茎上的？这怎么可能？！

瞪着困惑的大眼睛白小江看向仍然站在光芒中的删除妹，删除妹招手让她过去，白小江这才恍然惊醒过来，她迅速冲到删除妹身边将手中的苹果举起在两人的面前，却是瞪大了眼睛再也说不出来一个字……

删除妹看着白小江的眼睛缓缓说道：“专注和万物融为一体，把那个本来就不存在的我消灭！无我达到空性，当你与万物、与空性全都合一的时候，你已经完全无我不存在了，那个宇宙的智慧祂就来了！祂就是你你就是祂，你就是宇宙、宇宙万物就是你！这个时候你所体现出来的力量就是宇宙的力量，其实是那个神秘的宇宙力量‘祂’射掉了这个苹果！

“日本箭术大师阿波研造在自我的念头消失、自我融入无边虚空的时候，他的箭能在黑暗中射进靶心，第二支箭竟然又能从第一支箭的尾部穿透着射入靶心！他认为是来自宇宙的力量把那第二支箭射入第一支箭里面的，从而他开创的射箭流派叫一箭绝命，是射自己的命！因此他说：‘弓道并非技术，当你射穿你自己的心时，就能达到佛陀的境地。’

“所以只有真空才能妙有，那个‘有’就是宇宙本有的智慧和能量，这时你就和佛陀一样具有宇宙的智慧和能量了。不要以为只有佛陀才能无我，才能到达空性，才能成为全知全能的佛，你也可以！如果只是佛陀才可以，那他为什么要倾尽毕生之力来教育我们怎么才能和他一样成佛呢？”

抬起头白小江仰望着天空中刺眼的阳光，虚空中传来她坚定的声音：“‘通达无我法者’，那个宇宙的智慧‘祂’就会出现。宇宙的真相祂原本就在那里，不生不灭，无论我是否发现祂都在那里，所以我必须得到我原本就应该得到的智慧！”

餐桌上两人喝着奶油菌菇汤，吃着自制的面包，辛阿琪说她每年这个时候都会去钟城找叶光明体检，说两人正好可以一起去看望思思。

“这么说我可以见到思思啦！十年了，她都长成大姑娘了……”白小江激动得抓住辛阿琪的手叫了起来。

打通叶光明电话，手机里面传出他喑哑的声音：“阿琪，你去别的医院体检吧，我辞职了，正在寻找思思，半年前她……离家出走……”

叶光明呜咽的哭声传来，惊得辛阿琪和白小江顿时跳起来大叫：“什么？——思思失踪了！——”

二十七

飞机到达钟城机场，钟城是一座千年古城，辉煌的历史文化使其成为著名的旅游城市，近年来钟城的现代医学研究成果突出，钟城医科大学成为这个领域的重要研究机构。

房门打开叶光明瘦削的身影出现，顿时白小江、辛阿琪心头被重重一击：眼前的叶光明早已失去了当年的圆润清雅，沟壑纵横般的皱纹遍布在他瘦得棱角突出的面孔上，他眼中浓烈的痛苦流淌出来，浑身上下每个细胞都沉浸在无尽的沧桑和忧郁之中。他流泪说道："你们千里迢迢来帮我找思思，我……"

他呜咽着说不出话来，辛阿琪安慰他："你一个大男人，找个女孩子太难了，我们两个女人心会细一些，三个人总比一个人力量大。"

白小江泪流满面："为什么思思失踪了？为什么你不知道她去哪里了?！为什么呀——"

浑身战栗着叶光明抹去泪水终于让自己平息下来："还是从我来到钟城说起吧……"

当年叶光明带着女儿来到钟城，思思在奶奶的照顾下过了三年平静的生活。叶光明觉得还是没有能走出对妻子的怀念，于是拒绝了所有人介绍的婚姻。他的母亲去世，因为他忙于工作还要去西部参加义诊，照顾思思的事情就成了难题。他的一位中学同学结婚多年没有孩子，男人找到叶光明请他帮忙介绍医生治疗。同学见他太忙就提出夫妇两人可以帮忙照顾思思，给叶家父女做好后勤服务工作，只要给生活费就可以。于是叶光明就安排夫妇两人住在对面父母生前住的那套房子，每月给他们生活费，这样思思得到了各种照顾。

开始时女人对思思非常好，可能因为她没有孩子把爱都寄托在思思身上。后来她治疗成功，生了一个男孩，思思也大了。女人总是对叶光明抱怨思思叛逆、整天和坏孩子混在一起。叶光明赶紧和思思谈心，孩子说阿姨强制命令自己必须遵从她的各种规定，其实很多都是错误的教育，并说思思是她养大的，所以要求思思必须要像爱母亲一样爱她。思思反抗她的时候她就骂思思是个没有良心的坏孩子，所以孩子不想回家。叶光明意识到问题很严重就尽量多陪孩子，他决定等到思思上高中就让她去寄宿学校，不再需要夫妇的照顾。思思看到很快就能摆脱这种氛围很开心，看到笑容重又回到孩子脸上他心里终于踏实了。

半年前的一天夜里叶光明做完手术已经是晚上十一点钟，走出医院才发现下大雪了，回到家里思思却不在家，他赶紧敲对门的门，女人说叶光明不在家的时候，这孩子就是这样经常三更半夜不回家，而且她得知思思和外校不三不四的孩子鬼混很久了！

疯狂的叶光明冲下楼去找思思，忽然楼道门打开思思头顶着雪花进来：“爸爸，你回来啦？”

叶光明一个耳光狠狠抽在孩子脸上，思思被打得跌倒在地，肩上的背包滚落在地上，叶光明怒吼：“你还知道回来？竟然和不三不四的人鬼混，我们叶家怎么有你这样不知羞耻的孩子？！”

孩子捂住面孔浑身颤抖：“我什么时候和不三不四人鬼混了？你这么说，那我就鬼混给你看看！”

她飞跃起身冲向门外的雪夜，叶光明刚要冲出去猛然看到地上背包里面露出他的羽绒服衣领，瞬间他明白了，早上出门的时候自己穿的是西装，孩子是见到下雪才半夜去医院给爸爸送去羽绒服！

叶光明大喊：“思思——爸爸错了！——”

等他冲出门外，思思早已不见了踪影！叶光明找了整整一夜都不见她的身影。天亮他去医院请假，护士说昨天夜里他刚走思思就来医院给爸爸送棉袄。

几天几夜叶光明发动所有人都找不到思思，他疯狂质问女人为什么要说谎，女人哭着向他交代：“我老公说如果思思高中去寄宿学校我们就要提前搬离这里，那样就会失去你给我们的生活费。所以我就劝思思不要去寄宿学校，我对她说是我养大了她，她应该像爱母亲一样爱我，哪有孩子不爱母亲，不听妈妈的话呢？可她还是不听我的，所以我就只有告诉你这孩子在外面鬼混，我以为这样做你就不敢把思思再送去寄宿学校，我们也就可以留下来了……”

叶光明疯狂怒吼：“怎么是你养大她的呢？她是主人，你只是为她服务的管理者，你怎么可能变成了她的母亲呢？那你不就成为这个家的主人吗？！我给你工钱，给你房子住，照顾她为她服务那是你的工作职责！其实你只是我雇来的管家而已，在这个家里你只是一个暂时的管理者，管家可以有很多个，我可以随时选择、可以随时更换管家，而生她的母亲却只有一个！那是谁都不能代替的！你却利用偷换概念把自己代替成为生她、养她的母亲，你想利用这种貌似的道理来迷惑孩子让她变得愚蠢，让她变成为你的利益服务的工具！如果你自己也认为管理她然后你就真的可以成为孩子的母亲、就真的可以成为了这个家的主人，从而就能主宰她、主宰这个家庭的命运，那么你就是天下最愚蠢、最卑鄙的人！难道你忘记了当初你是怎么保证要为她做好各种服务的吗？是我的信任让你毁了我的后代、毁了我这个家！你这个骗子给我滚！滚——”

赶走了他们，叶光明终于在朋友的帮助下找到了思思的线索，有人在一个汽车修理厂里见过她。来到修理厂叶光明见到了年轻的老板徐雷，但是混迹黑社会的徐雷却傲慢地告诉叶光明：“思思在我女朋友那里，你想要我女朋友的地址，那是天大的笑话！”

白天、黑夜叶光明都潜伏在修理厂，两天后的晚上修理厂的大厅里面一堆的男孩聚在一起喝酒，一辆车子进入院子在大厅门口停下，徐雷带着两个女孩下车，其中一个就是思思！

立刻叶光明冲上去大喊：“思思——爸爸错了！孩子快跟我回家……”那一刻思思惊恐的眼睛看向爸爸，仿佛看到恶魔一般，叶光明心碎了！见她和女孩迅速向大厅里面跑去，他飞速追了上来，徐雷在一堆的工具里面托起一根腕口粗的铁棍拦住叶光明，叶光明痛哭着哀求徐雷：“求求你让我带走思思，不然我这个当爸爸的还怎么活啊？”

徐雷冷笑着：“思思也是这么说的，要是让她回家她也不活了！”

立刻大厅里面涌出一帮男孩，一群人把叶光明打趴在地上然后扔出门外。叶光明报警后警察进来搜查了一圈却没有思思的影子，从此思思就像人间蒸发再也没有了任何音信……。

有人告诉叶光明这个徐雷是黑社会的一个头目，有个女警官一直在调查几个女孩失踪案，但是她在调查取证的过程中忽然发生车祸去世。惊得叶光明立刻辞职寻找思思的下落，钟城找不到就去外地，在外地又生怕她在钟城……

面色苍白的叶光明双手握拳，细长的手指不住地颤抖：“生活原本只是偏离了一点点方向，结果却是走进万劫不复的地狱！我不知道到底是谁控制了命运前行的轨道？”

叶光明像个鬼魅一样惊惧地看向两人："我绝望的时候想死，可是我连死的资格都没有，找不到思思这辈子我都没脸去那个世界见到她的妈妈。我活着的每一天都是在炼狱里面煎熬……"

桌上堆满了厚厚的寻人启事，抚摸着上面思思微笑着的面容，白小江和辛阿琪咬牙对视着……

叶光明去了外地继续寻找思思，白小江开着他的车子载着辛阿琪进入了修理厂。下车后一名年轻的修理工热情地邀请她们来到接待大厅休息，两人并不在沙发上落座，只是在大厅里面四处溜达着察看。

修理工倒好茶水问道："二位姐，听你们口音不是本地人啊……"

忽然一声怒吼从三人身后传来："你他妈的李大宝不去修车在这干啥？赶快给我滚！"

吓得李大宝撒腿就逃，一转眼便没了身影，白小江和辛阿琪迅速回头，身后出现一个壮硕的年轻人，他长相粗糙，眉宇之间透着蛮野之气，看着他两人知道是小老板徐雷出现了。

辛阿琪笑道："哟，这位老板你还挺凶的啊！"

徐雷堆满横肉的脸上得意地狞笑着，晃动着身体来到两人面前咧开大嘴："两位美女，你俩还没有见过我是怎么教训这帮小子的，妈的，那才叫一个厉害呢！"

说着他故意脱去外套只剩下背心，他那滚圆的肌肉几乎都裸露出来，徐雷故意将自己健硕的身体在两个女人面前来回晃荡，像只抖擞着羽毛的公鸡一样咧嘴炫耀着。

辛阿琪对白小江使了一个眼色，她自己仍然和徐雷唠叨着。白小江来到正在给车子保养的李大宝身边："哈喽大宝！"

李大宝赶紧起身："很快就好了，请您稍等一会儿。"

冲着徐雷的方向白小江一努嘴："你老板说他平时教训你们的时候可狠了，一个当老板的对待员工怎么能这样粗鲁呢？简直太不尊重人了！"

抬起头李大宝嘴角露出不易察觉的鄙夷冷笑："谁让人家有钱呢，我们这种穷人还指望啥尊重不尊重的。"

然后他低头继续干活，白小江顿时心里有底，于是继续试探："要我就不跟他干，看着这种人就窝心！”

李大宝瞄向远处的徐雷继续面无表情操作着手里的活儿，他对徐雷的轻蔑之意被他深深隐藏起来，可是还是被白小江捕捉到了他那隐藏起来的憎恶，于是她压低嗓门说道：“大宝啊，和你打听一个人，一个失踪的女孩子……”

惊讶掠过李大宝的眼底，瞬间他正在干活的手停了下来，立刻他恢复了镇定说道：“你说的……什么？我不明白。”

说完他背过身去继续保养车子，顿时白小江心脏突突跳了起来：他——知道思思的下落！

缓缓白小江说道：“女孩从小就没了妈妈，她爸爸为了工作、为了去西部救穷苦病人无法陪伴女儿，爸爸知道自己误解了女儿，辞职了正在四处寻找她……”

听得发呆的李大宝忽然回过神来，立刻合上引擎盖：“好了，你可以回去了。”

白小江将写着电话号码的纸条塞进他的工具箱：“这是我的电话，请你帮我找到那个孩子好吗？”

这时两人身后传来一个甜美的声音：“大宝，你啥时忙完啊？”

一个二十来岁的姑娘拎着一个小小的生日蛋糕走来，女孩个子不高皮肤雪白，一双弯月一样的细长眼睛透着笑意，身上的白T恤和蓝色牛仔背带裤质地很普通，看来是李大宝的女友。

李大宝急忙点头：“正好收工了，小雨你等我一下马上就走。”

说完他迅速收拾工具，见他将那张纸条揣进了口袋，白小江心中一块石头落地。她笑眯眯问着女孩：“哟，小姑娘你是小寿星吗？祝你生日快乐啊！”

姑娘一愣瞪着眼睛迟疑地看向白小江，忽然她像是想起什么似的连连点头，李大宝赶紧拉起小雨的手就走，白小江冲着他俩挥手告别：“大宝天天见！”

李大宝也不抬头，两人迅速消失在白小江的视线之中。

辛阿琪上车后白小江激动地拍着方向盘：“那个李大宝一定知道什么！我试探他了，虽然他一个字没有漏给我，但是我可以确定他知道真相，而且他不是徐雷的人。”

辛阿琪说道：“越是什么都不说，说明越有戏……可是我们怎么才能撬开他的嘴呢？”

车子经过一个幼儿园，里面涌出一些穿着鲜艳演出服的孩子们，幼儿园门口一派节日景象，两只卡通米老鼠举着大大的条幅，上面写着：祝小朋友六一儿童节快乐！

轰然白小江脑海中一个闪电闪过，十年前的一幕浮现：

思思抱着她的布娃娃：“她是妈妈给我做的娃娃，我的生日是六一节，以前我的名字叫小六一，妈妈死后我叫思思她就叫小六一了。”

耳畔轰鸣着小思思稚嫩的声音，这时一道心光又乍现：李大宝女朋友手中的生日蛋糕！……白小江大叫着：“阿琪，今天是思思的生日！李大宝正和思思在一起——”

一个急刹车白小江疯狂调转车头往修理厂飞速驶去，冲进修理厂这个时间工人们都下班了，整个厂里看不到人影，徐雷也不见了。冲下车子两人疯狂查看，终于在一辆汽车底下有个工人正在修理，白小江一把将他从车底拖了出来，小伙子抹着油手叫道：“哎哟哟……你这是干吗！你谁呀？”

打开钱包白小江掏出一沓人民币摇晃着：“赶快告诉我李大宝的电话还有地址！”

小伙子垂涎欲滴地看着红彤彤的钞票，咽着口水眼睛飞快地转动：“出啥事了？你为什么要问这些？……算了，我都告诉你吧，他的手机号码是 ****，他是老板亲戚，只有他和老板兄弟三个住在那个大厅里面的房间，喏，你看那间房子就是他们住的地方。”说完他一把将白小江手中的钱抽了过去，这家伙紧紧攥着纸币咧着大嘴开心笑了起来。

听到李大宝是徐雷的亲戚，白小江和辛阿琪大吃一惊互瞪着对方。

白小江一把拉过他问道：“告诉我李大宝的女朋友住在哪里？”

这个年轻人摸着脑袋迟疑起来：“你们……到底是什么人啊？我已经回答你的问题了，我走了……”

说着他就要跑，辛阿琪向前堵住他的去路，指着自己的提包：“回答完这个问题我再给你钱！”

他赶紧寻思："住哪儿我也不知道，我只听大宝说他女朋友在钟楼下面的茶社做服务员，咱这种穷人也不喝茶，哪个茶社也不知道。女孩叫穆雨，江西人，是逃婚来到钟城的，我们都说李大宝捡到宝贝了，别的我就不知道了。"

辛阿琪掏出钱递给他，这小子咧着嘴脸都笑开了花，把钱揣进口袋撒腿跑掉。

立刻白小江拨打李大宝电话，可是对方随即挂断电话。辛阿琪伸手制止："你冷静下来，李大宝是徐雷亲戚，现在还不知道他的底细，思思应该是被控制了，如果打草惊蛇就更难找到孩子了。"

白小江思索着："如果李大宝和穆雨真的是给思思过生日，说明他们和思思感情不错，只要找到穆雨一定就能找到思思。走，去钟楼！"

古老的钟城城楼依着钟山而建，迄今已有千年的历史，在城门上方的城楼上又建立了一座巨大的钟楼，自古就传说里面的大钟是一座能自动发出响声的神钟，钟城的名字就是由它而来。城墙四周围绕着护城河，从山上流下的河水注入护城河中，河水蜿蜒着流入不远处的天水河。辛阿琪和白小江立在城楼下的岸边，夜色下古老的城楼上钟楼巍然耸立，里面的青铜大钟依稀可见，此时皓月当空，垂柳拂岸，夜静水急，凝望这一切两人不禁心旌荡漾，恍如回到千年前的那个月夜，一切都没有改变，只是这尊肉体不同了而已。

钟楼对面隔着马路一溜儿的店铺多是卖水果、食品的小店面，由于四面环山这个季节钟城已经很闷热了，店铺和住户门口全都摆放着躺椅，人们躺在上面乘凉丝毫不顾忌形象，男人有赤膊的，也有女人张着嘴巴呼呼大睡的……

白小江惊讶："删除妹你看这里和其他地方不一样呀，都在门口纳凉。"

辛阿琪击掌大笑："呀，这地方最适合我这种闲散的人啊。"

四处查看也没看到一座茶楼，两人停在一家客栈门前，青砖的仿古门庭古朴清雅，门楣上头木头牌匾上面刻着"客尘客栈"几个大字，另有两个橘色的大大灯笼高高挂在门庭两边，上面分别写着"客"、"尘"两个大字。大门口一群的男人正在乘凉，大伙或躺在躺椅上或坐在马扎上都在高谈阔论着，还有俩人正在面红耳赤地争论不休。只有一个穿着大汗衫大短裤的中年男人躺在人群最外边的竹椅上不说话，他竖起耳朵听着大伙的争论，惬意的笑容不时浮现他的面庞。

白小江向前问他：“大哥你好，请问这附近哪里有茶楼呀？”

男人泛黄的肤色长相普通，扁平的面孔一双细小的眼睛，他漫不经心地坐直了身子抬眼看向两人，口中缓缓说道：“茶楼？你们恐怕不是想要喝茶的吧？”

白小江、辛阿琪同时一惊不禁对望一眼，白小江支吾着说道：“……是的，我们是想打听一个人。”

男人不理她重又躺在躺椅上，头也不抬只是抬手将手指指向头顶慢条斯理说道：“喝茶之人心必静，心静之人怎会看不到上面写的字呢？”

两人迅速抬头，果然灯笼上面除了大大的“客”、“尘”之外下面还有两行稍小一些的字：“客栈内设茶楼”，两个灯笼上面分明都写得清楚。白小江讪讪地冲着辛阿琪笑道：“还真是的，我俩这一着急这么大的字都看不到了。”

二人赶紧谢了男人，他微微欠身算是作了回应，然后又半闭着眼睛听大家聊天去了。踏进客栈门槛辛阿琪不禁回望那个懒散、庸常的男人：“这人……有点意思……”

整个客栈是上下三层的仿古青砖楼房，建成回字形，中间是一个不大的天井，三个楼层的回廊全都环绕着天井，站在天井的任何一个角落都可以看到每个房间的房门。

客栈底层一半的面积都是茶室，宽敞的大厅里面散落着几张茶桌，三两个客人还在喝茶聊天，另有一些精致的竹制屏风将大厅隔成了一间间小茶室。见两人进门一个女孩子店员迎了上来，白小江刚要询问却被辛阿琪制止，她点头对店员说道：“给我们来壶上等的普洱，再来点茶点。”

在靠窗的茶桌坐下，辛阿琪和姑娘聊了起来：“这茶还真不错！朋友说你家茶好我们才过来的，给她泡茶的姑娘叫……穆雨，我记不清楚，好像是这个名字。”

“呃，穆雨啊，她可是会聊天的。但她今天家里有事不在，明天就来了。”姑娘倒茶进入两人杯子一边自顾自说着，辛阿琪和白小江面不改色喝茶，茶桌底下两人紧紧握手！

走出茶室白小江激动起来：“穆雨见过我会有防备，明天由你来和她对话，我先隐藏起来。”

打量着这个特殊的客栈辛阿琪点头：“这么有意思的地方，干吗不在这里住下呢？赶快去吧台订个房间。”

两人走出客尘大门，乘凉的男人们三三两两还在那里聊天，那个中年男人已经不在，回首望着灯笼上“客、尘”两个大字，辛阿琪幽幽说道：“小江，这里可是……不一般的地方啊！”

第二天两人来到客尘，服务员领着她俩上楼，经过的很多房间门口都堆积着画框和绘画工具，有的房门打开可以看到里面有人在作画，白小江开心叫了起来：“哇，删除妹你看，这里竟然这么多画家哎！”

服务员耷拉着眼皮淡淡说道：“我们客栈出门就是城楼、天水河，又靠钟山最近，那画家能不住在这里吗？”

来到二楼一个房间，不大的房间窗户很大，从窗口放眼望去，茂密的绿荫掩映着城墙和护城河，窗户隔着马路正对着城楼上面的钟楼，里面的大钟看得清清楚楚，两人满意住下。

午饭过后阳光下的客栈一片寂静，茶室没有几个客人，穆雨正在和一个店员低头聊天，透过窗户玻璃白小江指着她给辛阿琪认出后便退回房间。推门进去，穆雨和几个店员同时迎了上来热情问候。辛阿琪指向穆雨：“咦，我听出你的口音是江西人，对吗？”

穆雨惊讶地瞪眼：“您可真厉害，没人能听出我的方言，听口音您也不是江西人啊？”

瞧她和辛阿琪聊得热乎其他店员立刻散去，两人来到茶桌坐下，穆雨倒着茶水，细瘦的雪白手腕上系着一根用红丝线编织的红绳，辛阿琪笑着问她：“这是月老的红绳吗？是不是戴着它就会有好姻缘呢？”

穆雨看着红绳笑了起来：“不是的，这是我妈死前编的红绳子，她死的时候我还小，她怕我会记不得她了，家里穷又没有别的东西留给我，只好编了根绳子系在我的手腕上，让我时时想着她。”

看着穆雨淡淡地说着，辛阿琪惊得呆在那里，又想到她小小年纪从家乡逃婚，可想而知她都经历了什么，一阵阵针扎似的疼痛从辛阿琪心底涌出。

倒好一杯茶水穆雨抬起头猛然心头一热，一股暖流瞬间从心底涌出：眼前的这位陌生女人正在注视着自己，她的眼里满满的疼惜和哀怜溢出，浓浓的母爱之情从那里流淌到了穆雨的心底……

握住穆雨的手辛阿琪说道："我妈也不在了，不过她们一直都在天堂看着我们，你……不孤单，需要帮助的话可以和我说，我会尽力帮你！"

顿时穆雨被融化，她明白这种温情和慈悲是根植于这个陌生女人的心底，对任何弱小她都会涓涓流出这种慈爱、疼惜之意。眼波流动穆雨轻声说道："……我的老家在江西的山区，家里只能靠卖点山里的特产维持生计。我爸除了干点农活就会打我妈妈，有一次我妈没有经过他同意私自花了十块钱，结果被我爸打得昏死过去……

"我八岁那年瘦弱的妈妈突然肥胖起来，我这才知道她是得了大病，不到一年妈妈就死了。我姐十九岁那年嫁人生下两个孩子，她告诉我现在她是在重复我妈所有的命运轨迹，她不想让我再成为她的复制品，反正嫁给谁都是生孩子、都是过着没钱花的日子，还不如嫁给一个能给我钱花的男人。于是她和我爸逼我嫁给一个开着几个超市的老板，可我只见了那个男人一眼就逃跑了……"

她面带微笑平静地讲着这一切，就像说着别人的故事一样，只是当穆雨抬头看到辛阿琪眼中盈满泪花的时候，这孩子的眼眶才瞬间红了起来，但是她死命抑制住就要涌出的泪水情绪很快平复下来，平静的雪白面孔重又绽放出笑容："我已经不会哭了，我觉得现在我很好。"

辛阿琪深深吐出一口气："你……一切都会好起来的！我会尽最大的可能帮助你，如果你不想在这里工作，我可以扶持你学习其他的技能，我的工作就是为你们这些孩子义务服务。"

顿时穆雨大眼睛忽闪着欣喜地看向辛阿琪："您是个好人！我一看就知道您和其他人不一样，不过……我能吃饱饭、能养活自己不需要帮助，比起那些在流水线上做操作工的同学我知足了。"

真诚的感动从穆雨眼里流出，辛阿琪凝视着她轻声说道：“我在寻找一个也像你一样没有妈妈的女孩子，只是她还太小，没法工作养活自己，所以我必须找到她，你能帮我……”

没等辛阿琪说完顿时穆雨脸涨得通红，“噌”地起身她低吼：“你走吧，你说的什么我也不懂！”

说完她迅速冲到茶室的里屋，“砰”地门被她关上，辛阿琪追了上去喊道：“穆雨你听我说……”

几位服务员赶紧跑来，大家奇怪：“怎么回事？穆雨怎么……”

结账以后辛阿琪默默离开。

回到房间辛阿琪讲完白小江沉思着：“可以确定思思在穆雨那里！这些孩子太年轻了，他们无法分辨出我们是在救思思。”

白小江打开房间门招呼辛阿琪来到门口：“你看站在这里可以看到整个院子和茶室，如果穆雨出门你就赶紧通知我，我在客栈门外等她出来就可以跟踪她，找到她住的地方一定就能够找到思思。”

晚上九点多钟一身黑色运动衣的白小江出现在茶室门口，隔着大门她探头向门外看去：今天客尘门口一帮子人早已摆起了麻将桌，另一帮子男人正在高谈阔论。白小江看到那个中年男人照样躺在躺椅上和身边两三个男人聊天，一个卖栀子花的大妈也加入这个聊天队伍。

就听到一个男人拍着那个中年男人肩膀：“吴二，这次怎么没见你老婆来啊？那你这趟可以在钟城搞个艳遇喽！哈哈……”

一帮子男人哈哈大笑起来，吴二扁平的面孔上细小的眼睛笑得眯成一条缝，他坐直了身子一本正经说道：“就我这副长相除非恐龙能看上，还艳遇呢，哈哈。”

大伙都被他逗乐，连卖花的大妈也大笑起来：“瞧你这话说的，你媳妇不是比哪个女人都漂亮啊，我们都说她长得跟观音菩萨一样美呢。”

那个打趣吴二的男人比吴二稍稍年轻一些，他手里夹着根香烟，身穿黑底白花纹衬衫，下身也是一条肥大的黑色短裤，衣服面料有些粗劣，T 恤浮夸的花色令他微黑的面孔在一帮男人里面很扎眼。这人四方的宽大面孔上嘴巴、鼻孔特别大，不大的狭长眼睛却透出散漫的傲气，睥睨着看向吴二，只听得他咧开厚厚的宽大嘴唇大着嗓门说道：

“吴二你敢在我面前装啊！啥人我一眼看不出来？你说你是个做小买卖小生意的，那咋天天看你闲躺着啥也没见着你做啊？还说你在这里没女人，不图泡女人你见天地往这里跑你这是干吗来了？”

一听吴二是泡女人才留在客栈，几个男人全都激动地眼睛冒着绿光瞪向吴二，兴奋地等待吴二给出答案。只见吴二照旧又咧嘴笑了起来，小眼睛立刻又眯成一条缝，他拍打着那个男人的手臂说道：“孟亮老弟啊，你尽管说，你看就哥我这半斤八两的还能有啥能耐？哈哈，我倒是也想听听呢……”

这个叫孟亮的一脸的不屑，他推开吴二手臂猛吸一口香烟，吐出一口浓浓的烟圈后他鄙夷着面孔缓缓摇头：“还能耐呢？你说就你这尿样还想有啥能耐？那今天我就给你们几位开开眼界、长长见识，给你们说点道理，让你们好整明白什么叫能耐吧！吴二你想想看：你为什么只能做小买卖、小生意？那是因为你没有接触过高层次的人！像我这样生活在大城市接触的可都是最顶级的人物，北京上层的那些大官和大老板我认识的可多了去了，所以我才能得到各种机会！你们别看我也住在这个客栈，那是因为我图这里周围景色美啊，平时可都是那些供养我的人接待我的住宿，那我哪能住在五星级以下的酒店呀。你们看看……看看我的这条皮带，爱马仕的！这是一个做工程的老板求我出面找个大官帮忙送我的，那可是一个什么样的大工程哟！你们这些人啊想都想象不出来……”

说着孟亮低头拨开花T恤扯出藏在他那肥大肚皮下的皮带，展示着给大家伙看：“看见了吧，这就是爱马仕！你们见过没有？”

一个年轻的精瘦男人指着孟亮鼻子一脸的嘲笑：“咱还以为你做多大的生意呢，那你这不就是干拉皮条的行当嘛！……切！”

轰然大伙的笑声爆发起来，除了吴二默不作声外，几个男人拍着大腿大笑着摇头，大家伙指着孟亮不停地奚落着。急得孟亮直瞪眼，气得小眼睛只剩下眼白翻腾着却半天说不出话来，猛然他将手中烟头扔在地上一脚狠狠地跺了上去，严肃着面孔他低吼道：“那今天我可就对你们几位说了实话吧，别看我在这里整天价和你们聊天，我可是那北京城里著名的佛学大师哎！来找我求法的人可都是排成队的，那可都是北京啥样的大人物呀，说出来能把你们吓死！话说要是我没有这样的能耐，那人家大官凭什么给我面子让我牵线搭桥啊？哼！”

大伙顿时都愣住，这时吴二也收起笑眯眯的表情若有所思地研究着孟亮面孔，看到大伙都这样惊讶地看着自己，孟亮这才昂头摸着肚皮得意地咧起了大嘴，他抽出一支烟“啪”地用打火机点燃，然后抬起眼睛，他那不屑的睥睨目光又射向吴二：“老吴啊，不是我说你，你呀应该到大城市去看看，去长长见识！不能老是来钟城这种落后地方做生意。所以吴二，现在你明白了为什么你们这些人只能做小生意小买卖了吧，要格局高才能……”

这时那个年轻男人又打断他的话：“那孟亮你要是大师的话，你告诉我什么才是大法？你又为什么来钟城这种落后地方呢？”

“对！对！孟大师那你告诉我们什么才是大法，省得俺们跑去北京排队找你求法了……哈哈！”几个男人调侃的嘲笑声又轰然响起来，顿时孟亮脸色铁青，他伸出夹着香烟的手指指向众人：“就你们……和你们说大法你们听得懂吗？那好我就说点你们能懂的吧：‘世法所行，悉同其事；总持广大，集众法海；辩才善巧，转不退轮；一切如来功德大海，咸入其身’。听得懂不？你们哪个能听得懂？就这恐怕你们都没一个人能听懂吧，哼！”

顿时几个男人全都呆住陷入沉默，看着孟亮仍然还在愤怒中的面孔，忽然吴二咧嘴忍不住无声笑了起来，其他几个男人思索着脸上开始现出崇敬的神情，他们瞪着眼睛对视着连连叹息：“呀，老孟这些话莫说还真的像是大师说的，要是俺们就是说不出来……”

这时白小江的身影出现在门口，吴二没有抬头但是他眼睛的余光却跟随着白小江的身影在转动。

见白小江走出门外大妈立刻起身喊她：“姑娘，栀子花便宜了，买两朵啊？”

白小江连连摆手：“大妈对不起啊！”

她迅速跑开，这时吴二微微起身望着白小江的背影沉默不语。走到不远处白小江便开始溜达着躲在客尘对面的水果摊，十点刚到就接到辛阿琪电话：“穆雨出门了。”

白小江看到穆雨出了大门站在了十几米远的公交车站，见她开始等车，白小江悄无声息来到穆雨身后。

这时吴二身边那几个男人争抢着说道：“孟大师，你帮俺看看俺能发财不？”

那个总是找茬的年轻男人这时候一脸的崇拜之相看向孟亮：“孟大师我咋就找不到老婆呢，咋就没有女人愿意跟我结婚呢？实话和你说，我都找过几个高人算过命了，也有僧人让我读经念咒的，唉，可还是不成！大师你帮我看看到底是啥原因呗……”

孟亮得意地将脑袋靠在躺椅的靠背上，将烟圈吐向天空：“我啊跟你们说，你们别看那些什么高人整天求神拜佛的故弄玄虚的，什么读经念咒？他们那是要装得什么都懂才能让你们信服！他们自己什么都放不下却还要装着放下的样子，你说他还怎么教你们明白？其实没有谁能明白如来真实义的，千劫万劫也枉然，反而把你们这些人给迷惑了，也让他自己造了下地狱的因！”

那个年轻男人赶紧点头称是：“是！是，大师你说的是！可是……”

忽然他又想起什么似的愣在那里，瞪着迷惑的眼睛看向孟亮：“那你的意思……你也不明白如来真实义喽？”

气得孟亮一拍大腿从躺椅上一跃而起，愤怒着面孔咧开大嘴龇牙指向小伙子鼻尖：“你——你这个人怎么这么笨？要不得没有女……”

猛然他打住，将就要吐出来的那些话硬生生地给吞咽了回去，扭曲着面孔唾沫星子从他口中喷出：“你这个人啊是没有智慧！所以你又怎么能看出来我的智慧呢？我能和那些人一样吗？那智慧都是前世带来的，告诉你我根本就不用学，自然什么都通了！你说我能不明如来真实义吗？”

几个男人震惊地相互瞪着眼睛对望着：“天哪，人家什么都不学就通了，这么厉害，怪不得俺们……”

年轻男人赶紧冲着孟亮双手合十频频点头：“啊大师！我明白了，你的意思是只有你什么都不用学就能什么都懂，那些人无论怎么学都是狗屁不通！是这样吧？我听人家说过的有一种人叫做什么来着……哦，天聪！对了，你就是这种人对吧？这么说你可真是传说中的那种大神啊，那我们以后就不用拜佛了，就拜您啦！可你倒是快来度度我啊，到底我该……”

此刻孟亮摊开肥胖的四肢得意地躺在躺椅上，狞笑着吐出一口烟圈刚要说话，忽然他发现吴二的眼睛根本不看自己，而是盯向了马路的远处，再看吴二的神情就知道根本没有把他孟亮刚才的那番重要讲话听到心里。孟亮收起笑容咳嗽一声，他将一根香烟递向吴二手中：“老吴啊，刚才你问我的问题还没说完呢……”

看到香烟硬塞到自己手里，吴二收回看向远处的视线，他赶紧将孟亮的香烟推开：“谢谢，我不抽烟！哦，孟老弟你说吧，我听着呢。”

“你的问题呀就是看问题的角度不对，你看呀你站在这个位置会看到什么？你再站在另一个位置又能看到什么？来来，你们看看我这拳头……”说着他将拳头握起展示给吴二和大家看，又将拳头转了一个方向给大家看，大伙都愣在那里。

那个年轻男人瞪着眼睛低声呢喃着：“这还用说吗？换个角度那当然看啥都不一样喽。”

吴二仍旧笑眯眯地不说话，只是眼睛看着孟亮的拳头思绪早已不知道飞去了哪里……

白小江跟随穆雨上车后公交车越开越偏僻，躲在车厢角落白小江一路发定位给辛阿琪。

车子到达终点站钟头山，穆雨收起背包头也不抬下车，白小江下车吃了一惊，这里是钟城郊区，靠近山底，公交车站周围很荒凉，看不到几个人影。在这里如果再跟踪穆雨立刻就会被她发现，白小江只得向她相反方向走去。余光中她看到穆雨走向一条僻静的小巷，等到白小江返回追到巷子口却不见了穆雨身影。

见四处黑洞洞白小江赶紧往大路走去，转过马路在另一条街道上立刻是一派灯火通明景象，一溜儿的大排档前面人们正吃得热火朝天。白小江走了过去，问过一个老板才知道这个点已经没有回城的公交，也很难再有回城的出租车。删除妹电话打来说她早就开车沿着定位方向一路过来，很快就到钟头山。

白小江立刻松了一口气，坐在大排档大吃了起来，她又点了一些烧烤等删除妹过来一起大快朵颐。这时她对面一群赤裸着上身的男人们停下喝酒，几人眼睛不停地扫向白小江，又不停地嘀咕着什么。白小江余光看到这些人心里叫道：不好！

她刚要起身两个光膀子男人已经走到她身边一边一个将她按倒坐下，一个用方言说道："妞！一人吃饭多没劲哟，是哥俺陪你吃呢还是你来哥桌上吃呀？"

另一个大笑："美女俺陪着你吃吧！"

说着两个男人涎着脸坏笑着将白小江夹在中间坐了下来，白小江像是没有听到一样，低下头继续吃着，对面桌上传来几个男人讥讽的嘲笑声，他们冲着白小江身边两个男人大喊："俩无用的㞞种快给俺们滚回来！瞧，老子我来上！"

老板和老板娘见状吓得赶紧跑来抱拳央求："几位哥哥求求你们了，甭难为人家女子了，俺给大哥们加菜好吗！加菜！"

可是一群男人没人理他俩，老板娘急得又跑到白小江身边直转圈，两口子一起给男人们鞠躬作揖。

一个肚大腰圆的家伙站起身来，他一脚踢倒自己身下的塑料椅子，晃荡着大肚子来到白小江身边坐下，白小江扔掉手中的肉串冰冷着面孔，见她凝视着桌面像尊雕塑一动不动，胖家伙拿起烤串就吃，一边说道："一美女咋点这么多呢，既然你这么能吃，哥俺今晚就陪你个痛快呗，俺就喜欢能吃的娘们，床上有力气啊！哈哈哈哈……"

一片淫荡的浪笑声传来，两个桌上的男人们全被自己意淫的威武所癫狂，他们张大嘴巴拍着巴掌大笑着眼泪都要下来，仿佛自己就是斗鸡场上那只最雄武的公鸡。

胖男人一边大笑着一边拖着椅子往白小江身边凑去，他噘着肥厚的嘴唇觍着脸伸向白小江的脸庞，眼看着他油腻的肥肉就要凑到白小江的肌肤……

"啪！——"

刺耳的玻璃杯子摔碎的声音像颗炸弹突然响起，众人大惊，笑声戛然而止，所有人眼睛落在两张桌子中间的地上：一只从天而降的玻璃杯子在胖男人脚下被摔得粉碎!

惊得众人抬起眼睛，这才看到两个桌子几步远处，巍峨挺立一个瘦高的寸发女人，她一只手高高端起一只烧得通红的铁锅，里面的滚油发出滋啦滋啦的声音正在冒着浓烟！她像是一个从天而降的战神一样巍然耸立着，冷漠凶狠的眼睛扫向两边所有的男人……

“哗！”地一片男人瞬间起立，他们惊惧的眼睛像是见到地狱的阎罗王一样看着删除妹，这些裸露的肉体全都在瑟瑟颤抖着。所有大排档的食客们瞬间全都起身，所有人瞪大眼睛震惊地看着这一幕，整条街道上鸦雀无声。

删除妹举着铁锅缓缓向前踏进了一步，顿时“哇！——啊！——救命啊！——”

一片大叫声中这些壮硕的肉体们仓皇逃散，一瞬间便没了人影……

白小江缓缓起身，她从口袋中掏出两张一百元的人民币递给老板娘，指着两个桌子轻声说道：“两桌的饭钱！”

说完她转身走向删除妹身后的越野车，删除妹“啪”地将手中的铁锅扔在地上，两人上车扬长而去，车子顿时消失在众人的视野里面。看着被车子卷起的尘土还在滚滚飞扬着，大排档前的人们一时都愣在那里久久回不过神来。

车窗外昏暗的灯光映照着车内两个女人狰狞的面孔，此刻对那些愚昧之恶的痛恨和悲悯交织在一起，无力去解救这些灵魂形成一种无法言说的痛苦，这种复杂的痛苦同时充盈着白小江和删除妹两个女性的灵魂，战胜了两人心中的仇恨。

瞪着血红的眼珠子白小江咬牙切齿说道：“我一天也不能让思思生活在这里！”

删除妹痛苦地闭上眼睛说道：“那穆雨怎么办？还有那么多的孩子、女人怎么办？逃离是唯一的出路吗？你能逃到哪里？城里有修理厂老板，北京有林芙蕖、刘明超……这些恶念遍布你所看到的、看不到的地方，他们因为不相信因果才会充满了罪恶，只要恶念不灭，你能逃到哪里？！”

忽然白小江崩溃痛哭:“今天如果不是你来，我……我连自己都保护不了，我又怎么能去保护思思？保护我们的孩子？虎狼都不伤害自己的同类，可是我们却变成了时刻要提防着自己同类的人类……”

删除妹猛地抡起拳头重重捶向方向盘，她血红的眼睛瞪向挡风玻璃外面的黑夜:“可是小江你要知道，不是每颗种子生来就是坏的种子，你没有给它好的阳光、好的雨露，你怎么就能让它们结出好果子呢？到底是谁把人变成了野兽，难道不是这个才是最重要的吗？”

第二天晚上两人开车早早来到穆雨进去的巷口等待，这种既安全又不能让穆雨发现的方法令两人充满期待，可是直到深夜都没有看到穆雨的影子。第三天仍然是一无所获，这种守株待兔的方式令两人无比的焦虑，决定冒险再采取第一次坐公交跟随穆雨的方式，因为白小江大排档的遭遇，这次换由辛阿琪来跟踪穆雨，白小江开车先到巷口，实施远程保护。

穆雨下班前辛阿琪压低帽檐出了客尘的大门，越过门口乘凉的人群向公交站台走去。

离站台几步远的地上她看到那里跪着一个女人的身影，待她走近看清女人的面容时顿时惊得差点大叫起来:那是一个严重烧伤像是黑色肉球一样的恐怖面孔!

女人露出来的所有皮肤全是焦炭一样的黑色，短发往后拢起，额头上的“皮肤”被揪成一块块肉疙瘩，眉毛早已不见踪影，整个眼眶四周被伤口撕扯的皮肤紧皱着，令眼眶眦裂开来，露出眼裂内部眼珠子四周鲜红的血肉！更加触目惊心的是她的鼻子已经被烧掉，只剩下裸露着的黑洞洞鼻洞！嘴唇也和眼睑一样被伤疤撕扯变形外翻着，整个牙床裸露在血红的大口中间……

她的双手分别只有几个手指头，扭曲的残肢像被烧焦的枯树树枝，露出的脖子、手腕部分皮肤上面全都是疤痕。

人群和灯影中，这个面孔像是来自地狱的烈鬼，人们竭力不去看她，迅速从她身边逃离。

心中涌出痛惜辛阿琪掏出一百元放入女人面前的纸盒，那里面只有稀稀拉拉的几张一元、五元的零钱。女人赶紧起身鞠躬感谢，蹲下身来辛阿琪柔声问她："大姐，你是怎么伤成这样的？现在伤口还疼吗？"

看到辛阿琪眼里涌出的心痛和怜惜，女人心中暖流涌动，哽咽着说道："俺在鞭炮厂打工，厂子爆炸其他人全都死了，只活下来我一个，被救活了就成了这样。可是我还不如死了呢，老公和我离婚带走了儿子……，多少年了，我连……儿子长啥样都不知道……"

忽然女人捂脸无声痛哭起来，抑制不住怒火辛阿琪愤怒低吼："你受了伤他怎么可以和你离婚呢？还带着孩子离开！这还是人吗？"

女人抽泣着抹去眼泪："活着……，比死了还难过……"

她痛哭流泪不止，辛阿琪慌忙打开包拿出纸巾递给她，女人接过纸巾擦向眼睛，顿时雪白的纸巾上赫然沾着几缕鲜红的血渍！惊得辛阿琪倒抽一口凉气，原来女人眼裂处的伤口无法愈合，随着泪水血水也流了出来。

见自己把她惹得这么痛苦，辛阿琪心疼得不知道怎么办才好，两人又聊了一会儿她难过地抚摸着女人肩头："对不起，都怪我把你弄得这么伤心，大姐你别哭了也别难过，一切……一切都会好起来的……"

艰难地说着这一切，辛阿琪对自己的无能为力前所未有地绝望。心中阵阵绞痛着她起身和女人告别，女人感动地欠身示意感谢，两人挥手告别。

看到站台猛然辛阿琪这才想起跟踪穆雨的事情，和乞讨女人说话竟然把跟踪这事给忘了！穆雨这会儿恐怕已经到家，惊得她赶紧打电话告诉白小江自己跟丢了穆雨。

看着马路上川流不息的车流，辛阿琪颓然地依靠在站台上，人影憧憧从她眼前飘过，那双泣血的眼睛无法从她的脑海摒除……忽然一个激灵她想起来：空心岛可以收留这个女人！

迅速冲向女人跪倒的地方，可是那个地方早已空空如也。四处看去人群中和所有的角落都没了女人的影子，就像那个奇特的女人根本就没有存在过一样。辛阿琪沉重地抬不起脚步，她穿越几条街道，在所有热闹地带寻找那个乞讨的身影，可是依然不见她出现。

往客栈走去，那个吴二仍然还在门口，不过这会儿他不再躺着，而是正和路边一个卖年糕的大爷站着闲聊。辛阿琪向前问他：“不好意思大哥又打扰您了，刚才那里有个烧伤的乞讨大姐，您看见她去哪里了吗？”

男人眼神复杂研究着辛阿琪：“你们怎么老是找人啊？你……找她干吗？这里人可是都叫她‘鬼女’的呀。”

听他这么说，辛阿琪想起自从见到他那天晚上起，已经这么多天了连思思的影子都没见着，不禁低头气馁得说不出话来。

卖年糕的大爷拍着男人肩膀：“吴二兄弟啊你听老哥我来说一句，我看这姑娘是个实在人，她找一个讨饭的能有啥坏事？你就指点给她吧，这糕也卖没了我走啦，你俩聊，下次再来找你老弟吹牛。”

这个叫吴二的男人赶紧冲老人作揖告别，大爷刚推着小车子走了几步忽然回头，指着吴二对辛阿琪说道：“姑娘你有啥事就对吴二实话实说，只要你说的是实话，没有他找不到的人，也没有他办不了的事！”

看着老人意味深长的眼睛，辛阿琪一个激灵脑袋像是被棍子敲打了一下，立刻她冲老人也作揖：“谢谢大爷！”

老人回头继续推着车子，他一只手臂挥舞着算是和辛阿琪挥手告别。

转身辛阿琪对吴二恭敬说道：“吴先生……”

吴二立刻摆手：“你就喊我吴二好了，在家排行老二，人又有点傻，所以这里人都这么叫我。”

辛阿琪不禁笑了起来：“我想给那个大姐找个安身的去处，这样她就不用在街上乞讨了。”

吴二浑身一震，两只深不可测的狭小眼睛像是探照灯一样射向辛阿琪，他怎么也没有想到眼前这个女人竟然是给人们避之不及的“鬼女”找了安身之处，吴二眼睛闪烁着异光：“你怎知你认为的好去处就是她想要的去处呢？”

“那她……难道愿意在这里乞讨？”辛阿琪疑惑地看着吴二。

一声冷笑从吴二鼻子发出，他斜着眼睛看向“鬼女”曾经跪着的那个地方："一个失去了爱和尊严的人，什么对她最重要？当然是金钱了。"

辛阿琪摇头："要是有人给了她爱和尊严呢，你觉得她还会选择乞讨金钱吗？"

吴二愣在那里，他看向辛阿琪的眼睛充满了研究的意味，片刻他抬头指向马路对面的钟楼缓缓说道："她就在那里，钟楼下面就可以见到莲花，她会告诉你她的选择。"

"莲花？她的名字叫莲花？"辛阿琪欣喜问道，看着辛阿琪的表情吴二若有所思点头。

这时白小江电话打来，沮丧地说她仍然没有看到穆雨的影子。吴二低头仔细倾听，忽然他凝重着面孔对辛阿琪说道："让你朋友赶快回来吧，我有话要对你们说。"

惊得辛阿琪不敢相信地看着吴二："你……怎么知道我朋友在干吗？"

想起老人刚才的那句话，忽然辛阿琪明白了：眼前这个看上去游手好闲的男人，他知道的比任何人都多得多！

跟随吴二坐在天井的木椅上，辛阿琪对他说道："好吧我对你说实话，我们来这里是为了寻找一个离家出走的孩子，可是你也要对我说实话，为什么盯着看我们？"

吴二点头："既然刚才魏大爷抬爱我，说我能帮你，那我就对你实话实说吧。那天晚上你们两个女人向我打听茶楼，然后说你们是要找人。在这个客栈的任何一个房间都可以看到整个院子里面的动向，第二天早上我看到你俩入住客栈，以此推断你们要找的那个人就在客尘的茶楼里面。那天晚上我看到你的同伴出门，我看到她的身影出现在客栈对面，可是她却不买东西也不去往其他地方，而是躲在角落竭力把自己隐藏起来，我就明白她在等着茶楼里面你们要找的那个人出来。

"不是我故意要盯着她，是她实在反常而且又在我的眼皮底下，我不得不注意她。结果等到茶楼几个姑娘下班陆续出门，只有穆雨让她迅速冲了过去，跟她一起上了公交车。然后我就看到你紧接着也出门走向停车场，你俩直到夜里很晚才回到客栈，这时我确定你们是在跟踪穆雨！我不知道你们是什么人，为什么要跟踪一个打工妹，我害怕穆雨有危险。

“第二天看到穆雨正常上班我才放下心来，我暗中写了一张纸条放在她的口袋，让她这两天晚上不要回家住宿，所以你们的跟踪也就没了结果。另外我通过你们的入住信息请朋友帮忙，查到白小江是夏南慈善基金会的负责人，辛阿琪也是一位隐形慈善家，在西部和钟城都有慈善救助中心……”

惊得辛阿琪倒抽着凉气震惊地看向吴二，没有想到这个看上去邋遢的大叔，自己和白小江的一举一动都没有逃过他的眼睛！

吴二继续说道：“但是我还是不放心，因为好人有时候是会退转的，天使和魔鬼也只是一念之差。直到刚才我从远处看到你蹲在莲花面前，她的身体和内心所有伤痛无疑已经成为你的伤痛，看着莲花流泪你很伤心，当时穆雨从你身边走过直到上了公交车，你却一点都没有发觉。这里的人们都惧怕莲花烧伤的面孔，喊她叫鬼女，连话都没人和她说一句。所以也许你自己都不知道那一刻你和莲花已经融为一体了，她的伤痛已经成为你的伤痛，你为她伤心地忘记了外界所有的一切，包括你跟踪穆雨……

“我在局外我看得最清楚，其实这个天地间我们本来就是和所有人、和万物都是一体的，万物为我、我为万物，我知道这个道理，可是我没有像你这样做到，但是那一刻我能清晰地看到莲花的伤疤就是你的伤疤，她所有的痛苦就是你的痛苦，你和她已经没有分别。”

忽然吴二眼眶通红，抑制住泪水他继续说道：“所以我确定你们是出于善良的目的在跟踪穆雨，如果我能知道你们真实目的，我能……帮你们找到那个孩子！”

立刻辛阿琪起身恭敬地对吴二伸出手来：“您是一位非常智慧的人，我相信你一定能帮我们找到孩子，请您出手支援我们！”

两人紧紧握手，身后传来白小江的声音：“删除妹，你怎么在这里？”

“删除妹？你就是删除妹？”吴二震惊看向辛阿琪，他早就听人说过空心岛的删除妹，没想到眼前的这个女人竟然就是，他眼中的意味更加深沉了。

听完思思失踪的经过以后吴二陷入沉思，片刻他说道：“这两天我和穆雨聊天发现这孩子心地非常善良，但是她戾气很重，仇视父辈和有钱人，她和男朋友都认为长辈是自私的，都是在利用儿女，像你们这样的有钱人都是要剥夺他们身上所有的利益，如果思思真的在她那里一定会受到她的影响。我有穆雨居住的地址，我们可以先去探个虚实。

“我的计划是明天早上你们留下一人在这里稳住穆雨，不能让她离开茶室。另外一个跟随我去穆雨住的地方找到思思。后面穆雨的工作由我来做，你们放心不会有问题。”

救星突然之间从天而降，白小江、辛阿琪顿时激动得紧紧拥抱。辛阿琪开心地问向吴二：“吴大哥那您是做什么工作的呢？您不会是……便衣吧，哈哈。”

“噗嗤！”白小江也被辛阿琪逗乐，两人都笑了起来，吴二照样是平静着面孔，他犹豫了一下轻声说道：“我啊……是个打工的，给——老天爷打工！”

顿时白小江和辛阿琪愣住，两人都被这个从来没有听说过的打工法给惊住了，一种莫名的敬畏从她们心底升腾而起，不禁看向吴二的眼睛充满了恭敬和敬佩。吴二则客气地颔首告辞，看着他的背影上了楼梯，白小江和辛阿琪这才回过神来，两人默默跟随他的身后上了楼梯。

二十八

天蒙蒙亮白小江就下楼，客栈门外吴二开着一辆破旧的黑色起亚轿车停在路边。今天他终于不穿大背心大裤衩了，头戴一顶黑色帽子，身上一件黑色T恤和蓝色牛仔裤，质地普通的衣服加上这辆破车的确不显眼。见白小江一身几十元的路边摊衣服却也掩盖不了她的清雅之气，吴二不禁摇头笑了起来。

车子来到钟头山一幢破旧的红砖楼前，停在一个楼道对面的院墙边，这时天已经大亮。吴二打开手机，正在仔细核对穆雨的地址，白小江没有问他怎么得到的地址，辛阿琪说过他不是个普通人，白小江明白这个男人的一切并不像他看上去的这么简单。

这是一幢破旧的楼房，黑洞洞的楼道和破旧窗户令人可以想象到里面的情景。整幢楼前地面坑洼不平，夜雨留下的积水布满了路面，早起的人们已经匆忙奔赴各自的谋生轨道。

指着楼洞吴二说道："穆雨应该就住在这个单元，她差不多该出门上班了……"

忽然他的话打住，一个骑着自行车的十四五岁男孩将自行车停靠在汽车前的墙边，他的短发里面掺杂着许多醒目的白花花发丝，看到那些刺眼的白发布满这个弱小的男孩头上，顿时吴二和白小江的心脏刺痛起来，两人不由得多看他几眼：面容清瘦的男孩中等个头，皮肤晒得很黑，鼻梁上面架着一副黑框眼镜。蓝色工装夹克上面印着某个乳业的名字，略显肥大的长裤让他看上去更加瘦弱。

男孩的车后座两边挂着送牛奶的铁框，铁框里面是空的，看来已经送完了牛奶。他手里拎着几个包子走向楼道，看着他的背影吴二感慨："这里的孩子可真不容易，这个点都已经送完了牛奶，我儿子每天这时候起床还嫌早呢。"

这时楼洞口穆雨的身影走了出来，和送奶男孩迎个正面，两人站住男孩将包子递给穆雨，两人低头亲昵说着什么，穆雨一边给男孩翻正了衣领，一副一家人的亲密模样，然后穆雨向公交站台走去，男孩进了楼道。

白小江疑惑起来："穆雨是逃婚出来的，除了李大宝在钟城没有亲人啊，这个男孩是……"

忽然吴二黑着面孔压低嗓门："赶快跟我上楼！"

两人迅速冲上楼梯在一个破旧的门前吴二敲门，门打开，送奶男孩清秀的面孔出现，见到门外的两人他愣住，警惕的眼睛立刻充满了敌意："你们……找谁？"

白小江眼睛越过男孩的肩头死命地往屋里寻找着思思的身影，她着急问道："孩子我们找个人，请问你这里有个女孩……"

没等她说完男孩立刻沉脸摇头，他迅速关门眼看着门就要被关上，吓得白小江伸手拉住他大叫："孩子不要关门！你听我说……"

在门就要被他关上的一刹那，突然吴二指着他一声大吼："叶思思你不要关门——"

瞬间男孩浑身一震停下了关门的手呆立在那里，他的大眼睛呆呆看向吴二，白小江闻言也是一震，瞪眼看向吴二再看向男孩，猛然她明白过来了疯狂扑向男孩大喊："思思——"

没等她说话人就被推了出来，"砰"地门被关上！

白小江泪流满面拍门大喊："思思！思思我是小江阿姨，你还记得北京的小江阿姨吗？孩子你听我说啊……"

吴二摇头拉着她离开："走吧，她是不会开门的。"

走出楼道他说道："你现在不要抬头，她正在楼上的窗户看着我们。不知道这个孩子都经历了什么，她现在除了穆雨、李大宝谁也不相信。如果她真是思思，那她一定会很快离开这里，我们先出去一下马上再回来，等她一出来就可以拦住她，你要想好了怎么说服她。"

吴二驾驶汽车到不远处迅速将车子停在一个角落，两人又折回躲在楼道口。果然不一会儿男孩从楼道里快步走了出来，背着一个大大的双肩背包，看来被吴二说中她是准备离开这里了。猛然白小江看到背包侧面的口袋里露出一个布娃娃的头部，棕色的花边帽子和粉色的娃娃面庞……

瞬间白小江浑身的血液涌向脑仁：思思妈妈做的娃娃小六一！

白小江疯狂扑向思思，在她身后一把将她拦腰抱住，思思突然被身后冒出的人抱住吓得大叫起来："啊——"

白小江呼喊着："小六一——思思！——我的思思——"

她死命拥着思思在怀里，满脸的涕泪流淌在孩子的脸颊上，思思拼命挣脱着白小江的怀抱，吴二低声恳求："孩子我们不是坏人！你听阿姨说几句好吗？"

白小江赶紧抹去泪水："这么多年你可能忘记了我，你还记得在北京你常住在我家吗？隔壁是辛阿姨家。”

思思用力思索着，脸上露出迷茫的神色，猛然白小江叫道：“黑子！那你还记得我家的黑子吗？一只黑色的小狗……”

浑身一震，瞬间思思的大眼睛中泪水汹涌而出，她看向白小江双唇颤抖着：“我……一直不能忘记小时候去过的那个阿姨家里，那里有一只小黑狗，阿姨紧紧抱着我，我又抱着那只小狗……其他的我都不记得了，我只记得这个……画面，这个画面一直陪伴我很多……很多年，经常出现在我的梦里。我知道那个阿姨她不是我妈妈，可是我把她当作妈妈，因为……我对妈妈的记忆一点都没了。”

孩子泪水哗哗流淌着，她看向白小江的眼睛充满了渴望，张开双臂白小江拥抱着思思在她耳边流泪呢喃：“孩子……是这个拥抱吗？”

被白小江拥抱着思思缓缓闭上眼睛，慢慢地她也开始伸出双臂紧紧地拥抱着白小江，猛然她口中爆发出一声号啕的痛哭：“阿姨！阿姨——”

两人拥抱着痛哭，吴二赶紧背过身去抹去泪水……

客栈房间内，辛阿琪流泪拥抱着思思：“孩子，这么多年委屈你了！现在好了，我们回家了。”

原来叶光明带来警察搜查修理厂的时候，徐雷让李大宝从后门带走思思，出了门李大宝对思思说道：“你赶紧回家吧，我看你也不是鬼混的女孩，千万不能再来徐雷这里！幸好你爸今天带来警察，不然你今晚上就要……出大事了！白天我偷听到徐雷找他道上的人买迷药，他的女朋友和你今天晚上过来，你说他买这药干吗？”

吓得思思顿时大哭起来，她央求李大宝：“可是我真的不想回家，大哥你是好人，求求你帮我找个地方吧！”

李大宝只得把思思带到穆雨的出租房，听到思思没有妈妈，爸爸又打她，穆雨立刻收留了思思。

茶馆内大早上的也没有什么客人，几个服务员都在懒散着聊天。吴二晃荡着进门，一个姑娘“噗嗤！”捂嘴笑：“二哥今天穿得这么精神，都开始穿 anta 啦。”

吴二低头抻着身上的 T 恤衫美滋滋说道：“怎么样？二哥打扮打扮也还行吧？”

几个姑娘听他这么说全都笑了起来，一起和他打趣着。

穆雨逗他：“二哥今早上这么高兴，捡着钱了？”

“那可不是，比捡钱高兴多了！”说着他神秘地凑向穆雨捂嘴对她耳语了几句，骤然穆雨变了脸色，面色苍白瞪着吴二说不出话来，猛然一把将他拖到院子里面，指着吴二鼻子怒吼：“你说什么？你们把思思弄到哪里了？”

吴二手指指向二楼走廊，穆雨看到了思思正站在那里向她招手，惊得她撒腿冲上楼去。

进门看到辛阿琪、白小江都在房间，顿时穆雨全都明白了，拉住思思她紧张问道：“你知道她们是什么人吗？”

思思指着白小江告诉穆雨：“她就是我常常和你说的那个阿姨，她们找到我了。”

穆雨疑惑地看向白小江问思思：“你确定吗？”

思思拥抱着穆雨点头：“我确定，她就是在梦里陪了我多少年的那个阿姨！”

忽然穆雨哭了起来：“这么说思思你真的要离开我了……”

门外叶光明进来，父女抱头痛哭……

所有人一起冲出房门寻找吴二，可是院子里面早已没了他的身影，看着空空的院落辛阿琪沉吟着不语。

思思户口还在北京，辛阿琪劝说叶光明同意思思回北京上学，寄宿在白小江家里，这样他也可以安心工作，所有的问题都解决了，各得其所，大家都开心，她则带着莲花回空心岛。

出了客尘大门，辛阿琪带着白小江来到卖年糕的大爷面前恭敬作揖：“魏大爷我叫辛阿琪，这是我朋友白小江，感谢您的帮助，我们这就去找莲花。来来，我们买点年糕……。”

白小江也向魏大爷鞠躬作揖，她开心大叫：“大爷我最喜欢吃年糕了，我们多买点。”

魏大爷大笑着：“好啊好啊，你们没事多找莲花聊天，她一个人太苦了！”

抱着一包年糕两人走在护城河和城墙之间，颓败的城墙斑驳破落，荒草长满了城墙的砖缝之中。钟楼巍然耸立在城楼之上，两人爬上城楼发现青铜铸就的巨大大钟底下建了一个一人高的平台，供敲钟人敲钟时所用。这个平台四周被乞丐和流浪人用砖头围成了一个房间，“门”是用塑料薄膜固定在木条上做成的。推开虚掩的门，一股腐败的味道扑面而来，呛得两人忍住没有捂住鼻子。辛阿琪轻声呼唤：“有人吗？莲花姐在吗？”

黑暗中莲花声音传来：“谁呀？进来吧。”

摸索着进去，两人适应了黑暗这才看到莲花坐在角落的地上正在吃饭，她认出辛阿琪惊讶起身：“是……你？姑娘你怎么来了?！”

莲花不敢相信辛阿琪竟然能来看她，激动地站在那里手足无措结巴着：“从来……从没人来过我这里、从来没有……”

透过门口传来的亮光，白小江仔细端详着莲花，因为阿琪事先说过莲花的样子她没有害怕，抚摸着莲花的手指她心疼问道：“姐，你伤口还疼吗？”

莲花抹去泪水已经说不出话来……看着油腻黑乎乎的草席她紧张地搓着双手：“我这里就是太脏了，实在也没有地方可坐……”

听了这话白小江和辛阿琪同时坐在席子上，辛阿琪把年糕放到碗里对莲花说道：“你先吃饭吧，吃完我们再聊。”

莲花赶紧摆手：“你们说说找我啥事？”

当听到辛阿琪邀请她去空心岛的时候，莲花陷入了沉思，许久黑暗中传来她的声音：“我一个人活在这里，像个孤魂野鬼，孩子们看着我被吓哭，人们都喊我鬼女，时间一长我真的就把自己也当作鬼了。我觉得生来我就是一个女鬼，只是在爆炸发生之前阴差阳错地活在了人间。我就应该待在这黑地里，任由被人诅咒、抛弃……我的身体虽然活着，可是心在爆炸的时候已经死了。直到有一天吴二看到我，这一切才全都变了。他帮我找了一个活儿，让我每天去山上给客尘的茶室运来山泉水，一个月给我几百块钱，这钱足够养活我自己了。本来我叫胡四娥，吴二给我起名叫莲花，他说在上天看来我和莲花一样美，和别的女人没有任何的分别，太阳不会因为我的面孔不如别人好看就不照着我了，太阳无论美丑、贫富，一样没有分别地照着所有人。他说这个世上谁也不知道爆炸和灾难什么时候会降临，会发生在哪一个人的身上。所有人的肉体都是一堆脓血，最终都要化为灰烬，上天让我遭遇这个磨难实际上就是让我提前舍弃掉这个身躯，让我明白肉体是假的，再美的面孔必然也要变老变丑，让我的心成为莲花，他说这才是上天让人活在世上的目的。”

白小江和辛阿琪对视着，两人眼中都是震惊和敬佩，白小江不敢相信这些话是出自那个躺在路边椅子上的懒散男人，辛阿琪看得没错，那个整天穿着背心裤衩的吴二的确不凡。

忽然黑暗中传来辛阿琪呜咽的哭声，她捂住面孔双肩耸动着痛哭，惊得白小江赶紧拥抱着她：“阿琪你怎么了？”

辛阿琪啜泣着说道：“吴二这番话让我忽然开悟了，我得的这场病其实是死神在敲我的脑袋，死神在我年轻的时候早早出现，是在给我提前敲响了警钟呀！让我能够早早地去思考和寻找这个世界的秘密。如果死神在我年老的时候才到来，如果那个时候我才去理解死亡和生命的真相，那么我的一生将继续犯着各种错误，终将沦为迷雾中糊涂的一生，丧失了一生的时光去清醒地行走在这个世上，那将是多么可惜、可怜的一生啊。”

白小江摇头说道：“可是更多得病的人没有你这样的醒悟，只能去想尽办法借用医药让肉体延长留在这个世界的时间，生活在对死亡的无尽恐惧之中。”

辛阿琪问她：“延长的时间能消除最终死亡的结果吗？对死亡的无尽恐惧能解除产生恐惧的根本原因吗？所以在生命的本质面前我们只有一条路，就是去揭开生命的真相这层面纱，而不是沦陷在生命的沼泽中不能自拔。”

这时门外传来吴二的声音：“莲花、删除妹，你们在里面吗？”

莲花赶紧拉着小江和阿琪出门，她惊喜说道：“哎呀二哥你也来啦！我这里面太脏咱们就在这城楼上聊吧。”

吴二背靠在城墙垛子上用帽子扇着凉风，他看向莲花：“莲花，你决定去空心岛吗？我过来就是劝你还是和删除妹走吧，这辈子能遇到真心待你的人不容易，和她们在一起你会比在这里活得快活。”

莲花抹去泪水看向阿琪：“现在我才知道我的命是真好，老天让我遇上好人了，去岛上过衣食无忧的日子那是我做梦都不敢想的。可是我这手不好又不能给你们干什么活儿，……我实在是没有办法报答、感谢你们啊！唉，想想……我还是不能和你们走……”

辛阿琪哈哈大笑了起来，握住莲花的手：“莲花你不明白，你这么说其实你是搞反了，应该是要我们来感谢你才对！因为是你让我们有了去积德行善的机会，是你让我们能为自己种下了善行的种子，那是我们在为自己种福田，所以怎么能让你来感谢我们呢？我如果要是让你来感谢我，那我可就是真的傻啊！这么说你就明白了：施恩图报非君子啊！岛上会有很多志愿者住在一起，大家都是相互帮助的，我们都能很好地照顾你。”

吴二听到辛阿琪这么说不由得频频赞许。

白小江对莲花说道：“你去了岛上就知道了，我们一定能让你过得开心。”

吴二咧嘴笑着看她：“你自己都还没有获得最终的快乐，你又怎么能让别人快乐呢？不过你们都会做到的，不然我也不会劝莲花和你们走了。”

白小江心中一凛，不禁佩服吴二深入骨髓的眼力，她尴尬地笑了起来：“您说得是啊，虽然我自己还没有上岸，但是我巴不得所有人都能上岸呀，既然大家都能在一条船上，那最终还不是都能一起上岸嘛。”

吴二沉思着点头：“嗯，说得好！”

见莲花把屋里的草席拿了出来，吴二一屁股坐在席子上惬意地笑着：“这里真凉快，莲花你走了这地盘就归我啦，哈哈。”

辛阿琪研究着吴二的面孔轻声说道：“吴大哥您是个智慧的人，所以能够看到所有的真相。”

吴二连连摆手小眼睛认真看向辛阿琪："智慧很多人都有，可是如果没有一颗慈悲的心，所有的智慧都无法抵达真相的终点。其实很多人都在寻找智慧，可是大家却都舍弃了寻找慈悲，而我呢只是行走在培育自己慈悲心的道路上，却发现了智慧正在那里等候着。慈悲心不管是哪个民族哪个国家，不管他是否有宗教信仰，只要是一个人慈悲心都是最起码应该具有的。谁有慈悲心，那个人就一定会幸福，那个人就一定会快乐，那个人的身上就一定有温暖，那些美好就一定会跟随着他，他永远都会充满着能量！"

辛阿琪一屁股也坐在席子上，她饶有兴致地看向吴二："无论你的外表是一个多么沉寂的人，但是只要你的内心有智慧的火种在燃烧，你的眼睛就会让寻找智慧的人找到你！吴哥，给我们说说你为什么来到钟城呗。"

吴二抬起头凝视着头顶的大钟："话说你俩来到钟城该知道这座大钟的传说吧？其实我们头上这座大钟是假的，是仿制品，真的那只大钟被封存在钟城博物馆里面，被当作国宝不对外开放。据那只钟上篆刻的铭文记载，它是距今两千四百多年的战国时代铸成的，不知道之后大钟都经历了什么，直到宋朝建造这座城楼挖地基的时候人们才在地下发现了它，当时的人们认为这是天赐的宝物，是用来守城的神钟，于是就在城楼之上又建造了这座钟楼来安放大钟。

"城楼、钟楼建好以后蒙古大军兵临城下，双方在护城河边大战死伤无数，整条河水都被染得血红。城墙上蒙古兵已经爬到一半眼看就要攻进城时，忽然巨钟无人碰撞自动敲响，轰鸣的钟声震破天际，两方官兵亲眼看到空无一人的钟楼上竟然大钟自己晃荡着奏响！那响声如同天雷响彻天际，瞬间所有人停止厮杀全都静止在那里，猛然元军中有人大喊：'快跑……天神来啦、天兵来啦！'

"攻城的士兵顿时撒腿溃散，还没等守城的宋兵明白过来怎么回事，敌人已经撤退得没了踪迹。"

没有想到是这样的一个故事，辛阿琪、白小江脑海里面一片的钟声轰鸣响彻她们的耳际，伏在城墙垛子上白小江望着清澈的护城河水，她的眼前仿佛浮现出殷红的血水在河里流淌……

一声叹息从吴二口中传来，望着大钟他悲怆说道：“这个传说不知道真假，但是我们头上这个假大钟敲击的声音很难听。我恰巧在博物馆听过一次那个真钟的声音，敲击它的每个部位发出的声音都不相同，听到那个声音才能知道什么是天籁之音，你们无法想象那个声音有多么美妙，那不可思议的响声简直就是天乐！从此我就魂牵梦萦再也无法忘记……所以我隔段时间就要来到钟城去博物馆看望那个大钟，博物馆的人员被我感动，特许我每次可以进去陪着大钟半个小时。我只能在打开的玻璃门里面静静地和大钟对话，它的灵魂带我穿行在两千多年的时空里面，从宇宙到时间，再到生命和生死，我们无所不谈……

“我问它：‘你生而为钟不被敲响，那么你的使命是什么？你难道愿意就这样躺在博物馆里永远不再发出响声吗？那上天让你从地下重见天日到底是为了什么？作为一座钟被封存起来，那么你的存在还有任何意义吗？和沉睡在地下又有什么区别？’

“它告诉我：‘没有人愿意和我对话，没人愿意知道我内心的声音，上天让我从地下重见天日是为了奏响深藏在我体内的天籁之声，生而为钟发出钟声警醒世人的灵魂，那是上天赋予我的使命！就像你们生而为人，如果不去做人该做的事情、不去思考人应该思考的思想，那么你们生而为人又有何意义？和死去又有什么区别？而我被封存在这里不能发出任何的声音，我在悲鸣、在呐喊，可是没有人能听到我的呼唤、呐喊……’

“从此我无法沉睡，我忘记不了大钟的哀鸣，上天让它重见天日、重新见到所有的生命，是为了唤醒我们！让它承载与我们的生命相融通的使命，让我们警醒自己的罪恶、让我们去发现宇宙灵魂的奥秘，让我们天人合一……所以我必须不时地来到这里，就是梦想着有一天能够再次听到它发出响声。”

听到这里忽然辛阿琪捂住面孔痛哭失声，见她哭得不能自已，吴二也捂着眼睛哽咽着说不下去……白小江不禁流下热泪问吴二：“为什么曾侯乙编钟能发出那么神奇的天籁音？为什么我们仿造的编钟打击出来的只能是金属撞击的声音？为什么春秋战国时代制造的编钟我们现代人却无法超越？那天籁一样的声音为什么只有我们的祖先才可以？为什么秦始皇陵出土的铜马车上比头发丝还细的铜丝，我们现代技术至今都做不到？航天飞船不是已经飞上月球了吗？按道理我们应该超越祖先的技术啊，可是和祖先相比，某些方面我们到底是超越了还是退化了？”

吴二看向大钟喃喃自语着：“在远古的那个轴心时代，人类的祖先首先思考天、地、人之间的关系，他们已经将天地间的秘密和天地运行的‘道’诠释到极致，已经达到天人合一的终极境界，所以他们才会制造出那些和天地相应的神奇器物。在某些方面我们沉浸在超越祖先的假象之中，但是和古人的思考相比，我们已经退化成为不再思想的觅食动物。”

辛阿琪凝视大钟：“人体内其实是有着和宇宙相连的密码，打开这个密码人就可以和天地、宇宙相通……”

吴二频频点头说道：“古人在两千多年前就已经发现并告诉了我们这个秘密和密码：所有人类的灵肉都是和宇宙、和万物是相通的，都是一体的！没有任何的分别！这就是人类最终极的智慧，是这个宇宙间唯一的真相和真理……

“因为真理和真相是唯一的，所以真相不会因为我们不知道就不存在。天地之间的因果之道，这是隐形的天道；而月亮绕着地球转、地球绕着太阳转这种天体运行的轨迹是显相的天道，即使人类宇宙飞船可以登上太空、登上月球，但是又有谁能改变这种天体运转的轨迹呢？又有谁能让太阳绕着地球转、地球绕着月球转呢？所以这是上天在告诉我们：天道不可违！天道永远不会改变！这世上的一切都没有静止的，都是在天道的运转之中运行着。很多人看不到这个‘道’的运转和存在，那是因为人的渺小，所以才会有那么多的人都想逆道而行一下子到达‘得’的状态，得钱、得福、得名利，于是乎逆道而行的路上已是挤得头破血流，真正的道上清冷而又寂静。而当我们在进行洗心和删除罪恶的过程中，其实就是已经顺应着天道的轨道开始运转了，然后就可以找到人类心中本有的慈悲大爱，只有具有了真正的慈悲心才能与宇宙万物融为一体，那时候才能是真正地融入了宇宙的运行轨道之中，才能与天地宇宙相通，就会发现我们的力量已经与天体、天道的运转力量完全融合成为一种合力，这种合力终将产生加速度，助力的存在让你得到神秘的超自然力量，因此无论你以怎样的高速运转都不会摔倒，你们去研究一下苏菲旋转就会立刻明白，其实这就是顺应天意，也就是达到了天人合一。按照天道培养自己的慈悲心，生出慈悲心以后就可以与宇宙万物融为一体了，这就是删除妹你所说的人体与宇宙相连的那个密码，就是打开宇宙所有秘密的那把钥匙！可是如今我们抛弃了古人装有智慧的金饭碗，却追逐着思想的垃圾……”

白小江瞪大了眼睛低声惊呼：“我明白了，我们自身本来就具有这种宇宙智慧的能量，并不是外力或者神力赋予的，只是因为找到了与宇宙万物相通的心念，所以这种能量就自然被唤发了出来！”

吴二点头深深地叹息着：“现代物理学发现：世界上所有物质的组成成分原子、分子再分下去就没有了，就变成同一种没有任何实体形状像波一样的东西，它不是实体，而是振动的能量。以前我们理解的物质以为是实体，而现在发现物质却是一种波，一种能量，是没有时间没有空间的东西！原来我们人类以及宇宙所有物体的最小组成部分都是一样的，都是这种振动的波，这说明宇宙万物的本质都是一样的，从而宇宙的本质是万物一体的就表达出来了，所以我们每一个人和万物都是一体的观点是科学的，这才是宇宙的真理和真相！而佛陀早在两千多年前就告诉我们这个真相了……

“既然我们每一个人和宇宙万物都是一体的，那为什么还要有你我、敌我、人和动物以及种族和民族之间的分别呢？”

辛阿琪想到牢房里的爸爸难过地说道：“其实看不到这个‘道’的存在，是没有智慧导致，加缪说过：‘人间的罪恶，多半是因为愚蠢，愚昧和无见识造成的无知，会让本性善良的人造成犯罪一样多的灾难。’所以，这个世上只有觉醒的智慧才能让人远离罪恶。”

吴二频频点头说道：“删除妹你说得对！我们的祖宗并不缺乏‘道’的智慧，老子在两千多年前就在《道德经》中说过：‘古之善为道者，非以明民，将以愚之。民之难治，以其智多。故以智治国，国之贼；

不以智治国，国之福。'

"可是这句话几千年来被愚蠢的统治者们歪曲理解了！他们以为让百姓得到智慧就不便于被统治，所以只有实行愚民政策才能让治国者得到便于统治的福气。你们看啊，其实老子第一句话就是：'古之善为道者……'，所以老子的真实意思是要以'道'的思想来灌输天下百姓，而不是教导人民学会世俗的巧智和狡诈，他这里的'智'是指世俗的狡诈巧智而绝不是宇宙中的天道智慧，所以这里所谓的'愚'是指淳厚、朴实的大智慧，而非凡夫理解的愚蠢。所以他的本意与皇权统治者的理解正好相反！因为他的《道德经》全篇都在讲道，所以他如果不想让人民得到天道的智慧就会说：'民之难治，以其道多，'而不是'民之难治，以其智多'。

"因此老子接着说：'所以用智巧心机治理国家，就必然会危害国家；不用智巧心机治理国家，才是国家的幸福。'"

删除妹和白小江愣在那里，瞪大眼睛陷入深深的思索，删除妹抬头说道："老子写在这里的'智'是指凡夫的俗世智慧，就是三维的处世小聪明，是和佛教里面所说的'一切世俗智慧都是空'一样的道理啊！"

猛然删除妹从席子上一跃而起连连在地上快步转圈，低头蹙眉思忖着，忽然她停住脚步看向吴二击掌叫道："恰恰正是因为皇权统治者内心是用了智巧心机所以才会错误理解了这句话！他们对百姓实施愚民政策，害怕人民得到天道的智慧，其实这不仅让人民没有得到开智的福气，更让统治者自己和国家、人民全都失去了生活在一个美好世界里面的福气。'是谓玄德！玄德深矣，远矣，与物反矣。然后乃至大顺。'原来……这就是'道'啊！那些狡诈心机的统治者们心中被疯狂的贪欲充满，所以他们怎么能理解、怎么能看到天地间这么伟大的'道'呢？又怎么能够得到统领一个美好国家和智慧人民的福报？"

这时白小江离开倚靠着的城墙也来到吴二面前，她的大眼睛扑闪扑闪看向吴二："'夫慈，以战则胜，以守则固。天将救之，以慈卫之。'吴大哥我问您一个问题：为什么佛教离开印度却来到了中土大唐？那是不是因为佛陀慈悲的核心思想和我们的文化源头慈爱正好一致呢？都是揭示了宇宙的终极秘密和唯一真相呢？”

吴二愣在那里他狭小的眼睛瞪向白小江又看向辛阿琪，缓缓地一缕灿烂的笑容在他的脸上绽放开来，此刻那张面孔上的笑容竟然是令人无法形容的极致清澈和清静。他轻轻点头满足地看向三人：“原来当人心被洗刷干净了以后，这个宇宙世界所有的真相和秘密真的都会被一览无余！”

莲花扭曲的残肢握住辛阿琪的双手：“我跟你们走！虽然我不太懂你们说的这些，但是二哥已经让我知道怎么解脱痛苦，你们都是能给我智慧的人。我想通了，要是活不明白这一世不是白来了么？”

终于告别钟城，一大早叶光明、李大宝和穆雨都来客尘给四人送行。叶光明拿出一串钥匙递给李大宝：“这是我对面那套房子的钥匙，留给你和穆雨做婚房。以后我的家就是你们的家，你俩就是我的孩子！”

惊得大宝和穆雨赶紧将钥匙塞给叶光明：“使不得，叔叔您这个太……”

辛阿琪一把拿过钥匙塞在穆雨手里：“傻孩子拿着！你们能过去住是便宜你叶叔叔了，不然他一老头子守着那么多空房子该有多难受啊，有你们陪着他还能照顾他，不是便宜他了么？”

这么一说大伙大笑起来，两人收下了钥匙。

一行人前来吴二门前感谢、告别，可是敲门没人应声，服务员过来说道：“他啊昨天晚上就退房走了。”

白小江愣住：“什么人啊，连个告别的机会都不给。”

叶光明手中提着一堆的礼品：“这些都是我专门感谢他的，这可怎么办？”

莲花赶紧摆手：“叶医生您就不必放在心上了，他这人从来不要人家感谢的。”

辛阿琪挥手说道：“大伙都走吧，莲花说的是，吴二怎么会需要感谢呢？”

二十九

小行星见家里突然来了一位大姐姐可把他高兴坏了，立马嚷着搬到妈妈家里来住，三口人挤在小房子里面却是其乐融融。一切安顿下来白小江开始寻找艾米，房地产公司现在效益不好裁员，艾米被裁后没人知道她的去向。

大雨倾洒在院子的泥地上面，艾金贵阴冷着面孔蹲在门槛上点燃烟斗抽了起来，劣质烟草的烟雾飘荡在屋内。院子洼地的水塘里几只满身泥水的鸭子开心地打起滚儿，艾金贵的视线从鸭子身上收回抬眼看向身后……这座新房子在村里最突兀显眼，让村民们羡慕不已，也让艾金贵走到哪里都是昂着头。村里只剩下老人和孩子们留守，几乎壮年人都在外面打工、上学，只有艾家培养的大学生艾春花是唯一一个在北京工作的，不仅嫁给有钱人又让娘家人都过上了好日子。可是如今艾家人突然都不出门了，再也见不到艾金贵昂头走在村里的身影……

艾金贵起身坐在椅子上，宽大的屋内空荡荡地摆着一张八仙桌和几把椅子，地上乱糟糟摆放着一堆的农家工具，门窗上面贴的大红双喜已经斑驳破落，和艾金贵的心境一样不堪。他愣愣地坐在那里看着门外的大雨发呆，女儿只说她和刘明超离婚了，工作也辞了，然后电话也不接，钱也不寄来，就这样再也没了音信……想到这里艾金贵死命地将烟袋锅敲打着椅子腿，他将烟锅重新装入烟草点火后猛吸了起来。

院子大门“吱嘎”响起，他的大儿子怀里抱着一堆豆荚一瘸一拐进来，身后是挺着大肚子的儿媳妇，粗壮的女人一手打着伞一手拎着从地里拔出的青菜。

儿子进门端起大碗喝水，艾金贵眼睛瞟向他：“你弟又要交学费了，我这能借的都借了，春花给你的钱还剩多少？你俩也该拿出点钱来救救急呀！”

老人说完盯着烟斗里冒着的火星故意不看儿媳妇，女人也不讲话，一边剥着豆荚一边拿眼睛滴溜溜看向自己男人。艾米大哥正在喝水的碗停在那里一动不动，猛然他将碗往桌上一顿：“上什么研究生！不是早就可以工作赚钱的嘛，干吗非要再去上这个学？他还以为他姐没离婚还能养着他吗？”

“啪”艾金贵烟斗狠狠敲向桌子，气得脸涨得通红，青筋冒了出来：“不上研究生怎么能行？这不是春花上学那会儿有个本科就成了！你妹妹要是不上学能供你娶妻生子吗？你一家老小能住上这房子？这谁能知道她突然离婚又丢了工作呢？你弟要是不上研究生你孩子以后能指望上他吗？指望你？指望你打工一天赚不上十块钱！”

女人看着公公气喘吁吁眼睛瞪向自己，立刻吓得起身走进卧房，一会儿她拿出一个纸包递给公公嗫嚅着：“妹妹给的钱……都在这里了。”

艾金贵放下烟斗冲着儿子叹气：“你妹这事不能就这么不管了，我和你去趟北京，怎么着也要找到她人！”

钟城传来好消息叶光明和一位护士结婚了，两人很快就来北京看望女儿。白小江开心地对思思说：“你爸终于有人照顾了，你在北京也可以安心啦。”

好事接二连三，飞飞和她合伙人订婚了，终于飞飞结束了相亲生涯，礼拜天白小江做了一桌子好吃的给飞飞庆贺。

门打开飞飞身边是位胖胖的长相忠厚的青年男人，没想到小伙子人不仅年轻又本分，把白小江乐得不行赶紧邀请两人进门，忽然两人身后跟着又出现一老一少两个男人，飞飞赶紧介绍：“这是艾米的爸爸和哥哥，我以前买过他们家乡的药材，叔叔有我地址这不就找到我这里？可我也不知道怎么能找到艾米，就把他们带你这里来了。”

白小江赶紧招呼大家进门一起吃饭，艾米哥哥一瘸一拐地跟随在父亲身后进来。狭小的房间内一桌子人挤在一起，艾金贵看到桌上红酒瞪眼问道：“俺不爱喝这红通通的果酒，有白酒没？”

听说没有后他立刻又大口喝起了红酒，放下杯子闷声说道：“春花只是对我说她和刘明超离了，打那以后她电话也不接也不给家里寄钱，她弟学费这不也是我凑的……”

说完艾金贵掏出香烟不由分说点燃吸了起来，烟草的味道立刻飘满了房间。小行星冲思思做着鬼脸，思思装作没看见继续倾听大人们讲话。

白小江难过地说道：“她离婚那会儿正巧我得病了，所以和她失去了联系，我一直也在找她，还没找到。”

她的眼中盈满了愧疚，艾金贵扭曲着面孔猛吸着香烟，浓浓的烟雾后面传来他嘶哑的声音：“你也看到了她哥……腿不好，指望这个家是没法讨到媳妇的。要不是春花给钱盖房子送彩礼，她哥哪能办了婚事？没承想她离婚了不说工作也没了，唉！”

艾米哥哥放下碗筷，粗黑的双手抹着嘴角，他垂着眼睛看向面前的碗里低沉着声音说道：“俺也不是只靠妹妹养活的，前些年我去广东打工，腿脚不好只能去赚钱最少的工厂，不知道老板哪天才能给工钱，就只能租十块钱一个月的废弃巷道睡觉，地上垫上泡沫板再铺上硬纸板就是床了，吃饭都是到菜场捡菜叶回来煮，从来花钱都不敢超出一块钱。人倒霉的时候连鬼都来欺负，大白天睡觉都是鬼压身……后来有个老乡在街上认出我给我找了一个好一点的工厂，我这才能吃得上食堂的饭菜，睡在了床上……”

说完他的眼睛木然盯向虚空，眼里仿佛已经看不到任何的情绪和灵魂存在。惊得思思和小行星瞪大眼睛对视着，两个孩子不敢相信竟然有这样的生活场景……男人继续说道：“俺妹和刘明超结婚后家里日子好过了，我这才回家务农。可是刘明超这男人不知为啥不要俺妹了，俺们是她娘家人，不能见不到人也见不到她一句话啊，这不爷俩才来北京找人，可是恁大的北京城俺们咋找啊？”

白小江无法对爷俩说出艾米是自己离开刘明超的真相，她拿出一些钱：“我也只有这么多了，这些钱你们先拿回去救急，我发动所有朋友一定找到艾米，找到了就会通知你们。”

于旭之和田娜四处打听终于通过广告客户找到了艾米的线索，她在网上给一些小用户设计广告，也知道了她的地址。在西郊的一幢破旧居民楼前，白小江和田娜下车，这一带楼房都是几十年前的工厂家属院。老房子只剩下很少的老人和外来租户居住，每户窗户都被生锈的铁栅栏围满，每座楼看上去都像是用铁栏杆做成的铁笼子一般。黑暗的楼道里面一扇栅栏防盗门打开，头发蓬乱穿着睡衣的艾米出现在门口，看到是白小江后两人抱头大哭，白小江捶打着艾米的后背："干吗你要瞒着我啊！干吗你都一个人扛着啊？……"

屋里仅有的一张桌子上既有饭碗又有电脑，是书桌、餐桌并用，除此之外就是一张床了。

艾米平静地告诉两人："从决定离开刘明超那一刻我就知道会有今天，可是我不后悔，老天只给了我两条路，我没得选，哈哈我就把良心当成老公吧，所以……一个人在这里也不寂寞。"

眼前的艾米再也不是曾经的那个艾米了，白小江震撼凝视着她，岁月的流淌将有的人变成了鬼，却也洗刷掉艾米的烟尘露出清净明心。白小江握紧艾米双手："智者求真，觉者求悟，道不只在高堂和庙宇，没想到你已悟到并与大道相伴了！"

艾米大笑着连连摆手："白小江你简直太搞笑了，就我这种拜金的女人怎么可能达到那种境界？你可别给我戴这种高帽，这事如果有第三条路可走我也决不会这么做，我立马还是那个拜金女艾米。我后来才知道是刘明超和林芙蕖对夏南公司下的黑手，想到南生对我们这些穷人那么好，而且又是刘明超的同学，你说我怎么能忍受得了刘明超干这种事情？可是他至死也不悔改，又在宽古公司最难的时候离开颜宽，我是实在不能忍受他的两次背叛。在他看来除了自己家人，一切人都可以背叛、掠夺，我艾米爱财但是不贪财，偷来抢来的钱财我没办法用下去，我是实在没有办法和他再过下去，那个时候我才能理解你离开颜宽的决心。"

白小江摇着头喃喃说道："不，我和你不一样，我被那些人气得得病差点死掉，我的心胸太可怜了，无法和你这种甘心隐没的境界相比。"

田娜紧紧拉住艾米双手："艾米，你知道吗，你是我心中的女英雄！恭喜你已经开启了新生活，谜生画廊和我都需要你，赶快过来和我作伴吧。"

艾米瞪眼愣在那里，忽然她捂住面孔呜呜大哭起来。

桌上已经准备好饭菜，门打开，思思和小行星放学进来。

厨房里白小江正在忙着炒菜，忽然身后一个身影出现，转眼一看却是小行星沉着面孔若有所思地在看着自己，见孩子突然这副样子白小江问他："你在这里干吗？干吗这种眼神看我？"

小行星皱着眉头拉住妈妈的手："老妈，别再炒菜啦，说实话你的手艺真不咋地。"

气得白小江推开他："给我滚一边去！你以为别的孩子都你这副公子哥德性啊，你知道思思姐有多苦吗？你不爱吃你妈的菜，有人稀罕着呢。"

她不理儿子又继续炒菜，小行星抚摸着妈妈的后背轻声说道："报告你一个消息，老颜……又结婚了！"

白小江关掉煤气指着儿子鼻子大笑："怎么你爸一结婚你就跑来厨房告诉我，上次也是。"

小行星倚靠在墙上低着眉眼："老颜说他是……找到真爱了，还说人家比你和林阿姨都温柔，而且又不嫌弃我爸公司不好。"

白小江拍着儿子脑袋："真爱，好呀！那你应该祝福你爸，能找到真爱也不容易……"

忽然小行星脸色沉了下来，拧着眉头他指向妈妈："可是你呢？你都离婚这么久了，怎么到现在还没找到一个老公呢？你就不能争点气吗？就不能找个男人也结婚吗？"

顿时白小江大脑一片空白愣在那里，看着儿子的表情她想笑却又笑不出来，怎么也想不到小行星的内心世界竟然是需要这样的一个平衡。白小江抚摸着儿子的脑袋还是笑了起来："儿子，你这脑袋还真是……这结婚的事情不是赛跑，没有输赢和你高我低之说。为什么女人非要结婚呢？为什么你这么小就有这种观念？人活着还有很多比结婚更重要的事情要去做、要去搞明白。你是聪明的孩子，能明白妈妈的意思吗？”

忽然小行星也平静下来，看着白小江他的眼睛充满了绝望的哀怜：“妈，我知道你是……很难再找到老公了！”

“哈哈，你这意思不就是说你妈没人要了嘛……”白小江指着儿子大笑起来，可是小行星却难过地低头转身离开，看着他忧伤的背影白小江愣在那里。

不一会儿桌上又传来小行星和思思说笑的声音，孩子们正在谈论着《复仇者联盟》，看到他的面庞仿佛刚才的谈话根本就没有发生过，白小江心中一阵恍惚，原来儿子的世界并不是看上去的那么风平浪静。

洗完澡白小江敲开小行星房门，他正躺在床上读着《三体》，白小江亲吻着儿子的额头握住他的双手：“儿子你知道吗，当人们都在嘲笑天空中那只飞翔的老鹰多么孤独、多么可怜的时候，却不知道老鹰的内心其实是在享受着高贵的自由，它是在真理的维度俯瞰着世间的所有真相，当它在与真理、自由和智慧同行的时候，难道它还会需要一众前呼后拥的虚妄追随者吗？”

小行星大眼睛闪烁着，猛然他一跃而起：“妈妈，我明白了！地球也是宇宙星球，所以人类都是宇宙人，那些知道这个秘密的宇宙人怎么会孤独呢？”

白小江满足地拥抱着小行星，伏在他的耳边低声呢喃：“亲爱的小小宇宙人，你该睡觉啦。”

白小江画了无数次类似《谜生》的画作都不成功，她绝望了，仿佛掩盖那幅画的黑暗已经将她的灵魂之光也吸入了黑洞，再也看不到灵光出现。为了养活自己和孩子她只得画一些风景画糊口，于旭之晦涩地苦笑：“小江你现在的画虽然好卖，不过只能暂时糊口，不能忘了那幅《谜生》啊！”

忽然白小江想起删除妹的那句话：“因为比《谜生》更有价值的一定是《觉醒》、《觉悟》，所以你一定要拥有它！”

原来心底的这个声音一直埋藏在那里，她明白了，自己的灵魂是为那个《觉悟》而活在这个世上。

叶光明带着新婚妻子房宁来到北京，温柔的女护士和白小江一见如故，两人迅速成为好朋友。看到房宁和思思打成一片黏在一起，叶光明却无心关注这些，他沉痛着面孔告诉白小江：“我先后拜访了颜宽和夏南基金会，于旭之告诉我因为宽古假账的风波引起夏南股东对宽古集团并购夏南公司的怀疑，他们调查发现是刘明超策划了夏南公司高息融资，才导致夏南资金链断裂以至于被宽古低价收购！消息一出顿时舆论炸了锅，原本就摇摇欲坠的宽古公司立刻灰飞烟灭，连带着夏南分公司也彻底完了！

“刘明超也被新东家辞退，现在宽古集团没有利润再注入基金会，集团假账的丑闻让夏南基金会声誉受到重创，外部慈善资金也几乎没有再走这个渠道进入，所以夏南基金会这块牌子也完了！”

一语成谶，当年白小江预言颜宽的那些话终于都实现了，可是却也连带着夏南基金会的消亡。白小江胸口一阵窒息差点背过气去，原来于旭之为了不让身体终于恢复的白小江担心，就把基金会的这些消息对她屏蔽起来。白小江心疼得捂住胸口：“光明你告诉我，怎么才能拯救夏南基金会？”

为了不拖垮夏南基金会，颜宽的计划是请辛阿琪来帮助公司重整河山。叶光明哀求白小江：“阿琪现在身体也恢复了，请她出山来拯救宽古公司和夏南基金会，不过只有你能说服她了，求你了小江，我们一起去阿琪那里谈谈吧。”

白小江含着眼泪：“我生病以后于旭之全力管理基金会，我对不起基金会和夏南生的嘱托，辛阿琪一定会有办法，我们这就出发！”

三个大人带着两个孩子一起来到空心岛，见到这么多人到来可把辛阿琪和莲花乐坏了。没想到小行星第一次见到莲花竟然没有丝毫害怕，他研究着莲花的伤口抚摸着她的手指痛惜问道：“阿姨，伤口还疼吗？你是怎么伤到的？”

莲花抹着泪珠抽噎起来：“你妈妈见我第一句话也是这么问的……”

辛阿琪想到再要去管理一个企业，顿时无比痛苦起来，她渴望灵魂飞翔在自由的天空去寻找生命的意义，在孩子中得到慰藉……白小江连连求她：“你帮助管理公司其实是为了夏南基金会，只有公司有了利润才能让捐赠资金持续注入慈善资金池，让更多的人成为慈善受助群体。只有你才能让这个愿望实现，帮助颜宽和我的良心得到救赎。”

叶光明叹息：“其实夏南生已经成为自我忏悔、自我救赎精神的一种象征，我们民族最缺乏的就是这种自我忏悔、自我救赎的精神，而夏南基金会又是持续这种象征的存在，没有公司资金的供给，基金会就会面临灭亡。我们希望每一个活着的夏南生都要明白，真正的勇士不应该自杀，真正的勇士不只是战场上杀敌的英雄，更是面对自我的灵魂敢于做一个真正的斗士，在灵魂的战场上用真实之剑砍掉捆在自己身上的虚伪盔甲，用刀锋撕裂自己的丑陋面具告别黑暗过去，从而才能迎接一个真实、正义的灵魂得以重生。这种自我审视灵魂的勇士精神是真正的英雄主义，我们必须拯救这种灵魂勇士的存在并使其精神延续，不能任由这种新英雄主义濒临灭亡。所以夏南公司的意义非同一般，拯救夏南基金会就是挽救我们民族成为光明灵魂的希望啊！”

辛阿琪陷入沉思，她起身拿了一个带把儿的杯子倒好茶水端给莲花，又给所有人倒上茶水：“我不是神，不是一个人两个人就能救得了现在的宽古公司。只有一个办法才能拯救它，就是找到一个有实力的大公司买下宽古集团，这样才能保住夏南基金会。夏南公司本身是非常优质的，因为被宽古公司并购以后才沦落至此。其实宽古集团如果不是那些黑幕，这个公司本身也是非常优质，可是谁还会觉得它具有值得挖掘的潜力呢？而且能买下这个包袱的公司需要具备多大的实力呀！我想象不出来同时具有这两个条件的公司……”

房间一片寂静，所有人陷入绝望，叶光明捂住面孔发出声声叹息。

莲花放下茶杯：“俩孩子跑到灯塔上面玩去了，我得去看看他们。”

叶光明痛苦地闭上眼睛：“你们没看到颜宽现在颓废的样子，眼看着公司和基金会就这么死掉了，我害怕他……也完了！”

绝望的白小江面如死灰，辛阿琪倒着茶水沉着面孔：“上市公司如果被贪欲操纵，死得就会更快、更彻底！即使是林芙蕖干的事情，颜宽作为公司董事长也是有着不可推卸的责任，他必须为两个公司的灭亡埋单。”

莲花进门默默坐到茶桌前，喝了一口茶水她对大家说道：“有个公司为了保住夏南基金会这块牌子愿意买下宽古公司，具体的我也不懂，你们和他们谈吧……”

“什么？！”叶光明一个鲤鱼打挺从座椅上一跃而起，辛阿琪正在倒茶的手一哆嗦，茶水流出了杯外……

白小江瞪着滚圆的眼睛看着莲花：“你说什么？……有公司同意收购……宽古？！”

莲花看着她的眼睛郑重地点头，叶光明激动地连连向莲花作揖，白小江忽然冲着莲花摇头笑了起来：“莲花，你……你没有听错对方的话吧？”

立刻辛阿琪挥手制止白小江，她严厉的眼神射来：“小江，你听莲花把话说完！”

莲花拿出手机里面的信息给几人看：“这是这个公司在北京分部的地址和联系人，让你们去面谈。”

叶光明摆手：“这个我就不懂了，你们俩看看。”

这个叫觉明公司的名字大家并不熟悉，辛阿琪立刻在网上搜索公司的资料，董事长是个女人，集团在香港上市，是大型综合性集团企业，集医药、纺织和商业为一体。白小江看着莲花疑惑问道：“可是莲花，你联系的这个人他是谁？你们是怎么认识的？”

莲花笑着：“等你把公司收购的事情做完了，那个人就会见你的。”

白小江吃惊地看向莲花又看向辛阿琪，可是辛阿琪却看着袅袅的水汽陷入了沉思。

宽古公司大厅孙凯进门，前台的姑娘看到他激动地连连招手：“孙秘书你快过来，刚刚我看到董事长的新夫人来了！天啊这已经是董事长第三任老婆了，你见过她吗？”

孙凯倚靠在吧台上耷拉着眼皮无精打采说道：“就这也值得你大惊小怪的？你丢人不？你说我们这些年轻人什么世面没见过，哼！”

前台姑娘冲他翻着白眼："那可不是，什么烂事你没见过？"

孙凯不理她调头进了电梯。

再次走进宽古公司，白小江心里不断告诫自己：删除掉所有的想法、情绪，忘记曾经在这里发生的伤痛，一切都是船行过后的湖面，本来就没有任何的痕迹……

大厅里面还是那个前台接待的女孩，白小江想起上次她对自己热情的模样，于是冲她笑了起来。可是姑娘看到白小江却现出震惊的神色，对于董事长前妻的突然到访这姑娘明显是乱了方寸，惊慌和焦虑让她不由得皱起了眉头，她冷着面孔迅速冲到白小江面前伸出双手："你……不能上去！"

见她拦住自己，白小江愣住，忽然她明白了自己现在是董事长的前妻，在这种小女孩看来前妻的造访对于公司是危险的。看到女孩和上次判若两人的面孔，白小江笑了起来："那麻烦你帮我和孙秘书通报一声。"

姑娘依然冰冷着面孔推搡着白小江往外走："抱歉！我没有接到你要来的通知，没法通报，还是请你赶快出去吧！"

忽然她身后电梯门打开，孙凯跟在一个清瘦的姑娘身后快步走了出来，他恭敬地对白小江说道："白姐您已经到啦？我们还说提前下来迎接您呢！这位是董事长夫人……"

白小江眼前一亮，面前这个姑娘肌肤如雪，圆润的面孔镶嵌着一双深凹的大眼睛，温润的鼻翼和柔和的双唇让她身上所有的线条都是万般温柔，当她温暖而又明朗的眼睛看向白小江时，她整个人顿时生出欢喜的光芒。姑娘立刻向前紧紧握住白小江双手，真诚的笑容浮现在她的面庞："白姐您好，非常感谢您的到来！您就叫我小刘吧，颜宽正在楼上等候您呢……"

一丝震惊浮出白小江心头：眼前的这个女孩怎么那么像当年的自己呢？只是她身上如水般的温柔是白小江和林芙蕖所无法拥有的。白小江明白颜宽为何立刻爱上这个姑娘的原因，他的两个前妻都是太强势的女人，他渴望得到女人的温柔。

两个女人亲密相拥着走入电梯，惊得前台女孩瞪着眼睛倒退几步，她不敢相信地看着眼前这一幕：现任董事长夫人热情、隆重地迎接董事长前妻，怎么会有这种事情发生？

办公室门敞开着，颜宽站在门外迎接白小江到来，白小江看到他的面容惊得不由得收住脚步，眼前这个苍老的男人背已经微驼，刀刻一般的皱纹布满瘦削的面庞，那宽阔的脑门更大了，斑白的微秃头发令人心惊，这个苍老的面容、枯瘦的身形竟然是颜宽？那个潇洒不羁的男人再也不见了……

两人在沙发上坐下，颜宽苦笑起来："十一年了……真的是黄粱一梦啊，我在66大道谜生见到你的那一刻还跟昨天一样，那天的我们怎么能够想到今天坐在这里的一幕呢？怎么可能想到十年中发生的这些事情呢？没想到我在这种年龄就已经有了这么多不堪回首的回忆……小江，其实我从来没有真正的成功过，这次我能够被收购死而复生，是托夏南基金会的福气，也是证明了你白小江和辛阿琪的成功。"

白小江叹息着看向虚空："又有几人的过去不是不堪回首呢？现在我们坐在这里其实也是和梦里一样，一会儿离开，现在的这个场景不是也和梦境一样不存在了么？所以成功这件事情本身没有任何意义，作为人这个个体来说，只需要把成功的经验留存下来，而成功本身不过就是一个背在身上的包袱而已，如果我们都背负着成功这个包袱，那还能走远吗？

"觉明集团多年低调从事慈善事业，总计捐赠款项近百亿，所以他们才会极力保护夏南基金会的存在和永续发展。正好公司又转型高科技行业，宽古恰好符合他们收购科技企业的需求，觉明公司极度完善的制度可以对治你们集团的所有问题和弊病，而宽古造成的负面影响可以很快被觉明集团的庞大实力所消融，可谓是两全其美、一拍即合的事情，对于我来说只是一个朋友给了一个恰好的机会而已，所以怎么会是我的成功呢？如果一切都是以成功为目的，那么最后一定也必为成功所困累！就像夏南生如果没有成为英雄的欲望，那他最终会被英雄所困吗？你研究一下觉明公司的低调隐秘，就会明白什么才是真正的成功了。"

颜宽惭愧地点头哽咽着："小江你这么说，我才彻底明白我走到今天这种地步的最主要原因了。当我越是需要获得外界赞赏和认可的时候，我发现我的烦恼和痛苦就会越多，原来所有的烦恼都是来源于我们内心对于外在的欲望，那种求而不得的苦才是真的苦！

“人间最苦是心苦，其实就是因为那些欲望才造就了我人生中最黑暗的时期，而当我放下那些虚伪的面子、没有了抢夺别人利益那些杀心的时候，反而发现我的心才能够放过我自己，才能睡好觉、平静下来。只有找到本心才是解决人和这个世界一切问题的根源，几千年前人类的智者就探求出了宇宙的这个奥秘和真相，可是今天的我们却仍然沦落于智慧的荒漠中，可见几千年来人类的智慧没有进步反而后退了。”

白小江看着颜宽沧桑的面孔上布满了真诚的悔恨，她不由得叹息一声：“唉，如果所有人都说你好，你是能得到长寿、无病还是能够发财呢？如果所有人都说我不好，那我是不是就不能得到长寿、无病和发财吗？因此毁骂和赞誉什么用都没有，而在乎那些虚伪面子的人最终只能给自己带来灾难！

“因为这个世界上永远有人拥有着超越我们的财富、权力、知识、美貌和智慧，你永远都无法超越所有人，你所比较的对象只能是你身边所能看到的有限的那些人，而且这些东西都是有生有灭的，所以比较是这个世上最没有意义的事情，哪怕三维也就是俗世里面的所有智慧都是空的。只要是有生有灭的就是有为法，所以佛陀在《金刚经》中说‘一切有为法，如梦幻泡影，如露亦如电，应作如是观’。但是终极的宇宙大道也就是宇宙智慧那才是不生不灭的，凡不生不灭的就是无为法，那才是我们唯一应该追求的真理，所以《金刚经》又告诉我们：‘一切贤圣皆以无为法而有差别！’

“颜宽，你能够得到灵魂解脱的真相，其实你这才是得到了人间最大的宝贝。”

颜宽频频点头不敢看向白小江，他起身来到窗前眼睛凝视着远处的天空：“行走在这个拥挤的世上，灵魂却是最孤独，我一直以为我是在寻找爱情，其实我终于明白那是因为我们害怕孤独，所以才会希望拥有对方。现在想想我们当年为什么会结婚，也许是因为那个时候我们两个人都太孤独了吧。”

他的身后响起白小江爽朗的笑声：“哈哈，颜宽我觉得吧任何人在没有了解生命的真相之前，所经历的爱情其实都是对感情产生的错误幻觉。无论男女，即使对对方再浓烈的爱又有多少不是自己幻化出来的？自以为是的爱情为什么产生？为什么在不同的时候你会爱上不同的女人？你想想看，为什么无数的人那么浓烈的感情最后都化为乌有？人类迄今为止又有谁找到了这个答案？人类科技和物质发展到这种程度，人类却是对自己的灵魂世界越来越失去了清醒的认知……等你找到生命与宇宙的终极真相，你就会得到人类所有行为的答案。”

颜宽转身看向白小江，这番话让他震惊得一时说不出话来，对白小江的恭敬和敬佩再次盈满了他的双眼，他喃喃自语着：“为什么我对这些问题没有想到这么深的维度？这些问题难道不是人类最应该思考的问题吗？原来……你已经超越了生命的维度，看到了人与生死、宇宙与生命的真相。小江你真的明白了人到底应该怎么活着！

“现在我终于明白了你为什么没有起诉林芙蕖的原因了，她毁了你全球画展的画，作为艺术家那幅作品超越了生命的意义，可你却没有报复她！那是因为你早已不把这个世界中的得失看作是得失，你要的是真正的宇宙智慧，原来你已经得到宇宙中最大的宝贝。但是作为前妻我亏欠你的太多了。小江，你又帮我卖了公司，所以我和小刘决定给你一些现金和资产，这是你应得的。”

白小江无声笑了起来，看到颜宽再三地结婚，她再也不会伤心，原来对他的爱情早已不存在，爱情如同虚无缥缈的云朵一样，风起云涌时浓情蜜意，风吹云散时却又消失不见。此刻她看到了爱情的虚幻，烈火燃烧之后空中云雨翻滚，然而一切终究都归于天空一样的虚空和寂静，留下对天空的恒常敬意反而可以永远存在。她摆手说道：“在感情的三角关系里面从来就没有赢者，那个时候你的公司已经垮塌，我的那幅画又备受瞩目，如果我起诉林芙蕖，那就不只是她承担法律后果，而是舆论的巨浪必然会让你的公司连带着夏南基金会全部消亡了。

“虎狼都不伤害自己的同类，可是我们人类却变成了时时刻刻要提防着自己同类的杀戮……但是你看过有谁能逃得了上天那只大手？林芙蕖以为杀戮可以击倒一个人，可是往往刀剑之下才能成就一个勇士，因为有些人是杀不死的！

“如果能够删除那些迷惑我们的假象，就会明白情感到底是什么，也就知道活着到底什么才是最重要的。所以你什么都不欠我的，我也不需要你任何的回报，我过得很好，你放心，上天会让我赚到我该赚到的钱。”

颜宽明白了，原来白小江早已不是去往空心岛前的那个白小江，她已经卸下重重的蚕茧缠缚，灵魂已是出窍般的自在、自由。他点头：“那好吧，不过小刘说了她要拿出一笔钱给莲花整容，我们应该报答她。”

白小江起身笑了起来：“莲花整容的钱可以给她，正好叶光明在给她联系整容医生。颜宽，你能有小刘这样的好妻子，你的好日子真的就到来了。”

忽然颜宽双手捂住面孔……

被商业大厦环抱着的静安寺内香烟缭绕，众多的香客们虔诚地朝拜着。林芙蕖看向儿子不禁心头一颤：林伦竟然十分恭敬地学着香客们合起掌来……幼小的阿伦话越来越少，历经无数的变故，他早已失去了同龄孩子的天真，几乎成了一个沉默的小大人。

娘俩进入大殿，林伦虔诚的眼睛看向庙堂上的佛像，林芙蕖精美的五官此刻更加阴鸷起来，两人各自跪在蒲团上面开始合掌祈祷。

“……佛祖保佑我和小行星能够相见，菩萨保佑小行星和我永远在一起……”林芙蕖忽然听到儿子口中传出“小行星”，瞬间惊得瞪大眼睛看向儿子，只见林伦仍然闭眼合掌虔诚地祈祷，林芙蕖闭上眼睛泪水哗哗滚落……

出了寺庙林芙蕖一边开着车子她柔声问道：“阿伦你想去哪儿玩啊？妈妈今天全天都陪你。”

坐在副驾驶的阿伦大眼睛一眨不眨轻声问道：“妈妈，我要怎么做菩萨才能实现我的心愿呢？”

林芙蕖愣在那里无法说出一个字来，沉默良久她缓缓说道：“菩萨……会让你的愿望都实现的！”

林伦的大眼睛看向前方的挡风玻璃：“离开北京前我听到颜叔叔和颜奶奶的谈话了，奶奶不许你们离婚，叔叔说是妈妈你要离婚的，是你造假害得他差点坐牢，然后你看叔叔的公司要完蛋了才要离婚逃跑。妈妈，你这么害叔叔，那你是不是要下地狱呢？刚才我在寺庙看到一本书，那里面有很多地狱的图片……”

忽然林伦惊恐的大眼睛转向林芙蕖：“妈妈我不想你下地狱，那里很可怕的！妈，那你该怎么办啊？”

“不！不！……阿伦，你别听叔叔胡说！还有哪里能有什么地狱啊，那都是……吓唬人的！我们会很好、很……好……”林芙蕖浑身冰冷着发抖，她紧紧握住方向盘生怕车子偏离了方向。

阿伦静静的声音传来：“妈，为什么你们大人只相信菩萨会保佑你们很好，却不相信她会惩罚你们去地狱呢？”

“闭嘴！——阿伦你疯啦？不许你胡说——”一个急刹车林芙蕖捶打着方向盘疯狂嘶吼起来，后面的车子也猛然刹车差点撞上她的车屁股，马路上一片的汽车停在她的车后。

林芙蕖趴在方向盘上号啕大哭……

叶光明联系的整容医生们专门为莲花成立了治疗团队，已经研究好整容方案。

白小江来到空心岛准备带莲花去往钟城手术，见莲花收拾行李去了，她对辛阿琪说道：“这个觉明公司太神秘了，可是我不明白，企业不都是要宣传和广告吗？这么优质的企业为什么却这么低调，删除妹你说他们这么做到底是为什么？”

辛阿琪半闭着眼睛说道：“不是有句老话嘛：‘低头的稻穗，昂头的稗子。’其实和做人的道理一样，有不少这样务实的企业却都是默默无闻，正是因为他们踏实沉在水底才不为人所知，也正是他们的存在才真正支撑了实体经济的发展。那些浑水摸鱼捞稻草的最终又有几个得了好下场？企业领导人的性格决定企业的命运，只能说明这个集团的领导人是个低调、务实不务虚的人。真正的自信不需要鼓吹，真正的业绩也不是靠高调得来的，一定是实干。”

“可是莲花怎么能和这个公司的高层认识呢？”白小江还是充满了疑惑。

猛然辛阿琪睁开眼睛瞪向白小江：“难道一个流浪女就不能成就上市公司并购这件事情吗？你为什么要执着地知道那个人是谁呢？无谓的好奇心又有什么意义？我们能够看到的表象都不如背后的真相更有价值，莲花为什么能够成就这件事情？是因为她拥有被信任的德行！小江啊，这也是因为你和叶光明两人为夏南基金会的诚心感动了上天，才能有莲花给予的这个机缘，果然善念的力量太大了！”

白小江满脸通红羞惭地检讨：“惭愧啊，这说明我还是没能删除那些被染污的习气。”

三十

再次来到钟城已是深夜，皑皑白雪覆盖着城墙和钟楼。走着走着莲花一回头发现白小江还停留在城楼门口，昏黄的路灯下白小江伫立在城门前，痴痴地看着城楼的剪影，一股无法言说的悲凉充溢在她的胸膛，这一刻她仿佛回到千年前的那个雪夜：一个归来的孤独身影伫立在城门前，伴随着她的只有飞舞的雪花……，泪水弥漫了白小江的双眼。

两人进入客尘大厅，吧台服务员冷着面孔对莲花说道：“你不能住在客房里面，要是吓着客人那可怎么办？”

白小江没想到竟然会这样，她质问服务员：“莲花是我带来的家人，是我家里人你凭什么不让她住我的房间？”

女孩愣住：“她……不是给我们柴房送水的么？”

莲花赶紧拉住白小江衣袖：“我还是去柴房住吧。”

白小江制止她然后告诉女孩：“你们老板如果不是在帮她，能让她送水吗？你就不要多说什么了，她出门会戴好围巾，马上给我房间。”

还是上次的那个房间，打开房门屋里的暖气扑面而来，莲花环视着房间湿了眼角："这辈子我都没想到能住在客房里面……明天我去打几车山泉水，谢谢他们。"

楼上的房间里面吴二夫妇此刻睡得正香……

雪花从黑暗的夜空飘落，积雪已经厚厚地覆盖了城楼，营房里面的士兵们睡得正香甜。吴二起床穿上盔甲戴上佩剑，走出了营房他来到城楼上面，两个守城的卫兵见他过来便迅速撤回营房睡觉去了。

吴二独自一人伫立守卫，黑夜中他眺望远方绵延的山峰，白雪覆盖的远山反射着银色的光芒，忽然他看见地平线的远方出现密密麻麻的黑色点点，吴二仔细看去竟然是大片的敌军突袭来了！吴二大惊回头刚要大喊，忽然身后走来两名士兵，他疯狂招呼两人："快！快，你们快看……"

还没等他说完，忽地这两人人影一闪瞬间将吴二封嘴捆绑，顿时吴二五脏六腑炸裂心中呐喊："完了！元军来啦——"

看着吴二眼中燃烧的绝望烈焰，两名伪装成宋兵的元兵露出讥讽的嘲笑，这两人不仅功力高强而且气宇非凡，看来是两名元军大将扮成。吴二嘴里被堵住身上被绳索捆绑，他眦着血红的眼睛瞪向两名元兵，心中痛恨着呐喊：如果不是你们伪装成我们自己人让我丧失了警惕，我又怎能被区区两个元兵俘虏?!

一名元兵竟然狂妄地指着远方的黑色方阵给吴二看：庞大的军阵正在向城楼挺进！因为厚厚的雪地让马匹和军队行进没有了声音，所以庞大的军队渐渐到来却没有一点点声息……

急得吴二死命地挣扎，眼看着几步远处就是营房里面沉睡的卫兵们，而他却没有一点办法，汗水浸透了他盔甲里面的衣服。这时大片的元兵已经整齐地聚集在城楼下面，黑压压的军阵中火把的火焰猛烈燃烧，照耀着元军将士们兴奋的扭曲面孔，决一死战的雄心写在他们的脸上，只等城门前统帅的一声发令！

吴二看着城墙外面冲天的火光，再看看身后的城楼和营房里面黑洞洞的一片，为什么城楼外面冲天的火光却没有照射进入城楼的营房里面？吴二惊得眼睛瞪向身边的元兵，两个元兵会意地相视一眼，一个元兵附在吴二耳边压低嗓门用蹩脚的中原话说道："只有屋里发出的光芒才能照亮院子，院子的光亮是照不进黑暗屋子里面的！"

说着他的手指用力狠狠点向吴二的心口，意味深长的眼睛死死地盯着吴二眼睛。吴二猛然一个激灵，仿佛一桶冷水从他头顶向下浇个通透，这个元兵是在告诉他：只有心里发出的光芒才能照亮外界，外面的光芒是无法照亮黑暗的内心！

狞笑着的元兵握住手中明闪闪的匕首向吴二的脖颈刺来，吴二飞速抬眼看向头顶的大钟，他用尽所有的心念在心中呐喊：大钟！大钟！快快敲响，快让所有人醒来！——

轰然吴二听到了轰天的钟声从头顶响起，他看到大钟竟然真的无人敲响自己剧烈地晃荡着响起来！天地间轰鸣着一片的巨大钟声——

一道匕首的寒光闪过，吴二看到了自己脖颈里面喷出的鲜红血液溅向夜空，融化在一片灿烂的火光之中……

猛然吴二从床上惊叫着起身，浑身已是大汗淋漓，他的心脏狂跳，剧烈地喘息着，汗水湿透了他的睡衣，他清晰地看到梦中的那个意识从眼前一个通道回到了他的脑海，可是他不明白大钟的轰鸣声为什么仍然还在他耳边剧烈地轰响着?！……突然身边老婆惊醒起身："吴海涛啊怎么回事？哪来的大钟声音？这大半夜的……"

顿时吴二身心一震终于彻底清醒：真的是大钟的声音在敲响，天啊，竟然梦里梦外都是大钟的声音！巨大的钟声在窗外震荡着，是真真切切的钟声在轰鸣……

吴二赤脚跳下床疯狂冲向窗边奋力打开窗户，天边露出一丝曙光，雪花仍然飞舞着，隔着马路，吴二看到钟楼上真的是大钟在晃荡着敲响，可是大钟底下的平台上却是一个人都没有！此刻吴二不知道自己到底是在梦中还是回到了现实，他立在那里直觉一片眩晕，陈慧因冲到他身边看向大钟惊呼："天啊，这钟没人敲怎么自己响了……到底是谁敲响了大钟？吴海涛，你说这到底是怎么回事？"

被妻子抓住胳膊死命摇晃着，吴二瞪着大钟回想着刚刚的那个梦境，瞬间他恍惚了，他问自己："到底刚才那是梦境还是现在的一切才是梦境？……"

这时候楼上楼下的窗户纷纷都打开，人们伸出头来奇怪地议论着："怎么回事？大钟怎么没人敲自己响了？"

"天啊……真的像传说一样大钟自己响了！"

……

这不是做梦！吴二这才彻底清醒过来。

白小江和莲花都被钟声惊醒，猛然想起吴二讲的那个故事，白小江一跃而起打开窗户：大钟底下的平台上什么人都没有，真的是大钟自己发出的声音！

白小江迅速用冷水抹了一把脸冲着莲花丢下一句："你睡你的，我出去……"

话没说完她已没了人影，吧台后面值班的姑娘揉着惺忪的睡眼看到白小江飞速冲出客栈大门。

白小江爬到钟楼最后一层台阶已经累得气喘吁吁，这时候钟声已经停了下来。抬起头来她看到一个男人的背影正趴在大钟下面的台子上，他的脚下垫着几块砖头正仔细研究着头顶上的大钟，听到身后的声音男人回过头来，白小江惊呼："吴二！"

吴二的头缩在羽绒服帽子里面，见到白小江立刻吴二的眼睛充满了激动的异光："……听到了吧小江，真的是大钟自己响了！"

忽然白小江指着吴二黑色的羽绒服拍着台子大笑起来："哈哈吴二，你怎么穿着女人的衣服就跑出来了？这羽绒服后面还有腰带啊，哈哈……"

吴二这才发现自己穿着黑色带暗花的羽绒服，女式的腰带在他背后耷拉着，他一拍屁股大叫："糟糕！穿着老婆的衣服就跑出来啦。"

他把腰带塞进口袋后赶紧拉着白小江爬上了平台，指着平台上面吴二激动地微微喘息："小江你看，这个台子上的雪都是风刮过来的，这上面没有任何脚印，说明大钟真的是自己敲响的！和传说中说的一样，真的太不可思议了……"

忽然两人身后传来噼里啪啦鼓掌的声音，一个声音传来："哈哈是真的，我就是那个传说。"

惊得两人回头，原来是一个三十来岁的年轻男人，他爽朗的笑声掩饰不住恶作剧的开心，看到两人发蒙，男孩又赶紧抱拳连连笑着道歉："对不起啊大哥、大姐，刚才我开个玩笑，我叫卢青……"

吴二和白小江跳下平台，一听这个年轻人诳人两人都很来气，卢青见吴二变脸赶紧向前解释："大哥您肯定喜欢大钟自己敲响的故事吧？我是在北京做 AI 开发的。听我爸讲过这个传说以后，我就想通过人工智能也可以实现这个传说。于是我就在这里做了一些装置，来来你们过来看看。"

吴二本来要走人的，一听人工智能，立刻和白小江瞪大了眼睛，卢青抬头用手电筒照向钟楼的屋顶："你们看我在钟楼顶部安装两根铁臂，可以轮流撞向大钟的钟身，只要能控制铁棍自动撞向大钟就可以了，这很简单。"

果然在钟楼的顶部两侧悬挂着两根盆口粗的铁棍，只是固定铁棍的装置像机器人一样奇怪，其他的并没有什么特别之处。卢青招呼两人走进莲花曾经居住的小屋，这里已经被修葺一新，完全是一个现代化的精密仪器操作间，四处是一些奇奇怪怪的电子设备。原来卢青和城楼管理方签订商业开发协议，他将铁棍设置成机器人手臂，在电脑上设置了敲钟时间以后，机器人的铁臂就可以按时自动敲响大钟，和那个古老的传说结合在一起，这样可以引发大钟潜在的商业开发价值，开发城楼和钟楼的旅游资源。

吴二听完以后愣在那里半天回不过神来，卢青说道："今天是实验成功后大钟第一次正式敲响。"

白小江奇怪问他："那你干吗弄在大半夜的让它第一次敲响呢？"

立刻卢青捂脸做出羞愧的模样："本来我设置的撞钟时间是在下午五点，结果手欠竟然设置在凌晨五点，又没有发现这个错误，所以高科技稍一疏忽带来的危害也是不可想象。"

白小江哈哈笑道："我还以为你想做一个伟大的敲钟人，警醒人们都在梦中醒来呢。"

吴二想起了他的那个梦境，梦里的大钟竟然和这个大钟同时撞响！他陷入了沉思缓缓摇头："也许上天设置的密码谁也不知道……"

门外传来嘈杂的人声，原来一些晨起锻炼的老人聚在大钟下面议论纷纷。吓得卢青变色说道：“赶快跑，不然一会儿我们就没法脱身了。”

忽然吴二一把拉住卢青沉思着说道：“小伙子，我想和你一起谈谈人工智能研发的问题，我认为人工智能不只是你们研发人员眼里看到的高科技研发，背后也许就是人类和这个宇宙的秘密！当然不能说研发不好，也不能说研发就是好！ AI 的真相也许是人类还未曾想象到的……

“我出来匆忙忘记带手机，请把你的手机号码发给我这位朋友，我会找你的！”

卢青和白小江同时愣住，两人瞪眼看着他：头发凌乱得像个鸡窝、身上披着一件女人羽绒服的邋遢大叔竟然要重新定义 AI 研发？

“您……确定了解人工智能吗？”卢青疑惑地看向吴二眼睛，吴二若有所思看着屋内的这些仪器：“等我找你，就这样吧。”

说完他大踏步走向门外，白小江掏出手机冲着卢青点头：“说吧电话号码多少？”

卢青求救的眼睛看向白小江：“我看出来了，您是位大城市的白领精英，可他……他是干吗的呀？瞧他说的这都是什么神神叨叨的啊，就他这样能和我谈啥呀，简直是搞笑！姐我问你，他这里……是不是不正常啊？”

说着卢青指着脑袋看向白小江的眼睛，白小江不置可否地看着卢青心想：别这么看我，我都不知道吴二到底是卖什么葫芦、什么药的。

白小江记下卢青号码后追向吴二，两人走下钟楼，留下一堆的老人扯住卢青不放。

雪停了，太阳也出来了，吴二把羽绒服的帽子裹住脑袋，只露出扁平的面孔。被女人黑色衣帽包裹的扁平面孔看上去实在是很搞笑，白小江忍住不去看他这个滑稽的样子，可吴二看上去根本就不在乎自己什么模样。两人收住脚步站在河边深深地呼吸着雪后清纯的空气，吴二抬头凝望着河岸对面的客尘客栈：“八年啦，每年我都会来到这个客尘住上一段日子，今天终于听到钟声了，不管是高科技还是什么原因，总之它和几百年前的时光重合了。”

白小江疑惑着问他："你住在客尘就是为了想象中的钟声？"

吴二眼睛离开客栈射向白小江，一个陌生的声音从他口中传来："从生到死其实我们只是这个世上的一个旅客，地球只不过是我们旅程中的客栈而已，在人生这趟旅程中我们相遇，可是我们都误以为自己是这个世界的主人了，就像住在客栈里面的客人误把自己当成客栈的主人一样，这是一种错觉，因为主人是不会离开客栈的，而旅客终将离开，而且客栈的东西什么也不能带走。

"我们终将离开地球，就像离开客栈一样，而在家里做主人所拥有的一切会让我们忘记了自己不过是个旅客的真相，忘记了这个世间的真相，所以我们才会死死地抓住那些财富、荣誉、面子、感情……不放手。这一切不过都是场梦，而在我们生命结束的时候又有几个人能从梦中醒来？无论我们这一世得到多少名望、快乐、财富，都不能让我们从梦中醒来！藏族的智慧大师曾经说过：'梦中我们得到再多的快乐和片刻的快乐有区别吗？'

"因为醒来都是一样，梦中的一切终将都不存在！为了不忘自己不过是这个尘世的旅客，找到过客的感受，为了找到醒来的智慧，我会时时来到客尘住上一段时间。"

白小江听得傻了，从来没听说过一个人住在客栈是为了这个原因，她一拍石头栏杆叫道："原来你是把这客栈当成修道院了！"

吴二点头："这话说得也没毛病，我的很多朋友过段时间都会去寺庙住上一段时间，去静心、反省自己，而我却选择来到这里，别说在这里还真的能让人想明白平时想不通的事情。"

忽然白小江激动地将木头座椅上的雪拂净："吴二你坐下，我发现你的话好像把我引到宇宙秘密的门口了，打开这扇门就是我一直寻找的宇宙真相……"

吴二哈哈大笑："看来你要让我和你聊完才能走？我还饿着肚子呢。"

白小江不许他走："我俩聊完你想吃什么我都请你，所有的地方都太吵了，我必须在钟楼底下把这些话和你讲完。"

吴二坐下，白小江讲着她的发现："因为地球也是宇宙的其中一个星球，所以地球人其实也就是宇宙人，我们所有人的灵魂都是没有分别的宇宙灵魂！地球是上天为宇宙灵魂建立的一所学校，这所学校建立的目的是让我们这些低能量的宇宙灵魂来到这里学习智慧，寻找得到解脱、得到宇宙真相的答案。宇宙灵魂来到地球学校中穿上‘肉身’这个校服，在初生婴儿时期我们灵魂依然保持着宇宙灵魂的清净、清澈，来到这里我们的任务本来是为了找到灵魂如何与宇宙相连的秘密和密码、如何能将自己的低能灵魂通过学习拥有宇宙终极的智慧，然后才能成为宇宙高能灵魂，只有找到回到清净世界的道路和密码，最后才能从地球学校毕业。就像学生要从小学开始学习，直到最后成为博士的道理一样。可是我们更多时候不但没有学到、悟到这些道理，却反被这所人间学校里面的欲望和罪恶染污，我们的灵魂变得肮脏，原本光明的本性被那些黑暗蒙住了，所以更多的人不仅没有找到宇宙的秘密反而迷失了回到宇宙家园的道路，以至于也就无法成为高能灵魂从地球学校毕业，从而完成不了上天设立的答卷，所以这样的灵魂死后就必须再次回到地球学校重读。”

吴二瞪着眼睛一拍大腿：“重读就是轮回呀！”

白小江点头继续说道：“造物主在人类的肉体里面植入了需要吃饭的饥饿本能以及繁衍后代的性欲本能，由于饥饿的产生人类才会对保障延续生命的金钱产生渴望，这背后的真相其实是上天在对我们人类进行考验。对金钱的争夺以保证自我的差别化生存，所以人类才会产生各种兽性掠夺以及战争行为。杀戮、掠夺和罪恶让人类越来越远离宇宙灵魂原有的清澈本性，其实是上天一直在考验人类如何才能够摒弃魔性和兽性！只有当我们删除了灵魂的罪恶以后才可以找到每个灵魂原本都具有的慈悲本性，我们只有以慈悲之爱才能与万物融为一体，我们的心才能成为像钻石那样清澈透明的金刚之心。当我们的心成为没有染污的金刚慈悲心以后，当我们已经和所有人、万物以及宇宙成为一体的时候，那时候我们的灵魂才能成为宇宙中最高能量的拥有者、才能成为宇宙高能灵魂，就可以彻底回归到宇宙的本源之中，找到宇宙所有的秘密和真相，这就是宇宙的终极秘密！这才算是通过了地球学校的考试，通过了上天给我们设置的考卷，那时候我们才算是真正找到并踏上了回归宇宙家园的道路，所谓朝闻道夕可死也，就可以随时迎接死亡，因为那个时候死亡即是回家。”

吴二的眼睛死死看向天空，他的灵魂仿佛如出窍一般游离体外……白小江轻声问道：“吴二，我说的对不？我觉得别人要是听我这么说准会说我疯了。”

忽然吴二眼中灵光一闪，那是灵魂回到体内的刹那，他喃喃低语着：“是的，这个世上没有任何事物是静止的，很多时候是我们的思考和思想静止了，人们把不思考当作正常人，把思考的人当作疯子。我们活着却往往把这个世上最重要的道理忽略掉，把世界上最基本、最简单的道理却看作是谬论，把人类最应该思考的思想看作是最无用的垃圾。是因为人类没有智慧才把这个世界上的道理都颠倒过来了，所以我们才会把古人得到的真正宇宙智慧当作垃圾扔掉，丢掉了装有智慧的金饭碗人们成为只会吃着思想垃圾的动物。在我们短暂的一生中，人们的能量却都用来追逐毫无意义的泡沫，而将人类最重要的问题置若罔闻。

“大智慧者将人的一生有一个非常令人震撼的比喻：‘人生下来即如从高空坠落，在落地之时必死前不应快乐。’

“活着在必死之前难道不是最应该搞明白生死的真相吗？人类最大的课题不应只是研究飞船怎么上天，而是应该研究人类与生死、与宇宙之间的真相和秘密到底是什么？这个难道不应该是人类最大的课题吗！如果活着连自己的生命是一个如何的真相都不能活明白，这样的人生难道不才是最恐怖的吗？

“小江你说得对，如果人能够得到自己的生命和宇宙的终极真相这个智慧，这才是人生得到的最大宝藏，其实这就是上天让生命来到地球的唯一目的！如果只是物质在进步而思想在退化，那人还不如一只猴子。文化的衰亡必定让一个民族毁灭，所以国家危亡并不只是外族拿着枪抵在国门口，如果文化已死、如果天道的智慧已死，则民族注定衰亡！文化的智慧和宇宙的天道思想应该像太阳的光芒一样照耀着人类，而人类失去了太阳一样思想的照耀，可想而知陷入黑暗的世界结果将会是怎样？

“要知道人身有多么难得！人应该生而被智慧浸润成为高贵的灵

魂拥有者，这是人类每一个生命都应该拥有的权利和尊严！每个国家、每个民族不应只以经济的发展而自傲，更应该以文化的兴盛而盛赞、骄傲。而那些引导文化衰亡、引领大众走向愚昧的主导者也必将成为人类最大的敌人、历史永久的罪人！在人类从梦中醒来的时刻，这些罪人才会知道自己犯下的罪过有多么的重大，那是和杀戮一样的罪孽深重啊！

“小江，正是因为你在思考，所以你才能画出那幅《谜生》。”

吴二竟然知道那幅已经死掉的《谜生》，白小江想到自己在他面前就是透明的也就不再吃惊。吴二沙哑着嗓音说道：“这个世界的真理是唯一的，真相也是唯一的，只有在真理的山巅才能看到宇宙的秘密和脚下的所有真相，而到达山巅的道路其实就是一条心路，所以根本就没有山也没有路！

“这条心路是通过灵魂的不断自我训练铺就的，我们的心需要通过不断的自我训练、自我培养才能找到慈悲、得到智慧。这条路上不仅能找到智慧，同时也会有很多迷惑人的假相。你想啊，树木里面为什么既能有水又能生出火来？其实人类灵魂也是拥有极致的两重性，一方面拥有神一样的创造力和慈悲大爱，另一方面却又有罪恶的欲望和魔鬼的本性。而人类通常被自己所迷惑，自认为人类不过是地球上高于其他动物一点的高等动物而已，从未想到自己与神性是如此的相通，忘记了自己本性中原有的慈悲和大爱，就像石头也能擦出火来一样，人类也能生出宇宙中最大的神奇能量。因为人类自甘将自己的品性堕落为野兽同类，将灵魂向魔鬼看齐，所以才能让人类沦为发动战争杀害自己同类的魔鬼生物。慈悲心是判定人是否具有人性的唯一标准，只有慈悲心才能让人远离愚昧和罪恶，避免成为野兽和走向地狱的魔鬼。删除那些令人迷惑的假相和罪恶，灵魂才能最终通达清澈、通透和慈悲，才能转识成智与万物融为一体。也只有慈悲心才能让人觉醒、觉悟，发现自己的神性从而获得终极的智慧，到了那个时候你的模样没变，鼻子还是鼻子，眼睛还是眼睛，可是你的灵魂早已经通达宇宙的所有维度，你再看这个世界就完全不一样了，你做事情的方式、方法就再也不会和从前一样，因为你已不再需要那些陪伴你旅行的琐碎行李了。小江，你——已经发现了这条心路。”

白小江点头：“我只是发现而已，可是不断自我觉悟和洗刷灵魂是一条艰难的道路，从知识层面变成思维层面再到智慧层面……”

吴二果断摆手打断白小江，他伸出两个指头：“久修善根，证无碍智！慈悲和智慧是这条道路的通行证！只要能找到每个人心中原本都具有的慈悲即可通达终极智慧，这——就是那条捷径！”

白小江一个激灵猛然惊醒：“没有时间、没有空间、没有路途的长短，只有一念的觉悟和永恒的慈悲……是啊，如果具有了对万物和所有人的慈悲心，那怎么可能再有分别、嫉妒、傲慢、仇恨、杀戮和战争呢？！”

吴二看着头顶的大钟说道：“同理，只要还有分别、嫉妒、傲慢、仇恨和杀戮、战争，就说明没有慈悲心！就说明我们的生命还处于黑暗的噩梦之中，所以必须要醒来啊！”

两人眼中火花闪烁重重握手。

客尘的门口吴二和白小江各自拎着早点进门，蒙着头巾的莲花立刻迎了上来，她冲着吴二着急说道：“二哥你出门怎么不带手机啊？嫂子这不去钟楼找你了，呀，你怎么还穿着嫂子的衣服……”

白小江跟在莲花身后进屋，关上门她问莲花：“吴二就是买下夏南公司的那个人，对不？”

莲花摇头：“我是和他联系的，但是他和我说会找别人买下，并没说买公司的那个人就是他。说实话我也不知道他到底是什么人，真的！”

说着莲花打开门拉着白小江站在门口的回廊上，她指向楼下茶社边上的一个拐角：“那里就是柴房，在你还没来钟城的时候，有一天天蒙蒙亮，我在柴房倒水，忽然透过窗户看到楼梯上一个穿得特别华丽的男人偷偷摸摸下来，那西装我这辈子都没见过，可好看了像银元一样发亮。可是那人却像做贼一样猫着腰下楼梯，生怕被人看见，我就起了疑心怕他是坏人，可是仔细一瞧吓我一跳，竟然是吴二！”

白小江实在想象不出吴二穿着那种衣服的样子，只能摇头。莲花继续说道："我就偷偷地盯着他，他绕过吧台偷着溜出门外，马路对面拐角处停着两辆豪华轿车，见他走过去车上立刻下来好几个穿着西装的男人，他们恭敬地给他打开车门……

"过了好几天不知道他从哪里又冒了出来，照旧穿着大汗衫大短裤躺在马路边上凉快，天天和我们这些乞丐、小贩子聊天，我猜想他是怕人知道那副样子以后没人再和他聊天了，所以我也就装作不知道这事。"

白小江沉吟说道："那他看来是急着要去参加什么活动或者重要的场合，否则他不会冒着被暴露的危险。"

两人进屋吃着早点莲花回忆："我第一次见吴二是在寺庙门口，他给我们几个乞丐钱时，有个中年男的乞丐装作心脏病病人乞讨，没人信那人的话，没想到吴二信了，给他的钱还最多。吴二给完钱后也不走，竟然坐在地上和我们一起聊天，并且和那个装病的乞丐聊得最多，聊着聊着那个男人就开始向吴二忏悔，说他的病是装的，他以后再也不会出来骗人了，还对吴二感激得不得了。

"那些乞丐们都赶我走，说我在那里把人都吓跑了害得他们讨不到钱，吴二于是就把我领到客栈给我找了送水的活儿，打那以后我就知道他会永远保护我们。

"我去空心岛前他偷偷给了我一个号码，说无论我和你还有删除妹有任何难事都可以找他。那天我看你们几个人为基金会那么难过，就和他联系，他答应找人帮你，但是让我不要说出来是他在帮你们。"

白小江想起吴二说把客栈当作体验人生的修炼场，她明白了，如果大家都知道吴二的真相，他就无法在这里继续体验一个无所挂碍的人有多么快活了。

响起敲门声，门打开是叶光明，两人赶紧邀请他进来。叶光明走向窗户伸头看向窗外的大钟："哈哈小江，你这一来大钟也响了，看来钟城欢迎你啊。"

白小江倒好茶水也来到窗前，看着雪景她绽开笑容："北京几年都没有像样地下场大雪，这次来钟城好事都给我赶上了。"

叶光明被白小江的笑容感染，脸上的皱纹笑着舒展开来："这么喜欢下雪啊？看来你的内心还是个孩子，在我看来雪本是想掩盖这世间的丑陋和罪恶，最后却只能徒劳地和这一切混为一体。”

白小江看着他不语，叶光明看向莲花：“莲花，我过来是向你们报告一个好消息的，我和很多医生都是‘一诺’公益团队的成员，所以大家决定给你申请为一诺受助患者，这样可以免除你的手术费用。我觉得医生们在奉献爱心的情况下进行整形治疗，效果会更好。”

莲花疑惑：“啥是‘一诺’？我听不明白。”

白小江告诉她：“一诺公益救护会是医生自发义务救助西部农民和工人的组织，为穷困病人免费检查身体和治疗。这样也好，那我把颜宽给莲花手术的钱捐献给你们一诺团队，你们可以购买药物给西部病人治病。哈哈，这个大钟一响，立刻就来好消息了。”

无意中白小江看向窗外，忽然她打开窗户冲着马路上挥手大喊：“吴二——吴二你走啦？”

吴二和妻子陈慧因一人推着一个行李箱从客栈出来，听到楼上喊声，他抬头大笑着挥手大喊：“小江再见！——”

“再见！——”

白小江和莲花一起与吴二夫妇挥手告别，叶光明赶紧问道：“吴二不就是救思思的那个人吗？”

看到两人点头，叶光明立刻对白小江喊道：“赶快让他别走，我这就下楼去感谢他！”

说着他就要冲下楼去，白小江一把拉住他：“你不用去了，他已经不需要任何世俗意义上的感激和感谢，相信我！”

叶光明只好收回脚步来到窗前，看着吴二夫妇的背影他问道：“那他还会再来钟城吗？”

白小江凝视着大钟笑了起来：“应该不会再来了，因为他……已经听到了大钟的响声。”

叶光明手机响起，接听电话他的眉头皱了起来：“你们呼吸科……出大事了？……必须见面谈？好吧，那我马上回去！”

他放下手机对两人说道：“我的一个同学是另外一个科室的医生，也是他把我从北京挖回钟城来的，说有重要事情和我商量，看来他那里出什么事了。那我先回医院。莲花你准备一下明天就办理住院手续，手术完了小江你就可以回北京，房宁会照顾好莲花的，你放心。”

说完叶光明匆忙离开。

一个年轻女人领着孩子从客尘客栈的大门里面冲出来，她冲着陈慧因的背影大喊：“陈大姐别走！等等我！——”

两人回过头来陈慧因脸上绽起了笑容：“玉萍你怎么来了？”

叫玉萍的女人身上背着大大的布包气喘吁吁地跑到陈慧因跟前“扑通”跪下，惊得陈慧因和吴二慌忙拉她起来。女人个头不高面容圆润，外卖员的服装裹在她的棉袄外面，肥大的工作服仍然显露出她丰润的身材。她身边的男孩子却是非常瘦小，有七八岁年龄，缩在玉萍的身后一脸的腼腆和拘谨。

玉萍拉着陈慧因的手哗哗地泪珠滚落：“刚才听客栈服务员说你们再也不会回来了，大姐您走了，这叫我怎么报答您呢？”

吴二瞪着询问的眼睛看向陈慧因，但是他的心里早就明白什么事情了。陈慧因一手拉着孙玉萍一手抚摸着男孩的脑袋：“玉萍啊，你能过上好日子、能把孩子带好就是对大姐最好的报答，我什么都不需要，就需要你和孩子都开心，那我就最开心了！”

孙玉萍使劲点头抹去眼泪，她身边的男孩则低着头一声不吭，瘦弱的身形显露出和他年龄不相称的老成。孩子也不说话，他把妈妈身上的背包拿了下来，也不抬头将包裹紧紧塞到陈慧因手中，孙玉萍赶紧说道：“姐，我怕你和姐夫吃不惯客栈的饭菜，这是我自己做的蛋饼和野菜包子。要是知道你们这就走了我就去买点好些的东西送你，你看这……”

说着她难过地别过脸去，陈慧因开心说道：“我最喜欢吃野菜包子啦，买都买不到！”

听了这话孙玉萍脸上有了笑容，整个人也明亮起来。她身边的孩子这时却突然背过身去捂住面孔久久地一动不动，再看到孩子逐渐颤抖的身躯和抽搐着的肩膀……孙玉萍立刻眼泪又滚落了下来，吴二赶紧背过身去不敢再看。

陈慧因向前用双臂紧紧拥抱住孩子，她擦去孩子脸上的泪水，在孩子耳边低声呢喃着什么安慰着他，见孩子终于平息下来，陈慧因和吴二与母子两人告别离开。

边走着陈慧因边向吴二回忆起自己和这娘俩结识的一幕幕：

半年前她看到女人每天都到客栈门口溜达，进了客栈以后很久也不出来，有时候她的儿子放学就在客栈门外等她。

卖花的魏大娘告诉陈慧因这个女人是个暗娼，儿子都已经上小学了。陈慧因就经常和女人的儿子聊天，得知孩子和妈妈是单亲家庭，于是她装作什么都不知道又和女人聊天。当孙玉萍看到陈慧因眼里流露出来真诚的温暖和心疼的善意时，她不瞒陈慧因说了实话："我男人跑了，我打工赚的钱只能够交房租，孩子是养不活的，做生意又没有本钱就只能干这个皮肉生意。唉……"

陈慧因对孙玉萍说道："孩子大了、懂事了，你不能再干这个！"

孙玉萍冷笑着说道："不干这个我怎么养活孩子？所有人都知道我是干这个的，不干又能如何？大姐，我不像你，看你这副模样不用说就是享福的命。唉，我们这种人是没有办法的……看来我生来就注定是这个命了，只能认命了。"

"不对！"陈慧因坚定地摇头："命运是可以改变的！如果命运不能改变，那么佛陀毕生经历了那么多的磨难去讲法又是为了什么呢？"

顿时孙玉萍拍着陈慧因的肩膀哈哈大笑起来，细细的皱纹纵横在她脸上浓厚的脂粉上面，指着陈慧因她笑得眼泪就要下来："大姐啊你可真是太可爱啦！你说你和我们这做妓的讲佛陀、佛法，这不是要笑死人吗？成佛那是你们这些好命的人去想的事情，你说我活着和一头骡子有什么区别？不过都是喘着一口气的牲口罢了。有时候我都恨我爹妈让我来到这个世上，我算了算从生下来我就没过过好过的日子，你说还怎么去整那什么改变命运的事情……"

说着说着绽放在女人脸上的笑容逐渐消失，乌云布满了她的面孔，阴鸷的眼睛顿时让她像个苍老的妇人一般凌厉、凶狠，那浓妆下的面皮仿佛是一副假的皮肉一样笼罩在没有灵魂的躯壳上面。

陈慧因看着女人的眼睛轻声说道："玉萍啊你错了！你知道吗正是

佛陀告诉了我们：所有的人都是没有分别的平等！这就是佛法的根本！所以这个世上无论是妓女、乞丐还是国王都是平等的，只要我们知道了成佛的道路是什么，只要我们按照佛法去做到了，无论是谁一样都可以成佛，否则佛法也就失去了存在的意义！”

女人愣在那里瞪着震惊的眼睛喃喃说道：“真的？佛法……真的是这样吗？怎么和我以为的不一样呢，不过好像……我也能明白了。大姐，你……讲得真好！”

陈慧因缓缓摇头说道：“可是佛法不只是用来讲的、说的，是一定要去做到的！只有真正做到的人才说明他是真的明白了宇宙的真相是什么。

“玉萍啊我觉得你可以去跑外卖呀，那样还可以有接送孩子的时间。这样吧我给你点本钱，你去置办辆摩托车和孩子需要的东西，只要心里想着去做好，就没有不可以改变的事情！”

陈慧因给了女人几万块钱让她买了摩托车交了房租，女人从此跑起了外卖，她看到儿子的脸上终于有了笑容……

听到这里吴二停下脚步，他看向陈慧因笑得眯起了眼睛：“老婆啊，看来你在这个客尘没有白待啊。”

两人踏着积雪来到钟楼面前，吴二一动不动久久凝视着城楼上的大钟，陈慧因拍着丈夫的手背：“吴海涛我不信你以后真的不来了，我倒是习惯了，有空还想再来住段日子。”

吴二连连摆手：“大钟今天早上响了，我这不是醒来了么？那个声音刻在我脑海里这辈子再也忘不了，时时刻刻都在响着啊，不会再迷糊了。”

吴二凝视着大钟回忆着夜里的那些梦境，忽然一个声音在他心头莫名地升起，萦绕在他的脑海：

清水照世间，
汝影翩若仙。
君之笛声五百年，
伴吾红尘空轮转，

风吹沙迷了谁的眼？
那一世你的容颜，
今现钟前，吾无言。
终又相见却不识，
相逢只是擦肩。
看你迷的眼，忘了前缘，
那一世你的双手敲响了我
红尘迷雾断世尘缘。
生是死时死即生，
生生世世相逢不相识。
问苍天，你迷了谁的眼？
问苍天，此生为何再相见？
恨苍天，相见不如不见……

千年钟声传，
吾影舞钟边。
汝之钟声今何在？
伴吾长歌空留连。
风吹沙迷了谁的眼？
那一世谁伴钟边？
今现钟前，汝无言，
终又相见却不识，
相逢只是泪眼。
看你迷的眼，忘了前缘，
那一世我的双手敲响了你
红尘迷雾断世尘缘，
钟身永生却无声，
生生世世相逢不相识，
问苍天，你迷了谁的眼？
问苍天，此生何必再相见？

相见无言奈何天……

……

猛然吴二扔下手中的拉杆箱捂住面孔“呜呜……”大哭，吓得陈慧因拾起箱子不敢说话，看他双肩耸动着哭得不能自已，陈慧因知道那是吴二进入了他的心灵维度，而自己却只能无言地站在这里看着他沉浸在那个世界……

终于吴二渐渐平息下来一把抹去眼泪：“走吧！”

他拉过两个拉杆箱头也不回大踏步走了起来，陈慧因跟在他身后走得满头冒汗，吴二问道：“慧因啊，我俩有多少年没有这样在雪地里走路了？”

陈慧因回忆：“那还是在二十年前吧，为了给客户送年礼，大年三十我们俩冒着大雪跑了一整天。”

吴二看着道路前方声音逐渐低沉起来：“那天晚上回到家里，你拎着礼品的手指头都肿了……”

陈慧因眼中泛起泪花苦笑着：“那个年过得是我们这辈子最惨的一年，亲戚朋友都知道我们创业需要钱，所有人都躲着我们，各家银行全都把我们拒之门外，最后只有一家银行同意给我们贷款。没想到只用了六年你就成了全市首富，所有银行都围上门来拉存款，你让我不记恨他们，可是我还是不能和那些银行合作。当我们成为行业龙头老大以后，你却退居幕后指挥，让我出任董事长，没想到我做董事长以后就能原谅那些人了。那个时候我才明白，如果一个人有足够的自信和实力，就不会再有仇恨和敌人。”

吴二仰头看着天空叹息：“你能战胜你自己，你就赢得了所有的胜利。公司成为行业龙头老大，各种荣誉和地位铺天盖地都给了我，甚至让我给人们演讲。我问自己：难道拥有了金钱就可以拥有话语权吗？拥有话语权就拥有了真理吗？我不能代替思想家给人们灌输真理和道义。

“可是这个世上又有几人能经得起这些吹捧和夸耀的迷惑？只有以真正的思想、文化和真理浇灌民族的土壤，才能令这块土地上的血脉和后代变得强大和智慧。浮名可以带来利益和金钱，但一定也会窒息智慧和灵魂。所以我必须远离这些迷雾才能看清脚下的路啊，否则钱虽然赚到了，人却迷糊了，那才是真亏了。活在这世上，谁醒来了、悟到了谁才是真赚到了啊！”

“哈哈，你让我浪涛翻滚冲在前面前行，你自己却风平浪静躲到一边去寻找智慧，那我岂不是亏了？”陈慧因大笑着，一边甩开臂膀走得满脸通红。

吴二咧嘴笑着逗她：“亏你还是个生意人，不先亏哪能赚呢？一个人、一个企业包括整个社会的进步，都离不开浪涛翻滚的激情来推进航船前行，但是稳定前行方向的一定需要波澜不惊平静的大智慧。所以你看大海永远都是在这两种状态中交替着进行，而不会永远处于波浪翻滚或者风平浪静。”

岁月依然厚爱着年近半百的美人陈慧因，她不仅容貌俊雅秀丽，更是比别的女人多了慈悲的庄严之美。当年的大美人义无反顾地嫁给又穷又丑的小职员吴海涛，如今早已成为一段传奇佳话。陈慧因仰头看着天空的云朵：“老吴啊别人都说和你结婚是我中奖了，其实呢我觉得你只带给我一样宝贝，那就是给了我第三只眼睛，这只眼睛和那两只眼睛不一样，是可以反过来观看自己的，让我能够清醒地看到自己到底是怎么活着，而在这之前我只知道自己不过是活着而已。

“很多人都以为拥有无上的财富、地位和美貌一定就是上天的宠儿，实则不然，其实拥有这些都是更容易造下罪恶的种子，有着更多被上天考验的机会，如履薄冰啊……”

吴二默默点头，在一辆出租车前陈慧因停下脚步拍着吴二的肩头：“你还真的要走到机场啊，我可是老喽走不动了，上车。”

吴二笑着摇头：“回去可就再也没有这么自由的日子过喽。”

第七章　死亡之城

三十一

医院的地下车库叶光明远远地看到韩新戴着口罩的身影立在那里，奇怪的是他在这里还戴着口罩。

下了车叶光明问他："出什么事了非在这里见面？"

韩新眉头拧成一个疙瘩，口罩上方的眼睛充满了浓郁的焦灼，他迅速从口袋拿出一份报告低沉着嗓音："老叶啊……出事了！前些天就有其他医院的呼吸科主任发现一种传染性病毒，这些患者持续高烧，胸部 CT 片显示肺部坏得一塌糊涂，最早的患者已经很多天没有好转。现在我们医院也出现很多这种病人，通过纤维支气管镜取了肺泡灌洗液，做了高通量测序以后，报告结果竟然是 SARS 冠状病毒！"

叶光明一把夺过报告，上面的胸部 CT 片显示的肺部像毛玻璃一样的絮状，报告下方写道：SARS 冠状病毒、绿脓假单胞菌、46 种口腔 / 呼吸道定植菌。下面注释是：SARS 冠状病毒是一种单股正链 RNA 病毒。该病毒主要传播方式为近距离飞沫传播或接触患者呼吸道分泌物，可引起的一种具有明显传染性，可累及多个脏器系统的特殊肺炎，也称非典型肺炎。

顿时叶光明一身冷汗下来："从来没有见过坏成这样的肺部！"

韩新的脸色更加铁青："最可怕的是患者有的都是一家人，有的是在一起打工的，而且现在已经有医护人员被感染上了，所以我们都确定这次的病毒具有明显的传染性！"

叶光明大惊失色："你们的判断没有问题，必须马上上报，赶紧通知公众立即防疫、防传染，你们上报了没有？"

更加沉重的阴霾浮现在韩新的面孔："我来见你就是为了这事，已经上报了，可是……大家被告诫不能自行对外部公布消息。所以我必须赶紧来通知你，你一定要注意防护，特别是你在手术时候更要注意防护，千万不能被患者传染上！"

"这是病毒又不长眼睛，捂住岂不是传染的人更多？那最后谁来收场？"叶光明顿时浑身冰冷，仿佛瞬间跌入冰窖。

绝望淹没了韩新，他眼睛灰暗得令叶光明不敢直视："越来越多的这种病人涌到医院，这边告诉我们还没公布消息，这结果……无法想象，……太可怕了！本来我是和你商量该怎么办的，看你这意思那肯定是要公开出去了。"

"人命关天啊！不公布怎么能行？坏人做坏事都不怕，那大家还怕做好人、做好事吗？"此刻叶光明已经不再激动，他陷入了双重恐惧之中，韩新倚靠在廊柱上陷入沉默，猛然他起身拿走报告仓皇离开，叶光明赶紧追上他："等等，我拍张报告的照片。"

回到科室叶光明立刻通知大家都做好防护，他找到妻子："房宁你要时刻戴好口罩，除了回家任何时候都不能拿下来！"

再打白小江电话竟然关机，拨打莲花手机接通了却无人接听。客尘的锅炉房里莲花正将锅炉里面的炭灰用铲子把扒出来，将新炭铲进了炉膛，她的棉袄放在院子的车斗里面，棉袄口袋里面手机"嗒嗒"鸣叫着……

叶光明在同学群里发布了那张照片后，又在朋友圈发布一段话："有传染的重要疫情出现！外出一定要戴口罩，千万注意防护！谨防感染！"

急得他又拨打莲花手机，这时身后护士的声音传来："叶主任手术马上开始了，您准备好了吗？"

他只得迅速给白小江和莲花分别发出短信："有传染的重要疫情出现！外出一定要戴口罩，千万注意防护！谨防感染！"

莲花收拾好准备上山去给茶室取水，白小江拿出自己的一条深蓝羊绒长围巾将莲花面孔和头部紧紧裹好，只剩下两只眼睛露了出来。她抓起莲花的手就跑："走，我和你一起打水去，可以快点把活干完。"

莲花愣住："你怎么过去啊？"

白小江奇怪："什么我怎么过去？我坐你打水的车上不就得了。"

莲花眼睛瞪得老大："我那破车子乞丐都不坐，你怎么能坐？"

不由分说白小江拉着她就走，路过一个打开的房间门时，里面的一个男人正在画着雪山，白小江想到于旭之《最后的山神》便停下脚步，越过男人的肩头她看到那幅画是从山顶俯视着雪山、城楼的画面，整个画面角度很奇特，仿佛是一只天空之眼俯视着雪山、城楼和大地，莫名地震撼人心。

男人感觉背后有人便回过头来缓缓起身，他身上耷拉着一件粗旧中式棉袄，一条破旧的牛仔裤下一双棉拖鞋，他的眼睛越过白小江却落在了莲花的身上，见他走了出来白小江和莲花立刻转身离开，这位画家却趿拉着拖鞋追了过来。他个头很高有些偏瘦，微卷的头发蓬乱堆积在脑门上，瘦长的面孔上五官轮廓分明，高耸的额头和浓眉之下那双闪亮的眼睛充满了研究的意味。男人的鼻梁挺直，下巴上蓄起的胡须和衣着都透露着慵懒、随意，却也掩盖不了他身上浓浓的书卷气质和眼中的锐利锋芒。他伸手拦住了莲花，客气说道："这位大姐请留步，我想请您抽空做模特画幅油画好吗？名字我都想好了，就叫……《戴头巾的女人》。"

莲花愣住赶紧回他说道："对不起啊，我们还有事情，您找别人吧，对不住了。"

说完她抽身就走，男人着急追了上来："大姐你能听我说说吗？……"

他热切地伸手拦住了莲花，莲花看到白小江快步走向楼梯，赶紧在她身后大喊："小江！"

白小江回头看到莲花求救的目光，只得笑着对男人说道："这位先生我们真的有事不能答应您，每个女人戴上头巾都可以叫做'戴头巾的女人'，所以你还是找别人做模特吧。"

男人的眼睛依旧流连在莲花身上："不，你不明白，她的身上有一种把自己包裹起来逃避这个世界、拒绝外部世界的那种……哀伤，这种感觉是别的女人裹上头巾所不能代替的，能画出这种感伤才是画魂所在。”

白小江心中一动，内心不得不佩服男人的敏感，但是不能让他被莲花的面孔吓到，于是笑了起来：“您是一位了不起的画家，但是我们不能答应您。”

男人这才看向白小江，气得他面孔冷了起来：“看来你这个人可以控制她的自由，我明白了，怪不得她会这么忧郁呢！”

“噗嗤！”白小江哭笑不得，只得不理他笑着转身离开。莲花指着白小江对男人说道：“她也是画家，你还是找别人吧，抱歉啊！”

说完莲花闪身拔腿就跑，顿时男人愣住惊讶地看向白小江背影，他趴在栏杆上看到楼下两个女人上了一台破旧的农用机动车，车斗里面装着几只塑料储水罐，两人上车后哈哈大笑着开心驶出门外，惊得男人直了眼睛……

白小江歪头问莲花：“这车坐着不是很好吗？”

莲花眼睛笑得眯了起来：“这可是我头一回带客人哦。”

她得意地向山底驶去，两个女人一路大笑着来到了钟山脚下的山泉边。白小江帮着莲花打满了水桶以后，不禁被眼前的山谷陶醉了，整个山谷掩映在白雪之中，像个美丽的仙子披着银色的霓裳伫立着，神秘的气息诱惑着白小江投入她的怀抱。

一群年轻人从两人身边走过开始往山上爬去，白小江想到刚才男人的那幅油画，立刻她决定：“莲花你先回去，我看这山也不高，我跟在这群人后面也上山看看去。”

莲花说道：“那你自个儿先去吧，等我把这趟水送回去再来拉一趟，就在这个路口等你。”

忽然白小江想起什么，她从口袋里面拿出口罩递给莲花：“这个你再戴上，这样别人就不会注意到你了。”

白小江跟在了人群后面往山上爬去。

当白小江看到脚下已是深不见底的沟壑时，她意识到山顶就要到了，抬起头来，阳光通透得仿佛令她已经到达了天空深处，催眠时遨游天空的一幕不由得浮现脑海……

终于爬到山顶，山巅被建成了一个巨大的八角平台，脚下的积雪刚被清除，原来平台的地面是一个庞大的八卦图案，在这个巨大的八卦图案山巅上，人们陶醉在美景中，争相在平台四周拍照，欢呼声不时从人群中发出。白小江拿出手机这才发现手机早就自动关机了，原来早上拿起手机就冲去钟楼忘记充电，看来只能下山再找莲花了。

站在天台上白小江放眼望去：白色山林绵延着向前方延伸，一面是滔滔的天水河，另一面在和城市交界之处坐落着静静的城楼，上面的钟楼依稀可见。越过城楼便是无数的高楼林立，仿佛这个千年城楼是过去和现代的一个交汇点，它是过去绵延记忆的休止符，再也回不到曾经的血脉之中，如同那游子只能与母亲四目泪眼相望，活在彼此的记忆之中却再也无法融会贯通。

忽然明艳的阳光渐渐逝去，浓密的乌云开始席卷着天空，瞬间天色昏暗下来，没有边际的黑云组成一幅无涯无尽的黑色天幕，布满了整个天空缓缓向下降落，仿佛带着宇宙的巨大秘密正在逼近大地，挤压着大地……

白小江看向头顶黑色铁幕一样的乌云和大地之间仿佛只剩下一人高的距离，此刻无边无际的黑云带来的巨大压抑令她就要窒息，无法形容的恐惧也击穿了她的整个身心：竟然自己和天幕如贴着面孔一般近在咫尺！白小江强烈感觉到在黑色云层上面有一个巨大的神秘灵魂正在和她对视着，突然浓密的黑云中“刷”地露出一个洞口，一束神秘的亮光从那里直射而下笼罩着整个天台，瞬间白小江感觉一股来自天地宇宙的能量在头顶翻卷滚动，风卷云涌的云端中那道闪亮的圆孔仿佛是那只宇宙之眼！而整个宇宙的秘密和能量正在从那里奔涌泻出，像是看不见的微波在蔓延，那巨大的八卦图形正将这一切的能量吸入……然后悄悄地纳入它身底的山谷，流经那些看不见的经脉山川，绵延着进入苍茫大地……

一名男游客倚靠在平台的栏杆上，面对他同伴的相机，男人伸手指向天空大喊：“我来啦！让暴风雨来得更猛烈些吧！——”

洪亮的声音回荡在山巅，人群中传来哈哈大笑的声音，白小江却惊得心头一颤，神秘的宇宙灵魂正在他们的头顶三尺之处俯瞰、凝视着人们的眼睛！天地之间无法遁形的恐惧席卷着白小江整个身心，她低头不敢看向天空，渐渐向身后退去，猛然跌倒在身后的栏杆之上……

忽然天空开始飘落雪花，一片欢呼声响起，游客们开心尖叫着：“下雪啦！又下雪啦……”

人们纷纷又开始拍照，浓密的大雪飘扬在天空和山川，将天地相连，白茫茫一片如苍茫仙境一般的虚幻飘渺，白小江心中惊呼：这哪里是人间景色！

兴致勃勃的年轻人一通拍照以后这才开始下山，白小江跟随在他们身后。一行人行走到一片竹林前几个女孩又大叫了起来：“哇！哇，竹林太美了！”

纷飞的白雪将翠绿的竹林掩映得曼妙俏丽，男孩们开始给女孩子们拍照，白小江赶紧自己下山。

雪越下越大，走着走着忽然白小江感觉路上只有她一个人，回头一看那些年轻人的踪影全无！猛然她想起自己莫非走到另一条山路上了？这个念头一旦升起立刻恐慌得冷汗下来，想到莲花一定会守在山底的路口等她，白小江的内心立刻笃定起来。她一步一步向雪中台阶踏去，猛然脚底一滑一个跟斗翻下台阶，瞬间她翻滚着坠下山坡堕入山沟，一声尖叫还没来得及从胸腔发出，满眼的雪花和剧烈的撞击已经将她淹没……

山路的路口前莲花不停地拨打手机，可是无数次传来：“您所拨打的电话已关机……”莲花跺着脚着急地转圈：“这老天爷怎么突然又下雪了呢！”

终于前方台阶上传来一阵人声，一群年轻人正往山下走来，莲花大喜赶紧张望着，可是直到所有人都从她眼前走过也没有见到白小江的面孔，顿时莲花的心沉到谷底，她抓住这些人大喊：“你们看到一个戴咖啡色毛线帽、穿黑色羽绒服的姑娘没有？个子高高的……”

大伙说这人本来是和他们一起下山的，不知道怎么着就没见着她了。莲花一屁股瘫坐在雪地上大哭起来："小江，你怎么啦？你到底在哪儿呀——"

猛然莲花抹去眼泪起身，立刻上山寻找白小江。

蒙眬中白小江的脑门被一只手温柔地抚摸着，那手中温热的气息传递到她的体内，她听到奶奶轻柔的摇篮曲在她耳边响起……

白小江心中大吃一惊：奶奶不是死了吗？怎么能是奶奶？她拼命地睁开眼睛……热气缭绕中一位农村老婆婆面孔出现在眼帘，老人衣着破旧得都看不出布料曾经的颜色，见她醒来便用钟城方言转头呼唤："快看，这孩子醒来了！"

一位粗壮的中年农妇走了过来，看着白小江的眼睛她黝黑的面庞绽开了笑容："是醒咧！姑娘喝点水吧。"

说着妇人便和老人扶着白小江起身，猛然白小江胳膊一阵刺骨的疼痛："啊——"

随着一声尖叫白小江这才发现自己胳膊摔伤了，捂住胳膊试着起身下床，虽然全身疼痛，居然其他地方都没有问题。她这才看清这里是一座石屋，屋里家徒四壁，整个房间除了石头砌成的火炕之外只有一张吃饭的木头桌子，拐角处的灶台上大铁锅里冒出的水汽和炉火的暖气交织在一起，令整个屋里温暖无比。惊得白小江瞪大眼睛："这是哪里？我怎么到了这里？"

妇人咧嘴露出整齐白牙笑道："你昏倒在山沟里，是俺把你背来的，你这姑娘命大哟，要不是我遇到你，这一夜你在雪地可就……"

白小江眼泪流了下来冲着妇人和老人深深鞠躬："感谢你们救我一命！"

听白小江要手机通话时，妇人笑了起来："这山上哪有信号啊，俺们都是不用手机的。"

狭小的窗户外面雪已经停下了，白小江急急说道："趁着天还没黑我要赶紧下山！"

老人端上了一碗热气腾腾的小米粥："姑娘喝了这碗粥再走吧。"

白小江告别老人后妇人护送她下山，到了山谷底部终于可以看到远处钟楼的轮廓，妇人说道：“你从这里下去吧，下面路口就会有人，我回去了。”

白小江赶紧拉住妇人问道：“大姐您叫什么名字，我一定要再来感谢你们！”

妇人摆手：“要啥谢咧，不管遇到谁俺都不能不救啊，又不是为了图什么回报，那你还来干吗？”

说完她掉头就走，白小江扑通跪倒在雪地大喊：“大姐——”

白小江踉跄着往山下走去，忽然前方一个人影蹒跚着正在往上爬，两人目光相对：“莲花！——”

“小江——”

雪地里两人紧紧相拥着，莲花抹着眼泪：“吓死我了，我以为你迷路了，这马上天就黑了，要是真的落在山里……”

两人一起下山，听说白小江被救经过莲花瞪大了眼睛：“我从小在这山脚下的村子长大，山上从来没听说有人家，除了几个男人护林员之外哪里有娘俩的人家啊？”

白小江愣住默默回望着雪山，一个声音萦绕在她的脑海：“无所从来，亦无所去”……

莲花着急扶着她的胳膊：“先别管这些了，赶紧下山去就近的医院看你的伤吧。我打叶医生电话关机，估计他是做手术了。”

两人来到附近的医院已经天黑，可是急诊科里乌泱泱一片的人们都挤在内科诊室门前，白小江奇怪：“大晚上的怎么会有这么多的病人？”

两人疑惑着来到急诊外科，还好这里病人少些，X 光拍片以后白小江左臂轻微骨裂，医生说需要支架稍微固定很快就会恢复。一切处理完毕白小江手臂被支架简单固定起来，这位女医生却看着白小江的眼睛意味深长说道：“取药以后赶紧回家养伤吧，不要在这里停留！”

看着她怪怪的眼神白小江心里一动，一种说不出来的奇异感觉袭遍全身，两人立刻离开医院。回到客栈后打开手机发现叶光明的通知，惊得白小江一身冷汗下来，这才明白女医生的话是什么意思。

第二天早上莲花做好住院的所有准备后两人戴着口罩出门，地铁里两人站在过道中间，对面并肩坐着一个中年男人和一位老年男人，中年男人眉飞色舞对老人说道：“现在的生物科技越来越厉害了，马上就有一种新药出来，让人可以活到一百多岁……”

“真的吗？科学都已经发展到这种程度啦！”老年男人震惊在那里不敢相信地问道，看到两人发光的眼睛和向往的神情白小江不禁哑然失笑。

来到钟城医科大学附属医院，叶光明不在科室房宁正等候在那里，见两人到来她迅速拉着她们来到大楼外面的僻静处，见四处无人房宁掉下了眼泪：“光明他……”

三十二

原来新闻发布这次的病毒是一种特殊的新冠状病毒，不是SARS，是由动物作为宿主传染到人们身上的，不会人传人。

一早上叶光明刚到医院就接到电话，是驻地派出所让他过去了解一些情况。他立刻找到房宁让她转告莲花暂时不要住院，太多的传染病人涌进医院，床位已经爆满，让她们两人尽快离开医院，千万不能被传染！

叶光明自从进了派出所以后房宁就联系不上他了……

白小江不解问道：“既然叶光明作为医生说是传染的疾病，那为什么不告知大家让每个人都要防护呢？即使是虚惊一场也总比真的传染上了好啊，‘非典’又不是没有经历过，这才过了多少年？”

房宁没有回答她的问题抹着眼泪仰天长叹：“我无法想象下面将会发生什么，你们赶快走吧！”

想到昨天看到急诊内科那么多的病人，再看看四处依旧拥挤的病人们都没有戴口罩，白小江浑身冰冷彻骨，昨天山顶乌云压顶的那种恐怖再次袭来……立刻她对房宁说道：“我们先回客栈，在这里你有个朋友还能有个照应，等叶医生回来以后你就通知我们。”

房宁点头："你们千万要保护好自己！"

这时辛阿琪电话打来询问莲花手术的情况，房宁立刻用指头堵住嘴唇："嘘，不要告诉她这边的情况，她身体不好，不能让她担心。"

白小江和莲花沉着面孔刚进客栈大门，忽然画家的身影从茶室闪了出来，他今天穿戴整齐，笔挺的高档西装让他一副时尚先生的派头，他谦恭着面孔颔首说道："大姐好，这位画家朋友好，我叫金石，是来钟城采风和办画展的。很想结识二位，能请你们去茶室喝茶顺便请教吗？咦，您的手臂怎么受伤了？"

金石看到白小江大衣底下露出的手腕惊奇叫道，莲花躲在白小江身后不语，白小江疲惫地晃着胳膊："您看我受伤了，很抱歉，以后再聊吧。"

说完她转身就走，忽然白小江想起什么回头对金石说道："哦对了，你赶紧戴上口罩，千万不要去人多的地方！"

金石咧嘴笑了起来："我知道你说的是瘟疫吧，那是谣传，新闻已经辟谣了。"

"什么？……"惊得白小江愣在那里，此刻叶光明那里发生了什么，白小江不得而知！

忽然穆雨抹着眼泪从茶室冲了出来，白小江赶紧喊她："穆雨怎么了？"

穆雨跑过来哭诉着："叶叔叔让我们一定要戴口罩不能拿下来，可是店长不允许，说是茶艺店员从来没有戴口罩的，要么就不让我干了。"

白小江冲着莲花使了个眼色："让吴二赶快通知客栈老板，正好把这个消息告诉他。"

莲花立刻转身拨打手机，这时门外一个男人的身影进来，是孟亮，他一身的酒气走过几人身边。

白小江看着穆雨不由得叹气："穆雨，口罩必须戴上，无论谁说都不行！"

听到两人的对话正要上楼的孟亮立刻停住脚步回头，他拧着眉头冷着面孔看向几人，最后目光停留在白小江的面孔上。他的大嘴巴咧开顿时酒气伴随着浓烈的蒜味一起扑向白小江，只见他那两片肥厚的大嘴唇上下飞快翕动：“这位女士啊——你说的这可是啥话呀？虽然我喝了酒了，但是我微醺啊我没醉！不管你是谁今天我一定要对你说两句：你这人怎么这么没有大局意识?！你们这些知识分子看上去好像懂得不少似的，其实啊你们这种人最自私！你想过没有——你这么说话不是唯恐天下不乱么？大家都乱了起来怎么办？你们替国家、替这个城市考虑了么？你有一丁点爱国、爱这个城市的心吗？哼，就该把这种唯恐天下不乱的人全都给抓起来！”

阳光下清晰地看到唾沫星子从他那张厚厚的大嘴唇里面喷发出来，此刻孟亮扭曲的面孔高昂着，鄙夷地斜着眼睛看向白小江，仿佛此刻正义之神的灵魂正附体在他的身上，他正担当着天下苍生生灭的伟大使命。

穆雨几步冲到他面前冷笑道：“你的意思爱这个城市、爱国就不能说真话喽，那你替那些被传染上的病人考虑过没有？如果传染到你你怎么办?！”

令人无法想到的是孟亮竟然更加高昂起头颅，一副天下无不了然于胸的模样，厚厚的大嘴唇更加飞快地上下翕动：“哼，毛丫头，你懂什么?！你知道什么叫做有所为、有所不为吗？有些事情、有些话你们不要乱说也不要乱做！每个得病的人那都是他们自己的因果，是他们注定活该得到的果报！和我们有什么关系？你看我们不是在这里都活得好好的吗？你传上了吗？笑话！你们这些人就是因为连因果这点最基本的道理都不懂，所以才把事情搞得越来越乱！”

气不过穆雨疯狂冲他大吼：“你这人还有一点人性、人味吗？得病的人就活该，说真话就应该是有所不为，你……你这还是人话吗?！”

绝望的白小江脸色煞白，她一把拉过穆雨根本不看孟亮一眼，却缓缓走到金石面前，凝视着金石的眼睛白小江颤抖着声音一字一句说道：“人总是不相信自己没有看见过的事物，却总是愿意相信第一个告诉他所谓‘道理’的那个人！在你看来只有来自权威方面的信息才是‘道理’和真理，而其他人说出的话就不会是道理只会是谎言！

“医生有什么理由要去传播谎言？医生的职责是什么？那么多的医

生为什么同时昼夜不分地加班？你想到过这些问题没有？为什么你们愿意不加思考地接受所谓的‘道理’，却不愿意理性地去思考所有的问题？！为什么你会相信医生说的是谎言而官员说的都是真理？那是因为你只相信权力而不是相信真理！”

白小江那双眼睛如同燃烧过后的死灰一般充满了绝望，金石看得心惊，不由得心底恍然一片虚空，慌得他赶紧低头不敢看白小江的眼睛。猛然白小江转身冲向楼梯，看着她迅速消失的背影金石愣在那里。

房宁看着时钟滴答滴答地前进着，绝望和恐惧让她只能抱着头不停地来回踱步。

忽然门锁声音响起，房宁赶紧打开门迎上前去，当她看到叶光明那双晦暗的眼眸时，顿时房宁心中一凛，那双眼睛早已失去了魂魄！

叶光明半闭着眼睛没有一丝生息，踉跄着进门，一头栽倒在床上，闭上眼睛不说一句话。房宁拿着手机对他说道：“和小江说一声吧，她和莲花担心你。”

电话里面白小江声音传来：“光明你回来了就好，这下大家都放心了！”

叶光明闭着眼睛缓缓嚅动嘴唇：“身体回来了……，可怕的是……灵魂还在炼狱。”

瞬间白小江捂住面孔泪珠疯狂滚落，莲花愣住不知道发生了什么，急得她直打转：“怎么了？叶医生他不是回来了么？你怎么还……”

白小江抹去泪水可是仍然涕泪俱下：“身体还是那个身体，可是灵魂……早已不再是那个灵魂。”

莲花沉默着，充满血丝的眼裂中瞳仁一片灰暗。

叶光明躺在床上推开了房宁端来的茶水和点心，猛然房宁心头一颤：他的食指指头上面蘸满了鲜红的印油！仿佛那个指头里面无尽的鲜血正在淋漓流淌着……房宁心脏抽痛眼泪顿时汹涌涌出，她赶紧拿着抽纸将那个指头擦拭干净。

床头台灯微弱的光亮笼罩着叶光明，他像是进入了梦魇一样梦呓着："我……是谁？房宁你告诉我……，我是叶光明吗？如果我是……叶光明，那么我应该在手术台上治病救人啊？我怎么会……会在这里……被训诫呢？不！这样的我一定不是叶光明！可是那……现在的这个我到底是谁？每个人都说自己是站在正义的一方，可是真相却只有一个……"

房宁扑倒在他的怀里死命咬住嘴唇不发出声音，无声的泪水疯狂奔涌……

昏黑的夜里一阵阵咳嗽声惊醒了莲花，打开台灯莲花看到白小江正伏在床边咳个不停，莲花起身倒好一杯热水："赶快喝点水，你这是在山上雪地里受凉了。"

白小江大口喝着水嘴唇干裂，死灰的面孔布满痛苦，她浑身颤抖呻吟着："冷！莲花……我好冷……"

她的喉咙和肺部像是千万支钢针针扎般的刺痛，脑袋疼痛得要炸裂一般，从未有过的痛苦袭击着白小江的整个身体，她只觉得自己像是一只正在燃烧的灯笼，炽火正在吞噬着虚空的身体，立刻这个肉体随着前所未有的剧痛就要灰飞烟灭。

莲花摸着白小江的头惊呼："脑门这么烫，你发烧了！"

莲花冲向吧台找服务员要了退烧药和感冒药，白小江吃下后，两人躺在床上都睡不着，黑暗中白小江声音传来："莲花，你……害怕死吗？"

半晌传来莲花轻轻的笑声："呵呵，我啊是死过一次的人了，我一直不明白老天让我活过来到底是为了什么？现在我终于明白了，原来是吴二、你和阿琪你们三个人早就在前方等候着我，就像一辆准点到来的火车一样，我们注定在那一刻相遇。是你们让我终于明白了人活在这个世上到底是为了什么，你们给了我这个人世间最大的宝贝，那是多少人活了多少世都不能发现的宝贝啊，可是我竟然得到了，所以我赚大了，你说我还怕死吗？我啥都不怕啦！"

一片沉默中白小江声音传来："谢谢你莲花，你是上天派来给我上课的那个老师。"

天亮了白小江的烧还是不退，于是两人打车去了附近的医院，可是还没到急诊科就吓得走不动了：前方黑压压一片的人在排队，比前两天的人还多，而且大多数人都没有戴口罩！当白小江听说很多人都是夜里来排队、已经四五个小时也没有排上时顿时绝望了，她的体力无法在这里支撑几个小时。

莲花惊恐地瞪大眼睛："这哪天能够排上队啊，你不能在这里撑着，我马上打电话找叶医生。"

白小江挥着手坚定说道："你别找他，他说过现在医院里面最危险，哪个医院我都不去。如果我是感冒医生也只能给感冒药，反而我们在医院会遭到传染病的患者传染。可是如果我是那种病，出城又会传染给别人，所以我在确定不是那个病之前也不能离开这里。这样吧我先回客栈，你去药店帮我买些感冒药回来，如果按照感冒治疗好了说明我就不是传染病，那样我才可以离开钟城。如果还是不退烧不好的话，再去医院也不迟。莲花你买完了药立马就回空心岛，不能留在这里被我传上。"

"我是不会离开你一个人回去的，你在哪我就在哪，我先去买药。"莲花说完去了药店。

回到客尘，白小江咳嗽着一步一步往楼梯爬去，忽然身后一个人一把抓住她的胳膊："我扶你上去！"

原来是戴着口罩的金石，他穿着笔挺的西装打着领带像是要出门的样子，白小江迅速躲开他："不，不要碰我，我不能传染你！"

金石笑了起来："你又不是得了传染病，怎么可能传染我呢？"

盯着他的眼睛白小江欲言又止，忍住了咳嗽她低头默默上楼并不说话，爬到二楼终于她走不动了停下喘息着，金石追了过来关心问道："你去医院看过吗？"

口罩上方白小江的眼睛变幻着异光："为什么我就不会得传染病呢？难道你认为病毒和我签了协议吗？病毒就必须绕着我只能传染给别人吗？我都不知道自己得的是什么病，万一是那种肺炎传染你怎么办？为什么你们想任何事情都是觉得你们是宇宙一切的主宰呢？”

白小江咳嗽着说完这些，金石又羞又恼，被口罩挡住的面孔已经气得通红，他指着白小江：“你、你这人……怎么这样？”

忽然两人同时都意识到什么，顿时都气馁了下来，白小江低声道歉：“对不起……”

说完她转身就走，金石赶紧向前拦住她：“我很不好意思，其实你说的都是实话，你也是为了我好，是我……”金石低头沉默着没了声音，他的眼中现出无法言说的复杂神情，低声嗫嚅着：“我很惭愧，我是广东人经历过‘非典’。你的话让我发现我的潜意识竟然认为‘非典’消失了就永远不会再来了，其实上次的‘非典’也并不是因为发明什么药物才消失的，所以在病毒面前人类根本就没有胜利过。

“你和我遇到的其他女人不同，如果不是你的这些话，我都发现不了自己的这种潜意识竟然可以指导我们疯狂地活着而不自知……你让我想到我就像一只被圈养的鸟儿一样，别人喂什么就吃什么，而从不会想到我到底应该吃什么，也从来不会思考生活在笼子里面的意义。

“我的画展在钟城已经举办一周了，还有几天就结束，本来想邀请你参加的，刚刚敲你门见你没在，没想到你又生病了，我非常遗憾。一会儿画展就要开始，我先去现场。很想和你聊聊，空了我再拜访你啊。”

“画展你一定要让大家都戴上口罩啊！”白小江着急说道，金石看着白小江担心的面容和虚弱的身影，不由得心中万千思绪涌出，他缓缓点头离开。

白小江刚进屋就传来敲门声，金石端着一个大大保温瓶进来，他倒出瓶中汤汁端给白小江柔声说道：“我常年在外采风，广东人到哪都是必须煲汤的，这是我自己煲的鸡汤，对你恢复身体有好处，你赶紧喝点。”

“我不喝鸡汤，心意领了你赶快拿走……”白小江赶紧摆手，金石也不听：“喝点吧，身体能快点恢复。”

金石放下杯子转身出去。

白小江给莲花在网上买好了去往空心岛的车票，莲花流泪摇头：“不！你为了我整容才来到钟城，我怎么能撇下你自己走呢？你这个样子我绝不可能离开，无论如何我都要看着你好起来，等你病好了我们一起走！”

白小江叹息着躺在沙发里虚弱说道：“你救了夏南基金会和夏南公司，又救了颜宽的公司，我怎能不带你来钟城手术呢？别说这些了，赶紧走！”

可是莲花死活不离开，没有办法只能安排她住在隔壁房间，白小江主动将自己隔离，莲花每天买来饭菜放在白小江门口。

两天过去了白小江高烧一直不退并开始昏沉，莲花着急跺脚：“你这样子不去医院怎么能行？”

白小江睁开眼睛虚弱地说道：“莲花，你不能再进我的房间，万一我是那个病的话不能传染你……”

莲花摇着头给她倒水也不吭声。

忽然金石冲了进来，瞪着惊恐的眼睛：“真的是人传人的！刚刚专家出来证实了这个病毒是一种新的病毒，确定了人传人！正在举办的画展立马人都跑散了。现在很多人都在逃出钟城，机场和火车站都挤得……”

顿时白小江口罩上方的眼睛盈满了泪水：“真相终于出来了！不然要有更多的人传染……那你们俩还在我房间干吗？你们赶快出去啊，不能在我这里！”

她瞪着眼睛怒吼着，莲花起身：“我这就去厨房给你煮粥。”

金石看到白小江咳嗽着立刻倒好温开水递到她手里：“喝点水吧。”

白小江怒睁着眼睛一拍沙发扶手：“你……你这人怎么还在我房间？我不欢迎你，你赶快出去！”

话没说完她脸涨得通红又剧烈咳嗽起来，此刻金石眼中浓烈的感情涌出：“您就是北京66大道那位画出《谜生》的画家，果然……我没看错。我一直认为自己很了不起，是个有独立思想能够深度思考的人，所以我自认为我的画所表达的内涵也是很多画家所不能比的。可是现在我却发现其实我并不是自己想象中的那个样子，我一直处在自以为是的惯性思维里面，我看世界只是以自己的眼睛向外看的那一个角度而已，而你让我明白过来我们其实需要离开自己的维度，从高维往下才能看到所有的真相以及自己的真面目，我这才清楚地看到自己竟然……一直是在昏沉的梦中！不过好在我醒来了，一切都还来得及。

“听莲花说你是单身，我也是一个人，白小江，我已经确定了……你就是我用一生来追寻的那个精神伴侣！不要赶我走，我想留在你的身边陪着你、照顾你。活着一生那么长，可是遇到你才一瞬，我怎么能够离开你呢？活着为了什么？不就是为了寻找到灵魂的伴侣吗？如果只是活着却没有这种爱，那活着又有什么意义？小江，让我留下来陪你好吗？”

白小江躺在沙发上死命忍住咳嗽，绝望的眼睛看向天花板，口罩底下发出她悲凉的笑声：“哈，死神已经降临在这座城中，在生命都不能确保的世界里面，谁还有资格谈爱情？你这么说说明你根本就不明白死神和爱情的真相是什么！

“我越来越感觉到瘟疫已经降临在我身上，不瞒你说，我已经开始安排后事了。你活着是为了寻找灵魂伴侣，而我却不是！如果我连自己的生命和生死到底是怎么一回事，如果我连自己生活的这个宇宙世界到底是什么真相都不知道，而人类和这个宇宙之间到底又有什么关系和秘密？如果这些未知的秘密我都不能清醒地认识、了解，在这些人类最基本的终极问题都没有解决之前，那么爱情对于我来说没有任何意义！比如现在：瘟疫为什么降临？为什么会发生这一切？我们活在这个世上到底是为了什么？到底应该怎么活着？如果我马上面临死亡，那么我现在最应该做的事情是什么？死了以后我的灵魂存在与否，又会去向哪里？……如果这些问题都没有解决，难道我有资格谈爱情吗？

“现在我面临着死亡即将到来，我要寻找到这个世上那个唯一的真理，这才是在我死之前唯一最重要的事情！如果搞不明白这个问题，即使全世界的人们都来爱我、都来拥护我，也没有任何意义！那也是白活一场！而且我也不喜欢你，所以你走吧。”

说完这些，白小江闭上眼睛面无表情，顿时金石“噌”地起身，口罩后面他的面孔涨得通红：“我……”

又羞又恼令金石说不出话来，忽然他想起什么渐渐平息了怒气，声音也柔和下来：“白小江，我知道你是用激将法让我离开，是怕传染我……”

白小江仍然闭着眼睛漠然说道：“你错了，我是怕传染给任何一个人，所以我也坚决不能传染给任何人！请你能用理性思维考虑所有的问题，爱情是两个人的事情，我不爱你，你的爱情就和我没有任何关系。如果我们是普通朋友的话以后我们还可以交流，如果非要扯到什么爱情，那请你赶快找别人去吧，别在我这里浪费时间！”

看着白小江决绝的面孔金石愣住，他喃喃问道：“那你能告诉我……你寻找的那个唯一真理到底是什么吗？”

白小江睁开眼睛虚弱地看向窗外大钟：“宇宙中……不生不灭永远存在的终极之道，祂……一直都在那里！”

忽然莲花惊慌冲了进来：“坏了！外面都说马上要封城，刚刚我看到那个孟亮大哭着往外跑呢，客栈的客人全都跑光啦，金老师你怎么还在这里？”

恐惧顿时击穿了三人，仿佛死神的身影已经降临在这个小小的房间。金石惊惧的眼睛露出纠结的痛苦：“我……不走，小江我陪你去医院！”

白小江也不看他，依旧看向窗外大钟：“金先生谢谢你了，我当您是朋友，但是我不需要你的帮助，也不希望任何人来打扰我的生活，请你尊重我的意愿。”

金石凝视着白小江如冷铁般的面容，他的眼中流露出万分不舍的痛苦：“那我……走了，小江，我会永远记住你的……二位多保重！”

说完他迅速消失在门口。白小江转过身来冲着莲花挥舞着双手大吼：“莲花，你怎么还在我房间，你赶快回空心岛啊！——”

“别说了，我这就带你去医院！”说着莲花迅速给白小江穿上羽绒服。

忽然穆雨大哭着冲了进来：“不好了，叶叔叔被感染肺炎已经确诊住院了！是他做手术时病人把他给传上的，呜呜——”

顿时白小江头顶如滚雷齐声轰鸣着，跌倒在沙发上仿佛整个世界在她眼前瞬间坍塌堕入地狱……

莲花大叫着哭了起来：“他可是医生啊，怎么连他也得病啦？老天啊——”

猛然白小江起身瞪着眼睛：“穆雨这事先不要告诉思思，你赶紧回家再也不能上班了！莲花赶快让穆雨离开这个房间，你也必须赶快出去！”

穆雨听到白小江不停咳嗽大惊失色：“小江姐……你也病了吗？天啊——”

她捂住面孔又呜呜大哭了起来，莲花将穆雨赶出门外：“孩子快走！好好保护好自己，有事情打电话啊。”

进门莲花不由分说一把将白小江驮到背上背到楼下，可是她发现四下都找不到那辆农用车了，急得她就要哭出来，这个时候不会有出租车载着病人去医院的，她只得背着小江来到大门外，果然怎么拦车也没有停下的。

忽然前方驶来一辆私家车迅速停在两人身边，金石从驾驶座上跳下来打开车门：“赶快上车！”

惊得莲花和白小江问他：“你怎么又回来了？”

顿时金石眼眶红了起来：“这辆车子是我学生借我用的，他是钟城本地人。刚才我去还他车子，路上才知道他突然倒下了，是他爱人的车子送他去的医院，想起来没有车子会送你们去医院我就赶紧赶回来了。”

进入医院大厅忽然三人惊得收住脚步：大厅里面黑压压的病人人山人海，嘈杂的人群中咳嗽声、哭声不断传出……所有病房都已经饱和，医生和护士从头到脚被防护服包住，看样子他们已经濒临崩溃，绝望地奔波在人群中。

已经见过这种场面的白小江和莲花还是惊呆了，金石瞬间苍白着面孔冷汗流了下来，他浑身冰冷两腿开始发软。白小江问金石：“这种情况下你觉得要多久才能有机会得到治疗？而且这种情况交叉感染的概率太大了！你马上离开，一刻也不要停留，好人在这里也得病了。”

忽然大厅安静下来，寂静得没有一点声音，突然的鸦雀无声令人们心生恐惧，不知道里面发生了什么。只见几个穿着防护服的护士扛着屏风冲进人群，屏风竖立在医生的办公室门口围成一个圈，静静的大厅如同坟茔一般死寂，人们瞪着惊恐的眼睛看着人群上方露出的屏风……十几分钟以后几个穿着防护服的人将一个推车从屏风里面推了出来，瞬间人群闪开，大厅门口白小江三人清楚地看到推车上面是一个黄色的裹尸袋！

尸体被运到停在门口的车上，车子消失在众人的视野之中，目睹这一切人们大脑失去了运转……

人群中有人开始倒下，可是没有人敢扶起倒下的那个病人，医生和护士赶紧过去把病人扶起来进去检查，看到倒下就可以不用排队提前治疗了，立刻很多人都纷纷倒在地上，白小江知道他们和自己一样真的是撑不住了，她多么希望自己也能够什么都不顾了和他们一样躺在地上。

护士们只得将纸箱拆开铺在地上，纸板底下只垫上一层泡沫板。迅速很多人争相躺在上面，那些人中大多都是老人，也有穿着高档、精致的年轻男人、女人们……那么多的肉体并排躺在硬纸板上面痛苦呻吟着。白小江实在撑不住了只能蹲下身子依靠在墙角，在她的这个角度看不到纸板上的那些面孔，只看到一片蠕动着的肉体中各种颜色的凌乱头发在滚动着：黑色的、花白的、染成金色的……，仿佛那一个个肉体已经融合成为一个庞大的肉团，而在这个肉团之中看不到生命，只是无数个肉体上的头发在蠕动……顿时前所未有的恐怖击穿了白小江，立刻她的胃里翻江倒海般翻滚，她踉跄着冲出了门外趴在花坛上哇哇大吐起来……

无数个颜色头发的庞大肉团在蠕动的画面仍然在她脑海里面继续翻滚着……，白小江一边“哇哇——”狂吐着一边泪水疯狂滚落，莲花扶着白小江捂住面孔无声地流泪。金石蹒跚着冲出门外，浑身颤抖着瘫软在廊柱上，忽地他惊醒一般立刻站直了身子离开了墙壁。

这时莲花手机响起，是吴二打来的，手机里面传来他惊慌的声音：

“莲花你们在哪里？离开钟城没有？……”

当他得知白小江和叶光明的状况时忽然电话里面没了声音，吴二被突如其来的打击打蒙了，片刻他嘶哑的声音颤抖着传来：“无论花多少钱也要小江把病治好！莲花你要自己单独住一个房间，千万不能再和小江住在一起，一个倒下了不能都倒下，一定要保护好自己！客尘老板是我爱人的朋友，她告诉我服务员都走了，你们可以把客栈当作自己家里，一切东西任由你们支配。”

莲花抹去泪水点头。

白小江瞪着血红的眼睛起身：“我不治了，回客尘！”

金石苍白着面孔摇头：“不，我带你去远些的医院吧，那里人少，可以快点检查。”

车子行驶在街道，车里静默无声，这时辛阿琪电话也打来，她疯狂质问两人为什么还在钟城没有离开，白小江支吾着说着各种理由搪塞过去。听到她的咳嗽，聪明如辛阿琪立刻知道大事不好，可她没有任何办法只得飞速飞到北京照顾两个孩子。

前方视野渐渐宽阔起来，烟波浩渺的天水河出现，灰色的天幕笼罩着河流和两岸的大地，仿佛瘟疫的黑影早已渗透了天空和这个城市的每一个角落。宽大的天水桥在挡风玻璃前方出现，金石低声说道：“过了桥前方就到医院了。”

可是桥身中间却被一些人围在一起挡住了去路，金石定睛一看大叫起来：“不好，有人要跳河！”

他和莲花迅速跳下车来，白小江挣扎着也下车，原来一个中年男人正坐在桥栏杆上面痛哭，金石就要冲过去，男人立刻伸手喊道：“不要过来，你们要是过来我马上跳下去！”

吓得大家停住脚步，人们劝说声不绝于耳，男人扬起手中的体检报告号啕痛哭：“我被传染了，医院没有床位，回到家里又会传染家人，几天几夜在外面，我受不了了——”

话音没落男人已经纵身堕入滔滔的河水中！顿时桥上人们一片的尖叫声……白小江双手死死捂住面孔，倚靠在车身上她浑身早已瘫软，莲花浑身颤抖着捂住面孔号啕大哭，人群中发出此起彼伏的哭声。

远处警笛的鸣叫声传来……

进了天水医院大门三人惊得差点背过气去，不大的院子里面密密麻麻挤满了人，数不清的人们挤在院子里。金石使了个眼色暗示两人沿着院墙从侧门进入大厅，可是没有想到大厅的景象更加恐怖：因为没有床位，走廊和大厅躺满了人，人们躺在自带的折叠椅上，要么直接躺在地上，没有检测的测试盒，外面的病人拥进来几乎都是情绪失控，有大哭的，有跪下来苦苦哀求医生、护士的。白小江再也支撑不住瘫软的身体缓缓倒在墙角，这时她看到前面诊室里一名医生正在崩溃大哭……

白小江浑身颤抖，她苍白着面孔看向金石："回客栈！我哪个医院都不去。"

她踉跄着冲向门外。

客尘门口白小江和莲花下车后两人深深鞠躬感谢金石，起身后白小江面对金石已是热泪奔流："谢谢你勇士！如果我能不死一定会去感谢你，愿上天保佑你平安！"

白小江和莲花转身就要进门，忽然金石疯狂大喊："白小江！等等——"

白小江回过头来心中一凛：金石盈满泪水的眼中痛苦的炽烈火焰在燃烧……

莲花眼睛来回在两人脸上游走，她立刻说道："我先进去做饭了。"

金石背靠着车身缓缓坐在了地上，抱住脑袋他像个无助的孩子一样蜷缩着，猛然他双手握拳死命地捶打着自己的脑袋失声痛哭："刚刚我学生的爱人发来消息，我学生……已经昏迷进入ICU抢救了！他还那么年轻，我的画展都是他一手操办，我和他天天在一起，我不知道自己是否也被传染！那么多天的画展，那么多的人参加，如果知道会是这样……我他妈的办什么画展啊？造孽啊！呜呜——"

顿时白小江虚弱得支撑不住身体，她倚靠在客尘的围墙上劝慰金石："是那些坏人告诉大家不传人的，责任不在你的身上，你也别责怪自己了。"

金石抬起头扭曲着面孔看向天空，泪水流淌在颤抖的双唇上："小江，……我忽然发现死神……原来一直就在我的面前，其实他从来就没有远离过我们任何一个人！可是我为什么直到现在才发现他的存在呢？为什么直到这个时候我才发现自己——没有爱、没有温暖、没有慈悲、没有同理心、没有智慧！原来……我只爱我自己、只爱我的假面和躯壳……，甚至我发现自己竟然……一直都在想得到那些原本不属于我的、原本我不该得到的一切！为什么直到这个时候我才发现自己的真面目？为什么呀——”

他啜泣着已经说不出来任何话语，白小江滚滚的泪水流淌在口罩上，她闭眼倾听，金石颤声呜咽着："曾经我逃避着所有的这些念头，我的一生不堪回首，可我从未想到过要回过头去面对我的过去、我的过错和我的内心世界，我从未想到过要去改变我所有错误的心路方向。现在……我想重新爱这个世界，想知道你所说的那个不生不灭的真相到底是什么，想知道如何能坦然面对死神并与之对话、想洗刷我曾经所有的罪恶和过错……我想好好地问自己：活了几十年的这个金石到底是怎么一回事？

"我也知道德谟克利特父亲说过：哪怕只找到一个答案，也比做波斯王好！

"可是为什么活了几十年我却从来没有问过自己：波斯国王位都不换的那些答案到底是什么？！为什么得到那些答案能让智者连王位都嗤之以鼻？为什么我活在这个世界上几十年，却从来没有真正地去寻找过那些答案？曾经我也问过高更提出的那几个问题：我是谁？从哪里来？到哪里去？可是我却从来没有真正地去寻找过这些答案。这个令我生存几十年的宇宙世界，我却从来没有去研究过它的真正面目和真相到底是什么！为什么几十年来我从来都没有想到过要去和这个生我、养我的世界对话？……

"然而现在死神却可以随时将我带走！可是小江……，我真的害怕我会像刚才看到的那些人那样突然死去，那么我所有的愿望就会……全没了！呜呜——”

金石瘫坐在地上号啕痛哭着已经崩溃，看着他捂住面孔陷入绝望，白小江倚靠在墙壁看向大钟："心如工画师，能画诸世间。我们画家笔下的画就是我们心中先想出来的那个世界，所以我们身处的这个世界其实全都是人们所思所想的显现。只有我们的心变好了、变干净了，我们身处的这个世界才会变好，才能变成我们想要的那个样子！所以只有我们的心干净了瘟疫才能消除！

“我和你一样，我的灵魂也是面临着你同样的这些问题，你能问自己这些问题，说明你已经踏上了寻找灵魂获得终极自由的道路。去吧，去寻找那个不生不灭的真相吧。金石……我很想拥抱你和你告别，但是，只能……只能这样就此告别了！”

说着白小江倚靠在墙壁上张开双臂做出拥抱金石的姿势，闭上眼睛她任由泪水疯狂滚落在口罩上……

默默地白小江转身走向客尘大门，看着她的背影，浓烈的悲伤将金石吞噬，他在心中哀嚎：此生就此离别！也许就是生离死别，从此不知道你我谁生谁死！永舍我爱！上天让我如此分离却又为何让我和她相遇？金石忽然发现原来爱情就是悲伤、就是欢喜、就是痛苦……爱情就是一切的感情和情绪。

看着白小江的背影就要消失在客尘大门，忽然金石疯狂大吼：“白小江——你知道那个不生不灭的真相，为什么不告诉我？你——说啊！”

客尘门口白小江缓缓转身，口罩上方那双圆圆的大眼睛渐渐如弯月一样笑了起来看向金石，第一次看到笑容绽放在白小江的面庞，顿时金石眼前如一片炫目的阳光闪耀……

传来白小江静静的声音：“得到真相的答案并不能让我们最终得救，而带着慈悲和爱去寻找、去实践这个真相所经历的过程，那才是我们得到真正解脱的过程！”

阳光下白小江的笑容清冷而又悲凉，却又是如此地温暖着金石，金石流淌着热泪转身上车驶向高速……

天亮之后传来钟城已经封城的消息，白小江手机传来信息，金石在封城前的最后一刻到达了他所工作的城市。

封城后社区的工作人员送来食品和蔬菜，宣布所有人都要隔离，不能随意离开客栈大门，有了食物莲花放心下来。只能喝点粥的白小江躺在床上呻吟着，莲花默默守在门口看着空无一人的天井发呆。高烧让白小江浑身火烫，从喉咙到肺部疼得令她就要窒息过去，此刻她仿佛置身于铺满钢针的火红铁床之上，那穿透身体的剧痛和炙热正在让她经受着各种看不见的酷刑，此刻她想到了地狱的各种景象，她在心中绝望哀嚎："让我死去吧！我不想经受这种痛苦了！死吧，死吧，让我死去吧……"

白小江泪水汹涌着，她在心中盘算着死后怎么安排小行星和思思。

寂静的夜里白小江疼痛得无法入睡，忽然客尘大门的门环"嘭嘭"响起，急急的铜环撞击声音惊醒了莲花，她迅速冲出门外跑下楼去。大门打开一位戴着口罩的老妇人"扑通"跪倒在地，莲花赶紧上前去拉她，惊得老人连连摆手后退："莲花别碰我，大娘我求你来了！"

听说不碰她莲花心里一惊，这才认出来是卖花的魏家大娘，她的丈夫就是卖年糕的魏大爷。老人哭道："医院打来电话说你魏大爷刚刚在医院里死了，我儿子还躺在医院，我得去陪他，家里小孙女没人照看，孩子还太小，莲花你能帮我送饭给她吃吗？"

惊得莲花大哭了起来："魏大爷他……他走啦？天啊——大爷身体那么好的人……大娘你放心去医院吧，我一定给你孙女送饭。"

老人痛哭着抹着眼泪："不知道我这把老骨头还能不能回来，莲花，要是我们俩……都死了，求你就把孩子送到福利院。你心肠好，我信你一定能救我孙女，这是给孩子做饭的钱……"

说着老人从口袋掏出一个纸包和一把钥匙放在地上，又向莲花磕头，莲花赶紧拉起老人把钱塞给她："多做碗饭端给孩子吃要你啥钱，大娘你自个儿照顾好自己！"

老人千恩万谢离开，白小江听说卖年糕的魏大爷死了顿时一口气上不来，终于喘过气来她紧紧抓住脖颈死命地喘息着，魏大爷那双温暖的眼睛浮现在她脑海挥之不去……

原来魏家太穷，老人的儿子身体不好不能干体力活，只能在市场做保安，儿媳妇几年前就离婚跑去外地打工不回来了。白小江心痛得捂住胸口喘不过气来："这么小的孩子一人在家……莲花，多做点孩子爱吃的东西给她送去。"

熬过了几天，白小江觉得自己昏沉的状况有些好转，她想到在医院看到的那些随时倒下的躯体，这么多天熬过来了想必自己不会死去。可是这天从中午开始莲花就没有送饭过来，天就要黑了也不见她身影，白小江打开手机刚要联系莲花时，无意中瞥见了自己的手掌心，猛然她手一哆嗦心脏瞬间骤停：她的左手手掌心一块蚕豆大的黑斑淤积在那里！前所未有的黑色淤血是病毒这个魔鬼渗透出来的黑色血液……

白小江浑身颤抖着看向这个死神之吻的印迹，终于她看到了死神的面孔！

门打开莲花送来饭菜，她号啕的哭声传来："那个孩子……魏大娘的孙女死了！昨天我送饭她说不想吃饭，让她量体温就发烧了，打电话才知道魏大娘儿子昨天就死了，老人正在医院抢救。昨夜孩子送到医院，今天就……没了！老天爷啊！……这到底是怎么啦？为什么呀？为什么啊——"

莲花的哭声飘荡在天井的黑色上空，白小江瞪着眼睛看向天花板，她什么都听不到了……一片的白色光芒中，白小江惊讶地发现自己的身体越来越轻盈，她能清晰地感觉自己的体温一点一点在下降，忽然她浑身一震：竟然能够听到自己的心脏跳动和血液流淌的声音！那个声音越来越大，像轰隆的洪水奔涌在她的体内……猛然一股巨大的力量从她体内涌向头颅，这时候脑壳上方仿佛已经打开一个碗口大的豁口，那股力量挟裹着她的灵魂拼命从这个豁口撕扯着就要冲天而去！此刻白小江清晰地感觉到头部以下身体全是虚空，灵魂正在奋力向她头顶的天空冲去……，白小江用尽强大的心念在意识里紧紧拉住灵魂不要出离她的躯体，她知道一旦灵魂出离这个躯壳她就将死去！

她在心底疯狂哀嚎着："求求你老天不要让我走！我还有两个孩子要抚养他们长大，我还有《觉悟》没有画出来，我还没拥有终极真理的体验、我还没到达证悟的维度……"

然而那个撕扯着灵魂就要离开躯体的力量实在是太大了，它扭曲着白小江的面孔，令她眼眶眦裂、嘴巴歪斜着已经变形，白小江奋力地挣扎着，那股力量撕扯着就要将她头颅炸裂……这时轰然一个念头从她心中升起：走就走吧！离开这个头颅、离开这个躯体，我要回家，我要回到宇宙中去，那是我最终的回家之路，宇宙家园正在等着我的到来……

这一念升起的时候瞬间白小江的灵魂出离了肉体，飘忽着飞到天空，一团金黄色的云层将她慢慢地包裹起来，静静地融入在层层的金色云层之中，整个世界一片寂静，什么都不存在了，茫茫世界之中只剩下她独自一人坐在这团云层里面……

无限的孤寂包裹着白小江，她开始流泪，忽然云层之外传来一个巨大的声音回响着："你想要得到什么？"

白小江回答："我想回到宇宙家园！"

那个声音说道："地球和这里都是宇宙！"

白小江坚定说道："不！没有慈悲、没有爱就不是家园，我要回到充满着慈悲和爱的宇宙家园！"

轰然金黄色的云层散去，瞬间白小江来到一个通透浩渺的清明世界之中，各种星体旋转交替着飞来又飞逝而去，无数喜悦自在的透明人通体散发着奇异的光芒，他们自如地穿梭、飞舞着，白小江和他们一样自在地飞翔、遨游穿行在宇宙之中。

忽然深远的宇宙深处传来一声巨大的钟声轰鸣——，钟声轰然回响震荡着整个宇宙……

救护车"呜呜——"鸣叫在空无一人的街道，客尘门口身穿防护服的两个男人从救护车上下来，可是两人不愿将莲花背上的白小江抬上救护车，他们对莲花说道："这人已经没气了，放地上吧，等着殡仪馆的车子来拉她算了。"

莲花一把扯住两人，瞪着血红的眼珠子怒吼："你们不是来救人的吗？不抢救你们就能说她死啦？——"

莲花猛然推开两人扛着白小江爬到救护车里面，放好白小江她扯下口罩冲着两个男人怒吼："走啊！——去医院啊！不去我杀了你们！——"

黑夜里眼前这个女人扯去口罩忽然露出鬼魅一样的面孔，吓得两个男人鬼哭狼嚎哇哇大叫着冲向驾驶室……

钟城医科大学附属医院里面灯火通明，救护车门打开，房宁和莲花推着担架车上的白小江疯狂冲进大厅，奋力穿越无数的病人奔跑到急救室，韩新冲了过来大喊："快！心脏按压器！……"

莲花跪在地上捶打着脑袋号啕大哭："老天啊……这是为什么啊？小江你是为我来的钟城……我欠你一条命啊！小江！……小江你千万要活过来啊——"

打开卧室门辛阿琪看到床上小行星还在玩手机，她摸向孩子脑袋柔声说道："小伙子不玩手机了，来，好孩子早点睡觉吧。"

小行星委屈地噘着嘴唇："辛阿姨为什么妈妈不理我了？我打了她多少遍电话她都不接，妈妈为什么不想我啦？"

猛然辛阿琪心中一颤，一种无法言说的感觉令她立刻从床上跳了起来，迅速铺好被子她亲吻着小行星额头："乖，现在太晚，你赶紧睡觉，明天妈妈就和你通话了。"

辛阿琪看到小行星躺下立刻关上门冲进自己卧室，可是无论她打电话给白小江还是莲花都没人接，她的双手不禁开始颤抖起来，死命再拨打莲花电话终于传来莲花号啕的哭声，含糊不清的哭声中辛阿琪终于听明白了：白小江已经失去心跳正在抢救！

"扑通！"辛阿琪跌坐在地，死死盯着手机大脑一片空白，猛然她抱头疯狂大喊："你不能死！你怎么能死呢？老天啊……不能啊——"

匍匐在地辛阿琪死命地捶打着地板浑身战栗着痛哭……

身后门打开，小行星出现在门口瞪着失神的眼睛："妈妈……死了？"

三十三

莲花跪在地上闭上眼睛不停地合掌祈祷："阿弥陀佛保佑！大慈大悲观音菩萨保佑……"

忽然她感觉面前立着一个人影，睁开眼睛房宁正在默默看着她，防护镜里面她的泪水奔涌着流个不停，顿时莲花心脏停摆浑身瘫软倒在地上……，猛然房宁一把抓住莲花肩头死命地摇晃着她大叫："小江有了心跳！她救活过来了！她活过来了——"

不知道自己是怎么站起来的，莲花呆立在那里不敢相信自己的耳朵，"扑通！"她跪倒在地，额头"咚咚"死命地磕向地面："菩萨菩萨您显灵了！……"

几天过去白小江出了重症监护室，韩新和房宁推着轮椅上的白小江来到隔离病房的玻璃墙面前，玻璃里面的叶光明正在吸着氧，看到白小江顿时他的眼睛亮了起来，他艰难地拿起笔在纸板上写着：思思托付给你了，告诉她我爱她！

白小江忍住眼泪在纸板上写好举起给他看：你放心，好好养病，一切都会好的。

玻璃里面叶光明又写道：你们要好好活着，关在这里像在牢狱里面一样，千万不能传染！

从来没有想到过牢狱里面的灵魂到底会是一种什么样的感受，可是叶光明这句话令白小江瞬间如同身处牢狱的笼子一般，那里面的世界令她坠入了无底的深渊……

白小江终于控制不住流下眼泪，她在纸板上写道：即使你在狱中，你也是自由的，没有人能够左右你的灵魂。

看向纸板的叶光明眼睛燃烧着如同地狱赤火一般的烈焰……他低下头缓缓写着然后将纸板举了起来：这个世界不能只有一个声音——刀尖上的舞者！

立刻，玻璃外面三人的泪水汹涌着狂奔而出，韩新迅速背过身去，他和房宁无法拭去防护眼罩里面的泪水，白小江抹去泪水向叶光明挥手，两人推着轮椅上的白小江缓缓离去。

韩新看着白小江，他眼中的伤痛如同幽深的深渊一样深不见底："光明做手术的时候没穿……防护服，就这么……被感染的。"

忽然韩新浑身颤抖停住脚步，防护服里他颤抖的声音再次传来："此生……我从未想到过除了抢救病人之外我还会抢救自己的同事，会有那么多的医生和护士都……倒下，我的……眼泪已经流尽……"

说完这些韩新仿佛用尽了全身的能量，痛苦已经将他彻底击垮，房宁空洞的眼睛如死灰一般……。白小江看向两人：“你们都是战场上赴死的勇士，你们都不知道下一个倒下的会是谁，也不知道下一个倒下的是不是自己，但是你们恪守着医生的誓词，仍然以最敬业、最专业的精神面对着所有人，否则我早已经死了！”

房宁把白小江安置在病床上离开，黑暗中白小江睡不着，脑海浮现玻璃里面叶光明举着纸板的画面……

不知道过了多久呀，暗夜之中无数只眼睛躯体在上下翻飞、木然地行走游荡着，恐惧的白小江疯狂奔跑着拼命逃离这个恐怖世界，前方是无尽的曲折和无尽的黑暗，她不知道尽头通向哪里……

猛然惊醒已是大汗淋漓，她这才知道自己又进入了那个梦境，她害怕睡去又回到那个世界，不知道过了多久终于昏沉睡去。

天亮后忽然眼前出现很多穿着防护服的医生、护士，原来从全国各地拥来大量的医护人员前来救援钟城，这些赴死的勇士们不惜生命来到钟城和死神搏斗，来拯救这个死亡之城，看着他们忙碌的身影白小江和病友们全都掩面痛哭。

客厅里吴二正在看着新闻，忽然播出钟城医生叶光明感染冠状病毒已经病重的消息，屏幕上叶光明戴着呼吸机的照片迅速传遍了网络，这个坏消息令举国震惊！人们的心碎了……

吴二浑身冰冷颤抖着双手拨打莲花电话，得知不但叶光明病重而且白小江也是刚刚从死亡线上被抢救过来，惊得吴二不禁心中打颤，听着电话里面莲花呜咽的哭诉，吴二面色越来越苍白……陈慧因进门见他惊恐的样子惊得抓住他的双手：“手这么冷！老吴你怎么了？……”

仿佛看到了炼狱的赤火在燃烧，吴二瞪着惊恐的眼睛看向虚空：“慧因，钟城遭遇大劫难了！这场劫难前所未有，你无法想象有多么可怕……现在是整个城里失控，人们随时都在死去，大量医生护士都被感染……太可怕了！……”

他捂住胸口痛苦闭上眼睛，陈慧因握住他的双手难过说道：“我们在北京又被封锁在家里，除了捐款我们又能怎么办？只能祈祷他们平安了。”

吴二竭力平复着情绪看着老婆摇头：“你错了！没有我们、他们之分，受难者、乘客、船员和舵手我们所有人都在同一条船上！如果大家不去检查这条船上机器发生的故障，却只是一味地将船糊成一个纸灯笼一样的绚丽外壳，人们不明白这么做其实就是亲手令这艘船覆没！这样必将亲手毁了自己和船上所有人以及大家共同的后代！而我们更多的人则是站在船上袖手旁观，强迫自己不去看到船上的故障，强迫自己幻想着岸上的美景即将到来。

“迷幻救不了任何人，只有找到这艘船上所有的故障、只有救所有人，才能救自己上岸！”

陈慧因缓缓点头：“如果只看到别人船上的问题，不看自己船上的缺点，无论是谁都是已经到达灭亡的终点了！如果不去发现船上机器出现的故障，不去承认、更改已经犯下的错误，而只是盯着其他船上出现的问题，那也救不了自己的船只，别的船上犯的错误对于我们自身的船只只能起到借鉴作用。

“可我发现现在有很多人都是把自己脚下站的这条船当成了自己的保命之地，而把大海上别的船只都当成了敌人。如果大家都期待着别的船只全都覆灭只有我的一条船在航行，那可能吗？其实这种念头才是最最可怕的！他们想不到自己随时会被海浪风暴覆灭，想不到自己会随时需要别的船只来援救，这样的人们只能在自己愚昧的海洋中前行，自私和愚昧让我们失去了航向，最终只能驶向死亡终点！其实那些和我们并驾齐驱的船只却是最能警醒我们、最能激励我们前进的，也只有大家相互拯救才能让每条船都无法被风暴覆灭，才能共同航行在大海之上！

“然而最可悲的是我们这些乘客，在看到受难者死亡以后，如果他人生命的死亡都不能让我们感到疼痛，如果我们还在庆幸自己不是那个死亡的一员，那么就可以确诊我们这种乘客早已失去了人性！连人性都丧失的人又怎么可能去真爱这艘船呢？怎么可能去爱船上的人民以及他们所追随的舵手？又怎么可能有一双理性的眼睛去发现船上所发生的故障？怎么可能去监督舵手、船员为这艘航船改正所有的错误？”

吴二直直看着老婆的眼睛说道：“可是你如果这么说，就会有很多人认为你不爱这条船！”

陈慧因不屑地冷笑：“说我船上有不好的、错误的地方，就等于说别的船什么都好吗？说别的船上有好的地方，就等于说我的船什么都不好吗？这难道符合最简单的逻辑吗？这种连最基本的逻辑、智商都没有的人又怎么会有智慧？这种人必然就是那些天天骂着别的船上的问题，却闭眼不敢看自己船上问题的人！可是他们却还想把这种愚痴和愚昧传染给船上的所有人！这种人必然导致人们以及我们的后代整体陷入愚昧和认知低下，让人们失去判断方向的眼睛，让我们的航船驶向罪恶和错误的航道，驶向死亡的终点！所以其实他们才是这条船上最大的敌人，是最大的叛徒！如果是他们在主导这条船的航行，那就更加可怕，因为他们就是终将导致最终沉船的那个罪魁祸首！”

深深的恐惧从吴二眼中涌出，他喃喃自语着看向虚空，仿佛他在那里看到了什么……：“这个世上最可悲的就是愚昧和无知统治了我们的外部世界，而最最可怕的是我们自己让愚昧统领了我们一生的生命……如果能够知道死时定会去往恶苦的地界，又有谁会像现在这样迷糊地活在梦里，这么做恶？又有谁能不愿意醒来？智者曾经说过：‘如果能够净除自己的恶业，将这个空无的身心修持得到坚实的智慧果实，不仅自身在未来死的时候能够进入善道，而且还能引导众生得到最大的善果，有什么事情的意义能大于此呢？’”

猛然他拍打着妻子的肩膀：“这次你来决定下面我们怎么做！”

“我决定以夏南基金会名义捐赠给钟城款项一亿元另外再捐赠物资，我这就赶去办公室，立刻捐赠过去！”说完陈慧因披上衣服迅速冲出门外。

思思痛哭流涕问着辛阿琪：“为什么爸爸会生病？他不是医生吗怎么会感染？为什么医生发布会传染的消息却被说成造谣？阿姨为什么啊？慈悲心难道不是做人最应该具备的吗？没有慈悲心那难道还叫人吗？你们大人的世界难道就是黑白颠倒的吗？如果这个世界是这样的

混乱错误，为什么还要生我们？为什么要让我们孩子来到这个世上？呜呜——”

辛阿琪拥抱着思思哭得稀里哗啦，她无法回答孩子的任何问题，小行星握住思思的手瞪着眼睛咬牙说道：“姐姐不哭！那天晚上我以为妈妈死了，那个时候我就下定决心要让地球变得干净、文明，再也没有谎言！……”

思思和辛阿琪止住泪水，两人震惊看向小行星凝重、沉痛的面孔，一夜之间他的面孔再无孩童稚气，取而代之的却是成人身上也难得一见的沉重抑郁之气。

辛阿琪紧紧拥抱两个孩子沉痛说道：“我们几千年的圣人文化让一些人总是要把自己意淫成为圣人，而将自己包装成为一个假大空的圣人是需要有恶人来作为陪衬的，不然怎么能够显示出来那个假‘圣人’的伟大呢？所以他们必须极力地用谎言去挖掘和塑造一些‘罪大恶极’的恶人，从而来标榜自己是个‘圣人’以及他的‘圣业’。而那些假圣人口中所谓的恶人其实才正是真正的‘圣人’，正是因为他们做了与那些假圣人背道而驰的善事，所以才被恶意地打击和毁灭！这些愚蠢的狂人们永远不会明白，其实真正的圣人是拥有‘道’也就是拥有真理的人，并不是非要做什么大事，而是要去做到常人做不到的利他事情，是以为圣！

“‘两小儿辩日’孔子被问倒却仍然笑脸相迎，一代圣师被问倒却不生气，谈何容易！孔子能做到，可见其心胸宽广。他认为：知之为知之，不知为不知！

“马厩着火，孔子问是否有人伤亡，却毫不关心马。在那人命不如马的年代，孔子此言此语，何其伟大？这么看来孔子不是古板的人，而是个可爱的老头。

“老子认为有道的圣人会坚守‘道’的原则，然后成为天下事理和人的榜样：不自我表扬，反而能显示他的英名洞见；不自以为是，反而能让是非彰显明了；不自我夸耀，反而能得到功劳；不自我矜持，所以能够长久；正是因为他不与任何人争，所以全天下没有人能与他争的；因为他明白天下的‘道’就像那江河的最下游一样，只要你能足够的宽广和低沉，那么所有的水流和人间的人心哪样不流向这里呢？当所有的人心都倾向于你的时候，你还用去证明你是圣人吗？还用去抢夺吗？”

小行星瞪着大眼睛伸出手臂使劲地摇晃着辛阿琪的肩膀：“辛阿姨辛阿姨，我有一个大问题要问你！老子说：‘不出户，知天下。不窥牖，见天道。’你说那能是真的吗？圣人不出门怎么能够知道天下事情呢，在屋里不看向窗外怎么可能知道天道呢？我真的搞不明白。”

此刻一抹神秘的笑容显现在辛阿琪的面孔，她眼睛里面散发出来的光芒令两个孩子心中暗暗震惊，那是孩子们从未见过的光芒，辛阿琪口中的声音缓缓飘来：“孩子们啊，其实真正的圣人真的可以做到这样的！因为他们将自己的内心早已经删除得极其干净，所以他们的灵魂才能够和天地、人、宇宙早已融为了一体，当他就是宇宙、就是宇宙中所有的人和万物的时候，那他怎么能不知道宇宙中的天道？怎么能不知道天下人想什么、天下将会发生什么事情呢？”

这时辛阿琪清晰地看到了两个孩子眼中阵阵电光闪过，小行星和思思惊得两人对望一眼然后眼睛同时瞪向头顶的虚空……忽然思思跳了起来叫道：“辛阿姨我明白了！真正的圣人一定是要知道宇宙的真正秘密，然后就不会再有私心，却是以天下百姓的心为自己的心。他不一定非要做什么惊天动地的大事，却能震撼人的心灵。就像老子所说的这样：能让万物生长却不据为己有；抚育万物而不自恃有功，导引万物而不主宰！圣人，并不意味着高高在上，也不意味着超脱世俗，持平常心，行他人难为的平凡事，却始终如一。”

辛阿琪紧紧握住两个孩子的手看着他们的眼睛：“‘圣人不病，以其病病，是以不病。’有道的圣人没有缺点，那是因为他把自己的缺点当作一定要去克服的缺点必须去掉，正因为他不放过自己的缺点一定要克服，所以他才没有缺点！他是得到了宇宙中最终极的天道的人，而非凡人所谓的精明和诈取的巧智。你们俩知道吗？《道德经》是除了《圣经》之外的全球第二畅销书，我们祖宗与宇宙融入的终极智慧都被西方人在全力吸纳、学习，而我们民族中的一些人却把这些当作垃圾不屑一顾。

“思思你看你爸啊，他就是一个普通人，可是他能为了大众的利益去做到别人做不到的、但是作为一个医生却是必须做到的最普通事情，所以他就是圣人！其实圣人就是伟大的凡人，而且真正的圣人也从不会把自己当作是圣人，是以圣人不以圣而为圣！”

白小江出院回到客尘继续隔离，莲花每天把饭菜放到门口。这时政府派救助人员送来粮食和蔬菜，穆雨和李大宝参加了城里志愿者组成的救助团队，他们也给客尘送来了食物和急需用品。

昏黑的夜里叶光明和吴二两人并肩行走在钟城街头，马路上空空荡荡，只有两人沿着人行道在前行，忽然叶光明停下从口袋掏出香烟问着吴二：“你带火柴没有？我没带。”

吴二掏出打火机递给叶光明，见叶光明叼着香烟正在点火，吴二问道：“你不是不抽烟的吗？什么时候……”

忽然他咽下了口中的话不再作声，叶光明递给他一支烟：“抽一支吧！看着烟头闪亮的时候，就会觉得它有灵魂在陪着你，你就不会孤独了。”

吴二推开香烟：“其实吧，它燃烧和熄灭的意义都是一样的，忘掉这些假象吧。你自己就可以照亮一切，我们每个人的自性都可以照亮一切的黑暗。”

叶光明看着吴二的面孔笑了起来，两人一路聊着来到地铁口，叶光明停下脚步说道：“我只能送你到这里了，那我回去啦，你走吧，一路多保重！”

两人重重握手吴二感动：“光明你回去吧，一路送我这么远，谢谢你啦！”

叶光明挥着手转身离去，他的身影消失在前方暗夜之中。吴二转身走向通下地铁的台阶，忽然他心中升起一丝担忧：“不行，叶光明不是生病了吗？我要回去看看他怎么样了！”

转身吴二往台阶上面疯狂跑去，他奔跑在大街上直奔医院而去。医院黑暗的大厅里面空空荡荡，只有一张病床孤零零地停在大厅的正中央，吴二冲到病床前看到叶光明躺在上面大睁着双眼——他已经死去！

吴二扑倒在床上摇晃着叶光明大哭，可是他惊恐地发现自己的喉咙竟然发不出任何的声音！忽然这张病床开始自动滑向大厅的黑暗深处，惊得吴二冲上去就要拉住病床，可是他的双腿竟然也无法移动，他无法发出声音也无法前行！

崩溃的吴二捶打着自己的胸膛张开大口无声地哭喊着，这时猛然病床上的叶光明忽地坐立起来，他昂着头颅瞪着两只惊恐的巨大眼睛泪水狂涌而出，求救地看向吴二，大张着的嘴巴里面发出："哇哇——"的号啕大哭声，轰隆隆的哭声如惊雷轰鸣般震耳欲聋，划破了黑暗——

雷声一样的哭声轰鸣、炸裂在吴二耳边，猛然吴二从床上一跃而起，狂跳的心脏和颤抖的身体让他清醒过来：——原来这是一场梦！

可是巨大的哭声依然在他耳边清晰地轰响着！无法解释的是梦中和现实的维度里面同时轰响着叶光明的嚎哭声，叶光明瞪着大眼睛嚎哭求救的画面像闪电一样闪现，来自那个维度的声音和画面如电闪雷鸣般轰击着吴二的灵魂……

吴二疯狂跳下床冲到客厅打开手机，原来从子夜开始医院就发布了叶光明病情危重的消息，忽然屏幕上跳出钟城医科大学附属医院发布的最新消息：叶光明于三十分钟前经抢救无效已经死亡！

一声闷雷般的号啕哭声骤然从客厅传来，吓得陈慧因猛然惊醒，她撒腿冲到客厅，眼前一幕让她瞬间呆掉：吴二匍匐在地捶打胸口嘶吼着号啕大哭，他的额头疯狂磕向地面……结婚这么多年陈慧因第一次见他伤心欲绝成这个样子！

吓得陈慧因浑身发抖不知道丈夫这是怎么了，死命拉他都不起来，见他仍然涕泪俱下疯狂嚎哭着，陈慧因摇晃着他也大哭起来："你这是怎么啦？到底出什么事了你说啊！"

可是吴二不能说出一句话来，只能像个孩子一样不停地捶打脑袋、捶打胸口嚎哭不停，伤心欲绝得令人不忍目睹，见他的手机躺在地上陈慧因拿起来打开，手机画面是刚刚发布的叶光明死讯……

吴二伏在地板上哭得肝胆欲裂，紧紧揪住疼痛的胸口就要虚脱过去，陈慧因哭着拥抱他："你这么哭下去身体可怎么受得了？叶光明走了，他也不希望看到活着的人这么痛苦啊……"

轰然一道闪电在吴二脑海中炸裂，骤然他哭声停止，血红的眼珠子眦裂死死地盯着老婆的眼睛……猛然他一把抓住陈慧因肩头拼命摇晃着，眼珠子仿佛就要从眦裂的眼眶滚落："原来……原来叶光明不是在求救他自己！他是看到了下面这场灾难将会陷入无法想象的死亡深渊！他是在告诉我一场更大的灾难即将到来，巨大的灾难马上就要降临人类……，将有无数的人死去……，他看到了……看到了将要到来的那个……世界！"

吴二闪烁着异光的眼睛惊惧地看向虚空，泪珠疯狂从眼中汹涌滚落，仿佛他在那里看到了什么……无法言说的直觉让他悟到叶光明的嚎哭和求救背后的深层涵义，两个不同维度的灵魂交流让叶光明告诉吴二：灾难并不只是现在看到的样子！

吓得陈慧因摸着吴二脑袋哇哇大哭："老吴……老吴你怎么说胡话啦？你别吓我，吴海涛你这到底是怎么啦？"

吴二躺在床上终于停止了哭泣，虚脱的已是浑身瘫软，他呻吟着依然流泪不止，看到他这个样子陈慧因这才缓过神来。等她从厨房热好一碗银耳汤出来却不见了吴二的身影，衣帽间里吴二走了出来，他手里拿着一个旅行包已经穿戴整齐，惊得陈慧因捂嘴惊呼："你真的要去——？！"

旅行包从吴二手中掉落地上，他紧紧拥抱住妻子说不出话来，陈慧因浑身颤抖着泪水纵横："祈祷的力量是不可思议的！我们人类内心真诚祈求上天护佑钟城人民、护佑这个世上的所有人，善念会穿透宇宙各个维度，上天一定会感应到我们的愿望，会让瘟疫消除的！海涛……你留下，我们诵经给叶光明、给所有灾难中的人好吗？"

吴二伏在妻子耳边嘶哑着嗓音："老婆对不起，我不能陪在你身边了。活着我们要救每一个受苦受难的人，死了我们要向天地间的神灵交待，其实天地之间生死背后的真相就只有这两件事！

"慧因，要是我……也死了，你一定要记住我那是回家了，回到了宇宙家园。所以你不要哭，一定不要难过，要好好的……”

这个世上只有陈慧因知道丈夫的内心是一片什么样的天地，她只能看着吴二的背影离去……

陈慧因绝望地瘫倒在地仰天悲啸：“老天啊——”

黎明的天空已经透出些许亮光，灰色的乌云密布着，太阳没有照常升起。钟楼的平台上白小江凝视着头顶青黑色的钟身，她不知道怎么才能让大钟敲响，忽然想起那天她打过卢青的电话，于是颤抖着双手迅速找到那个号码，终于电话接通了，白小江颤声：“喂……”

电话接通可是里面没人讲话却传出男人呜咽的痛哭声，卢青刚刚得知叶光明死讯，他接通了电话却只能不停地痛哭没有办法说出一个字来，被压抑的哭声凄厉而又绵长……

白小江颤抖着一字一句说道：“卢青，请你让大钟敲响，祭奠逝去的灵魂！”

猛然卢青如梦醒一般疯狂起身，他飞速打开电脑，颤抖着手指点了下去——

轰然天地间一片钟声的轰鸣，钟楼上大钟晃荡的响声震破了天际！响彻了整个钟城的上空，震醒了所有沉睡中的钟城人……

此刻看着钟楼上翻滚摆动的大钟，白小江的眼泪终于奔涌流出……突然她不敢相信自己的眼睛：钟声中一架直升机从天而降盘旋在钟楼的上空，缓缓地它停在城楼前面的广场上。

一个男人戴着口罩走下飞机，白小江觉得那个身影是那么的熟悉，男人举起手中的喇叭大声唱了起来：

起来，
不愿做奴隶的人们，
把我们的血肉筑成我们新的长城，
中华民族到了最危险的时候，
每个人被迫着发出最后的吼声，

起来……

起来……

起来……

……

喇叭里面歌声激越而又昂扬，男人在钟楼面前嘶哑着嗓子大声高歌，钟声伴随着喇叭里面的歌声撕裂了天空，飘荡在钟城的上空。

白小江疯狂冲下钟楼，直升机前她看到吴二的眼睛在口罩的上方正在注视着自己，他依然高歌着，顿时白小江觉得自己的眼泪流干了。

几辆觉明公司标志的卡车驶来，直升机上一箱箱物资卸到卡车上，吴二上了卡车车斗上，敞篷的车子缓缓向市区驶去，卡车上吴二喇叭里面继续发出他的歌声："起来……起来……起来……"

卡车行驶在各条街道，救援物资被送到各个医院、社区，歌声飘荡着，每到一个街区、小区，隔离的人们全都冲向阳台大声唱响："起来……起来……起来……"

整个城市整个天空飘荡着钟声和大合唱，卡车后面无数的汽车缓缓驶来，浩荡的车队中天窗打开，戴着口罩的人们纷纷高歌："起来……起来……起来……"

整条街道……整幢大楼，所有的小区……所有的楼群……病房里医生们停下了忙碌的身影愣在那里，病人们躺在床上、有的跪在地上，所有人都在一起祈祷着，医院的大厅里面人们开始大合唱："阿弥陀佛！阿弥陀佛……"

所有人的大合唱汇聚在一起，钟声和激荡的歌声响彻了整个城市的天空……

西方天幕中圆形的夕阳前所未有的庞大和鲜红，仿佛里面盈满的鲜血和泪水就要溢出，天地流下的这颗滴血的泪珠正在缓缓坠入钟楼的身后……白小江站在窗前凝望着血色夕阳渐渐坠落，泪水早已将她淹没。

深夜吴二回到客尘这里却是灯火通明，原来封城后一些滞留在钟城无法出城的外地人，没钱又没法住进酒店，只能住在地铁和公园里面，莲花将他们都找来住在客尘。看到吴二身后也带来同样的这些人以后，白小江和莲花不禁会意点头，最后连茶室里面都住上了。

吴二这次没有住在客尘，他住在自己的工厂里面，他和专家们一起讨论将大型仓库改造成为隔离医院的方案，他贡献了自己的一个工厂作为急救医院，除此之外他拒绝记者采访什么话都不说。

思思躺在床上凝视着虚空，浑身颤抖的辛阿琪无法让孩子平息痛哭，只能紧紧拥抱着她。台灯的光亮映照着思思滚落的泪珠："辛阿姨……我恨自己为什么那么不懂事，如果……知道爸爸有今天……，我怎么能离家出走？怎么会离开他那么久？阿姨你告诉我，人生难道除了接受眼泪然后就只能接受死亡吗？还有……爸爸的灵魂现在到底去了哪里？"

辛阿琪将思思拥在怀里抹去孩子流淌的泪水，她极度平静的声音传来："孩子，你爸爸去了天堂，他是一盏照亮黑夜的明灯，一灯能照千年暗……那是一盏永远不灭的明灯，那是大风无法吹灭、是整个大海的海水也无法浇灭的明灯！孩子，你知道为什么吗？因为那是用心燃亮的灯，是可以照亮整个宇宙的心灯！"

天亮了思思起床来到客厅，看到辛阿琪和衣倒在沙发上还没有醒来，桌上毛笔躺在那里，一堆写满诗句的宣纸铺了满满一桌子，可是每张宣纸上全都是写着同样的诗句：

我有数行泪，
不落十余年。
今日为君尽，
并洒秋风前。
……

每张宣纸都被无数的斑斑泪迹浸透，黑墨早已被晕染得糊成一片……思思转身扑倒在辛阿琪怀里号啕大哭："阿姨——阿姨——"

辛阿琪将思思拥在怀里终于爆发了哭声……

白小江将一张照片发给思思，照片上躺在病床上的叶光明在纸板上面写着：思思托付给你了，告诉她我爱她！

孩子把自己关在卧室，她再也不讲任何话了。坐在地板上流不尽泪水的辛阿琪听到楼上传来嬉笑打闹的欢笑声和唱歌声，此刻她才悲哀地理解鲁迅的那句话：人类的悲欢并不相通！

从这一天开始，吴二、叶思思、白小江和辛阿琪集体失语，他们对这个世界失去了任何表达的欲望，无法不陷入了深深的自闭之中。

三十四

忽然白小江手机的微信声音响起，是金石发来的信息，刚看了开头的内容白小江的双手就开始剧烈颤抖：

亲爱的小江，请原谅我这么称呼你，这是我第一次也是最后一次这么称呼你了。这篇文章是我离开钟城后每天都在写、都在修改的感想。我嘱托我的医生，如果我死去请将这篇留言发给白小江。所以当你看到这篇写给你的留言时，我已经离开了这个世界。

感谢上天在我离开这个世界之前让我遇到你，让我明白这个世上有比生死、比爱情更重要的存在，朝闻道，夕死可矣，我无憾了！

回家以后我就被确诊为冠状肺炎患者，所幸我提前做好所有的防范措施进行自我隔离。

我在钟城看到那些病人是怎么倒下的，所以我决定赶紧写下寻找那个不生不灭的心路历程，感恩上天，我想在我最后的弥留之际应该是找到了这个世间那个唯一的真理。

国际上研究量子物理的科学家公布：两个量子纠缠的粒子，一个粒子和另一个粒子相隔得很远，一个在地球另一个在银河系外，在地球上的那个粒子无论发生任何事情，银河系之外那么远的粒子马上就能感应到！一个粒子的改变必然引起另外一个粒子发生改变，而且两者的改变是同时同量发生的！如果大脑用量子纠缠方式运行的话，那么我们大脑中的每一件事、每一个念头，宇宙深处都会有个地方量子进行纠缠，无论多远马上就会知道、都会把那些事和念头储存在那里！

为什么相隔那么远的两个粒子能够不需要信号就能同步感应同步传播呢？因为在一个本体内部所有的信息都不需要任何的信号传播就可以知道，就像我们用针无论刺向自己身体的任何部位，我们立刻就会知道在哪个地方被刺痛一样，因为人是一个本体，所以在人身上发生的信息在本体之内不需要任何的传播就可以知道。因此量子纠缠证明了整个宇宙世界就是一个本体，证明了我们每一个人和整个宇宙以及宇宙世界里面的所有人、所有一切万物都是息息相关的统一体！

同样因为整个宇宙世界是一个本体，所以我们每一个人的所有起心动念在宇宙深处全都被立刻记忆下来！而科学家现在发现的这个真相竟然佛陀早在两千多年前全都一一告诉了我们！

所以不是什么神灵记录下我们的罪恶和善行，而是宇宙早已设定了永恒的程序，宇宙设定的天道程序将所有灵魂和身体的所思所行，全都永久录入了宇宙记忆的硬盘之中，永不消失！这就说明了人的灵魂是不死的原因，也说明了因果为何不灭的原因！所以当人的灵魂发生任何改变的时候，这个世界也就会随之发生改变。

宇宙中人类每一个灵魂都有与之相对应的量子纠缠存在，与我罪恶的灵魂相应的量子纠缠一定是发生在地狱的维度，如果我能忏悔洗净自己的灵魂，删除我曾经犯下的所有错误，才能找到本来的清净光明，那么我的灵魂就会初始化恢复到本源，就会和神灵一样纯净、纯洁，那么与我纯净灵魂相对应的粒子进行的量子纠缠必定是在天堂的维度。所以不是菩萨和神灵让我们上天堂或者下地狱，而是我们自己的灵魂让我们进入了天堂或者地狱！因此这次全球可怕的疫情其实就是人类的灵魂进入黑暗维度的量子纠缠！

所以今天地球上发生的瘟疫和所有的灾难，在宇宙深处早已深深地刻下了一切的记忆！叶光明和所有死去的肺炎患者也将永远地留在了宇宙的记忆深处，永不磨灭。

原来这个宇宙世界就像计算机设置的程序一样早已设置了天道的程序，而我们人类生存到现在却仍然没有把唯一的真相和真理做到人尽皆知，想到这里我为自己得到真相无比的庆幸，却同时又为那么多的人不知道这个真相而悲痛欲绝！从此我的眼泪再也不会为我自己而流，因为我的灵魂已经踏上了回归宇宙家园的道路，即使我的灵魂能够上岸，可是我一个人上岸看着那些没有醒来的人还在苦海中沉沦、在堕入地狱……那些灵魂仍然无法得到解脱，因为我们都是一体的，那么我的灵魂也无法获得终极解脱，因此我的眼泪只会为那些没有醒来的无名者而流淌……

我至今才明白原来我眼里的世界并不是我看到的那个样子，原来地球是宇宙的一分子，地球上的每一个灵魂都是宇宙的一分子，每一个地球人都是没有任何区别的宇宙灵魂！我们本来就是和宇宙万物是一个统一体，所以哪里还有你、我、他之分，所以没有高低贵贱，没有你是君王我是贫民之分，更没有不同民族之间的对立，因为我们和地球上的每一个人、每一个物种、每片树叶、每一只昆虫……以及和太阳、宇宙全都是一体的！

人类所有的战争和杀戮都是源于针对不同自己意见的人们、对不同种族的仇恨，而所有的战争不都是因为人的心念所导致的吗？那些仇恨都会留在宇宙深处永不磨灭，所以我们心底的毒素是产生毒害这个世界的最大根源。如果民众都视自己同胞牺牲的生命如一粒灰尘，都忘掉了叶光明的死，那么也就意味着每个生者的尊严都已经死去。没有了慈悲、没有爱，没有了捍卫弱者的声音，那么你们终将也像我今天这样无声地死去！那么这个地球也终将沦为地狱，我们民族的精神以及我们后代的希望也终将都会沦为灰尘，化为乌有！

这个世上战争不能令一个民族灭亡，只有文化和精神的消亡才能令一个民族彻底消亡！很多人都知道，一个没有文化和高贵精神的民族，即使拥有世界上最先进的科技和经济，也不会被其他任何民族所尊重！所以我们必须让民族发扬文化的魂脉、进行人性的教育，寻找人与天地宇宙之间的奥秘和智慧，让中华血脉走向高贵，所以兴文化者即兴我民族也，灭我文化者即灭我名族之罪人也！

这次的病毒和瘟疫正是在告诉我们宇宙是一个本体这个真相，每一个人和地球、宇宙都是一荣俱荣、一损俱损的统一体！现在瘟疫已经没有国界，散布到全球，事实证明只要人类有对立、有恶念就会加剧病毒的传播。无论我们散播的是大爱还是罪恶，终究都会散布和回馈到我们自身的，可是人类仍然还陷入一片荒唐争斗之中。

病毒在嘲笑我们人类：只要有一个国家没有消除瘟疫，整个人类就不可能得救！所以由此说明你们人类原本就是一体的！可悲的正是我病毒把整个宇宙世界的真相和秘密告诉了你们人类，然而你们愚蠢的人类竟然还没有发现这个秘密，你们之间仍然充满了仇恨、罪恶、争斗、推诿、谎言！你们没有爱、没有真诚和付出，你们忘记了人类的伟大人性，失去了人类高贵的尊严。你们没有发现真相和真理的智慧，你们的灵魂被愚昧和罪恶所蒙蔽，这场病毒的灾难是上天在抽你们人类的鞭子！让你们醒来，让人类必须走向思考人与宇宙终极问题的道路！

小江，我终于知道了：寻找不生不灭的道路，其实就是寻找打开灵魂和宇宙相连的那把钥匙，那就是：没有分别的慈悲和通达唯一真相的智慧！

当我的灵魂是纯净的，那么我的死亡其实就是在引领我回到天堂的维度，就是回家。因此我忏悔了此生犯下的所有过错，彻底洗刷了灵魂。我祈祷上天能够原谅我，祈祷当我死亡到来的时候能够让我和回家一样安详自在，我的忏悔和删除罪恶能让我的灵魂踏上回归宇宙家园的那条道路，而不是走向通往地狱的大门！

此外叶光明的死对我的打击也很大，我在氧气面罩下痛哭流涕。如果我是健康的，我也会因此永远失去欢笑。小江，所以我能想象你现在会有多么的悲恸和绝望，如果我能活下去，我会和你一样从此失去了欢乐和爱情的欲望，当灵魂在被烈火炙烤和焚烧，又如何能够去欣赏天空月亮的温柔呢？我想直到现在我才算是你灵魂的同行者，此刻我才知道你的灵魂曾经多么的痛苦，我为那个时候自己的无知而感到羞愧。不过你不会孤独，会有更多的人醒来，会有更多的人找到自己的慈悲之心。没有慈悲之心死后怎么可能到达天堂的维度呢？所以你也不要难过，因为叶光明一定是去往了宇宙家园。

而那些施害者必然走向地狱，但不是因为他们必然走向地狱我就会幸灾乐祸，正是因为我知道了宇宙真相后反而只有这些罪人才让我最心痛、痛苦！因为我知道：无论以任何形式施害、无论哪一种施害行为，终将都会导致施害者走向地狱，无法解脱！由于他们的心被罪恶蒙蔽，没有删除干净，没有经过灵魂的训练也就是修行，所以他们看不到自己走向地狱的未来。

有杀心者必被自己心所杀！其实正是因为他们的杀心，那些罪恶灵魂的量子纠缠就早已让他们进入了地狱的维度之中了。根本不是三维中我们看到的他们肉身还在这里，他们的元神和灵魂早已在地狱！没有过去、现在、未来，没有时间空间，一切唯心造！而他们却不自知，仍然在造恶，继续做着杀业！小江我们不能抛弃这些罪人，不能任由他们走向地狱，因为这个世上无论是这些罪人还是善者，他们在累生累世都是我们的父母、亲人，只要删除干净灵魂，谁都能看到每个人都是我们前世亲人的真相。如果这些罪恶灵魂知道宇宙这个真相，他们怎么可能会再有分别心、再对他人造恶呢？

如果我能活下去，那么我将进行心灵的训练，删除我被污染的染污，培育我的慈悲之心，找到我原本就清明的本心，而寻找到那颗心是需要力量的。灵魂是通往宇宙家园的唯一之路，也唯有将我们灵魂的染污删除干净，才能找到通往宇宙家园的那把钥匙，我已经找到了宇宙的秘密和链接宇宙的密码，如果一个人知道了游戏的规则和密码以后，难道他还会再沉溺于游戏之中吗？所以我能理解为什么你失去了那些欲望，如果我能活下去，那么我也一定不会再追逐那些权力的游戏、金钱的掠夺、虚空的浮名和虚伪的假面，只有被智慧训练的心灵，才能终将获得终极的解脱和快乐，我们要让自己和所有的宇宙灵魂都能够得到一世解脱、即世成佛！

这个世界是神奇、奇妙的，整个宇宙是充满秘密的意识世界，波粒二象性是现代物理学的重大发现，当人们发现作为观察者的人类本身在被观察者面前同时也成为了被观察者时，说明了这个世界的实质根本不是我们看到的那个表象，整个世界其实都是由我们的意识决定的，而佛陀早在几千年前就告诉世人这个真相了！

物理学又告诉我们，这个世界上人类和所有物质的最小组成成分都是一样的，都是那看不见的波，是一种能量而不是实体的物质。小江你知道吗，因此我有一个重要的发现：既然我们人类和宇宙万物实为没有任何分别的一体存在，而且都是由能量组成，那么我们内心的意识就是那个能量的所有源头！当我们的心删除罪恶以后达到极致的纯净状态，那么我们身心的能量也就随之达到最大值，那个时候我们的身体和灵魂同时成为能量最大的波，在这种状态之下，身心即刻就可以通达整个宇宙，进入宇宙高能的终极维度！

所以我们爱宇宙，宇宙就回报我们以爱和无尽的宝藏；如果我们充满罪恶，宇宙就回报我们以毁灭和死亡，并且最终进入地狱维度！而且我找到了证明这个秘密的最大证据，那就是——人！就是我们人类本身和人的灵魂，我和我自己的灵魂就是证明宇宙是超自然的最大证据！我们的灵魂和神性是如此的相通，是应该在智慧的天空自由翱翔的最神圣、最高贵的灵魂，而不是堕落为地球上最丑陋的生物。

这个世界本来没有笼子，那都是人类给自己的同类制造出来的，可是因为我们自身的分别心和恐惧让那些隔开我们、困住我们的墙和笼子永远不会消失，让我们互相之间没有爱，让我们不能伸出手来挽救那些苦难中的人们，让我们论为笼中的困兽。那些困住我们灵魂的牢笼不是大山，而我们却不敢将它轻轻拿下，这才是人类最大的悲哀！我们的意识决定了我们的灵魂最终将进入哪个维度，如果我们人类丧失了人性本有的爱和文明，终将我们就会被自己所消灭！

小江，我在客尘的房间和钟城画展中心还有很多油画，这些油画全部授权给你处理，请将这些画变现的钱让孩子们得到大爱的教育，让他们明白：活在这个世界是为了寻找我们内心本有的慈悲和大爱，告诉他们这个世界原本没有仇恨、没有敌人，有的只是我们内心的愚昧和魔鬼。只有孩子他们醒来了，这个地球才有希望。

每个人都是一个人来到这个世界，所有的相伴终将都会离去。曾经我的灵魂是困兽，渴望陪伴，但是现在我知道灵魂是可以自由飞舞的，在得到宇宙的终极秘密以后，灵魂是强大而丰盛。

这个世界最重要的秘密之一就是：人类无法在死亡的那一刻决定、选择自己的灵魂去向哪里！但是唯有一个办法可以掌控死亡到来那一刻灵魂的归途：就是用一生的生命去训练和培养自己的慈悲心，忏悔自己所做的罪业，删除灵魂的罪恶，帮助所有的生命都去往宇宙家园得到解脱，只有这样我们的灵魂才能不堕入地狱，才能到达我们想要去到的净土。

我走了，幸运的是我的灵魂醒来了，虽然我在离开这个世界的时候没有拥有爱情，但是我找到了人类本有的大爱，那才是宇宙世界里唯一的真正宝藏！我庆幸自己在最后的时刻找到了祂，希望祂能带着我踏上回归宇宙家园的道路……但愿我们以及所有的灵魂都能在宇宙家园相遇。

金石绝笔

白小江扔下手机瞪着血红的眼睛疯狂冲到楼下，踹开柴房的门，她拿出一把斧头飞奔到金石的门前，抡起斧头死命地砸开了房门。门开了，这是一个带有工作室的套间，里面是卧室，不大的工作室里堆满了画框和颜料，眼前的画架上是那幅没有完成的《天空之眼》，画面上的雪山、城楼和钟楼正在静静地看着白小江……

“扑通”白小江瘫倒在地上。

从此以后，白小江不分白天和黑夜关在这个房间作画，那幅《觉醒》从此诞生……

由于全国几万的医生和护士冒死拥入钟城参与救治，新增患者和死亡人数开始下降，全国如军队一般严格的隔离政策让疫情得到控制。可是这时国外的病毒却在疯狂蔓延，全球各个国家的人们都在疯狂大逃亡，然后就是纷纷封城、封国……无法想象和控制的灾难袭遍了全球，地球上所有的城市都静止了，全球的人们就像那个被尘封在博物馆里面的大钟一样全都被封锁起来。所有工厂停工，职员在家网上办工，学生在家网上上课，广场、街道上空寂无人。大片的鸽子在广场上瞪着迷惑的眼睛看着这个人类突然消失的世界，至死都不明白比蚂蚁还多的人们怎么突然就不见了？

整个外部世界突然静止，然而就像身体静止大脑却最活跃一样，在网络的世界里纷乱的硝烟正在升腾、弥漫……

白小江正沉醉在《觉醒》的油画世界之中，忽然门外有人敲门大喊：“不好了，莲花出事了——”

莲花正昏倒在她门口的走廊上，边上远远地站着几个人，可是没有人敢过去扶起她。疯狂的白小江背起莲花就往楼梯跑去，然而没走几步两人双双跌倒在地上，她虚弱的身体根本无法支撑两个人的重量，坐在地上白小江摇晃着莲花哇哇大哭：“莲花你醒醒啊……”

救护车赶来将莲花送往最近的医院，等到白小江赶到时莲花已经在重症病区里面救治，家属没有办法见到。房宁赶来，她带来消息说韩新在叶光明去世之前就被传染倒下了，还好他的病症不是十分严重，正在隔离救治。吴二得到消息疯狂从工厂赶来，白小江告诉他莲花已经进入重症病区时，这个男人再也承受不住了，他捂住面孔泪水纵横着号啕痛哭，猛然他一把抹去眼泪抓住医生连连鞠躬，苦苦哀求着：“医生求求你们！求求你们无论如何也要把她抢救过来！她太苦了……真的是太苦了！”

医生看着他默默转身：“哪个……不苦？”

第三天了，白小江日夜不离开医院守在重症病区门口，谁也赶不走她。天黑了吴二赶来让她赶紧回去休息，白小江摇头：“回去也睡不着，不如在这里。你走吧，我得过病有抗体，你不能在这里！”

忽然里面冲出护士：“胡四娥的家属你们做好准备，她正在插管抢救，估计……不行了！”

“哇哇——”白小江崩溃大哭：“她的身体已经受了那么多的伤，怎么又插管了呢？”白小江双手死命地捶打着墙壁伏在墙上痛哭：“莲花——是我害了你，是我感染了你啊！”

……

前方一辆推车出来，上面一只黄色的袋子裹住里面的身体……瞬间白小江和吴二如同被冰冻一般立在那里一动不动没了声息，护士对两人说道：“是胡四娥……”

疯狂的白小江扑了上去大喊：“莲花！……莲花——”，惊得工人和护士推开她大叫：“不能过来！”

吓得他们推车就跑，吴二一把拦腰抱住白小江：“小江你不能……”

白小江挣脱吴二的双臂冲出大厅，拉走莲花的汽车已经启动离开，白小江追在车子后面疯狂嚎哭：“莲花你不能走……莲花！——莲花——”

前方车子消失，白小江瘫倒在地上绝望地捶地哀号：“……莲花，去天堂吧，去吧！再也别来了！——”

一场大风呼啸着席卷了钟城，疯狂摧毁着一切，树木被连根拔起，房屋倒塌，泥沙弥漫着整个天空不见天日，一时间地动楼摇，仿佛末日来临。人们惊惧地看着窗外的大风仿佛魔兽般的降临，看不见的病毒和这个风魔同时侵袭，钟城人的灵魂彻底被摄去……

白小江站在窗前望向虚空，窗外似黑龙一般翻滚的飓风肆虐着，世界如同末日，死神之眼凝视着大地，凝视着白小江的眼睛，然而这个世上再也没有令她恐惧的存在了，她像个没有魂魄的躯壳一样木然地看着窗外的一切……忽然不可思议的一幕出现了，白小江惊惧的眼睛看向钟楼：大钟在狂风的暴烈吹动之下“哐当”撞响！眼睁睁地看着大钟真的是自己撞响了，钟声仿佛来自天庭，发出从未有过的愤怒轰鸣！

白小江飞身扑向窗户玻璃，眼睛死死瞪向大钟，浑身颤抖着心脏狂跳，她知道这是来自宇宙的力量和声音……

卢青一家人正在吃饭，忽然钟声轰鸣着传来，顿时全家人全都愣住，他爸爸瞪眼看着卢青说不出话来，卢青扔掉筷子“噌”地跳了起来疯狂冲向电脑，颤抖着双手他打开电脑，那个设置没有被任何人点击！

跌坐在椅子里面卢青听着钟声在耳边轰鸣着，吴二在钟楼底下对自己说的那番话轰然在心头炸起：“我认为人工智能不只是你们研发人员眼里看到的高科技研发，背后也许就是人类和这个宇宙的秘密！”……

瞪着失魂的眼睛卢青喃喃自语：“原来……传说并不是传说，历史并不是历史，AI也并不是AI，原来一切都是来源于宇宙，原来我们和宇宙的一切都是……一体的！”

忽然他泪水狂涌着纵横而下，继而掩面号啕痛哭……

北京城上空飘荡着烈风，窗户被风吹动咔咔直响，京都公寓二十多层的楼身被惊风袭得地动楼摇，睡梦中的辛阿琪和思思全被惊醒，打开灯辛阿琪看到吊灯竟然晃荡起来，明显感觉到楼房的晃动！猛然门打开思思冲了进来，惊得她大叫：“阿姨，是不是地震来了？怎么会这样？”

两人奔到窗前，窗外灯影下大风挟裹着泥沙袭击着天地万物，一片的天昏地暗，辛阿琪平生第一次看到风声如此凛厉，吹得惊心动魄，凝望着昏黑的夜，她将思思搂进怀里：“孩子不用害怕，心动、天动、鬼神动！心净、天安、万物安！”

望着天空忽然思思眼泪下来：“阿姨你看，天清了，大风吹去了泥沙，月亮和星星都能看到了，光明也出来了！”

清净明朗的天空里面，月亮和星星清明皎洁，远方天际渐渐泛出一道紫色的霞光，辛阿琪叹息着：“是啊，从哪里来到哪里去，泥沙从地而起，即使大风吹扬遮天蔽日，最终也终将是泥沙俱下，你看那泥沙已经归于平地。”

金色的云层后面太阳跃然升起，万道霞光瞬间照耀着大地，笼罩着辛阿琪和思思在一片的晨光之中……

于旭之和田娜看到叶光明去世的消息火速赶来看望两个孩子，从辛阿琪这里得知白小江刚刚死而复生之后，夫妇两人抱头大哭。于旭之打通白小江电话后和田娜只是痛哭却说不出话来，电话这头白小江沉默着，终于于旭之控制自己平静下来，抑制住悲痛他说道：“小江你知道吗，我刚从西藏回来，在那里并没有封锁，却没有一例瘟疫患者！为什么全球疫情都蔓延了却只有那里没有瘟疫的影子？因为那里真的是人类心灵的唯一净土！那是这个世上最智慧的民族，他们的内心知道天地之道是如何存在的真相！那里的人们每天都祈祷世界和平，他们认为只有这个世上所有的生命都得到了解脱，自己才能够得到终极的解脱，因为他们知道自己是和这个宇宙世界都是一体的，和所有的生命都是没有任何分别的统一体！所以他们将修行所带来的功德全部回向给所有的众生，祈祷所有的众生都能够得到解脱，都能够免除瘟疫、战争和所有的灾难。

“他们极少会为自己祈祷，而是每时每刻都是在为这个世界所有的生命祈祷，他们认为只有为所有的生命付出，自己才能得到福报的回馈，就像撒出去的种子越多，得到的回报才能越多一样，所以他们无私地对所有人、对所有生命付出。

“他们认为你所仇恨的、杀害的人下辈子就会成为你的儿女和亲人！因为这个世上的所有人在我们的累生累世中都做过我们的父母、亲人，所以我们对他人付出的如果是爱，那么这些爱就一定会回到我们自己的身上！如果我们对他人付出的是仇恨、杀戮和罪恶，那么这些仇恨、杀戮和罪恶也一定会回馈到我们的自身身上。而且那些被我们爱、杀害和仇恨的人下辈子仍然还会遇到，我们无法逃脱他们，因为这是业力牵引的自然法则，是宇宙早就设置的大道程序，无人能够逃脱！而只有生出对人类和万物的大爱和慈悲，放下对个体的爱恨情仇，才能够脱离这个六道轮回的程序进入终极自由的维度。因此他们的内心没有掠夺、没有杀戮的念，他们在拼命地删除掉自己人性中的罪恶，让自己走向神性。

“虽然那里也有没有醒来的人，也有少数没有得到宇宙智慧的人，但是真正知道这个宇宙大道秘密的智者们，他们终其一生都是在寻找自己每一个念头背后潜藏起来的那一个个罪恶的念！他们每天都会真诚地忏悔自己曾经犯下的所有过错，因为我们所有的罪恶都是用身体的行为、口中的恶语以及心中的意念造下的，所以这些罪恶也必须用身、口、意来进行忏悔和消除。他们极力训练自己删除这些罪恶和恶念，并且一生中的所有时间都是在为自己和所有众生积累善业的种子，造福这个世界……

“由于他们的心被删除干净了，所以他们才能够看到因果、才能够看见轮回转世和宇宙中的所有秘密……

“而我们终其一生都在围猎金钱、财富和虚妄的名相，他们则正好相反，整个一生都在训练自己放下、舍弃这些虚妄的名相，让心灵通过训练得到宇宙的终极智慧，让自己在死亡到来的那一刻能够回到宇宙家园成为宇宙的高能灵魂。

“他们从出生的那一刻就开始为死亡到来的这一刻做准备，为了能够在死亡到来的那一刻到达极乐世界，他们不放弃生命中每一刻、每一分钟来洗刷自己的灵魂。他们认为人一生的生命就是为了在死亡到来的那一刻能够成为佛而行走的一条道路，因此不能浪费可以修行的任何机会，所以在那里你会看到他们甚至在走路的时候都不会放弃每一分钟用来诵经、诵咒，从而消除自己累生累世的罪恶、业障，并为自己积累无量的善行和福报。所以他们的一生都是在播撒慈悲的善种子，在死亡的时候才能收获了去往佛国的道路。

“在那片土地上，人们的内心都存在着两个字：‘敬畏’！敬畏天地间存在一切的生命和所有的万物，只要是这个宇宙中的一切存在，哪怕是对一只虫子、一只老鼠，他们都是充满了无限的敬畏心、慈悲心！那里最接近天堂，是地球上得到宇宙智慧的民族。

“整个人类遭遇了前所未有的灾难，全球却只有那里没有疫情，我觉得这是上天在向我们人类表法，在告诉我们这次疫情的真相：是我们人类的灵魂出了问题！是因为我们人类黑暗的内心才让这个世界走进了黑暗，我们人类必须删除所有的恶念和罪恶，只有找到宇宙天道的真相，才能逃离这场灾难！可是愚昧的人类根本看不到未来将会发生什么，他们想象不到灾难并不是今天我们所看到的样子，人类至今也没有真正去寻找灾难的根源，瘟疫是上天在抽我们人类的鞭子，是为了让我们醒来！而我们却仍然行走在黑暗的罪恶道路之上，仍然不敢揭开真相的面纱看到宇宙世界的秘密，仍然奔赴在死亡的地狱大道之上……”

手机里面传来白小江虚弱的声音：“可是旭之，怎么才能让所有人醒来？”

于旭之沉吟着说道：“我们为什么不去醒来也不愿意醒来？我们为什么根本不相信地狱、天堂的存在？也不相信死后可以去往地狱、天堂？那是因为我们看不到地狱、天堂的存在，也根本看不见六道轮回的秘密！

“《红楼梦》里王熙凤害死人命好几条，她说过一句话：‘你是素日知道我的，从来不信什么阴私地府报应。’

“我们今天为什么那么多的人敢做恶，连婴儿吃的奶粉都敢做毒奶粉，敢肆意偷盗儿童进行贩卖？不就是因为我们和王熙凤一样看不到地狱的存在吗！我们看不到的真相不等于那个真相就不存在。

“可是为什么我们看不到呢？藏族有一句话叫做：‘因为看见所以相信，因为相信所以看见！’那为什么有的人却能够用自己的眼睛亲眼看到了天堂、地狱和轮回？因为他们删除了内心的罪恶，得到了清净的明心，在藏地即使连一个字都不认识的老阿妈每天念经和祈祷的内容都是：世界和平、众生全部得度！

“在藏语中‘凡夫’这个单词的本意是‘有分别的人’，在藏族人看来，只要有着分别心就是凡夫，就是不知道宇宙秘密的人，就不是智慧的人，当然也绝不会成佛。所以在那里知道这个秘密的人，都是会没有分别地爱着这个世上的所有人和所有的生命，所以他们才会真心地祈祷世界和平。只有成为这样清澈、透明的灵魂，所以他们才能看见宇宙一切的秘密和真相！明白宇宙与人类之间所有的道理！

“小江，无论是谁只要删除灵魂的罪恶染污，都可以看见整个宇宙的所有真相！只要我们删除了罪恶，找到清净的明心，我们也可以看到天堂、地狱和轮回的所有秘密！

“在那里的人们认为人在世的时候所得到的荣华富贵并不重要，而是在死亡到来的那一刻灵魂去往了天堂而不是地狱才最为重要的！所以藏族有很多人一生不断地将所有的财富捐献，他们根本不在乎生的时候得到多少财富和名望，而是不浪费一分钟地为死亡到来的一刻去往那个极乐世界而积累善行！那一刻去往善道还是地狱等恶道，一定是人在世时候所作所为导致的最终因果——这才是这个世界因果的最大秘密！

“在那里每个追求宇宙终极智慧的人都要学习‘五明’，其中的‘内明’就是对灵魂内部的终极追问、拷问，而‘因明’则是逻辑学，‘因明逻辑学’在咱们中国的早期原始文化中并不存在，因为皇权的统治阶级并不希望普通大众具有逻辑思辨的智慧，让普通大众没有思想最终动物化，以便于统治阶层更利于统治，导致整个民族的哲思和民智代代衰退，以至于原本是最高文明之一的种族却在当今各民族丛林中失去了人类高贵精神拥有者的地位，这是我们民族统治者犯下的最大的人性之恶！

“小江，你现在就能明白那里没有一例疫情是什么道理了吧？这是上天在给人类昭示、在给人类揭示疫情和整个宇宙的最大秘密：宇宙的终极真理和真正的大道是慈悲和大爱！上天把这一切都告知了人类，所以整个人类真正觉醒的时刻终于到来了！”

电话挂掉白小江一动不动坐在那里，于旭之的声音像滚雷一样仍然轰鸣在她的耳边，久久不能消失。这一刻她仿佛看到了一道灿烂的绚丽云图撕裂了雷声轰鸣的黑暗天幕……

即使大量的医生、护士纷纷倒下，也不能阻挡全国各地几万的外援医护人员拥来钟城，这些赴死的勇士们不惜生命和死神奋力搏斗，终于将钟城从死神手里抢夺出来，钟城新增病人和死亡人数骤降，最终人们看到了死神离开钟城的脚步。

可是此时国外有的国家被病毒感染和死亡的病人早已超过了国内，超市被抢空，机场逃难的人群已经陷入混乱，大量国外的同胞拥入国内……

自从莲花死后白小江呆呆地坐在《觉醒》面前，不知道已经多少天了没有画出一笔，她的灵魂不知道去了哪里，只剩下一具躯壳坐在这里。

吴二进来，看着画板上未完成的油画默默无语，转身他推开了窗户，马路对面的大钟在灿烂的阳光下发着幽光，吴二沙哑的声音传来：“这个世界只有太阳和月亮发着光芒，却让万物得以生存，钟的使命是为了发出响声以警醒世人……可是小江，老天爷为什么从死神手里放你回来？你想过没有？”

白小江眼中的眼波开始缓缓流动，她的灵魂此刻仿佛终于回到体内，迷雾仍然笼罩着那双眼睛。吴二转身回过头凝视着白小江的眼睛一字一句说道：“从此——你要为老天爷打工！”

吴二清晰地看到白小江仿佛被雷电瞬间击中的一刹那，顿时她的眼中火花四射热泪滚滚汹涌流下，一个声音从她口中传来：“从此我的生命不属于我……”

吴二抚摸着画框叹息：“有些爱上天注定是让我们痛才能感受到。小江你忘了其实生即是死，死即是生。我们看到的世界实际上是和真相正好颠倒的世界：一个生命的诞生看上去是件开心的好事，但是在这之前必定是这个世上有一个生命死去；当一个人死去随之而来的是在另一个空间一定会有一个生命随之诞生。

“即使我们在世的时候是全世界的王又能如何？能决定自己何时死去吗？能选择死后生往天堂还是地狱、畜生、饿鬼吗？而莲花必定是去了天堂！所以我们不用为她再难过伤心，其实最应该为我们这些活着的人伤心，因为我们还在这个充满苦的世界里面无明的、梦一样的活着。而一个醒来的人，他必将看到自己和整个宇宙的未来，因此才会心无挂碍、无有恐怖。所以每一个人必须要醒来啊！”

一道心光在白小江心头轰然闪耀，爸爸白明翰在奶奶死后的那一番话此刻炸裂在白小江耳边：“小江你想想看，为什么在你奶奶刚去世的时候大法师就到了病房？这么神奇的事情一辈子我都想不到会发生！……大住持说你奶奶一定是去了最好的极乐世界！所以我们都应该为她高兴，而不是……”

爸爸的声音仿佛从一个久远的时空里面传来，和吴二的话语合成冲天的火光在白小江心头燃起，于旭之的声音也如滚雷般响起：“藏族的人们认为人在世的时候所得到的荣华富贵并不重要，而是在死亡到来的那一刻灵魂到底去往了地狱还是天堂才是最为重要的！那一定是人在世时候所作所为导致的最终因果——这才是这个世界因果的最大秘密！”

此刻白小江只觉得自己通体被心中的那道火光照得通明，整个世界也都被燃烧照亮……热泪从她眼中汹涌地滚落，她的眼泪根本停不下来……

看到白小江无声的泪水在疯狂流淌，吴二幽幽的声音传来：“莲花的离开让我知道如果不把下面的大众拉上来，权力、财富和生命都将失去存在的意义。我曾经读过这样的一句话：如果我们只想着怎么把下面的人踹下去，那么我们终将整体坠入到深渊！”

吴二凝视着窗外大钟，那双细小的眼睛里面盈满了痛苦：“小江你知道吗，我听到那个被封存在博物馆的大钟发出来自两千年前的声音：‘你们捂住了我的嘴巴，不让我发出声音让人类醒来，可是今天你们的嘴巴也被口罩封住了，你们的内心和口中也不能发出真的声音。你们人类将自己封存在愚昧的世界中，宁愿让灵魂走向地狱却都不愿意醒来！’

“那只被封存在博物馆里的真正大钟，就像被戴上了口罩不能发出真的声音，人类现在被迫戴上了口罩又何尝不像那只被封住声音的大钟一样呢？我们活着可是却得不到宇宙的唯一真相，人类得到的真理、真相也得不到传扬，就像那个真钟被封存不见天日一样。这次疫情又何尝不是上天在抽我们人类的鞭子呢？又何尝不是让我们人类就此反省的呢？疫情让我们想到：必须让大众得到世间最重要的真理、真相，让人类醒来，去说真话、去开口说出宇宙世界的秘密，去昭告天下人宇宙世界的真相！——这才是这次疫情对于人类展示出来的高维秘密。

“可是如果我们被上天抽了鞭子还不警醒，还是陷于愚昧的梦中不能醒来，那么梦中人就只有沦入万劫不复的深渊了……

“我终于明白这座城为什么叫钟城了，那就是：守护这一片土地上的百姓，让他们每一个人都能得到宇宙终极的智慧、能够自由、尊严地活着！让后代血脉的延续越来越高贵，避免民族的退化和衰败，这才是真正的忠诚！

“所以我们不能愧对自己的生命，愧对这个时代，不然我们这一代人拿什么来面对我们的后世子孙呢？我们都是凡人，都曾经犯过凡人的错误，所以我无法抛下那些迷路的灵魂，他们都是我过去的影子，都是活在梦里没有醒来的人！我不能眼睁睁看着他们走向地狱，因为我们都是宇宙统一体中的一分子，所有灵魂都是一体的，所以只要这个世界还有灵魂没有得救，只要还有灵魂在地狱中挣扎，即使你我都能够回到宇宙家园，整个宇宙还是不能获得最终极的自由！”

想到金石绝笔信中的那些内容，白小江深吸一口气缓缓来到窗前，她和吴二并肩凝望着大钟："大钟自己敲响了，我们已经从谜生中醒来，命随日减，要在这个世上真正地——活着了。其实我们即刻就可以成为宇宙高能灵魂，只要我们在做每一件事情的时候都在想：如果是宇宙高能灵魂应该怎么想、怎么做这件事情？那么我们在这么做的时候其实灵魂就已经量子纠缠通达了宇宙家园那个维度，所以我们灵魂即刻就是进入了宇宙高能维度，死后也必然就会回到宇宙家园。如果每个灵魂都能忏悔、洗刷自己的罪恶，那么地狱必将为空，所有的灵魂都能在宇宙家园相遇……"

白小江转身定定看向吴二："如果有一天那只真的大钟能够被敲响、能够发出来自天地的声音，如果有一天我们都能够发出来自宇宙天道的声音，发出内心真正的声音，我想我们的口罩才能摘下来，瘟疫也就能从这个世界消失了！"

第八章　醒来

三十五

灰蒙蒙的天空下着淅沥的雨，这一天是整个钟城领取死难者骨灰的日子，白小江抱着冰冷的骨灰盒默默行走在雨中，在钟楼前她停下脚步，望着大钟她柔声说着："莲花，下雨了，你看到了吗？老天在哭，可是我没有眼泪了。我知道你的灵魂并没有离开我，我们也从来没有分开过。大钟自己响了，真的是自己响的，你在天堂一定也听到了。我知道在你们那个维度比我们幸运，你们什么都能看到、听到。但是大钟响了我也醒来了，我也看到回到家园的路了，我终将与你一起回家。"

叶光明被授予抗疫烈士称号，钟城解封以后抗疫英雄叶光明烈士的追悼会在钟城展览中心举行，人们从四面八方涌来，辛阿琪带着思思到来。整个展览中心从广场到大厅堆满了鲜花，悲恸的人们戴着口罩鱼贯而入，宽大的展厅里面叶光明戴着口罩的大幅照片悬挂在正中的墙壁上，照片的左面是一幅巨型油画《觉醒》，右边是一副从天花板上悬挂下来的宽幅挽幛，这幅雪白的白绸和整个大厅的高度一样长，宽大的白绸上面用毛笔写着一行行的楷体大字，远远望去这个特殊的灵堂莫名地震撼人心。

人们进入大厅看到叶光明照片的第一瞬间纷纷发出哭声，那没有结痂的伤疤此刻刺痛着，没有人能抑制住自己的悲恸，一片哭声中人们排队由灵堂左边进入，在这幅巨型油画《觉醒》面前人们纷纷驻足：

百千种宇宙的光芒中，各种星体在穿梭运行，其间无数个发光的透明人体在自由地飘飞翱翔，这些透明人自在的笑容如天神一般神圣、安详，细看每一个透明的人体中又都蕴含着无数的人体、树木、叶子、动物、山峰、森林、河流……可是最后再仔细一看，竟然整个宇宙都是在一个“透明人”的体内！透明人体外又是宇宙世界……

油画前人头攒动却是一片寂静，人们灵魂被摄入这片宇宙星空，却又紧紧和自己的意识相连，画面里仿佛蕴含着一股巨大的能量，将所有的灵魂与画中灵魂重合，和那个宇宙世界融为了一体。

白小江和辛阿琪站在人群中静静凝视着墙上的画面，人群中人们喃喃自语着：

“觉醒……是和宇宙万物融为一体……”

“觉醒……就是对万物的慈悲和大爱。”

“是无我……”

“是……删除灵魂的染污和罪恶，变得通透清明……”

“觉醒是醒来和宇宙能量连接……”

“觉醒才能抛弃愚昧得到救赎和智慧。”

……

人群中传来啜泣的声音，有人开始无声地流泪……

这时辛阿琪的声音在白小江耳畔响起：“那个推你堕入悬崖的人，正是让你生出翅膀飞离绝地从而翱翔天空的那个人！”

此刻白小江发现自己整个人已经成为虚空，……灵魂腾空出离头颅的那一刻重又出现，她任由灵魂出离肉体腾空自由飞去……

人群离开油画拥向叶光明灵堂前，纷纷哭泣着向烈士鞠躬敬礼，房宁和叶思思立在灵堂前向众人鞠躬致谢。乌压压的人们流泪看向叶光明照片右边的巨幅白绸挽幛：

忠诚于钟城

忠诚是忠诚于每一位人民，

忠诚不是忠诚于城中权利。

忠诚为伤者抚慰孤独灵魂，
悲伤的时刻不再只有呻吟。
忠诚为钟城人民燃亮心灯，
燃灯者的灵魂与光明永存。
谎言不再撕碎受伤的心灵，
忏悔让罪者不再走向地狱。
那一刻，
我才能闭上我忠诚的眼睛。

看到这幅巨大挽幛上的白底黑字人群一片静寂，人们怔怔地凝望着这个黑白世界带来的灵魂撞击，忽然大厅里面爆发出一声刺耳的男人哭声：“我活着灵魂却死了——”

顿时偌大的展厅中无数人的哭泣声响起，人群中齐声响起：“燃灯者的灵魂与光明永存！……燃灯者的灵魂与光明永存……”

……

人群中吴二看着这一幕却没有了眼泪，他静静地凝视着叶光明的照片，脑海中又浮现出梦中叶光明瞪大眼睛号哭的一幕……

颜宽从证监会的案件调查科走出，他立刻坐到大厅的座椅上迅速拨打电话：“新东，调查结果终于出来了！林芙蕖和刘明超涉嫌恶意并购夏南公司，将以侵占财产罪立案调查。可是你知道吗，竟然是刘明超自首提供的录音证据导致这个结果，也正是他的证据让我得到清白。可是刘明超这么做将亲手把他自己送进了牢里，你说他这么做到底是为什么啊？”

翟新东不敢相信自己的耳朵震惊着喃喃说道：“竟然有……这种事情？那这个问题你要问问刘明超他自己了，干我们这行的都知道有躲债的把自己送进牢里逃债，不过刘明超不欠债啊！”

颜宽放下手机看到大厅的大屏幕面前围着一群人，原来屏幕上正播放着钟城人民为叶光明烈士举行的追悼会，画面里面乌压压的人们痛哭着：“燃灯者的灵魂与光明永存！……燃灯者的灵魂与光明永存……”

镜头投放到那副巨大的白色挽幛上面，当颜宽看到上面写着：“谎言不再撕碎受伤的心灵，忏悔让罪者不再走向地狱。”

顿时他心头一声轰响，潜藏在心底深处的那颗雷终于被引爆，瞬间他的身心灰飞烟灭，一片的烟雾弥漫了整个世界……摇晃着颜宽就要倒下，他倚靠在墙壁上捂住眼睛极力抑制住浑身的颤抖。

待到他再抬起头时，镜头已经从挽幛的白底黑字移向了叶光明大大的照片，屏幕中叶光明口罩上面露出的眼睛静静地凝视着颜宽，那里面无限的感情和期待流淌出来，他在无声地向颜宽倾诉着……想到叶光明为了自己的公司四处奔走才能有化险为夷的今天，颜宽心底骤然一抽，仿佛那双眼睛是两把利剑直插着进入了他的心脏！他猛然转身扑倒在墙壁逃避着叶光明的眼睛，双手紧紧捂住面孔泪水汹涌而下，缓缓坐倒在地上，终于他抱头失声痛哭……

颜宽抹去泪水踉跄着向大厅门口走去，前方大理石地面上坐着一个胖胖的中年男人，他的手里拿着一支大大的蘸水毛笔正在大理石地面上专注地写字，有几个人正站在他的身后仔细看向地面上的字。颜宽发现这个男人戴着口罩的身影竟然是那么熟悉，这时男人抬起头来眼睛直直看向虚空，口中念念有词念叨着什么……

猛然颜宽惊得一声大叫：“刘明超！”

刘明超整个人胖了不少，头发蓬乱胡子拉碴，身上的衣服却还算干净齐整，一个大大的双肩背包背在他的身后。他仿佛根本听不到颜宽的呼喊也看不到任何人存在，时而眼睛直直看向虚空口中念念有词，时而低头专心写字，一副置身外一切不存在的怪异模样。

颜宽飞身冲向刘明超紧紧抓住他的双臂摇晃着：“明超！明超你这是怎么了？你怎么成了……这样？”

可是刘明超仍然眼睛直直瞪向空中口中念念有词，然后低头指向地面两个大大的水写毛笔字，颜宽赶紧顺着他的手指看向地面，原来是“贪”和“贫”两个大字！

指着“贪”字刘明超喃喃说道：“瞧这个‘贪’字里面的一点了吗？这就是那颗贪心，只要这贪心一念起来，这颗心就落到这里来了！”

说着他又指向那个“贫”字：“这颗心落到这里就变成了一把刀，立刻‘贪’就变成了‘贫’了！贫是咋来的？贫是贪变来的，不贪不会贫，贪了必是贫！”

说着他用纸巾擦去字迹又开始用毛笔写了起来，还是这两个字，还是重复那两段话……

一阵窒息将颜宽的大脑变成空白，此刻他确定自己的灵魂已经堕入地狱！颜宽颤抖着双手紧紧抓住刘明超的胳膊泪如雨下：“明超兄弟，你……跟我回去，走，我带你走！”

他拼命地拉着刘明超起身，可是刘明超挣脱他的手臂像是什么都没有听到一样，仍然在地上继续写着，仍旧是写了说，说了擦掉再写……颜宽捂住面孔转过头去不敢再看，那个曾经绝顶聪明、机关算尽的刘明超竟然沦为这般模样，颜宽的心脏此刻再一次被撕裂。

终于刘明超停止了写字，把笔收进了一个塑料盒子里面，他将地上的字迹用纸巾仔细擦得干干净净，然后背起背包缓缓起身，站直了身体后那双浮肿的大眼睛终于看向了颜宽，两人的眼睛久久地、久久地相互凝视着……忽然硕大的泪珠从刘明超眼中哗哗滚落下来，瞬间他闭上了眼睛。口罩中传出他沙哑的嗓音：“谎言不再撕碎受伤的心灵，忏悔让罪者不再走向地狱。”

说完挣脱颜宽的手臂，不顾颜宽的呼喊低着头抬腿就走，可是那佝偻的背影和笨拙的脚步却不时出现腿脚和手臂不协调的抽搐！望着那个抽搐的、一颠一瘸的背影，看得颜宽更加心惊……

刘明超缓慢走到大屏幕面前，在人群的最前面他停了下来，他久久地凝视着屏幕上叶光明的眼睛，然后深深地低头鞠躬，就那样他躬着身子在那里久久地、久久地一动不动……终于他抬起头踉跄着转身走进了案件调查科！

颜宽不知道自己是怎么走出这幢大厦的，他开车来到翟新东的律所，打开门他苍白着面孔像个失去了魂魄的幽魂一样进来，一屁股坐在沙发上抱住了脑袋。翟新东迅速起身来到他身边愣住：“你……这是怎么了？”

颜宽抬起浮肿的眼睛幽幽说道：“老翟，我是来请你做我的律师！”

翟新东满脸惊诧问道："刚刚你不是说刘明超的证据证明是他们俩的事情，没你的事么？"

只见颜宽低垂着脑袋浑身在颤抖，许久他的声音传来："我和刘明超一样也是要去……自首，找你做律师是为了证明——我有罪！"

换作别人这个时候早就跳了起来，翟新东却只是坐下紧紧拥住了颜宽，他将颜宽的下巴抬起静静地研究着颜宽的眼睛，许久他的声音响起："为什么现在你敢豁了出去？"

颜宽苦笑着："你不问我发生了什么事情，却问我为什么现在才敢豁了出去？什么都瞒不过你的眼睛，你比我更能看透我自己。"

翟新东一声冷笑，摇头道："这个世上大多数的人都看不透自己，可悲的却是很少有人能不被别人看透。"

泪水从颜宽眼中滚落："看不透自己和不敢看自己让我离智慧越来越远，终于我成了一个愚蠢的疯子。我终于知道了刘明超为什么会忏悔自首了，是因为……叶光明！"

"什么？叶光明？他是因为叶光明才决定……自首？"惊得翟新东看向虚空直了眼睛，渐渐地他开始缓缓点头，"明白了，我——全明白了！"

忽然颜宽捂住面孔呜咽痛哭："叶光明让我们无法不去面对自己的原罪，他将改变我们的一生……那年夏南公司股东高瑜德因为行贿入狱，林芙蕖向我提出趁着这个时机让刘明超做卧底将夏南公司引进高息资金，从而可以致使他们的资金链断裂，这样必然会导致夏南公司以最低价位卖出，我们就可以轻松将其收购，将夏南收入囊中我们也就可以轻而易举上市！

"林芙蕖告诉我夏南生死了那么多年，我为他公司的付出已经对得起南生的在天之灵，而现在是那些股东在掌控着公司，是他们在享受着这个公司的红利，所以我所有的对手其实只是那些股东。夏南生的遗愿是让我买下他的公司，只有拿下夏南公司才能迅速将他的遗愿实现，所以这样做我根本不必愧对夏南生的灵魂。终于我被她的劝告打动，同意了这个阴谋的计划。我知道这是犯罪，我心里也明白，其实那是我被自己的欲望牵引到罪恶之路上了，我也明白只要我再坚持一段时间，即使不并购夏南公司我的公司也会上市，到那时再买下夏南公司也不迟。可是新东你不知道，那个时候上市公司董事长这顶王冠已经被林芙蕖怂恿得让我实在等不及戴上了，这个可以立刻上市的计划太诱惑我，我已经没有办法控制自己罪恶的脚步，无法放下这个诱饵，我终于明白了为什么那么多人都是在最后即将胜利的时刻倒下的原因，是因为成功的诱惑力有时候真的会致使人疯狂！

“因为我是夏南生的同学并且承担着他赋予我保护夏南公司的使命，所以我无法出面向刘明超提出这个阴谋。林芙蕖主动和我达成协议由她出面去和刘明超谈判，对刘明超就说我不知道这件事情，是林芙蕖和他两人之间的秘密。这样也给我留条后路，万一刘明超不同意我还能保留自己和公司的声誉。可是没想到刘明超在给他的巨大报酬面前竟然立刻答应……新东你想想看，如果没有我的同意，林芙蕖哪来资金付给刘明超那么多报酬呢？

“今天我终于告诉自己：即使没有证据证明我有罪，可是有人拿着偷来、抢来的钱财上了我的船，而且我是赃款的最大受益者，所以我怎能不是罪犯呢？刘明超的证据让我逃脱了法律制裁，可是真相是不死的，真相并不因为我没有受到法律制裁就不存在了，没有人能逃脱最终的审判，即使不是在法庭，那也会是来自历史和灵魂的终极审判！如果今天我不能像刘明超那样去忏悔、洗刷我的罪过，等到苍老的我躺在床上迎接死神的那一刻，那样我的一生终将会背负着多少的业债去面对上天对我的审判？我还怎么敢去面对死神对我的裁决啊？而且收购夏南公司的时候我还是林芙蕖的丈夫，如果所有的罪责都让女人去承担，那我还配做一个男人吗？如果我是小偷、流氓和强盗的本性不改，我领导的公司可想而知又能走向哪里呢？从哪里来到哪里去，从泡沫中来也必将回到泡沫中去，这个结局早已注定！”

他抹去泪水声音逐渐平息下来：“不知道从什么时候开始，我的内心迫切需要被人崇拜，被人认可，那个时候我看不到自己内心这种虚妄烈火的燃烧，可是现在我才明白，其实谁都可以透过我的面孔看到我的灵魂背后那张贪婪金钱和浮名的丑陋面孔。而真相就是：当我内心需要被人崇拜的那一刻开始，就是我的自信坍塌和虚妄自恋开始升起的时候，而那个时候也正是我开始踏上歧途和罪恶的道路！因为无知犯下的错误，那是愚昧和可怜，可是如果为了自己的利益装作无知和愚昧去犯下错误，那才是最大的恶！

“如果我不忏悔洗刷罪恶，那么我的假面会长进我的血肉之中，再也拿不下来，我的后代必将也延续我们的恶习和脚步走向灭亡之路，小行星长大必然也会像我一样戴着面具掩藏着丑恶活在这个世上，我既不希望他成为我这样的人，也不希望他活在一个充满假面、假话和欺骗的丑陋世界！为了小行星和我们民族的血脉我们没有别的路可走，只能改变。”

翟新东握住颜宽的手一直在颤抖，他苍白的面色眼中燃烧着痛苦：“兄弟，我……对不住你！小时候我俩偷摘邻居树上的柿子一起被爸妈打，一起偷着学抽烟，一起躺在木板床上幻想着长大以后的各种辉煌……可是当我们所谓的成功到来以后脸上的面具却是越来越厚重，我敢做着最危险、最违背良心的事情，可是我却不敢揭开你脸上的那层假面，不敢说你已经到了悬崖的边缘，不敢告诉你的手上已经鲜血淋漓……

“我们都说自己是最好的人，却干着最坏的事情！平时大家看上去都是谦谦君子，谁都认为自己是个好人。可是当那些不该得到的名利出现在我们面前的时候，你看看有多少人不是比饿狗抢得还狠？有哪个还像个人样？我们都迷失在自己的假面后面，越来越看不到自己的真实面目，以至于最后我们彻底弄丢了自己。

“作为兄弟我恨自己为什么当初没有和你说真话，我无颜面对我们的友谊以及我们共同经历过的那些岁月。到底是什么让我们变成今天人不人鬼不鬼的面目？我们怎么能不愧对自己的人生？我们少年时的英雄情结和初心到底都去了哪里？我们只敢龌龊地鼓动别人去做英雄，却享用着那些勇士用牺牲换来的果实。没有人那么天真地愿意以生命去换取英雄的名义，那些冲入钟城与死神搏斗的白衣天使，他们那是为了正义和人民的生命宁可牺牲自己的生命、绝不可以苟且的勇士精神，那才是英雄内心的真正声音！看到他们就会知道我们民族的勇士精神自古以来至今不亡！真正的英雄主义和民族精神永远不死！你和刘明超自首，你们拿着刀划去了丑陋的面具，敢于斩除自己身上的毒瘤，你们也是真正的勇士，你们划破了我们民族黑暗的未来，是我们民族血脉里面真正的男人！可是我……我还在苟且活着……”

说到这里翟新东捂住面孔已经泣不成声，颜宽抚摸着他的后背缓缓说道：“夏南生、叶光明都死了，年少的我们曾经幻想过多少种未来的人生，可是我们哪个能想到今天的各自人生会以这种结局落幕？夏南基金会从我的手里离开到了有德行的人手中运营，这说明我注定没有福报运行基金会，注定完成不了夏南生的嘱托。我的内心这么污秽，如果自己的内心都不能发光，又怎么能够照亮别人呢？这辈子我死了是没脸去那个世界见夏南生了！新东，其实我最害怕的是……是死后不敢去见南生！”

浑身颤抖着的颜宽惊恐的眼睛瞪着像个铃铛看向虚空，仿佛在那里他看到了什么……

翟新东抹去泪水深吸一口气缓缓吐了出来：“你都敢去自首了，你就一定可以得到南生的原谅！其实人最可怕的就是不知道自己的愚昧、罪恶，我发现我往往最不能发现的就是自己内心的罪恶，那些潜藏在内心的恶念让我犯下种种恶行。年少的我们一无所有，那时候的你我曾经发誓等到我们将来有钱了、成就了一定要去救助穷人，一定要去拯救、改变这个世界！可是等到我成为大律师，干我们这一行的每天看到的都是罪恶，我天天咒骂着那些没有人性的兽行，可是当不该得到的利益摆在我的面前的时候，我却比谁都疯狂地偷窃、掠夺！不顾一切地把利益占为己有！

“都说不忘初心，然而那个初心在我们的世界里面早就泯灭，再也不见了踪影。有时深夜我会猛然被自己内心的这些罪恶惊醒，我被那个恶魔的翟新东吓到惊出冷汗，可是我又会迅速为自己的罪行找到种种借口，然后竟然就可以安然入睡，可见我们内心的念才是这个世界上最可怕的那个魔鬼！

“我们一边说着自己要爱所有的人，一边我们把自己之外的所有人都当作敌人，把不是自己圈层、不是自己民族的人更是当作敌人。

“‘如果我占有了我不应该得到的，那么我就一定会失去我原本所拥有的。’所有人都知道这是宇宙的基本因果定律、平衡定律，也早已被无数的事实验证过，可是为什么我们的内心仍然认为在这个世上就应该和所有的人争夺利益，和所有不属于自己的一切圈层争斗？我们从小就被灌输各种抢夺的念头，灌输种种仇恨的种子，然而我们并不曾发现自己竟然是携带着仇恨的基因。其实哪里有敌人？敌人就是我们自己，就是我们心中被我们自己潜藏起来的那一个又一个罪恶之念！

“颜宽你想想看，因为你当初能够爱着夏南生的公司和他的员工，所以你的公司在破产之后才能够得以重生，所以一定是像孔子说的那样：‘德不孤，必有邻’。但是当你心里升起要抢夺夏南公司的时候，其实就是你已经起了杀心，当你对那个公司和公司里的人有了杀心的时候，你又怎么可能真的爱你自己的员工和维护他们的利益呢？

“就像希特勒对他的德国国民宣说我要杀死犹太人和德国以外所有国家的人，是因为我只爱德国人，我是为了德国的利益而战争！可是如果他真的爱这个国家的人，那他怎么会让自己的百姓牺牲生命去战场上杀人？所以只要心中有仇恨就不可能会有真的爱，所以只要有仇恨、抢夺、杀戮和战争，再说我们只对自己的人有爱、只对自己的民族有奉献那就是天下最无耻的谎言！可是为什么却有那么多的人相信这种罪恶的谎言？如果那些军人和臣民没有分别心和杀心，又怎么能够相信希特勒这种罪恶的谎言？

“我们骂着希特勒，骂着二战时候杀害我们的日本人，可是我们想过没有？连法西斯杀人恶魔都不杀害自己的同胞，如果我们连自己的同胞都掠夺、杀害，那么我们就沦落到连希特勒、法西斯都不如的魔鬼！如果我们都是这样的恶魔，那么我们还能爱谁？如果我们只能爱自己、爱自己的人，那么又能有谁能真的来爱我们呢？一个对外人没有真爱的人又怎么可能真心爱身边的人呢？

“好战者亡，就如老子所说：‘胜而不美，而美之者，是乐杀人。夫乐杀人者，则不可得志于天下矣。’取得战争的胜利都不要自鸣得意，如果战争胜利自以为了不起那就是喜欢杀人。凡喜欢杀人的人，就不可能得志于天下。

“除了抵御外来的侵略之外，无论以任何理由发动战争的人都是杀人犯！都是全人类的敌人！想想老子的话再回过头来看看我们人类的历史，真的会让人吓出一身冷汗！原来我们的基因里面有那么多喜欢杀人的动机。

“所以真正对他人的爱一定不会对不同的人有分别的，只要有分别的一定就不会是真爱！只有在遇到突发事情的时候就一定能够看清这种人只爱自己的真面目！最可笑的是我们自己口中天天所说人类大爱、世界和平是这个世界上最基本的道理，可是我们在行动的时候却早已忘记了人世间这些最简单的人性之道，而做着最违背天道和人性的所有恶事，说着天下最大的谎言和妄语，我们在走向地狱却不自知。

“那血流成河的战场、死伤无数的战争、违背人性的所有罪恶，哪一样不是人的念头造成的？所以这个世界上最大的敌人就是我们自己内心的罪恶之念，除此之外根本没有敌人！而我们愚蠢地将这个世界颠倒了，我们守护着自己内心的恶魔，却将外部所有应该爱的人都当作敌人！我们自以为自己是个成功人士，哪知道其实是在做着死业！如人食毒……天啊，我们到底是怎么才走到了今天的这种地步？！”

望着颜宽的眼睛翟新东缓缓说道：“干我们这行的都知道一句话：手持权力和法律的人是刀尖上的舞者！老弟，谢谢你让我明白了这句话的真正涵义！”

说完他起身迅速拨打一个电话向对方说道：“李先生您好，对不起您的案件我决定不再受理了。我会让秘书马上退回你们支付的费用，包括我的违约金……为什么啊？对，证据是对你非常有利，我也知道我们必然会赢，但是我还是决定放弃了，是的，无论你给我多少费用我都不会受理！”

放下电话他看向颜宽：“我的这个委托人和你一样，证据对他非常有利，以我的能力足可以将对方的委托人扔进监狱，但是以我多年的经验判断对方是无辜的……每个当事人都说自己是无辜的，每个律师都说自己是站在正义的一方，可是真相却只有一个！

“人的一生不知道要做多少令自己后悔的错事，才能让自己找到悔改的路，不能下半生都是用来忏悔啊……”

铁青着面孔的翟新东陷入沉默，颜宽缓缓叹息：“其实每一个行业的从业者都是刀尖上的舞者，每一个人也都是自己人生的刀尖上舞者。”

终于翟新东恢复了平静：“我一直在思考：生命到底是什么？我们活在这个世上到底又是为了什么？！难道就是为了生儿育女然后迎接死亡？经历过叶光明和瘟疫这一切以后，我发现我的心忽然空了，我的心中被更大的问题占据着，今天叶光明重新给了我答案，我想我找到了生命的本源，还好，我们已经醒来，知道了未来的路在哪里……”

颜宽默默点头：“身体还是那个身体，可是灵魂却早已不再是曾经的那个灵魂。曾经我们的灵魂被自己织造的罪恶和虚名缠裹着，像蚕茧一样重重缠缚，灵魂在黑暗的自我里面不见光明。可是除了我们自己谁也救不了我们，因为外力打开的蚕茧，里面的蚕蛹仍然还是一只虫子，只有用自己的力量破茧而出才能羽化成蝶！可是我知道这种破茧而出是痛苦的，是需要力量和勇气的！我也没有想到今天我还能够勇敢……我必须让自己的心照镜子，去反观自己内心的每一个细微的念，就像组成物质的最小基本粒子那样微小的念也不放过，观照这些念产生的原因、目的，询问它们到底是因为虚荣、贪婪、妄想产生的？还是因为慈悲产生的？因为只有这样才能培养我的慈悲心，找到我原本就有的清净本心，也只有这么一条路我才能不走向地狱！

“老子说过‘是谓不道，不道早已。’不合道，不遵守常道不用管它，因为它很快就会死亡！所以我怎敢不合道而行之？”

两个男人同时捂住脑袋闭上了眼睛……

夏南基金会白小江曾经的办公室门前，一个男人的身影站在那里，他哆嗦着双手不敢去打开那扇门。

这时他的身后一个声音传来：“你终于来了，我——等你很久了！”

颜宽回过头来，是于旭之，那布满伤疤的面孔上一双洞穿一切的眼睛正在幽幽地笼罩着颜宽，颜宽迅速转身闭上了眼睛，抑制住颤抖，一个仿佛来自地狱的声音从他口中传来：“……来了，终结者来了，我知道……夏南生的灵魂早已在这里等候着我。”

阳光从巨大的落地窗外照射进来，映照在两个男人沧桑的面孔之上，两人站在窗前眼睛看向窗外，他们身后长长的身影扭曲起来。颜宽幽幽说道：“夜里……我梦到南生了，他就站在这里静静看向窗外，我问他：‘南生，你能原谅我吗？你对基金会满意吗？你能看到我的未来是什么吗？我错了，我对不住你！我对不起夏南基金会！……’

“可是他一句话也没有说，当他回过头来的时候他的面孔却突然变成了……变成了……”

浑身颤抖的颜宽双手紧紧抱住自己的肩膀无法说下去，于旭之轻轻抚摸着颜宽的后背传来他平静的声音：“是南生让我去的西藏，在那里我发现无论拜佛、拜见大师还是去过很多圣地，只有一点他们和我们不一样，他们要不停地对自己内心的变化询问自己，要真诚地问自己的内在到底变化了没有？因为我们人类有很多自欺欺人的习惯，我们会对自己说：‘我很好！’，这种天性简直毫无道理。

“其实只有当遇到一件具体事情的时候，人内心真实的愿望那个时候才能被暴露出来，而之前的我们自己都不过是误以为的那个好人而已。人的天性往往都会把自己罪恶的念深深埋藏在心底，连自己都无法发觉。所以藏族是一个研究自己和人类灵魂的民族，他们认为只有删除染污的灵魂才是与宇宙相通的唯一道路，所以他们要在自我的观察中去发现自己的内心是不是一年比一年变好、喜悦和知足心是不是一年比一年变多？

“佛教这个藏语单词从字面的解释就是：内在的法。藏族人认为佛教就是通过内心的训练增加内在的修为，从而才能获得宇宙的终极智慧。修行就是心灵训练，将我们灵魂的染污通过训练删除到极致的干净。所以在拉萨赚钱多并不能让我感觉到收获，而是这种心灵的训练让我改变了累生累世带来的习性，这才是人世间最大的、无上的法宝！而我们通常的习惯是眼睛只知道向外看，因为我们累生累世带来的习性、习气最难去除，所以只知道自己粗显的念，却发现不了自己内心的极细念。

“曾经有一个人找到我，让我把夏南基金会和他一起进行商业化运作，从而可以把基金会的部分钱款流进他和我两个人的口袋里面。他对我说：《金刚经》里面说过：‘无有一众生实灭度者’，他说：‘你看啊，

既然佛都说没有一个众生可以得度，那么你干吗还要傻傻地要去做慈善救人、度众生呢？’

“我当时听了非常震惊，因为下一句经文佛陀就解释了为什么没有一个人可以被救度的原因，那是因为：‘若菩萨有我相、人相、众生相、寿者相，即非菩萨。’意思是说如果菩萨有了：执着的自我，用虚妄和分别心看待他人、众生以及寿命，就一定不是菩萨！既然都不是菩萨了，那么连自己都度不了又怎么可能度得了他人呢？

“这个人为了自己的利益，他把经文的内容割裂，把真相颠覆，你想想看他们为什么会有这么可怕的行为？这些都是因为我们粗显的心念造的恶果，人们停留在罪恶的本性上面根本不愿意去深挖自己的极细念。

“要知道我们内心有多少的念头不是：执着的自我、自以为是看到的他人、虚妄看待的众生以及错误对待的生命呢？因此我们要时刻提防自己内心的各种念头，要不停地询问自己内心的每一个念到底是由何种念产生的？所以阿兰若大师曾经说过：‘昼夜观察自心，哪里能有别的事？’

“我终于明白了，原来我们昼夜的所思所念都是应该要用来观察的啊。所以我们必须找到自己内心这些极细念的源头，去研究它、改变它，这才是人生最大的功课！”

颜宽问道：“可是这些错误念的根源到底是怎么造成的呢？”

于旭之坚定的眼睛看着颜宽，一字一句说道：“根源是：我们本来的自性圆明却被这个世界染污了，我们执着的那些念都是颠倒的梦想，所以造成的念都是贪嗔痴。只有找到内心错误念的源头，才能修正它，才能培养出正确的念。

“颜宽，你现在已经找到了内心的那个极细念，而且你已经改变了它！我想南生当初让你来到这里，来到他的公司，也许就是为了这一天的到来！所以他的在天之灵一定会为你欣慰的。”

颜宽瞪着眼睛看向于旭之，泪珠从那里汹涌滚落，颤抖着双唇颜宽颤声呜咽：“真的？南生真的……原谅我了？！”

号啕的哭声回荡在基金会的整个大厅……

一年过去了，很多国家的患者大量死去，患者仍然剧增、死伤仍然无数，病毒却在不断地变异，让人类的医学根本束手无策，打了疫苗的人们却仍然被传染……那些疫情刚刚得到控制的国家转瞬却又遭遇更大的疫情蔓延，病毒像一个看不见的魔鬼一样疯狂袭击着崩溃的人类，仿佛这个恶魔病毒非要将人类灭亡不可！

很多国家所有的坟场都不够用，无法被埋葬的瘟疫死者只能被简单架起来的木柴焚烧，一个个架起的木柴堆上面无数死者的遗体在一片的烈焰中消失……

白小江和吴二留在钟城组建了钟城夏南基金会，救助死于新冠患者的遗属和那些因为疫情失去工作的底层百姓。两人救助的地域越来越大，也引发很多的爱心人士加盟，救助地区已经遍及众多经济落后的省市。

两年过去了，没想到人类仍然陷入无法挣脱的瘟疫灾难之中，病毒像个善变的魔鬼一样变本加厉地变异着……婴儿们从出生就看到戴着口罩的人类，孩子们不知道那些口罩原本是可以不戴的，那口罩后面的面孔原本是有着区别的，而他们只能看到人类的面部只露出口罩上面的眼睛，在他们童稚的内心以为这个世上的人类原本就是和那片薄薄的口罩共存……

全球被前所未有的死亡魔影笼罩其中，没有人能知道这场瘟疫的结局将会如何。疫情导致各国经济在垮塌，人类的习惯和秩序前所未有地被打乱，整个世界在人类的绝望中沉沦……

终于全球民众醒来：原来人类是一体的，因为只要有一个国家不能消灭病毒人类就不能得救！只有保护好自己和所有人才能保护好整个人类！原来只爱自己不爱别人、不管别人死活，自己一样也不能得救！原来爱别人、保护别人其实就是爱自己、就是保护自己！只有每一个人都做好隔离和防护措施，只有每一个人都想着保护别人、爱着别人，自己和整个人类才能得救！

竟然是病毒让人们发现了人类原本是一体，人类必须慈悲大爱的真理！

人类前所未有的一幕出现了：各个国家的政府和人民前所未有地团结、相互关爱，所有民族的百姓和宗教信徒都向天地真诚忏悔，人们跪求在教堂、寺庙和网络，忏悔着自己曾经犯下的过错，反省自己所有的过往。世界上所有地区的战争都停止了，争斗的双方全都握手言和。国家和民族之间相互尊重，文化开始复兴，全球人们都在探索宇宙与人类之间的最终极秘密。

无数国家的人们拥来西藏学习如何发现宇宙的秘密和真相，藏地的大门打开接纳着所有的人们前来学习，人们在这里学习如何才能培养出内心的慈悲心、如何发现内心的极细念、如何能够找到和删除潜藏在自己灵魂背后那些罪恶的所有念头，学习如何爱所有的生命，如何和所有的生命、宇宙融为一体……

当宇宙万物和全人类实为一体的终极智慧终于普及人类，当人类终于祛除罪恶、忏悔罪恶，在消除了所有的战争全世界和平、全人类弘扬善行、善念，高度慈悲友爱的时刻，在人类终于觉醒，最终发现宇宙终极天道和秘密的时候，奇迹也终于出现了：病毒彻底从地球消失了！

南方的江面上缓缓驶来一艘巨大的航船，钟城码头迎来了一批拥有着宇宙智慧的舵手们，一行人下船以后来到了钟城博物馆，打开那扇玻璃门，巨大的青铜大钟静静地迎接着他们的到来……

钟楼里面假的大钟被换下，真正的大钟终于悬挂在钟楼之上！整个城楼下面人山人海见证着大钟重见天日的一刻。

面对着钟城的市民，新市长站在大钟底下的平台上发表讲话：

“曾经沉睡在地下几千年的你，是你在沉睡还是我们的灵魂在沉睡？你是天下最奇妙的钟，生来就是为了发出天籁之音警醒世人。生而为钟，不发出警醒世人的声音又有何意义？和沉睡地下又有什么区别？就像我们生而为人，如果不做人该做的事情、不思考人应该思考的思想，生而为人又有何意义？和死去有何区别？！

“大钟，上天让你出土重见天日，一定是为了让你唤醒我们沉睡的灵魂！我们的躯体会从这个世界上消亡，而你不会，你将我们的灵魂记录下来成为你的声音，而我们的灵魂无论是光明还是黑暗，都将随着你的声音飘荡在这个世界永不消逝！

“钟城是忠诚于这座城中的每一位人民！所以当我们说着自己爱着这座城、爱着这个国家的时候，我们一定要摸着自己的胸口问问自己这些问题：‘我爱的是这座城里的每一位人民吗？而确定不是爱着这座城中的权力？我爱的是这个国家里的每一位人民吗？而确定不是爱着这个国家里面的权力？我到底忠诚的是这个国家的每一位人民，还是忠诚于这个国家的权力？我是在为了那些苦难的每一位人民发声吗？我是为了拯救他们和所有人一样平等、幸福地生活在这个城中吗？

“所以，我们一定要问自己这些问题，不要逃避自己的内心发出的疑问，必须勇敢回答！如果不是，那么我就不能说自己爱着这座城！就不能说我爱着这个国家！如果我爱的是这个城中的权力、爱的是这个国家的权力，那么我就已经背叛了钟城、背叛了我的国家和我的人民！那么我就是这个国家和人民的敌人！‘不愿众生乐，岂愿得菩提？’

“如果一个人憎恨别人、别的城市以及别的国家富裕美好，那么这个人能是善人吗？能对自己的人好吗？

“所以只有当我们与苦难者融为一体的时候，我们才能为他们发声，因为那是我们在为自己发声！

“所以大钟从此你将时时发出警钟长鸣，警惕我们的灵魂不再走进黑暗，警惕人们都要像你一样能够自由地发出自己的声音！警惕我们要忠诚地守卫这座城里的每一位人民，让大众获得智慧、自由、民主和和平！

“全球人们必须醒来：因为整个宇宙是一体的，整个人类是不可分割的共同体！只有最博大的慈悲之爱才能让我们醒来，才能让我们看到整个宇宙的真理和真相。这次瘟疫的病毒让我们得到了这个世界唯一的真理、看到了这个世界唯一的真相：整个人类是一体的，人类应该前所未有地团结在一起……

“在选择做钟城的卫士和罪人这两条不能并行的道路上，没有中间道路、没有如果！无论选择哪条道路，最终的结果终将决定钟城人民的未来和命脉，只是方向相反而已！这个问题不是一个选择题，这里不是情怀也不是使命，因为选择做钟城的卫士是钟城能够存在的唯一法则！而全人类醒来得到宇宙真相、全球人类互相大爱才是人类能够生存的唯一道路，从此警钟将永远长鸣！——”

说完市长奋力敲响了大钟，仿佛来自天庭的天乐一样美妙的钟声轰然响彻天际，萦绕在钟城的上空……顿时人群沸腾欢呼起来，整个钟城成为一片欢腾的海洋。

人群中吴二、白小江和卢青分别相隔得很远，三人凝望着大钟同时泪水汹涌而出……

首都机场辛阿琪带着小行星、思思在大厅等候着，白小江走下飞机，大厅里面小行星看到妈妈的身影出现大喊着扑了上去：“妈妈——”

终于母子相聚，紧紧拥抱着儿子，白小江的涕泪弥漫在儿子的面孔，她疯狂亲吻着小行星的头发、额头、眼睛……

看着娘俩终于相聚，辛阿琪和思思抹去眼泪不禁笑了起来，这时四人身后的大屏幕传来新闻主持人播报的声音：“宽古集团非法收购夏南公司一案今天法庭正式宣判，犯罪嫌疑人颜宽、刘明超、林芙蕖……”

顿时四人浑身一震惊得瞪大眼睛看向屏幕，全都雕塑一般愣在那里……瞬间思思反应过来捂住小行星的眼睛拉着他就跑，白小江呆住一时反应不过来，猛然她像是从梦中醒来立刻冲了上去拉住两个孩子：“小行星你过来，我们一起过去看看你爸爸案子的判处结果，我们不能逃避现实，作为他的后代你必须面对父辈犯下的错误，知道他真实发生的历史，只有这样才能为他犯下的过错忏悔，才能避免重蹈他的覆辙，也只有面对这一切你才能生出力量，才能真正变得强大！”

小行星点着头泪水从他的大眼睛中汹涌滚落，抬起头他勇敢地看向电视屏幕……

屏幕上出现三人的面孔，颜宽和刘明超面庞苍老、浮肿，唯有林芙蕖依旧惊人的美丽。白小江目光从屏幕上转向辛阿琪颤声说道："十几年来直至现在，我们这几个人的人生在不断地改写和发生巨变，我们和这个世界的巨大变化让我最终发现：人生其实是一个有着谜底的梦境，而梦境在不断被惊醒、击碎之下，宇宙、人生和死亡的秘密这些谜底在今天已经被彻底揭晓……"

辛阿琪默默点头："这个案件社会反响之所以这么大，是因为夏南公司创立了夏南基金会，并且是基金会的重要慈善资金来源。非法侵占一个做慈善公司的利益，不但触犯法律和商业法则，更说明已经彻底沦丧了道德和人性，丧失了做人的底线，所以超出了人们承受力的极限。但是颜宽和刘明超能够自首和忏悔，一诚抵万恶，真诚和忏悔让他们总算从自己制造的黑暗中走了出来。"

凝视着屏幕上的几人，白小江喃喃自语："谁能看到黑暗的尽头是什么吗？所以永远不要制造黑暗，因为他看不到自己将会掉进前方的哪口井里……"

生命不息故事不止，然而一切的结局早已注定。

2020 年 5 月 26 日　初稿于北京

2021 年 12 月 29 日　终稿于拉萨

图书在版编目（CIP）数据

谜梦生死书 / 光目著 .—北京：作家出版社，2022.4

ISBN 978-7-5212-1848-0

Ⅰ . ①谜…　Ⅱ . ①光…　Ⅲ . ①长篇小说—中国—当代
Ⅳ . ① I247.5

中国版本图书馆 CIP 数据核字（2022）第 049554 号

谜梦生死书

作　　者：光　目
责任编辑：史佳丽
美术编辑：周思陶
出版发行：作家出版社有限公司
社　　址：北京农展馆南里 10 号　　**邮　　编**：100125
电话传真：86-10-65067186（发行中心及邮购部）
86-10-65004079（总编室）
E-mail:zuojia @ zuojia.net.cn
http://www.zuojiachubanshe.com
印　　刷：河北京平诚乾印刷有限公司
成品尺寸：152 × 230
字　　数：345 千字
印　　张：24.5
版　　次：2022 年 4 月第 1 版
印　　次：2022 年 4 月第 1 次印刷
ISBN 978-7-5212-1848-0
定　　价：55.00 元